गणित शास्त्र

के

विकास की भारतीय परम्परा

गणित शास्त्र
के
विकास की भारतीय परम्परा

लेखक

डॉ० सुद्युम्न आचार्य

व्याकरणाचार्य, M.A. (अष्ट-स्वर्णपदक विजेता) D. Phil

रीडर, स्नातकोत्तर संस्कृत अध्ययन तथा शोध विभाग

श्री मु०म० टाउन पोस्ट ग्रेजुएट कॉलेज

जनपद-बलिया (उ०प्र०) २७७००१

मोतीलाल बनारसीदास

दिल्ली, मुम्बई, चेन्नई, कोलकाता, बंगलौर,

वाराणसी, पुणे, पटना

प्रथम संस्करण: दिल्ली, २००६

ISBN: 81-208-3170-5 (सजिल्द)
ISBN: 81-208-3172-1 (अजिल्द)

मोतीलाल बनारसीदास
४१ यू०ए० बंगलो रोड, जवाहर नगर, दिल्ली ११० ००७
८ महालक्ष्मी चैम्बर, २२ भुलाभाई देसाई रोड, मुम्बई ४०० ०२६
२३६ नाइंथ मेन III ब्लाक, जयनगर, बंगलौर ५६० ०११
सनाज प्लाजा, १३०२ बाजीराव रोड, पुणे ४११ ००२
२०३ रायपेट्टा हाई रोड, मैलापुर, चेन्नई ६०० ००४
८ केमेक स्ट्रीट, कोलकाता ७०० ०१७
अशोक राजपथ, पटना ८०० ००४
चौक, वाराणसी २२१ ००१

नरेन्द्रप्रकाश जैन, मोतीलाल बनारसीदास, बंगलो रोड, दिल्ली ११० ००७
द्वारा प्रकाशित तथा जैनेन्द्रप्रकाश जैन, श्री जैनेन्द्र प्रेस,
ए-४५ नारायणा, फेज-१, नई दिल्ली ११० ०२८ द्वारा मुद्रित

विषय-सूची

रेखा-गणित खण्ड

भूमिका

इस विश्व में गणित शास्त्र का उद्भव तथा विकास उतना ही प्राचीन है, जितना मानव-सभ्यता का इतिहास है। मानव जाति के उस काल से ही उसकी गणितीय मनीषा के संकेत प्राप्त होते हैं। प्रत्येक युग में इसे सम्मानित स्थान प्रदान किया गया। अत एव उच्चतम अवबोध के लिये 'संख्या' का तथा इसके प्रतिपादक शास्त्र के लिये 'सांख्य' का प्रयोग प्रारम्भ हुआ। इस क्रम में किसी भी विद्वान् के लिये संख्यावान् का प्रयोग प्रचलित हुआ[1]। इस वैदुष्य से ऐसे विलक्षण गणित-शास्त्र का विकास हो सका जो सर्वथा अमूर्त संख्याओं से विश्व के मूर्त पदार्थों को अंकित करने का उपक्रम करता है।

विश्व के पुस्तकालय के प्राचीनतम ग्रन्थ वेद संहिताओं से गणित तथा ज्योतिष को अलग-अलग शास्त्रों के रूप में मान्यता प्राप्त हो चुकी थी। यजुर्वेद में खगोलशास्त्र (ज्योतिष) के विद्वान् के लिये 'नक्षत्रदर्श' का प्रयोग किया है तथा यह सलाह दी है कि उत्तम प्रतिभा प्राप्त करने के लिये उसके पास जाना चाहिये[2]। वेद में शास्त्र के रूप में 'गणित' शब्द का नामत: उल्लेख तो नहीं किया है पर यह कहा है कि जल के विविध रूपों का लेखा-जोखा रखने के लिये 'गणक' की सहायता ली जानी चाहिये[3]। इससे इस शास्त्र में निष्णात विद्वानों की सूचना प्राप्त होती है।

---

1. विद्वान् विपश्चिद् दोषज्ञ: संख्यावान् पण्डितो जन:—अमरकोश।
2. प्रज्ञानाय नक्षत्रदर्शम्—यजुर्वेद 30.10।
3. यादसे शाबल्यां ग्रामण्यं गणकम्, यजुर्वेद 30.20। निघण्टु 1.12 में यादस् शब्द जलवाचक है तथा समुद्रेण सिन्धवो यादमाना: ऋ. 3.36.7 में याद् धातु का बहने अर्थ में प्रयोग प्राप्त है।

शास्त्र के रूप में 'गणित' का प्राचीनतम प्रयोग लगध ऋषि द्वारा प्रोक्त वेदांग-ज्योतिष नामक ग्रन्थ के एक श्लोक में माना जाता है[1] पर इससे भी पूर्व छान्दोग्य उपनिषद् में सनत्कुमार के पूछने पर नारद ने जो 18 अधीत विद्याओं की सूची प्रस्तुत की है, उसमें ज्योतिष के लिये 'नक्षत्र विद्या' तथा गणित के लिये 'राशि विद्या' नाम प्रदान किया है[2]। इससे भी प्रकट है कि उस समय इन शास्त्रों की तथा इनके विद्वानों की अलग-अलग प्रसिद्धि हो चली थी

आगे चल कर इस शास्त्र के लिये अनेक नाम विकसित होते रहे। सर्वप्रथम ब्रह्मगुप्त ने पाट या पाटी का प्रयोग किया। बाद में श्रीधराचार्य ने 'पाटी गणित' नाम से महनीय ग्रन्थ लिखा। तब से यह नाम लोकप्रिय हो गया। पाटी या तख्ती पर खड़िया द्वारा संक्रियाएँ करने से यह नाम समाज में चलने लगा। अरब में भी गणित की इस पद्धति को अपनाने से इस नाम के वजन पर 'इल्म हिसाब अल तख्त' नाम प्रचलित हुआ। भास्कराचार्य के समय इस नाम से प्रथित शास्त्र विद्वानों की बुद्धि का निकष था। उन्होंने एक स्थान पर कहा है कि मन्दमति लोगों की प्रतिभा को बढ़ाने के लिये सुन्दर बुद्धि वाले विद्वानों ने पाटी गणित शास्त्र को विकसित किया है—

एतद् यत् बहुधास्मदादिजडधी-धीवृद्धिबुद्ध्या बुधैर्।
विद्वच्चक्रचकोरचारुमतिभिः पाटीति तन्निर्मितम्।।

(सिद्धान्त शिरोमणि, प्रश्नाध्याय श्लोक 4)

पाटी पर धूल बिछा कर संक्रियाएँ करने से इसका 'धूलि-कर्म'

---

1. यथा शिखा मयूराणां नागानां मणयो यथा।
तद्वत् वेदाङ्ग शास्त्राणां गणितं मूर्ध्नि वर्तते।। (वेदाङ्ग ज्योतिष)

2. स होवाच—ऋग्वेदं भगवोऽध्येमि यजुर्वेदं सामवेदमाथर्वणं चतुर्थमितिहासपुराणं पञ्चमं वेदानां वेदं पित्र्यं **राशिं** दैवं निधिं वाकोवाक्यमेकायनं देवविद्यां ब्रह्मविद्यां भूतविद्यां क्षत्रविद्यां **नक्षत्रविद्यां** सर्पदेवजनविद्यामेतद् भगवोऽध्येमि। (छान्दोग्य उपनिषद् 7.1.2) इसके शांकरभाष्य में 'राशिम्' का अर्थ 'राशि-गणितम्' किया है।

नाम भी प्रचलन में था। भास्कराचार्य ने इस विधि से गणना करते हुए चन्द्रमा की त्रिज्या आदि को उपपन्न बताया है[1]।

इन नाम के सुपूजित होने से अरबी में इल्म अल गुबार तथा अंकों को 'हरूफ अल् गुबार' के नाम से जाना गया। 15वीं शताब्दी में अबुलहसन अली आदि अरबी विद्वानों ने इस नाम से पुस्तकें लिखी थीं।

गणित के विकास का कण्टकाकीर्ण कान्तार-पथ

इन शब्दों से प्रकट है कि किन अनेक कठिनाइयों के मध्य देश-विदेश के विद्वानों ने गणित-शास्त्र का विकास किया है। आज बढ़िया कागज पर कलम से लिखने वाले हम लोग जल्दी यह सोच भी नहीं सकते कि प्राचीन विद्वानों ने धूल पर संक्रियाएँ करके चन्द्रमा की त्रिज्या आदि को जानने के लिये गणित के बहुमूल्य सूत्रों का विकास किया था।

विदेशों में भी इस प्रकार की अनेक बाधाओं के बीच गणितीय सिद्धान्त विकसित किये गए। वहाँ चिड़ियों के पर से संक्रियाएँ करते हुए गणितीय प्रश्न हल किये जाते रहे हैं। अत: इंग्लिश का पर अर्थ वाला Feather शब्द इससे लेखन के लिये भी प्रसिद्ध रहा है। विद्वानों ने इस स्थिति का सजीव वर्णन करते हुए माना है कि आज हम जिस गणित और खगोल-विज्ञान से लाभान्वित हो रहे हैं, उसकी नींव कैपलर और न्यूटन ने चिड़ियों के परों से मोमबत्तियों की रोशनी में डाली थी[2]!!

गणित का उद्भव तथा विकास-वेदों से

इस तथ्य के सुपुष्ट प्रमाण है कि गणित-शास्त्र के विकास के लिये मूल प्रेरणाएँ वेदों से प्राप्त हुई हैं। वेद में निरूपित संख्या-शब्द, उनके क्रम सम्पूर्ण विश्व में प्रचारित हुए। वैदिक संख्याओं के नामों की एशिया तथा यूरोप की भाषाओं के शब्दों से स्पष्ट समानता देखते हुए विश्व के भाषा वैज्ञानिकों ने इन्हें भारोपीय घोषित किया है। महर्षि यास्क पाणिनि आदि कृत व्युत्पत्तियों से स्पष्ट है कि एकादश, द्वादश आदि **'दशैकादिगुणयोगोत्तर पद्धति'** से

1. उपपत्ति:........अत्र धूलिकर्मणा प्रत्यक्ष-प्रतीति:।
   (सिद्धान्तशिरोमणि, चन्द्रग्रहणाधिकार श्लोक 4 पर स्वोपज्ञ वासना भाष्य)
2. तारे, मनुष्य और परमाणु, हींज हैबर, भाग 1, पृ. 63।

विकसित हैं। जबकि शत, सहस्र आदि संख्याएँ **दश-गुणोत्तर** पद्धति' से सञ्चालित हुई हैं[1]। यह कितना सुखद है कि वेद के इस क्रम तथा पद्धति को सम्पूर्ण विश्व ने स्वीकार किया है। इसका विस्तृत निरूपण इस ग्रन्थ के द्वितीय अध्याय में किया गया है।

इसके अलावा वेद में गणितीय संक्रियाओं के अलग से अनेक उदाहरण दिये गए प्रतीत होते हैं। यजुर्वेद के एक मन्त्र में 1 से लेकर 12 तक संख्याओं को 4 से गुणित करने पर गुणनफल का क्रमशः उल्लेख किया गया है[2]। एक अन्य मन्त्र से 1 से लेकर 33 तक क्रमशः विषम संख्याओं का वर्णन प्राप्त होता है[3]। वर्णन की विशिष्ट पद्धति से यह संकेत मिलता है कि 1 से लेकर क्रमशः विषम संख्याओं का योगफल अवश्य ही किसी संख्या का वर्ग बनता है। वेद में भाग की संक्रिया से निर्मित अनेक स्थापित शब्दों का उल्लेख भी प्राप्त है। उदाहरणतः $\frac{1}{2}$ के लिये 'अर्ध' तथा $\frac{3}{4}$ के लिये 'त्रिपाद' का प्रयोग किया गया है। पशु के 4 पैरों में से 1 पाद या पैर के आधार पर किसी भी $\frac{1}{4}$ वस्तु के लिये लाक्षणिक रूप से पाद का प्रयोग प्राप्त है[4]। गाय, बैल के प्रत्येक पैर में 2 शफ या खुर होने से कुल 8 शफ होते हैं। इसी प्रकार 1 शफ कुल शफों का $\frac{1}{8}$ होने से किसी भी वस्तु के $\frac{1}{8}$ भाग को प्रकट करने के लिये 'शफशः' जैसे लाक्षणिक प्रयोग भी उपलब्ध हुए हैं[5]।

वेदों में उल्लिखित अनेक प्रकार की विशिष्ट यज्ञवेदियों की रचना को समझाने के लिये ई.पू. 1000 से ई.पू. 500 के बीच शुल्व गणित या रेखा गणित का विकास हुआ। यह तथ्य अपने आप में बहुत महत्त्वपूर्ण है कि भारत में रेखा-गणित का विकास मूलतः अनेक विशिष्ट आकृतियों वाली वेदियों के निर्माण के लिये हुआ था।

---

1. दो तथा दस का योग (2+10) की स्थिति में पाणिनि के 'द्वौ च दश च' इस विग्रह अनुसार 'द्वादश' तथा इनका गुणन (2×10) होने पर 'द्विर्दश' इस विग्रह अनुसार 'द्विदशाः' बनता है। (शतं दश दशतः-निरुक्त 3.10)
2. यजुर्वेद 18.25।
3. यजुर्वेद 18.24।
4. पादोऽस्य विश्वा भूतानि त्रिपादस्यामृतं दिवि—ऋग्वेद 10.90.3।
5. शफशः—पञ्चविश ब्राह्मण 15.1.8।

गणित की इन विशिष्ट रचनाओं से प्रेरित होकर ई.पू. 500 से ईसवी वर्ष तक जैन, बौद्ध विद्वानों ने गणित पर अत्यन्त प्रशंसनीय कार्य किया। उन्होंने गणितीय विशिष्ट नाम प्रदान करने के अलावा महत्त्वपूर्ण गणितीय संक्रियाएँ विकसित की। इस युग में निर्मित प्रमुख जैन ग्रन्थों में सूर्य प्रज्ञप्ति, स्थानांग सूत्र भगवती सूत्र, अनुयोग-द्वार सूत्र इत्यादि हैं। इसके साथ ही ललितविस्तर, चर्यापिटक आदि जैसे बौद्ध ग्रन्थों में संख्याओं के विशिष्ट नामों का विकास किया गया जो आगे चल कर बहुत लोकप्रिय हुए।

युग प्रवर्तक आर्यभट तथा पश्चाद्वर्ती प्रगति

इस युग के पश्चात् भारत की गणित तथा खगोल विज्ञान की लम्बी परम्परा में 'आर्यभट' नामक महान् वैज्ञानिक शीर्ष पद पर प्रतिष्ठित हुए। उनका जन्म महाराष्ट्र में अश्मक देश में 476 ई. में हुआ था। उनके वैज्ञानिक कार्यों का समादर राजधानी में ही हो सकता था। अत: उन्होंने लम्बी यात्रा करके आधुनिक पटना के समीप कुसुमपुर में अवस्थित होकर राजसान्निध्य में अपनी रचनाएँ पूर्ण की। उन्होंने अपने आर्यभटीय नामक ग्रन्थ में कुल 3 पृष्ठों में समा सकने वाले 33 श्लोकों में गणितविषयक सिद्धान्त तथा 5 पृष्ठों में 75 श्लोकों में खगोल-विज्ञान विषयक सिद्धान्त तथा इसके लिये यन्त्रों का भी निरूपण किया।

आर्यभट ने अपने इस छोटे से ग्रन्थ में अपने से पूर्ववर्ती तथा पश्चाद्वर्ती देश के तथा विदेश के विद्वानों के लिये भी क्रान्तिकारी अवधारणाएँ उपस्थित की। उन्होंने एक ओर गणित में पूर्ववर्ती आर्किमिडीज़ से भी अधिक सही तथा सुनिश्चित π के मान को निरूपित किया[1] तो दूसरी ओर खगोलविज्ञान में सबसे पहली बार उदाहरण के साथ यह घोषित किया कि स्वयं पृथिवी अपनी धुरी पर घूमती है[2]।

---

1. चतुरधिकं शतमष्टगुणं द्वाषष्टिस्तथा सहस्राणाम्।
   अयुतद्वयविष्कम्भस्यासन्नो वृत्त-परिणाह:।। (आर्यभटीय, गणितपाद, श्लोक 10)

2. अनुलोमगतिर्नौस्थ: पश्यत्यचलं विलोमगं यद्वत्।
   अचलानि भानि तद्वत् समपश्चिमगानि लङ्कायाम्।।
   (आर्यभटीय, गोलपाद, श्लोक 9)

आर्यभट के पश्चात् उनसे आगे बढ़ने तथा पीछे हटने का इतिहास प्रारम्भ होता है। गणित में आर्यभट से देश विदेश के विद्वानों को वर्ग समीकरण के सूत्र की कुंजी प्राप्त हुई। आगे चलकर श्रीधराचार्य ने सार्वत्रिक सूत्र के रूप में इस कुंजी को सुगठित एवं व्यापक रूप प्रदान किया। आज श्रीधराचार्य के साथ इस सूत्र को जोड़ा जाता है पर यह नहीं भूलना चाहिये कि मूलतः आर्यभट इसके जन्मदाता हैं[1]। श्रीधर इसके प्रतिष्ठापक हैं। खगोल-विज्ञान में आर्यभट ने पृथिवी को गोलाकार निरूपित किया[2]। आगे सभी विद्वानों ने अनेक उदाहरणों से इसकी स्थापना की।

आर्यभट से पीछे हटने के क्रम में आर्यभट के पश्चाद्वर्ती प्रायः सभी विद्वान् जैन-गणित का अनुसरण करते हुए π का मान $\sqrt{10}$ स्वीकार करते रहे। खगोल-विज्ञान में आर्यभट के बाद लगभग 1000 वर्ष तक ब्रह्मगुप्त, लल्ल, श्रीपति आदि ने अपनी मनीषा का उपयोग यह सिद्ध करने में किया कि पृथिवी अपनी धुरी पर नहीं घूमती है। इसके पश्चात् एशिया को छोड़कर यूरोप में कोपर्निकस को भूभ्रमण सिद्ध करने के लिये आगे आना पड़ा।

फिर भी इन कुछ अपवादों को छोड़ दें तो यह कहना समुचित है कि आर्यभट से प्रेरणा प्राप्त करके ब्रह्मगुप्त, श्रीधर, महावीर, भास्कराचार्य आदि अनेक विद्वानों ने गणित के क्षेत्र में अपार प्रगति की। आधुनिक गणित शास्त्र को इनसे बहुमूल्य प्रेरणाएँ प्राप्त हुईं।

प्रायः यह मान लिया जाता है कि भारत में गणित के क्षेत्र में भास्कराचार्य के पश्चात् कोई विशेष प्रगति नहीं हुई। पर यह कहना अधिक समीचीन प्रतीत होता है कि इनके पश्चात् गणित के कार्यों को प्रचारित करने या संरक्षण करने के प्रति कोई विशेष ध्यान नहीं दिया गया। आधुनिक युग में भी स्थिति यह है कि मध्यकाल में विरचित तन्त्रसंग्रह तथा उसका भाष्य युक्तिभाषा, क्रियाकंर्मकरी जैसे बहुमूल्य ग्रन्थ केवल हस्तलिखित रूप में

---

1. गच्छोऽष्टोत्तरगुणितात् द्विगुणाद्युत्तरविशेषवर्गयुतात्।
मूलं द्विगुणाद्यूनं स्वोत्तरभाजितं सरूपार्धम्।। (आर्यभटीय, गणितपाद, श्लोक 20)

2. वृत्तभपञ्जरमध्ये कक्ष्यापरिवेष्टितः खमध्यगतः।
मृज्जलशिखिवायुमयो भूगोलः सर्वतो वृत्तः।। (वही, गोलपाद, श्लोक 6)

उपलब्ध हैं। नीलकण्ठ सोमसुत्वन् के भाष्य के अभाव में आर्यभटीय को समझने में बहुत कठिनाइयाँ होती हैं। लीलावती पर गणेश, परमेश्वर, सूर्यदास जैसे विद्वानों के भाष्यों के अभाव में उनके सूत्रों पर प्राचीन उपपत्तियों पर शोधकार्य प्राय: नहीं हो पाता है।

अन्य शास्त्रों में गणित की विवेचना

भारत में अन्य शास्त्रों के विद्वान् भी गणित की भावना से ओत-प्रोत रहे प्रतीत होते हैं। उन शास्त्रों में प्रसंगवश गणित विषयक जानकारियाँ बिखरी पड़ी हैं। महान् वैयाकरण पाणिनि ने गणित के अनेक शब्दों की सूक्ष्म विवेचना की है। उन्होंने उस समय की आवश्यकतानुसार प्रतिशत के स्थान पर मास में देय ब्याज के लिये एक 'प्रतिदश' अनुपात का उल्लेख किया है[1]। चक्रवृद्धि ब्याज द्वारा सर्वाधिक बढ़ी हुई रकम को 'महाप्रवृद्ध' बताया है। तोल, माप, सिक्के, पण्य द्रव्य के सैंकड़ों शब्दों के वर्णन के अन्तर्गत त्रैराशिक नियम की सूचना दी है। शुल्व सूत्रों के रेखागणितीय नियमानुसार विविध आकृतियों की वेदियों को द्विगुणित या त्रिगुणित करने पर उनके लिये विशिष्ट नाम बताए हैं[2]। उन नियमों से बनने वाले द्रोणचित् (चतुष्कोण) रथचक्रचित् (वृत्ताकार) प्रउगचित् (त्रिभुजाकार) उभयत: प्रउगचित् (डमरू के आकार) वाली वेदियों का उल्लेख किया है[3]। चतुष्कोण वर्ग की विशेषता को प्रकट करने के लिये अलग शब्द बताया है[4]।

दर्शनशास्त्र में वेदान्त में अध्यारोप अपवाद के सिद्धान्त बीजगणितीय समीकरण या अंकगणित के 'इष्टकर्म' के समकक्ष हैं। इसके अन्य सिद्धान्त यूक्लिड के स्वयं सिद्ध से तुलनीय हैं[5]। न्याय शास्त्र की अनुमान या तर्कविद्या सर्वथा गणितीय नियमों से संचालित है। उस शास्त्र

---

1. कुसीददशैकादशात् ष्ठन्ष्ठचौ (पा.सू. 4.4.31)।
2. द्विस्तावा त्रिस्तावा वेदि: (पा.सू. 5.4.84)। विग्रह में द्वि: तावती वेदि:।
3. कर्मण्यग्न्याख्यायाम् (पा.सू. 3.2.92)।
4. सुप्रातसुश्वसुदिव. (पा.सू. 5.4.120) में 'चतुरश्र' शब्द।
5. 'तदभिन्नाभिन्नस्य तदभिन्नत्वनियम:' यह यूक्लिड के ज्यामिति प्रमेय के प्रथम स्वयंसिद्ध से तुलनीय है।

की अणुतर, अणुतम आदि की संकल्पना गणित की ऋणात्मक संख्याओं से तुलनीय है[1]।

ई.पू. दूसरी शती में विरचित पिंगल छन्द में छन्दों के विभेदों को वर्णित करने वाला 'मेरुप्रस्तार' पास्कल (Blaise Pascal 1623-1662) के त्रिभुज से तुलनीय बनता है। वेदों के क्रमपाठ घनपाठ आदि में गणित के श्रेढ़ी-व्यवहार के तत्त्व वर्तमान हैं।

यदि यह जानना हो कि समाज में 56 प्रकार के व्यंजन का प्रयोग किस प्रकार प्रचलित है, तो इसके लिये वैद्यकशास्त्र में वर्णित गणित के 'अंक-पाश' के अन्तर्गत 'संचय' (Combination) के नियमों के आधार पर कुल 6 रसों के द्वारा 63 तथा अन्ततः 56 विभेदों की संकल्पना का अध्ययन अपेक्षित होगा[2]।

साहित्य-शास्त्र में भी गणित के आधार पर अनेक मनोरम रचनाएँ प्राप्त होती हैं। वहाँ पाणिनीय व्याकरण के एक प्रमुख उदाहरण 'लाकृति' के आधार पर सुख-दुख में एक समान रहने वाले सज्जन तथा 9 संख्या की मनोहारी समानता बताई गई है[3]। महाकवि श्रीहर्ष ने बताया है कि दमयन्ती के कान आखिर क्यों तथा किस प्रकार सर्वथा नए रचे गए। उन्होंने माना कि उपनिषदों में वर्णित 18 विद्याओं में से 9-9 विद्याओं का अनुप्रवेश दमयन्ती के कानों के अन्दर तक हुआ था। ये नव अंक ही कानों में पहुँच कर शब्दसाम्य से 'नव' बन गए—

अस्या यदष्टादश संविभज्य विद्याः श्रुतीः दध्रतुरर्धमर्धम्।
कर्णान्तरुत्कीर्णगभीररेखः किं तस्य संख्यैव नवा नवांकः।।

(नैषध, 7.63)

---

1. परिमाणस्य स्वसमानजातीयोत्कृष्टपरिमाणजनकत्वनियमात्—मुक्तावली, गुणनिरूपण, कारिका 111 पर।
2. इति त्रिषष्टिर्द्रव्याणां निर्दिष्टा रससंख्यया—चरक सूत्र स्थान 26वाँ अध्याय।
3. महतां प्रकृतिः सैव वर्धितानां परैरपि।
न जहाति निजं भावम् अंकेषु लाकृतिर्यथा।।

खगोल-विज्ञान के साथ तो गणित का अन्योन्य सम्बन्ध माना गया है। भास्कराचार्य का कहना है कि खगोल तथा गणित में एक दूसरे से अनभिज्ञ पुरुष उसी प्रकार महत्त्वहीन है, जैसे घृत के बिना व्यंजन, राजा के बिना राज्य तथा अच्छे वक्ता के बिना सभा होती है—

भोज्यं यथा सर्वरसं विनाज्यं राज्यं यथा राजविवर्जितं च।
सभा न भातीव सुवक्तृहीना गोलानभिज्ञो गणकस्तथात्र।।

(सिद्धान्तशिरोमणि, गोलाध्याय, श्लोक 4)

गणित विषयक सूचनाओं का आदान-प्रदान

गणित शास्त्र के इतिहास से विदित है कि इसके विद्वान् सदा एक दूसरे के सम्पर्क में रहते थे। मित्रतापूर्ण वाद-विवाद करते थे तथा एक दूसरे सिद्धान्तों को अपने ग्रन्थों में स्थान प्रदान करते थे। गणित के विकास में कभी जाति, धर्म, देश या भाषा की दूरी बाधक नहीं हुई। गणित के विद्वानों ने वैदिक संख्याओं को स्वीकार किया तथा आवश्यकता पड़ने पर 'लक्ष' आदि बौद्ध संख्याओं तथा क्रम को भी स्थान प्रदान किया। उन्होंने उत्तर-भारत के वैदिक विद्वानों के शुल्व या रेखा गणित का विकास किया। साथ ही उस समय के जैन विद्वानों के उपलब्धियों तथा नामों को अपनाने में भी पीछे नहीं रहे। यद्यपि गणित के ग्रन्थ प्रायः संस्कृत में लिखे जाते रहे। फिर भी जनभाषा के गणित के विद्वानों के 'श्रेढी' तथा 'गच्छ' जैसे प्राकृत शब्दों को लेने में भी कोई संकोच नहीं किया। संस्कृत में 'गच्छ' शब्द क्रियावाचक है, संज्ञा नहीं। पर भारतीय गणित में प्राकृत प्रभाव से संज्ञारूप में 'गच्छः' का प्रयोग पर्याप्त उपलब्ध है।

हम पाते हैं कि अश्मकाचार्य आर्यभट ने पटना में जिस गणित का विकास किया, उसे गुजरात के ब्रह्मगुप्त ने सर्वथा आत्मसात् करते हुए आगे बढ़ाया। महाराष्ट्र के सह्य पर्वत या सह्याद्रि क्षेत्र के निवासी भास्कराचार्य ने सबको समीकृत करते हुए भाषा तथा भाव को अलंकृत स्वरूप प्रदान किया। इनके पश्चात् केरल के विद्वानों ने युक्तिभाषा आदि ग्रन्थों के रूप में इस कार्य को आगे बढ़ाया।

गणित के विकास के लिये भारत का विदेशों से भी निरन्तर सम्पर्क बना रहा। भारत ने गणित की संख्याओं को विश्व में सर्वत्र प्रसारित किया। अरबी विद्वानों ने अंकों को 'हिन्दसाँ' नाम देकर इसे स्पष्ट रूप से स्वीकृत किया। भारत ने अरब तथा यूरोप के लिये 'जीवा' जैसे अनेकानेक शब्द प्रदान किये। साथ ही यूरोप में ग्रीस से विकसित Kentron शब्द को संस्कृत रूप बना कर सर्वप्रथम वराहमिहिर ने 'केन्द्र' के रूप में ग्रहण भी किया[1]। इस शब्द की कोई व्युत्पत्ति नहीं तथा यह अमरकोश तक में उपलब्ध नहीं है। भारत के वराहमिहिर ने 505 ई. के ग्रन्थ पञ्चसिद्धान्तिका में 'रोमक-सिद्धान्त', 'पौलिश-सिद्धान्त' जैसे विदेशी सिद्धान्तों को नाम लेकर स्वीकार करने में कोई संकोच नहीं किया।

भारतीय गणित-शास्त्र की मौलिकता

गणित के अनेक सिद्धान्तों के आदान प्रदान के विषय में स्पष्ट प्रमाणों के अभाव में आग्रहपूर्ण अभिमत देखने में आते हैं। किसी सिद्धान्त की प्राचीनता को तथा किसी सूत्र की विशिष्टता को कम करके देखने की प्रवृत्ति पाई जाती है। इस स्थिति में यह स्पष्ट विवेचन अतीव आवश्यक है कि अमुक सिद्धान्त अन्य देशों में प्राप्त सिद्धान्तों से कितना प्राचीन है अथवा यह कि अन्य देशों द्वारा अविष्कृत सूत्रों पर भारत ने कितनी मौलिकता या विशिष्टता प्रदान की है। इसे कुछ उदाहरणों से प्रकट करते हैं।

शुल्व प्रमेय या पाइथागोरस प्रमेय

समकोण त्रिभुज की भुजाओं की लम्बाई के मध्य निश्चित सम्बन्ध प्रकट करने वाले सूत्र को 572-501 ई.पू. के गणित के नाम पर पाइथागोरस प्रमेय (Pythagoras theorem) के नाम से जाना जाता है। पर इससे बहुत पहले ई.पू. 7-8वीं शताब्दी में बौधायन आपस्तम्ब शुल्व सूत्रकारों ने किसी आयत पर खींचे गए विकर्ण पर बने वर्ग तथा उस आयत की असमान भुजाओं पर बने वर्ग के बीच निश्चित सम्बन्ध के माध्यम से इस सूत्र को प्रकट किया था। अतः स्वदेश के अनेक विद्वान्

---

1. शेषं केन्द्रपदं तस्माद् भुजज्या कोटिरेव च। (सूर्य-सिद्धान्त, 2.29)

तथा डॉ. थीबो जैसे विदेशी विद्वान् भी यह अभिमत रखते हैं कि इसे शुल्व-प्रमेय कहना अधिक समुचित है।

शुल्व सूत्रकारों ने त्रिक (Triplets) प्राप्त करने का सूत्र नहीं दिया है। पर ऐसी विशेषताओं का उल्लेख अवश्य किया है, जो किसी सूत्र से प्राप्त त्रिक में देखी जाती है। उनका मानना है कि किसी निश्चित नियम के अनुसार निश्चित प्रमाण वाली a,b भुजाओं से बनने वाले दो वर्गों का योग $(b + 2)^2$ के समतुल्य होता है तथा इस निश्चित प्रमाण वाली भुजाओं से बनने वाले त्रिभुज का कर्ण b + 2 होता है। यह विशेषता तभी सम्भव है, जब हम a,b भुजाओं को निम्नानुसार समकक्ष मानकर संक्रियाएँ करें—

n = कोई यथेष्ट संख्या

$(2n)^2 = a^2$ तथा $(n^2 - 1)^2 = b^2$ होने पर—

$$(2n)^2 + (n^2 - 1)^2 = (n^2 + 1)^2$$

अथवा शुल्व सूत्रानुसार $\rightarrow a^2 + b^2 = (b + 2)^2$

साथ ही कर्ण के सूत्रानुसार—

2n लम्ब, n^2-1 भुज होने पर, n^2+1 कर्ण,

या शुल्व सूत्रानुसार a अर्थात् (2n) लम्ब,

b अर्थात् (n^2-1) भुज होने पर b + 2 कर्ण।

इस प्रकार शुल्व सूत्र के इस विवरण से उक्त सूत्र का संकेत मिलता है।

भारतीय गणित में संख्याओं के गुणनखण्डन (m,n) के आधार पर त्रिक का सूत्र विकसित नहीं है। आगे चलकर महावीराचार्य ने अपनी मौलिकता बनाए रखते हुए जो सूत्र विकसित किया वह उन बीज संख्याओं (a,b) के आधार पर है, जिनका जोड़, घटाव क्रमशः m,n बनता है। इसे तुलनात्मक रीति से प्रकट करते हैं—

पाइथागोरस के अनुसार—

क्योंकि $\rightarrow$ कोटि^{2} = (कर्ण + भुज) (कर्ण − भुज) $= m^2 \times n^2$,

कर्ण + भुज $= m^2$, कर्ण − भुज $= n^2$

अत: → कोटि $= m \times n$, कर्ण $= \frac{m^2 + n^2}{2}$, भुज $= \frac{m^2 - n^2}{2}$

महावीर के अनुसार → $m = a + b$, $n = a - b$ मानते हुए—

क्योंकि → कोटि $= (a + b)(a - b)$, कर्ण + भुज $= (a + b)^2$,
कर्ण − भुज $= (a - b)^2$

अत: → कोटि $= a^2 - b^2$, कर्ण $= a^2 + b^2$, भुज $= 2ab$

इस प्रकार महावीर ने इस सम्पूर्ण विवरण को अपनी अलग विशिष्टता से वर्णित किया है। इनके पर्यवसित सूत्र की एक विशेषता यह है कि यह सम या विषम किसी भी संख्या को a,b मानकर कार्यशील होता है। जबकि पाइथागोरीय सूत्र में m,n के रूढ़ होने की शर्त है। इस प्रकार महावीर का सूत्र अधिक व्यापक है।

त्रिभुज के क्षेत्रफल का सूत्र—इसे 100 ई.पू. के गणितज्ञ हीरोन के नाम पर Heron's formula के रूप में जाना जाता है। ब्रह्मगुप्त ने 628 ई. में विरचित ब्राह्मस्फुट-सिद्धान्त में इसका वर्णन किया है। यह माना जाता है कि ब्रह्मगुप्त ने मूलत: हीरोन से सूत्र प्राप्त करके इसका विस्तार किया था।

पर यहाँ भी यह ध्यान देने योग्य है कि ब्रह्मगुप्त ने हीरोन की प्रक्रिया के विपरीत पहले चतुर्भुज के क्षेत्रफल के लिये इस सूत्र को विकसित किया। पश्चात् त्रिभुज में एक भुजा को शून्य मानकर त्रिभुज के लिये इसे लागू किया। अत: ब्रह्मगुप्त के अनुसार त्रिभुज के क्षेत्रफल के सूत्र का विकासक्रम—

$$\sqrt{(s-a)(s-b)(s-c)(s-o)} \Rightarrow \sqrt{s(s-a)(s-b)(s-c)}$$

इस विवरण से ब्रह्मगुप्त द्वारा प्रस्तुत सूत्र की मौलिकता सिद्ध होती है। पर D.E. Smith जैसे इतिहासकार इसे इस रूप में प्रस्तुत करते हैं कि ब्रह्मगुप्त, महावीर आदि किसी ने भी आर्किमिडीज़ या हीरोन आदि के

कार्यों से लाभ प्राप्त नहीं किया था[1]। पर अन्य प्रसंग में भारतीय विद्वानों द्वारा अधिक सही सूत्र प्राप्त करने पर वे इनकी मौलिकता पर प्रश्नचिह्न लगाते हैं। आर्यभट द्वारा आर्किमिडीज़ से भी सही तथा सुनिश्चित का π मान प्राप्त करने की स्थिति में वे कहते हैं कि यह बहुत सन्देहास्पद है कि आर्यभट कहाँ तक इसे स्वयं प्रयुक्त कर पाए थे[2]।

प्रस्तुत प्रसंग में स्मिथ जैसे विद्वानों कि आपत्ति इस बात को लेकर है कि ब्रह्मगुप्त, महावीर इत्यादि चतुर्भुज के क्षेत्रफल के लिए $\sqrt{(s-a)(s-b)(s-c)(s-d)}$ सूत्र को विकसित करते समय इतना भी ध्यान नहीं रख पाए कि यह सूत्र केवल चक्रीय चतुर्भुज के क्षेत्रफल के लिये लागू होता है[3]।

बड़े खेद का विषय है कि स्मिथ जैसे अनेक विद्वान् ब्रह्मगुप्त आदि पर इस प्रकार का दोष मढ़ते रहे हैं। जबकि थोड़ा गहराई में अनुशीलन से इसका आसानी से समाधान हो जाता है। यह सही है कि ब्रह्मगुप्त ने चतुंर्भुज के क्षेत्रफल के सूत्र में चक्रीय चतुर्भुज की सीमा नहीं बताई है। पर इसके केवल 6 श्लोक के पश्चात् चतुर्भुज का विकर्ण प्राप्त करने के लिये एक बढ़िया सूत्र दिया है। पर चतुर्भुज के आकार के अनियत होने से अनेक विकर्ण प्राप्त हो सकते हैं। पुनः सूत्र से एक निश्चित विकर्ण प्राप्त करने का कोई विशिष्ट कारण होना चाहिये। इससे प्रकट होता है कि वे एक निश्चित चक्रीय चतुर्भुज के विकर्ण को प्राप्त करना चाहते हैं। सूत्र की उपपत्ति से भी स्पष्ट है कि वह चक्रीय चतुर्भुज के अद्वितीय विकर्ण को प्राप्त करने के लिये ही है।

ब्रह्मगुप्त के चतुर्भुज के क्षेत्रफल के सूत्र को इस विकर्ण के सूत्र के साथ जोड़कर प्रस्तुत किया जाना चाहिये। आगे चलकर 15वीं शताब्दी के लीलावती के टीकाकार परमेश्वर ने ऐसा किया भी है। अगर ऐसा न करें तो

---

1. ....and neither one was aware of the works of Archemedes or of Heron—Introduction on G.S.S. by D.E. Smith.
2. ....although it seems doubtful how far he used it himself—ibid.
3. ....but neither one observes that it holds only for a cyclic figure-ibid.

इस प्रश्न का उत्तर देना होगा कि आखिर किस उपयोग के लिये ब्रह्मगुप्त ने इस क्षेत्रफल के सूत्र के तुरन्त बाद विकर्ण का सूत्र प्रस्तुत किया है।

इस विवेचना के अनुसार ब्रह्मगुप्त के प्रस्तुत सूत्र को अतिव्याप्ति दोष से ग्रस्त कहने की अपेक्षा अस्पष्ट व्याख्या से परिपूर्ण कहना अधिक उचित प्रतीत होता है। इस अस्पष्टता के कारण आगे श्रीधर आदि ने इसे सभी प्रकार के चतुर्भुजों के प्रति समन्वयनीय मान लिया था। पर भारतीय शास्त्र पद्धति के अनुसार किसी शास्त्रीय वचन की पूर्वापर संगति के साथ व्याख्या करना समुचित होता है।

टॉलेमी प्रमेय या ब्रह्मगुप्त प्रमेय

इस चक्रीय चतुर्भुज की चारों भुजाओं तथा इसके विकर्ण के बीच सहसम्बन्ध को प्रकट करने के लिये एक सूत्र प्राय: 85-165 ई. Claudius Ptolemy के नाम पर टॉलेमी प्रमेय (Ptolemy theorem) के नाम से जाना जाता है। ब्रह्मगुप्त ने इससे कहीं आगे बढ़कर चक्रीय चतुर्भुज के विकर्ण की सही माप प्राप्त करने के लिये प्रस्तुत प्रमेय तथा एक अन्य प्रमेय को मिलाकर समन्वित रूप में प्रस्तुत किया है। इन्हें अलग-अलग इस प्रकार प्रकट करते हैं—चतुर्भुज की भुजाओं को a,b,c,d तथा विकर्ण को xy से संकेतित करने पर—

टॉलेमी प्रमेय $\rightarrow ac + bd = xy$

ब्रह्मगुप्त प्रमेय $\rightarrow ac + bd = xy$ तथा

$$\frac{ab + cd}{ad + bc} = \frac{x}{y}$$

ब्रह्मगुप्त ने इन दोनों को मिलाकर निर्मित एक सूत्र द्वारा x, y का मान प्राप्त किया है। स्पष्टत: ब्रह्मगुप्त ने अपनी मौलिकता बनाए रखते हुए सूत्र को अधिक व्यापक रूप दिया है।

अनिश्चित समीकरण की पद्धतियाँ

दो चरों वाले अनिश्चित समीकरण को हल करने का श्रेय प्राय: 260 ई. के विद्वान् डायफैंटस (Diophantus) को प्रदान किया जाता है। भारत में

इसका प्रथम निरूपण 476 के महान् गणितज्ञ आर्यभट के ग्रन्थ में प्राप्त होता है।

इनके पश्चात् ब्रह्मगुप्त ने 'कुट्टक' नामक एक विशेष विधि के अन्तर्गत अनेक पारिभाषिक शब्दों के साथ इसका सम्पूर्ण निरूपण किया है। ब्रह्मगुप्त की यह पद्धति डायफैंटस से सर्वथा विलक्षण है। इस पद्धति में आधुनिक गणित के लिये दो चरों वाले समीकरण-निकाय द्वारा निश्चित हल प्राप्त करने की प्रक्रिया अन्तर्निहित है। ब्रह्मगुप्त की विधि की उपपत्ति ढूँढ़ने से हमें ज्ञात होता है कि इसमें एक समीकरण के साथ एक अन्य ऐसे समीकरण का सृजन किया जाता है, जिसका मान 0 हो। इस प्रकार समीकरण-निकाय की उपस्थिति में x,y का एक निश्चित मान प्राप्त किया जाता है। उसके आधार पर एक समीकरण के x,y के अनेक मान ज्ञात किये जाते हैं। यह विधि डायफैंटस से भिन्न है। इसे इस प्रकार करते हैं—

डायफैंटस के अनुसार समीकरण $\rightarrow Ax - By = C$

कुट्टक के अनुसार समीकरण $\rightarrow \dfrac{By + C}{A} = x \Rightarrow Ax - By = C$

कुट्टक विधि से सृजित अन्य समीकरण $\rightarrow \quad Px - qy = 0$

इस सम्पूर्ण विवरण से प्रकट है कि भारतीय गणित ने अनेक प्रसंगों में विश्व-गणित को योगदान दिया है तथा उनसे प्राप्त भी किया है। प्राप्त करने की स्थिति में अपनी विशिष्टता तथा मौलिकता को अवश्य बनाए रखा है।

प्राचीन गणित अध्ययन की वर्तमान स्थिति

भारत में प्राचीन ज्ञान-सम्पदा की खोज के लिये जो कार्य हो रहा है, उसमें सबसे कम ध्यान गणित, विज्ञान आदि विषयों के लिये है। परिणामत: प्राचीन गणितीय मनीषा का भली प्रकार मूल्यांकन नहीं हो पा रहा है। इस स्थिति में यदि भारत की कोई मौलिक खोज दृष्टिगोचर होती है तो उसे सन्दिग्ध बताया जाता है। यदि विदेश की खोज के पश्चात् भारतीय विवेचना में कोई विलक्षणता होती है तो उसे

अस्पष्ट कहकर उसका मूल्य कम किया जाता है। यह विडम्बना है कि विदेशों के प्राचीन अनेक सूत्र उनके आविष्कर्ता के नाम से विख्यात हैं, पर भारत के आविष्कर्ताओं की उनके नाम से प्रसिद्धि नहीं मिल पाई है। पर्याप्त शोध के अभाव में हम स्वयं भी उस प्रसिद्धि के प्रति जागरूक नहीं हो पाते। देश की पाठ्य पुस्तकें भी अत्यन्त दबे स्वर में बड़े संकोच के साथ किसी उपलब्धि को प्रकट करना चाहते हैं।

प्राचीन शास्त्रों का गहराई से अध्ययन न होने के कारण हम विदेशी विद्वानों की सम्मति को ही दुहराए चले जाते हैं। डॉ. स्मिथ ने कह दिया है कि ब्रह्मगुप्त ने अपने चतुर्भुज के सूत्र में चक्रीय चतुर्भुज की सीमा का ध्यान नहीं रखा है, अतः सभी ऐसा ही कहते हैं। प्राचीन शास्त्रों की पूर्वापर संगति की तथा उपपत्तियों के संकेत की परम्परा का भी ध्यान नहीं रखते।

प्राचीन गणित का आधुनिक गणितीय विधियों के साथ मिलाकर आधुनिक चिह्नों का प्रयोग करते हुए यथेष्ट अध्ययन नहीं हो पाया है। प्राचीन गणित में हमें यह नहीं बताया जाता कि 'कुट्टक' के लिये वल्ली निर्माण तथा ऊर्ध्वांक, अधरांक निकालने की क्या तार्किकता होती है अथवा यह कि यह सम्पूर्ण विधि आधुनिक गणित की किन संक्रियाओं के अनुरूप सिद्ध होती है। इस स्थिति में सभी यही कहते हैं कि कुट्टक अनिर्धार्य समीकरणों के हल के लिये है। हमें यह नहीं बताया जाता कि इस विधि की उपपत्ति में समीकरण-निकाय के सृजन द्वारा अद्वितीय हल (Unique solution) की प्रक्रिया भी अन्तर्निहित है।

प्राचीन गणित की विधियों में उन उपपत्तियों की भी पर्याप्त व्याख्या नहीं हो पाई है, जिनका निर्देशन लेखकों ने स्वयं अन्य प्रसंग में दिया है। भास्करीय बीज-गणित में वर्ग समीकरण की विधि के अन्तर्गत उस किसी इष्ट संख्या को दोनों पक्षों में जोड़ने की बात कही है, जिससे दोनों पक्षों का वर्गमूल प्राप्त हो सके[1]। इसकी व्याख्याओं में भी स्पष्ट रूप से नहीं बताया जाता कि किस संख्या को किस नियम के अनुसार जोड़ना है। यद्यपि

1. ....पक्षौ तदेष्टेन निहत्य किञ्चित्। क्षेपं तयोर्येन पदप्रदः स्यात्।
(भास्करीय बीजगणित, अव्यक्तवर्गादि समीकरण, श्लोक 1)

भास्कराचार्य ने ही अन्य ग्रन्थ लीलावती में द्विपद के वर्ग बनाने के नियम का उल्लेख किया है[1]। इस नियम को जोड़कर व्याख्या करने से प्रस्तुत विधि की उपपत्ति आदि आसानी से ज्ञात हो सकती है।

प्राचीन गणित के अत्यन्त महत्त्वपूर्ण ग्रन्थों तक की व्याख्याएँ उपलब्ध नहीं हो पाई हैं। शुल्व-सूत्र, आर्यभटीय जैसे अत्यन्त मूल्यवान् ग्रन्थों की भी सम्पूर्ण उपपत्तियों आदि के साथ हिन्दी भाष्य उपलब्ध नहीं है। भास्कराचार्य के पश्चात् शताब्दियों तक विरचित अनेक मूल्यवान् ग्रन्थ तो अब तक प्रकाशित भी नहीं हो पाए हैं। इसी स्थिति में विदेशी विद्वानों द्वारा यह प्रवाद प्रचलित कर दिया गया कि भारत में भास्कराचार्य के पश्चात् गणित का अध्ययन अवरुद्ध हो गया था। स्वदेशी विद्वानों द्वारा भी ग्रन्थों को खोजे बिना यही मत अनेकशः दुहराया जाता है।

प्रस्तुत ग्रन्थ का उद्देश्य

यह ग्रन्थ गणित की इस विषम परिस्थिति का कुछ सीमा तक समाधान के लिये समर्पित है। इसमें प्राचीन गणित के विद्वानों उनके ग्रन्थों, घटनाओं आदि की अपेक्षा उनके गणितीय कार्यों पर अधिक ध्यान संकेन्द्रित किया गया है। ग्रन्थ के अध्याय भी विद्वानों के क्रम से न होकर विषय-क्रम से बनाए गए हैं। संक्षेपतः उद्देश्य इस प्रकार है—

1. इसमें गणित के अनेक विषयों का कालक्रमानुसार विकास के साथ समन्वित तथा सम्पूर्ण स्वरूप देने का प्रयास किया गया है। श्लोक में कहे गए नियमों को आधुनिक चिह्नों से युक्त सूत्र का स्वरूप प्रदान किया है। प्रत्येक नियम के विषय में यह बताने की चेष्टा की गई है कि यह आधुनिक सूत्र से किस प्रकार समकक्ष है।
2. विविध नियमों के लिये देश विदेश से आदान प्रदान को निरूपित किया गया है। अन्य देशों से आदान के पश्चात् भी उनकी विलक्षणता को सिद्ध किया गया है।

---

1. खण्डद्वयस्याभिहतिर्द्विनिघ्नी तत्खण्डवर्गैक्ययुता कृतिर्वा।
(लीलावती, अभिन्नपरिकर्माष्टक, श्लोक 9)

3. सभी नियमों की उपपत्ति पर विशेष ध्यान दिया गया है। यदि किसी नियम की उपपत्ति प्राचीन ग्रन्थों के ही किसी ग्रन्थ से सम्भव है तो उसे विशेष रूप से रेखांकित किया गया है। उपपत्ति के इस क्रम में यदि किसी अन्य सूत्र या सिद्धान्त का संकेत मिलता हो तो उसे भी प्रस्तुत किया गया है।
4. अन्य शास्त्रों में भी प्रसंगवश कहे गए सिद्धान्तों के लिये भी यथावसर स्थान दिया गया है।
5. उदाहरणों में प्रतिबिम्बित सामाजिक, आर्थिक स्थिति का भी आवश्यकतानुसार वर्णन किया गया है।
6. प्राचीन दुर्लभ ग्रन्थों के माध्यम से अंक-गणित की विधि को बीज-गणित से अथवा अंक-गणित की उपपत्ति को रेखा-गणित द्वारा दिखाया गया है।
7. आधुनिक गणित के लिये प्राचीन नियमों के तथा विविध पारिभाषिक शब्दों के अवदान को विस्तार के साथ निरूपित किया गया है।

धन्यवाद प्रकाशन—मैं सर्वप्रथम उस अचिन्त्य, अगम्य परम सत्ता के प्रति नतमस्तक हूँ, जिसकी सर्वोच्च गणितीय मनीषा से यह सम्पूर्ण जगत् व्यवस्थित, नियन्त्रित एवं सचालित हो रहा है। उसके पश्चात् मैं विश्व के गणित के विद्वानों की लम्बी परम्परा के प्रति विनयावनत हूँ, जिन्होंने अपने निरन्तर चिन्तन से इसे शास्त्र का स्वरूप प्रदान किया है। जिस प्रकार कोई चित्रकार बाहरी मूर्ति को देख कर उसे अन्तःकरण की अमूर्त वृत्ति के रूप में धारण करके उसे पुनः मूर्त स्वरूप प्रदान करता है[1]। उसी प्रकार गणित के विद्वानों ने जगत् के प्रांकृतिक पदार्थों तथा नियमों को अमूर्त गणित के रूप में अनुकृत करके विश्व की मूर्त संरचना में सहयोग प्रदान किया है। इस प्रकार मानव की सम्पूर्ण संरचना, समस्त हस्त-कौशल वास्तव में गणित की अनुकृति है। महान् दार्शनिक अरस्तू के शब्दों का पुनर्निर्धारण करते हुए

---

1. यथैकबुद्धिविषया मूर्तिराक्रियते पटे। (वाक्यपदीय, ब्रह्मकाण्ड, श्लोक 52)

गणित ईश्वर के प्राकृतिक पदार्थों तथा नियमों का Imitation है। मानव की संरचना गणित का Imitation है। इस प्रकार मानव का सम्पूर्ण हस्त-कौशल Imitation का Imitation है। मैं इस प्रकार के गणित का निरन्तर विस्तार देने वाले विद्वानों के प्रति विनम्र श्रद्धाभाव प्रकट करता हूँ।

श्री मु.म. टाउन इण्टर कॉलेज, बलिया में व्याख्याता श्री भोला प्रसाद 'आग्नेय' ने इस ग्रन्थ का पुनरीक्षण करके अनेक बहुमूल्य सुझाव प्रदान किये हैं। मैं उनके गणित तथा विज्ञान के गम्भीर अध्ययन तथा सूक्ष्म दृष्टि की अत्यन्त प्रशंसा करता हूँ तथा इस कार्य के लिये उन्हें हार्दिक धन्यवाद ज्ञापित करता हूँ।

इस ग्रन्थ के पृष्ठ संयोजन, टाइप सेटिंग आदि कार्यों को तारा प्रिंटिंग वर्क्स, वाराणसी के श्री रवि प्रकाश पण्ड्या जी ने पूरी रुचि एवं तन्मयता से सम्पन्न कराया है। टाइप सेटिंग के कार्य को श्री राजेन्द्र वर्मा जी ने अत्यन्त निपुणता से पूरा किया है। मैं इनके प्रति हार्दिक धन्यवाद प्रकट करता हूँ।

इस ग्रन्थ के प्रकाशन का कार्य प्रख्यात प्रकाशक मोतीलाल बनारसीदास, नई दिल्ली ने सम्पन्न किया है। भारतीय मनीषा को सम्पूर्ण विश्व में प्रसारित करने के महान् लक्ष्य के अन्तर्गत श्री राजेन्द्र प्रसाद जैन जी ने बड़ी प्रसन्नता से इसे प्रकाशित किया है। अत: मैं आपके प्रति हार्दिक सम्मान एवं आभार प्रकट करता हूँ।

ग्रन्थ के परिश्रमपूर्वक निरीक्षण करने पर भी इसमें मानव-सुलभ त्रुटियाँ हो सकती हैं। इसके लिये मैं विद्वानों के प्रति क्षमा प्रार्थी हूँ।

मर्त्यैरसर्वविदुरैर्विहिते क्व नाम।
दोषो निरीक्षणरतः सुचिरन्तनेऽपि॥

विदुषां विधेयः
सुद्युम्न आचार्यः

अंक-गणित एवं बीज-गणित खण्ड

प्रथम अध्याय

संख्याओं की दुनियाँ

इस धरती पर बैठकर हम जितनी बड़ी दुनियाँ को देख सुन अथवा समझ सकते हैं, उतनी ही बड़ी एक और दुनियाँ है, और वह है—संख्याओं की दुनियाँ। मानव सभ्यता के प्रत्येक युग में मानव को इस विशाल दुनियाँ का अनुभव होता रहा है। विश्व के प्राचीनतम ग्रन्थ यजुर्वेद में वेदि में चुनी गई ईंटों की संख्या तथा उतनी ही गायों की प्रार्थित संख्या को प्रकट करने के लिये 1 से प्रारम्भ करके सबसे बड़ी संख्या 'परार्ध' का उपयोग किया गया है[1], जो कि 10^{12} के समतुल्य है। पर यह संख्याओं की सीमा नहीं अपितु उपलक्षण मात्र है। सामान्य लौकिक जीवन में हम जिन्हें असंख्य या अगण्य समझते हैं, उन्हें भी गिनने के लिये संख्याएँ मौजूद हैं, यदि हमारे पास गिनने का समय एवं सामर्थ्य हो तो। संख्याओं के लिखने की आधुनिक वैज्ञानिक पद्धति से इन्हें प्रकट करना आसान हो गया है। हमारी सामान्य भाषा में 'बालुका कणों के समान अगण्य' या 'समुद्र की बूँदों के समान असंख्य' कहने की चाल है। पर वैज्ञानिकों के एक मोटे अनुमान के अनुसार समुद्र की बूँदें 10^{30} से अधिक नहीं है तथा समुद्र-तट के बालुका-कणों की संख्या तो इनसे कहीं कम है। इन बूँदों की सही-सही संख्या गिनने की जरूरत नहीं। पर अनेक पदार्थों के माप को गिनने की जरूरत हुई तथा इन्हें संख्या के माध्यम से सही-सही जान भी लिया गया है। उदाहरण के लिये सूर्य का द्रव्यमान 10^{30} किलोग्राम है तथा एलेक्ट्रॉन

---

1. इमा मे अग्न इष्टका धेनवः सन्त्वेका च दश च दश च शतं च शतं च सहस्रं च सहस्रं चायुतं चायुतं च नियुतं च नियुतं च प्रयुतं चार्बुदं चार्बुदं च समुद्रश्च मध्यं चान्तश्च परार्धश्चैता मे अग्न इष्टका धेनवः सन्त्वमुत्रामुष्मिँल्लोके। (यजुर्वेद 17.2)

का द्रव्यमान 10^{-30} है। अन्य शब्दों में मोटे तौर पर कह सकते हैं कि यदि सागर की प्रत्येक बूँद को 1 किलोग्राम वजन जितना आकार दिया जाय तो ऐसी कुल बूँदों के समूह के समतुल्य सूर्य का द्रव्यमान होगा तथा 1 किलोग्राम पिण्ड को सागर की कुल बूँदों जितने अंशों में विभांजित करने पर उनमें से केवल 1 अंश का मान एलेक्ट्रॉन का द्रव्यमान होगा।

यह विवरण कोई गाथा या कहानी नहीं, अपितु वैज्ञानिक सच है। वैज्ञानिकों को इससे भी बड़ी दूरी वाले तारों को प्रकाश वर्ष आदि में नापने की जरूरत होती है। उन सब मात्रकों को अन्ततः संख्या से ही नापते हैं। अन्य नक्षत्रों की तुलना में काफी समीप कहा जाने वाला कन्या राशि पर चित्रा (spica) नक्षत्र धरती से 160 प्रकाश वर्ष या 1 पद्म 54 नील 20 खरब अर्थात् $10^{15} \times 1.542$ किलोमीटर दूर है। साथ ही सामान्य वातावरण की वायु के प्रत्येक घन सेंटीमीटर में 27 शंख अर्थात् $10^{17} \times 2.7$ अणु होते हैं[1]। ध्यान रहे यह विराट् संख्या उपरिलिखित सागर की बूँदों से बहुत कम है—**इस प्रकार वस्तु चाहे छोटी से छोटी हो या बड़ी से बड़ी, मिलीमीटर से मापी गई हो या किलोमीटर से, माइक्रोस्कोप से देखी गई हो या टेलीस्कोप से—उन सबका अन्तिम परिमाप संख्या ही तो है! इस दृष्टि से तो उपनिषदों की तर्ज पर यह संख्या परिमाप का भी परिमाप है तथा मात्रकों का भी मात्रक है!**

भाषा तथा संख्या का सर्वप्रमुख कार्य

संस्कृत व्याकरण में जिस अर्थ वाली धातु से 'भाषा' शब्द बना है, उसी अर्थ वाली धातु से 'संख्या' शब्द को निर्मित माना गया है। अतः दोनों शब्दों का मोटे तौर पर 'बोलना' या 'कहना' अर्थ है। इस प्रकार दोनों का मौलिक रूप से एक ही कार्य है। ये दोनों विशिष्टीकरण या विभेदीकरण करते हैं तथा इसी प्रकार किसी वस्तु की पहचान बनते हैं। जब हम 'आम' का प्रयोग करते हैं तो हमें इमली, अनार आदि से विभक्त किसी फल की सूचना मिलती है। इस आम के साथ 'बड़ा', 'मीठा' जैसे

---

1. यह सम्पूर्ण विवरण वैज्ञानिक विश्वकोश, सरस गणित—या.इ. पेरेलमान, पृ. 133 आदि ग्रन्थों से एकत्र किया गया है।

विशेषणों के प्रयोग से हम इस आम को भी अन्य आमों से विशिष्ट बनाने का सामर्थ्य रखते हैं। भाषा में इन विशेषणों की संख्या सीमित है तथा इस प्रकार विशिष्टीकरण की क्षमता भी सीमित है।

इस क्षमता की तुलना में संख्याओं की क्षमता का तो कोई मुकाबला नहीं। संख्याएँ तो खरबों आमों को, अरबों बड़े आमों को, करोड़ों बडे मीठे आमों को अनायास ही विशिष्ट कर सकती हैं। अतएव महावैयाकरण भर्तृहरि ने अपने 'वाक्यपदीय' ग्रन्थ में बिल्कुल सही कहा है—

क्रियाभेदाय कालस्तु संख्या सर्वस्य भेदिका।

अर्थात् काल क्रिया का भेदक होता है। पर संख्या सभी द्रव्यों का, उनके सभी विशेषणों का, उनकी सभी उपाधियों के विभेदन का कार्य कर सकती है।

संख्याओं की इस विशेषता के कारण इन्हें 'अंक' नाम भी दिया गया है। अंक का मूल अर्थ कोई चिह्न अथवा लक्षण है। महाभाष्य में कहा है कि कोई गाय अंकित होने पर अन्यों से विशिष्ट रूप में प्रकाशित होती है[1]। संख्या भी विशिष्टीकरण के कार्य से अंक कही जाती है।

भाषा तथा संख्या का महत्त्व

भारतीय मनीषा भाषा तथा संख्या दोनों के विशिष्टीकरण के सामर्थ्य तथा इसके महत्त्व का सूक्ष्मता से अनुचिन्तन करती रही है। संस्कृत में 'मुख्य' शब्द मूल रूप से भाषा व्याकरण के तथा 'मूर्धन्य' शब्द संख्या गणित के अतिशय महत्त्व को प्रकट करने के लिये विकसित हुआ है। 'मुख्य' शब्द का मूल अर्थ वेद के मुख के समान महत्त्वपूर्ण व्याकरण है, जिसके लिये महान् गणितज्ञ भास्कराचार्य ने इस प्रकार कहा है—

यो वेद वेदवदनं सदनं हि सम्यक्।
ब्राह्मया: स वेदमपि वेद किमन्यशास्त्रम्।।

(सिद्धान्तशिरोमणि, गोलाध्याय, श्लोक 8)

---

1. वेदमुखमिव प्रधानत्वान्मुख्य:—शाखादिभ्यो य: (अ.सू. 5.3.103)

अर्थात् जो वेदों के निवास स्थान, वेद के मुख—व्याकरण को जानता है, वह वेद को भी जानता है, अन्य शास्त्रों का तो कहना ही क्या!

इसी प्रकार 'गणित' शब्द का सर्वप्रथम प्रयोग तथा इसे मूर्धन्य बताते हुए वेदांग ज्योतिष में इस प्रकार कहा है—

यथा शिखा मयूराणां नागानां मणयो यथा।
तद्वद् वेदांग-शास्त्राणां गणितं मूर्ध्नि वर्तते।।

अर्थात् जिस प्रकार मोर की कलंगी या साँपों की मणि सर्वोच्च स्थान में निवास करती है। उसी प्रकार वेदांग शास्त्रों के मध्य गणित सर्वोच्च स्थान में या मूर्धा में निवास करते हुए मूर्धन्य होता है।

इन्हीं कारणों से विद्वानों में यह मान्यता प्रचलित थी कि विद्याओं में एक आदर्श विद्या का नाम है—गणित विद्या। इसीलिये किसी जमाने में 'संख्या' शब्द ही 'विद्यामात्र' का तथा 'संख्यावान्' शब्द किसी भी विद्या के विद्वान् का पर्यायवाचक माना जाता था[1]।

इसीलिये एक प्रमुख दर्शनशास्त्र में सर्वाधिक महत्त्वपूर्ण ज्ञान को 'संख्या' नाम तथा इसकी व्याख्या करने वाले शास्त्र को 'सांख्य' नाम प्रदान किया गया[2]।

संख्या की प्रकृति

दर्शनशास्त्र में भाषा के शब्द तथा संख्याओं की प्रकृति के विषय में भी विस्तार से विचार-विमर्श किया गया है। उनके अनुसार इनकी प्रकृति को निम्न बिन्दुओं के अन्तर्गत निरूपित किया जा सकता है।

1. संख्याएँ मूर्त या अमूर्त होती हैं

भाषा के शब्दों के प्रति दर्शनशास्त्र का स्पष्ट विचार है कि शब्द उससे अभिहित अर्थ, उसका ज्ञान ये तीनों परस्पर भिन्न-भिन्न वस्तुएँ हैं। योग दर्शन

---

1. धीरो मनीषी ज्ञः प्राज्ञः संख्यावान् पण्डितः कविः—अमरकोश।
रणांगणे कृतान्ताभः संख्यावाँश्च सदोऽजिरे—काशीखण्ड 82.8।
2. सत्त्वपुरुषान्यताख्यातिः संख्या। संख्यामधिकृत्य कृतं शास्त्रं सांख्यम्।

व्यास भाष्य में स्पष्ट कहा है कि कोई शब्द, उसका अभिधेय अर्थ तथा उसका ज्ञान—इन तीनों को लोग अभिन्न रूप से ग्रहण कर लेते हैं। पर वास्तव में ये तीनों परस्पर सर्वथा विभक्त होते हैं[1]। यद्यपि सामान्य मनुष्य में इन तीनों के प्रति बहुंत घालमेल देखा जाता है। पर परीक्षण से इनकी सर्वथा भिन्नता ही स्थापित होती है।

पर क्या संख्याओं के प्रति भी ऐसी ही स्थिति है? अथवा यों कहें कि क्या 'दो' शब्द, उसका ज्ञान से सर्वथा भिन्न कोई 'दो' संख्या बाहरी दुनियाँ में उपस्थित रहती है?

न्यायशास्त्र के विद्वान् इस प्रश्न का उत्तर हाँ में देते हैं। उनका मानना है कि जिस प्रकार 'मीठा आम' आदि प्रयोगों में आम को विशिष्ट बनाने वाला 'मीठा' नामक पदार्थ मधुर गुण रूप से आम में रहता है, उसी प्रकार 'दो आम' इस प्रयोग में दो संख्या आम को विशेषित करते हुए तथा इस प्रयोग का कारण बनते हुए बाहरी दुनियाँ के आम में समवेत होती है। ऐसा मानकर ही 'दो आम' जैसे प्रयोगों की वैधता सम्भव है। लौकिक जीवन में सामान्य प्रतीति भी इसी प्रकार है[2]।

पर वास्तव में प्रश्न इतना आसान नहीं है। बौद्ध दार्शनिकों ने ऐसी मान्यता का जोरदार विरोध किया है। उनका कहना है कि गज आदि द्रव्यों में उनसे भिन्न किसी गुण के रूप में यह संख्या कभी उपलब्ध नहीं होती। अत: इस रूप में इसका निरूपण सर्वथा असम्भव है[3]। आधुनिक विज्ञान का भी मानना है कि किसी भी पदार्थ को बाहरी दुनियाँ में तब तक मानना असम्भव है जब तक उसकी द्रव्य या ऊर्जा के निश्चित लक्षणों की तथा

---

1. गौरित्यर्थो गौरिति ज्ञानमित्यविभागेन विभक्तानामपि ग्रहणं दृष्टम्। विभज्यमानाश्चान्ये शब्दधर्मा अन्येऽर्थधर्मा अन्ये ज्ञानधर्मा इत्येतेषां विभक्त: पन्था:।

(योगदर्शन 1.42 पर व्यास भाष्य)

2. संख्या एकत्वादि-व्यवहारहेतु: सामान्यगुण:। (तर्कभाषा, प्रमेय निरूपण)

3. अतद्रूपपरावृत्तगजादिव्यतिरेकिणी।
न संख्या भासते ज्ञाने दृश्येष्टा नैव सास्ति तत्॥

(तत्त्व संग्रह, गुणपदार्थपरीक्षा, श्लोक 637)

बाह्य कारणों से बाह्य उत्पत्ति की स्पष्ट व्याख्या न की जा सके। हमारे ज्ञानमात्र से बाहरी दुनियाँ में परिभाषित हो सकने वाले कोई पदार्थ उत्पन्न नहीं हो सकते।

इस प्रकार सिद्ध है कि 'दो' शब्द है, दो का अमूर्त ज्ञान है। पर बाहरी दुनियाँ में दो या तीन जैसी संख्याओं का कोई भौतिक रूप से अस्तित्व नहीं है। होता यह है कि हम बाहरी पदार्थों की एक विशेष दशा में दो या तीन का ज्ञान प्राप्त करते हैं तथा उन्हें स्वभाववश उन पदार्थों में आरोपित करते हैं। समान परिस्थितियों में सभी ऐसा करते हैं तथा इसीलिये वे परस्पर समान व्यवहार प्राप्त करते हैं। गणितीय संक्रियाएँ करते समय भी हम आन्तरिक ज्ञान में वर्तमान संख्याओं का उपयोग करते हैं। इनसे प्राप्त परिणाम को पुन: बाहरी पदार्थ में आरोपित करते हैं। यह परिणाम बाहरी पदार्थ में सदा सामंजस्यपूर्ण, सर्वथा सही एवं सुनिश्चित (accurate) होता है। अत: गणितीय संख्याओं को बाहरी दुनियाँ में मानने को भी सामान्यत: भ्रमपूर्ण नहीं समझा जाता; क्योंकि ऐसा मानते हुए भी प्राप्त परिणाम अशुद्ध नहीं होते। वेदान्त में ऐसे भ्रमों को 'संवादिभ्रम' कहा गया है[1] तथा इन्हें विचारसह माना गया है। हम इन पंक्तियों को पढ़ते समय जो कुछ कागज में देख रहे हैं, वे वास्तव में आड़ी तिरछी रेखाएँ हैं। इन्हें ही अक्षर मान लेना संवादिभ्रम है। यह दोषपूर्ण नहीं है; क्योंकि ऐसा मानकर भी इनसे सही अर्थ निकालने तथा इस प्रकार सही परिणाम प्राप्त करने में कोई कठिनाई या विरोध उपस्थित नहीं होता।

पर कुछ दशाओं में गणितीय संक्रियाओं से प्राप्त परिणाम बाहरी घटनाओं के अनुरूप नहीं भी होते। इन्हीं से यह प्रमाण मिलता है कि संख्याएँ बाहरी दुनियाँ में केवल आरोपित हैं, वास्तविक रूप से प्रतिष्ठित नहीं। उदाहरण के लिये गणित का एक सिद्धान्त यह है कि दो परिमेय संख्याओं के मध्य अनन्त परिमेय संख्याएँ खोजी जा सकती है। इसे लागू

---

1. दूरे प्रभाद्वयं दृष्ट्वा मणिबुद्ध्याऽभिधावतो:।
   ....मणिप्रभामणिभ्रान्ति: संवादिभ्रम उच्यते॥

(पञ्चदशी, ध्यान-दीप-प्रकरण श्लोक 4.6)

करते हुए महान् दार्शनिक अरस्तू (Aristotle) ने परमाणु का प्रतिषेध करते हुए यह सिद्धान्त स्थिर किया कि कोई भी पिण्ड या उसका कोई कण अनन्त रूप से विभाजित किया जा सकता है[1], यदि हमारे पास उतना समय तथा वैसा सामर्थ्य हो। पर क्या व्यवहार में ऐसा होता है? हम जानते हैं कि कोई भी कण अणु तक विभाजन के पश्चात् विभाजित होने पर अपने गुण, रचना, भार आदि के स्वरूप को ही खो बैठता है। तब उस स्वरूप में उसके विभाजन का अर्थ ही समाप्त हो जाता है। महर्षि कणाद तथा उनके व्याख्याकारों ने इस दृष्टि से अणु, परमाणु को अपने स्वरूप में अनन्त तक विभाज्य होने का प्रतिषेध करते हुए इसे मानने पर अनवस्था दोष उठाया है। उनका कहना है कि इस स्थिति में 'सुमेरु-सर्षप' अर्थात् सुमेरु जैसा पहाड़ तथा सरसों का दाना में बड़े, छोटे का कोई अन्तर न रह जावेगा; क्योंकि जब दोनों अपने अनन्त कारण-अवयवों से निर्मित हों तो कारणों की समानता की स्थिति में इनके परिमाण के कम अधिक होने को किस तर्क से सिद्ध किया जा सकेगा[2]। अत: व्यवहार में ये अपने स्वरूप में अनन्त विभाज्य नहीं हो सकते।

इसी प्रकार गणित सिद्धान्त के अनुसार $\sqrt{2}$ = अपरिमेय राशि (irrational number) होती है। इस दशा में एक वर्ग क्षेत्र, जिसकी भुजा 1 मीटर हो उसके विकर्ण की लम्बाई अपरिमेय होनी चाहिये। पर हम जानते हैं कि बाहरी दुनियाँ के प्रयोगों में सूक्ष्म से सूक्ष्म नापियों में भी हमें अनन्त तक प्रतीक्षा नहीं करनी पड़ती। अपितु कुछ ही दाशमिक स्थानों जैसे $\sqrt{2}$ = 1.414213562 से हम विकर्ण की परिमेय संख्याओं में शुद्धतम लम्बाई प्राप्त कर लेते हैं। इन सबसे सिद्ध है कि गणितीय संख्याएँ बाहरी दुनियाँ में केवल आरोपित होती हैं, वास्तविक नहीं।

---

1. Aristotle categorically denied the existence of atoms. Any body can be infinitely divided, taught Aristotle. (Physics for every one, book 2, page 13)
2. यश्च तस्यावयव: स परमाणुर्भविष्यति......एवं तर्ह्यनवस्था। ततश्चावयविनामल्पतरत-मादिभावो न स्यात्। सर्वेषामनन्तकारणजन्यत्वाविशेषेण परिमाणप्रकर्षाप्रकर्षहेतो: कारण-संख्याभूयस्त्वाभूयस्त्वयोरसम्भवात्।

(प्रशस्तपादभाष्य, पृथिवी प्रकरण पर न्याय-कन्दली)

2. संख्याएँ सापेक्ष होती हैं

कोई संख्या किसी अन्य संख्या की अपेक्षा से ही उस संख्या को धारण करती है। इसलिये न्याय शास्त्र में इसे अपेक्षा बुद्धि से उत्पन्न माना गया है[1]। इस प्रकार कोई भी संख्या कूटस्थ नहीं है। अपितु 'वह' किसी अन्य की दृष्टि से ही 'वह' है, अन्यथा नहीं। इस प्रकार कोई भी पिण्ड एक ही समय 'दो' से लेकर 'परार्ध' तक कुछ भी हो सकता है। वह एक ही दृष्टि से 'वह' हो भी सकता है तथा उसी समय अन्य की दृष्टि से 'वह' नहीं भी हो सकता है। सापेक्ष पदार्थों की ऐसी व्याख्या में कुछ भी विरोध नहीं है। बायाँ तथा दायाँ, छोटा तथा बड़ा, ऊँचा तथा नीचा आदि सभी सापेक्ष प्रत्ययों के प्रति ऐसा ही देखा गया है।

पर एक निश्चित संख्या की दृष्टि से अन्य संख्या सर्वथा सुनिश्चित होती है। 'दो' की दृष्टि से अगली पूर्णांक 3 ही है, उससे जरा भी कम या अधिक नहीं। इस दृष्टि से इन्हें 'अच्चर संख्याएँ' कहते हैं। वास्तव में गणित के परिणामों की सुनिश्चितता का यही रहस्य है।

लेखन में संख्याओं की इस सापेक्षता को योगसूत्र व्यास भाष्य में 'स्थानीय मान' की व्याख्या के सन्दर्भ में भली प्रकार प्रकट किया गया है। वहाँ माना है कि सैकड़ा के स्थान पर लिखा गया 1 या 2 या 3 आदि कोई अंक अगले दो अंकों के सापेक्ष तदनुसार 1 या 2 या 3 × 100 को तथा वही दहाई में लिखे जाने पर 1 या 2 या 3 × 10 को तथा ठीक वही इकाई के स्थान पर केवल उसी संख्या को प्रकट करता है। वचन इस प्रकार है—

यथैका रेखा शतस्थाने शतं दशस्थाने दशैकं चैकस्थाने।

(योगसूत्र, व्यासभाष्य 3.13)

अर्थात् जैसे एक अंक को प्रकट करने वाली रेखा सैकड़ा के स्थान पर 100 दहाई के स्थान पर 10 तथा ठीक वही इकाई के स्थान पर केवल 1 अर्थ प्रदान करती है।

---

1. द्वित्वादयः परार्धान्ता अपेक्षाबुद्धिजा मताः। (कारिकावली, गुणनिरूपण श्लोक 107)

इस प्रकार कोई भी संख्या तथा किसी स्थानविशेष में लिखी गई संख्या—दोनों की सापेक्षता सिद्ध होती है।

संख्याओं के चमत्कार

प्राचीन भारतीय गणित के विद्वानों ने संख्याओं के बहुत से खेल तथा चमत्कार भी वर्णित किये हैं। यहाँ लगभग 850 ई. के महान् गणितज्ञ महावीराचार्य द्वारा प्रस्तुत कुछ उदाहरण इस प्रकार हैं—

महाराज की माला

यदि 12345679 (मूल में प्राचीन पद्धति के अनुसार शब्दों द्वारा प्रकट की गई संख्याएँ विपरीत क्रम से संकेतित हैं।) संख्या को 9 से गुणा किया जाय तो आचार्य महावीर ने कहा है कि इससे महाराज की बढ़िया माला तैयार होती है[1]। जैसे—

$$12345679 \times 9 = 111111111$$

इससे बढ़िया माला क्या हो सकती है, जिसमें 1 संख्या के फूल 9 बार पिरोए गए हों!

हम जानते हैं कि किसी संख्या-समूह के सभी अंकों का जोड़ 9 हो तो वह संख्या 9 से कट जाती है। यहाँ 1 संख्या के कुल 9 बार होने से इसका 9 से विभाजन स्वाभाविक है। इस माला के निर्माण करने वाली संख्या में क्रमशः एकोत्तर वृद्धि की गई है। हम देखते हैं कि इस निर्मात्री माला में क्रमशः फूलों को कम करने पर उससे क्रमशः एक या अधिक विरूप फूलों वाली माला प्राप्त होती है—

$$1234568 \times 9 = 11111112$$
$$2345679 \times 9 = 21111111$$

पूर्वोक्त माला के फूलों को वर्गित करने पर हम एक विलक्षण आरोही अवरोही क्रम वाली माला प्राप्त करते हैं। उदाहरणतः—

$$11111^2 = 123454321$$

---

1. नन्दाद्यृतुशरचतुस्त्रिद्वन्द्वैकं स्थाप्यमत्र नवगुणितम्।
आचार्यमहावीरैः कथितं नरपालकण्ठिकाभरणम्।।
(गणितसारसंग्रह, परिकर्मव्यवहार, श्लोक 10)

यह देखा जा सकता है कि निर्मात्री माला में जितने पुष्प (अंक) होते हैं, ठीक वही अंक इस निर्मित माला के मध्य में आता है। प्राचीन ग्रन्थों में इसकी उपपत्ति एक साथ नहीं लिखी है। अलग-अलग नियमों को मिलाने से इस प्रकार प्राप्त की जा सकती है—

निर्मात्री माला को पञ्च पद के वर्ग के रूप में लिखते हैं—

$$\overset{a}{(10000} + \overset{b}{1000} + \overset{c}{100} + \overset{d}{10} + \overset{e}{1})^2$$

अगले अध्याय में प्रोक्त नियम के अनुसार इसका गुणनफल प्राप्त कर सकते हैं। उसके अनुसार सभी पदों के वर्ग का योग तथा इन पदों से बनने वाले परस्पर गुणित युग्मों के द्विगुणन का योग ही इसका गुणनफल है। 'अंकपाश' नामक अध्याय के नियम से प्रकट है कि यहाँ ऐसे $\frac{5 \times 4}{1 \times 2} = 10$ युग्म बनेंगे। इस प्रकार—

$$a^2 + b^2 + c^2 + d^2 + e^2 + 2ab + 2ac + 2ad + 2ae +$$
$$2bc + 2bd + 2be + 2cd + 2ce + 2de$$

इस पर संक्रिया से जो माला तैयार होती है, वह है—

123454321

साहित्य-शास्त्र में भी 9 से गुणित चमत्कारी संख्याओं के विषय में अनेक संकेत प्राप्त होते हैं। एक मनोहारी श्लोक में कहा गया है कि महापुरुषों का स्वभाव सुख या दुःख में विचलित न होकर एक समान बना रहता है, जैसे वर्णों या संख्याओं में 'लाकृति' है[1]।

यहाँ 'लाकृति' का अर्थ 'ल्ट' अक्षर के समान आकार में लिखी जाने वाली 9 संख्या है। श्लोक में संकेत दिया गया है कि 9 से कटने वाली कोई भी बड़ी से बड़ी संख्या का योग अवश्य ही 9 अथवा उसका गुणज होता है। इस प्रकार उसका योग बदलता नहीं।

साथ ही ऐसी किसी भी संख्या का योग, उन संख्याओं का क्रम बदल कर नवीन संख्या का योग अथवा उस संख्या में से नवीन संख्या को घटाने पर प्राप्त संख्या का योग भी अवश्य ही 9 होता है।

---

1. महतां प्रकृतिः सैव वर्धितानां परैरपि। न जहाति निजं भावं अंकेषु लाकृतिर्यथा।।

साथ ही 9 से न कटने वाली किसी भी संख्या(a) का क्रम बदल कर(b) उस a संख्या में से b संख्या को घटाने पर प्राप्त संख्या का योग भी अवश्य ही 9 होता है तथा इस प्रकार वह भी 9 से अवश्य कटती है। उदाहरणत: पूर्वोक्त आरोही अवरोही माला का योग अग्रिम अध्याय में प्रोक्त नियमानुसार $5^2 = 25$ है। इसमें से क्रम बदल कर घटाने पर—

$$123454321 - 114325324 = 9128997$$

यह संख्या पुन: समरस लाकृति है!!

रत्नालंकृत आभूषण

अगर 14287143 (मूल में उनकी पद्धति के अनुसार संख्याएँ विपरीत क्रम से हैं।) संख्या को पर्वतों की संख्या 7 से गुणित किया जाय तो रत्नखचित कण्ठाभूषण तैयार होता है[1]। जैसे—

$$14287143 \times 7 = 100010001$$

इस कण्ठाभूषण में एक समूह में एक सुनिश्चित क्रम से संख्याओं के फूल तथा दूसरे समूह में पुन: ठीक उसी क्रम से फूल सजाए गए हैं।

महावीर के इस रत्नकण्ठिकाभरण का व्यापक सूत्र इस गुणनखण्डन में अन्तर्निहित है—

$$1443 \times 7 \times 9901 = 100010001$$

यहाँ 1443×7 इस गुणन से 10101 यह रोचक संख्या प्राप्त होती है। इसे किसी भी समान दो अंकों वाली संख्या से गुणित करने पर गुणनफल में वे ही अंक प्राप्त होते हैं, जो गुणक में वर्तमान रहते हैं। गुणक के अन्त में शून्य होने पर स्वभावत: उतने ही गुणनफल में भी सम्प्रतिष्ठित होते हैं। इस प्रकार—

$$10101 \times 9900 = 99999900$$

इसमें पुन: वही गुण्य वाली संख्या जोड़ने पर वह संख्या प्राप्त होती है, जिसे कण्ठिकाभरण कहा है—

$$99999900 + 10101 = 100010001$$

---

1. हुतवहगतिशशिमुनिभिर्वसुनयगतिचन्द्रमत्र संस्थाप्य।
शैलेन तु गणयित्वा कथयेदं रत्नकण्ठिकाभरणम्॥
(गणितसार संग्रह, परिकर्म-व्यवहार, श्लोक 12)

परिणाम और रोचक हो जाता है यदि हम तीन अंकों वाली किसी भी संख्या से 143 × 7 को गुणित करें। इस दशा में उसी क्रम वाले उन्हीं तीन अंकों के दुहराव वाली संख्या प्राप्त करते हैं। इसी प्रकार चार अंकों वाली किसी भी संख्या को 73 × 137 से गुणित करने पर गुणनफल में उसी क्रम वाले चार अंकों की द्विरावृत्त संख्या प्राप्त होती है। उदाहरणत: यथेच्छ कोई भी संख्या—

$$758 \times 143 \times 7 = 758758$$
$$8574 \times 73 \times 137 = 85748574$$

इस प्रकार के कण्ठाभूषण प्राप्त करने का कारण रोचक है। वास्तव में तीन अंकों वाली संख्याओं को उपरिलिखित संख्याओं से गुणा करते समय 143 × 7 = 1001 से तथा चार अंकों वाली संख्याओं को 73 × 137 = 10001 से गुणा करते हैं। इस प्रकार इस संक्रिया के द्वारा तीन अंकों वाली संख्या को छह अंकों वाली छोटी से छोटी संख्या बनाते हैं तथा उसमें ठीक वही संख्या जोड़ देते हैं। जैसे—

$$758 \times 1000 + 758 = 758758$$
$$8574 \times 10000 + 8574 = 85748574$$

इस संक्रिया से परिणाम में पुन: उन्हीं अंकों को प्राप्त करना सर्वथा स्वाभाविक है।

महाराज का कण्ठहार

यदि 142857143 (मूल में संख्याएँ विपरीत क्रम से हैं।) को पर्वत संख्या 7 से गुणित किया जाय तो महाराज का कण्ठहार तैयार होता है[1]। जैसे—

$$142857143 \times 7 = 1000000001$$

इस उदाहरण में मंध्य में 5 को छोड़ कर ठीक वे ही अंक हैं। यह वास्तव में पूर्वोक्त प्रदर्शन का विस्तार है। इसे इस गुणनखण्डन से प्रकट करते हैं—

---

1. अनलाब्धिहिमगुमुनिशरदुरिताक्षिपयोधिसोममास्थाप्य।
शैलेन तु गणयित्वा कथय त्वं राजकण्ठिकाभरणम्।।
(गणितसारसंग्रह, परिकर्म-व्यवहार, श्लोक 13)

$$143 \times 7 \times 999001$$

इसे पूर्वोक्तानुसार प्रदर्शित करने पर—

$$143 \times 7 \times 999 \times 1000 + 1001 = 999999 \times 1000 + 1001$$

$$\Rightarrow 1000000001$$

संख्याएँ प्रतीकों के रूप में

गणित के विद्वानों को इन सापेक्ष अचर राशियों के साथ गणितीय संक्रियाओं के क्रम में ऐसी संख्याओं की आवश्यकता पड़ी जो ऐसी किसी भी अनिश्चित या अज्ञात राशि को सूचित कर सकें। इन्हें अक्षरों के प्रतीकों द्वारा व्यक्त किया गया। विविध समयों में रथ की अनिश्चित गति, विविध दिनों में रथ द्वारा तय की गई अनिश्चित दूरी आदि को प्रकट करने के लिये इन संख्याओं का उपयोग किया गया। बाद में यह देखा गया कि इन अज्ञात राशियों को इस प्रकार किसी प्रतीक के रूप संकल्पित करने पर उन्हें ज्ञात करने में सुविधा होती है। तब इसकी विधियों का निरन्तर विकास होता गया तथा अन्त में इसने बीज गणित शास्त्र का रूप ले लिया।

संख्याओं का निरन्तर नया संसार

विश्व में विकास के साथ-साथ संख्याओं के प्रयोग के निरन्तर नए-नए आयाम विकसित हो रहे हैं। वास्तव में इनका यह विकास ही प्रगति का पैमाना बन गया है। आज विशिष्टीकरण के लिये संख्याओं के अलावा अन्य सभी उपाय पीछे छूट गए हैं। आज परीक्षार्थी अपनी परीक्षा की सम्पूर्ण प्रक्रिया में उसके रोल नम्बर से पहचाना जाता है। डाकखाने में शहर अथवा प्रदेश की जानकारी के लिये पिन कोड को सबसे बढ़िया एवं प्रामाणिक माना जाता है। टेलीफोन सुनिश्चित नम्बरों के द्वारा ही सुदूर स्थानों की सही पहचान करते हैं। कम्प्यूटर केवल निश्चित नम्बरों से निर्मित कोड के द्वारा अपने जटिल से जटिल कार्य को तत्काल पूरा करने में सफल होते हैं। इस प्रकार आधुनिक प्रगति का अर्थ संख्याओं के नए से नए संसार में प्रविष्ट होना मात्र रह गया है।

द्वितीय अध्याय

भाषा का गणित

भाषा-विज्ञान के विद्वानों का अनुमान है कि भाषा के इतिहास में परिवारवाचक तथा संख्या-वाचक शब्द प्राचीनतम शब्दों में से रहे होंगे; क्योंकि भाषा-परिवारों में इनके सर्वाधिक तुलनीय शब्द (Prototype) प्राप्त होते हैं। परिवार के प्राचीनतम स्वरूप में मानव ने माता, भाई, बहन को साथ देखा तथा इनके लिये शब्द विकसित किये।

इसके साथ ही मानव ने अपने सामने के लिये 'तुम' (तु[1] या त्वम्), अपने दोनों के लिये 'दो' (दुओ duo-Greek, द्वि या द्वम्-द्वन्द्व में–संस्कृत) तथा उस दूसरे के लिये (द्वितीय) के रूप में पहचान बनाई। अथर्ववेद के एक आलंकारिक मन्त्र में प्रेयसी के साथ एक मनोरम बातचीत में कहा है कि 'मैं यह (प्राण) हूँ, तुम वह (प्राण) हो, मैं साम हूँ, तुम ऋचा हो, मैं द्यौ हूँ, तुम पृथिवी हो। आओ हम लोग यहाँ मिल जावें, सन्तान पैदा करें[2]।

उपनिषदों में इस 'तुम' को दूसरा बताते हुए कहा कि—'पहले पुरुष रूप में आत्मा ही था, वह डरा, अकेले को डर लगता ही है, उसने सहायक की खोज की। अकेले में उसे अच्छा नहीं लगा। अकेले का मन

---

1. आ तू गहिं प्र तु द्रव—ऋग्वेद 8.13.14।
2. अमोऽहमस्मि सा त्वं सामाहमस्म्यृक् त्वं द्यौरहं पृथिवी त्वम्।
   ताविह सम्भवाव प्रजामा जनयावहै।। (अथर्व. 14.2.71)
   अम के प्राण अर्थ के लिये द्रष्टव्य—छान्दोग्य उपनिषद्, 3.5.2.6।

कहाँ लगता है। उसने **दूसरे** को चाहा। उसने अपने को **दो भागों** में विभक्त किया। वे ही पति, पत्नी हो गए[1]।

प्राचीनतम भाषाओं में 'दो' तथा 'द्वितीय' को अलग से प्रकट करने की उद्दाम भावना से सभी संज्ञा तथा क्रिया शब्दों में द्विवचन का विकास हुआ। जबकि परवर्ती भाषाओं में ये भारस्वरूप प्रतीत होते रहे तथा इनका निरन्तर क्षरण होता रहा है।

इस प्रकार 'दो' के रूप में पहचान के पश्चात् जो संख्याओं के विकास का क्रम चला, वह कहीं रुका नहीं। विश्व के प्राचीनतम ग्रन्थों में से एक यजुर्वेद के एक मन्त्र में एक से प्रारम्भ करके दश-गुणोत्तर संख्याओं का नाम सहित 'परार्ध' तक वर्णन है।

मानव-सभ्यता के प्राचीनतम युग में इन संख्याओं का भारत से यूरोप तक समान रूप से निरन्तर प्रचार-प्रसार एवं विकास होता रहा है। हम एक द्वि आदि संख्या शब्दों की जर्मन, लैटिन, इंग्लिश आदि के साथ आराम से तुलना कर सकते हैं। भाषा-वैज्ञानिकों ने इन भाषाओं के साथ तुलना के क्रम में एक अद्भुत विशेषता देखी। उन्होंने पाया कि जिन कुछ भाषाओं में ऊष्म अक्षर प्राप्त होते हैं, उनके स्थान पर अन्य कुछ सरूप भाषाओं में कण्ठ्य ध्वनि प्राप्त होती है। इसके उदाहरण के लिये उन्होंने संस्कृत के संख्यावाचक 'शतम्' को एक आदर्श शब्द माना तथा इसके आधार पर भारोपीय भाषाओं को सबसे पहले 'शतम्' तथा केन्तुम् (Centum-Latin) के नाम से उपविभाजित किया। इससे स्पष्ट है कि विश्व के भाषा वैज्ञानिक 'शतम्' जैसे संख्यावाचक शब्दों को सबसे प्राचीन तथा सबसे अधिक प्रसारित, अतएव परस्पर तुलनीय शब्दों में स्वीकार करते हैं।

संख्या-शब्दों की यह तुल्यता उनकी संरचना में ही नहीं अपितु उनमें निहित भाव तथा विचारों में भी है। सुदूर देशों के लोग एक ही प्रकार के

1. आत्मैवेदमग्र आसीत् पुरुषविधः...., सोऽबिभेत् तस्मादेकाकी बिभेति, सहायमीक्षाञ्चक्रे, स वै नैव रेमे, तस्मादेकाकी न रमते, स द्वितीयमैच्छत्...., स इममेवात्मानं द्वेधाऽपातयत्ततः पतिश्च पत्नी चाभवताम्। (बृहदारण्यक उपनिषद् 3.1.4)

विचारों से उस प्रकार के संख्या-शब्दों का प्रयोग करते रहे हैं। उदाहरण के लिये हजार अर्थ में वैदिक शब्द 'सहस्र' को लिया जा सकता है। आज से लगभग पौने 3 हजार वर्ष पहले महान् व्युत्पत्तिकार महर्षि यास्क ने कहा कि यह शब्द बल अर्थ वाले 'सहस्' शब्द से र प्रत्यय होकर विकसित है[1]। अतः इसका मौलिक अर्थ बलशाली है। हजार संख्या सौ से अधिक बलशाली होने से इस शब्द से सूचित है। निरुक्तकार की यह व्युत्पत्ति सबसे सफल व्युत्पत्तियों में से एक है; क्योंकि इसका प्रमाण भारोपीय शब्द (segheslo-kmtom) से प्राप्त है, जहाँ इसका अर्थ 'शक्तिशाली सौ' यह है[2]। इससे लगता है कि सुदूर देश के लोगों में भी इस शब्द के प्रयोग के पीछे एक ही प्रकार की भावना काम कर रही थी।

इस प्रकार इन संख्या-शब्दों को देखकर तो ऐसा लगता है मानों पूरी दुनियाँ एक साथ इकट्ठी हो गई हो। विश्व के इतिहास में ऐसे बहुत कम उदाहरण मिलते हैं, जिन्हें मानव-सभ्यता के उषःकाल से पूरे विश्व में अपनाया गया हो तथा आधुनिक विविधता भरे युग में भी जिसके मूल स्वरूप को बदलने का कोई साहस न कर पाया हो। यजुर्वेद में एक मनोरम परिकल्पना इस प्रकार कही है—

वेनस्तत् पश्यन्निहितं गुहा सद्यत्र विश्वं भवत्येकनीडम्।

अर्थात् वेन या विद्वान् पुरुष ने एक ऐसी गुफा देखी जहाँ पूरी दुनियाँ एक घोंसला बन जाय। सचमुच, संख्या-शब्द एक ऐसी ही अद्भुत गुफा है, जिसमें पूरी दुनियाँ सिमट कर एक घोंसला बन गई है।

कालक्रम में इन संख्या-शब्दों के स्थान पर आवश्यकतानुसार यदि कभी अन्य शब्द प्रचलित किये गए तो उन्हें भी सुदूर देश के लोगों ने भी उसी तत्परता के साथ स्वीकार किया। यजुर्वेद के उक्त मन्त्र में सहस्र के पश्चात् अयुत (दस हजार), नियुत (एक लाख), प्रयुत (दस लाख), अर्बुद (एक करोड़),

---

1. सहस्रं सहस्वत्—निरुक्त 3.10।
2. It is a wonderful etymology, entirely accepted by comparative philology, for the word has been traced to Indo-European 'segheslo-kmtom', the powerful hundred. (The Etymologies of Yaska, Dr. Siddheshwar Verma, Page 4)

न्युर्बुद (दस करोड़), समुद्र (एक अरब), मध्य (दस अरब), अन्त्य (एक खरब), परार्ध (दस खरब) नाम दिये हैं[1]। इन नामों में अयुत, नियुत, प्रयुत लगभग एक ही प्रकार के नाम थे। इन्हें याद करने में असुविधा तथा समझने में भ्रम भी होता था। अत: रामायण एवं बौद्ध युग में इनके स्थान पर अन्य नाम प्रचारित किये गए। रामायण में कोटि तथा ई.पू. 100 में विरचित बौद्ध ग्रन्थ 'ललित-विस्तार' में लक्ष (एक लाख), कोटि (एक करोड़) नामों का प्रयोग किया गया। इनका अनुकरण करते हुए महान् गणितज्ञ आर्यभट ने प्रयुत (दस लाख) के पश्चात् दशगुणोत्तर संख्याओं का प्रयोग करते हुए 'कोटि' को 'एक करोड़' बताया[2]। इस दशा में इसके आगे मानी गई संख्या 'अर्बुद' का अर्थ बदलना ही था। अत: यह शब्द दस करोड़ का वाचक बन गया।

इसके पश्चात् बौद्ध ग्रन्थों का अनुकरण करते हुए श्रीधराचार्य ने 'नियुत' के स्थान पर 'लक्ष' आदि का प्रयोग किया[3]। तब से गणित की संख्या पदावली में लक्ष तथा कोटि का प्रयोग प्रारम्भ हुआ। प्राकृत में ये शब्द 'लाख' तथा 'करोड़' के रूप में प्रयुक्त किये जाने लगे तथा अर्बुद से नि:सृत अरब शब्द एक अरब का वाचक बन गया।

एशिया के पश्चिमी देशों तथा यूरोप में भी इन शब्दों को समान रूप से अपनाया गया। इंग्लिश में प्रयुक्त Lac को 'लक्ष' से तथा Crore को कोटि से नि:सृत माना जाता है[4]। प्राकृत में 'लाख' शब्द संस्कृत

---

1. इमा मे अग्न इष्टका धेनव: सन्त्वेका च दश च दश च शतं च शतं च सहस्रं च सहस्रायुतं चायुतं च नियुतं च नियुतं च प्रयुतं चार्बुदं च न्यर्बुदं च समुद्रश्च मध्यं चान्तश्च परार्धश्चैता मे अग्न इष्टका धेनव: सन्त्वमुत्रामुष्मिँल्लोके—यजुर्वेद 17.2।
2. एकं दश च शतं सहस्रमयुतनियुते तथा प्रयुतम्।
   कोट्यर्बुदं च वृन्दं स्थानात् स्थानं दशगुणं स्यात्॥
   (आर्यभटीय, गणितपाद, श्लोक 2)
3. एकं दश शतमस्मात् सहस्रमयुतं तत: पर लक्षम्। (त्रिशतिका, श्लोक 2)
4. द्रष्टव्य Oxford English Dictionary में सम्बन्धित शब्द।

के 'लक्ष' से उत्पन्न होकर संख्यावाचक तथा 'लाक्षा' से उत्पन्न होकर विशेष धातुवाचक भी है। ठीक यही स्थिति इंग्लिश के (Lac) शब्द के साथ भी है। इस शब्द को संस्कृत के लक्ष तथा लाक्षा से नि:सृत मानकर ही यह व्याख्या सम्भव हो पाती है कि आखिर क्यों यह शब्द ठीक इन दूरवर्ती अर्थों को प्रकट करता है।

संख्या-शब्दों की सुरक्षा का श्रेय

भारत से यूरोप तक के लोगों ने प्राचीन काल से ही इन शब्दों को अपनाने के साथ-साथ इन्हें सुरक्षा भी प्रदान की है। इस क्रम में ऐसा लगता है जैसे सभी ने एक दूसरे से आगे बढ़ने की कोशिश की हो। अतः किसी स्थानविशेष के लोगों को इसकी सुरक्षा का श्रेय नहीं दिया जा सकता। वास्तव में सबको इसका श्रेय दिया जाना चाहिये।

इस तथ्य के प्रमाण खोजे जा सकते हैं। वैदिक युग में पूरण अर्थ को प्रकट करने के लिये संख्या-शब्दों से थ तथा म प्रत्यय प्रचलित रहे हैं। ऋग्वेद में सप्तन् शब्द से थ प्रत्यय के द्वारा 'सप्तथ:' का[1] तथा काठक संहिता में पञ्चथ: का प्रयोग है[2]। इससे अन्य नकारान्त शब्दों से भी थ प्रत्यय अनुमानित है। इस प्रत्यय की सुरक्षा करते हुए ग्रीक में Pemptos तथा इसी उपपरिवार की भाषा इंग्लिश में fifth, sixth, seventh आदि प्रयोग हैं। स्पष्टत: इन शब्दों में अतिप्राचीन 'थ' की सुरक्षा हुई है।

इन संख्या शब्दों से 'म' का प्रयोग पञ्चम, सप्तम आदि संस्कृत शब्दों से प्रमाणित है। ये प्रयोग क्रमश: पहलवी के penjum तथा फारसी के haptum से भी तुलनीय हैं। इस प्रकार दक्षिण एशिया के विशाल भूभाग में 'म' का प्रयोग प्रचलित था। पाणिनीय व्याकरण के नियमानुसार सभी नकारान्त संख्यावाचक शब्दों से यही 'म' प्रत्यय होता है, जबकि चतुर्, षष् जैसे कुछ ही संख्या शब्दों से 'थ' विहित है[3]।

---

1. सरस्वती सप्तथी सिन्धुमाता—ऋग्वेद 7.36.6।
2. काठक संहिता 9.3।
3. नान्तादसंख्यादेर्मट् (पा.सू. 5.2.49) तथा षट्कतिकतिपयचतुरां थुक्—(पा.सू. 5.2.51)।

इस प्रकार स्पष्ट है कि संस्कृत ने केवल कुछ संख्याओं से थ की सुरक्षा की है। जबकि ग्रीक आदि भाषाएँ सभी संख्याओं से इस वैदिक पवित्र प्रत्यय की सुरक्षा करने में सफल हुई हैं।

इस प्रसंग का एक अन्य उदाहरण 'बीस' अर्थ का विंशति शब्द है। महर्षि यास्क ने इसकी व्युत्पत्ति 'द्वि + दशत्' मानकर की है[1]। यहाँ उन्होंने माना कि इस शब्द में मूल द्वि शब्द का दकार विलुप्त हो गया है। उनकी यह अत्यन्त महत्त्वपूर्ण व्युत्पत्ति है। भारोपीय परिवार की 'तोखारी' आदि भाषाओं में 'दो' के लिये 'वि' का प्रयोग होता रहा था[2]। जबकि प्राचीन हाई जर्मन तथा इंग्लिश आदि भाषाओं में twentig जैसे शब्दों का प्रचलन था। इसमें प्रारम्भिक t अक्षर द्वि के दकार का ही रूपान्तर है। 'विंशति' शब्द के लिये महर्षि यास्क तथा पाणिनीय व्याकरण के व्याख्याकारों का मानना है कि यहाँ इसी 'द्वि' शब्द का दकार विलुप्त है[3]।

इससे प्रकट होता है कि जर्मन, इंग्लिश भाषाओं ने अपने शब्दों में रूपान्तरित रूप से मौलिक द्वि की सुरक्षा की है। जबकि तोखारी, संस्कृत आदि भाषाएँ या तो एक अन्य शब्द 'वि' की अथवा द्वि के दकार को विलुप्त करके शेष शब्द को सुरक्षित रख सकी हैं।

संख्या-शब्दों के लिये प्रेरणाएँ

विद्वानों का अनुमान है कि प्रारम्भ में मानव को हाथ की उँगलियों से गिनने की प्रेरणा प्राप्त हुई होगी। इसका समर्थन भाषा के शब्दों से भी प्राप्त होता है। भाषा वैज्ञानिकों के अनुसार 'पञ्च' शब्द का जो भारोपीय मूल रूप है, उससे ही उँगली अर्थ में इंग्लिश के finger का विकास हुआ है[4]।

---

1. विंशतिर्द्विर्दशतः—निरुक्त 3.10।
2. टी.बरो विरचित Sanskrit Language का हिन्दी अनुवाद, पृ. 312।
3. पंक्तिविंशति (पा.सू. 5.1.59) में काशिका, द्वयोर्दशतोर्विन् भावः.........।
4. टी. बरो विरचित Sanskrit Language का हिन्दी अनुवाद, पृ. 310।

दोनों हाथों की 10 उँगलियों का वर्णन वेद के एक मन्त्र में अवनि, कक्ष्या, योक्त्र, योजन, अभीशु आदि अनेक शब्दों द्वारा किया गया है[1]। इससे इस संख्या को गिनने में उँगलियों का सहारा लेने की सूचना प्राप्त होती है।

हाथ तथा पैर की उँगलियों को मिलाकर 20 संख्या तक गिनने की प्रवृत्ति बहुत-सी जनजातियों में देखी गई है। इसके लिये उन्होंने 'कौड़ी' जैसे शब्द भी विकसित किये, जो कि संस्कृत की 'कोटि' से सर्वथा भिन्न है[2]। ये लोग 'कौड़ी' को ही बार-बार रखकर आगे की संख्या पहचानते थे। यह प्रवृत्ति जनसाधारण में खूब प्रचारित हुई। एक ओर जहाँ गणित के विद्वानों में गणित की ऊँचाइयों पर पहुँचने की होड़ लगी थी, तो दूसरी ओर जन साधारण 20 के आगे गिनती नहीं गिन पाते थे। दर्शनशास्त्र में एक स्थान पर एक गाड़ीवान की कहानी आई है कि वह 100/- रु. तो सिर कटने की हालात में भी देने को तैयार नहीं होता था, पर 5 बिस्सी तो दे देता था[3]!!

पानी की बूँदों के आधार पर संख्यावाचक वैदिक अर्बुद शब्द विकसित हुआ है। संस्कृत में मेघवाचक 'अम्बुद' शब्द प्रसिद्ध है। इससे ही 'अर्बुद' शब्द के विकसित होने को महर्षि यास्क ने प्रमाणित किया है[4]। वैदिक युग में प्राकृत प्रवृत्ति के विकास का यह एक बढ़िया उदाहरण है।

'लक्ष' शब्द वैदिक काल से 'लक्ष्य' अर्थ में प्रयुक्त देखा गया है। ऋग्वेद के एक मन्त्र में कहा है कि इन्द्र ने शिकारी के समान अपने लक्ष्य को जीत लिया[5]। बौद्ध युग में भी यह इसी अर्थ में बना

1. दशावनिभ्यो दशकक्ष्येभ्यो दशयोक्त्रेभ्यो दशयोजनेभ्यः।
दशाभीशुभ्यो अर्चताजरेभ्यो दश धुरो दश युक्ता वहद्भ्यः॥ (ऋग्वेद, 10.94.7)
2. Pre-Aryan and Pre-Dravian in India, Page 26.
3. सोऽयं शतं शिरश्छेदेऽपि न ददाति, विंशतिपञ्चकं तु प्रयच्छतीति शाकटिक-वृत्तान्तमनुहरेत्—सर्वदर्शनसंग्रह, पृ. 287।
4. अर्बुदो मेघो भवति, अरणमम्बु तद्दोऽम्बुदः........स यथा महान् बहुर्भवति वर्षस्तदिवार्बुदम्। (निरुक्त 3.10)
5. श्वघ्नीव जिगीवाँ लक्षमादत्—ऋग्वेद 2.12.4।
यथा—व्याधः मृगं परिगृह्णाति तद्वत् इन्द्रः लक्षं = लक्ष्यं जिजये-सायणानुसारी अर्थ।

रहा तथा सामान्य मनुष्य के लिये उच्च लक्ष्य के रूप में दस हजार की दशगुणोत्तर संख्या अर्थ में इसका प्रयोग प्रारम्भ हुआ।

कोटि शब्द मूलतः धनुष के अग्र भाग का वाचक है। करोड़ संख्या को संख्या का अन्तिम सिरा मानते हुए इसके लिये 'कोटि' शब्द का प्रयोग प्रारम्भ हुआ।

शून्य के लिये प्रेरणाएँ

वेद में शून्य का प्रयोग उपलब्ध है। वहाँ किसी अनुपलब्ध वस्तु को चाहने वाले के लिये 'शून्यैषी' का प्रयोग किया गया है। मन्त्र इस प्रकार है—

शून्यैषी निर्ऋते याजगन्धोत्तिष्ठाराते प्रपत मेह रंस्थाः।

(अथर्ववेद 14.2.19)

ग्रीक में इसका प्रतिरूप केन्योस् (Kenyos) शब्द प्राप्त होता है। इससे इसकी व्यापकता प्रमाणित है। अरबी भाषा के सिफ्र शब्द के द्वारा शून्य के 'खाली' अर्थ का अरबी अनुवाद किया गया है। इस सिफ्र से इंग्लिश का zero शब्द विकसित है।

वेद के पश्चात् महाभारत आदि में अभाव या खाली अर्थ में इस शब्द का नियमित रूप से प्रयोग प्राप्त होता है। आगे चलकर बौद्ध दर्शन के शून्यवाद नामक सम्प्रदाय में एक विशेष पारिभाषिक अर्थ में इसका प्रयोग प्रारम्भ हुआ। इसके प्रवर्तक महान् दार्शनिक नागार्जुन ने शून्यता को सभी दृष्टियों में सर्वश्रेष्ठ बताया[1]। इनके अनुसार इसका मौलिक अर्थ सत् भी नहीं असत् भी नहीं, दोनों भी नहीं, दोनों का प्रतिषेध भी नहीं—इस प्रकार चारों कोटियों से विनिर्मुक्त तत्त्व है; क्योंकि विश्व के किसी पदार्थ की व्याख्या इन चारों में से किसी भी कोटि में कर पाना सम्भव नहीं है। यह दर्शन शून्यता का अर्थ चारों कोटियों से विनिर्मुक्त किसी पाँचवें तत्त्व को नहीं बताता, अपितु इन्हीं चारों की अव्याख्येयता, अनिर्वचनीयता को सूचित करता है। नागार्जुन ने कहा है कि जो लोग इस शून्यता को कोई पाँचवें तरह का तत्त्व

1. शून्यता सर्वदृष्टीनां प्रोक्ता निस्सरणं जिनैः। (मध्यमक शास्त्र 13.8)

समझने लगते हैं, उन्हें समझाने के लिये हमारे पास कोई दवाई नहीं है[1]। इस प्रकार 'शून्यता' जगत् के पदार्थों को चारों कोटियों से विनिर्मुक्त सिद्ध करती है।

इस शब्द के सबसे प्राचीन अर्थ का इसकी व्युत्पत्ति से अनुमान किया जा सकता है। यद्यपि गणवार्तिककार ने अपनी व्युत्पत्ति से इसके मौलिक अर्थ को मिटा दिया है। उन्होंने इस शब्द को किसी-किसी प्रकार सिद्ध करने के आवेश में इसे कुत्ते अर्थ वाले श्वन् शब्द से हित अर्थ में यत् प्रत्यय द्वारा सिद्ध किया है[2]। यहाँ पूछा जा सकता है कि एकान्त या खाली स्थान से कुत्ते का क्या हित सिद्ध होता है!!

इस शब्द की बढ़िया व्युत्पत्ति के संकेत वैदिक साहित्य से प्राप्त होते हैं। ब्राह्मण ग्रन्थों तथा उपनिषदों में सृष्टि-प्रक्रिया का वर्णन करते हुए कहा है कि पहले असत् ही था, वह सत् हुआ तथा अण्ड बना। वह साल भर तक बढ़ता रहा तथा उसके बाद फूट कर रजत वर्ण की पृथिवी तथा सुवर्ण-वर्ण के द्युलोक के रूप में विभक्त हो गया[3]। इससे दूर-दूर तक खाली स्थान आकाश परिव्याप्त हो गया।

इस बढ़ने तथा सूजने आदि अर्थ में 'शून' शब्द का प्रयोग वेदों में प्राप्त है। पाणिनीय व्याकरण के अनुसार यह शब्द सूजने अर्थ वाली शिव धातु से भूतकाल में क्त प्रत्यय होकर निर्मित होता है। वास्तव में उस अण्ड के इस सूजे हुए खाली स्थान का नाम ही शून्य अथवा आकाश है। इन वर्णनों को मिलाकर देखने से इसकी यही व्याख्या सर्वाधिक सुसंगत प्रतीत होती है।

इससे स्पष्ट है कि शून्य के विकास के लिये मूलतः आकाश के स्वरूप से प्रेरणा प्राप्त हुई है। अतः यहाँ प्रथम न्याय-वैशेषिक में

1. येषां तु शून्यता दृष्टिस्तानसाध्यान् बभाषिरे, वही 13.8।
2. शुनः सम्प्रसारणं वा च दीर्घत्वम्......। (पा.सू. 5.1.2 पर गणवार्तिक)
3. असदेवेदमग्र आसीत्। तत्सदासीत्, तत्समभवत्, तदाण्डं निरवर्तत, तत्संवत्सरस्य मात्रामशयत, तन्निरभिद्यत, ते अण्डकपाले रजतं सुवर्णं चाभवताम्। तद्यद्रजतं सेयं पृथिवी, यत्सुवर्णं सा द्यौः। (छान्दोग्य उपनिषद् 3.19)

परिकल्पित आकाश की अवधारणा को संक्षेप में प्रस्तुत करते हैं। वैशेषिक सूत्र में आकाश के विषय में उस समय प्रचलित दो प्रकार के मत प्रस्तुत किये गए हैं, जो इस प्रकार हैं—

प्रथम मत के अनुसार आकाश शून्यात्मक या अभाव स्वरूप है। यह इस स्वरूप वाला होकर कमरे से निष्क्रमण, उसके अन्दर प्रवेशन इत्यादि क्रियाएँ कराने का हेतु होता है[1]। यह स्थिति स्पर्श वाले भाव द्रव्यों से भिन्न है। पृथिवी आदि भाव पदार्थ जगह घेरते हैं तथा वे अपनी जगह पर किसी को आने नहीं देते। इससे विपरीत स्थिति वाला होने से आकाश अभावस्वरूप है[2]। 'खाली स्थान', 'कुछ नहीं' की प्रतीति ही आकाश की प्रतीति है।

न्याय-वैशेषिक के द्वितीय सिद्धान्त मत के अनुसार आकाश एक भाव पदार्थ है। पर वह छोटे-छोटे जगह घेरने वाले अणुओं से निर्मित नहीं, अपितु विभु है। इस प्रकार महत्परिमाण वाला होने से अनन्त है। किसी के भी महत्त्व की परिमाप जिन उपायों या उपकरणों से हो सकती है, वह उनसे भी कहीं बढ़ कर है। इस प्रकार वह अगम्य तथा अपरिभाष्य है। यह स्थिति अनन्त (infinity) के इस आधुनिक वर्णन से तुलनीय है कि अनन्त ऐसा बड़े से बड़ा है जो उस बड़े से भी बड़ा है, जितना बड़े से बड़ा हम सोच सकें[3]। अनन्त की यह अवधारणा अणु की सूक्ष्मता की अनन्तता का दूसरा छोर है[4]।

दर्शन-जगत् में इस प्रकार शून्य को भी दो प्रकार से समझने की परम्परा रही है।

---

1. निष्क्रमणं प्रवेशनमित्याकाशलिंगम्—वैशेषिक सूत्र 2.1.20।
2. स्पर्शवतां संचारो निष्क्रमणं च शून्यात्मकमाकाशं विनाऽनुपपद्यमानमाकाशनामकं द्रव्यान्तरमनुमापयति।—उक्त सूत्र पर विवृति।
3. Infinity is the greatest number which is greater than that greatest number which you can choose.
4. विभवान्महानाकाशस्तथा चात्मा—वै.सू. 7.1.22।
एवमाकाशादौ परमदीर्घत्वं परमाणुषु च परमह्रस्वत्वमूहनीयम्—उक्त सूत्र पर उपस्कार।

साहित्य-शास्त्र में शून्य

साहित्य-शास्त्र में भी इस शब्द के दोनों अर्थों में प्रयोग प्राप्त होते हैं। प्रथम अथर्ववेद के शून्यैषी (= शून्य को चाहने वाला) जैसे शब्द 'अभाव' अर्थ को रख कर भी 'कुछ है' की प्रतीति कराते हैं। द्वितीय अर्थ का वर्णन करते हुए उपनिषद् का एक सुन्दर मन्त्र इस प्रकार है—

पूर्णमदः पूर्णमिदं पूर्णात् पूर्णमुदच्यते।
पूर्णस्य पूर्णमादाय पूर्णमेवावशिष्यते।।

(बृहदारण्यक उपनिषद् 5.1.1)

अर्थात् यह ऐसा पूर्ण है जिस पूर्ण में से पूर्ण को निकाल लेने पर भी पूर्ण ही बच जाता है। अनन्त का इससे बढ़िया वर्णन और क्या हो सकता है!!

भागवत के एक रोचक श्लोक में दोनों अर्थों वाले शून्य का एक साथ प्रयोग देखने को मिलता है—

यत्तद् ब्रह्म परं सूक्ष्मम् अशून्यं शून्यकल्पितम्।

अर्थात् वह परम सूक्ष्म ब्रह्म शून्य नहीं है, फिर भी शून्य के रूप में प्रकल्पित है। यहाँ पहले शून्य का अर्थ अभाव तथा दूसरे शून्य का अनन्त अर्थ है। इस प्रकार 'वह ब्रह्म शून्य या अभावस्वरूप नहीं, फिर भी शून्य या अनन्तस्वरूप है', यह इसका सूक्ष्म अर्थ है।

उक्त विवेचना के संक्षेप—उक्त विवेचना के अनुसार हमें शून्य के दो स्वरूप दृष्टिगोचर होते हैं—

(I) शून्य अभावस्वरूप है। पर यह ऐसा नहीं जो हमारे ज्ञान का विषय न बन सके। वास्तव में वह बोध्य है, व्याख्येय है। वह विविध कार्यों का कारण भी बन सकता है। जैसे—न्याय में घट कार्य का दण्ड, चक्र, चीवर, कुलाल के साथ 'वर्षा के अभाव' को भी कारण माना जाता है। यह वर्षाऽभाव न्यायनय में वर्षा के अभावस्वरूप होकर भी एक पदार्थ है। वेदान्त सिद्धान्त में यह वर्षा से भिन्न कोई भावान्तर स्वरूप है। दोनों ही स्थितियों में यह विविध संक्रियाओं का निष्पादक माना जाता है।

(II) शून्य सर्वथा अपरिमेय या अव्याख्येय है। वह सभी कोटियों से रहित है। हम अपने दैनिक जीवन में जिन-जिन विमाओं (dimension) को जानते हैं, उनसे वह भिन्न है। पर इसका अर्थ यह नहीं कि वह किसी चतुर्थ विमा के आकार को प्राप्त कर सके। यह एक ओर अणुता के आनन्त्य को रखता है, जिसे परमाल्प कहते हैं। दूसरी ओर महत्त्व के आनन्त्य को रखने से परममहान् है। जिसका न्याय में एक उदाहरण आकाश है। दोनों ही दशाओं में यह सर्वथा अगम्य एवं अबोध्य है। इस पर कोई क्रिया नहीं हो सकती। अथवा यों कहें कि इस पर की गई किसी संक्रिया से परिणाम में कोई भिन्नता नहीं आती। इसके लिये छोटा, बड़ा या कम, अधिक जैसे शब्दों के प्रयोग का कोई अर्थ नहीं है। दर्शनशास्त्र में इस 'अनन्त से जगत् उत्पत्ति', 'इसमें विलय' इस प्रकार के शब्दों का प्रयोग केवल समझने का उपायमात्र है। वस्तुतः उसमें ऐसा कुछ नहीं होता।

गणित-शास्त्र में शून्य

यह निरूपण बहुत रोचक है कि गणित-शास्त्र में आकाश के स्वरूप से प्रेरणा प्राप्त करते हुए गणितीय संक्रियाओं द्वारा दोनों प्रकार के शून्य को प्राप्त किया गया है। इसीलिये महावीर आदि विद्वानों ने आकाश के पर्यायवाचक शब्दों को शून्य का पर्याय निरूपित किया है[1]।

संख्या-लेखन हेतु प्रथम प्रकार के शून्य का उपयोग

गणित-शास्त्र में यह शून्य अभावस्वरूप होकर भी संख्या के अन्तर्गत है। इसका अलग नाम तथा प्रतीक चिह्न है। यह ठीक उसी प्रकार का है, जैसे न्याय में अभाव असत् स्वरूप होकर भी पदार्थ है। गणित में शून्य का प्रतीक अन्य किसी संख्या के अभाव की सूचना देता है। फिर भी वह अन्य संख्याओं के समान अपने से दाहिने या बाईं ओर की संख्याओं के मान को बदलने की क्षमता रखता है। 1 की दशगुणज तथा उसके वर्ग, घन आदि

---

1. आकाशं गगनं शून्यमम्बरं खं नभो वियत्—गणितसार संग्रह।

संख्याओं के लेखन में 1 से दाहिने ओर क्रमश: शून्यों की संख्या बढ़ती जाती है तथा ये शून्य क्रमश: 1 के दशगुणित तथा इसके उत्तरोत्तर वर्धमान मान की सूचना देते हैं। इसी प्रकार 1 को 10 से तथा उसके वर्ग, घन आदि से विभाजित संख्याओं के लेखन में 1 से बाईं ओर दशमलव बिन्दु एवं 1 के बीच क्रमश: शून्यों की संख्या बढ़ती जाती है तथा ये क्रमश: 1 के उत्तरोत्तर ह्रासमान मान को प्रकट करते हैं।

गणित-शास्त्र में इस प्रकार का संख्या-लेखन दशगुणोत्तर पद्धति के आधार पर विकसित है। इस पद्धति से लिखे गए प्रत्येक अंक का दशगुणित स्थानीय मान होता है। इसमें उक्त विशेषताओं वालें शून्य का तथा इसके एक सुनिश्चित प्रतीक का प्रयोग अनिवार्य है। गणित के लिये शून्य चिह्न को प्रकट करते हुए सबसे पहला प्रयोग प्राय: 200 ई.पू. में विरचित पिंगल छन्द: सूत्र में प्राप्त हुआ है[1]। इस प्रकार इस समय इसका कोई प्रतीक चिह्न अवश्य विकसित हो गया था। इससे इस समय स्थानीय मान पद्धति द्वारा संख्या-लेखन की सूचना प्राप्त होती है। इस पद्धति का स्पष्ट संकेत ईसा की प्रथम या द्वितीय शताब्दी के योग-सूत्र व्यास-भाष्य के एक सुन्दर विवरण से प्राप्त होता है। वहाँ कहा है कि एक ही रेखा सौ के स्थान पर 100 का दस के स्थान पर 10 का तथा वही 1 के स्थान पर 1 अर्थ प्रदान करती है[2]।

इस पद्धति से लेखन का अस्पष्ट संकेत ई.पू. 8वीं शताब्दी के निरुक्तकार यास्क के 'दश' के निर्वचन से प्राप्त होता है। यह इस प्रकार है—

दश दस्ता—निरुक्त 3.10

अर्थात् दस नाम इसलिये है; क्योंकि इस संख्या तक संख्या-लेखन के लिये अंक परिपूर्ण हो जाते हैं। इसके पश्चात् किसी भी बड़ी से

---

1. रूपं शून्यम्। द्विः शून्ये—पिंगल छन्द: सूत्र 8.29-30।
2. यथैका रेखा शत-स्थाने शतं दशस्थाने दशैका च एक-स्थाने—योग सूत्र 3.13 पर व्यासभाष्य।

बड़ी संख्या-लेखन के लिये इन्हीं अंकों की पुनरावृत्ति की जाती है[1]। यह स्थिति केवल स्थानीय मान पर आधारित लेखन-पद्धति में ही सम्भव है। अन्य किसी भी पद्धति में इससे अधिक अंकों की अनिवार्य आवश्यकता होती है। इससे यह भी प्रकट है कि निरुक्तकार ने 9 के अलावा शून्य को भी अतिरिक्त अंक के रूप में स्वीकार किया है।

वेद में आकाश या अवकाश से परिपूर्ण गोल छिद्र के लिये 'खं' का प्रयोग प्राप्त है[2]। इस आधार पर आगे चल कर इस अतिरिक्त अंक के लिये गोलाकार प्रतीक विकसित हुआ।

गणितीय संक्रियाओं से प्रथम प्रकार के शून्य की उपलब्धि

सर्वप्रथम 628 ई. के महान् गणितज्ञ ब्रह्मगुप्त ने गणितीय संक्रियाओं द्वारा इस प्रथम अभावरूप शून्य को उपलब्ध करने का यह प्रकार बताया है—

धनयोर्धनमृणमृणयोर्धनर्णयोरन्तरं समैक्यं खम्।

(ब्राह्मस्फुट-सिद्धान्त 18.30)

अर्थात् दो समान धन संख्याओं में से एक धन संख्या का अन्तर, दो समान ऋण संख्याओं में से एक ऋण संख्या का अन्तर तथा क्रमशः धन, ऋण चिह्न वाली दो समान संख्याओं के योग का परिणाम 'ख' अथवा शून्य होता है। इस प्रकार—

$$+5 - (+5) = 0$$
$$-5 - (-5) = 0$$
$$+5 + (-5) = 0$$

यह शून्य अन्य संख्याओं के साथ गणितीय संक्रिया द्वारा अनेक परिणाम उपस्थित करता है।

---

1. दशन् ten is traced to be दस् to be exhausted, so called because after ten the numbers are generally only the repetitions of the previous numbers—The Etymologies of Yaska, Page 24.
2. खे अराँ इव खेदया—ऋग्वेद 8.77.3।

ब्रह्मगुप्त के पश्चात् त्रिशतिकाकार श्रीधराचार्य ने गुणन की संक्रियाओं द्वारा इस प्रकार के शून्य को प्राप्त करने का यह उपाय बताया है—

खस्य गुणनादिके खं संगुणने खेन च खमेव।

(त्रिशतिका सूत्र 8)

अर्थात् शून्य को किसी राशि से गुणा इत्यादि करने पर या शून्य से किसी राशि को गुणित करने पर परिणाम शून्य ही होता है। इस प्रकार उन्होंने दो परिस्थितियों की संकल्पना की है तथा उन दोनों से एक ही परिणाम प्राप्त किये हैं। जैसे—

$0 \times 5 = 0$ तथा $5 \times 0 = 0$

इससे प्राप्त शून्य भी गणित की अन्य संक्रियाओं से विविध परिणाम प्राप्त करा सकता है। वास्तव में इस गुणन को सही सिद्ध करने का उपाय ही यह है कि इसके साथ भाग से तदनुरूप परिणाम प्राप्त होते हैं। इस प्रकार—

$0 \times 5 = 0$ सही है; क्योंकि $\frac{0}{5} = 0$

इस गुणन के सही सिद्ध होने पर गुणन में क्रम विनिमेय गुण लागू होने के कारण $5 \times 0 = 0$ भी सही सिद्ध होता है।

यहाँ त्रिशतिकाकार ने आदि पद के प्रयोग से यह प्रकट किया है कि शून्य का वर्ग, वर्गमूल, घन, घनमूल इत्यादि भी शून्य होता है। भास्कराचार्य का भी ऐसा ही मानना है[1]। अतः—

$0^2 = \sqrt{0}$, $0^3 = \sqrt[3]{0} = 0$।

साथ ही यहाँ त्रिशतिकाकार ने 'आदि' पद से यह भी ध्वनित किया है कि शून्य को किसी राशि से भाग देने पर भी उसका परिणाम शून्य होता है। इस तथ्य को हम पूर्वोक्त रीति से विपरीत क्रम से सही सिद्ध कर सकते हैं—

1. वर्गादौ खम्—लीलावती, शून्य परिकर्म, श्लोक 1।

$$\frac{0}{5} = 0 \text{ सही है; क्योंकि } 0 \times 5 = 0$$

$$\text{इसी प्रकार } \frac{0}{-5} = 0; \text{ क्योंकि } 0 \times -5 = 0$$

पर त्रिशतिकाकार ने शून्य से किसी राशि को भाग देने पर उसके परिणाम के विषय में सावधानीपूर्वक कुछ नहीं कहा है। सम्भव है त्रिशतिकाकार को इसके परिणाम के अपरिभाष्य होने का आभास रहा हो। आधुनिक गणित में इस संक्रिया का प्रतिषेध किया जाता है[1]; क्योंकि यह संक्रिया हमें एक गलत निष्कर्ष की ओर प्रेरित करती है। यदि हम इस संक्रिया को करते हुए $\frac{5}{0} = 0$ ऐसा कहें तो पूर्वोक्त रीति से यह कहना होगा कि $0 \times 0 = 5$ जो कि सर्वथा गलत है। सभी प्राचीन या अद्यतन विद्वान् 0×0 या $0^2 = 0$ ही मानते हैं, जैसे ऊपर दिखाया गया है। अत: यह संक्रिया प्रतिषिद्ध है।

पर महावीराचार्य आदि कुछ विद्वानों ने शून्य से किसी राशि को भाग देने का परिणाम शून्य बताया है[2]। इसे आधुनिक गणित में उपरिलिखित कारण से स्वीकार नहीं किया जाता।

इस प्रकार शून्य के अभाव सूचक होने से भारतीय गणित में 'अंक' शब्द 9 अर्थ को प्रकट करता है[3]। पर जैसा कि ऊपर कहा गया कि महर्षि यास्क ने शून्य के अलग प्रतीक चिह्न होने, गणितीय संक्रियाओं में भाग लेने, दशगुणोत्तर पद्धति में स्थानीय मान निर्धारण हेतु इसका उपयोग होने से इसे 9 से अतिरिक्त अन्तिम अंक के रूप में स्वीकार किया है।

---

1. Division by Zero is prohibited, for this operation is undefined—Scientific Encyclopedia, U.S.A. on the word 'Zero'.
2. ताडित: खेन राशि: खम्—गणितसारसंग्रह। शून्येन ताडितो भक्त: राशि: शून्यम्। यह इसका अर्थ है।
3. अंकेभकर्माम्बरशंकराणां सोमाक्षिवैश्वानरभास्कराणाम्—गणितसारसंग्रह, श्लोक 42 आदि में अंक शब्द 9 के वाचक के रूप में प्रयुक्त है।

उपरिलिखित सभी संक्रियाओं से अभावरूप शून्य की प्राप्ति होती है तथापि यह विविध संक्रियाओं से सम्बद्ध होकर अनेक प्रकार के परिणाम उपलब्ध करा सकता है। अतः यह प्रथम प्रकार का शून्य है।

गणितीय संक्रियाओं से द्वितीय प्रकार के शून्य की उपलब्धि

सर्वप्रथम ब्रह्मगुप्त ने यह भी बताया कि शून्य से विभाजन की संक्रिया से उसका परिणाम 'अनन्त' प्राप्त होता है। इसका उन्होंने पारिभाषिक रूप से 'तच्छेद' नाम दिया। श्लोक इस प्रकार है—

खोद्धृतमृणं धनं वा तच्छेदम्। (ब्रा.स्फु.सि. 18.35)

कोई धन संख्या या ऋण संख्या ख अर्थात् शून्य से विभक्त हो तो उसका परिणाम तच्छेद या अनन्त प्राप्त होता है।

इसका अनुसरण करते हुए भास्कराचार्य ने अलग-अलग शब्दों में यही तथ्य प्रकट किया है—

खहारो भवेत् खेन भक्तश्च राशिः।

(भास्करीय बीज गणित, श्लोक 3)

खभाजितो राशि खहरः स्यात्।

(लीलावती, शून्य परिकर्म श्लोक 1)

अर्थात् ख या शून्य से विभाजित राशि खहर या अनन्त या परममहान् होती है। इस प्रकार यहाँ अनन्त को खहर यह अन्वर्थ पारिभाषिक नाम दिया है।

लीलावती के टीकाकार रंगनाथ आदि ने इसकी उपपत्ति यह बताई है कि किसी भी संख्या को अल्प, अल्पतर, अल्पतम से भाग देने पर उसका भागफल क्रमशः महत्, महत्तर, महत्तम होता है। अतः 'परमाल्प' माने जाने वाले शून्य से भाग का परिणाम अवश्य ही परममहान् होगा, जो कि अनन्त है[1]।

---

1. Ranganath affirms that it is infinite, because the smaller the deviser is, the greater is the quotient, now cipher, being the utmost degree small, gives a quotient infinitely great. (Footnote on the Lilavati by H.C. Banarji)

यह स्थिति बहुत विचित्र है। 1 से नीचे उत्तरोत्तर दशमलव संख्याओं के द्वारा हम शून्य के समीप, समीपतर पहुँचते हैं। यह संख्या शून्य के जितना समीप होती है, उससे विभाजित राशि का भागफल उतना ही अधिक होता है। जैसे—

$$\frac{5}{.5} = 10, \frac{5}{0.1} = 50, \frac{5}{0.01} = 500, \frac{5}{0.001} = 5000$$

यह प्रक्रिया कभी रुकती नहीं। अतः निश्चय ही परमाल्प से विभाजित करने का परिणाम परममहान् या अनन्त होगा।

इस सम्पूर्ण परिस्थिति को ध्यान में रखकर भास्कराचार्य ने शून्य से विभाजित संख्या को पारिभाषिक अन्वर्थ 'खहर' नाम दिया है तथा इसे अन्यत्र 'अनन्त' के रूप में निरूपित किया है। यहाँ निश्चय ही 'ख' का अर्थ अभावरूप शून्य नहीं, अपितु 'परमाल्प संख्या' है। किसी संख्या से पूर्व दशमलव बिन्दु के बीच शून्यों के बढ़ाने की कोई सीमा नहीं हो सकती। इस प्रक्रिया में हम 'अनन्त परमाल्प' को प्राप्त करते हैं। यह धनात्मक या भाव संख्या है। इससे विभाजित करने पर पूर्वोक्त प्रक्रिया से 'अनन्त परममहान्' को प्राप्त करते हैं।

भास्कराचार्य भली भाँति जानते थे कि अभावरूप शून्य से विभाजित करना परिभाष्य नहीं है। अतः उन्होंने इस संक्रिया का वह परिणाम नहीं बताया जिसे महावीराचार्य आदि ने माना था। उन्होंने जो भी परिणाम बताया है, वह परमाल्प अर्थ वाले 'ख' के प्रति सुसंगत है। अतः आधुनिक गणित की भाषा में उनका आशय यह है कि धनात्मक मूल्य वाली शून्य की ओर अग्रसर परमाल्प संख्या से किसी राशि को विभाजित करने पर उसका परिणाम परममहान् या अनन्त होता है। इस स्थिति में 5 को 0 से विभाजित करने का आशय आधुनिक संकेत में इस प्रकार होगा—

$$h \xrightarrow{\text{सीमा}} 0 \qquad \frac{5}{h} = \infty$$

इस अनन्त की विशेषता को उन्होंने इस प्रकार प्रकट किया है—

अस्मिन् विकारः खहरे न राशावपि प्रविष्टेष्वपि निःसृतेषु।
बहुष्वपि स्याल्लयसृष्टिकालेऽनन्तेऽच्युते भूतगणेषु यद्वत्।।
(भास्करीय बीज-गणित, श्लोक 4)

अर्थात् इस खहर या अनन्त संख्या में चाहे कोई भी संख्या प्रविष्ट या निःसृत हो, इसमें कोई विकार नहीं होता। जिस प्रकार प्रलय काल में अनन्त परमेश्वर में पदार्थों के विलीन होने पर अथवा सृष्टि काल में उससे पदार्थों के उद्भूत होने पर उस अच्युत या अनन्त में कोई विकार नहीं आता। गणितशास्त्र में भी इस अनन्त में किसी भी संख्या के जोड़ने या घटाने पर वह संख्या पूर्ववत् अनन्त बनी रहती है।

इसके साथ ही उन्होंने 'परमाल्प' के साथ इस गणितीय संक्रिया का भी उल्लेख किया है—

शून्ये गुणके जाते खं हारश्चेत् पुनस्तदा राशिः।
अविकृत एव ज्ञेयस्तथैव खेनोनितश्च युतः।।
(लीलावती, शून्यपरिकर्म, श्लोक 2)

अर्थात् यदि किसी राशि को शून्य से गुणा तथा उसी से विभाजित किया जावे तो वह राशि उसी प्रकार अविकृत या अपरिवर्तित बनी रहती है। जैसे किसी राशि में शून्य को जोड़ने या उसमें से शून्य को घटाने पर होता है।

इसके लिये उनके द्वारा प्रस्तुत उदाहरण को सरल करने पर इस प्रकार लिखते हैं[1]—

$$\frac{9x \times 0}{2 \times 0} = 63 \quad \Rightarrow x = 14$$

उनके आशय को अद्यतन संकेत लिपि में इस प्रकार प्रकट करते हैं—

$$h \xrightarrow{\text{सीमा}} 0 \qquad \frac{9x}{2} \times \frac{h}{h} = 63 \;\Rightarrow\; x = 14$$

---

1. खगुणो निजार्धयुक्तस्त्रिभिश्च गुणितः खहृतस्त्रिषष्टिः।
(लीलावती, शून्यपरिकर्म, उदा. श्लोक 1)

परमाल्प के साथ ये दोनों गणितीय संक्रियाएँ सर्वथा समुचित हैं। ऊपर देखा गया कि किसी राशि को अल्पतर, अल्पतम से विभाजित करने पर उसका परिणाम वर्धमान क्रम में अधिकतर, अधिकतम होता है। साथ ही यह भी सच है कि अल्पतर या महत्तर किसी भी क्रम की ओर अग्रसर संख्या को उसी अल्पतर या महत्तर से विभाजित करने पर उसका परिणाम सदा 1 होता है। इससे किसी भी राशि को गुणित करने पर उस राशि पर कोई प्रभाव नहीं पड़ता। अतः प्रस्तुत संक्रिया से वह राशि अपरिवर्तित रूप से 63 बनी रहती है।

इस अध्याय में ऊपर उल्लिखित बृहदारण्यक उपनिषद् 5.1.1 के मन्त्र में इसी अनन्त या पूर्ण का निरूपण है। उस अनन्त में किसी के भी योग या व्यवकलन से वह अविकृत या पूर्ण बना रहता है। वास्तव में वेदान्त सिद्धान्त की यह बहुत सुन्दर गणितीय व्याख्या है। उस अनन्त के सामने सागर की बूँदें या बालू के कणों को प्रकट करने वाली विशाल संख्याएँ सर्वथा तुच्छ हैं। वस्तुतः उस अनन्त के साथ अपादान, अधिकरण आदि कारकों का प्रयोग सर्वथा निरर्थक है। हम केवल अपने दैनिक अभ्यास वश ऐसा प्रयोग करते हैं।

यह बहुत सुखद एवं आनन्द का विषय है कि भारतीय मनीषा ने वेदान्त से गणित शास्त्र को तथा गणित से वेदान्त सिद्धान्त को सम्पुष्ट किया है।

संख्या-शब्दों के विकास का दाशमिक आधार

वेदों में संख्या-शब्दों का क्रम तथा उनकी व्युत्पत्तियों से विदित होता है कि ये शब्द मूलतः दाशमिक आधार पर अनेक पद्धतियों द्वारा विकसित किये गए हैं। इन पद्धतियों का क्रमशः निरूपण इस प्रकार है—

1. दशगुणोत्तर पद्धति

यजुर्वेद 17.2 के पूर्वोल्लिखित मन्त्र में दश, शत, सहस्र आदि सभी अगली संख्याएँ पिछली संख्याओं के सापेक्ष दशगुणित मान को प्रकट करती हैं। महर्षि यास्क की व्युत्पत्ति से प्रकट है कि ये शब्द इसी अवधारणा से परिचालित हैं। एक निर्वचन इस प्रकार है—

शतं दश दशतः—निरुक्त 3.10

अर्थात् दस गुणित दस के कारण शत नाम है। इस प्रकार 10 × 10 = 100 यह संक्रिया यहाँ सन्निहित है।

2. दशैकादिगुणोत्तर पद्धति

पाणिनि ने विंशति, त्रिंशत् आदि का क्रमशः उल्लेख किया है। वेद में भी इनका अलग-अलग उल्लेख है। ये संख्याएँ 10 का 2,3 आदि के साथ क्रमशः गुणनफल के द्वारा विकसित है। निरुक्तकार के निर्वचन से यह प्रकट है—

विंशतिर्द्विर्दशतः—निरुक्त 3.10

अर्थात् 10 का 2 बार गुणित होने से विंशति नाम है। अतः इस शब्द में 10 × 2 = 20 संक्रिया अन्तर्निहित है। आगे के शब्दों के लिये भी व्याख्याकारों ने समकक्ष व्युत्पत्तियाँ दी हैं[1]।

3. दशैकादि-गुणयोगोत्तर पद्धति

इसके उदाहरण एकविंशति, त्रयोविंशति आदि हैं। ये शब्द दस का एक आदि के साथ गुणनफल का एक आदि के साथ योग से विकसित हैं। व्याकरण में द्वन्द्व समास द्वारा इन्हें अनुशासित करते हुए इन संक्रियाओं का संकेत दिया है। इस प्रकार पञ्चविंशति में 5 + (10 × 2) संक्रिया अन्तर्निहित है। इस क्रम को आगे बढ़ाते हुए वेद में शतैकादि-गुणयोगोत्तर पद्धति के अनुसार 720 के लिये 'सप्त शतानि विंशतिः' जैसे प्रयोग भी प्राप्त हैं[2]।

संख्याओं के इस वैज्ञानिक क्रम में गणित-शास्त्र के क्रमचय (permutation) तथा आवर्तन (repetition) के बढ़िया उदाहरण प्राप्त होते हैं। आगे चलकर भारतीय गणित में 'अंक पाश' के अन्तर्गत इनका बहुत विकास किया गया।

---

1. त्रयो दशतः परिमाणमस्य 'त्रिंशत्' आदि। पंक्तिविंशति (पा.सू. 5.1.59 पर काशिका)।
2. आ पुत्रा अग्ने मिथुनासो अत्र सप्त शतानि विंशतिश्च तस्थुः। (ऋग्वेद 1.164.11)

4. दशैकादियोगोत्तर पद्धति

यजुर्वेद के एक मन्त्र में एकादश, त्रयोदश आदि विषम संख्याओं का क्रमशः उल्लेख प्राप्त है[1]। ये सभी 10 के 1 आदि के साथ योग से निर्मित हुई हैं।

तृतीय चतुर्थ उपभेद के द्विविध प्रकार

वेद में 'योग का क्रम-विनिमेय गुण' (Commutative law of addition) नामक गणितीय नियम के अनुसार तृतीय उपभेद की संख्याओं के लिये दो प्रकार के सम्बोधन प्रदान किये हैं—

(क) एकादिपूर्व दशाद्युत्तर

इसके उदाहरण पूर्वोल्लिखित मन्त्र में एकादश, त्रयोदश आदि हैं। संस्कृत की संख्या-माला प्रायः इस पद्धति का अनुसरण करते हुए निर्मित है। इंग्लिश में भी fifteen, sixteen आदि में इस पद्धति के चिह्न देखे जा सकते हैं।

इनमें भी नवपूर्व संख्याओं के लिये पुनः दो प्रकार के प्रयोग विकसित हुए। प्रथम के लिये वेद में नवविंशति, नवाशीति, नवनवति आदि उदाहरण प्राप्त हैं। इसका अनुसरण करते हुए हिन्दी में नवासी, निन्यानवे जैसे प्रयोग प्रचलित हुए हैं।

दूसरे प्रकार के प्रयोग 'ऊन' शब्द के द्वारा विकसित किये गए हैं। वेद में पूर्ण के विपरीत न्यून अर्थ में ऊन का प्रयोग प्राप्त है[2]। इसके आधार पर 'एकोनविंशति' जैसे प्रयोग भी वेद में वर्तमान हैं। इसका अनुसरण करते हुए हिन्दी में उन्नीस, उनतीस आदि शब्द विकसित हैं।

आगे चलकर पाणिनि ने 'एकान्नविंशतिः' प्रयोग की भी सूचना दी है। इसका आसान विग्रह 'एकात् न विंशतिः' अर्थात् एक के कारण बीस नहीं यह हो सकता है। इस स्थिति में इसमें $20 - 1 = 19$ यह

---

1. यजुर्वेद 18.24।
2. दूरे पूर्णेन वसति दूर उनेन हीयते। (अथर्व वेद 10.8.15)

व्यवकलन की संक्रिया अन्तर्निहित है। यहाँ व्याकरण में नियम है कि इस प्रकार प्रसज्य प्रतिषेध से निर्मित एक शब्द समस्त होकर संज्ञावाचक नहीं बन सकता। इस व्याकरणिक विवशता के कारण पाणिनि ने इस शब्द को अदुक् आगम द्वारा अनुशासित किया है[1]।

(ख) दशादि पूर्व एकाद्युत्तर

इस विधा को प्रकट करने के लिये वेद का एक मन्त्रांश इस प्रकार है—

जघान नवतीर्नव—ऋग्वेद 1.184.13

यहाँ दशनवगुणित संख्या को पहले तथा नव का बाद में प्रयोग किया गया है। इंग्लिश की संख्या-माला में प्रायः इस विधा का अनुसरण करते हुए twenty one आदि संख्याएँ विकसित हैं।

इस विवरण से प्रकट है कि भारतीय संख्या-माला का क्रम, उनका नाम तथा व्युत्पत्तियाँ अत्यन्त वैज्ञानिक हैं।

●

---

1. एकादिश्चैकस्य चादुक्। (पा.सू. 6.3.76)

तृतीय अध्याय

गणित की भाषा

गणित शास्त्र का विशाल 'वितान' उसकी अपनी विशिष्ट भाषा पर अवलम्बित है। यह तो बहुत पहले अनुभव कर लिया गया था कि इसकी भाषा के अक्षर अर्थात् अंकों की विशिष्ट पहचान तथा अलग लिपि होनी चाहिये। इससे बनने वाली सम्पूर्ण भाषा की अपनी विशिष्टता है। यह बहुत संक्षिप्त है। इसमें सामान्य भाषा की क्रिया, कारक, विभक्तियों के लिये कोई स्थान नहीं है। इसमें लोक की विस्तृत घटना का अमूर्तीकरण या गणितीकरण होता है। इससे लौकिक सामान्य अनावश्यक बातों को छोड़कर गणित की दृष्टि से क्या संक्रिया करनी है, इसका आसानी से परिज्ञान होता है।

प्राचीन गणित में जो नियम या सूत्र लौकिक सामान्य भाषा में विस्तृत श्लोक रूप में लिखे गए हैं, वे इस भाषा में अतीव संक्षिप्त रूप में लिखे जा सकते हैं। प्राचीन ग्रन्थों में उन नियमों की उपपत्तियाँ तथा उनके परिणाम अलग-अलग प्रसंगों में लिखे गए हैं। पर उन नियमों को इस गणित की भाषा में लिखने पर समस्त परिणाम अनायास ही प्राप्त होने लगते हैं। प्रस्तुत अध्याय में ऐसे कुछ प्राचीन सूत्रों को गणित की भाषा में लिखते हुए उनसे अनायास प्राप्त परिणामों का उल्लेख किया जावेगा।

प्राचीन गणित में संख्याओं के गुणन के गुण को इस प्रकार निरूपित किया गया है—

गुण्यस्त्वधोऽधो गुणखण्डतुल्यस्तैः खण्डकैः संगुणितो युतो वा।

(लीलावती, अभिन्नपरिकर्माष्टक, श्लोक 4)

अर्थात् गुणक (multiplier) का इच्छानुसार खण्ड (b तथा c) करके क्रम से गुण्य (multiplicand) a के नीचे लिख कर उनका प्रत्येक खण्ड (b तथा c) से गुणा करके उन्हें जोड़ने से वही गुणनफल प्राप्त होता है।

इस सम्पूर्ण नियम को गणित की संक्षिप्त भाषा में इस प्रकार लिखते हैं—

$$\mathbf{a\,(b + c) = ab + ac}$$

इस प्रकार लिखने से हमें इस नियम का कारण भी आसानी से ज्ञात हो जाता है। आधुनिक गणित में इसे 'संख्याओं के गुणन का योग पर वितरण गुण (Distributive property of multiplication over addition) कहते हैं।

इस नियम को व्यापक करते हुए अगले श्लोक में इस प्रकार कहा गया है—

इष्टोनयुक्तेन गुणेन निघ्नोऽभीष्टघ्नगुण्यान्वितवर्जितो वा।

(लीलावती, अभिन्नपरिकर्माष्टक, श्लोक 6)

अर्थात् किसी इष्ट या कल्पित अंक (c) से घटाया गया या जोड़ा गया जो गुणक (b) उससे गुण्य (a) को गुणा करके उसमें इष्ट (c) गुणित गुण्य (a) को क्रमशः जोड़ने और घटाने से सम्पूर्ण का गुणनफल प्राप्त होता है।

इस जटिल नियम को गणित की आसान भाषा में उपपत्ति सहित इस प्रकार प्रकट करते हैं—यहाँ a = गुण्य, b = गुणक तथा c = कोई कल्पित संख्या है।

$$a \times b = a\{(b \mp c) \pm c\} \qquad 135 \times \{(12 \mp 2) \pm 2\} \quad = 1620$$

अतः प्रस्तुत सूत्र—

$$a\,(b \mp c) \pm ac \qquad \Rightarrow 135 \times (12 \mp 2) \pm 135 \times 2 = 1620$$

यह पुनः इस सार्वत्रिक सूत्र के आधार पर है—यहाँ b तथा c कोई पूर्ण संख्याएँ हैं तथा b – c यह b > c है।

$$\mathbf{a\,(b \mp c) = ab \mp ac}$$

इस नियम के आधार पर प्रस्तुत श्लोक के प्राचीन टीकाकार रंगनाथ ने वर्ग की विधि बताई है। उसे इस सूत्र से प्रदर्शित करते हैं—

$$a^2 = a\{b + (a - b)\} \qquad 8^2 = 8(6 + 2)$$

$$\therefore a^2 = ab + a(a - b) \qquad \Rightarrow 8^2 = 8 \times 6 + 8 \times 2$$

द्विपद के वर्ग की सर्वसमिका

प्राचीन गणित में वर्ग तथा वर्गमूल की विधियों के अन्तर्गत अनेक सर्वसमिकाएँ ध्वनित हुई हैं। सर्वप्रथम आर्यभट द्वारा श्रेणी-व्यवहार के अन्तर्गत संकलित के योग के लिये चितिघन के सूत्र से गुणनखण्डन की विधि ध्वनित हुई है। उनके द्वारा वर्गमूल के निरूपण[1] से द्विपद के वर्ग के लिये यह नियम द्योतित होता है कि प्रत्येक संख्या का वर्ग करके उनका योग करें तथा उनके साथ उन परस्पर गुणित संख्याओं के द्विगुणित को जोड़ने से सम्पूर्ण संख्या का वर्ग प्राप्त होता है—

इसके आधार पर श्रीधराचार्य ने वर्ग की स्पष्ट विधि अंकित की है[2], जो द्विपद के वर्ग की सर्वसमिका पर अवलम्बित है।

इन निरूपणों को आधार बनाकर इस सर्वसमिका का स्पष्ट वर्णन भास्कराचार्य के इस सूत्र में उपलब्ध होता है—

खण्डद्वयस्याभिहतिर्द्विनिघ्नी तत्खण्डवर्गैक्ययुता कृतिर्वा।

(लीलावती, अभिन्नपरिकर्माष्टक, श्लोक 9)

अर्थात् जिस संख्या का वर्ग करना हो उसका दो खण्ड करके, उन खण्डों के गुणनफल के द्विगुणित को उन खण्डों के वर्ग-योग के साथ जोड़ने से सम्पूर्ण संख्या का वर्ग प्राप्त होता है।

इससे प्राप्त सर्वसमिका को गणित की भाषा में यों लिखते हैं—

$$\mathbf{(a + b)^2 = a^2 + b^2 + 2ab}$$

---

1. भागं हरेदवर्गान्नित्यं द्विगुणेन वर्गमूलेन।
वर्गाद् वर्गे शुद्धे लब्धं स्थानान्तरे मूलम्।। (आर्यभटीय, गणितपाद, श्लोक 4)
2. कृत्वान्त्य-पदस्य शेषपदाद् द्विगुणमन्त्यमभिहन्यात्।
उत्सार्योत्सार्य पदाच्छेषं चोत्सारयेत् कृतये।। (त्रिशतिका, श्लोक 10)
उदाहरण सहित व्याख्या के लिये देखें मेरे द्वारा व्याख्यात त्रिशतिका, पृ. 17।

गणित-कौमुदीकार ने इस नियम को अधिक रोचक तथा व्यापक रीति से इस प्रकार प्रस्तुत किया है—

वर्गयुतिः प्रथमा स्यादभीष्टयोराहतिर्द्विगुणिताऽन्यः।
संयोगे च वियोगे च पृथक् तयोर्जायते वर्गः।।

अर्थात् किन्हीं दो अभीष्ट संख्याओं (a तथा b) के वर्ग का जोड़ तथा उन अभीष्ट संख्याओं के गुणनफल का द्विगुणन, ये दो ऐसी राशियाँ है, जिनका जोड़ तथा घटाव वर्ग बनता है।

इससे प्राप्त व्यापक सूत्र को गणित की भाषा में इस प्रकार लिखते हैं—

$$(a \pm b)^2 = a^2 + b^2 \pm 2ab$$

रोचक परिणाम

1. त्रिशतिका श्लोक 15 में घन की विधि से वर्ग के लिये एक रोचक परिणाम यह ध्वनित हुआ है कि किसी भी संख्या (a) से अगली संख्या का वर्ग उसके (a) संख्या के वर्ग से संयुक्त उस संख्या (a) के द्विगुणित से सदा 1 अधिक होता है। इसे इस प्रकार लिख सकते हैं—

$$(a \pm 1)^2 = a^2 \pm 2a + 1$$

2. किसी भी संख्या (a) से अगली संख्या का वर्ग उस संख्या (a) के वर्ग के साथ उस संख्या (a) तथा उससे अगली संख्या के जोड़ का योगफल होता है। यह तथ्य इस सूत्र को गणित की भाषा में लिखते ही अनायास प्राप्त हो जाता है—

$$(a + 1)^2 = a^2 + 2a + 1 \Rightarrow a^2 + a + a + 1 \Rightarrow a^2 + a + (a + 1)$$

3. किसी भी संख्या (a) से अगली संख्या का वर्ग उस a का द्विसंयुक्त a के साथ गुणनफल से 1 अधिक होता है। यह तथ्य भी इस समीकरण से प्राप्त है—

$$(a + 1)^2 = a^2 + 2a + 1 \Rightarrow a \times a + 2a + 1 \Rightarrow a\,(a + 2) + 1$$

यह तथ्य इस अध्याय में सर्वप्रथम वर्णित लीलावती के सूत्र से उपपन्न है।

4. किसी भी संख्या का ऐसा द्विपद बनावें, जिसका एक पद दाशमिक संख्या के रूप में प्राप्त हो तो इस सूत्र से वर्ग बहुत आसान है। उदाहरणतः—

$95^2 = 10000 - 1000 + 25 = 9025$

15वीं शताब्दी विरचित नीलकण्ठ के तन्त्रसंग्रह की व्याख्या युक्तिभाषा पृ. 15 में इस सूत्र की अतिरोचक रेखा-गणितीय उपपत्ति प्रदर्शित की गई है—

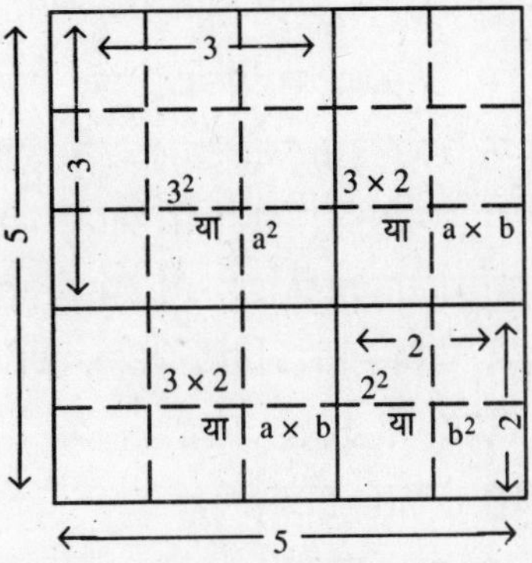

प्रस्तुत रेखा-चित्र 5 × 5 का वर्गाकार क्षेत्र है। इसमें से 3 × 3 तथा 2 × 2 के क्षेत्रों को अलग करने पर 3 × 2 के दो खण्ड बच जाते हैं। इन सभी को मिलाने पर प्रस्तुत सम्पूर्ण क्षेत्र निर्मित होता है। इस प्रकार इस क्षेत्र में $3^2 + 2^2 + 2 \times 3 \times 2$ सम्मिलित हैं। प्रस्तुत सूत्र में भी यही कहा गया है।

त्रिपद का वर्ग

द्विपद के वर्ग के अन्तर्गत त्रिशतिका के पूर्वोक्त सूत्र से त्रिपद के वर्ग की विधि भी ध्वनित होती है। वैसे इनसे भी पूर्व आर्यभटीय, गणितपाद श्लोक 23 में द्विपद, त्रिपद आदि के वर्ग की विधि ध्वनित हुई है[1]। इसके आधार पर भास्कराचार्य ने इसे इस प्रकार प्रकट किया है—

समद्विघातः कृतिरुच्यतेऽथ स्थाप्योऽन्त्यवर्गो द्विगुणान्त्यनिघ्नाः।
स्व-स्वोपरिष्टाच्च तथाऽपरेङ्कास्त्यक्त्वाऽन्यमुत्सार्य पुनश्च राशिम्।।

(लीलावती, अभिन्न-परिकर्माष्टक, श्लोक 8)

1. विस्तार के लिये देंखे—प्रस्तुत ग्रन्थ का 'श्रेढ़ी-व्यवहार' नामक अध्याय।

अर्थात् समान दो अंकों के आपस में गुणन को वर्ग कहते हैं। जिस संख्या का वर्ग करना हो उसके अन्तिम अंक (a) का वर्ग करके सबसे ऊपर रखना चाहिये। उसके पश्चात् उस अंक (a) के द्विगुणित को पूर्व अंक (b) से अर्थात् 2ab गुणा करके रखें। पुन: मध्यम अंक (b) तथा क्रमश: आगे-आगे वाले का वर्ग तथा पश्चात् उस (a) तथा क्रमश: उससे पूर्व वाले अंकों के द्विगुणित को उससे पूर्व अंकों (अर्थात् 2ac, 2bc) से गुणा करें। यह क्रिया तब तक करनी चाहिये, जब तक की अंक समाप्त न हो जायँ।

सरल शब्दों में इस संक्रिया से प्रत्येक पद के वर्ग का जोड़ तथा संचय (combination) के द्वारा इन पदों के जितने युग्म (pair) बन सकें, उनके परस्पर गुणन तथा उनके द्विगुणन से प्राप्त संख्या का पूर्व संख्या के साथ जोड़ ही सभी सम्मिलित पदों का वर्ग सिद्ध होता है। किसमें कितने युग्म बन सकते हैं, इसे जानने की विधि 'अंकपाश' नामक अध्याय में बताई गई है। क्योंकि त्रिपद में ab, ac तथा bc ये तीन जोड़े बन सकते हैं, अत: दूसरा सूत्र इस प्रकार होगा—

$$(a + b + c)^2 = a^2 + b^2 + c^2 + 2ab + 2ac + 2bc$$

युक्तिभाषा में लिखित रेखागणितीय चित्र से भी यही तथ्य प्रकट है—

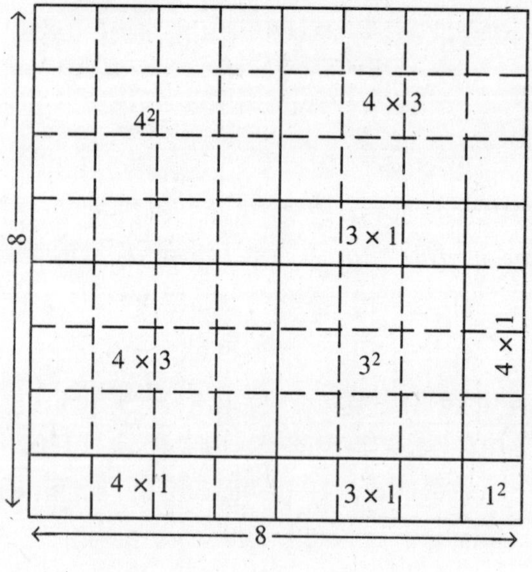

$$(4 + 3 + 1)^2 = 4^2 + 3^2 + 1^2 + 2 \times 4 \times 3 + 2 \times 3 \times 1 + 2 \times 4 \times 1$$

स्पष्टतः प्रस्तुत रेखा-चित्र में सूत्र के सभी अंग को मिलाने से ही 8^2 पूर्ण होता है।

वर्ग की एक अन्य सर्वसमिका

श्रीधराचार्य ने वर्ग की एक विधि के अन्तर्गत एक अन्य प्रसिद्ध सर्वसमिका प्रकट की है—

इष्टोनयुतवधो वा तदिष्ट-वर्गान्वितो वर्गः।

(त्रिशतिका, श्लोक 11)

अर्थात् जिस संख्या का वर्ग करना है, उसमें किसी इष्ट संख्या को घटावें तथा उसमें उसी को जोड़े। पुनः घटाई गई तथा जोड़ी गई संख्या का आपस में गुणन करें तथा इस गुणनफल में इष्ट संख्या के वर्ग को जोड़ने से उस संख्या का वर्ग प्राप्त होता है।

इस नियम को गणित की भाषा में इस प्रकार लिखते हैं—

$$\mathbf{a^2 = (a + b)\ (a - b) + b^2}$$

रोचक परिणाम

इस नियम से क्लिष्ट संख्याओं के वर्ग आसानी से हल हो जाते हैं। उदाहरणतः—

$$67^2 = 70 \times 64 + 9 = 4489$$

उदाहरण और रोचक हो जाते हैं यदि a संख्या के साथ b संख्या के जोड़ने तथा घटाने दोनों दशाओं में दाशमिक संख्या प्राप्त हो। जैसे—

$$95^2 = 100 \times 90 + 25 = 9025$$

इस सूत्र पर समीकरण के नियमों का उपयोग करते हुए हम यह प्रसिद्ध सर्वसमिका प्राप्त करते हैं—

$$\mathbf{a^2 - b^2 = (a + b)\ (a - b)}$$

इसका उपयोग करने पर अन्य गुणनफल भी मौखिक रूप से हल किये जा सकते हैं। उदाहरणतः—

$$73 \times 67 = (70 + 3)\ (70 - 3) = 70^2 - 3^2 = 4891$$

इस सर्वसमिका से एक रोचक परिणाम यह प्राप्त होता है कि किसी संख्या (a) का वर्ग, उस a से 1 अधिक तथा 1 कम संख्या के गुणनफल से सदा 1 अधिक होता है। यह परिणाम इस सर्वसमिका के अनुरूप है—

$$(a + 1)(a - 1) + 1 = a^2$$

आगे चलकर महावीराचार्य आदि ने इसका भरपूर उपयोग किया[1]। भास्कराचार्य ने रेखागणित में इसका उल्लेख करते हुए बहुत से मनोरंजक परिणाम उपस्थित किये जिनका उस प्रसंग में उल्लेख किया जावेगा। वर्ग के निरूपण के अन्तर्गत उनका इस सर्वसमिका का उल्लेख इस प्रकार है—

इष्टोनयुग्राशिवधः कृतिः स्यादिष्टस्य वर्गेण समन्वितो वा।

(लीलावती, अभिन्नपरिकर्माष्टक, श्लोक 9)

अर्थात् 'वर्ग करने योग्य संख्या से किसी कल्पित संख्या को एक जगह जोड़कर तथा दूसरी जगह घटाकर उन दोनों योगान्तरों के गुणनफल में उस कल्पित संख्या का वर्ग जोड़ देने से उस आलोच्य संख्या का वर्ग प्राप्त होता है'[2]। स्पष्टतः यह वचन श्रीधर के पूर्वोक्त श्लोक के ठीक अनुरूप है।

इस सर्वसमिका के लिये प्राचीन गणित में जो वचन बहुत प्रसिद्ध है, वह इस प्रकार है—

वर्गान्तरं तु योगान्तरघातसमो भवति।

अर्थात् किन्हीं दो वर्ग संख्याओं का अन्तर उन्हीं संख्याओं के योग तथा अन्तर के फलों के गुणन के समतुल्य होता है।

1545 ई. में लीलावती के टीकाकार गणेश ने तथा 1606 ई. में भास्करीय बीजगणित के नवांकुर टीकाकार कृष्ण दैवज्ञ ने प्रस्तुत रेखाचित्र द्वारा इसकी उपपत्ति इस प्रकार बताई है—

---

1. द्विसमवधो घातो वा स्वेष्टोनयुतद्वयस्य सेष्टकृतिः।
(गणितसार-संग्रह, परिकर्मव्यवहार, श्लोक 29)

2. राश्योरन्तरवर्गेण द्विघ्ने घाते युते तयोः।
वर्गयोगो भवेदेवं तयोर्योगान्तराहतिः।
वर्गान्तरं भवेदेवं ज्ञेयं सर्वत्र धीमता।। (लीलावती, क्षेत्र-व्यवहार, श्लोक, 3-4)

(I)

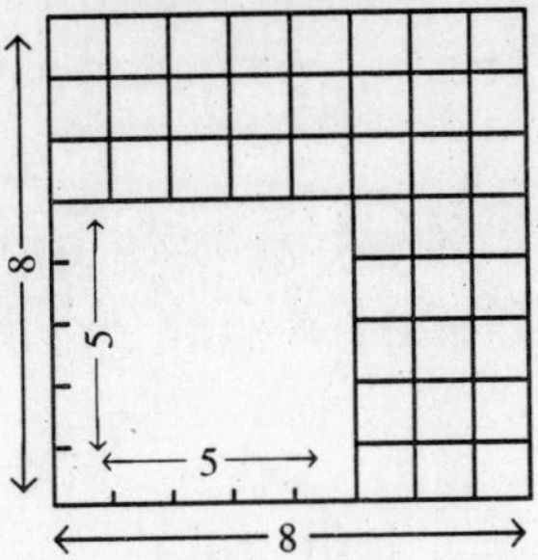

(II)

8 + 5 = 13

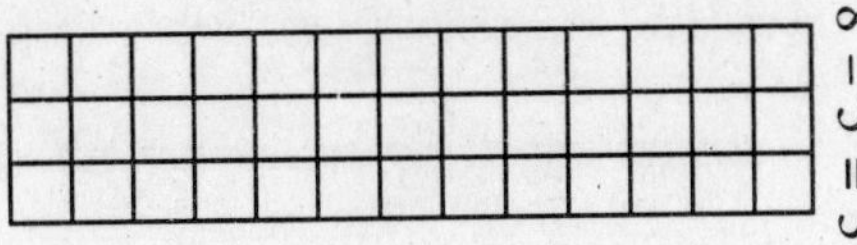

$(8 + 5)\ (8 - 5) = 13 \times 3 = 39$

$8^2 - 5^2 = 64 - 25 = 39$

स्पष्टतः (I) चित्र में 8^2 में से 5^2 को घटाने पर जो शेष बचता है, वह सर्वसमिका के ठीक अनुरूप (II) चित्र के समतुल्य है।

महावीराचार्य ने इस सर्वसमिका के आधार पर वर्ग की विधि को आगे बढ़ाते हुए घन की विधि प्रस्तुत की है[1], जिसे गणित की भाषा में इस प्रकार लिखते हैं—

$$\mathbf{a^3 = a\ (a + b)\ (a - b) + b^2\ (a - b) + b^3}$$

इस पर समीकरण के नियमों का उपयोग करते हुए घन संख्याओं के अन्तर की यह सर्वसमिका प्राप्त करते हैं—

$$\mathbf{a^3 - b^3 = a\ (a + b)\ (a - b) + b^2\ (a - b)}$$

उदाहरणतः—

$$8^3 - 2^3 = 8\ (8 + 2)\ (8 - 2) + 2^2\ (8 - 2)$$

$$\Rightarrow (8 \times 10 \times 6) + (4 \times 6) \Rightarrow 480 + 24 = 504$$

महावीर का यह सूत्र पूर्वोक्त वर्ग संख्याओं के अन्तर की सर्वसमिका का ही व्यापक रूप है। इसकी उपपत्ति इस प्रकार है—

$$a^3 - b^3 = a^3 - ab^2 + ab^2 - b^3 \Rightarrow a\ (a^2 - b^2) + b^2\ (a - b)$$

महावीर की सर्वसमिका $\Rightarrow a\ (a + b)\ (a - b) + b^2\ (a - b)$

---

1. द्रष्टव्य-वैज्ञानिक विकास की भारतीय परम्परा, डॉ. सत्यप्रकाश, पृ. 51।

इसके रूपान्तरण से आधुनिक सर्वसमिका प्राप्त करते हैं—

$$\Rightarrow (a - b) \{a (a + b) + b^2\}$$

$$\Rightarrow \mathbf{(a - b) (a^2 + ab + b^2)}$$

महावीर की विधि को गणित की भाषा में लिखते ही इसके कारण को जान पाते हैं तथा आधुनिक सर्वसमिका तक पहुँचने में समर्थ होते हैं।

द्विपद का घन

श्रीधराचार्य ने संख्याओं के घन की एक अन्य विधि प्रस्तुत की है[1]। वह अन्ततः घन संख्याओं के अन्तर की एक अन्य सर्वसमिका पर अवलम्बित सिद्ध होती है। भास्कराचार्य ने भी इनसे प्रेरणा प्राप्त करके ठीक ऐसी ही विधि अपने शब्दों में प्रस्तुत की है[2]।

श्रीधर की घन की इस विधि के द्वारा द्विपद के घन लिये प्रेरणा प्राप्त होती है—

खैकादिचयेनान्त्ये त्र्यादिहते वा युतिः सैके।

(त्रिशतिका, श्लोक 15)

इस श्लोक का आशय यह है कि किसी भी राशि (x) का घन प्राप्त करने के लिये उपान्तिम अर्थात् उससे पहले वाले अंक का घन (x – 1) के साथ उस राशि (x) के त्रिगुणित का उपान्तिम अंक (x – 1) के साथ गुणनफल को तथा 1 को जोड़ने से उस राशि (x) का घन प्राप्त होता है। इसे गणित की भाषा में इस प्रकार लिखते हैं—

$$x^3 = (x - 1)^3 + 3x(x - 1) + 1$$

---

1. स्थाप्योऽन्त्यघनोऽन्त्यकृतिः, स्थानाधिक्यं त्रिपूर्वगुणिता च।
   आद्यकृतिरन्त्यगुणिता त्रिगुणा च घनस्तथाद्यस्य।। (त्रिशतिका, श्लोक 14)
   सम्पूर्ण अर्थ के लिये देखें मेरे द्वारा व्याख्यात त्रिशतिका।
2. स्थाप्यो घनोऽन्त्यस्य ततोऽन्त्यवर्गः।
   अदित्रिनिघ्नस्तत आदिवर्गस्त्र्यन्त्याहतोऽथादिघनाश्च सर्वे।।
   (लीलावती, अभिन्न-परिकर्माष्टक, श्लोक 11)

श्रीधर के इस सूत्र पर समीकरण द्वारा घन संख्याओं के अन्तर के लिये यह सर्वसमिका प्राप्त करते हैं। यहाँ $b = 1$ है।

$$x^3 - 1^3 = (x - 1)^3 + 3x\,(x - 1)$$

इससे हमें यह रोचक परिणाम प्राप्त होता है कि किसी भी संख्या (a) से अगली संख्या का घन उस संख्या (a) के घन के साथ त्रिगुणित उस संख्या (a) तथा उससे अगली संख्या के गुणनफल के जोड़ से 1 अधिक होता है।

इस तथ्य को पूर्वोक्त सूत्र के बीजीय व्यंजक x^3 को द्विपद के घन के रूप में रूपान्तरित करके इस प्रकार प्रस्तुत करते हैं—

यहाँ $a = x - 1$ है।

$$x^3 = (a + 1)^3 = a^3 + 3a\,(a + 1) + 1$$

उदाहरणत:—

$$8^3 = (7 + 1)^3 = 7^3 + 3 \times 7 \times 8 + 1 = 343 + 168 + 1 = 512$$

आगे चलकर भास्कराचार्य ने इनसे प्रेरणा प्राप्त करके $(a + b)^3$ के लिये सार्वत्रिक सूत्र को विकसित किया, जिसे आगे उल्लिखित किया गया है।

रोचक परिणाम

महावीराचार्य ने श्रीधर के नियम को व्यापक बनाया तथा इसे $(x - 1)$ से छोटी संख्याओं में भी लागू करते हुए रोचक श्रेणी प्राप्त की[1]। यथा—

$8^3 = 6^3 + 3 \times 6 \times 7 + 1 + 169$	$216 + 127 + 169 = 512$
$= 5^3 + 3 \times 5 \times 6 + 1 + 169 + 127$	$125 + 91 + 169 + 127 = 512$

इसे रूपान्तरित करके इस प्रकार भी लिखा जा सकता है—

$$8^3 = 5^3 + 3\,(8 \times 7 + 7 \times 6 + 6 \times 5) + 3 = 512$$

1. इष्टादिद्विगुणेष्टप्रचयेष्टपदान्वयोऽथवेष्टकृतिः। व्येकेष्टहतैकादिद्विचयेष्टपदैक्ययुक्ता वा॥ (गणितसार-संग्रह, परिकर्मव्यवहार, श्लोक 43 तथा आगे)

अतः महावीर ने इस रूप में एक रोचक श्रेणी इस प्रकार प्रस्तुत की—

$$5^3 = 3\,(5 \times 4 + 4 \times 3 + 3 \times 2 + 2 \times 1) + 5 = 125$$
$$4^3 = 3\,(4 \times 3 + 3 \times 2 + 2 \times 1) + 4 = 64$$
$$3^3 = 3\,(3 \times 2 + 2 \times 1) + 3 = 27$$

वर्ग संख्याओं में भी पूर्वोक्त सूत्रानुसार $(4 + 1)^2 = 4^2 + 2 \times 4 + 1$ तथा $(3 + 1)^2 = 3^2 + 2 \times 3 + 1$ आदि होने से निम्न रोचक श्रेणी प्राप्त की गई है—

$$5^2 = 2 \times 1 + 2 \times 2 + 2 \times 3 + 2 \times 4 + 5$$
$$\Rightarrow 2\,(1 + 2 + 3 + 4) + 5 \Rightarrow 2 + 4 + 6 + 8 + 5 = 25$$
$$4^2 = 2 \times 1 + 2 \times 2 + 2 \times 3 + 4$$
$$\Rightarrow 2\,(1 + 2 + 3) + 4 \Rightarrow 2 + 4 + 6 + 4 = 16$$
$$3^2 = 2 \times 1 + 2 \times 2 + 3$$
$$\Rightarrow 2\,(1 + 2) + 3 \Rightarrow 2 + 4 + 3 = 9$$

इससे यह रोचक परिणाम प्राप्त होता है कि 1 से अन्तिम पद (n) से 1 कम तक क्रमिक संख्याओं के योग के द्विगुणित में वह अन्तिम संख्या (n) जोड़ दी जावे तो वह अवश्य ही उस संख्या का वर्ग (n^2) बनती है।

इसे गणित भाषा में इस प्रकार प्रकट करते हैं—

$2\,\{1 + 2 + 3 \ldots\ldots\ldots + (n - 1)\} + n \Rightarrow n - 1\,(n - 1 + 1) + n$ (क्रमिक संख्याओं के योग के सूत्र $\frac{n\,(n + 1)}{2}$ से रूपान्तरित करने पर)

$$\Rightarrow n^2$$

इन सम्पूर्ण विधियों के सूक्ष्म अध्ययन के पश्चात् भास्कराचार्य ने द्विपद के घन के लिये व्यापक सूत्र प्रस्तुत किया, जो इस प्रकार है—

खण्डाभ्यां वा हतो राशिस्त्रिघ्नः खण्डघनैक्ययुक्।

(लीलावती, अभिन्नपरिकर्माष्टक, श्लोक 13)

अर्थात् अभिमत राशि (x) के दो यथेच्छ खण्डों (a,b) को आपस में गुणित करके उसे अभीष्ट राशि (x अर्थात् a + b) से गुणित करें। पुनः

उस गुणनफल को 3 से गुणित करें। अनन्तर उस गुणनफल में दोनों खण्डों के घन को जोड़ने से अभिमत राशि का घन प्राप्त होता है।

इस विधि को समकक्ष बीज गणितीय सूत्र के साथ क्रमशः प्रस्तुत करते हैं—

सूत्र	विधि	$8^3 = (5+3)^3$ हल के लिये उदाहरण
खण्डाभ्यां वा हतः I दो खण्डों का आपस में गुणन	ab	$5 \times 3 = 15$
राशिः (हतः) II अभीष्ट राशि से गुणन	ab (a+b)	$15 \times 8 = 120$
त्रिघ्नः III इसे ३ से गुणन	3ab (a +b)	$3 \times 120 = 360$
खण्डघनैक्ययुक् IV दोनों खण्डों के घन का जोड़	$a^3 + b^3 + 3ab\,(a+b)$	$5^3 + 3^3 + 360 = 512$

इस सूत्र से हम यह प्रसिद्ध सर्वसमिका प्राप्त करते हैं—

$$(a + b)^3 = a^3 + b^3 + 3ab\,(a + b)$$

उपरिलिखित विवेचना से प्रकट है कि प्राचीन गणित में द्विपद के विविध घातों के गुणनफल की पद्धति का क्रमशः विकास हुआ था। आधुनिक गणित में इसका बहुत महत्त्व है तथा इसे द्विपद का प्रमेय (Binomial theorem) के नाम से जाना जाता है। प्राचीन गणित के विविध प्रसंगों में इसकी अनेक विशेषताओं का उल्लेख मिलता है। लीलावती की 'संचय' की विधि तथा ई.पू. दूसरी शताब्दी के पिंगल छन्दःशास्त्र में 'मेरु-प्रस्तार' की विधि से इसकी अनेक विशेषताएँ ज्ञात होती हैं। इस 'मेरु-प्रस्तार' को 17वीं शताब्दी के 'ब्लाइज़ पास्कल' के नाम पर आज Pascal's triangle के रूप में जानने की परम्परा है। प्रस्तुत ग्रन्थ में इसका विशद वर्णन 'अंकपाश' नामक अध्याय में किया जावेगा।

प्राचीन ग्रन्थों के विविध वर्णनों को क्रमबद्ध रूप से समन्वित करने पर तथा इसे गणित की भाषा में लिखने पर हमें द्विपद के प्रमेय की सारिणी इस प्रकार प्राप्त होती है—

श्रीधराचार्य द्वारा—

$$(a + b)^2 = a^2 + 2ab + b^2$$

भास्कराचार्य द्वारा—

$$(a + b)^3 = a^3 + 3a^2b + 3ab^2 + b^3$$

पिंगलछन्दः सूत्र तथा लीलावती द्वारा—

$$(a + b)^4 = a^4 + 4a^3b + 6a^2b^2 + 4ab^3 + b^4$$

$$(a + b)^5 = a^5 + 5a^4b + 10a^3b^2 + 10a^2b^3 + 5ab^4 + b^5$$

प्राचीन विवरणों से इसकी अनेक विशेषताएँ ध्वनित होती हैं, जो इस प्रकार हैं—

1. द्विपद जिस घात का होता है, उसके गुणनफल में द्विपद के प्रत्येक खण्ड की उसी घात वाले पद अवश्य होते हैं। (खण्डघनैक्ययुक्-लीलावती)
2. द्विपद के प्रत्येक घात के गुणनफल में उतने ही पद होते हैं, जितने प्रकार के गुटके (एकल, द्विक, त्रिक......आदि) उस घात में सम्भावित होते हैं। इसे 'मेरु-प्रस्तार' के चित्र द्वारा भली प्रकार प्रकट किया जाता है। इस प्रकार द्विपद जिस घात का होता है, उसके गुणनफल में उससे 1 अधिक पद होते हैं।
3. द्विपद के प्रत्येक घात के गुणनफल के गुणक (Coefficient) ठीक उन्हीं अंकों वाले होते हैं, जितनी संख्या वाले प्रत्येक गुटके बनने सम्भावित होते हैं। किस संचय में अलग-अलग गुटके कितनी संख्या में बनेंगे, इसका नियम 'अंकपाश' में बताया गया है। यह नियम बहुत महत्त्वपूर्ण है। इससे ज्ञात होता है कि विविध घात के गुणनफल में कौन-कौन गुणक उपस्थित होगा।

वर्ग तथा घन का क्रम-विनिमेय गुण

किसी भी गुणन में क्रम-विनिमेय गुण होने से यह वर्ग तथा घन में भी चरितार्थ होता है। इसे भास्कराचार्य ने घन की एक अन्य विधि प्रकट करते हुए ध्वनित किया है। घन की विधि का श्लोक इस प्रकार है—

वर्गमूलघनः स्वघ्नो वर्गराशेर्घनो भवेत्।

(लीलावती, अभिन्नपरिकर्माष्टक, श्लोक 13)

अर्थात् 'किसी वर्ग संख्या (a^2) का घन ज्ञात करने के लिये उसके वर्गमूल (a) का घन करके पुनः उसका वर्ग करें तो उसका (a^2) घन ज्ञात होता है'। इससे हमें यह सूत्र प्राप्त होता है—

$$(a^2)^3 = (a^3)^2$$

इससे यह परिणाम भी ध्वनित होता है कि किन्हीं दो संख्याओं a तथा b का गुणनफल उनके (a तथा b के) किसी भी गुणनखण्ड के गुणनफल के समतुल्य होता है।

वर्गविषयक रोचक तथ्य

लीलावती वर्गकर्म श्लोक 4 के सूत्र[1] की उपपत्ति से यह तथ्य ध्वनित होता है कि किसी वर्ग संख्या (a^2) का किसी अन्य वर्ग संख्या (b^2) के साथ गुणनफल अवश्य ही कोई वर्ग संख्या होती है तथा इस वर्ग संख्या का वर्गमूल ठीक वही होता है जो a तथा b का गुणनफल होता है। उदाहरणार्थ—

$$13^2 \times 7^2 = 169 \times 49 = 8281 = 91^2$$

तथा $13 \times 7 = \sqrt{8281} = 91$

अतः $13^2 \times 7^2 = (13 \times 7)^2 = 91^2$

इससे हमें यह प्रसिद्ध सूत्र प्राप्त होता है कि—

$$\mathbf{x^m \times y^m = (x \times y)^m}$$

इससे प्रकट है कि प्राचीन गणित की अनेक संक्रियाएँ तथा उनके सूत्र गणित की भाषा में लिखने पर अनायास सुस्पष्ट हो जाते हैं।

●

1. इसका विशद वर्णन इस ग्रन्थ के अष्टम अध्याय में वर्णित है।

चतुर्थ अध्याय

इष्ट कर्म, विलोम-विधि तथा समीकरण की सामान्य संक्रियाएँ

प्राचीन भारतीय गणित में किसी एक ज्ञात राशि के आधार पर अज्ञात का पता लगाने के लिये अनेक व्यापक नियम बताए गए हैं। ये सभी अन्ततः समीकरण के सामान्य नियमों में पर्यवसित होते हैं। फिर भी इन नियमों के द्वारा अलग-अलग उपभेदों को हल करने की परम्परा रही है। इनकी सीमाएँ, उपपत्तियाँ आदि सभी कुछ समीकरण के नियमों द्वारा ही परिज्ञात हो पाती हैं। अतः प्रस्तुत अध्याय में अलग-अलग नियमों के निरूपण के साथ-साथ समकक्ष समीकरणों का भी उल्लेख किया जावेगा।

इष्ट कर्म
(Supposition)

यह बहुत प्राचीन नियम है। पर सर्वप्रथम भास्कराचार्य ने इसे यह नाम प्रदान किया है। इसमें किसी कल्पित इष्ट राशि के माध्यम से सम्पूर्ण संक्रियाएँ की जाती हैं। इसके अन्तर्गत अंकगणितीय विधियों की संरचना की गई है। यद्यपि भास्कराचार्य तथा इनसे पूर्व भी बीजगणितीय समीकरण की विधियाँ अपरिज्ञात नहीं थीं। इसके लिये उन्होंने 'बीजगणितम्' नामक ग्रन्थ अलग से लिखा था, जिसका वर्णन अगले अध्यायों में किया जावेगा। प्रस्तुत प्रसंग में 'इष्ट कर्म' नाम से प्रचलित संक्रिया का वर्णन अभिप्रेत है। भास्कराचार्य ने इसका निरूपण इस प्रकार किया है—

उद्देशकलापवदिष्टराशिः क्षुण्णो हृतोंशैः रहितो युतो वा।
इष्टाहतं दृश्यमनेन भक्तं राशिर्भवेत् प्रोक्तमितीष्टकर्म।।

(लीलावती, इष्ट-कर्म प्रकरण)

अर्थात् किसी भी कल्पित इष्ट राशि को प्रश्न में बताए क्रम के अनुसार किसी अंश से रहित या युक्त करना चाहिये। अन्त में उस कल्पित इष्ट संख्या को परिज्ञात दृष्ट संख्या से गुणा करके गुणनफल को प्रश्नानुसार संक्रिया से प्राप्त संख्या से भाग देने पर अज्ञात राशि का परिज्ञान होता है।

इस नियम के अनेक उपभेद हैं। प्रथम एक ऐसा उदाहरण प्रस्तुत है जिसमें प्राय: सभी उपभेद समाहित हैं—

कौन सी संख्या

वह कौन सी राशि है, जिसे 5 *से गुणा करके तथा उसमें से उसी (प्राप्त गुणनफल) राशि का* $\frac{1}{3}$ *घटा कर प्राप्त राशि को* 10 *से भाग देकर उसमें उस इष्ट राशि का* $\frac{1}{3}, \frac{1}{2}$ *तथा* $\frac{1}{4}$ *जोड़ने पर* 68 *संख्या प्राप्त होती है*[1]।

यहाँ पूर्वोक्त नियमों का अनुसरण करते हुए प्राचीन व्याख्याओं के अनुसार संक्रियाएँ करने पर—

कल्पित इष्ट राशि	3
इसका 5 से गुणन	$5 \times 3 = 15$
इसमें से इस प्राप्त राशि 15 का $\frac{1}{3}$ घटाने पर	$15 - 5 = 10$
इसे 10 से भाग देने पर	$10 \div 10 = 01$
इस 1 में उस कल्पित राशि 3 का $\frac{1}{3}$ आदि जोड़ने पर	$1+\frac{3}{3}+\frac{3}{2}+\frac{3}{4} = \frac{17}{4}$

1. पञ्चघ्न: स्वत्रिभागोनो दशभक्तसमन्वितः।
राशित्र्यंशार्धपादैः स्यात् को राशिद्व्यून-सप्ततिः। (लीलावती, श्लोक 1, पृ. 76)

इष्ट तथा दृष्ट या ज्ञात राशि का
गुणनफल अर्थात् 3 × 68 = 204 को
प्रस्तुत संख्या से भाग देने पर $204 \times \frac{4}{17} = \frac{816}{17} = 48$ राशि

इस प्रकार के उदाहरणों में व्याख्याकारों द्वारा कल्पित इष्ट राशि 3 का प्रवेश कराना अनावश्यक है। अपितु इष्ट राशि 1 के प्रवेश से कार्य हो सकता है। प्रस्तुत उदाहरण में पूर्वोक्त क्रम से यह सम्भव है—

$$1,\ 5 \times 1 = 5,\ 5 - \frac{5}{3} = \frac{10}{3},\ \frac{10}{3} \times \frac{1}{10} = \frac{1}{3}$$

$$\frac{1}{3} + \frac{1}{3} + \frac{1}{2} + \frac{1}{4} = \frac{17}{12}\ ,\ 68 \times \frac{12}{17} = \frac{816}{17} = 48$$

इस विधि की उपपत्ति के लिये इसे प्रश्नानुसार समीकरण का आकार प्रदान करते हुए हल करते हैं—

$$\left\{5x - \left(5x \times \frac{1}{3}\right)\right\} \times \frac{1}{10} + \left(\frac{1}{3} + \frac{1}{2} + \frac{1}{4}\right) x = 68$$

$$\Rightarrow \left(5x - \frac{5x}{3}\right) \times \frac{1}{10} + \frac{13x}{12} = 68$$

$$\Rightarrow \frac{17x}{12} = 68 \Rightarrow x = \frac{68 \times 12}{17} = \frac{816}{17} = 48$$

इष्ट-कर्म की उपरिलिखित रीति में समीकरण की इस विधि के अनुरूप संक्रियाएँ की गई हैं। इष्ट-कर्म की यह रीति सीमित है तथा समीकरण के अनुरूप होने पर ही सही सिद्ध हो पाती है। कल्पित राशि को 1 मानने पर प्रश्न में वही गुणक होना चाहिये, जो भाजक से विभाजित होने पर समीकरण के अनुरूप दृश्य राशि का खण्ड (part) बनता हो। 1 के अलावा उसी संख्या को कल्पित करना होगा जो समीकरण-विधि से अनुरूपता

प्रदर्शित करती हो[1]। उपरिलिखित उदाहरण में 4 या 5 को कल्पित राशि मानकर सही हल प्राप्त नहीं हो सकता। आगे उल्लिखित विलोम-विधि से इसका हल सम्भव है, जो अन्ततः समीकरण का ही एक प्रकार है। प्राचीन गणित में अलग-अलग उपभेदों के साथ इस इष्ट-कर्म का वर्णन किया गया है। एक उपभेद इस प्रकार है—

भाग जाति (Reduction of a given Quantity)

इसमें कल्पित राशि 1 में से भिन्न संख्याओं के योग वाली राशि को घटाया जाता है। सर्वप्रथम 750 ई. के महान् गणितज्ञ श्रीधराचार्य ने इसके नियम का उल्लेख किया है। श्लोक इस प्रकार है—

स्तम्भांशैक्यं त्यक्त्वा रूपाच्छेषेण सम्भजेद् दृश्यम्।

(त्रिशतिका, स्तम्भोद्देश करण सूत्र, श्लोक 26)

अर्थात् 'रूप या पूर्ण 1 राशि में से स्तम्भ के अनेक अंशों के योग को घटा कर शेष से दृश्य को भाग देने पर फल प्राप्त है'। इसके लिये उनका एक उदाहरण इस प्रकार है—

खम्भे की कितनी लम्बाई

किसी खम्भे का $\frac{1}{2}$ *भाग जल में* $\frac{1}{12}$ *भाग कीचड़ में तथा* $\frac{1}{6}$ *भाग बालू में धँसा हुआ है। साथ ही उसका सार्ध अर्थात्* $1\frac{1}{2}$ *हाथ ऊपर दिखाई पड़ रहा है। खम्भे की कुल लम्बाई बताओ*[2]*?*

यहाँ भिन्न संख्याओं का योग $\rightarrow \frac{1}{2} + \frac{1}{12} + \frac{1}{6} = \frac{3}{4}$

---

1. In this method of supposition we have to add or subtract only parts of or multiples of the original number. Otherwise the answer may not be correct.
(Lilavati translated by J.S. Patwardha, Page 56)

2. अर्धं तोये कर्दमे द्वादशांशः षष्ठो भागो बालुकायां निमग्नः।
सार्धो हस्तो दृश्यते यस्य तस्य स्तम्भस्याशु ब्रूहि मानं विचिन्त्य।।
(त्रिशतिका, श्लोक उदा. 25)

1 संख्या से घटाना $\rightarrow 1 - \frac{3}{4} = \frac{1}{4}$

शेष से दृश्य का भाग $\frac{3}{2} \times 4 = 6$ हाथ

प्रश्नानुसार समीकरण द्वारा इस प्रकार हल करते हैं—

$$\frac{3}{4}x + \frac{3}{2} = x \Rightarrow x - \frac{3}{4}x = \frac{3}{2}$$

$$\Rightarrow \frac{1}{4}x = \frac{3}{2} \Rightarrow x = \frac{3 \times 4}{2} = 6 \text{ हाथ}$$

स्पष्टतः पूर्वोक्त संक्रियाएँ समीकरण के अनुरूप हैं।

इस प्रकार के प्रश्नों के लिये स्तम्भ के उपयोग की परम्परा रही है। 850 के महान् गणितज्ञ महावीराचार्य ने इसके लिये अपने शब्दों में सूत्र प्रदान करते हुए[1] इसी प्रकार का एक प्रश्न यह उपस्थित किया है कि *किसी खम्भे का $\frac{1}{8}$ भाग धरती पर, $\frac{1}{3}$ भाग जल में तथा $\frac{1}{4}$ भाग सेंवार नामक घास में डूबा हुआ है। साथ ही 7 हाथ दिखाई पड़ रहा है। खम्भे की लम्बाई बताओ*[2]। प्रश्न हल करने पर कुल लम्बाई 24 हाथ प्राप्त होती है।

भास्कराचार्य द्वारा प्रस्तुत एक उदाहरण इस प्रकार है—

कितने कमलों से पूजा

किसी पूजक ने अपनी पवित्र कमलों की राशि के $\frac{1}{3}$ भाग से तीन नेत्रों वाले शंकर की, $\frac{1}{5}$ से हरि या विष्णु की, $\frac{1}{6}$ से सूर्य की तथा

---

1. भागोनरूपभक्तं दृश्यं फलमत्र भागजातिविधौ।

(गणितसार-संग्रह, प्रकीर्णक-व्यवहार, श्लोक 4)

2. दृष्टोऽष्टमं पृथिव्यां स्तम्भस्य त्र्यंशको मया तोये।
पादांशः शैवाले कः स्तम्भः सप्त हस्ताः खे॥

(गणितसार-संग्रह, प्रकीर्णक-व्यवहार, श्लोक 5)

उसके $\frac{1}{4}$ अंश से देवी की पूजा की तथा शेष 7 कमलों से गुरुचरणों की पूजा की। कुल कमलों की संख्या शीघ्र बताओ[1]? यहाँ--

$$\frac{1}{3}+\frac{1}{5}+\frac{1}{6}+\frac{1}{4}=\frac{57}{60}, 1-\frac{57}{60}=\frac{3}{60}, \frac{6\times 60}{3}=120 \text{ कमल}$$

समीकरण की संक्रिया इसके ठीक अनुरूप है—

$$\frac{57}{60}x+6=x \Rightarrow x-\frac{57}{60}x=6$$

$$\Rightarrow \frac{3x}{60}=6 \Rightarrow x=\frac{60\times 6}{3}=120 \text{ कमल}$$

भास्कराचार्य से शताब्दियों पूर्व इस प्रकार के प्रश्न इस देश में खूब प्रचलित रहे हैं। एक प्रश्न श्रीधराचार्य की त्रिशतिका में उल्लिखित है जिसे भास्कराचार्य ने भी उद्‌धृत किया है—

फूलों पर कितने भौंरे

सुन्दर भौंरों के समूह का $\frac{1}{6}$ पाटली वृक्ष पर, $\frac{1}{3}$ कदम्ब पर, $\frac{1}{4}$ आम्रमञ्जरी पर, $\frac{1}{5}$ चम्पा के फूलों पर तथा $\frac{1}{30}$ भौंरे सूर्य के किरणों से पूरी तरह खिले हुए कमल के फूलों पर बैठे थे। एक मतवाला भौंरा आकाश में ही घूम रहा था। बताओ कुल कितने भौंरे थे[2]?

विदेशों में भी लगभग इस प्रकार के प्रश्न बहुत लोकप्रिय रहे हैं। कहा जाता है कि यूनान में लगभग 350 ई. के मध्य में जन्मे महान् गणितज्ञ

---

1. अमलकमलराशेस्त्र्यंशपञ्चांशषष्ठैस्त्रिनयनहरिसूर्या येन तुर्येण चार्या।
गुरुपदमथ षड्भिः पूजितं शेषपद्मैस्सकलकमलसंख्यां क्षिप्रमाख्याहि तस्य।।
(लीलावती, इष्टकर्म-प्रकरण, श्लोक 2)

2. षड्भागः पाटलीषु भ्रमरवरततेस्तत् त्रिभागः कदम्बे।
पादश्चूतद्रुमेषु प्रदलितकुसुमे चम्पके पञ्चमांशः।।
प्रोत्फुल्लाम्भोजषण्डे रविकरदलिते त्रिंशदंशोऽभिरेमे।
तत्रैको मत्तभृंगो भ्रमति नभसि का तस्य वृन्दस्य संख्या।। (त्रिशतिका तथा लीलावती)

डायफेंटस (Diophantus) के विषय में बहुत कम ज्ञात है जो भी कुछ ज्ञात है, वह एक प्राचीन साहित्यिक उल्लेख के आधार पर उनकी कब्र में खुदे इस गणितीय विवरण के अनुसार है—

यात्री, इस समाधि में संख्याओं का चमत्कार उनकी उम्र बताएगा। उनकी उम्र का छठा भाग सुहाना बचपन में बीता। उम्र के 12वें भाग में उनमें यौवन आया तथा विवाह हुआ। उम्र के 7वें भाग तक निःसन्तान दाम्पत्य जीवन गुजरा। इसके बाद 5 वर्ष बीत जाने पर प्रथम पुत्र का मुख देखने को मिला। इसे पिता की कुल उम्र की केवल आधी उम्र ही प्राप्त हुई। पुत्र के मरने के बाद 4 वर्ष और जीकर उसने परलोक के लिये बिदा लिया। यहाँ इष्टकर्म या समीकरण के अनुसार—

$$\left(\frac{1}{6} + \frac{1}{12} + \frac{1}{7} + \frac{1}{2}\right)x + 9 = x \Rightarrow \frac{75}{84}x + 9 = x$$

$$\Rightarrow x - \frac{75x}{84} = 9 \Rightarrow \frac{9x}{84} = 9 \Rightarrow x = 84$$

इस प्रकार डायफेंटस की कुल उम्र 84 वर्ष थी। $\frac{84}{6} + \frac{84}{12} = 21$ वर्ष में विवाह हुआ। पश्चात् $\frac{84}{7} + 5 = 17$ वर्ष और बीतने पर या 38 वर्ष के उम्र में पुत्र प्राप्त हुआ। $\frac{84}{2} = 42$ वर्ष तक या 80 वर्ष की उम्र तक पुत्र जीवित रहा। अगले 4 वर्ष पश्चात् अर्थात् 84 वर्ष में उसकी मृत्यु हुई।

विश्लेष जाति

लीलावती में लगभग इसी प्रकार के प्रश्न विश्लेष जाति (Reduction of fractional differences) के अन्तर्गत भी दिये हैं; क्योंकि इनमें भी कल्पित राशि 1 में से विश्लेष अर्थात् भिन्न संख्याओं को घटाया जाता है। इस प्रकार का एक प्रश्न मूलतः त्रिशतिका में प्राप्त है जिसे लीलावती में भी उद्धृत किया गया है—

प्रियतमा के हार में कितने मोती

सुरत कलह में कामिनी की सुन्दर मोती की माला टूटने पर उन मोतियों का $\frac{1}{3}$ धरती पर तथा $\frac{1}{5}$ भाग बिस्तर पर गिर गया। उनके $\frac{1}{6}$ भाग को उस सुन्दर केशों वाली कामिनी ने उठा लिया। $\frac{1}{10}$ हिस्से को उसके प्रीतम ने चुन लिया। शेष 6 मोती धागे में ही लगे रह गए। बताओ वह कितने मोतियों का हार था[1]?

समीकरण को पूर्वोक्त अंकगणितीय तथा बीजगणितीय विधि से हल करने पर भी 30 उत्तर आता है। अतः $\frac{30}{3} = 10$ धरती पर, $\frac{30}{5} = 6$ बिस्तर पर, $\frac{30}{6} = 5$ कामिनी ने तथा $\frac{30}{10} = 3$ प्रीतम ने उठाए थे।

भागानुबन्ध से सम्बन्धित विश्लेष जाति

इस प्रसंग में कुछ इस प्रकार के भी प्रश्न प्राप्त होते हैं जिनमें किसी भिन्न संख्या के भिन्न के योग को 1 में से घटाना होता है। लीलावती में इस प्रकार के प्रश्नों का बहुत स्पष्ट नियम बताया है। पर इससे पूर्व ऐसे प्रश्नों का नियम उतना स्पष्ट नहीं था। अतः बहुत लम्बे उपाय से इन्हें हल किया जाता था। उदाहरणार्थ यहाँ 1039 ई. के श्रीपति द्वारा विरचित गणित तिलक का एक प्रश्न तथा उनके अनुसार हल प्रस्तुत है। प्रथम उन्होंने इस प्रकार के प्रश्नों को हल करने के लिये इस प्रकार नियम बताया है—

भागोनरूपविहृते खलु दृश्यमूले दृश्यात् पदार्धकरणी सहितात् पदे च।
मूलद्विभागसहिते कृतित्वं राशिर्भवेदभिमतो हृदि यस्त्वदीयम्।।

(गणित-तिलक)

---

1. कामिन्या हारवत्या सुरतकलहतो मौक्तिकानां त्रुटित्वा।
भूमौ जातस्त्रिभागः शयनतलगतः पञ्चमांशश्च दृष्टः।।
प्राप्तः षष्ठः सुकेश्या गणक दशमकः संगृहीतः प्रियेण।
दृष्टं षट्कं च सूत्रे कथय कतिपयैर्मौक्तिकैरेष हारः।। (त्रिशतिका तथा लीलावती)

अर्थात् एक भाग कम भिन्न संख्याओं के योग को 1 में से घटाकर जो संख्या प्राप्त हो उसे दृश्य संख्या से विहृत अथवा भाग करे। पुनः इस नवीन दृश्य संख्या के पूर्वपद का आधा करे। उसका करणी अर्थात् वर्ग करके नवीन दृश्य संख्या से सहित या युक्त करके उसका वर्गमूल प्राप्त करे। इस प्राप्त संख्या में नवीन दृश्य के पूर्वपद के अर्धभाग को जोड़े। उसका वर्ग करने से तुम्हारे मन में अभिमत राशि प्राप्त होती है।

इस ग्रन्थ में इस नियम से हल होने वाले प्रश्न का उदाहरण इस प्रकार प्रस्तुत किया है—

हिरनों के झुण्ड में से एक तिहाई हिरन इस एक तिहाई के एक तिहाई के साथ सिंह के डर से भाग गए। साथ ही उस झुण्ड के एक तिहाई अन्य हिरन अपना खाना छोड़ कर आँखें बन्द करके संगीत में रम गए। साथ ही उस झुण्ड के दो हिरन अपने झुण्ड से बिछुड़ कर आँसू भरी आँखों वाले होकर इधर उधर घूमते दिखाई दिये। बताओ कुल कितने हिरने थे[1]?

यहाँ पूर्वोक्त नियम के अनुसार संक्रियाएँ करते हैं—

एक भाग कम भिन्न संख्याओं का योग $\rightarrow \frac{1}{3} + \left(\frac{1}{3} \times \frac{1}{3}\right) = \frac{4}{9}$

इसे 1 में से घटाना $\rightarrow \frac{1}{1} - \frac{4}{9} = \frac{5}{9}$

दृश्य संख्या से भाग $\rightarrow \frac{2}{1} \times \frac{9}{5} = \frac{18}{5}$

(यह $\frac{18}{5}$ नवीन दृश्य संख्या तथा $\frac{9}{5}$ इसका पूर्व पद है।)

---

1. त्र्यंशः सारंगयूथात् त्रिलवकसहितो व्याघ्रभीत्या प्रणाशे।
गीते लुब्धं स्वमूलं विगलितकवलं मीलिताक्षि स्थितं च।।
यूथाद् भ्रष्टे कुरंग्यौ तरलितनयने हन्त दृष्टे भ्रमन्त्यौ।
कान्तारे ब्रूहि तूर्णं यदि गणितविधिं वेत्सि यूथप्रमाणम्।। (गणित-तिलक)
इस श्लोक की विधि का क्रम प्राचीन भारतीय गणित, ब.ल. उपाध्याय, पृ. 196 से साभार प्राप्त किया गया है।

'दृश्यात् पदार्ध-करणीसहितात् पदे च'
के अनुसार नवीन दृश्य संख्या के
पूर्वपद का आधा $\rightarrow \frac{9}{5} \times \frac{1}{2} = \frac{9}{10}$

इसका वर्ग $\left(\frac{9}{10}\right)^2 = \frac{81}{100}$

नवीन दृश्य संख्या से जोड़ $\rightarrow \frac{18}{5} + \frac{81}{100} = \frac{441}{100}$

इसका वर्गमूल $\sqrt{\frac{441}{100}} = \frac{21}{10}$

नवीन दृश्य के पूर्वपद के
अर्धभाग का जोड़— $\rightarrow \frac{21}{10} + \left(\frac{9}{5} \times \frac{1}{2}\right) = \frac{30}{10} = 3$

इसका वर्ग $3^2 = 9$ अभिमत संख्या

इस लम्बी संक्रिया का मूल उद्देश्य दृश्य संख्या (2) आधार पर अज्ञात राशि का पता लगाना है। इसके लिये भागानुबन्ध विधि के प्रयोग के साथ विश्लेष जाति की विधि से हल प्राप्त करना आसान है—

$$\frac{1}{3} + \left(\frac{1}{3} \times \frac{1}{3}\right) + \frac{1}{3} = \frac{7}{9},\ 1 - \frac{7}{9} = \frac{2}{9},\ \frac{2 \times 9}{2} = \frac{18}{2} = 9 \text{ हिरन}$$

समीकरण की संक्रिया से भी—

$$\frac{7}{9}x + 2 = x \Rightarrow x - \frac{7}{9}x = 2 \Rightarrow \frac{2x}{9} = 2 \Rightarrow x = \frac{9 \times 2}{2} = 9$$

भागानुबन्ध विधि का प्रयोग ब्राह्मस्फुट सिद्धान्त से प्राप्त है। इस ग्रन्थ के टीकाकार पृथूदक स्वामी के गणित के अनेक परिकर्मों के

अन्तर्गत भागानुबन्ध जाति का उल्लेख किया है। त्रिशतिका, लीलावती आदि में भी उल्लेख उपलब्ध है। इसका विवरण इस प्रकार है—

भागानुबन्ध (Fractional Increase) का नियम

तलस्थहारेण हरं निहन्यात् स्वांशाधिकोनेन तु तेन भागान्।

(लीलावती, भिन्नपरिकर्माष्टक सूत्र श्लोक 3)

अर्थात् यदि किसी भिन्न संख्या में उसी का कोई भाग उसी में जोड़ना हो तो नीचे के दोनों हरों को आपस में गुणा करें तथा अपने अंश को हर के साथ जोड़ कर दूसरे अंश से गुणन करें। अतः नियम—

$$\frac{a}{b} \pm \left(\frac{a}{b} \times \frac{c}{d}\right) = \frac{a\ (d \pm c)}{bd}$$

इसकी उपपत्ति इस प्रकार है—

$$\frac{a}{b} \pm \left(\frac{a}{b} \times \frac{c}{d}\right) \Rightarrow \frac{a}{b} \times 1 \pm \left(\frac{a}{b} \times \frac{c}{d}\right)$$

$$\Rightarrow \frac{a}{b}\left(1 \pm \frac{c}{d}\right) \Rightarrow \frac{a\,(d \pm c)}{bd}$$

लीलावती में इस प्रकार के अनेक रोचक प्रश्न प्रस्तुत हैं। एक प्रश्न इस प्रकार है—

जंगल में कितने हाथी

किसी जंगल में हाथियों का बहुत बड़ा झुण्ड देखा गया। उस झुण्ड का $\frac{1}{2}$ अपने $\frac{1}{3}$ से युक्त होकर अर्थात् $\frac{1}{2}$ का तृतीयांश उसी $\frac{1}{2}$ से जुड़ कर जंगल की खोह में चला गया। झुण्ड का $\frac{1}{6}$ अपने $\frac{1}{7}$ से युक्त होकर नदी में पानी पीने चला गया। उसी झुण्ड का $\frac{1}{8}$ अपने $\frac{1}{9}$ से युक्त होकर

कमलिनी वन में चला गया। शेष 3 हथिनियों के बीच 1 गजेन्द्र प्रेमक्रीड़ा करता हुआ देखा गया। कुल हाथियों की संख्या बताओ[1]*?*

यहाँ प्रथम पूर्वोक्त भागानुबन्ध विधि का प्रयोग करते हुए सभी अंशों को जोड़ने पर—

$$\frac{1(3+1)}{2\times3}+\frac{1(7+1)}{6\times7}+\frac{1(9+1)}{8\times9}=\frac{251}{252}$$

पुन: पूर्व नियमानुसार—

$$1-\frac{251}{252}=\frac{1}{252},\ 252\times4=1008 \text{ कुल हाथी}$$

अथवा प्रश्नानुसार समीकरण पर संक्रियाएँ करने पर—

$$\left\{\frac{1}{2}+\left(\frac{1}{2}\times\frac{1}{3}\right)+\frac{1}{6}+\left(\frac{1}{6}\times\frac{1}{7}\right)+\frac{1}{8}+\left(\frac{1}{8}\times\frac{1}{9}\right)\right\}x+4=x$$

पूर्वोक्त उपपत्ति अनुसार संक्रिया करने पर—

$$\Rightarrow\left\{\frac{1}{2}\left(1+\frac{1}{3}\right)+\frac{1}{6}\left(1+\frac{1}{7}\right)+\frac{1}{8}\left(1+\frac{1}{9}\right)\right\}x+4=x$$

$$\Rightarrow\left\{\frac{1}{2}\times\frac{4}{3}+\frac{1}{6}\times\frac{8}{7}+\frac{1}{8}\times\frac{10}{9}\right\}x+4=x\Rightarrow\frac{251}{252}x+4=x$$

$$\Rightarrow x-\frac{251x}{252}=4\Rightarrow\frac{1x}{252}=4\Rightarrow x=252\times4=1008 \text{ हाथी}$$

---

1. यूथार्धं सत्रिभागं वनविवरगतं कुञ्जराणां च दृष्टम्।
षड्भागश्चैव नद्यां पिबति च सलिलं सप्तमांशेन मिश्र:।।
पद्मिन्यां चाष्टमांश: स्वनवमसहित: क्रीडते सानुरागो।
नागेन्द्रो हस्तिनीभिस्तिसृभिरनुगत: का भवेद्यूथसंख्या।।
(त्रिशतिका उदा. श्लोक 27 तथा लीलावती, इष्ट-कर्म उदा. श्लोक 3)

इस प्रसंग में महावीराचार्य ने एक ऐसा उपभेद प्रस्तुत किया है, जिसमें प्रश्न की कोई भी राशि पूर्णांक में ज्ञात नहीं होती। विवरण इस प्रकार है—

भिन्न दृश्य जाति

यदि अज्ञात राशि भिन्न में दृश्य हो, पूर्णांक में नहीं तो इसे इस उपभेद के अन्तर्गत सम्मिलित किया जाता है। इसका विवरण इस प्रकार है—

दृश्यांशोने रूपे भागाभ्यासेन भाजिते तत्र।
यल्लब्धं तत्सारं प्रजायते भिन्नदृश्यविधौ।।

(गणितसार संग्रह, श्लोक 69)

अर्थात् भिन्न दृश्य जाति विधि में रूप या पूर्ण 1 संख्या में से अन्तिम अंश दृश्य राशि को घटाने पर प्राप्त संख्या से अन्य दृश्य भाग राशि की गुणनफल संख्या का भाग देवें। यह भागफल ही अभीष्ट राशि है। इसका एक उदाहरण इस प्रकार है—

खम्भे की कितनी लम्बाई

एक खम्भा अपनी कुल लम्बाई का $\frac{1}{8}$ गुणित कुल लम्बाई का $\frac{1}{18}$ बालू में धँसा हुआ था तथा केवल $\frac{1}{2}$ हिस्सा बाहर दिखाई दे रहा था। खम्भे की कुल लम्बाई बताओ[1]? यहाँ पूर्वोक्तानुसार—

1 से अज्ञात की दृश्य अंश राशि का व्यवकलन $\rightarrow 1 - \frac{1}{2} = \frac{1}{2}$

अन्य भाग राशियों का गुणन $\rightarrow \frac{1}{8} \times \frac{1}{18} = \frac{1}{144}$

---

1. सिकतायामष्टांशस्सन्दृष्टोऽष्टादशांश संगुणितः।
स्तम्भभस्यार्ध दृष्टं स्तम्भायामः कियान् कथय।। (गणितसार संग्रह, श्लोक 70)

पूर्व संख्या से इस गुणनफल का भाग $\rightarrow \frac{1}{2} \times 144 = 72$ हाथ लम्बाई

इस प्रकार के प्रश्नों में अज्ञात राशि के ज्ञात अंशों द्वारा अज्ञात राशि का पता लगाया जाता है। इससे हमें निम्नानुसार समीकरण तथा हल प्राप्त होता है—

$$\left(\frac{x}{8}\right) \times \left(\frac{x}{18}\right) + \frac{x}{2} = x \quad , \text{ अत: } \rightarrow \left(\frac{x}{8}\right) \times \left(\frac{x}{18}\right) = \frac{x}{2}$$

$$\Rightarrow \frac{x}{8} = \frac{x}{2} \times \frac{18}{x} = 9 \text{ तथा } \frac{x}{18} = \frac{x}{2} \times \frac{8}{x} = 4 \quad ,$$

$$\text{अत: } \frac{x}{2} = 36 \Rightarrow x = 72$$

इस प्रसंग का एक अन्य उदाहरण इस प्रकार है—

पर्वत में कितने हाथी

किसी पर्वत के ढाल पर हाथियों के झुण्ड के $\frac{1}{2}$ का $\frac{1}{9}$ गुणित उस झुण्ड का $\frac{1}{27}$ मजे से विचरण कर रहे थे। साथ ही ऊँचे पर्वत में उन घनश्याम हाथियों के झुण्ड के $\frac{1}{3}$ भी विचरण कर रहे थे। हाथियों की कुल संख्या बताओ[1]?

यहाँ भी पूर्वोक्तानुसार—

$$1 - \frac{1}{3} = \frac{2}{3} \quad , \quad \frac{1}{2 \times 9} \times \frac{1}{27} = \frac{1}{486} \quad ,$$

$$\frac{2}{3} \times 486 = \frac{972}{3} = 324 \text{ कुल हाथी}$$

---

1. द्विभक्तनवमांशकप्रहतसप्तविंशांशक:। प्रमोदमवतिष्ठते करिकुलस्य पृथिवीतले।।
विनीलजलदाकृतिर्विहरति त्रिभागो नगे। वद त्वमधुना सखे करिकुलप्रमाणं मम।।
(गणितसार-संग्रह, श्लोक 71)

इसका भी पूर्व प्रकार से समीकरण—

$$\left(\frac{x}{18}\right) \times \left(\frac{x}{27}\right) + \frac{x}{3} = x \Rightarrow \left(\frac{x}{18}\right) \times \left(\frac{x}{27}\right) = \frac{2x}{3}$$

$$\frac{x}{18} = \frac{2x}{3} \times \frac{27}{x} = \frac{54}{3} = 18$$

तथा $$\frac{x}{27} = \frac{2x}{3} \times \frac{18}{x} = 12$$

अत: $$\frac{2x}{3} = 18 \times 12 = 216$$

$$\Rightarrow x = \frac{216 \times 3}{2} = 324$$ कुल हाथी

अथवा पूर्व अंकगणितीय संक्रिया के समकक्ष समीकरण—

$$\frac{x}{18} \times \frac{x}{27} + \frac{x}{3} = x \quad \Rightarrow \frac{x}{18} \times \frac{x}{27} = \frac{2x}{3}$$

$$\frac{x^2}{486} = \frac{2x}{3} \quad \Rightarrow \frac{x}{486} = \frac{2}{3}$$

$$\Rightarrow x = \frac{486 \times 2}{3} = 324$$ हाथी

पूर्व समीकरण से यह ज्ञात होता है कि झुण्ड के प्रथम अंश में $18 \times 12 = 216$ हाथी थे तथा दूसरे झुण्ड में कुल 324 का एक तिहाई 108 हाथी थे। पर दूसरे समीकरण से केवल यह ज्ञात होता है कि 486 का दो तिहाई 324 कुल हाथी होते हैं।

शेष जाति
(Reduction of Fractions of Residues)

इसमें प्रत्येक भिन्न संख्या से शेष बचे हुए का योग अज्ञात राशि होती है। इसके लिये श्लोक इस प्रकार है—

छिद्घातभक्तेन लवोनहारघातेन भाज्यप्रकटाख्यराशि:।
राशिर्भवेच्छेषलवे विलोमसूत्रादपि सिद्धिमेति।।

(लीलावती, पृ. 78)

अर्थात् शेष जाति में अपने 2 अंशों से घटे हुए हरों के घात या गुणनफल को हरों के घात से भाग देकर प्राप्त राशि से दृश्य को भाग देने पर अभिमत राशि प्राप्त होती है।

इस विधि के लिये समीकरण से प्राप्त सूत्र इस प्रकार है—महावीर ने इसे अपने शब्दों में वर्णित किया है[1]।

शेष जाति में $x = \dfrac{a}{(1-b_1)\ (1-b_2)\ (1-b_3)\ \&c}$

यहाँ a = दृश्य राशि तथा b_1 ..... = भिन्न संख्याएँ हैं।

इस विषय का एक रोचक प्रश्न इस प्रकार है—

रमणी के कितने मणि

किसी कमलनयन स्त्री ने अपने पति द्वारा दी हुई मणियों के $\frac{1}{8}$ से मस्तक को विभूषित किया, शेष के $\frac{3}{7}$ को स्तनों के बीच माला में लगाया, शेष के $\frac{1}{2}$ को अपने कंगन में तथा शेष के $\frac{3}{4}$ को अपने कटि-प्रदेश में बाँधा तथा शेष 16 मणियों को अपनी वेणी या चोटी में लगाया। बताओ कुल कितने मणि थे[2]?

यहाँ पूर्व नियमानुसार भागापवाह आदि संक्रियाएँ करने पर—

---

1. अंशोनितरूपाहतिहृतमग्रं शेषजातिविधौ।

(गणितसार-संग्रह, प्रकीर्णक-व्यवहार, श्लोक 4)

2. पद्माक्ष्या प्रियकल्पिताद् वसुलवा भूषा ललाटीकृता।
यच्छेषात् त्रिगुणादिभागरचिता न्यस्ता स्तनान्त:सृजि।।
शेषार्धं भुजनालयोर्मणिगण: शेषाब्धिकस्त्र्याहत:।
काञ्च्यात्मा मणिराशिमाशु वद में वेण्यां हि यत् षोडश।।

(लीलावती, इष्टकर्म उदा. 4, पृ. 82)

$$\frac{(8-1)(7-3)(2-1)(4-3)}{8\times7\times2\times4} = \frac{28}{448} = \frac{1}{16}$$

$16 \times 16 = 256$ मणि

समीकरण के सामान्य नियम से सूत्र का कारण स्पष्ट है। अज्ञात राशि के शेष के शेष आदि को प्राप्त करने के लिये प्रत्येक को 1 से घटाते हैं। इस प्रकार—

$$\left(\frac{7}{8}\times\frac{4}{7}\times\frac{1}{2}\times\frac{1}{4}\right)x = 16$$

$$\Rightarrow \frac{28}{448}x \Rightarrow \frac{1}{16}x = 16, \quad x = 16\times16 = 256$$

स्पष्टत: समीकरण की यह विधि महावीर के पूर्वोक्त सूत्र के अनुरूप है।

इनसे पूर्व ग्रन्थों भी इस विषय के अनेक रोचक प्रश्न उपलब्ध हैं। उदाहरणार्थ—

जंगल में कितने हाथी

किसी जंगल में हाथियों के एक झुण्ड का $\frac{1}{7}$, शेष का $\frac{1}{6}$, शेष का $\frac{1}{5}$, शेष का $\frac{1}{4}$, शेष का $\frac{1}{3}$, शेष का $\frac{1}{2}$ भाग अलग-अलग घूम रहे थें। बाकी 7 एक तालाब के किनारे दिखाई पड़ रहे थे। कुल हाथियों की संख्या बताओ[1]?

यहाँ उपरिलिखित सूत्र या समीकरण अनुसार—

$$\left(\frac{6}{7}\times\frac{5}{6}\times\frac{4}{5}\times\frac{3}{4}\times\frac{2}{3}\times\frac{1}{2}\right)x = 6$$

$$\Rightarrow \frac{720}{5040}x = \frac{1x}{7} = 6, \quad x = 6\times7 = 42 \text{ हाथी}$$

1. चरति गिरौ सप्तांशः करिणां षष्ठादिमार्धपाश्चात्याः।
प्रति शेषांशाः विपिने षड् दृष्टास्सरसि कति ते स्युः।। (गणितसारसंग्रह, श्लोक 31)

इस प्रकार वहाँ $6 \rightarrow 6$ हाथी अलग-अलग 6 स्थानों में तथा 7 हाथी तालाब के किनारे विचरण कर रहे थे।

महावीर ने इसी प्रकार का एक अन्य प्रश्न अधिक विस्तृत आकार में प्रस्तुत किया है—

युवती के हार में कितने मोती

किसी समय वसन्त मास में खिले हुए पुष्पों के पराग रस से प्रसन्न तोते, कोयल, भौंरों के सुमधुर कलरव से परिपूर्ण, फूलों के गुच्छों से घिरे उद्यान में अवस्थित, चन्द्रमा की चाँदनी से धवल, विस्तृत, विशाल महल में अतिसुन्दर कोमल शय्या में चमकदार निर्मल आभूषणों से सुशोभित अंगों वाली, सुदीर्घ नयनों वाली, कठोर स्तनों में पड़े हुए हार से सुशोभित, पतली कमर वाली, फणी के फण के समान विस्तृत नितम्बों वाली युवती रात्रि में अपने पति साथ प्रीति से रमण कर रही थी।

तब प्रणय-कलह उपस्थित होने पर उसका मोतियों वाला हार टूट कर धरती पर गिर गया। *उसके मोती के $\frac{1}{3}$ हिस्से को उसकी दासी ने उठा लिया तथा उसका $\frac{1}{6}$ भाग बिस्तर पर गिर गया। शेष का $\frac{1}{2}$, पुनः शेष का $\frac{1}{2}$, पुनः शेष का $\frac{1}{2}$, पुनः शेष का $\frac{1}{2}$, पुनः शेष का $\frac{1}{2}$, पुनः शेष का $\frac{1}{2}$, अलग-अलग स्थानों पर बिखर गए। ऐसा होने पर 1161 मोती बिना बिखरे ही एक स्थान पर इकट्ठे हो गए। बताओ कुल कितने मोती थे*[1]?

---

1. काचिद् वसन्तमासे प्रसूनफलगुच्छभारनम्रोद्याने।
कुसुमासव-रसरञ्जितशुककोकिलमधुपमधुरनिस्वननिचिते।
हिमकरधवले पृथुले सौधतले सान्द्ररुन्द्रमृदुतल्पे
फणिफणनितम्बबिम्बा कठिनस्तनहारनम्रतनुमध्या।
सह निज-पतिना युवती रात्रौ प्रीत्यानुरममाणा
प्रणयकलहे समुत्थे मुक्तामयकण्ठिका तदबलायाः।

यहाँ भी उपरिलिखित सूत्र या समीकरण अनुसार—

$$\frac{x}{3} + \left(\frac{1}{6} \times \frac{1}{2} \times \frac{1}{2} \times \frac{1}{2} \times \frac{1}{2} \times \frac{1}{2} \times \frac{1}{2}\right) x$$

$$= \frac{1x}{3} + \frac{1x}{384} = \frac{129x}{384} = \frac{43x}{128}$$

$$\Rightarrow \frac{43x}{128} = 1161 \quad \Rightarrow x = \frac{1161 \times 128}{43} = 3456$$ कुल मोती

विलोम विधि (Reverse Process)

यह प्राचीन गणित की महत्त्वपूर्ण विधियों में से एक है। यह समीकरण में पक्षान्तरण की संक्रिया का मूल-मन्त्र है। इसके अलग से निरूपण की परम्परा रही है। सर्वप्रथम महान् गणितज्ञ आर्यभट ने इसका वर्णन इस प्रकार किया है—

गुणकारा भागहरा, भागहरा ये भवन्ति गुणकारा:।
य: क्षेप: सोऽपचयोऽपचय: क्षेपश्च विपरीते।।

(आर्यभटीय, गणितपाद 1.28)

अर्थात् प्रश्न में उल्लिखित गुणा को भाग तथा भाग को गुणा करते हैं। साथ ही उल्लिखित योग का व्यवकलन तथा व्यवकलन का योग करते हैं। इनसे प्रेरणा प्राप्त करके ब्रह्मगुप्त ने इसके लिये यह श्लोक प्रस्तुत किया है—

गुणकश्छेदो छेदो गुणको धनमृणमृणधनं कार्यम्।
वर्ग: पदं पदं कृतिरन्त्यात् विपरीतमाद्यं तत्।।

(ब्राह्मस्फुट सिद्धान्त 18.34-35)

छिन्नावनौ निपतिता तत्त्यंशश्चेटिकां प्रापत्
षड्भाग: शय्यायामनन्तरानन्तरार्धमिति भागा:।
षट् संख्यानास्तस्या: सर्वे सर्वत्र सम्पतिता:
एकाग्रषष्टि-शतयुतसहस्त्रमुक्ताफलानि दृष्टानि।।
तन्मौक्तिक-प्रमाणं प्रकीर्णकं वेत्सि चेत् कथय।

(गणितसार-संग्रह, प्रकीर्णक-व्यवहार, श्लोक 118 से 221 तक)

अर्थात् प्रश्न में गुणक उल्लेख की स्थिति में भाग, भाग में गुणा, योग में घटाना, घटाने में योग की क्रिया करें। साथ ही वर्ग में वर्गमूल, वर्गमूल में वर्ग की क्रियाएँ अन्तिम से ऊपर विपरीत क्रम से करने पर अभिमत राशि प्राप्त होती है।

महावीराचार्य ने भी उक्त नियम को प्रस्तुत करते हुए बहुत रोचक उदाहरण दिये हैं। विलोम विधि से हल होने वाला उनका एक उदाहरण इस प्रकार है—

वह कौन सी राशि है, जिसे पहले 7 से भाग दें, फिर 3 से गुणा करें, तब उसका वर्गण करके योगफल में 5 जोड़े, पुनः $\frac{3}{5}$ से भाग देकर उसका आधा करके उसका वर्गमूल करें तो 5 प्राप्त होता है[1]।

यहाँ अन्तिम दृष्ट 5 संख्या से क्रमशः ऊपर विपरीत संक्रियाएँ करने पर $\frac{35}{3}$ संख्या प्राप्त होती है।

आधुनिक गणितीय लेखन में इस सम्पूर्ण समीकरण को इस प्रकार उल्लिखित करते हैं—

$$\sqrt{\left\{\left(\frac{3x}{7}\right)^2 + 5\right\} \times \frac{5}{3} \times \frac{1}{2}} = 5$$

यहाँ प्रश्न के प्रत्येक कदम पर अज्ञात राशि (x) का मान जानने के लिये पक्षान्तरण द्वारा विलोम-विधि या विपरीत संक्रिया करनी पड़ती है। इसके क्रमशः विस्तार से प्रकट करते हैं—

प्रश्न का स्वरूप	प्रश्न का गणितीय लेखन	विलोम विधि द्वारा अज्ञात राशि का मान
कोई अज्ञात राशि	x	

1. सप्तहृते को राशिस्त्रिगुणो वर्गीकृतः शरैर्युक्तः।
त्रिगुणितपञ्चांशहृतस्त्वर्धितमूलं च पञ्च रूपाणि।। (गणितसार-संग्रह, श्लोक 287)

उसका 7 से भाग	$\frac{x}{7} = \frac{5}{3}$	$x = \frac{7 \times 5}{3} = \frac{35}{3}$
3 से गुणन	$\frac{3x}{7} = 5$	$x = \frac{7 \times 5}{3}$
इसका वर्गण	$\left(\frac{3x}{7}\right)^2 = 25 \Rightarrow \frac{9x^2}{49} = 25$	$x^2 = \frac{49 \times 25}{9}$
5 का योग	$\left(\frac{3x}{7}\right)^2 + 5 = 30$	
	$\Rightarrow \frac{9x^2 + 245}{49} = 30$	$x^2 = \frac{(49 \times 30) - 245}{9}$
$\frac{3}{5}$ से भाग	$\left\{\left(\frac{3x}{7}\right)^2 + 5\right\} \times \frac{5}{3} = 50$	
	$\Rightarrow \frac{45x^2 + 1225}{147} = 50$	$x^2 = \frac{(147 \times 50) - 1225}{45}$
उसका आधा	$\left\{\left(\frac{3x}{7}\right)^2 + 5\right\} \times \frac{5}{3} \times \frac{1}{2} = 25$	
	$\Rightarrow \frac{45x^2 + 1225}{294} = 25$	$x^2 = \frac{(294 \times 25) - 1225}{45}$
इसका वर्गमूल	$\sqrt{\left\{\left(\frac{3x}{7}\right)^2 + 5\right\} \times \frac{5}{3} \times \frac{1}{2}} = 5$	$x = \sqrt{\frac{(294 \times 25) - 1225}{45}}$
करने पर 5 प्राप्त	$\Rightarrow \sqrt{\frac{45x^2 + 1225}{294}} = 5$	$\Rightarrow \sqrt{\frac{6125}{45}} = \sqrt{\frac{1225}{9}} = \frac{35}{3}$

इस प्रकार समीकरण से हल होने वाले प्रश्नों में पक्षान्तरण के लिये विलोम-विधि का आवश्यक उपयोग है।

भास्कराचार्य ने इस विधि को लीलावती में इस प्रकार निरूपित किया है—

छेदं गुणं गुणं छेदं वर्गं मूलं पदं कृतिम्।
ऋणं स्वं स्वमृणं कुर्यात् दृश्ये राशि-प्रसिद्धये।।

(लीलावती, अभिन्नपरिकर्माष्टकम्, पृ. 73)

अर्थात् अभिमत राशि को जानने के लिये दृश्य अंक में भाजक को गुणक, गुणक को भाजक, वर्ग को वर्गमूल, वर्गमूल को वर्ग, व्यवकलन में योग तथा योग में व्यवकलन की क्रिया करनी चाहिये।

लीलावती में विलोम विधि, शेष जाति आदि अनेक विधियों से हल होने वाला एक प्रश्न इस प्रकार प्रस्तुत किया है—

तीर्थयात्री के पास कितने सिक्के

किसी तीर्थयात्री ने अपने कुल द्रव्य का $\frac{1}{2}$ *प्रयाग में खर्च किया। बाकी बचे हुए का* $\frac{2}{9}$ *काशी में, उससे बचे हुए का* $\frac{1}{4}$ *मार्ग व्यय में तथा उससे बचे हुए का* $\frac{6}{10}$ *अर्थात्* $\frac{3}{5}$ *गया में खर्च किया। इतना खर्च करने के बाद 63 निष्क नामक सिक्कों के बचने पर वह घर लौट आया। यदि तुम शेष-जाति गणित जानते तो बताओ उसके पास कुल कितने सिक्के थे*[1]*?*

प्रस्तुत प्रश्न व्यय-राशि के वर्णन करने पर भाग-जाति द्वारा, शेष-राशि का उल्लेख करने पर शेष जाति द्वारा तथा विलोम विधि द्वारा भी समाधेय है। प्रत्येक स्थिति में अलग-अलग समकक्ष समीकरणों द्वारा भी हल सम्भव है। सुविधा के लिये प्रथम व्यय तथा शेष का विवरण प्रस्तुत करते हैं—

---

1. स्वार्धं प्रादात् प्रयागे नवलवयुगलं योऽवशेषाच्च काश्याम्।
शेषांघ्रिं शुल्कहेतोः पथि दशमलवान् षट् च शेषाद् गयायाम्।।
शिष्टा निष्कत्रिषष्टिर्निजगृहमनया तीर्थपान्थः प्रयात-
स्तस्य द्रव्यप्रमाणं वद यदि भवता शेषजातिः श्रुताऽस्ति।। (लीलावती)

व्यय	पूर्व धन का अंश व्यय	शेष
प्रयाग में	$1 - \frac{1}{2} = \frac{1}{2}$	$\frac{1}{2}$
शेष का $\frac{2}{9}$ काशी में	$\frac{1}{2} \times \frac{2}{9} = \frac{1}{9}$	$\frac{1}{2} - \frac{1}{9} = \frac{7}{18}$
शेष का $\frac{1}{4}$ मार्ग व्यय	$\frac{7}{18} \times \frac{1}{4} = \frac{7}{72}$	$\frac{7}{18} - \frac{7}{72} = \frac{21}{72} = \frac{7}{24}$
शेष का $\frac{3}{5}$ गया में	$\frac{7}{24} \times \frac{3}{5} = \frac{21}{120} = \frac{7}{40}$	$\frac{7}{24} - \frac{7}{40} = \frac{7}{60}$

अब व्यय किये गए अंशों को भाग-जाति के सूत्र या समकक्ष समीकरण का प्रयोग करने पर—

$$\left(\frac{1}{2} + \frac{1}{9} + \frac{7}{72} + \frac{7}{40}\right) x + 63 = x \Rightarrow \frac{636x}{720} + 63 = x$$

$$\Rightarrow x - \frac{636x}{720} = 63 \Rightarrow \frac{84x}{720} = \frac{7x}{60} = 63$$

$$\Rightarrow x = \frac{63 \times 60}{7} = 540 \text{ निष्क}$$

अथवा 1 से प्रत्येक अंश को घटा कर शेष अंश ज्ञात करके शेष जाति या समीकरण का प्रयोग करने पर—

$$\left(\frac{1}{2} \times \frac{7}{9} \times \frac{3}{4} \times \frac{2}{5}\right) x = 63 \Rightarrow \frac{42x}{360} = \frac{7x}{60} = 63$$

$$\Rightarrow x = \frac{63 \times 60}{7} = 540$$

जाँचें → कुल सिक्के → 540

	व्यय	शेष
प्रयाग में व्यय	$\frac{540}{2} = 270$	270
शेष का $\frac{2}{9}$ काशी में	$270 \times \frac{2}{9} = 60$	$270 - 60 = 210$
शेष का $\frac{1}{4}$ मार्ग व्यय	$\frac{210}{4} = 52\frac{1}{2}$	$210 - 52\frac{1}{2} = 157\frac{1}{2}$
शेष का $\frac{3}{5}$ गया में	$157\frac{1}{2} \times \frac{3}{5} = 94\frac{1}{2}$	$157\frac{1}{2} - 94\frac{1}{2} = 63$

प्रस्तुत प्रश्न विलोम-विधि द्वारा भी समाधेय है। इसके लिये ज्ञात शेष राशि 63 के आधार पर पिछली शेष राशियों का क्रमशः परिज्ञान किया जाता है। इसके लिये भास्कराचार्य ने अतिरिक्त नियम बताया है—

अथ स्वांशाधिकोने तु लवाढ्योनो हरो हरः।
अंशस्त्वविकृतस्तत्र विलोमे शेषमुक्तवत्॥

(लीलावती, व्यस्तविधि, श्लोक 2)

यदि ज्ञात राशि में कोई अंश जोड़ा या घटाया गया हो तो हर में अंश को क्रमशः जोड़ कर या घटा कर नवीन हर बना लेवें। अंश को ठीक उसी प्रकार रखकर अन्य पूर्व क्रियाएँ करने पर विलोम विधि से शेष राशि का ज्ञान होता है।

प्राचीन गणित के ये सभी उपभेद तथा इनके हल की अलग-अलग विधियाँ समीकरण की सामान्य पक्षान्तरण आदि संक्रियाओं का विस्तार मात्र हैं। प्रस्तुत प्रश्न में अलग-अलग प्रकार से समीकरण बनाने पर उनका पक्षान्तरण भी भिन्न-भिन्न प्रकार से होगा। विलोम विधि का प्राचीन सम्पूर्ण नियम उस स्थिति पर अवलम्बित है, जिस आकार का समीकरण बनाना पड़ा है। इस प्रकार गणित में प्रश्न को समीकरण का रूप देना एक कला है। उसके पश्चात् अलग-अलग नियमों को बताए बिना यह जाना जा सकता है कि वहाँ पक्षान्तरण की कौन संक्रिया करनी है। उदाहरणतः प्रस्तुत प्रश्न में निर्ज्ञात शेष राशि 63 के द्वारा पूर्व शेष राशि x का ज्ञान करना है।

इस के लिये भास्कराचार्य के उपरिलिखित नियम के अनुसार प्रस्तुत भिन्न संख्याओं $\frac{1}{2}, \frac{2}{9}, \frac{1}{4}, \frac{3}{5}$ को क्रमशः $1, \frac{2}{7}, \frac{1}{3}, \frac{3}{2}$ का रूप देते हैं। पुनः—

$$63 + \left(63 \times \frac{3}{2}\right) = 157\frac{1}{2}$$ गया से पूर्व शेष राशि

$$157\frac{1}{2} + \left(157\frac{1}{2} \times \frac{1}{3}\right) = 210$$ उससे पूर्व शेष राशि

यहाँ गया से पूर्व शेष राशि x के परिज्ञान के लिये यह समीकरण प्राप्त करते हैं—

$$x - \frac{3x}{5} = 63 \Rightarrow 5x - 3x = 63 \times 5 \Rightarrow x = \frac{63 \times 5}{5 - 3} = 157\frac{1}{2}$$

भास्कराचार्य का सूत्र भी अन्ततः इसी नियम पर अवलम्बित है। यथा—

$$x = \frac{63 \times 5}{5 - 3}$$

$$\Rightarrow 63 + \frac{63 \times 5}{5 - 3} - 63$$

$$\Rightarrow 63 + \frac{63 \times 5 - 63\ (5 - 3)}{5 - 3}$$

$$\Rightarrow 63 + \frac{63 \times 5 - 63 \times 5 + 63 \times 3}{5 - 3}$$

$$\Rightarrow 63 + \frac{63 \times 3}{5 - 3} = 63 + \frac{189}{2} = 157\frac{1}{2}$$

इस प्रकार भास्कराचार्य अन्ततः उसी परिणाम पर पहुँचते हैं, जिसे समीकरण के आसान उपाय से प्राप्त कर लिया गया है। ऐसा नहीं है कि प्राचीन गणित में समीकरण के नियम अविज्ञात रहे हों। पर उन्हें प्रस्तुत उपभेदों के साथ अन्वित नहीं किया गया है। जब कि ये भी सभी विविध समीकरणों के उदाहरण मात्र हैं। प्राचीन गणित में जिन उदाहरणों के लिये समीकरण का प्रयोग किया गया है, उनका वर्णन अगले अध्याय में किया जावेगा।

●

पञ्चम अध्याय

एक-वर्ण समीकरण तथा द्विघात समीकरण की अंकगणितीय संक्रियाएँ

भारत में प्राचीन काल से अंक-गणित तथा बीज-गणित की पद्धतियों से एक चर वाले सामान्य तथा द्विघात समीकरण के प्रश्नों के हल करने की परम्परा रही है। उस समय के विविध ग्रन्थों से इन विधाओं के निरन्तर प्रसार के संकेत प्राप्त होते हैं। गणित के प्रसिद्ध विद्वान् एच.टी. कोलब्रुक का मानना है कि अरब तथा आधुनिक यूरोप में इस गणित के पहुँचने से बहुत पहले भारत में यह बहुत उच्च स्थिति में वर्तमान था[1]।

इस अध्याय में इन समीकरणों के लिये प्रस्तुत अंकगणितीय विधियों का उल्लेख किया जावेगा। साथ ही समकक्ष बीजगणितीय विधि से तुलना तथा उसके आधार पर विधियों की तार्किकता तथा उपपत्ति को भी निरूपित किया जावेगा।

एक चर वाले रैखिक समीकरण

इनसे सम्बन्धित प्रश्नों को हल करने के लिये सबसे पहले आर्यभट प्रथम (499 ई.) ने व्युत्क्रमण नियम (Rule of inversion) का प्रतिपादन किया है। उनका एक श्लोक इस प्रकार है—

गुलिकान्तरेण विभजेद् द्वयोः पुरुषयोस्तु रूपकविशेषम्।
लब्धं गुलिकामूल्यं यद्यर्थकृतं भवति तत्तुल्यम्।।

(आर्यभटीय 2.30)

---

1. This science in a more advanced state subsisted among the Hindus prior to the earliest disclosure of it by the Arabians to modern Europe.—H.T. Colebrooke, Miscellaneous Essays Dissertation of the Algebra of the Hindus, Vol. II 1872, page 418.

अर्थात् दो पुरुषों के 'रूपक' या व्यक्त राशि वाले चाँदी के सिक्कों में बड़ी राशि से छोटे मान वाली राशि को घटाएँ तथा इसी प्रकार 'गुलिका' या अव्यक्त मूल्य वाले पश्वादि द्रव्यों के गुणनीय अंक (coefficient) को घटाएँ। पुनः पहले व्यवकलन फल से दूसरे को भाग देवें। प्राप्त भ़जनफल ही 'गुलिका' या अव्यक्त राशि का मूल्य होगा। यह नियम तब लागू होगा जब दोनों के व्यक्त, अव्यक्त धन का योग परस्पर समतुल्य हो।

इस नियम के अनुसार $ax + c = bx + d$ स्थिति वाले प्रश्नों के हल के लिये निम्न सूत्र प्राप्त होता है—

$$x = \frac{c \mp d}{b \mp a}$$

1430 ई. में परमेश्वर विरचित आर्यभटीय की टीका में इस नियम के लिये यह उदाहरण प्रस्तुत किया गया है—

दो बनियों में से प्रथम के पास 100 रुपया तथा 6 गायें हैं तथा दूसरे के पास 60 रुपया तथा 8 गायें हैं। यदि दोनों की सम्पत्ति का कुल मूल्य परस्पर बराबर हों तो गायों का मूल्य क्या है?

पूर्व सूत्रानुसार हम यह अंकगणितीय हल प्राप्त करते हैं—

$$x = \frac{100 - 60}{8 - 6} = \frac{40}{2} = 20$$ रु. एक गाय का मूल्य

बीजगणितीय समीकरण से भी हम यही उत्तर प्राप्त करते हैं—

$$\overset{a}{6}x + \overset{c}{100} = \overset{b}{8}x + \overset{d}{60}$$

$$\Rightarrow 8x - 6x = 100 - 60$$

$$\Rightarrow 2x = 40 \qquad \Rightarrow x = \frac{40}{2} = 20$$

भास्कराचार्य ने इस प्रकार के कुछ प्रश्नों को अंकगणित तथा बीजगणित दोनों विधियों से हल किया है। लीलावती में द्वीष्टकर्म के अन्तर्गत अंकगणितीय विधि से हल किया गया एक प्रश्न इस प्रकार है[1]—

घोड़े की कितनी कीमत

एक व्यक्ति के पास 300 रु. तथा 6 घोड़े हैं। दूसरे के पास 10 घोड़े पर 100 ऋण है। यदि दोनों समान धन वाले हैं तो घोड़े का मूल्य क्या है?

पूर्वोक्त आर्यभटीय के सूत्रानुसार इस प्रकार हल करते हैं—

$$x = \frac{300 + 100}{10 - 6} = \frac{400}{4} = 100$$

भास्कराचार्य ने इसके लिये किसी अन्य गणितज्ञ का उद्धरण देते हुए[2] इसे विस्तृत विधि से हल किया है।

बीजगणितीय समीकरण से हल आसानी से प्राप्त है—

$$6x + 300 = 10x - 100$$

$$\Rightarrow 10x - 6x = 300 + 100$$

$$\Rightarrow 4x = 400 \qquad \Rightarrow x = \frac{400}{4} = 100$$

इस प्रकार के अनेक रोचक प्रश्न गणितसार संग्रह में भी उपलब्ध हैं। एक आसान प्रश्न इस प्रकार है—

---

1. एकस्य रूपत्रिशती षडश्वा अश्वा दशान्यस्य तु तुल्य-मूल्याः।
ऋणं तथा रूपशतं च तस्य तौ तुल्यवित्तौ च किमश्वमूल्यम्॥
(लीलावती, द्वीष्टकर्म, उदा. 1)

2. आलापकोक्त्या निहतौ विभक्तावभीष्टराशी सहितोनयुक्तौ
भागै स्वदृश्याख्यविहीनितौ तच्छेषौ ततोऽन्यतदिष्टनिघ्नौ।
भक्तं तयोरन्तरकं हि शेषान्तरेण शेषप्रमिती धनर्णे
चेत्तद्युतिः शेषयुतिप्रभक्ता राशिर्भवेद् द्वीष्टजकर्मणा वा॥ (वही, द्वीष्टकर्म, सूत्र 1)

पेड़ पर कितने मोर

मोरों के समूह का $\frac{1}{2}$ *आम की पुष्पित शाखाओं में बैठे थे तथा शेष 18 मोर तिलक वृक्ष पर बैठे थे। इनमें कोई वर्गमूल का गुणित अंश सम्मिलित नहीं है। बताओं कुल कितने मोर थे*[1]*?* यहाँ $\frac{1}{2}x = 18$ अत: x का मान $18 \times 2 = 36$ है।

द्विघात समीकरण

प्राचीन गणित में द्विघात समीकरण की अंकगणितीय विधि से अनेक विस्तृत नियम बताए हैं। आचार्य ब्रह्मगुप्त ने इसे इस प्रकार निरूपित किया है—

वर्गाहतरूपाणाम् अव्यक्तार्धकृतिसंयुतानां यत्।
पदमव्यक्तार्धोनं तद् वर्गं विभक्तमव्यक्तः॥

(ब्राह्मस्फुट-सिद्धान्त, १८.४५)

अर्थात् व्यक्त राशि (c) के साथ अव्यक्त राशि के गुणांक (b) के आधे के वर्ग अर्थात् $\left(\frac{b}{2}\right)^2$ को जोड़े। इसके वर्गमूल में से अव्यक्त राशि के गुणांक के आधे $\left(\frac{b}{2}\right)$ को घटाएँ। पुन: अज्ञात राशि के गुणांक (a) से भाग देवें। इससे अव्यक्त राशि का मान प्राप्त होता है।

द्विघात समीकरण के उपभेद

लीलावती के अनुसार यदि किसी समीकरण में अज्ञात राशि (x) में से उसके वर्गमूल को घटाया गया है तथा किसी अवशिष्ट राशि (c) का उल्लेख हो तो वह मूलोन दृष्ट (The root subtracted and

1. कलकण्ठानामर्धं सहकारतरोः प्रफुल्लशाखायाम्।
तिलकेऽष्टादश तस्थुर्नो मूलं कथय पिकनिकरम्॥
(गणितसारसंग्रह, प्रकीर्णकव्यवहार, श्लोक 38)

the difference given) नामक उपभेद के अन्तर्गत आता है। पर यदि किसी समीकरण में उस अज्ञात राशि का वर्गमूल अथवा उसका कोई गुणित अंश (b) तथा उस अज्ञात राशि की कोई परिमेय राशि (a) दोनों उस अज्ञात राशि में से घटाई गई हों तो यह उपभेद भागमूलोन दृष्ट (The root and fraction both subtracted) के अन्तर्गत सम्मिलित होगा।

इन समीकरणों को हल करने के लिये लीलावती में अनेक जटिल तथा विस्तृत नियम बताए हैं। प्रस्तुत उपभेदों के लिये नियम इस प्रकार है—

गुणघ्नमूलोनयुतस्य राशेर्दृष्टस्य युक्तस्य गुणार्धकृत्या।
मूलं गुणार्धेन युतं विहीनं वर्गीकृतं प्रष्टुरभीष्टराशिः।।
यदा लवैश्चोनयुतः स राशिरेकेन भागोनयुतेन भक्त्वा।
दृश्यं तदा मूलगुणं च ताभ्यां साध्यस्ततः प्रोक्तवदेव राशिः।।

(लीलावती, गुणकर्म, श्लोक 5-6)

प्रथम उपभेद के लिये प्रथम नियम

इष्ट अज्ञात राशि x से गुणक (b) से गुणित वर्गमूल वाली राशि को न्यून या युत करने पर प्राप्त दृष्ट राशि (c) में मूल गुणक (b) के आधे के वर्ग $\left(\frac{b}{2}\right)^2$ को जोड़ना चाहिये। पुनः उसके वर्गमूल में उसी मूल गुणक के आधे $\frac{b}{2}$ को (यथा परिस्थिति) जोड़ना या घटाना चाहिये। (यदि प्रश्न में इष्ट अज्ञात राशि (x) से मूल वाली राशि (bx) कम की गई हो तो $\frac{b}{2}$ को जोड़ना तथा जोड़ी गई हो तो घटाना चाहिये)। इसका वर्ग करने से अभीष्ट राशि प्राप्त होती है।

द्वितीय उपभेद के लिये द्वितीय नियम

पर यदि पूर्वोक्त मूल गुणक राशि (b) को किसी भिन्न संख्या (a) गुणित अज्ञात राशि से जोड़ा या घटाया गया हो तो उसे 1 में से

घटाकर प्राप्त संख्या से दृश्य (c) तथा मूल गुणक (b) का भाग देकर नवीन दृश्य तथा नवीन गुणक के साथ पूर्वोक्त संक्रियाएँ करने से अभीष्ट राशि का ज्ञान होता है।

पूर्वोक्त प्रथम नियम से निम्न आकार के समीकरण में अज्ञात राशि (x) का मान प्राप्त होता है—

$$\left(\sqrt{x}\right)^2 \pm b\sqrt{x} = c \quad \text{अथवा} \quad x^2 \pm bx = c$$

अन्य आकार के समीकरण को द्वितीय नियम के अनुसार परिवर्तित करके पूर्वोक्त आकार में प्राप्त किया सकता है—

उदाहरण

$$x^2 \pm \frac{1}{n}x^2 \pm bx = c \qquad\qquad x^2 - \frac{1}{2}x^2 - 4x = 10$$

$$\Rightarrow x^2 \pm \frac{bx}{1 \pm \frac{1}{n}} = \frac{c}{1 \pm \frac{1}{n}} \qquad\qquad \Rightarrow x^2 - \frac{4x}{1 - \frac{1}{2}} = \frac{10}{1 - \frac{1}{2}}$$

$$\Rightarrow x^2 - 8x = 20$$

यह द्विघात समीकरण के आकार $ax^2 + bx = c$ के दोनों पक्षों को $\frac{1}{a}$ से गुणित करने का एक उपाय है। भास्कराचार्य की सर्वसमिका[1] से प्रकट है कि इनका पूर्ण वर्ग प्राप्त करने के लिये इनमें $\left(\frac{b}{2}\right)^2$ को जोड़ना अनिवार्य होता है। इसे प्राप्त करने पर पक्षान्तरण विधि से अज्ञात राशि का मान ज्ञात होता है। ब्रह्मगुप्त, भास्कराचार्य ने अंकगणितीय प्रकार से उन सभी कार्यों का निर्देश किया है, जो उस विधि से अनायास प्राप्त हैं। लीलावती में प्रोक्त अनेक उपभेदों में से कुछ उदाहरण इस प्रकार है—

1. खण्डद्वयस्याभिहतिर्द्विनिघ्नी तत्खण्डवर्गैक्ययुता कृतिर्वा।
(लीलावती, अभिन्न-परिकर्माष्टक, श्लोक 9)

मूलोन दृष्ट (The root subtracted and the difference given) का उदाहरण—

मानसरोवर में कितने हंस

हंस समूह के वर्गमूल का सप्तगुणित आधा अर्थात् $\frac{7}{2}$ *को क्रीडा की थकावट से धीरे-धीरे सरोवर तट की ओर जाते हुए मैंने देखा। शेष 2 हंसों को क्रीडा कलह करते हुए पानी में देखा। हंसों की संख्या बताओ*[1]*?*

प्रश्नानुसार→ मूल गुणक (b) $\frac{7}{2}$, दृश्य संख्या (c) 2

प्रश्नानुसार समीकरण का आकार→ $x - \frac{7}{2}\sqrt{x} = 2$

$$\Rightarrow \left(\sqrt{x}\right)^2 - \frac{7}{2}\sqrt{x} = 2$$

प्रस्तुत अंकगणितीय संक्रियाएँ	समकक्ष बीजगणितीय संक्रियाएँ
मूल गुणक (b) का गुणार्ध $\frac{7}{2} \times \frac{7}{2} = \frac{7}{4}$	
इसका वर्ग $\frac{7}{4} \times \frac{7}{4} = \frac{49}{16}$	$\left(\sqrt{x}\right)^2 - 2 \times \frac{7}{4}\sqrt{x} + \left(\frac{7}{4}\right)^2$
दृश्य (c) के साथ जोड़ $2 + \frac{49}{16} = \frac{81}{16}$	$= 2 + \left(\frac{7}{4}\right)^2 = \frac{81}{16}$
	$\Rightarrow \left(\sqrt{x} - \frac{7}{4}\right)^2 = \frac{81}{16}$

1. बाले मरालकुलमूलदलानि सप्त तीरे विलासभरमन्थरगाण्यपश्यम्।
कुर्वच्च केलिकलहं कलहंसयुग्मं शेषं जले वद मरालकुलप्रमाणम्।।
(लीलावती, श्लोक 1)

इसका वर्गमूल $\sqrt{\frac{81}{16}} = \frac{9}{4}$	$\Rightarrow \sqrt{x} - \frac{7}{4} = \sqrt{\frac{81}{16}} = \frac{9}{4}$
मूल गुणक के गुणार्ध से जोड़ $\frac{9}{4} + \frac{7}{4} = 4$	$\Rightarrow \sqrt{x} = \frac{9}{4} + \frac{7}{4} = 4$
इसका वर्ग $4^2 = 16$	$\Rightarrow x = 4^2 = 16$

इस प्रकार प्रस्तुत नियम से इस प्रकार के समीकरणों के लिये यह सूत्र प्राप्त करते हैं—

सूत्र	प्रस्तुत उदाहरण
$x = \left\{\sqrt{c + \left(\frac{b}{2}\right)^2} \mp \frac{b}{2}\right\}^2$	$\left\{\sqrt{2 + \left(\frac{7}{4}\right)^2} + \frac{7}{4}\right\}^2 = 16$

गणितसार संग्रह में भी मूलोन दृष्ट के अनेक रोचक उदाहरण अंकित हैं। जैसे—

पर्वत में कितने बन्दर

पर्वत में बन्दरों के झुण्ड का कोई भिन्न संख्या का अंश सम्मिलित नहीं था। अपितु केवल उस समूह के वर्गमूल का तिगुना तथा 40 अन्य बन्दर वन में घूम रहे थे। कुल कितने बन्दर थे[1]?

यहाँ स्पष्टत: $x - 3\sqrt{x} = 40$ इस समीकरण को हल करने पर बन्दरों की संख्या 64 प्राप्त होती है।

मूलयुत दृष्ट (The root added and the sum given) **का उदाहरण—**

लीलावती में पूर्वोक्त मूलोन दृष्ट का उल्टा मूलयुत दृष्ट का भी उल्लेख किया गया है। इसके अनुसार अज्ञात राशि में उसके वर्गमूल को जोड़ा जाता है तथा संयुक्त राशि का उल्लेख होता है। इसका एक उदाहरण—

1. नभागः कपिवृन्दस्य त्रीणि मूलानि पर्वते।
चत्वारिंशद् वने दृष्टा वानरास्तद्गणः कियान्। (गणितसार-संग्रह, श्लोक 37)

जिस राशि में अपना तथा उसके वर्गमूल का 9 गुना जोड़ने से 1240 होता है, वह राशि बताओ[1]?

यहाँ $x + 9\sqrt{x} = 1240$ इस समीकरण को हल करने पर अभीष्ट संख्या 961 प्राप्त होती है।

जाँचें $\rightarrow 961 + 9\sqrt{961} = 961 + 9 \times 31 = 961 + 279 = 1240$

भाग मूलोन दृष्ट (The root and fraction both subtracted) **का उदाहरण—**

इस उपभेद का अर्थ ऊपर लिखा जा चुका है। इसका एक रोचक उदाहरण लीलावती में इस प्रकार है—

अर्जुन के कितने बाण

अर्जुन ने संग्राम में क्रुद्ध होकर कर्ण को मारने के लिये कुछ बाणों का सन्धान किया। उसने उनमें से $\frac{1}{2}$ बाणों से कर्ण के बाणों को रोका तथा उन बाणों के वर्गमूल के चौगुने से उसके घोड़ों को मारा तथा 6 बाणों से शल्य को, 3 से कर्ण के छत्र, ध्वज तथा धनुष को तथा 1 बाण से उसका सिर काट डाला। बताओ अर्जुन ने कुल कितने बाणों का सन्धान किया था[2]?

यहाँ लीलावती के द्वितीय नियम को स्पष्ट करने के लिये अंकगणितीय संक्रियाएँ करते हैं—

---

1. स्वपदैर्नवभिर्युक्त: स्याच्चत्वारिंशताधिकम्।
शतद्वादशकं विद्वन् क: स राशिर्निगद्यताम्।। (लीलावती मूलयुत-दृष्ट, श्लोक 2)

2. पार्थ: कर्णवधाय मार्गणगणं क्रुद्धो रणे सन्दधे
तस्यार्धेन निवार्य तच्छरगणं मूलैश्चतुर्भिर्हयान्।
शल्यं षड्भिरथेषुभिस्त्रिभिरपिच्छत्रं ध्वजं कार्मुकं
चिच्छेदास्य शिर: शरेण कति ते यानर्जुन: सन्दधे।।
(लीलावती भागमूलोन-दृष्ट, श्लोक 4)

प्रश्नानुसार—परिमेय राशि (a) $\frac{1}{2}$, मूल गुणक (b) 4,
दृश्य राशि (c) 10

समीकरण का आकार— $x = \frac{1}{2}x + 4\sqrt{x} + 10$

$$\Rightarrow x - \frac{1}{2}x - 4\sqrt{x} = 10$$

द्वितीय नियम अनुसार $\Rightarrow (\sqrt{x})^2 - 8\sqrt{x} = 20$

$$\Rightarrow (\sqrt{x} - 4)^2 = 20 + 16$$

पूर्वोक्त सूत्रानुसार—$\Rightarrow x = \left\{\sqrt{20 + \left(\frac{8}{2}\right)^2} + \frac{8}{2}\right\}^2 = 100$

पूर्वोक्त द्वितीय नियम से यह भी प्रकट है कि यदि $b\sqrt{x}$ ऋणात्मक हो तो $\frac{b}{2}$ को जोड़ना होगा तथा उसके धनात्मक होने पर घटाना होगा। यह तथ्य भी उपरिलिखित पक्षान्तरण की विधि से सर्वथा स्पष्ट है। उदाहरणतः प्रस्तुत समीकरण में—

$$(\sqrt{x})^2 \mp 8\sqrt{x} = 20$$

$$\Rightarrow (\sqrt{x})^2 \mp 2 \times 4\sqrt{x} + 4^2 = 20 + 16$$

$$\Rightarrow (\sqrt{x} \mp 4)^2 = 36$$

$$\Rightarrow \sqrt{x} \mp 4 = \sqrt{36},\ \sqrt{x} = 6 \pm 4 = 10 \text{ या } 2$$

$$\Rightarrow x = 100 \text{ अथवा } 4$$

यहाँ यह भी ध्यान देने योग्य है कि प्रस्तुत नियम में वर्गमूल के केवल धनात्मक मान की चर्चा की गई है। अत: एक ही प्रकार के समीकरण के द्विविध मानों का निरूपण यहाँ नहीं है। भास्कराचार्य ने इसका निरूपण अपने अन्य ग्रन्थ 'बीज-गणितम्' में किया है, जिसका वर्णन अगले अध्याय में किया जायेगा।

महावीराचार्य ने इस प्रकार के उपभेद को 'अंशमूल जाति' के अन्तर्गत रखा है। उन्होंने इसका नियम इस प्रकार निर्धारित किया है—

भागगुणे मूलाग्रे न्यस्य पदप्राप्तदृश्यकरणेन।
यल्लब्धं भागहृतं धनं भवेदंशमूल-विधौ।।

(गणितसार-संग्रह, अंशमूल-जाति, श्लोक 5)

अर्थात् अंशमूल जाति में वर्गमूल के गुणक (b) तथा दृश्य संख्या (c) में द्विघात के गुणक (a) से भाग देकर जो संख्या प्राप्त हो वही अंशमूल विधि के समीकरण में उपयोगी होती है।

इस प्रकार के नियमों से इस अध्याय के पृ. 83 में प्रोक्त भास्कराचार्य के श्लोकों को प्रेरणा प्राप्त हुई है। यहाँ इन्होंने भी a के मान को अन्यों में प्रतिस्थापित करके $a = 1$ मानते हुए पूर्वोक्त सूत्र प्राप्त किया है।

गणितसार संग्रह में इस प्रकार के प्रश्नों में से एक इस प्रकार है—

पेड़ पर कितने हंस

हंसों के समूह का $\frac{1}{2}$ बकुल वृक्ष पर जाकर बैठ गया। उस समूह के वर्गमूल का 5 गुना तमाल वृक्ष की ऊँचाइयों पर बैठा। तब उस समूह का कोई भाग अतिरिक्त शेष नहीं बचा। बताओ कुल कितने हंस थे[1]?

---

1. हंसकुलस्य दलं वकुलेऽस्थात् पञ्च पदानि तमालकुटाग्रे।
अत्र न किञ्चिदपि प्रतिदृष्टम् तत्प्रमितिं कथय प्रिय शीघ्रम्।।

(गणितसार-संग्रह, श्लोक 39)

प्रश्नानुसार समीकरण $\rightarrow \frac{1}{2}x - 5\sqrt{x} = 0$

a के मान को अन्यों में

प्रतिस्थापित करने पर $\rightarrow x - 10\sqrt{x} = 0$

इसे पूर्वोक्त प्रकार से हल करने पर x का मान या हंसों की संख्या 100 प्राप्त होती है।

भागमूलोन दृष्ट के एक अन्य प्रकार का उदाहरण लीलावती में इस प्रकार प्रस्तुत है—

फूल पर कितने भौंरे

कान्ते, भ्रमर-समूह का $\frac{8}{9}$ भाग तथा उस समूह के $\frac{1}{2}$ भाग के वर्गमूल तुल्य मालती फूल की ओर गए। साथ ही रात्रि में पुष्प की सुगन्धि के लोभ से 1 भौंरा कमल-पाश में बँध गया तब उस भ्रमर के प्रति 1 भ्रमरी कमल के बाहर रात भर गूँजती रही। भौंरों की कुल संख्या बताओ[1]?

यह पिछले प्रश्न से कुछ भिन्न प्रकार का प्रश्न है। यहाँ पूर्वोक्त अर्जुन के बाण वाले प्रश्न के समान b राशि अज्ञात राशि के वर्गमूल के गुणक के रूप में नहीं, अपितु अज्ञात राशि के गुणक के रूप में उपस्थित है, जिस सम्पूर्ण वर्गमूल तुल्य राशि के आधार पर अज्ञात राशि को ज्ञात करना है। इस स्थिति में प्रश्न को पूर्वोक्त के अनुरूप बनाने के लिये लीलावती की मनोरंजनी टीका का सुझाव है कि यहाँ दृश्य राशि के $\frac{1}{2}$ को दृश्य राशि मानते हुए संक्रियाएँ करना चाहिये।

---

1. अलिकुलदलमूलं मालतीं यातमष्टौ निखिलनवमभागश्चालिनी भृंगमेकम्।
निशि परिमललुब्धं पद्ममध्ये निरुद्धं प्रति रणति रणन्तं ब्रूहि कान्तेऽलिसंख्याम्।।
(भास्करीय बीजगणित, अव्यक्तवर्गादि समीकरण, श्लोक 1 तथा
लीलावती, भागमूलोनदृष्ट, श्लोक 5)

यहाँ प्रस्तुत टीका के अनुसार दृश्य राशि 1 मानने पर इस प्रश्न का बीजगणितीय समीकरण पूर्वोक्त से अनुरूप निर्मित हो जाता है। इसे क्रमश: इस प्रकार सिद्ध करते हैं—

प्रस्तुत प्रश्नानुसार बीजगणितीय समीकरण—

$$x = \frac{8}{9}x + \sqrt{\frac{1}{2}x} + 2 \Rightarrow x - \frac{8}{9}x - \sqrt{\frac{1}{2}x} = 2$$

$$\Rightarrow \frac{1}{9}x - \sqrt{\frac{1}{2}x} = 2 \Rightarrow x - \frac{9\sqrt{x}}{\sqrt{2}} = 18$$

(लीलावती के द्वितीय नियम अनुसार)

यहाँ $\frac{1}{2}x = y$ मानते हुए समीकरण में y का अनुप्रवेश करते हुए नवीन समीकरण प्राप्त कर सकते हैं। इस स्थिति में दृश्य राशि 1 होने पर अंकगणितीय तथा बीजगणितीय संक्रियाएँ सर्वथा अनुरूप सिद्ध होती हैं। जैसे—

प्रस्तुत अंक गणितीय संक्रियाएँ	समकक्ष बीजगणितीय समीकरण तथा संक्रियाएँ
	$y = \frac{8}{9}y + \frac{1}{2}\sqrt{y} + 1$
मूल गुणक $\frac{1}{2}$, भाग $\frac{8}{9}$, दृश्य राशि 1	$y - \frac{8}{9}y - \frac{1}{2}\sqrt{y} = 1$
1 से भिन्न राशि का व्यवकलन $\rightarrow 1 - \frac{8}{9} = \frac{1}{9}$	$\frac{1}{9}y - \frac{1}{2}\sqrt{y} = 1$
दृश्य राशि में इससे भाग $\rightarrow$ 9 नवीन दृश्य	$\Rightarrow \left(\sqrt{y}\right)^2 - \frac{9}{2}\sqrt{y} = 9$
मूल गुणक में इससे भाग $\rightarrow \frac{9}{2}$ नवीन मूल गुणक	

इस नवीन समीकरण के प्राप्त हो जाने पर पृ. 84 के अनुसार संक्रियाएँ करने पर राश्यर्ध (y) का मान 36 प्राप्त करते हैं।

x के पूर्वोक्त समीकरण पर दृश्य राशि 2 मानते हुए भी x का मान प्राप्त करना सर्वथा सम्भव है। उस उपरिलिखित x के समीकरण पर सूत्र का उपयोग करने पर—

$$x = \left\{\sqrt{18 + \left(\frac{9}{2\sqrt{2}}\right)^2} + \frac{9}{2\sqrt{2}}\right\}^2$$

इसे हल करने $x = \left(\frac{12}{\sqrt{2}}\right)^2 = \frac{144}{2} = 72$

लीलावती में इस प्रकार के प्रश्न 'भागोन दृष्ट' के अन्तर्गत तथा गणित सार संग्रह में 'मूल जाति' के अन्तर्गत भी प्रदान किये गए हैं। इस ग्रन्थ में इसके अनेक उपभेद बताए हैं। एक उपभेद में ऐसे उदाहरण सम्मिलित हैं, जिनमें अज्ञात राशि के अनेक भाग कहे गए हों तथा उनका योग अभिप्रेत हो। जैसे—

कमलवन में कितने पक्षी

किसी कमलवन में सारस के झुण्ड का $\frac{1}{4}$ *भाग तथा उसी झुण्ड का* $\frac{1}{9}$ *तथा* $\frac{1}{4}$ *भाग अलग-अलग घूम रहे थे। साथ ही उस झुण्ड के वर्गमूल का 7 गुना पर्वत खण्ड में घूम रहा था। 7 गुणित 8 अर्थात् 56 सारस खिले हुए कमल पुष्प में घूम रहे थे। पक्षियों की संख्या बताओ*[1]*?*

---

1. चरति कमलषण्डे सारसानां चतुर्थो नवमचरणभागौ सप्त मूलानि चाद्रौ।
विकचकुवलमध्ये सप्तनिघ्नाष्टमाना कतिकथय सखे खं पक्षिणो दक्ष साक्षात्।।
(गणितसारसंग्रह, श्लोक 36)

यहाँ सभी अज्ञात राशि का योग $\frac{11}{18}$ होने पर इसका समीकरण $x = \frac{11}{18}x + 7\sqrt{x} + 56$ प्राप्त करते हैं। इसका पूर्वोक्त विधि से हल करने पर x का मान 576 प्राप्त होता है।

गणितसार संग्रह में कुछ ऐसे भी उदाहरण हैं, जिनमें अज्ञात राशि के कुछ भागों का योग है, कुछ शेष के भागों का योग है तथा उसमें उस अज्ञात राशि के वर्गमूल के गुणित का योग भी सम्मिलित है। ऐसा एक रोचक उदाहरण इस प्रकार है—

पर्वत पर कितने मोर

वर्षा काल में मेघों के गर्जन को सुन कर मोरों के झुण्ड के $\frac{1}{16}$ *तथा* $\frac{1}{8}$ *प्रसन्न होकर पर्वत की चोटी पर नाचने लगे। इनमें से बचे हुए मोरों का* $\frac{1}{3}$ *तथा इनसे शेष का* $\frac{1}{6}$ *तथा समूचे झुण्ड के वर्गमूल का 5 गुना सुन्दर वकुल वन पर बैठे थे। शेष 5 मोर हाथी पर बैठे देखे गए। गणना करके बताओ कुल कितने मोर थे*[1]*?*

यहाँ $\frac{1}{16}$ तथा $\frac{1}{8}$ का योग $\frac{3}{16}x$ प्राप्त करने के पश्चात् इनसे शेष मोरों का मान ज्ञात करने के लिये भागापवाह विधि का उपयोग करते हुए निम्न समीकरण बनाते हैं—

$$x - \left\{x - \frac{(16 - 3)\ (3 - 1)\ (6 - 1)}{16 \times 3 \times 6}x\right\} - 5\sqrt{x} = 5$$

---

1. श्रुत्वा वर्षाभ्रमालापटहपटुरवं शैलशृंगोरुरंगे।
नाट्यं चक्रे प्रमोदप्रमुदितशिखिनां षोडशांशोऽष्टमश्च।
त्र्यशं शेषस्य षष्ठो वरवकुलवने पञ्च मूलानि तस्थुः
पुन्नागे पञ्च दृष्टा भण गणकगणं बर्हिणां संगणय्य।। (गणितसार-संग्रह, श्लोक 35)

$$\Rightarrow x - \frac{79}{144}x - 5\sqrt{x} = 5$$

$$\Rightarrow x - \frac{65}{144}x - 5\sqrt{x} = 5$$

पूर्वोक्त प्रकार से समीकरण को हल करने पर मोरों की कुल संख्या 144 ज्ञात होती है।

द्विरग्रशेष मूल जाति

गणितसार संग्रह में इसके अन्तर्गत ऐसे उपभेद बताए हैं जहाँ अज्ञात राशि से शेष में से दो से अधिक परिमेय राशियों वाले शेष तथा अज्ञात राशि के वर्गमूल का कोई गुणित अंश सम्मिलित होता है।

ऐसे प्रश्नों को हल करने के लिये ग्रन्थकार ने यह नियम बताया है—

मूलं दृश्यं च भजेदंशक-परिणाहरूपघातेन।
पूर्वाग्रमग्रराशौ क्षिपेदशेषतश्शेषमूलविधि:।।

(गणितसार संग्रह, श्लोक 47)

मूल अर्थात् अज्ञात राशि के वर्गमूल का गुणक (b) तथा दृश्य अर्थात् अन्तिम ज्ञात राशि (c_2) इन दोनों को 1 से घटाए गए परिमेय राशि (a_1,a_2) के गुणन (अंशक-परिणाह) से घात या विभाजित करे। इस संक्रिया से नवीन ज्ञात राशि में पूर्व ज्ञात राशि (c_1) को जोड़े। पश्चात् शेष मूल जाति की पूर्वोक्त संक्रियाएँ करने पर अज्ञात राशि का मान प्राप्त होता है।

इसका एक उदाहरण इस प्रकार है—

पेड़ पर कितने भौंरे

भौंरों के झुण्ड में से एक आकाश में विचरण कर रहा था। शेष का $\frac{1}{5}$, पुनः शेष का $\frac{1}{4}$, पुनः शेष का $\frac{1}{3}$ तथा भ्रमर-पुञ्ज के वर्गमूल

तुल्य भ्रमर कमलों में है। शेष 2 भ्रमर आम के वृक्ष पर हैं। कुल भ्रमर कितने हैं[1]*?*

यहाँ मुख्य समीकरण प्राप्त करने से पहले पूर्वोक्त नियमानुसार a_1, a_2 आदि के मान को नवीन b में तथा c_2 के मान को नवीन c में बदल लेते हैं। यहाँ पर a_1, a_2 = x की गुणक भिन्न संख्याएँ b = वर्गमूल का गुणक c_1, c_2 = प्रथम तथा द्वितीय ज्ञात राशि हैं।

अब पूर्वोक्त नियम से यह सूत्र प्राप्त करते हैं—

$$\text{नवीन} \qquad b = \frac{b}{(1 - a_1)(1 - a_2) \& b}$$

$$\text{तथा नवीन} \qquad c = \frac{c_2}{(1 - a_1)(1 - a_2) \& b}$$

इस सूत्र के अनुसार प्रस्तुत प्रश्न के लिये निम्न संक्रियाएँ करते हैं—

$$b \text{ नवीन गुणक} = \frac{1}{\dfrac{(5-1)\ (4-1)\ (3-1)}{5 \times 4 \times 3}} = \frac{1}{\dfrac{2}{5}} = \frac{5}{2}$$

$$c \text{ नवीन ज्ञात राशि} = \frac{2}{\dfrac{2}{5}} \Rightarrow \frac{2 \times 5}{2} = 5$$

अब इस मान को क्रमशः b तथा c में आरोपित करते हुए निम्न समीकरण प्राप्त करते हैं—

(b; नवीन ज्ञात राशि; पूर्व ज्ञात राशि (c_1); c)

$$x - \frac{5}{2}\sqrt{x} = 5 + 1 = 6$$

---

1. मधुकर एको दृष्टः खे पद्मे शेषपञ्चमचतुर्थौ।
शेषत्र्यंशो मूलं द्वावाम्रे ते कियन्तः स्युः॥
(गणितसार-संग्रह, प्रकीर्णक-व्यवहार, श्लोक 48)

इन सम्पूर्ण संक्रियाओं को एक साथ करने पर हमें यह सूत्र प्राप्त होता है—

$$\left\{\sqrt{\frac{c_2}{(1-a_1)(1-a_2)\,\&\,b}+c_1+\left(\frac{b}{2(1-a_1)(1-a_2)\,\&\,b}\right)^2}+\frac{b}{2(1-a_1)(1-a_2)\,\&\,b}\right\}^2$$

इसके अनुसार आसानी से हल प्राप्त करते हैं—

$$\left\{\sqrt{5+1+\frac{25}{16}}+\frac{5}{4}\right\}^2=\left\{\sqrt{\frac{121}{16}}+\frac{5}{4}\right\}^2$$

$$\Rightarrow\left\{\frac{11}{4}+\frac{5}{4}\right\}^2=4^2=16$$

उपरिलिखित समीकरण बीजगणित की सामान्य संक्रियाओं से आसानी सें प्राप्त है—

प्रश्नानुसार $\Rightarrow x-\left\{x-\frac{2}{5}(x-1)\right\}-\sqrt{x}=2$

$$\Rightarrow x-\left\{x-\left(\frac{2x-2}{5}\right)\right\}-\sqrt{x}=2$$

$$\Rightarrow \cancel{x}-\cancel{x}+\left(\frac{2x-2}{5}\right)-\sqrt{x}=2$$

$$\Rightarrow 2x-2-5\sqrt{x}=10$$

$$\Rightarrow x - 1 - \frac{5}{2}\sqrt{x} = 5$$

$$\Rightarrow x - \frac{5}{2}\sqrt{x} = 6$$

अथवा $$\Rightarrow \left(\sqrt{x}\right)^2 - \frac{5}{2}\sqrt{x} = 6$$

इस प्रकार हमने बीजगणित की सामान्य संक्रिया से द्विघात समीकरण का ठीक वही आकार प्राप्त कर लिया है जिसका ऊपर विशिष्ट उपाय से निर्देश किया है। अन्य प्रश्नों में वर्गमूल के गुणक 1 से अधिक संख्या प्रदान की गई है—

जंगल में कितने हिरन

एक जंगल में हिरनों के झुण्ड में से हिरनियों के 2 जोड़े देखे गए। साथ ही अन्य पर्वत में उससे शेष का $\frac{1}{5}$, पुनः शेष का $\frac{1}{4}$, उससे शेष का $\frac{1}{3}$, उससे शेष का $\frac{1}{2}$ भाग देखे गए। अन्यत्र घास के मैदान में उस झुण्ड के वर्गमूल के तिगुने घास चर रहे थे। शेष 10 हिरन कमल के तालाब के किनारे अवस्थित थे। बताओ कुल कितने हिरन थे[1]?

यहाँ भी पूर्वोक्त संक्रिया के पश्चात् $x - 15\sqrt{x} = 54$ समीकरण को हल करने पर x का मान 324 प्राप्त होता है।

इस प्रकरण का एक अन्य रोचक प्रश्न इस प्रकार है—

महावन में कितने सिंह

किसी वन में सिंहों के झुण्ड में से 4 अलग विचरण कर रहे थे, उनसे शेष का $\frac{1}{6}$, उनसे शेष का $\frac{1}{5}$, उनसे शेष का $\frac{1}{4}$, उनसे

1. तरुणहरिणीयुग्मं दृष्टं द्विसंगुणिते वनं, कुधरनिकटे शेषा पञ्चाशंकादिदलान्तिमा।
विपुलकलमक्षेत्रे तासां पदं त्रिभिराहत, कमलसरसीतीरे तस्थुर्दशैव गणः कियान्॥
(गणितसारसंग्रह, श्लोक 49)

शेष का $\frac{1}{3}$, उनसे शेष का $\frac{1}{2}$ तथा झुण्ड के वर्गमूल के दुगुने तथा शेष 4 सिंह और भी विचरण कर रहे थे। कुल कितने सिंह थे[1]?

यहाँ भी पूर्वोक्त संक्रिया के अनुसार $x - 12\sqrt{x} = 28$ समीकरण प्राप्त करने पर इसका हल 196 सिंह प्राप्त करते हैं। इस संख्या को प्रश्न के साथ अन्वित करने से विदित है कि ये 4 + 32 + 32 + 32 + 32 + 32 + 28 + 4 के रूप में अलग-अलग वर्तमान थे।

अभी तक प्रदर्शित सभी उपभेद इस प्रकार के हैं, जिन्हें द्विघात समीकरण के आकार में बदला जा सकता है तथा इस प्रकार उसके सामान्य सूत्र से हल प्राप्त किया जा सकता है। महावीर ने अन्य आकार वाले समीकरण के उपभेद भी प्रदर्शित किये हैं। एक इस प्रकार हैं—

मूल मिश्र जाति

इसके अन्तर्गत वे समीकरण आते हैं, जिनमें किसी संख्या का वर्गमूल तथा उसमें कुछ मिला देने पर प्राप्त संख्या के वर्गमूल के जोड़ के आधार पर इष्ट संख्या का परिज्ञान किया जाता है।

इसके लिये महान् गणितज्ञ आचार्य महावीर का यह नियम प्रस्तुत है—

मिश्रकृतिरूनयुक्ता व्यधिका च द्विगुणमिश्रसम्भक्ता।
वर्गीकृता फलं स्यात् करणमिदं मूलमिश्रविधौ।।

(गणितसार-संग्रह, प्रकीर्णक-व्यवहार, श्लोक 65)

अर्थात् दोनों वर्गमूलों के परिज्ञात योग के वर्ग के साथ दी गई ऋण संख्या (d) को जोड़े या धन संख्या को घटाएँ। पुनः प्राप्त संख्या को उसी पूर्वोक्त योग के दुगुने (2m) से भागे देवें। इसका वर्ग करें। यही अभीष्ट संख्या है। इससे हमें निम्न आकार के समीकरण के लिये यह सूत्र प्राप्त होता है।

---

1. सिंहश्चत्वारोऽद्रौ प्रतिशेषषडंशकादिमार्धान्ता।
मूले चत्वारोऽपि च विपिने दृष्टा कियन्तस्ते।। (गणितसारसंग्रह, श्लोक 50)

समीकरण का आकार $\rightarrow \sqrt{x} + \sqrt{x + d} = m$

श्लोक के अनुसार सूत्र$\rightarrow$ $x = \left\{\frac{m^2 \mp d}{2m}\right\}^2$

$$x + d = \left\{\frac{m^2 \pm d}{2m}\right\}^2$$

इसके लिये एक रोचक उदाहरण इस प्रकार है—

झुण्ड में कितने राजहंस

राजहंसों के एक झुण्ड का वर्गमूल तथा उस कुल संख्या में 8 *सहित* 60 *मिलाने पर उसका वर्गमूल इन दोनों का जोड़* $6^2 - 2 = 34$ *होता है। झुण्ड में कितने राजहंस हैं*[1]? यहाँ सूत्रानुसार—

$$\sqrt{x} + \sqrt{x + 68} = 34$$

$$x = \left\{\frac{1156 - 68}{68}\right\}^2 = 256 ,$$

$$x + 68 = \left\{\frac{1156 + 68}{68}\right\}^2 = 324$$

अत: $\sqrt{x} = \sqrt{256} = 16$ तथा $\sqrt{x + d} = \sqrt{324} = 18$

अत: $x = 256$ कुल राजहंस

इस सूत्र की उपपत्ति इस प्रकार है—

$$\sqrt{x} + \sqrt{x + d} = m \Rightarrow \left\{\overset{a}{\sqrt{x}} + \overset{b}{\sqrt{x + d}}\right\}^2 = m^2$$

---

1. राजहंसनिकरस्य यत् पदं साष्टषष्टिसहितस्य चैतयो:।
संयुतिर्द्विकविहीनषट्कृतिस्तद्गणे कति मरालका वद॥
(गणितसार-संग्रह, प्रकीर्णक-व्यवहार, श्लोक 68)

$$\Rightarrow \left(\sqrt{x}\right)^2 + \left(\sqrt{x + d}\right)^2 + 2\sqrt{x}\ \sqrt{x + d} = m^2$$

$$\Rightarrow x + x + d + 2\ \sqrt{x\ (x + d)} = m^2$$

$$\Rightarrow 2x + 2\sqrt{x\ (x + d)} = m^2 - d$$

$$\Rightarrow x + \sqrt{x\ (x + d)} = \frac{m^2 - d}{2}$$

$$\Rightarrow \sqrt{x}\ \left\{\sqrt{x} + \sqrt{x + d}\right\} = \frac{m^2 - d}{2}$$

उपरिलिखित सूत्रानुसार $\sqrt{x} + \sqrt{x + d} = m$ है।

अत: $\sqrt{x} \times m = \frac{m^2 - d}{2} \Rightarrow \sqrt{x} = \frac{m^2 - d}{2m}$

$$\Rightarrow x = \left\{\frac{m^2 - d}{2m}\right\}^2$$

इसी उपभेद के अन्तर्गत दी गई ऋणात्मक संख्या (d) का उदाहरण इस प्रकार है—

झुण्ड में कितने कबूतर

कबूतरों के एक झुण्ड का वर्गमूल तथा उसी झुण्ड में से 12 घटाने पर प्राप्त संख्या का वर्गमूल जोड़ने पर 6 संख्या बनती है। कबूतरों की कुल संख्या बताओ[1]?

---

1. मूलं कपोतवृन्दस्य द्वादशोनस्य चापि यत्।
तयोर्योग: कपोताष्टद् दृष्टास्तन्निकर: कियान्॥
(गणितसार-संग्रह, प्रकीर्णक-व्यवहार, श्लोक 66)

यहाँ पूर्वोक्त समीकरण के अनुसार—

$$\sqrt{x} + \sqrt{x - 12} = 6$$

अत: $x = \left\{\frac{6^2 + 12}{12}\right\}^2 = 4^2 = 16$ अभीष्ट संख्या

$$x - 12 = \left\{\frac{6^2 - 12}{12}\right\} = 2^2 = 4$$

इस प्रकार प्राचीन गणित में इन उपभेदों को अनेक उपायों से हल करने के अनेक उदाहरण उपलब्ध हैं।

●

षष्ठ अध्याय

एक चर वाले समीकरण तथा वर्ग-समीकरण की बीज गणितीय संक्रियाएँ

पिछले अध्याय में दोनों प्रकार के समीकरणों की अंकगणितीय विधि की चर्चा की गई है। इस प्रकार के प्रश्नों को बीजगणितीय पद्धति से भी हल करने की प्राचीन परम्परा रही है। इसके लिये समीकरण बनाने के नियम तथा उन पर विविध संक्रियाओं का विस्तृत उल्लेख प्राप्त होता है। इस अध्याय में इन नियमों तथा सम्बन्धित उदाहरण का विस्तृत निरूपण किया जावेगा।

एक चर वाले समीकरण

इस प्रकार के प्रश्नों के लिये गणित के महान् विद्वान् ब्रह्मगुप्त ने सबसे पहले 'समीकरण' शब्द, उसका प्रकार तथा विस्तृत निरूपण प्रस्तुत किया है। रैखिक समीकरणों के लिये उनका एक महनीय श्लोक इस प्रकार है—

अव्यक्तान्तरभक्तं व्यस्तं रूपान्तरं समेऽव्यक्तः।
वर्गाव्यक्ता शोध्याः यस्माद् रूपाणि तदधस्तात्॥

(ब्राह्मस्फुट-सिद्धान्त 18.43)

अर्थात् सम अथवा समीकरण में अव्यक्त के गुणक (Coefficient) को व्यस्त या इतर पक्ष में वर्तमान अव्यक्त के गुणक से घटाकर तथा रूप अर्थात् व्यक्त को इतर पक्ष के व्यक्त से घटा कर प्राप्त संख्या से पूर्व प्राप्त संख्या को भाग देना चाहिये। यह प्राप्त संख्या ही अज्ञात राशि होती है।

इस नियम को स्पष्ट करने के लिये ब्रह्मगुप्त ने अनेक उदाहरण प्रस्तुत किये हैं। एक इस प्रकार है—

एक सहित बीते हुए अज्ञात राशि वाले दिनों के चतुर्गुणित 12वें भाग से [illegible] तथा 8 से युक्त होने पर प्राप्त संख्या तथा उसी अज्ञात राशि वाले दिन के 1 से युक्त होने पर प्राप्त संख्या परस्पर समतुल्य हैं। बीते हुए दिन की संख्या बताओ[1]?

यहाँ यावत् तावत् अर्थात् x 1 से युक्त है, चतुर्गुणित है, 12 से विभक्त है तथा इसके अलावा 8 से युक्त है। यह संख्या उस अज्ञात राशि अर्थात् x + 1 के समतुल्य है। इससे हमें क्रमशः समीकरण प्राप्त होता है—

$$\frac{4}{12}(x+1) + 8 = \cancel{x} + 1 \Rightarrow \frac{1}{3}x + \frac{1}{3} + 8 = x + 1$$

$$\Rightarrow \frac{1}{3}x + \frac{25}{3} = x + 1 \qquad \Rightarrow x + 25 = 3x + 3$$

इस समीकरण के प्राप्त होने पर पृथूदक स्वामी के हल के अनुसार रूप या व्यक्त 25 को 3 से घटाकर अर्थात् 22 को यावत् तावत् या अव्यक्त के गुणक 3 को 1 में से घटाने पर प्राप्त संख्या 2 से भाग देने पर 11 संख्या प्राप्त होती है। यही बीते दिनों की संख्या है।

आधुनिक समीकरण से भी यही निष्कर्ष निकलता है—

$$x + 25 = 3x + 3$$

$$\Rightarrow 2x = 22 \qquad \Rightarrow x = \frac{22}{2} = 11$$

श्रीधर, नारायण आदि परवर्ती गणित के विद्वानों ने इस विधि का अनुसरण किया है। इनके पश्चात् भास्करीय बीजगणित में इसे सर्वाधिक स्पष्टता प्राप्त हुई है। इसमें इसके नियम को विस्तार से तथा वैज्ञानिक रीति से प्रस्तुत किया है। बीजगणितीय समीकरण के प्रमुख नियम संक्षेपतः इस प्रकार है—

---

1. सैकादशकशेषाद् द्वादशभागश्चतुर्गुणोऽष्टयुतः।
सैकांशशेषतुल्यो यदा तदाऽहर्गणं कथय।। (ब्राह्मस्फुट-सिद्धान्त, 18.46)

'दिये हुए प्रश्नों में अव्यक्त राशि के मान को यावत् तावत् से व्यक्त करना चाहिये। प्रश्नानुसार समान दो पक्ष बनाना चाहिये। दोनों पक्षों में समान संख्या के जोड़, व्यवकलन, गुणन, भाग के द्वारा दोनों पक्षों को समान बनाए रखना आवश्यक होता है। इस प्रकार समीकृत करते हुए प्रथम पक्ष के अव्यक्त को दूसरे पक्ष में तथा दूसरे पक्ष के व्यक्त को प्रथम में इस प्रकार ले जावें कि एक पक्ष में अव्यक्त तथा दूसरे में व्यक्त (रूप) रह जावे'[1]।

इस विवरण के अनुसार समीकरण की चर संख्या को यावत् तावत् या कालक, नीलक, पीतक आदि रंगों के प्रथम अक्षर का.नी.पी. से प्रकट करते हैं। जैसे आजकल x,y,z से प्रकट किया जाता है। यहाँ चर संख्या को अव्यक्त तथा अचर को व्यक्त कहा है। समीकरण की आधुनिक पद्धति में भी हम चर वाले पदों को वाम पक्ष की ओर तथा अचर को दक्षिण ओर ले जाकर हल करते हैं।

इन नियमों के आधार पर प्राचीन गणित में सैकड़ों समीकरण हल किये हैं। भास्कराचार्य ने निम्न प्रश्न को लीलावती में अंकगणित तथा 'बीजगणितम्' ग्रन्थ में बीजगणित की विधि से हल किया है—

घोड़े की कितनी कीमत

एक व्यक्ति के पास 300 रू. तथा 6 घोड़े हैं। दूसरे के पास 10 घोड़े पर 100 ऋण है। यदि दोनों समान धन वाले हैं तो घोड़े का मूल्य क्या है[2]?

---

1. यावत्तावत् कल्प्यमव्यक्तराशेर्मानं तस्मिन् कुर्वतोद्दिष्टमेव।
तुल्यौ पक्षौ साधनीयौ प्रयत्नात् त्यक्त्वा क्षिप्त्वा वापि संगुण्य भक्त्वा।।
एकाव्यक्तं शोधयेदन्यपक्षाद्रूपाण्यन्यस्येतरस्माच्च पक्षात्।
शेषाण्यव्यक्तेनोद्धरेद्रूपशेषं व्यक्तं मानं जायतेऽव्यक्तराशेः।।
(भास्करीय बीजगणित, एकवर्ण-समीकरण, श्लोक 1, पृ. 154)

2. एकस्य रूपत्रिशती षडश्वा अश्वा दशान्यस्य तु तुल्यमूल्याः।
ऋणं तथा रूपशतं च तस्य तौ तुल्यवित्तौ च किमश्वमूल्यम्।।
(वही, श्लोक 2)

इस प्रश्न का निरूपण पिछले अध्याय में किया जा चुका है। भास्कराचार्य ने इसका अनुवर्तन करते हुए एक अन्य प्रश्न इस प्रकार प्रस्तुत किया है—

अलग-अलग दशाओं में घोड़ों की कितनी कीमत

सौदागरों के पास पूर्वोक्त धन है। अर्थात् प्रथम के पास 300/- रूप तथा 6 घोड़े तथा द्वितीय के पास 10 घोड़े पर 100/- ऋण है। यदि प्रथम परिस्थिति में दोनों के पास उसी मूल्य वाले घोड़े होने की दशा में प्रथम व्यक्ति के धन के $\frac{1}{2}$ में 2 जोड़ दिया जावे तो वह दूसरे के सर्व धन के बराबर हो जाता है। अथवा यदि दूसरी परिस्थिति में दोनों के पास समान मूल्य वाले घोड़े होने पर पहले का सर्व धन दूसरे के धन का तिगुना होता हो तो इन अलग-अलग दशाओं में घोड़ों का मूल्य क्या होगा[1] ?

प्रथम आलाप के अनुसार समीकरण $\rightarrow \frac{6x + 300}{2} + 2 = 10x - 100$

तुल्यौ पक्षौ साधनीयौ प्रयत्नात् $\rightarrow 3x + 150 + 2 = 10x - 100$

एकाव्यक्तं शोधयेदन्यपक्षात् $\rightarrow 10x - 3x = 152 + 100 \Rightarrow 7x = 252$

व्यक्तं मानं जायतेऽव्यक्तराशेः $\rightarrow x = \frac{252}{7} = 36$ रूप एक घोड़े का मूल्य

द्वितीय आलाप के अनुसार इस प्रकार समीकरण प्राप्त करते हैं—

$$6x + 300 = 30x - 300$$

एकाव्यक्तं शोधयेदन्यपक्षात् $\Rightarrow 30x - 6x = 300 + 300$

व्यक्तं मानं जायतेऽव्यक्तराशेः $\Rightarrow 24x = 600 \Rightarrow x = \frac{600}{24} = 25$

रूप एक घोड़े का मूल्य।

1. यदाद्यवित्तस्य दलं द्वियुक्तं यत्तुल्यवित्तो यदि वा द्वितीयः।
आद्यो धनेन त्रिगुणोऽन्यतो वा पृथक् पृथक् मे वद वाजिमूल्यम्॥
(भास्करीय बीजगणित, एकवर्ण-समीकरण, उदा. 2)

अन्य उदाहरणों में एक अज्ञात राशि को अनेक विभागों में प्रस्तुत किया गया है। ऐसा एक उदाहरण इस प्रकार है—

मोती, माणिक, नीलम की कीमत

एक सौदागर के पास 5 माणिक्य, 8 स्वच्छ नीलमणि तथा 7 मोती के अलावा 90 रूप हैं। अन्य के पास 7 माणिक्य, 9 नीलम, 6 मोती तथा 62 रूप नकद हैं। इस दशा में इन दोनों का धन समान है। तो सुमते! प्रत्येक रत्न का मूल्य शीघ्र बताओ[1]?

यहाँ टीका के अनुसार यह मान लिया गया है कि माणिक्य का मूल्य किसी राशि का तिगुना, नीलमणि उस राशि का दुगुना तथा मोती का मूल्य वही अज्ञात राशि है। इस प्रकार यहाँ एक ही अज्ञात राशि x का मान ज्ञात करना है। यदि तीनों के अलग-अलग अज्ञात मान हों तो यह अनेक चर वाले अनिश्चित समीकरण का या कुट्टक का उदाहरण होगा। ऐसा मानकर भास्कराचार्य ने इस उदाहरण को उस प्रसंग में भी प्रस्तुत किया है[2]।

इनके मूल्य को टीका अनुसार क्रमशः गुणित मानते हुए यह समीकरण प्राप्त करते हैं—

$$15x + 16x + 7x + 90 = 21x + 18x + 6x + 62$$

$$\Rightarrow 38x + 90 = 45x + 62$$

$$\Rightarrow 45x - 38x = 90 - 62$$

$$\Rightarrow 7x = 28 , \Rightarrow x = \frac{28}{7} = 4$$

---

1. माणिक्यमलनीलमौक्तिकमितिः पञ्चाष्टसप्तक्रमात्।
एकस्यान्यतरस्य सप्त नव षट् तद्रत्नसंख्या सखे॥
रूपाणां नवतिर्द्विषष्टिरनयोस्तौ तुल्यवित्तौ तथा।
बीजज्ञ प्रतिरत्नजानि सुमते मौल्यानि शीघ्रं वद॥ (वही, उदा. 2)
2. वही, अनेकवर्ण-समीकरण, उदा. 1।

इस प्रकार अज्ञात राशि 4 है। आलाप अनुसार एक माणिक्य का मूल्य $4 \times 3 = 12$, नीलम $4 \times 2 = 8$ तथा मोती 4 रूप है। इस प्रकार—

प्रथम का धन $\rightarrow 38 \times 4 + 90 = 242$

द्वितीय का धन $\rightarrow 45 \times 4 + 62 = 242$

इस प्रकार के अन्य अनेक प्रश्न प्राचीन गणित में अंकित हैं।

वर्ग समीकरण

प्राचीन गणित में सीमित प्रकार के प्रश्नों के हल के लिये वर्ग-समीकरण के सीमित सूत्र प्रवर्तित किये गए। आगे चलकर यह देखा गया कि उन अनेक प्रश्नों को वर्ग-समीकरण का आकार देना सम्भव है तथा उन्हें एक ही सामान्य सूत्र से हल किया जा सकता है। इस प्रकार वे अलग-अलग सूत्र अन्ततः एक ही बीजगणितीय सामान्य सूत्र में पर्यवसित होते हैं—

उदाहरण के लिये सर्वप्रथम आर्यभट ने अनेक चर वाले समीकरण को हल करने के लिये यह श्लोक प्रस्तुत किया है—

द्विकृतिगुणात् संवर्गात् द्व्यन्तरवर्गेण संयुतान्मूलम्।
अन्तरयुक्तं हीनं तद् गुणकारद्वयं दलितम्॥

(आर्यभटीय, गणितपाद, श्लोक 24)

अर्थात् 2 का वर्ग या 4 से गुणित दो राशियों के गुणनफल (c) को उन्हीं दो अज्ञात राशियों के अन्तर या व्यवकलन-फल (b) के वर्ग के साथ जोड़ें। पुनः उनका वर्गमूल लेवें। इसमें इन राशियों के अन्तर को जोड़े या घटावें। पुनः प्राप्त राशि को 2 से दलित या विभाजित करने पर उक्त अज्ञात राशियाँ प्राप्त होती हैं। इससे यह समीकरण प्राप्त होता है—

$$\frac{\sqrt{(x-y)^2 + 4xy} \pm (x-y)}{2} = x \text{ या } y$$

ब्रह्मगुप्त ने संक्रमण के अन्तर्गत इस समीकरण को इस प्रकार प्रस्तुत किया है—

$$x - y = b$$
$$xy = c$$

इस संक्रमण के प्रश्न को आगे नीचे लिखे प्रकार से द्विघात समीकरण के इस आकार में रूपान्तरित कर सकते हैं—

$$y^2 + by = c$$

इस आकार को प्राप्त कर लेने पर उपरिलिखित संक्रियाएँ अन्ततः द्विघात-समीकरण की संक्रियाएँ सिद्ध होती हैं। ब्रह्मगुप्त ने आर्यभट से प्रेरणा प्राप्त करके इन संक्रियाओं को इस प्रकार निरूपित किया है—

शेषवधाद् द्विकृतिगुणात् शेषान्तरवर्गसंयुतान्मूलम्।
शेषान्तरोनयुक्तं दलितं शेषे पृथगभीष्टे।।

(ब्राह्म-स्फुट-सिद्धान्त 18.99)

अर्थात् 2 के वर्ग से गुणित शेषवध (c) को शेषान्तर (b) के वर्ग से संयुक्त करके उसका वर्गमूल प्राप्त करें। पुनः उसे शेषान्तर (b) से जोड़े या घटाएँ। उसे 2 से भाग देवें। यह भागफल ही क्रमशः x तथा y का मान होता है।

इससे यह सूत्र प्राप्त होता है—

$$x = \frac{1}{2}\left(\sqrt{b^2 + 4c} + b\right), \quad y = \frac{1}{2}\sqrt{b^2 + 4c} - b$$

यहाँ $a = 1$ होने से इसे सूत्र में निरूपित नहीं किया। यहाँ b के मान में $x - y$ को तथा c के मान में xy को प्रतिस्थापित करके पूर्वोक्त आर्यभट का सूत्र प्राप्त करते हैं। इसकी उपपत्ति के लिये उदाहरण के साथ पूर्वोक्त समीकरण का वर्ग समीकरण का आकार प्राप्त करते हैं—

$$x - y = \overset{b}{25} \qquad xy = \overset{c}{2394}$$

$$x = 25 + y \qquad \text{साथ ही } y = x - 25$$

$$\Rightarrow (25 + y)\, y = 2394 \qquad \Rightarrow (x - 25)\, x = 2394$$

$$\Rightarrow y^2 + 25^y = 2394 \qquad \Rightarrow x^2 - 25x = 2394$$

इस द्विघात-समीकरण का आकार प्राप्त कर लेने पर दोनों पक्षों को 4a से गुणित करने पर—

$$(2y)^2 + 100y = 9576$$
$$\Rightarrow (2y)^2 + 2 \times 25 \times 2y + 25^2 = 9576 + 25^2$$
$$\Rightarrow (2y + 25)^2 = 9576 + 625$$
$$(2x)^2 - 100x = 9576$$
$$\Rightarrow (2x)^2 - 2 \times 25 \times 2x + 25^2 = 9576 + 25^2$$
$$\Rightarrow (2x - 25)^2 = 9576 + 625$$

अत: पूर्वोक्त सूत्र—

$$y = \frac{1}{2}\left(\sqrt{625 + 9576} - 25\right) \Rightarrow \frac{101 - 25}{2} = \frac{76}{2} = 38$$

$$x = \frac{1}{2}\left(\sqrt{625 + 9576} + 25\right) \Rightarrow \frac{101 + 25}{2} = \frac{126}{2} = 63$$

इस प्रकार हमने उपपत्ति के साथ इस सूत्र को प्राप्त कर लिया है। स्पष्टत: यह सम्पूर्ण संक्रिया द्विघात समीकरण के सामान्य सूत्र के सर्वथा अनुरूप है। इस सूत्र की अन्विति के लिये दोनों पक्षों के गुणांकों में 4 से गुणन आवश्यक है।

महावीराचार्य ने अपने शब्दों में इस नियम को इस प्रकार कहा है कि 'योगांक के वर्ग (b^2) में चतुर्गुणित गुणांक (c) को जोड़ कर उसका वर्गमूल प्राप्त करें। पुन: संक्रमण की संक्रिया करते हुए उसमें योगांक (b) को जोड़े या घटावें तथा 2 से भाग देवें। भागफल ही अज्ञात राशि है'। स्पष्टत: यह पूर्वोक्त सूत्र के सर्वथा अनुरूप है।

इसके अलावा महान् गणितज्ञ आर्यभट ने श्रेढ़ी व्यवहार के अन्तर्गत गच्छ या पद (Number of terms) को ज्ञात करने के लिये एक अन्य बहुमूल्य सूत्र को प्रवर्तित किया। इनसे विश्व के गणित के विद्वानों को वर्ग-समीकरण के सूत्र की चाभी हाथ लग गयी। क्योंकि यह देखा गया कि इन सूत्रों का व्यापक स्वरूप प्रत्येक वर्ग-समीकरण को हल करने में सक्षम है।

आर्यभट का यह अनमोल सूत्र इस श्लोक में वर्णित है—

गच्छोऽष्टोत्तरगणितात् द्विगुणाद्युत्तरविशेषवर्गयुतात्।
मूलं द्विगुणाद्यूनं स्वोत्तरभाजितं सरूपार्धम्।।

(आर्यभटीय, गणितपाद, श्लोक 20)

इससे प्राप्त होने वाले सूत्र को गणित की भाषा में इस प्रकार प्रकट करते हैं—

$$\text{गच्छ } (n) = \frac{1}{2}\left\{\frac{\sqrt{(2a - d)^2 + 8\,sd} - 2a}{d} + 1\right\}$$

इस श्लोक का अर्थ तथा सूत्र का विस्तृत निरूपण इस ग्रन्थ के 'श्रेढ़ी-व्यवहार' नामक अध्याय में किया गया है। इस सूत्र को जिस समीकरण को हल करने के लिये प्रस्तुत किया गया है, उसे रूपान्तरित करके इस वर्ग-समीकरण के आकार में प्राप्त कर सकते हैं—

$$dn^2 + (2a - d)\, n = 2s$$

यहाँ आधुनिक सूत्र के a को d के रूप में वर्णित किया है। इसका विस्तृत विवरण उसी अध्याय में देखें। स्पष्टतः द्विघात समीकरण के इस सीमित आकार के लिये यह सूत्र सर्वथा सुसंगत है।

आगे चलकर श्रीधराचार्य ने आर्यभट से प्रेरणा प्राप्त करके अन्य सूत्र विकसित किये। उन्होंने 1 से लेकर क्रमिक संख्याओं के संकलित के पद ज्ञात करने के लिये अलग सूत्र बताया है। यह सूत्र इस प्रकार है—

........................तदष्ट-संगुणितम्।
रूपयुतं तन्मूलं निरेकमर्धीकृतं गच्छः।।

(त्रिशतिका, श्लोक १०)

अर्थात् 8 से गुणित संकलित (s) के रूप या 1 से युक्त होने पर प्राप्त संख्या का वर्गमूल तथा उसमें से 1 कम करने पर तथा 2 से भाग देने पर गच्छ या पद (n) की प्राप्ति होती है[1]।

1. अष्टोत्तरहतफलतो द्विगुणादिप्रचयविवरकृतियुक्तात्।
मूलं द्विगुण-मुखोनं सचयं द्विचयोद्धृतं गच्छः।। (त्रिशतिका, श्लोक 41, पृ. 101)

इससे उन्होंने यह सूत्र प्राप्त किया है—

1 + 2 + 3.........के संकलित के पद $(n) = \frac{\sqrt{8s + 1} - 1}{2}$

इस सूत्र की उपपत्ति के लिये उन्होंने प्रस्तुत नियम के अनुसार यह समीकरण प्राप्त किया है—

1 से लेकर किन्हीं भी क्रमिक संख्याओं के योग (s) का द्विगुणित → यह अन्ततः उन क्रमिक संख्याओं की अन्तिम संख्या (n) का वर्ग प्लस अन्तिम संख्या के बराबर होता है[1]। अतः—

उदाहरण

$n^2 + n = 2s$ $\qquad$ $10^2 + 10 = 2\ (1 + 2 + 3....... + 10)$

स्पष्टतः यह वर्ग-समीकरण का आकार है। अतः इसमें सामान्य सूत्र की अथवा गुणन खण्डन की विधि का उपयोग करते हुए प्रस्तुत सूत्र प्राप्त कर सकते हैं—

विधि तथा सूत्र	**उदाहरण**
$n^2 + n = 2s$	$100 + 10 = 2 \times 55$
$\Rightarrow 4n^2 + 4n + 1 = 8s + 1$	$400 + 40 + 1 = 8 \times 55 + 1$
$\Rightarrow (2n)^2 + 2 \times 2n \times 1 + 1^2 = 8s + 1$	
$\Rightarrow (2n + 1)^2 = 8s + 1$	$(20 + 1)^2 = 8 \times 55 + 1$
$2n + 1 = \sqrt{8s + 1}$	$20 + 1 = \sqrt{8 \times 55 + 1}$
$2n = \sqrt{8s + 1} - 1$	$20 = \sqrt{8 \times 55 + 1} - 1$
$n = \frac{\sqrt{8s + 1} - 1}{2}$	$10 = \frac{\sqrt{8 \times 55 + 1} - 1}{2}$

इस प्रकार हमने पुनः वही सूत्र प्राप्त कर लिया है, जिसे उसे प्रसंग में श्रीधराचार्य ने अलग से विकसित किया है।

1. विस्तार के लिये देखें—लेखक द्वारा व्याख्यात 'त्रिशतिका' श्लोक 10।

श्रीधर ने अन्य प्रसंग में सभी प्रकार की समान्तर श्रेणी के पद (n) ज्ञात करने के लिये आर्यभट के पूर्वोक्त सूत्र के प्रायः अनुरूप सूत्र को भी प्रस्तुत किया। उनका श्लोक इस प्रकार है—

अष्टोत्तरहतफलतो द्विगुणादिप्रचयविवरकृतियुक्तात्।
मूलं द्विगुणमुखोनं सचयं द्विचयोदधृतं गच्छः।।

(त्रिशतिका, श्लोक 41)

अर्थात् 8 संख्या से गुणित उत्तर या चय (d) तथा उससे गुणित फल या सर्वधन (s) प्राप्त करें। पुनः 2 से गुणित आदिधन (a) में से प्रचय (d) को घटा कर उसका वर्ग करें। पूर्वोक्त गुणनफल में इस वर्ग को जोड़ दें। पुनः इसका वर्गमूल प्राप्त करें। इससे द्विगुणित मुख या आदिधन (a) से चय (d) को घटाने से प्राप्त संख्या को घटावें। पश्चात् द्विगुणित चय (d) से भाग देवें तो गच्छ (n) प्राप्त होता है।

इस नियम से प्राप्त सूत्र इस प्रकार है—

$$\text{गच्छ या पद } (n) = \frac{\sqrt{(2a-d)^2 + 8sd} - (2a-d)}{2d}$$

इसका उदाहरण 'श्रेढ़ी व्यवहार' नामक अध्याय में वर्णित है। यह पूर्वोक्त अनुसार वर्ग-समीकरण का हल होने के कारण इसका सीमित सूत्र है।

भास्कराचार्य ने दोनों पक्षों में $\left(\frac{b}{2}\right)^2$ को जोड़ कर पूर्ण वर्ग बना कर वर्ग समीकरण का सीमित सूत्र प्रस्तुत किया है। उनके द्वारा प्रस्तुत सूत्र का विवरण इस प्रकार है—

अव्यक्त-वर्गादि यदाऽवशेषं पक्षौ तदेष्टेन निहत्य किञ्चित्।
क्षेपं तयोर्येन पदप्रदः स्यादव्यक्तपक्षोऽस्य पदेन भूयः।
व्यक्तस्य मूलस्य समक्रियैवमव्यक्तमानं खलु लभ्यते तत्।।

(भास्करीय बीजगणित, अव्यक्त-वर्गादि-समीकरण, श्लोक 1)

समीकरण में जब एक पक्ष में अव्यक्त (x) के वर्ग आदि तथा दूसरे पक्ष में व्यक्त राशि रह जावे तो दोनों पक्षों में उस इष्ट राशि से गुणा, भाग, जोड़, घटाव आदि करें, जिससे अव्यक्त पक्ष का वर्गमूल प्राप्त हो। पश्चात् व्यक्त पक्ष के वर्गमूल के साथ समीकरण की पक्षान्तरण आदि विधि करने पर अव्यक्त (x) का मान प्राप्त होता है।

यहाँ यह स्पष्ट उल्लेख नहीं है कि किस इष्ट राशि से जोड़, घटाव आदि करना चाहिये। पर पिछले अध्याय में वर्णित अंकगणितीय विधि में स्पष्ट कहा गया है कि $\frac{b}{2}$ को जोड़ना या घटाना चाहिये। अत: यहाँ उसे सम्मिलित करते हुए प्रस्तुत निर्देशानुसार उपपत्ति के साथ क्रमश: संक्रियाएँ करते हैं। इस प्रसंग में उन्होंने लीलावती के उदाहरण को पुन: प्रदान किया है[1]। अत: उसका भी उल्लेख करते हैं—

समीकरण का मौलिक सूत्र—

$$x^2 \pm bx = c \qquad\qquad x^2 - 8x = 20$$

इष्ट राशि से जोड़ घटाव—

$$\Rightarrow x^2 \pm 2\frac{b}{2}x + \left(\frac{b}{2}\right)^2 = c + \left(\frac{b}{2}\right)^2 \qquad x^2 - 2 \times 4x + 4^2 = 20 + 4^2$$

भास्कराचार्य की सर्वसमिका[2] द्वारा पूर्ण वर्ग—

$$\Rightarrow \left(x \pm \frac{b}{2}\right)^2 = c + \left(\frac{b}{2}\right)^2 \qquad \Rightarrow (x - 4)^2 = 20 + 16$$

$$\Rightarrow x \pm \frac{b}{2} = \sqrt{c + \left(\frac{b}{2}\right)^2} \qquad \Rightarrow x - 4 = \sqrt{20 + 16}$$

---

1. भास्करीय बीजगणित, अव्यक्त वर्गादि-समीकरण का उदा. श्लोक। पिछले अध्याय पृ. 86 में वर्णित।
2. खण्डद्वयस्याभिहतिर्द्विनिघ्नी तत्खण्डवर्गैक्ययुता कृतिर्वा।
(लीलावती, अभिन्न-परिकर्माष्टक, श्लोक 9)

पक्षान्तरण आदि विधि से वर्ग समीकरण का सूत्र—

$$\Rightarrow x = \sqrt{c + \left(\frac{b}{2}\right)^2} \mp \frac{b}{2} \qquad \Rightarrow x = \sqrt{20 + 16} + 4 = 10$$

यहाँ यह तथ्य अन्तर्निहित है कि समीकरण में व्यक्त पक्ष (c) तथा अव्यक्त पक्ष (b) के धनात्मक तथा ऋणात्मक होने पर समीकरण अनुसार तथा पक्षान्तरण द्वारा क्रमश: तदनुसार परिणाम प्राप्त होगा। इसके उदाहरण पिछले अध्याय में तथा अगले पृष्ठ में प्रदान किये गए हैं।

लीलावती में वर्गमूल के केवल धनात्मक मान को स्वीकार करते हुए x के केवल एक मान की चर्चा की है। पर यहाँ दोनों मानों का वर्णन है—

ऋणं धनं तच्च विधाय साध्यमव्यक्तमानं द्विविधं क्वचित् स्यात्।

(भास्करीय बीजगणित, अव्यक्त-वर्गादि-समीकरण, श्लोक 3)

अर्थात् ऋणात्मक तथा धनात्मक दोनों प्रकार का वर्गमूल मानते हुए अज्ञात राशि x का 'क्वचित्' अर्थात् कहीं-कहीं दो प्रकार का मान होता है।

यहाँ यह स्पष्ट करना आवश्यक है कि आधुनिक गणित में वर्गमूल नियमित रूप से ऋणात्मक, धनात्मक दोनों होता है। $\sqrt{16} = \pm 4$ मान्य है। अत: x के नियमित रूप से दो मान होते हैं। ऐसी दशा में भास्कराचार्य का 'कहीं-कहीं दो प्रकार के मान' कहने का आशय यह प्रतीत होता है कि कहीं-कहीं दो प्रकार के मान व्यावहारिक होते हैं। भौतिक जगत् में दोनों मान नियमित रूप से व्यावहारिक नहीं होते। ऐसी दशा में पूर्वोक्त समीकरण—

$$x^2 - 8x = 20$$

$x = 6 + 4 = 10$ तथा $x = -6 + 4 = -2$ ये द्विविध मान हैं।

इसी प्रकार—

$$x^2 + 8x = 20$$

$x = 6 - 4 = 2$ तथा $x = -6 - 4 = -10$ ये द्विविध मान हैं।

इन दोनों में स्पष्टतः –2 तथा –10 व्यावहारिक नहीं है। अर्जुन कर्ण को मारने के लिये ऋणात्मक बाणों का प्रयोग नहीं कर सकता। अतः गणित के इस मान का भौतिक जगत् में उपयोग नहीं है। फिर भी गणित का सिद्धान्त पक्ष अपनी जगह पर यथावत् है; क्योंकि उनका अन्यत्र व्यवहार में भी उपयोग है।

भास्कराचार्य ने एक स्थान पर स्वयं[1] तथा अन्यत्र किसी पद्मनाभ बीज[2] का उद्धरण देते हुए कहा है कि ऋणात्मक वर्गमूल कहीं-कहीं मान्य होते हैं। ये उपयोगी भी है। जब व्यक्त पक्ष (c) का ऋणात्मक मूल्य हो तथा वह अन्य पक्ष के ऋणात्मक मूल्य से कम हो तो वर्गमूल के दोनों स्वरूप व्यावहारिक होते हैं। जैसे अगले पृष्ठ में प्रोक्त उदाहरण में—

$$x^2 - 64x = -768 \Rightarrow x = \pm\sqrt{-768 + \left(\frac{64}{2}\right)^2} + \frac{64}{2}$$

$x = 16 + 32 = 48$ तथा $x = -16 + 32 = 16$ ये दोनों मान व्यवहारिक हैं।

सैद्धान्तिक रूप से x के नियमित रूप से दो प्रकार के मान होते हैं। अतः प्राचीन गणित में वर्ग-समीकरण जहाँ $a = 1$ है, अर्थात् $x^2 \pm bx = c$ आकार वाले समीकरण में अज्ञात राशि (x) का सम्पूर्ण सूत्र यह प्राप्त होता है कि—

$$x = +\sqrt{c + \left(\frac{b}{2}\right)^2} \mp \frac{b}{2} \text{ तथा } x = -\sqrt{c + \left(\frac{b}{2}\right)^2} \mp \frac{b}{2}$$

महावीराचार्य ने मूल जाति के अन्तर्गत इस रीति का एक रोचक उदाहरण इस प्रकार प्रस्तुत किया है—

---

1. अव्यक्तमूलर्णगरूपतोऽल्पं व्यक्तस्य पक्षस्य पदं यदि स्यात्।
(भास्करीय बीजगणित, अव्यक्त-वर्गादि-समीकरण, श्लोक 3)

2. व्यक्तपक्षस्य चेन्मूलमन्यपक्षर्णरूपतः।
अल्पं धनर्णगं कृत्वा द्विविधोत्पद्यते मतिः।
(वही, अव्यक्त-वर्गादि-समीकरण, श्लोक 4)

पर्वत में कितने ऊँट

ऊँटों के झुण्ड का चतुर्थांश या $\frac{1}{4}$ जंगल में दिखाई दिया। उस समूह के वर्गमूल का दुगुना पर्वत की चोटी पर जाकर बैठा। शेष 5 × 3 = 15 ऊँट नदी के तट पर थे। बताओ कुल कितने ऊँट थे[1]?

प्रश्नानुसार—

$$x = \frac{1}{4}x + 2\sqrt{x} + 15 \Rightarrow x - \frac{x}{4} - 2\sqrt{x} = 15$$

$$\Rightarrow \frac{3}{4}x - 2\sqrt{x} = 15 \Rightarrow x - \frac{8}{3}\sqrt{x} = 20$$

$$\Rightarrow \left(\sqrt{x}\right)^2 - \frac{8}{3}\sqrt{x} = 20$$

इस रीति से पूर्व सदृश समीकरण प्राप्त करने के पश्चात् पूर्वोक्त विधि से x. का मान 36 प्राप्त करते हैं।

भारतीय बीजगणित में ऐसे भी उदाहरण हैं, जिसमें ज्ञात राशि (c) ऋणात्मक है। इसमें पूर्वोक्त रीति को कार्यशील करने हेतु कुछ रोचक प्रश्न इस प्रकार है—

जंगल में कितने बन्दर

किसी वन में बन्दरों के समूह के अष्टम अंश के वर्ग के बराबर प्रेमासक्त होकर आलाप कर रहा था। शेष 12 बन्दर आपसी फूत्कार के साथ नाद-प्रतिनाद से प्रसन्न दीख रहे थे। कुल कितने बन्दर थे[2]?

---

1. दृष्टोऽटव्यामुष्ट्रयूथस्य पादो, मूले च द्वे शैलसानौ निविष्टे।
उष्ट्रास्त्रिघ्ना: पञ्च नद्यास्तु तीरे, किं तस्य स्यादुष्ट्रकस्य प्रमाणम्।।
(गणितसार-संग्रह, श्लोक 34)

2. वनान्तराले प्लवगाष्टभाग: संवर्गितो वल्गति जातराग:।
फूत्कारनादप्रतिनादहृष्टा दृष्टा गिरौ द्वादश ते कियन्त:।।
(भास्करीय बीजगणित, अव्यक्त-वर्गादि-समीकरण, उदा. श्लोक 8)

यहाँ प्रश्नानुसार $\rightarrow x = \left(\frac{x}{8}\right)^2 + 12$

द्विघात समीकरण का रूप $\rightarrow x^2 - 64x = -768$

पूर्वोक्त विधि से हल करने पर $\rightarrow x = \frac{64}{2} \pm \sqrt{256}$

$\therefore x = 48$ या 16

इस विषय का एक अन्य रोचक उदाहरण इस प्रकार है—

कन्दरा और पेड़ में कितने बन्दर

समुदाय के पञ्चमांश में 3 घटाने से जो शेष उसके वर्ग के तुल्य बन्दर कन्दरा में चले गए तथा १ बन्दर पेड़ की शाखा में चढ़ा दिखाई दिया। कुल कितने बन्दर थे[1]?

यहाँ प्रश्नानुसार $\rightarrow x = \left(\frac{x}{5} - 3\right)^2 + 1$

द्विघाती बहुपद का रूप $\rightarrow x = \left(\frac{x}{5}\right)^2 - 2 \times \frac{x}{5} \times 3 + 3^2 + 1$

अथवा $\rightarrow x = \frac{x^2}{25} - \frac{6x}{5} + 10$

$$\Rightarrow x^2 - 30x + 250 = 25x$$

$$\Rightarrow x^2 - 55x + 250 = 0$$

$$\Rightarrow x^2 - 55x = -250$$

इसे हल करने पर $\rightarrow x = \pm\sqrt{\frac{2025}{4}} + \frac{55}{2} \Rightarrow \pm\frac{45}{2} + \frac{55}{2}$

$$\Rightarrow x = 50 \text{ या } 5$$

---

1. यूथात् पञ्चांशकस्त्र्यूनो वर्गितो गह्वरं गतः।
दृष्टः शाखामृगः शाखामारूढो वद ते कति।
(भास्करीय बीजगणित, अव्यक्त-वर्गादि-समीकरण, उदा. श्लोक 9, पृ. 237)

गणित के महान् विद्वान् महावीराचार्य ने इन समीकरणों के लिये अनेक उपभेदों के अन्तर्गत नियम बताते हुए अनेक रोचक उदाहरण प्रस्तुत किये हैं। उन्होंने उपरिलिखित प्रकार के उपभेद को इस प्रकार प्रस्तुत किया है—

ऊनाधिकांश वर्ग जाति

इसमें किसी अज्ञात संख्या से गुणित भिन्न संख्या में कोई संख्या संयुक्त अथवा उससे व्यवकलित होकर उसका वर्ग अंकित होता है। इसके लिये उन्होंने अलग स्पष्ट नियम बताए हैं[1]—

इस प्रकार के समीकरण इस आकार के बनते हैं—

$$x - \left(\frac{p}{q}x \mp b\right)^2 - c = 0$$

स्पष्टत: इन समीकरणों में द्विपद के वर्ग में कोई ज्ञात राशि युक्त या उससे व्यवकलित होती है। इन्हें द्विघात समीकरण का रूप देकर पूर्वोक्त विधि से आसानी से हल किया जा सकता है। इस उपभेद का एक प्रश्न इस प्रकार है—

जंगल में कितने हाथी

हाथियों का एक झुण्ड जो कि पूरे झुण्ड $\frac{1}{10}$ *ऋण* 2 *तथा उसी राशि के गुणित के समतुल्य है, वह एक जंगल में देखा गया। शेष हाथी जो* 6 *के वर्ग के समतुल्य थे, वे पर्वत पर विचरण कर रहे थे। कुल कितने हाथी थे*[2]*?*

---

1. स्वांशकभक्तहरार्धं न्यूनयुगधिकोनितं च तद् वर्गात्।
न्यूनाधिकवर्गाग्रान्मूलं स्वर्णं फलं पदेऽशहृतम्॥
(गणितसार-संग्रह, प्रकीर्णक-व्यवहार, श्लोक 6)

2. अनेकपानां दशमो द्विवर्जित: स्वसंगुण: क्रीडति सल्लकीवने।
चरन्ति षड्वर्गमिता गजा गिरौ कियन्त एतेऽत्र भवन्ति दन्तिन:॥
(गणितसार-संग्रह, श्लोक 63)

प्रश्नानुसार समीकरण $\rightarrow x = \left(\frac{1}{10}x - 2\right)^2 + 6^2$

$$\Rightarrow \frac{x^2}{100} - \frac{2x}{5} + 40$$

अत: द्विघात समीकरण का रूप $\rightarrow x^2 - 140x = -4000$

पूर्वोक्त विधि से $\rightarrow x = 100$ अथवा 40

एक अन्य रोचक उदाहरण इस प्रकार है—

जंगल में कितने मोर

मोरों का एक झुण्ड जो कि पूरे झुण्ड के $\frac{1}{15}$ *प्लस* 2 *के उसी राशि से गुणित के समतुल्य है, वे जामुन के पेड़ पर दिखाई दिये। झुण्ड के अन्य अभिमानी मोर जो कि* 2 *के वर्गगुणित* 5 $(2^2 \times 5 = 20)$ *के समतुल्य थे, वे आम के वृक्ष पर दिखाई दिये। कुल कितने मोर थे*[1]?

प्रश्नानुसार समीकरण $\rightarrow x = \left(\frac{x}{15} + 2\right)^2 + 20$

$$\Rightarrow x = \frac{x^2}{225} + \frac{4x}{15} + 24$$

द्विघात समीकरण का रूप $\rightarrow x^2 - 165x = -5400$

$$x = \pm\sqrt{1406.25} + 82.5$$

$= +37.5 + 82.5 = 120$ मोर अथवा $= -37.5 + 82.5 = 45$ मोर

---

1. जम्बू-वृक्षे पञ्च दशांशो द्वियुक्त: स्वेनाभ्यस्त: कोकिलस्य द्विकृतिघ्न:।
पञ्चाप्यन्ये मत्तमयूरास्सहकारे रंम्यन्ते मित्र वदैषां परिमाणम्॥
(गणितसार-संग्रह, श्लोक 64)

इस प्रसंग का एक अन्य उदाहरण इस प्रकार है—

जंगल में कितनी भैंसें

कुल भैंसों के अष्टम अंश में से 1 कम का वर्ग वन में घूम रही हैं तथा 15 अन्य भैंसें घास चर रही हैं। कुल कितनी भैंसे हैं[1]?

प्रश्नानुसार समीकरण $\rightarrow x = \left(\frac{x}{8} - 1\right)^2 + 15$

द्विघात समीकरण का रूप $\rightarrow x^2 - 80x = -1024$

हल करने पर $x = 64$ अथवा 16

महावीराचार्य ने इसका एक अन्य उपभेद इस प्रकार निरूपित किया है—

शेष मूल जाति

जब किसी अज्ञात राशि के वर्गमूल गुणित कोई भिन्न संख्या हो तथा वह किसी अन्य राशि का शेष हो तो उसे शेष मूल जाति या भाग जाति के अन्तर्गत माना जाता है[2]। इसका एक उदाहरण इस प्रकार है—

आश्रम में कितने तपस्वी

हिंस्र प्राणियों से विरहित, अनेक वृक्षों से सुशोभित उद्यान में विराजमान कुल तपस्वियों (g) *के वर्गमूल जितने तपस्वी वृक्षों के नीचे योगसाधना में लीन थे। शेष का* $\frac{1}{10}$, *पुनः शेष का* $\left(\frac{9}{10} \cong f\right)$ *वर्गमूल,*

---

1. महीषीणामष्टांशो व्येको वर्गीकृतो वने रमते।
पञ्चदशादौ दृष्टास्तृणं चरन्त्यः कियन्त्यस्ताः।। (गणितसार-संग्रह, श्लोक 62)

2. पददलवर्गयुताग्रान् मूलं स प्राक् पदार्धमस्य कृतिः।
दृश्ये मूलं प्राप्ते फलमिह भागं तु भाग-जाति-विधिः।।
(गणितसार-संग्रह, प्रकीर्णक-व्यवहार, श्लोक 40)

पुनः शेष का $\frac{1}{9}$, *पुनः शेष का* $\left(\frac{8}{9} \cong e\right)$ *वर्गमूल, पुनः शेष का* $\frac{1}{8}$, *पुनः शेष का* $\left(\frac{7}{8} \cong d\right)$ *वर्गमूल, पुनः शेष का* $\frac{1}{7}$, *पुनः शेष का* $\left(\frac{6}{7} \cong c\right)$ *वर्गमूल, पुनः शेष का* $\frac{1}{6}$, *पुनः शेष* $\left(\frac{5}{6} \cong b\right)$ *का वर्गमूल, पुनः शेष का* $\frac{1}{5}$, *पुनः शेष का* $\left(\frac{4}{5} \cong a\right)$ *वर्गमूल—ये उन तपस्वियों के* 12 *खण्ड थे जो काव्य, प्रवचन, धर्म, प्रमाण, राजनीति, विद्या, वाद, छन्द, ज्योतिष, मन्त्र, अलंकार तथा शब्दशास्त्र इन* 12 *भेद वाले शास्त्रों में कुशल थे। इनके अलावा* 12 *मुनि और थे। बताओ वह कुल कितने मुनियों की सभा थी*[1]*?*

इसे हल करने के लिये विलोम-विधि के उपाय से तथा वर्ग-समीकरण का आकार प्राप्त करके उस सूत्र का उपयोग करते हुए अन्तिम ज्ञात संख्या द्वारा पूर्व वर्गमूल संख्या तथा शेष संख्याओं का ज्ञान करते हुए अन्ततः सम्पूर्ण संख्या का परिज्ञान करते हैं। यथा—

प्रश्नानुसार—

$$\text{(I) } a - \sqrt{a} = 12 \quad \text{अतः} \quad a = (a - 12)^2$$

$$\Rightarrow a = a^2 - 24a + 144 \Rightarrow a^2 - 25a = -144$$

---

1. निर्जन्तुकप्रदेशे नानाद्रुमषण्डमण्डितोद्याने।
आसीनानां यमिनां मूलं तरुमूलयोगयुतम्।।
शेषस्य दशमभागो मूलं 'नवमोऽथ मूलमष्टांशः।
मूलं सप्तममूलं षष्ठो मूलं च पञ्चमो मूलम्।।
एते भागः काव्यप्रवचनधर्मप्रमाणनयविद्याः।
वादच्छन्दोज्योतिषमन्त्रालङ्कारशब्दज्ञाः।।
द्वादश तपः प्रभावा द्वादशभेदांगशास्त्रकुशलधियः।
द्वादश मुनयो दृष्टा कियती मुनिचन्द्रयतिसमितिः।।
(गणितसार–संग्रह, प्रकीर्णक-व्यवहार, श्लोक 41 से 45)

इसे हल करने पर—

$$a = 16, \text{ अतः } \frac{4}{5} \cong 16, \text{ अतः } 1 \cong \frac{16 \times 5}{4} = 20$$

अब प्रश्नानुसार—

$$\text{(II) } b - \sqrt{b} = 20 \Rightarrow b^2 - 41b = -400$$

इसे हल करने पर—

$$b = 25, \text{ अतः } \frac{5}{6} \cong 25, \text{ अतः } 1 \cong \frac{25 \times 6}{5} = 30$$

$$\text{(III) } c - \sqrt{c} = 30 \Rightarrow c^2 - 61c = -900$$

हल करने पर—

$$c = 36, \text{ अतः } \frac{6}{7} \cong 36, \text{ अतः } 1 \cong \frac{36 \times 7}{6} = 42$$

$$\text{(IV) } d - \sqrt{d} = 42 \Rightarrow d^2 - 85d = -1764$$

हल करने पर—

$$d = 49, \text{ अतः } \frac{7}{8} \cong 49, \text{ अतः } 1 \cong \frac{49 \times 8}{7} = 56$$

$$\text{(V) } e - \sqrt{e} = 56 \Rightarrow e^2 - 113e = -3136$$

हल करने पर—

$$e = 64, \text{ अतः } \frac{8}{9} \cong 64, \text{ अतः } 1 \cong \frac{64 \times 9}{8} = 72$$

$$\text{(VI) } f - \sqrt{f} = 72 \Rightarrow f^2 - 145f = -5184$$

हल करने पर—

$$f = 81, \text{ अतः } \frac{9}{10} \cong 81, \text{ अतः } 1 \cong \frac{81 \times 10}{9} = 90$$

$$\text{(VII) } g - \sqrt{g} = 90 \Rightarrow g^2 - 181g = -8100$$

हल करने पर— $g = 100$

इस प्रकार कुल तपस्वी (g) 100 के वर्गमूल = 10 तपस्वी योगसाधना में लीन थे। इनके अलावा $\frac{90}{10} = 9$, $\sqrt{81} = 9$, $\frac{72}{9} = 8$, $\sqrt{64} = 8$, $\frac{56}{8} = 7$, $\sqrt{49} = 7$, $\frac{42}{7} = 6$, $\sqrt{36} = 6$, $\frac{30}{6} = 5$, $\sqrt{25} = 5$, $\frac{20}{5} = 4$, $\sqrt{16} = 4$ ये 12 खण्ड विविध शास्त्रों में कुशल तपस्वी थे। इनके अलावा 12 मुनि और थे।

इस प्रकार $10 + 9 + 9 + 8 + 8 + 7 + 7 + 6 + 6 + 5 + 5 + 4 + 4 + 12 = 100$ तपस्वियों की कुल संख्या प्राप्त होती है।

इस उपभेद के अन्तर्गत एक अन्य प्रश्न इस प्रकार है—

पर्वत में कितने हाथी

हाथियों के एक झुण्ड के वर्गमूल का $5\frac{1}{4}$ *गुना पर्वत की चोटी में रमण कर रहा है। शेष का* $\frac{5}{9}$ *अन्य पर्वत शिखर पर है। शेष के वर्गमूल का 5 गुना कमल वन में भ्रमण कर रहा है। शेष 6 हाथी नदी के तट पर भ्रमण कर रहे हैं। कुल कितने हाथी हैं*[1]*?*

प्रश्नानुसार इसका समीकरण—

$$x - \frac{21}{4}\sqrt{x} - \frac{5}{9}\left(x - \frac{21}{4}\sqrt{x}\right)$$

$$- 5\sqrt{\left\{x - \frac{21}{4}\sqrt{x} - \frac{5}{9}\left(x - \frac{21}{4}\sqrt{x}\right)\right\}} = 6$$

---

1. मूलानि पञ्च चरणेन युतानि सानौ, शेषस्य पञ्च नवमः करिणां नगाग्रे।
मूलानि पञ्च सरसीजवने रमन्ते, नद्यास्तटे षडिह ते द्विरदाः कियन्तः।।
(गणितसार-संग्रह, प्रकीर्णक-व्यवहार, श्लोक 46)

तृतीय अंश को y मानने पर—

$$\left(\sqrt{y}\right)^2 - 5\sqrt{y} = 6$$

पूर्वोक्त सूत्रानुसार—

$$\sqrt{y} = \frac{5}{2} + \sqrt{6 + \left(\frac{5}{2}\right)^2} = 6$$

$$\Rightarrow y = 6^2 = 36$$

अब $x - \frac{21}{4}\sqrt{x} - \frac{5}{9}\left(x - \frac{21}{4}\sqrt{x}\right) = 36$

$$\Rightarrow x - \frac{21}{4}\sqrt{x} - \frac{5}{9}x + \frac{5}{3} \times \frac{7}{4}\sqrt{x} = 36$$

$$\Rightarrow x - \frac{21}{4}\sqrt{x} - \frac{5}{9}x + \frac{35}{12}\sqrt{x} = 36$$

$$\Rightarrow x - \frac{5}{9}x - \frac{21}{4}\sqrt{x} + \frac{35}{12}\sqrt{x} = 36$$

$$\Rightarrow \frac{4}{9}x - \frac{7}{3}\sqrt{x} = 36 \Rightarrow x - \frac{21}{4}\sqrt{x} = 81$$

इसे पूर्व सूत्रानुसार हल करने पर x का मान 144 प्राप्त करते हैं। अभी तक ऐसे द्विघात समीकरणों का वर्णन है, जिनमें $a = 1$ है। जहाँ $a = 1$ से इतर संख्या हो, उसके लिये भास्कराचार्य ने इस प्रकार कहा है—

न निर्वहेच्चेद् घनवर्गवर्गेष्वेवं तदा ज्ञेयमिदं स्वबुद्ध्या।

(भास्करीय बीजगणित, अव्यक्त-वर्गादि-समीकरण, श्लोक 2)

इसका आशय यह है कि जहाँ a = किसी संख्या का वर्ग या घन होती है, वहाँ पूर्वोक्त अनुसार $\left(\frac{b}{2}\right)^2$ जोड़ने से द्वितीय पक्ष पूर्ण वर्ग नहीं बनता, वहाँ अपने विवेक से ऐसी संख्या जोड़नी चाहिये जिससे व्यक्त पक्ष पूर्ण वर्ग बने[1]।

इस प्रकार के भास्करीय बीजगणित के वे उदाहरण[2] प्रतीत होते हैं, जिन्हें हल करने पर इस प्रकार का बीजगणितीय समीकरण प्राप्त होता है—

$$9x^2 + 12x = 60$$

यहाँ $\left(\frac{b}{2}\right)^2$ अर्थात् 6^2 जोड़ने से सही उत्तर प्राप्त नहीं हो सकता। अतः गणितीय विवेक का उपयोग करते हुए निम्न क्रम से अन्त में यह संख्या योजनीय होती है—

$$9x^2 + 12x = 60 \quad \Rightarrow (3x)^2 + 12x = 60$$

$$\Rightarrow (3x)^2 + 2 \times 2 \times 3x + 2^2 = 60 + 4$$

इन उदाहरणों में भास्कराचार्य का 'गणितीय विवेक' उनका वह सर्वसमिका का सूत्र है (खण्डद्वयस्याभिहतिर्द्विनिघ्नी, लीलावती श्लोक 9) जिसके अनुसार द्विघाती बहुपद पूर्ण वर्ग का रूप धारण करता है। इस प्रकार उस सर्वसमिका के नियन्त्रण के अनुसार किसी संख्या को जोड़ कर समीकरणों का हल प्राप्त करना चाहिये।

---

1. अथ यद्येवं कृते घनवर्गादिषु सत्सु कथञ्चिदव्यक्तपक्षमूलाभावात् क्रिया न निर्वहति तदा बुद्ध्यैवाव्यक्तमानं ज्ञेयम्। यतो बुद्धिरेव पारमार्थिकं बीजम्—उक्त श्लोक पर संस्कृत व्याख्या।
2. कः स्वार्धसहितो राशिः खगुणो वर्गितो युतः।
स्वपदाभ्यां खभक्तश्च जातः पञ्चदशोच्यताम्।।
(भास्करीय बीजगणित, अव्यक्त-वर्गादि-समीकरण, उदा. श्लोक 5)

इस प्रकार के समीकरणों के लिये व्यापक उपाय यह है कि दोनों पक्षों को $\frac{1}{a}$ से गुणित करके पूर्ण वर्ग का स्वरूप प्रदान किया जावे। इस प्रकार $a = 1$ हो जावेगा। पिछले अध्याय पृ. 55 में लीलावती के इस नियम का वर्णन है। भास्करीय बीजगणित अव्यक्त वर्गादि समीकरण श्लोक 1-3 तथा उसकी वासना व्याख्या में संकेत से इन संक्रियाओं को सम्मिलित करते हुए पूर्ण वर्ग बनाने हेतु दोनों पक्षों में $\left(\frac{b}{2a}\right)^2$ अथवा $\frac{b^2}{4a^2}$ जोड़ने का निर्देश है। इस प्रकार भारतीय गणित में वर्ग-समीकरण के हल के लिये दो प्रकार के सूत्रों का आविष्कार हुआ। उपर्युक्त विवरणों के अनुशीलन से प्राप्त प्रथम भास्कराचार्य के व्यापक सूत्र को प्रकट करते हैं—

1. दोनों पक्षों को $\frac{1}{a}$ से गुणित करके पूर्ण वर्ग बनाते हुए वर्ग-समीकरण का सूत्र—

$$ax^2 \pm bx = c \Rightarrow x^2 \pm \frac{b}{a}x = \frac{c}{a}$$

$$\Rightarrow x^2 \pm \frac{b}{a}x + \left(\frac{b}{2a}\right)^2 = \frac{c}{a} + \left(\frac{b}{2a}\right)^2$$

$$\Rightarrow \left(x \pm \frac{b}{2a}\right)^2 = \frac{c}{a} + \left(\frac{b}{2a}\right)^2$$

अत: व्यापक सूत्र→ $x = \pm\sqrt{\frac{c}{a} + \left(\frac{b}{2a}\right)^2} \mp \frac{b}{2a}$

2. दोनों पक्षों को 4a से गुणित करके पूर्ण वर्ग बनाते हुए वर्ग-समीकरण का सूत्र—

वर्ग समीकरण का सबसे समुचित वही पूर्व उल्लिखित सूत्र है, जिसे गणित के महान् विद्वान् आर्यभट ने प्रवर्तित किया तथा जिसे आगे चलकर

श्रीधराचार्य द्वारा व्यापक स्वरूप प्रदान किया गया, जिसे विश्व-गणित में स्वीकार किया गया। इसके लिये भास्कराचार्य आदि के सुझाव उतने सफल सिद्ध नहीं हो सके। **सचमुच, यह विवरण कितना सुखद है कि सभी पक्षों को 4a से गुणित करके प्राप्त किया गया आर्यभट का सूत्र सबसे सफल एवं समुचित सूत्र सिद्ध हुआ।**

आर्यभट से प्रेरणा प्राप्त करके आगे के विद्वानों ने इसे व्यापक स्वरूप प्रदान करने का उपक्रम किया। इस क्रम में ब्रह्मगुप्त का सूत्र इस प्रकार है—

वर्गचतुर्गुणितानां रूपाणां मध्यवर्गसहितानाम्।
मूलं मध्येनोनं वर्गद्विगुणोद्धृतं मध्य:।।

(ब्राह्मस्फुट-सिद्धान्त 18.44)

अर्थात् व्यक्त रूप (c) के साथ अव्यक्त वर्ग के चतुर्गुणित गुणांक (4ac) को अव्यक्त मध्य के गुणांक के वर्ग (b^2) से सहित करें या जोड़ें। इसका वर्गमूल प्राप्त करें तथा इसमें से मध्य अर्थात् b को घटावें। पुन: इस संख्या को अज्ञात वर्ग के गुणांक (a) के द्विगुणित संख्या से भाग देवें। प्राप्त संख्या ही अज्ञात राशि का मान है।

इसके पश्चात् गणित के महाविद्वान् श्रीधराचार्य ने सर्वथा स्पष्ट तथा क्रमबद्ध रीति से आर्यभट के सूत्र को व्यापक स्वरूप प्रदान किया। भास्कराचार्य ने भी इसके सर्वथा समुचित होने का अनुभव किया। अत: उन्होंने मानों अपनी कही रीति से असन्तुष्ट होकर श्रीधर के इस बहुमूल्य सूत्र को उनका नाम लेकर अविकल रूप से से उदधृत किया—

चतुराहतवर्गसमै: रूपै: पक्षद्वयं गुणयेत्।
अव्यक्तवर्गरूपैर्युक्तौ पक्षौ ततो मूलम्।।

(भास्करीय बीजगणित, अव्यक्त-वर्ग-समीकरण, पृ. 221 में उद्धृत)

अर्थात् प्रथम अव्यक्त वर्ग के चतुर्गुणित रूप या गुणांक (4a) से दोनों पक्षों के गुणांकों को गुणित करके (द्वितीय) अव्यक्त के गुणांक (b) के वर्गतुल्य रूप दोनों पक्षों में जोड़ें। पुन: द्वितीय पक्ष का वर्गमूल प्राप्त करें।

भास्कराचार्य ने इस श्लोक को श्रीधर के वर्तमान में किसी अनुपलब्ध ग्रन्थ से प्राप्त किया है। ऊपर के विवरण से प्रकट है कि ब्रह्मगुप्त ने इसके सूत्र को प्रदर्शित किया है। पर श्रीधर ने क्रमशः संक्रियाओं के पश्चात् प्राप्त होने वाले सूत्र को उपपत्तिपूर्वक निरूपित किया है।

वर्ग-समीकरण का व्यापक सूत्र

इस अनमोल सूत्र को बीजगणित की भाषा में क्रमबद्ध रूप से इस प्रकार प्रकट करते हैं—

श्रीधराचार्य द्वारा प्रोक्त नियम	बीजगणित की भाषा में क्रमिक सूत्र	पूर्वोक्त उदाहरण में सूत्र का समन्वय
द्विघात समीकरण के रूप को अन्य पक्ष में करने पर।	$ax^2 + bx + c = 0$ $ax^2 + bx = -c$	$9x^2 + 12x - 60 = 0$ $9x^2 + 12x = 60$
चतुराहत-वर्गसमै रूपैः पक्षद्वयं गुणयेत् के अनुसार चतुर्गुणित प्रथम अव्यक्त वर्ग के गुणांक (4a) से दोनों पक्षों के गुणांकों को गुणित करने पर।	$4a^2x^2 + 4abx = -4ac$	$324x^2 + 432x = 2160$
इससे सहज ही $a^2 + 2ab + b^2$ का आकार प्राप्त होता है।	$(2ax)^2 + 2(2ax)\,b + b^2$ $= b^2 - 4ac$	$(18x)^2 + 2 \times 18x \times 12 + 12^2$ $= 144 + 2160$
अतः तदनुरूप नियम। अव्यक्त-वर्ग-रूपैर्युक्तौ पक्षौ अव्यक्त के गुणांक या b के वर्गतुल्य रूप दोनों पक्षों में जोड़ें।	$(2ax)^2 + 2\,(2ax)\,b + b^2$ $= b^2 - 4ac$	$(18x)^2 + 432x + 12^2$ $= 144 + 2160$
समीकरण का यह आकार गुणनखण्डन	$(2ax + b)^2 = b^2 - 4ac$	$(18x + 12)^2 = 144 + 2160$

के द्वारा पूर्ण वर्ग का रूप धारण करता है।		
अत: द्वितीय पक्ष के भी पूर्ण वर्ग बन जाने से—ततो मूलम् द्वितीय पक्ष का वर्गमूल प्राप्त करें।	$2ax + b = \sqrt{b^2 - 4ac}$	$18x + 12 = \sqrt{144 + 2160}$

इस दशा में x का मान प्राप्त करने के लिये समीकरण के सामान्य नियम के अनुसार सहज ही यह सूत्र प्राप्त होता है—

$$x = \frac{-b + \sqrt{b^2 - 4ac}}{2a}$$

तथा— $$x = \frac{-b - \sqrt{b^2 - 4ac}}{2a}$$

यह आधुनिक गणित में मान्य सूत्र के सर्वथा अनुरूप है। इससे प्रस्तुत उदाहरण में x का मान यह प्राप्त होता है—

$$x = \frac{-12 + \sqrt{144 + 2160}}{18} = \frac{-12 + 48}{18} = \frac{36}{18} = 2$$

दोनों सूत्रों की तुलना तथा परिणाम

उपरिलिखित दोनों सूत्रों से एक ही परिणाम प्राप्त होता है। प्रथम सूत्र अन्ततः द्वितीय सूत्र में पर्यवसित हो जाता है। इसे इस प्रकार सिद्ध करते हैं—

पूर्वोक्त उदाहरण—

$x^2 + \frac{b}{a}x + \frac{b^2}{4a^2} = \frac{b^2}{4a^2} - \frac{c}{a}$	$x^2 + \frac{12}{9}x + \frac{12^2}{4 \times 9^2} = \frac{12^2}{4 \times 9^2} + \frac{60}{9} = \frac{144}{324} + \frac{60}{9}$
$\Rightarrow \left(x + \frac{b}{2a}\right)^2 = \frac{b^2 - 4ac}{4a^2}$	$\Rightarrow \left(x + \frac{12}{18}\right)^2 = \frac{12^2 + 4 \times 9 \times 60}{4 \times 9^2} = \frac{144 + 2160}{324}$

$\Rightarrow x + \frac{b}{2a} = \frac{\pm\sqrt{b^2 - 4ac}}{2a}$	$\Rightarrow x + \frac{12}{18} = \frac{\sqrt{12^2 + 4 \times 9 \times 60}}{2 \times 9}$
$\Rightarrow x = \frac{-b \pm\sqrt{b^2 - 4ac}}{2a}$	$\Rightarrow x = \frac{-12 + \sqrt{12^2 + 4 \times 9 \times 60}}{2 \times 9}$
	$= \frac{-12 + \sqrt{144 + 2160}}{18}$
	$= \frac{-12 + 48}{18} = \frac{36}{18} = 2$

इस प्रकार दोनों सूत्रों का परिणाम एक ही है। पर आर्यभट या श्रीधर का सूत्र श्रेष्ठ है। इस सूत्र के अनुसार दोनों पक्षों में भिन्न संख्या के वर्ग की नहीं, अपितु पूर्णांक के वर्ग के समावेश की आवश्यकता होती है। अलग-अलग परिस्थितियों में भास्कराचार्य की सलाह के अनुसार अलग-अलग 'गणितीय विवेक' के प्रयोग की भी अपेक्षा नहीं होती। आर्यभट की सलाह के अनुसार पक्षों को 4a से गुणित करने पर a गुणांक $(2a)^2$ में बदल जाता है, जिसका पूर्णांक में वर्गमूल प्राप्त किया जा सकता है। इस प्रकार $4a \times ax^2 = (2ax)^2$ बन जाता है। इस दशा में $4a \times ax^2 + 4a \times bx = (2ax)^2 + 2 \times 2ax \times b$ का रूप धारण कर लेता है। अब इसे पूर्ण वर्ग बनाने हेतु पूर्णांक में b^2 को जोड़ने की आवश्यकता होती है। पूर्व सूत्रानुसार भिन्न संख्या के वर्ग की नहीं। इस प्रकार सूत्र में भास्कराचार्य के भिन्न संख्या के वर्ग के समावेश की अपेक्षा आर्यभट के 4a के गुणन के द्वारा पूर्णांक में b^2 का समावेश अधिक सुविधाजनक है। इससे सिद्ध है आर्यभट गणित के क्षेत्र में अपने समय से शताब्दियों आगे चल रहे थे। इसीलिये विश्व-गणित में आर्यभट के सूत्र को मान्यता प्रदान की गई है।

महावीराचार्य ने इस प्रकार के विशिष्ट समीकरणों के लिये 'अंशमूल जाति' के अन्तर्गत पूर्वोक्त सूत्र को प्रस्तुत किया है। इस प्रसंग में उन्होंने ऐसे उदाहरण दिये हैं, जिनमें सुदीर्घ समीकरणों की आवश्यकता होती है। ऐसा एक उदाहरण इस प्रकार है—

पर्वत में कितने शूकर

एक शूकर-समूह क्रोडौघ के आधे के वर्गमूल के चौगुने शूकरों ने चीतों से विक्रीडित वन में प्रवेश किया। शेष के $\frac{1}{10}$ *के वर्गमूल के 8 गुने शूकर पर्वत पर चढ़ गए। पुन: शेष के आधे के वर्गमूल के 9 गुने नदी तट पर पहुँचे। शेष* $7 \times 8 = 56$ *अलग से देखे गए। शूकरों की कुल संख्या क्या है*[1]*?*

प्रश्न को पहले बीजगणितीय भाषा में समीकरण का रूप देते हैं—

$$x - 4\sqrt{\frac{x}{2}} - 8\sqrt{\frac{x - 4\sqrt{\frac{x}{2}}}{10}} - 9\sqrt{\frac{x - 4\sqrt{\frac{x}{2}} - 8\sqrt{\frac{x - 4\sqrt{\frac{x}{2}}}{10}}}{2}} = 56$$

यहाँ तृतीय खण्ड् को y मानकर समीकरण का यह आकार प्राप्त करते हैं—

$$2y - 9\sqrt{y} - 56 = 0$$

$$2y - 9\sqrt{y} = 56 \Rightarrow y - \frac{9}{2}\sqrt{y} = 28$$

इसे सूत्रानुसार हल करने पर y का मान 64 प्राप्त होता है। इस प्रकार—

$$\frac{x - 4\sqrt{\frac{x}{2}} - 8\sqrt{\frac{x - 4\sqrt{\frac{x}{2}}}{10}}}{2} = 64 \text{ अत:—}$$

---

1. क्रौडौघार्धचतु:पदानि विपिनं शार्दूलविक्रीडितम्
प्रापुश्शेष-दशांशमूलयुगलं शैलं चतुस्ताडितम्।
शेषार्धस्य पदं त्रिवर्गगुणितं वप्रं वराहा वने
दृष्टास्सप्तगुणाष्टकप्रमितयस्तेषां प्रमाणं वद।।
(गणितसार-संग्रह, अंशमूलजाति, श्लोक 56)

$$x - 4\sqrt{\frac{x}{2}} - 8\sqrt{\frac{x - 4\sqrt{\frac{x}{2}}}{10}} = 128$$

अब $\dfrac{x - 4\sqrt{\frac{x}{2}}}{10} = z$ मानने पर समीकरण—

$$10z - 8\sqrt{z} = 128$$

इसे हल करने पर $z = 16$ प्राप्त करते हैं। अत:—

$$\frac{x - 4\sqrt{\frac{x}{2}}}{10} = 16 \quad \therefore x - 4\sqrt{\frac{x}{2}} = 160$$

$\sqrt{\frac{x}{2}} = a$ मानने पर समीकरण— $2a^2 - 4a = 160$

इसे हल करने पर— $a = 10$

अत: $x = 2 \times 10^2 = 200$ कुल शूकर

इसमें से $4\sqrt{\frac{200}{2}} = 40$ शूकरों ने वन में प्रवेश किया।

शेष $200 - 40 = 160 \therefore \frac{160}{10} = 16$

$8\sqrt{16} = 32$ शूकर पर्वतं पर चढ़े।

शेष $160 - 32 = 128 \therefore \frac{128}{2} = 64$

$9\sqrt{64} = 72$ शूकर नदी तट पर दिखे।

इनके अलावा शेष अन्य 56 शूकर होने से कुल 200 संख्या प्राप्त होती है।

सप्तम अध्याय

अनेक-वर्ण-समीकरण या दो चर वाले रैखिक निश्चित समीकरण

प्राचीन बीज गणित में अनेक चर वाले समीकरणों का भी विस्तार से अध्ययन किया गया है। इनमें से कुछ समीकरणों को ब्रह्मगुप्त ने संक्रमण या विषम-कर्म नाम प्रदान किया है। इनके अन्तर्गत 'समीकरण-निकाय' को प्रस्तुत किया जाता है। यदि दो चर या अज्ञात राशि हों तथा उन्हें हल करने के लिये दो समीकरणों का उपयोग हो तो निश्चित हल प्राप्त होता है। अतः इनके अन्तर्गत प्रस्तुत विधियों से निश्चित समीकरण प्राप्त करते हुए एक सुनिश्चित हल उपलब्ध होता है।

संक्रमण का नियम
(Rule of Transition)

इस नियम के द्वारा दो चर वाली राशि के मान का संक्रमण एक चर के मान में कर दिया जाता है। इस प्रकार इसका यह नाम सार्थक है। प्राचीन बीजगणित में इसके छोटे-छोटे उपभेदों को रखते हुए उनके अलग-अलग प्रकार के नियम बताए हैं। उन्हें समीकरण के कुछ सामान्य सुनिश्चित नियमों के अन्तर्गत समाहृत किया जा सकता है। वास्तव में इन सामान्य नियमों से ही प्राचीन अलग-अलग नियमों की उपपत्ति या प्रतिष्ठापना सम्भव हो पाती है। यहाँ इनका क्रमशः निरूपण इस प्रकार प्रस्तुत है।

संक्रमण के प्रकार

1. महावीराचार्य के विवरण के अनुसार एक विशेष प्रकार के संक्रमण में समीकरण का यह आकार प्राप्त होता है—

$$cx + dy = a$$
$$dx + cy = b$$

इसे हल करने के लिये उनके द्वारा प्रस्तुत नियम यह है कि बड़ी राशि (d) की बड़ी गुणित राशि (b) से गुणा करने पर प्राप्त संख्या से छोटी राशि (c) की छोटी गुणित राशि (a) को घटाकर प्राप्त संख्या को तथा बड़ी राशि (d) की छोटी गुणित राशि (a) से गुणा करने पर प्राप्त संख्या से छोटी राशि (c) की बड़ी गुणित राशि (b) को घटाकर प्राप्त संख्या को बड़ी संख्या के वर्ग (d^2) से छोटी संख्या के वर्ग (c^2) को घटाने पर प्राप्त संख्या से भाग देने पर क्रमशः अज्ञात अभिमत राशि प्राप्त होती है[1]।

इस नियम के अनुसार (x) तथा (y) के मान को ज्ञात करने के लिये यह सूत्र प्राप्त करते हैं—

$$x = \frac{db - ca}{d^2 - c^2}$$

$$y = \frac{da - cb}{d^2 - c^2}$$

इसके अनुसार हल करने के लिये एक समीकरण इस प्रकार है—

$$\overset{c}{5}x + \overset{d}{7}y = \overset{a}{101}$$

$$\overset{d}{7}x + \overset{c}{5}y = \overset{b}{103}$$

इस सूत्र के प्रयोग से इसका मान सर्वथा स्पष्ट है—

$$x = \frac{7 \times 103 - 5 \times 101}{49 - 25} = \frac{721 - 505}{24} = \frac{216}{24} = 9$$

1. ज्येष्ठघ्नमहाराशेर्जघन्यफलताडितोनमपनीय।
फलवर्गशेषभागो ज्येष्ठार्धोऽन्यो गुणस्य विपरीतम्।।　　(गणितसार-संग्रह, 5.139)

$$y = \frac{7 \times 101 - 5 \times 103}{49 - 25} = \frac{707 - 515}{24} = \frac{192}{24} = 8$$

गुणांकों को बराबर करने वाली व्यापक विधि से यह प्रश्न सर्वथा समाधेय है तथा इससे यह भी ज्ञात हो जाता है कि यहाँ उक्त क्रियाएँ क्यों करनी पड़ी हैं। इस प्रश्न में y के गुणांक को बराबर करने पर—

$$25x + 35y = 505$$
$$49x + 35y = 721$$

$$\therefore -24x = -216 \quad , \quad \text{अतः} \quad x = \frac{216}{24} = 9$$

x के गुणांकों को बराबर करने पर—

$$35x + 49y = 707$$
$$35x + 25y = 515$$

$$\therefore 24y = 192 \quad , \quad \text{अतः} \quad y = \frac{192}{24} = 8$$

2. संक्रमण के अन्य प्रकार में इस प्रकार का समीकरण प्राप्त होता है—

$$x + y = a$$
$$x - y = b$$

ब्रह्मगुप्त ने इसे हल करने का नियम इस प्रकार बताया है—

योगोऽन्तरयुतहीनो द्विहृतः संक्रमणमन्तरविभक्तं वा।

(ब्राह्मस्फुट-सिद्धान्त 18.36)

अर्थात् दो चर संख्याओं के योग तथा अन्तर से प्राप्त अचर संख्या को युत अर्थात् जोड़ कर अथवा घटा कर दो से विभाजित करे। इस संक्रमण से अज्ञात राशि का मान प्राप्त होता है।

भास्कराचार्य ने इस विधि को इन शब्दों में प्रकट किया है—

योगोऽन्तरेणोनयुतोऽर्धितस्तौ राशी स्मृतं संक्रमणाख्यमेतत्।

(लीलावती, संक्रमण विधि श्लोक १, पृ. 86)

अर्थात् योगांक (a) तथा अन्तरांक (b) को क्रमश: घटाकर तथा जोड़कर आधा करने से संक्रमण नामक राशियाँ प्राप्त होती हैं।

इसके अनुसार हम संक्रमण में x तथा y का मान प्राप्त करने के लिये यह सूत्र प्राप्त करते हैं—

$$x = \frac{1}{2} (a + b)$$

$$y = \frac{1}{2} (a - b)$$

भास्कराचार्य ने इसके लिये यह सुन्दर उदाहरण प्रस्तुत किया है—

कौन सी राशियाँ

हे वत्स! अगर तुम संक्रमण विधि जानते हो तो जिन राशियों का योग 101 *है तथा अन्तर* 25 *है, उन दोनों राशियों को बताओ*[1]?

यहाँ पूर्वोक्तानुसार निम्न संक्रियाएँ करते हैं—

योगांक तथा अन्तरांक का जोड़→ 101 + 25 = 126

दो से विभाजन→ $\frac{125}{2} = 63$ पहली राशि

योगांक तथा अन्तरांक का व्यवकलन→ 101 − 25 = 76

दो से विभाजन→ $\frac{76}{2} = 38$ दूसरी राशि

यह सही है; क्योंकि 63 + 38 = 101 तथा 63 − 38 = 25

यह सम्पूर्ण विधि समीकरण के सामान्य प्रयोग से आसानी से सिद्ध है—

---

1. ययोर्योग: शतं सैकं वियोग: पञ्चविंशति:।
तौ राशी वद मे वत्स वेत्सि संक्रमणं यदि।।
(लीलावती, संक्रमण विधि, उदा. श्लोक १)

उदाहरण—

$x + y = a, x - y = b$	$x + y = 101, x - y = 25$
$(x + y) + (x - y) = a + b$	$(x + y) + (x - y) = 101 + 25$
$x + x = a + b$	$x + x = 101 + 25$
$2x = a + b$	$2x = 101 + 25$
$x = \frac{a + b}{2}$	$x = \frac{101 + 25}{2} = \frac{126}{2} = 63$

इसी प्रकार—

$$(x + y) - (x - y) = a - b$$

$$x + y - x + y = a - b$$

$\Rightarrow y + y = a - b$	$y + y = 101 - 25$
$y = \frac{a - b}{2}$	$y = \frac{101 - 25}{2} = \frac{76}{2} = 38$

इस प्रकार हमने ठीक वही सूत्र प्राप्त कर लिया है जिसका ऊपर उल्लेख किया गया है।

तृतीय प्रकार—गणित सार-संग्रह में इसके एक अन्य प्रकार का उल्लेख किया गया है[1]। इसके समीकरण का यह आकार होता है—

$$x^2 + y^2 = a$$

$$xy = b$$

इसके लिये प्रस्तुत ग्रन्थ के लेखक महावीराचार्य का नियम यह है कि अज्ञात राशि के वर्ग योगांक (a) में द्विगुणित अवर्ग योगांक (b) जोड़े या उसमें से इसे घटावें। इन दोनों का वर्गमूल प्राप्त करें। पुनः इन वर्गमूलित राशियों को जोड़कर या घटाकर दो से भाग देने पर अज्ञात राशियों का मान प्राप्त होता है।

इसके अनुसार ऐसे समीकरणों के लिये हमें यह सूत्र प्राप्त होता है—

---

1. गणितसार-संग्रह 7.127

$$x = \frac{1}{2}\left(\sqrt{a + 2b} + \sqrt{a - 2b}\right)$$

$$y = \frac{1}{2}\left(\sqrt{a + 2b} - \sqrt{a - 2b}\right)$$

इस विधि की उपपत्ति समीकरण की संक्रियाओं से सर्वथा सिद्ध है। इसे एक उदाहरण के साथ प्रस्तुत करते हैं—

$$x^2 + y^2 = a = 1282$$

$$xy = b = 609$$

$$x^2 + y^2 + 2xy = a + 2b = 1282 + 2 \times 609$$

$$\Rightarrow (x + y)^2 = a + 2b = 1282 + 1218 = 2500$$

$$(x - y)^2 = a - 2b = 1282 - 1218 = 64$$

$$\Rightarrow x + y = \sqrt{a + 2b} = \sqrt{2500}$$

$$x - y = \sqrt{a - 2b} = \sqrt{64}$$

$$\Rightarrow (x + y) + (x - y) = \sqrt{a + 2b} + \sqrt{a - 2b} = 50 + 8$$

$$x + x = 2x = \sqrt{a + 2b} + \sqrt{a - 2b} = 50 + 8$$

$$x = \frac{\left(\sqrt{a + 2b} + \sqrt{a - 2b}\right)}{2} = \frac{58}{2} = 29$$

इसी प्रकार—

$$2y = \sqrt{a + 2b} - \sqrt{a - 2b} = 50 - 8 = 42$$

$$y = \frac{\left(\sqrt{a + 2b} - \sqrt{a - 2b}\right)}{2} = \frac{42}{2} = 21$$

इस उपाय से हमने पुनः वही सूत्र प्राप्त कर लिया है, जिसका महावीराचार्य द्वारा उल्लेख किया गया है।

4. **विषम-कर्म**—इसके अन्तर्गत प्रायः दो चर वाले ऐसे समीकरणों का वर्णन है, जिन्हें सामान्य विधि से या प्रतिस्थापन विधि से एक

चर में बदल कर उसके मान को प्राप्त किया जा सकता है अथवा इन्हें द्विघात समीकरण के आकार में परिवर्तित करके उसके सूत्र द्वारा उसका मान जाना जा सकता है।

इसके एक प्रकार के अन्तर्गत अज्ञात वर्ग संख्या तथा अवर्ग संख्या के व्यवकलन के आधार पर इस प्रकार के समीकरण बनते हैं—

$$x^2 - y^2 = a$$

$$x - y = b$$

ब्रह्मगुप्त ने इसे हल करने का नियम इस प्रकार बताया है—

वर्गान्तरमन्तरयुतहीनं द्विहृतं विषम-कर्म।

(ब्राह्मस्फुट-सिद्धान्त 18.36)

अर्थात् अज्ञात राशि के वर्ग के अन्तर (a) को (अवर्ग राशि के अन्तर (b) से भाग देवे तथा भागफल को) उस अज्ञात राशि के अन्तर (b) से जोड़े या घटावे। पश्चात् 2 से भाग देवे। इसका भागफल ही अज्ञात राशि है। इसे विषम-कर्म कहते हैं।

इस नियम में ब्रह्मगुप्त ने पूरी संक्रियाएँ स्पष्ट नहीं लिखी हैं। भास्कराचार्य ने विषम-कर्म का नाम न लेते हुए भी इसकी विधि का स्पष्ट उल्लेख किया है—

वर्गान्तरं राशिवियोगभक्तं योगस्ततः प्रोक्तवदेव राशी।

(लीलावती, संक्रमण-सूत्र 1, पृ. 87)

अर्थात् वर्गान्तर (a) को अज्ञात राश्यन्तर (b) से भाग देने पर दोनों राशियों का योग ज्ञात होता है। उसके पश्चात् पूर्वोक्त संक्रमण विधि से अज्ञात राशि का परिज्ञान होता है।

इन दोनों संक्रियाओं को मिलाने से हमें यह सूत्र प्राप्त होता है—

$$x = \frac{1}{2}\left(\frac{a}{b} + b\right) \quad , \quad y = \frac{1}{2}\left(\frac{a}{b} - b\right)$$

इसका एक उदाहरण इस प्रकार है—

कौन सी राशियाँ

हे गणितकोविद, जिन दो राशियों का अन्तर 8 है तथा उन दोनों के वर्ग का अन्तर 400 है, उन दोनों राशियों को शीघ्र बताओ[1]?

इस प्रश्न के अनुसार हमें यह समीकरण प्राप्त होता है—

$$x^2 - y^2 = \overset{(a)}{400}$$

$$x - y = \overset{(b)}{8}$$

यहाँ दोनों अज्ञात राशियों का योग नहीं बताया गया है। अत: भास्कराचार्य के अनुसार उसे ज्ञात करने के लिये—

वर्गान्तर (a) का अज्ञात राश्यन्तर (b) से भाग $\rightarrow \frac{400}{8} = 50$

यही अज्ञात अवर्ग राशि का योग है।

अत: अब यह समीकरण बनता है—

$$x + y = 50$$
$$x - y = 8$$

यह पूर्वोक्त द्वितीय संक्रमण वाले समीकरण के सर्वथा समतुल्य है। अत: पूर्वोक्त विधि के अनुसार—

$$(x + y) + (x - y) = 50 + 8$$

$$\Rightarrow 2x = 58 \quad , \quad 2y = 42$$

$$\Rightarrow x = \frac{58}{2} = 29 \quad , \quad y = \frac{42}{2} = 21$$

---

1. राश्योर्ययोर्वियोगोऽष्टौ तत्कृत्योश्च चतु:शती।
विवरं वद तौ राशी शीघ्रं गणितकोविद॥
(लीलावती, संक्रमण विधि, उदा. श्लोक २, पृ. 87)

यहाँ भास्कराचार्य का यह कथन कि वर्गान्तर को अज्ञात राश्यन्तर से भाग देने पर दोनों राशियों का योग ज्ञात होता है, इसकी उपपत्ति इस प्रकार है—

$$x^2 - y^2 = (x + y)(x - y) \quad | \quad 29^2 - 21^2 = (29 + 21)(29 - 21)$$

$$\Rightarrow x + y = \frac{x^2 - y^2}{x - y} = \frac{a}{b} \quad | \quad 29 + 21 = \frac{29^2 - 21^2}{29 - 21} = \frac{400}{8}$$

इस प्रसंग में आचार्य ने प्रस्तुत गुणन खण्डन का उल्लेख नहीं किया है। अन्यत्र इसका स्पष्ट निरूपण किया गया है[1]। यहाँ इस गुणनखण्डन के बिना प्रस्तुत विधि की उपपत्ति सम्भव नहीं है। अतः मानना चाहिये कि यहाँ यह अन्तर्निहित है।

प्रतिस्थापन विधि से हम y के मान को x के पद में ज्ञात करके इसे दूसरे पक्ष में प्रतिस्थापित करते हैं। पुनः समीकरण की संक्रियाओं को करते हुए अन्त में ठीक वही सूत्र तथा परिणाम प्राप्त करते हैं—

$$x^2 - y^2 = a \quad , \quad x - y = b$$

$$\Rightarrow y = x - b \quad , \quad x = b + y$$

$$\Rightarrow x^2 - (x - b)^2 = a \quad , \quad (b + y)^2 - y^2 = a$$

$$\Rightarrow x^2 - x^2 + 2bx - b^2 = a, \quad \Rightarrow b^2 + 2by + y^2 - y^2 = a$$

$$\Rightarrow 2bx - b^2 = a \quad , \quad \Rightarrow 2by + b^2 = a$$

$$\Rightarrow 2bx = a + b^2 \quad , \quad \Rightarrow 2by = a - b^2$$

$$x = \frac{a + b^2}{2b} \quad , \quad \Rightarrow y = \frac{a - b^2}{2b}$$

$$x = \frac{a}{2b} + \frac{b^2}{2b} \quad , \quad \Rightarrow y = \frac{a}{2b} - \frac{b^2}{2b}$$

---

1. ....तयोर्योगान्तराहतिः।
वर्गान्तरं भवेदेवं ज्ञेयं सर्वत्र धीमता।।
(लीलावती, क्षेत्रव्यवहार, श्लोक 4, पृ. 174)

विस्तार के लिये देखें प्रस्तुत ग्रन्थ का तृतीय अध्याय।

$$x = \frac{a}{2b} + \frac{b}{2} \quad , \Rightarrow y = \frac{a}{2b} - \frac{b}{2}$$

$$x = \frac{1}{2}\left(\frac{a}{b} + b\right) \quad , \Rightarrow y = \frac{1}{2}\left(\frac{a}{b} -.b\right)$$

इस प्रकार पुनः वही सूत्र प्राप्त कर लिया गया है।

5. विषम-कर्म के अन्य प्रकार के अन्तर्गत एक समीकरण में अज्ञात वर्ग राशियों का तथा दूसरे में अवर्ग राशियों का योग प्रस्तुत किया जाता है। इसके सूत्र की उपपत्ति $\sqrt{2a - b^2}$ के मान को $x - y$ के मान के समकक्ष सिद्ध करके की जाती है। ऐसे प्रश्नों में इस प्रकार समीकरण-निकाय बनता है—

$$x^2 + y^2 = a$$
$$x + y = b$$

इसके लिये ब्रह्मगुप्त द्वारा प्रस्तुत नियम इस प्रकार है—

कृति-संयोगाद् द्विगुणाद्युतिवर्गं प्रोह्य शेषमूलं यत्।
तेन युतोनो योगो दलितः शेषे पृथगभीष्टे।। (ब्रा.स्फु.सि.)

अर्थात् द्विगुणित वर्ग योगांक (a) से अवर्ग योगांक (b) के वर्ग को घटाकर प्राप्त संख्या के वर्गमूल को अवर्ग योगांक (b) से जोड़े या घटाए। प्राप्त राशि को 2 से भाग देने पर अभीष्ट राशियाँ प्राप्त होती है।

इस नियम के अनुसार यह सूत्र प्राप्त होता है—

$$x = \frac{1}{2}\left(b + \sqrt{2a - b^2}\right) , \; y = \frac{1}{2}\left(b - \sqrt{2a - b^2}\right)$$

इसके लिये पूर्वोक्त अज्ञात राशियों को रखते हुए उदाहरण इस प्रकार है—

$$x^2 + y^2 = \overset{(a)}{1282} \; , \; x + y = \overset{(b)}{50}$$

पूर्वोक्त सूत्रानुसार— $x = \frac{1}{2}\left(50 + \sqrt{2564 - 2500}\right)$

$$\text{तथा— } y = \frac{1}{2}\left(50 - \sqrt{2564 - 2500}\right)$$

$$\Rightarrow x = \frac{1}{2}(50 + 8) = 29 \quad , \quad y = \frac{1}{2}(50 - 8) = 21$$

प्रस्तुत सूत्र में $\sqrt{2a - b^2}$ वस्तुत: $x - y$ का मान है। इसे इस प्रकार सिद्ध करते हैं—

$$\begin{aligned}
& 2(x^2 + y^2) - (x + y)^2 && = 2a - b^2 && 2564 - 2500 \\
\Rightarrow\ & 2x^2 + 2y^2 - x^2 - y^2 - 2xy \\
\Rightarrow\ & x^2 + y^2 - 2xy \\
\Rightarrow\ & (x - y)^2 && = 2a - b^2 && 2564 - 2500 \\
\Rightarrow\ & x - y && = \sqrt{2a - b^2} && \sqrt{2564 - 2500}
\end{aligned}$$

इसके पश्चात् पूर्वोक्त संक्रमण के नियम के अनुसार प्रस्तुत सूत्र प्राप्त किया जा सकता है।

प्रस्तुत प्रश्न को द्विघात समीकरण का आकार देकर भी उसके सामान्य सूत्र से हल किया जा सकता है। जैसे—

$$x^2 + y^2 = \overset{a}{1282} \quad \text{तथा} \quad x + y = \overset{b}{50}$$

$$\begin{aligned}
\Rightarrow\ & y = 50 - x \\
\Rightarrow\ & x^2 + (50 - x)^2 && = 1282 \\
\Rightarrow\ & x^2 + 50^2 - 2 \times 50x + x^2 && = 1282 \\
\Rightarrow\ & 2x^2 - 100x + 2500 && = 1282 \\
\Rightarrow\ & 2x^2 - 100x && = -1218 \\
\Rightarrow\ & x^2 - 50x && = -609 \\
\Rightarrow\ & x^2 - 50x + 609 = 0
\end{aligned}$$

द्विघात समीकरण के सामान्य सूत्रानुसार—

$$\frac{50 \pm \sqrt{2500 - 2436}}{2}$$

$$\Rightarrow x = \frac{50 + 8}{2} = 29 \ , \ y = \frac{50 - 8}{2} = 21$$

ब्रह्मगुप्त आदि द्वारा प्रस्तुत कुछ अन्य दो चर वाले समीकरण जिन्हें वर्ग-समीकरण के आकार में बदला जा सकता है, उन्हें षष्ठ अध्याय तथा श्रेढ़ी-व्यवहार के अध्याय में भी निरूपित किया गया है। प्राचीन ग्रन्थों में उन प्रश्नों की आवश्यकता के अनुरूप अलग-अलग सूत्र विकसित किये गए हैं। वास्तव में वे सभी वर्ग समीकरण के सामान्य सूत्र के ही अलग-अलग रूप हैं।

उपर्युक्त सभी प्रश्नों के हल के लिये प्राचीन ग्रन्थों में 'गुणांकों को बराबर करने वाली विधि' या 'प्रतिस्थापन विधि' का नाम लेकर उनका उपयोग नहीं किया गया है। यद्यपि यह सच है कि उनके उपयोग के बिना उन सूत्रों की उपपत्ति सम्भव नहीं है। अत: मानना चाहिये कि उन सूत्रों में ये विधियाँ अन्तर्निहित हैं।

दो चर वाले समीकरण का नाम लेकर समीकरण की सामान्य संक्रियाओं का उपयोग ब्रह्मगुप्त[1] भास्कराचार्य आदि ने अपने-अपने ग्रन्थों में अलग प्रसंग में किया है। इसके लिये उन्होंने कुछ अलग उदाहरण भी प्रस्तुत किये हैं। इनमें भास्कराचार्य के नियम अधिक स्पष्ट हैं। कुछ इस प्रकार हैं—

आद्यं वर्णं शोधयेदन्यपक्षादन्यान् रूपाण्यन्यतश्चाद्यभक्ते।
पदेऽन्यस्मिन्नाद्यवर्णोन्मितिः स्यात् वर्णस्यैकस्योन्मितीनां बहुत्वे॥
समीकृतच्छेदगमे तु ताभ्यस्तदन्यवर्णोन्मितयः प्रसाध्याः।
अन्त्योन्मितौ कुट्टविधेर्गुणाप्ती ते भाज्यतद्भाजकवर्णमाने॥

(भास्करीय बीजगणित, अनेक-वर्णसमीकरण, श्लोक 1-2)

अर्थ—इसके लिये समीकरण में 'आदिम वर्ण' अर्थात् पहली चर राशि का इस प्रकार शोधन करें कि एक तरफ आद्य वर्ण तथा दूसरी

1. आद्याद् वर्णादन्यान् वर्णान् प्रोह्याद्यमानमाद्यहृतम्।
सदृशच्छेदावसकृद् द्वौ व्यस्तौ कुट्टकौ बहुषु॥ (ब्राह्मस्फुट-सिद्धान्त 18.51)

ओर रूप अर्थात् व्यक्त या अचर राशि तथा आद्य वर्ण से सम्बन्धित दूसरी चर राशि रह जावे।

वर्ण या चर राशि के (दो समीकरण में) दो उन्मिति या मान प्राप्त होने पर तो समीकरण की सामान्य संक्रियाओं को करने पर अन्य पक्ष में आद्य वर्ण या पहली चर राशि का मान तथा (प्रतिस्थापन विधि से) अन्य वर्ण या दूसरी चर राशि का मान प्राप्त होगा[1]।

यदि उन दो चर राशियों का केवल एक ही अन्तिम मान प्राप्त हो तो कुट्टक विधि के द्वारा समीकरण में गुणक को भाजक चर राशि के साथ पक्षान्तरित करते हुए उनका क्रमशः (अनिश्चित) मान प्राप्त होगा।

इसके लिये एक उदाहरण इस प्रकार है—

किसके पास कितना धन

एक व्यक्ति दूसरे से कहता है कि यदि तुम अपने धन से 100/- रु. मुझे दे दो तो मैं तुमसे दूना हो जाऊँगा। दूसरा पहले से कहता है कि यदि तुम अपने से केवल 10/- रु. मुझे दे दो तो मैं तुमसे 6 गुना हो जाऊँगा। दोनों के पास कितना धन था[2]?

यहाँ अलग-अलग व्यक्तियों के कथनानुसार अलग-अलग समीकरण प्राप्त होते हैं। जैसे—

प्रथम आलाप के अनुसार→ $x + 100 = 2\ (y - 100)$

द्वितीय आलाप के अनुसार→ $6\ (x - 10) = y + 10$

---

1. ततस्तासून्मितिषु एकवर्णोन्मितयों यद्यनेकधा भवन्ति, ततस्तासां मध्ये द्वयोर्द्वयोः समीकृतच्छेदगमेनाद्यं वर्णं शोधयेदित्यादिनाऽन्यवर्णोन्मितयः स्युः—उक्त श्लोक पर वासना।

2. एको ब्रवीति मम देहि शतं धनेन
त्वत्तो भवामि हि सखे द्विगुणस्ततोऽन्यः।
ब्रूते दशार्पयसि चेन्मम षड्गुणोऽहं
त्वत्तस्तयोर्वद धने मम किं प्रमाणे।।
(भास्करीय बीजगणित, अनेक-वर्णसमीकरण, उदा. श्लोक 2)

यहाँ श्लोक की प्रथम पंक्ति के अनुसार इनसे ऐसा समीकरण प्राप्त करते हैं, जिससे एक तरफ पहली चर राशि (x) तथा दूसरी ओर अचर तथा दूसरी चर राशि हो जावें। अत:—

$$x = 2y - 300 \quad , \quad x = \frac{y + 70}{6}$$

अब 'समीकृतच्छेदगमे तु' आदि के अनुसार y वाले दोनों पक्षों की आपस में तुलना करते हैं—

$$2y - 300 = \frac{y + 70}{6} \quad , \quad \Rightarrow 12y - 1800 = y + 70$$

$$\Rightarrow 12y - y = 70 + 1800 \quad , \quad 11y = 1870$$

$$y = \frac{1870}{11} = 170$$

अत: $x = 340 - 300 = 40$

यहाँ आधुनिक विधि के अनुसार हम उपरिलिखित समीकरण-निकाय को इस प्रकार भी रख सकते हैं, जिससे एक ओर चर तथा दूसरी ओर अचर राशियाँ रह जावें। जैसे—

$$x = 2y - 300 \Rightarrow \quad x - 2y = -300$$

$$x = \frac{y + 70}{6} \quad \Rightarrow \quad 6x - y = 70$$

अब 'गुणांकों को बराबर करने वाली विधि' के द्वारा आसानी से पूर्वोक्त मान प्राप्त करते हैं।

इस समीकरण-निकाय का अद्वितीय हल प्राप्त होता है। यहाँ दो अज्ञात राशियाँ हैं तथा दो समीकरणों का उपयोग है। अत: आलेख पर समीकरण की रेखाएँ एक निश्चित बिन्दु पर प्रतिच्छेदित करती हैं। पर यदि दो अज्ञात राशियों का केवल एक समीकरण हो अथवा यहाँ x का केवल एक मान $\frac{y + 70}{6} = x$ अथवा $6x - y = 70$ होता तो प्रतिच्छेद न करने की स्थिति

में इसके अनेक हल होते। तब यह अनिश्चित समीकरण (indeterminate equation) का उदाहरण होता। इसीलिये आचार्य ने लिखा है कि एक ही अन्तिम अचर राशि प्राप्त होने अथवा समीकरण-निकाय प्राप्त न होने की दशा में कुट्टक विधि परिघटित होती है, जो कि समीकरण के अनेक मान प्राप्त करने का संसूचक है।

गणित के प्राचीन ग्रन्थों में 3 चरों वाले निश्चित समीकरण का भी वर्णन किया गया है। भास्करीय बीजगणित के प्रस्तुत परिच्छेद की व्याख्या से यह ध्वनित है कि इसके लिये निम्न क्रम से संक्रियाएँ की जाती हैं—

3 चरों वाले समीकरण के निश्चित हल के लिये ऐसे 3 समीकरण प्राप्त किये जाते हैं, जिनमें एक ओर 3 चर या अव्यक्त तथा दूसरे पक्ष में व्यक्त राशियाँ हों।

इनमें पहले दो अर्थात् 1, 2 समीकरण में गुणांकों को बराबर करने वाली विधि से 1 चर को अन्य दोनों में अन्तर्निहित कर लिया जाता है। अन्तिम दो अर्थात् 2, 3 समीकरणों में भी इसी विधि से 1 चर को अन्तर्निहित कर लिया जाता है।

इन उपर्युक्त विधियों से दो चर वाले दो समीकरण प्राप्त होते हैं। इनमें पूर्वोक्त विधि से एक चर का मान प्राप्त किया जाता है। इस मान को उस चर में प्रतिस्थापित करके अन्य चरों का मान प्राप्त कर लिया जाता है।

भास्करीय बीजगणित के इस प्रसंग के अन्य उदाहरण अनिश्चित हल वाले होने से 'कुट्टक' से सम्बन्धित है, जिसका निरूपण नवम अध्याय में किया जावेगा। 3 चरों वाले समीकरणों के निश्चित हल वाला एक सुन्दर उदाहरण इस प्रकार है—

तीन व्यापारियों के पास कितना धन

तीन व्यापारियों ने अपने-अपने पास रखे धन में से कुछ हिस्सा एक दूसरे को बाँट दिया। पहले व्यापारी (x) *ने दूसरे से* 4 *तथा तीसरे से* 5 *लिया। इस प्रकार उसके पास अन्य दोनों व्यापारियों के सम्मिलित*

धन से दुगुना हो गया। दूसरे व्यापारी (y) ने पहले के हाथ में रखे धन से 4 तथा तीसरे से 6 लिया। इससे उसके पास इन दोनों के हाथ में रखे धन से तिगुना हो गया। तीसरे व्यापारी (z) ने पहले के हाथ में रखे धन से 5 तथा दूसरे से 6 लिया। इससे उसके पास इन दोनों के हाथ में रखे कुल धन से 5 गुना हो गया। बताओ, उनके हाथ में अलग-अलग कितना धन था[1]?

इसे हल करने के लिये उपरिलिखित आलाप के अनुसार समीकरण बनाते हैं—

$$x + 4 + 5 = 2\,(y - 4 + z - 5)$$
$$\Rightarrow x + 9 = 2\,(y + z - 9)$$
$$\Rightarrow x + 9 = 2y + 2z - 18$$
$$\Rightarrow x = 2y + 2z - 27 \qquad \text{..................(1)}$$

$$y + 4 + 6 = 3\,(x - 4 + z - 6)$$
$$\Rightarrow y + 10 = 3\,(x + z - 10)$$
$$\Rightarrow y + 10 = 3x + 3z - 30$$
$$\Rightarrow y = 3x + 3z - 40 \qquad \text{..................(2)}$$

$$z + 5 + 6 = 5\,(x + y - 11)$$
$$z + 11 = 5x + 5y - 55$$
$$z = 5x + 5y - 66 \qquad \text{..................(3)}$$

इन तीनों समीकरणों में चर को एक ओर तथा व्यक्त राशि को दूसरे पक्ष में करने से—

---

1. वैश्यैस्त्रिभिः परस्परहस्तगतं याचितं धनं प्रथमः।
चत्वार्यथ द्वितीयं पञ्च तृतीयं नरं प्रार्थ्य॥
द्विगुणोऽभवद्, द्वितीयः प्रथमं चत्वारि षट् तृतीयमगात्।
त्रिगुणं तृतीयपुरुषः, प्रथमं पञ्च द्वितीयं च॥
षट् प्रार्थ्याभूत् पञ्चकगुणः स्वहस्तस्थितानि कानि स्युः।
कथयाशु चित्रकुट्टीमिश्रं जानासि यदि गणक॥

(गणितसार-संग्रह, मिश्रक-व्यवहार 254, 255)

$$x - 2y - 2z = -27$$
$$3x - y + 3z = 40$$
$$5x + 5y - z = 66$$

प्रथम दो समीकरणों की तुलना करने से—

$$\left.\begin{aligned} x - 2y - 2z &= -27 \\ 6x - 2y + 6z &= 80 \end{aligned}\right\} = 5x + 8z = 107 \quad \text{...............(4)}$$

द्वितीय दो समीकरणों की तुलना करने पर—

$$\left.\begin{aligned} 15x - 5y + 15z &= 200 \\ 5x + 5y - z &= 66 \end{aligned}\right\} = 20x + 14z = 266$$
$$\Rightarrow 10x + 7z = 133 \quad \text{.............(5)}$$

इस प्रकार दो चर वाले दो समीकरण प्राप्त हुए। इनकी तुलना करने पर—

$$\left.\begin{aligned} 10x + 16z &= 214 \\ 10x + 7z &= 133 \end{aligned}\right\} = 9z = 81 \text{ , } z = \frac{81}{9} = 9$$

z के इस मान को प्रथम दो समीकरणों में प्रतिस्थापित करने पर—

$$\left.\begin{aligned} 3x - y &= 13 \\ x - 2y &= -9 \end{aligned}\right\} \Rightarrow \left.\begin{aligned} 6x - 2y &= 26 \\ x - 2y &= -9 \end{aligned}\right\} \Rightarrow 5x = 35 \text{ , } x = \frac{35}{5} = 7$$

x के इस मान को प्रतिस्थापित करने पर—

$$7 - 2y = -9 \Rightarrow 2y = 16 \Rightarrow y = \frac{16}{2} = 8$$

इस प्रकार पहले व्यापारी (x) के पास 7, दूसरे (y) के पास 8 तीसरे (z) के पास प्रारम्भ में हाथ में 9 धन था।

जाँचें—

I) $7 + 4 + 5 = 16 \leftarrow$ x के पास धन।

$8 - 4 = 4, 9 - 5 = 4, 4 + 4 = 8 \leftarrow$ y तथा z के पास धन।

प्रश्नानुसार इन दोनों से x का धन दुगुना है।

II) $8 + 4 + 6 = 18 \leftarrow y$ के पास धन।

$7 - 4 = 3, 9 - 6 = 3, 3 + 3 = 6 \leftarrow x$ तथा z के पास कुल धन।

इन दोनों से y का धन तिगुना है।

III) $9 + 5 + 6 = 20 \leftarrow z$ के पास धन।

$7 - 5 = 2, 8 - 6 = 2, 2 + 2 = 4 \leftarrow x$ तथा y का कुल धन।

इन दोनों से z का धन पाँच गुना है।

प्राचीन गणित में इस प्रकार के निश्चित समीकरण के उदाहरण कम हैं। अनिश्चित समीकरण या कुट्टक के अधिक हैं। उनका विस्तृत निरूपण अन्य अध्यायों में किया जायेगा।

●

अष्टम अध्याय

वर्ग-प्रकृति या दो चर वाले द्विघात अनिश्चित समीकरण तथा वर्ग संख्या बनने का नियम

इस प्रकार के समीकरणों का विस्तृत अध्ययन सर्वप्रथम ब्रह्मगुप्त के महनीय ग्रन्थ ब्राह्मस्फुट सिद्धान्त में प्राप्त होता है। इनके पश्चात् भास्कराचार्य द्वितीय आदि ने इसे विस्तृत स्वरूप प्रदान किया।

ये समीकरण $Ay^2 \pm B = x^2$ के आकार के होते हैं। जहाँ A, B अचर तथा x, y चर संख्याओं के द्योतक होते हैं। इनमें A ऐसे पूर्णांक के द्योतक हैं, जो वर्ग नहीं है (A # a square integer) तथा $A > 0$ हैं। ये समीकरण प्राचीन गणित में प्रचलित तथा अगले अध्याय में वर्णित कुट्टक के समकक्ष हैं। कुट्टक का आकार $\frac{By + C}{A} = x$ बताया जाता है। इन समीकरणों को भी $\frac{Ay^2 + B}{x} = x$ के रूप में लिखा जा सकता है।

इन समीकरणों में चर संख्याओं को एक ओर तथा अचर को दूसरे पक्ष में रखकर यह आकार आसानी से प्राप्त कर सकते हैं—

$$Ay^2 + B = x^2 \Rightarrow Ay^2 - x^2 = -B$$

उदाहरणत:— $8y^2 + 1 = x^2 \Rightarrow 8y^2 - x^2 = -1$

इन समीकरणों में दो अज्ञात राशियाँ होती हैं। दो अज्ञात राशियों तथा एक समीकरण की स्थिति में सर्वदा अनिश्चित हल प्राप्त होते हैं। अत: ऐसे समीकरणों के अनन्त परिणाम प्राप्त किये जा सकते हैं। जैसे $y = 1$ मान लेने पर x का मान—

$$8 \times 1^2 - x^2 = -1 \Rightarrow x^2 = 8 \times 1^2 + 1 \Rightarrow x = \sqrt{9} = 3$$

इस प्रकार y के विविध मानों के होने पर x के तदनुरूप अनेक मान प्राप्त कर सकते हैं। इसका प्रयोग करते हुए x तथा y के मानों की यह सूची प्राप्त करते हैं—

y	1	2	3	4	5	6
x	$\sqrt{9} = 3$	$\sqrt{33}$	$\sqrt{73}$	$\sqrt{129}$	$\sqrt{201}$	$\sqrt{289}$
		= 5.7445626	= 8.5440037	= 11.357816	= 14.177446	= 17

इस स्थिति को इस चित्र द्वारा इस प्रकार प्राप्त करते हैं—

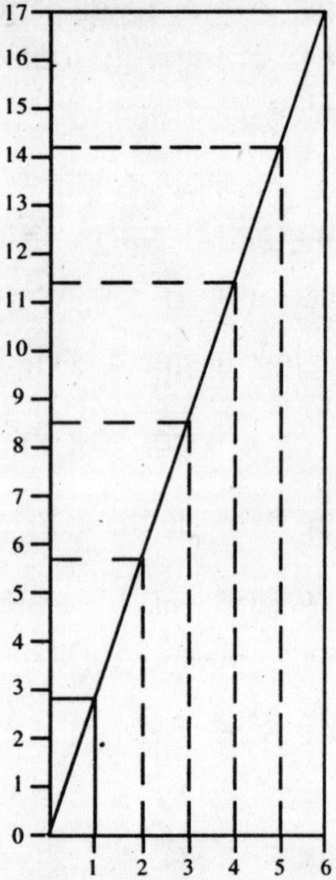

इस प्रकार के समीकरणों में x, y के पूर्णांकों में मान के प्रथम कुलक (set) प्राप्त करने का कोई निश्चित नियम नहीं है। अपितु इसे 'परीक्षा तथा भूल' (try and error) की विधि से प्राप्त किया जाता है। सर्वप्रथम ब्रह्मगुप्त

ने ब्राह्मस्फुट-सिद्धान्त 18.64-65 आदि में इसे प्राप्त करने का नियम बताया है। पश्चात् भास्कराचार्य ने इसे इस रीति से प्रकट किया है—

इष्टं ह्रस्वं तस्य वर्गः प्रकृत्या क्षुण्णो युक्तो वर्जितो वा स येन।

अर्थात् किसी भी इष्ट संख्या को ह्रस्व या कनिष्ठ (y) मानकर उसके वर्ग को प्रकृति (A) से गुणा करें। पुनः जिससे जोड़ने या घटाने पर पूर्ण वर्ग बन सके, उससे क्षेप (B) को जोड़ने या घटाने से ज्येष्ठ मूल (x) प्राप्त होता है।

इसके लिये भास्कराचार्य ने उपरिलिखित उदाहरण को इस प्रकार प्रकट किया है—

कौन सा वर्ग

हे गणक, वह किस संख्या का वर्ग है, जिसे 8 से गुणा करके 1 जोड़ देते हैं तो पूर्ण वर्ग बन जाता है[1]।

यहाँ पूर्वोक्तानुसार y के लिये 1 मानकर उसे क्षेप (B) 1 से जोड़कर x^2 का मान 9 प्राप्त करते हैं। एक बार y का मान प्राप्त हो जाने पर इसके अन्य अनेकानेक मान तथा तदनुरूप x के अनेक मान प्राप्त किये जा सकते हैं। इसके अन्य मान प्राप्त करने का एक नियम इस प्रकार है—

कनिष्ठ (y) ज्येष्ठ (x) तथा क्षेप (B) को क्रम से लिख कर उसके नीचे वही कनिष्ठ, ज्येष्ठ लिखें। पुनः इसके वज्रगुणन तथा इसके गुणनफलों के जोड़ से नवीन कनिष्ठ (y) प्राप्त करें। (वज्राभ्यासौ ज्येष्ठलघ्वोस्तदैक्यम्-भास्करीय बीजगणित, वर्गप्रकृति श्लोक 2)। साथ ही दोनों कनिष्ठों की प्रकृति (A) के साथ उनके (कनिष्ठों के) गुणन तथा दोनों ज्येष्ठों के गुणन से प्राप्त दोनों गुणनफलों का जोड़ ही नवीन ज्येष्ठ (x) होता है। (ह्रस्व- लघ्वोराहतिश्च प्रकृत्या। क्षुण्णा ज्येष्ठाभ्यासयुग् ज्येष्ठमूलम्, वही श्लोक 3)। इस रीति से निम्न x, y प्राप्त होते हैं—

---

1. को वर्गोऽष्टहतः सैकः कृतिः स्याद् गणक उच्यताम्।

(भास्करीय बीजगणित, वर्ग-प्रकृति, श्लोक 1)

y	x	
कनिष्ठ मूल	ज्येष्ठ मूल	
a1	b3	
a'1	b'3	
6	17	$3 \times 1 + 3 \times 1 = 6$ नवीन कनिष्ठ (y)
		$8 \times 1 \times 1 + 3 \times 3 = 17$ नवीन ज्येष्ठ (x)
35	99	$17 \times 1 + 6 \times 3 = 17 + 18 = 35$ (y)
		$8 \times 1 \times 6 + 3 \times 17 = 48 + 51 = 99$ (x)
1189	3363	$99 \times 6 + 35 \times 17 = 594 + 595 = 1189$ (y)
		$8 \times 6 \times 35 + 17 \times 99 = 1680 + 1683 = 3363$ (x)

इस प्रकार x, y का मान प्राप्त करने के लिये यह सूत्र प्राप्त होता है—उपरिलिखित सारिणी में समीपतम युगल के पहले वाले को a या b तथा दूसरे वाले को a' या b' मानने पर—

$$\mathbf{ab' + a'b = y}$$
$$\mathbf{bb' + Naa' = x}$$

प्रस्तुत उदाहरण $8y^2 + 1 = x^2$ में प्रस्तुत सूत्र की संक्रिया द्वारा y तथा x का यह मान प्राप्त करते हैं—

$$8y^2 + 1 = x^2$$
$$\Rightarrow 8\,(17 \times 1 + 6 \times 3)^2 + 1 = (3 \times 17 + 8 \times 1 \times 6)^2$$
$$\Rightarrow 8\,(17 + 18)^2 + 1 = (51 + 48)^2$$
$$\Rightarrow 8 \times 35^2 + 1 = 99^2$$
$$\Rightarrow 8 \times 1225 + 1 = 99^2$$
$$\Rightarrow 9801 = 99^2 = 9801$$
$$\therefore y^2 = 1225 \qquad \therefore x^2 = 9801$$

साथ ही ब्रह्मगुप्त के अन्य नियम के अनुसार xy के अन्य मान प्राप्त करने का सूत्र इस प्रकार है—

$$\mathbf{y = 2\alpha\beta}$$
$$\mathbf{x = \beta^2 + N\alpha^2}$$

प्रस्तुत उदाहरण में पूर्व नियमानुसार $y_0 = 1$, $x_0 = 3$

(I) यदि $\alpha = 1$ तथा $\beta = 3$ है तो $\rightarrow y_1 = 6$, $x_1 = 17$

क्योंकि $2 \times 1 \times 3 = 6$ तथा $3^2 + 8 \times 1^2 = 17$

(II) यदि $\alpha = 6$ तथा $\beta = 17$ है तो $\rightarrow y_2 = 204$, $x_2 = 577$

क्योंकि $2 \times 6 \times 17 = 204$ तथा $17^2 + 8 \times 6^2 = 577$

प्रस्तुत (II) उदाहरण में इस सूत्र के अनुसार x तथा y का यह मान प्राप्त करते हैं—

$$8y_2^2 + 1 = x_2^2$$

$$\Rightarrow 8(2 \times 17 \times 6)^2 + 1 = (17^2 + 8 \times 6^2)^2$$

$$\Rightarrow 8 \times 204^2 + 1 = (289 + 8 \times 36)^2$$

$$\Rightarrow 8 \times 41616 + 1 = (289 + 288)^2 = 577^2$$

$$\Rightarrow 332929 = x^2 = 332929$$

$$y_2 = \sqrt{41616} = 204 \qquad x_2 = \sqrt{332929} = 577$$

इस उदाहरण को इस सूत्र से प्रकट कर सकते हैं—

$$y_2 = 2y_1 x_1$$

$$x_2 = Ny_1^2 + x_1^2$$

इस प्रकार प्रस्तुत नियमों से x, y का मान दो प्रकार से प्राप्त करते हैं—

(I) y तथा x के दो सेट प्राप्त करके दोनों के वज्रगुणन का योग ही अगला y है तथा xx' से युक्त N गुणित yy' ही अगला x है।

(II) किसी भी xy के कुलक (set) का दुगुना अगला y है तथा उसी x के वर्ग से युक्त N गुणित y का वर्ग ही अगला x है।

इसका एक अन्य उदाहरण इस प्रकार है—

कौन सा वर्ग

वह किस संख्या का वर्ग है, जिसे 11 से गुणा करके 1 जोड़ देते हैं, तो पूर्ण वर्ग बन जाता है[1]।

यहाँ भी प्रयत्न तथा भूल की विधि से कनिष्ठ (y) को 3 मान कर हल निकल सकता है—

$11 \times 3^2 + 1 = x^2$, $100 = x^2$, $10 = x$

अब पूर्वोक्त विधि से अनेक मान—

y	x	
3	10	
3	10	
60	199	
1197	3970	← प्रथम नियम के अनुसार
23880	79201	← द्वितीय नियम के अनुसार

गणित-कौमुदीकार नारायण ने इस प्रक्रिया में एक विशेषता की ओर ध्यान आकृष्ट किया है। उनका कहना है कि—

ज्येष्ठं ह्रस्वपदेन च समुद्धरेन्मूलमासन्नम्।

(गणित-कौमुदी, अध्याय 10)

अर्थात् ज्येष्ठ पद (x) से ह्रस्व पद (y) के भागफल का वर्ग सबसे आसन्न गुणक (A) होता है। जैसे पृ. 2 के प्रथम उदाहरण से—

$$\frac{x_2}{y_2} \rightarrow \frac{99}{35} = 2.8285714 \text{ इसका वर्ग} \rightarrow 8.0008161$$

अथवा—

$$\frac{x_2}{y_2} \rightarrow \frac{577}{204} = 2.82843137254 \text{ इसका वर्ग} \rightarrow 8.00002402916$$

---

1. एकादशगुणः को वा वर्गः सैकः कृतिर्भवेत्।।

(भास्करीय बीजगणित, वर्ग प्रकृति, श्लोक 1)

स्पष्टतः ये वर्ग गुणक 8 के अतिसमीप हैं।

वर्ग राशि बनने का नियम

भास्कराचार्य ने ऐसी दो राशि खोजने का प्रकार भी बताया है, जिनके वर्ग का योग तथा वर्गान्तर भी पूर्ण वर्ग बनता है। इसके लिये श्लोक इस प्रकार है—

इष्टस्य वर्गवर्गो घनश्च तावष्ट-संगुणो प्रथमः।
सैको राशी स्यातामेवं व्यक्तेऽथवाऽव्यक्ते।।

(लीलावती, वर्गकर्म, श्लोक 4)

अर्थात् किसी भी इष्ट संख्या के वर्ग का वर्ग करें तथा उसमें 8 से गुणा करके 1 जोड़े, यह प्रथम राशि हुई। पश्चात् इसी इष्ट संख्या को घन बनाकर उसे भी 8 से गुणा करने पर द्वितीय राशि बनती है।

इन दोनों राशियों के वर्ग का जोड़ अथवा वर्गान्तर में से 1 घटाने पर प्राप्त राशि पूर्ण वर्ग होती है। इससे हमें यह सूत्र प्राप्त होता है—

$$\left\{\left(8n^4 + 1\right)^2 \pm \left(8n^3\right)^2\right\} - 1 = \text{ किसी संख्या का पूर्ण वर्ग}$$

उदाहरणार्थ—

$8 \times 2^4 + 1 = 8 \times 16 + 1 = 128 + 1 = 129$ प्रथम राशि

$8 \times 2^3 = 8 \times 8$........................ $= 64$ ....द्वितीय राशि

प्रथम राशि का वर्ग→	16641
द्वितीय राशि का वर्ग→	+ 4096
	20737
	−1
पूर्ण वर्ग→	20736

क्योंकि→ $20736 = 144 \times 144$

इसी प्रकार→	16641
	− 4096
दोनों राशियों का वर्गान्तर→	12545
	−1
पूर्ण वर्ग→	12544
क्योंकि→	12544 = 112 × 112

प्रस्तुत नियम की उपपत्ति

भास्कराचार्य के इस नियम की उपपत्ति इस गणितीय सिद्धान्त में निहित है कि किन्हीं दो वर्ग संख्याओं का गुणनफल अवश्य ही उन संख्याओं के गुणनफल के वर्ग के समतुल्य होता है। अर्थात्—

$$x^m \times y^m = (x \times y)^m$$

भास्कराचार्य द्वारा प्रस्तुत संख्या वास्तव में दो वर्ग संख्याओं x^m तथा y^m का गुणनफल बनती है। अतः यह उन संख्याओं (x, y) के गुणनफल का वर्ग सिद्ध होती है। भास्कराचार्य की संख्या $x^m \times y^m$ के समतुल्य हैं, इसे समीकरण द्वारा सिद्ध करते हैं—

$$\left\{\left(8n^4 + 1\right)^2 \pm \left(8n^3\right)^2\right\} - 1 \qquad \left\{\left(8 \times 2^4 + 1\right)^2 \pm \left(8 \times 2^3\right)^2\right\} - 1$$

$$\Rightarrow 64n^8 + 16n^4 + 1 \pm 64n^6 - 1 \qquad \Rightarrow 64 \times 2^8 + 16 \times 2^4 + 1 \pm 64 \times 2^6 - 1$$

$$\Rightarrow 64n^8 \pm 64n^6 + 16n^4 \qquad \Rightarrow 64 \times 2^8 \pm 64 \times 2^6 + 16 \times 2^4$$

$$\Rightarrow 16n^4 \ (4n^4 \pm 4n^2 + 1) \qquad \Rightarrow 16 \times 2^4 \ (4 \times 2^4 \pm 4 \times 2^2 + 1)$$

$$\Rightarrow (4n^2)^2 \ (2n^2 \pm 1)^2 \qquad \Rightarrow (4 \times 2^2)^2 \ (2 \times 2^2 \pm 1)^2$$

$$= 16^2 \times 9^2 \quad \text{अथवा} \quad = 16^2 \times 7^2$$

इससे सिद्ध होता है कि—

$$129^2 + 64^2 - 1 \quad = \quad 16^2 \times 9^2$$

क्योंकि $16^2 \times 9^2 = (16 \times 9)^2 = 20736$ पूर्ण वर्ग

अत: $129^2 + 64^2 - 1 = 20736$ पूर्ण वर्ग

इसी प्रकार $129^2 - 64^2 - 1 = 16^2 \times 7^2$

क्योंकि $16^2 \times 7^2 = (16 \times 7)^2 = 12544$ पूर्ण वर्ग

अत: $129^2 - 64^2 - 1 = 12544$ पूर्ण वर्ग

इस प्रकार इन राशियों के पूर्ण वर्ग बनने का नियम सर्वथा सही एवं तर्कसंगत है।

महान् गणितज्ञ नारायण ने इस प्रकार की संख्याओं को प्राप्त करने का एक अन्य नियम बताया है। उनके अनुसार—

आद्योऽभीष्टघन: स्यात् कृतिकृतिदलमेकयुग् भवेदन्य:।
अनयो: कृति-युतिवियती रूपोने मूलदे स्याताम्।

(गणितकौमुदी)

अर्थात् किसी भी इष्ट संख्या के वर्ग का वर्ग करके उसे दो से भाग देवें, उसमें 1 जोड़े, यह प्रथम राशि हुई। पश्चात् इस संख्या का घन बनावें, यह दूसरी राशि हुई। इन राशियों के वर्गयोग तथा वर्गान्तर में से 1 घटाने पर प्राप्त संख्या पूर्ण वर्गमूल प्रदान करती हैं। इससे हमें यह सूत्र प्राप्त होता है—

$$\left\{\left(\frac{n^4}{2} + 1\right)^2 \pm \left(n^3\right)^2\right\} - 1 = \text{किसी संख्या का पूर्ण वर्ग}$$

उदाहरणार्थ—

$\frac{2^4}{2} + 1 = \frac{16}{2} + 1 = 9$ इसका वर्ग→ 81   81

$2^3 = 2 \times 2 \times 2 = 8$ इसका वर्ग→ +64   −64

वर्ग योग 145   वर्गान्तर 17

−1   −1

144   16

स्पष्टत: दोनों राशियाँ पूर्ण वर्ग हैं $\rightarrow 144 = 12^2$, $16 = 4^2$

इन संख्याओं के भी पूर्ण वर्ग बनने का कारण यही कि ये अन्तत: दो वर्ग संख्याओं का गुणनफल बनती हैं। इसे समीकरण से इस प्रकार सिद्ध करते हैं—

$$\left\{\left(\frac{n^4}{2}+1\right)^2 + \left(n^3\right)^2\right\} - 1 \qquad 81 + 64 - 1$$

$$\Rightarrow \frac{n^8}{4} + n^4 + 1 + n^6 - 1 \qquad \Rightarrow \frac{256}{4} + 16 + 64$$

$$\Rightarrow \frac{n^8 + 4n^6 + 4n^4}{4} \qquad \Rightarrow \frac{256 + 256 + 64}{4} = \frac{576}{4} = 144$$

$$\Rightarrow \frac{n^4\ (n^4 + 4n^2 + 4)}{4} \qquad \Rightarrow \frac{16\ (16 + 16 + 4)}{4}$$

$$\Rightarrow \frac{(n^2)^2\ (n^2 + 2)^2}{2^2} \qquad \Rightarrow \frac{16 \times 36}{4} = 144$$

इस प्रकार $81 + 64 - 1$ पूर्ण वर्ग है। क्योंकि $\frac{4^2 \times 6^2}{2^2}$ पूर्ण वर्ग है तथा $\left(\frac{4 \times 6}{2}\right)^2$ भी पूर्ण वर्ग है।

●

नवम अध्याय

कुट्टक या दो चरों वाले अनिश्चित समीकरण

कुट्टक प्राचीन बीजगणित की एक महत्त्वपूर्ण शाखा का नाम है। इसके दो चर अथवा दो अज्ञात राशियों वाले एक समीकरण के अनेक अनिश्चित हल प्राप्त किये जाते हैं। प्राचीन वर्णित समीकरण के आकार के अनुसार इनमें अज्ञात गुणक (multiplier) तथा अज्ञात पूर्णांक लब्धि (integral quotient) वर्तमान होती है। इस प्रकार ये $\frac{By + c}{A} = x$ प्रकार के होते हैं। इनमें A = भाजक अचर संख्या, B = गुणक अचर संख्या, C = क्षेप अचर युक्त संख्या है। y = अज्ञात चर गुणक तथा x = अज्ञात चर लब्धि होती है।

इन समीकरणों का सर्वप्रथम निरूपण आर्यभट के ग्रन्थ में प्राप्त होता है[1]। पर उनके वर्णन में अपेक्षित स्पष्टता नहीं आ पाई है। पश्चात् इनके वर्णन के साथ इनके लिये कुट्टक तथा इसके अनेक तत्सम शब्द ब्राह्मस्फुट सिद्धान्त में प्राप्त होते हैं। उस समय तक यह बीजगणित की महत्त्वपूर्ण शाखा तथा गणित के विद्वानों के ज्ञान की कसौटी बन गई थी। इसका एक प्रसिद्ध श्लोक इस प्रकार है—

जन-संसदि दैवविदां तेजो नाशयति भानुरिव भासाम्।
कुट्टाकार-प्रश्नैः पठितैः किं पुनश्शतशः।।

---

1. अधिकाग्रभागहारं छिन्द्यादूनाग्रभागहारेण।
शेषपरस्परभक्तं मतिगुणमग्रान्तरे क्षिप्तम्।।
अध उपरि गुणितमन्त्ययुगूनाग्रच्छेद-भाजिते शेषम्।
अधिकाग्रच्छेदगुणं द्विच्छेदाग्रमधिकाग्रयुतम्।।

(आर्यभटीय, गणितपाद, श्लोक 32-33)

अर्थात् जैसे सूर्य के द्वारा अन्य नक्षत्र तारों का तेज क्षीण हो जाता है। उसी प्रकार विद्वानों की सभा में कुट्टक प्रश्नों के पढ़ने मात्र से गणितज्ञों का तेज क्षीण हो जाता है। सैकड़ों प्रश्नों के साधन की तो बात ही क्या।

इनके हल के लिये ज्ञात गुणक के मान को धीरे-धीरे कम किया जाता है। अतः यह ऐसे पत्थर के सदृश है जिसे तोड़ कर धीरे-धीरे छोटा बनाया जाता हो। इस प्रकार क्रमशः कूटने की प्रक्रिया के कारण इसे सार्थक रूप से कुट्टक नाम प्रदान किया गया है।

उपरिलिखित प्रकार के समीकरणों से x y का एक निश्चित मान प्राप्त नहीं हो सकता। दो चर वाले एक समीकरण सदा अनिश्चित मान प्रदान करने वाले होते हैं। इन मानों को निर्देशित करते हुए हम ग्राफ में एक सरल रेखा प्राप्त करते हैं। जिसका प्रत्येक बिन्दु x,y के मान को सन्तुष्ट करता है। इनमें समीकरण-निकाय का प्रयोग न होने से ये मान किसी अन्य रेखा द्वारा किसी एक बिन्दु पर प्रतिच्छेदित नहीं किये जाते। अतः इनका अनिश्चित मान प्रदान करना स्वाभाविक है। इसीलिये इन्हें अनिश्चित समीकरण या (indeterminate equation) भी कहा जाता है।

ब्रह्मगुप्त से प्रेरणा प्राप्त करके महावीर ने भी इन समीकरणों के नियम तथा बढ़िया उदाहरण प्रदान किये हैं। भास्कराचार्य द्वारा वर्णित नियमों का संक्षेप इस प्रकार है—

परस्परं भाजितयोर्यर्योर्यः शेषस्तयोः स्यादपवर्तनं सः।
तेनापवर्तेन विभाजितौ यौ तौ भाज्यहारौ दृढसंज्ञकौ स्तः॥

मिथो भजेत्तौ दृढभाज्यहारौ यावद् विभाज्ये भवतीह रूपम्।
फलान्यधोऽधस्तदधो निवेश्यः क्षेपस्तथान्त्ये खमुपान्तिमेव॥

स्वोर्ध्वे हतेऽन्त्येन युते तदन्त्यं त्यजेन्मुहुः स्यादितिराशियुग्मम्।
ऊर्ध्वो विभाज्येन दृढेन तष्टः फलं गुणः स्यादधरोहरेण॥

(भास्करीय बीजगणित कुट्टकाध्याय श्लोक, 2-4,
लीलावती कुट्टक-व्यवहार 2-4)

अर्थात् समीकरण के भाज्य हार को किसी एक राशि से विभाजित करने पर जो शेष बचे उसे अपर्वतनांक कहते हैं। इससे अपवर्तित होने पर ये राशियाँ दृढ़ भाज़्य तथा दृढ़ हार कहलाती हैं।

इस दृढ़ हार से दृढ़ भाज्य को विभाजित करे। पुन: इसके शेष से पूर्ववर्ती हार को भाज्य बना कर क्रमश: बार-बार तब तक विभाजित करे जब तक अन्त में रूप या 1 न बच जाय।

इनसे प्राप्त भागफलों को क्रमश: एक के नीचे एक लिखें, अन्त में क्षेप को तथा सबसे अन्त में ख या शून्य को लिखें। (इन अंकों की पंक्ति को वल्ली कहते हैं। इस प्रक्रिया में अन्तिम भागफल को छोड़ दिया जाता है तथा उसके स्थान पर शून्य लिखा जाता है। इस प्रकार शून्य अन्तिम तथा क्षेप उपान्तिम अंक होता है।)

पुन: उपान्तिम अंक से अपने ऊपर वाले अंक को गुणित करके अन्तिम अंक (शून्य) को जोड़े। (पुन: उस पूर्व उपान्तिम अंक के गुणनफल के साथ उससे ऊपर वाले अंक का गुणन करके उस उपान्तिम को अन्तिम मानकर उसे जोड़ें।) पुन: उस अन्तिम का त्याग कर बार-बार ऐसी ही क्रिया करें। इस प्रकार अन्त में ऊर्ध्वांक तथा अधरांक ये दो राशियाँ प्राप्त होती हैं। अब ऊर्ध्वांक को दृढ़ भाज्य से तथा अधरांक को दृढ़ हार से तष्टित करने पर जो शेष है, वही लब्धि, गुणक या क्रमश: x, y का मान होगा।

इसके लिये एक उदाहरण इस प्रकार है—

किससे गुणा करने से कौन पूर्ण भागफल

हे गणक, वह गुणक बताओ जिससे 221 *को गुणा करके* 65 *जोड़ कर* 195 *से भाग देने पर नि:शेष हो जाता है*[1]।

1. एकविंशतियुतं शतद्वयं यद् गुणं गणक पञ्चषष्टियुक्।
पञ्चवर्जितशतद्वयोद्धृतं शुद्धिमेति गुणकं वदाशु तम्॥
(भास्करीय बीजगणित, कुट्टक उदा., श्लोक 1, पृ. 103 तथा लीलावती, कुट्टक-व्यवहार, श्लोक 5, पृ. 332)

इसके अनुसार समीकरण इस प्रकार बनेगा—

$$\frac{221y + 65}{195} = x$$

इसे पहले महत्तम समापवर्तक 13 से अपवर्तन करके यह रूप देते हैं—

$$\frac{\overset{B}{17y} + \overset{C}{5}}{\overset{A}{15}} = x$$ यहाँ 17 दृढ़ भाज्य, 15 दृढ़ हार, 5 क्षेप

अब दृढ़ भाज्य को दृढ़ हार से भाग देते हुए सभी भागफलों को एक के नीचें एक तथा अन्त में शून्य लिखकर भागफलों की यह वल्ली बनाते हैं तथा इसके आधार पर क्रमशः निम्न सारिणी प्राप्त करते हैं—

15) 17 (1[a] भागफल 1
$\underline{15}$
2) 15 (7[b] भागफल 7
$\underline{14}$ क्षेप 5 उपान्तिम
1 0 अन्तिम

पूर्व गुणनफल या उपान्तिम		वल्ली या भागफल		पूर्व गुणक			
↑ 35	×	1	+	5	=	40	ऊर्ध्वांक x
5	×	7	+	0	=	35	अधरांक y

इस सारिणी के निर्माण में वल्ली के उपान्तिम अंक को उपरितन अंक से गुणा करके अन्तिम से जोड़ते हैं। पश्चात् इससे ऊपर क्रिया करते समय पूर्व गुणनफल को इससे ऊपर वाले भागफल अंक से गुणा करके पूर्व गुणक से जोड़ते हैं। इससे सबसे ऊपर वाले प्राप्त अंक को ऊर्ध्वांक तथा नीचे वाले को अधरांक कहते हैं। यह क्रमशः x तथा y का एक मान है।

अब इस ऊर्ध्वांक 40 को दृढ़ भाज्य (B) 17 से भाग देने पर 6 शेष बचता है। यही धनात्मक न्यूनतम लब्धि या x है। इसी प्रकार

अधरांक 35 को दढ़ हार (A) 15 से भाग देने पर 5 शेष है। यही गुणक या y का धनात्मक संख्या में न्यूनतम मान है।

इस प्रकार के समीकरणों के अनिश्चित होने से इसके अनन्त मान प्राप्त किये जा सकते हैं। एक निश्चित संख्या तथा उसके किसी से भी गुणित संख्या को पूर्वोक्त न्यूनतम मान से जोड़ने पर पूर्णांक में गुणक या y तथा तदनुरूप पूर्णांक में x प्राप्त करते हैं। उपरिलिखित प्रक्रिया से एक मान प्राप्त होने के पश्चात् अन्य अनेक मान प्राप्त करना सर्वथा आसान है।

भास्कराचार्य ने इसे इस प्रकार वर्णित किया है—

इष्टाहतस्वस्वहरेण युक्ते ते वा भवेतां बहुधा गुणाप्ती।

(भास्करीय बीजगणित तथा लीलावती कुट्टक व्यवहार)

अर्थात् इष्ट गुणित हार (A) को गुणक (y) में जोड़ने से अनेक गुणक तथा तदनुरूप भाज्य (B) को लब्धि (x) में जोड़ने से अनेक लब्धियाँ प्राप्त होती हैं।

इस प्रकार गुणक (y) में किसी भी संख्या से गुणित हार (A) को जोड़ने से प्राप्त सख्याएँ गुणक (y) की मान हो सकती है। इसी प्रकार लब्धि (x) में तदनुरूप किसी भी संख्या से गुणित भाज्य (B) को जोड़ने से प्राप्त संख्याएँ लब्धि (x) सिद्ध होती हैं[1]।

इस नियम के अनुसार प्रस्तुत उदाहरण में गुणक (y) तथा लब्धि (x) इस प्रकार सिद्ध होते हैं—

		गुणक	गुणक
गुणक (y) = 5	अत:	15 × 1 + 5 = 20	15 × 3 + 5 = 50
		15 × 2 + 5 = 35	15 × 4 + 5 = 65
		लब्धि	लब्धि
लब्धि (x) = 6	अत:	17 × 1 + 6 = 23	17 × 3 + 6 = 57
		17 × 2 + 6 = 40	17 × 4 + 6 = 74

1. इष्टगुणितहारयुक्तो गुणो गुण:, इष्टघ्नभाज्ययुता लब्धिर्लब्धि:।

(उक्त श्लोक पर वासना)

स्पष्टत: इस उदाहरण में गुणक तथा लब्धि की कोई भी संख्या अपनी अगली संख्या से क्रमश: 15 तथा 17 की समान दूरी (common difference) रखती है।

प्रस्तुत विधि की वैज्ञानिक व्याख्या

उपरिलिखित प्रकार के अनिश्चित समीकरणों को $Ax - By = C$ इस प्रकार के रैखिक समीकरणों के रूप में भी रखा जाता है। प्रस्तुत उदाहरण में इस रूप में यह आकार प्राप्त होता है—

$$\frac{\overset{B}{17}y + \overset{C}{5}}{\overset{A}{15}} = x \quad \text{अथवा} \quad \overset{A}{15}x - \overset{B}{17}y = \overset{C}{5}$$

यहाँ A,B,C अचर संख्या के तथा x, y अज्ञात चर संख्या के द्योतक हैं।

उपरिलिखित विधि से x तथा y का मान ज्ञात करने के लिये वल्ली तथा ऊर्ध्वांक, अधरांक का निर्माण वस्तुत: $\frac{B}{A}$ की निकटतम संगत परिमेय संख्या $\left(\frac{q}{p}\right)$ गुणित क्षेप (C) को जानने का प्रयास है।

किसी परिमेय संख्या $\frac{B}{A}$ की क्रमिक संगत परिमेय संख्या (successive convergent) पूर्वलिखितानुसार भागफलों द्वारा प्राप्त किया जा सकता है। इसे $\frac{q}{p}$ द्वारा प्रदर्शित कर सकते हैं। किसी परिमेय संख्या में क्रमश: एक, दो आदि भागफलों के प्राप्त करने की स्थिति में इस क्रम से $\frac{q}{p}$ प्राप्त करते हैं। इस सूत्र में प्रथम, द्वितीय आदि भागफलों को क्रमश: a, b, c से प्रदर्शित किया गया है—

अंश (B) बड़ा तथा हर (A) छोटा होने पर $\frac{B}{A}$ के $\frac{q}{p} \rightarrow \frac{a}{1}, \frac{ab+1}{b}, \frac{abc+a+c}{bc+1}$

अंश (B) छोटा तथा हर (A) बड़ा होने पर $\frac{B}{A}$ के $\frac{q}{p} \rightarrow \frac{1}{a}, \frac{b}{ab+1}, \frac{bc+1}{abc+a+c}$

कुट्टक के उदाहरणों में किसी $\frac{B}{A}$ के लिये अभीष्ट $\frac{q}{p}$ वह है जो अपने $\frac{B}{A}$ का निकटतम समानुपाती संख्या बनता हो। अतः इसकी बढ़िया पहचान यह है कि—

$$Aq - Bp = \pm 1$$

इसका अर्थ यह है कि $\frac{B}{A}$ तथा $\frac{q}{p}$ के वज्र गुणनफल के बीच केवल 1 अंश कम या अधिक होना चाहिये। प्रस्तुत उदाहरण में ऐसा ही है। यहाँ $\frac{17}{15}$ इस $\frac{B}{A}$ के दो भागफल प्राप्त होते हैं। अतः पूर्वोक्त $\frac{q}{p}$ के द्वितीय क्रम के अनुसार $\frac{ab+1}{b}$ यह $\frac{q}{p}$ होगा—

$$\frac{1 \times 7 + 1}{7} = \frac{8}{7} \leftarrow \frac{q}{p}$$

यह पूर्वोक्त पहचान के अनुसार सही है। क्योंकि—

$$\frac{17}{15} : \frac{8}{7} \quad \begin{matrix} 15 \times 8 = 120 \\ 17 \times 7 = 119 \end{matrix} \quad 120 - 119 = 1$$

यहाँ Aq अपने Bp से 1 अंश अधिक है। अन्य उदाहरणों में यह 1 अंश कम भी हो सकता है। वह ऋणक्षेपीय समीकरणों के हल के लिये आवश्यक है। धनक्षेपीय समीकरणों के लिये वही Aq उपयोगी है जो 1 अंश अधिक हो। यदि 1 अंश कम हो तो आगे उल्लिखित विधि से 1 अंश अधिक बना लिया जाता है।

इस नियम तथा पहचान के अनुसार सही $\frac{q}{p}$ अर्थात् जहाँ $Aq - Bp = 1$ है वहाँ धनक्षेपीय तथा जहाँ $Aq - Bp = -1$ है वहाँ ऋणक्षेपीय कुट्टक के x, y के एक मान प्राप्त करने का सर्वथा सुनिश्चित नियम यह है कि—

$Ax - By = C$ आकार के समीकरणों में →

$$\mathbf{qC = x \;,\; pC = y}$$

प्राचीन विधि में इन्हीं तथ्यों को अपने ढंग से प्रकट किया गया है। इसमें माना है कि उपरिलिखित विधि से भागफल तब तक प्राप्त करना चाहिये जब तक शेष 1 न बच जाय। उसके पश्चात् शून्य शेष वाले अन्तिम भागफल को छोड़ देना चाहिये तथा वल्ली में उल्लिखित नहीं करना चाहिये। यह वास्तव में ऐसे $\frac{q}{p}$ प्राप्त करने का ही प्रयास है जो अपने वज्र गुणनफल के बीच केवल 1 अंश का अन्तर रखता हो अथवा जो $\frac{B}{A}$ की पूर्ण समानुपाती संख्या के निकटतम हो।

प्रस्तुत नियम की उपपत्ति

इस नियम के द्वारा हल होने वाले उदाहरणों में निकटतम संगत परिमेय संख्या $\frac{q}{p}$ का उपयोग करते हुए ऐसे एक अन्य समीकरण का सृजन किया जा सकता है जिसका मान 0 हो। इस प्रकार समीकरण-निकाय के निर्मित हो जाने पर गुणांक बराबर करने की विधि से x, y का एक मान (ऊर्ध्वांक तथा अधरांक) ज्ञात करते हैं। इस प्रकार के विशिष्ट समीकरण-निकाय, जिसमें एक समीकरण का मान 0 हो, उसमें qC तथा pC ही क्रमशः x, y के मान बनते हैं। इसे प्रस्तुत उदाहरण में सिद्ध करते हैं—

कुट्टक द्वारा प्राप्त समीकरण→ $15x - 17y = 5$

अतः कुट्टक→ $x = \frac{5 + 17y}{15}$

निकटतम समानुपाती संख्या द्वारा सृजित अन्य समीकरण→ $7x - 8y = 0$

गुणांकों को बराबर करने की विधि से—

$120x - 136y = 40$

$119x - 136y = 0$ अतः $x = 40$

इसी प्रकार—

$105x - 119y = 35$

$105x - 120y = 0$ अतः $y = 35$

इससे स्पष्ट है कि निकटतम समानुपाती संख्या द्वारा सृजित समीकरण से C का मान 0 हो जाता है तथा एक चर के गुणांक का निराकरण (elimination) करने पर दूसरे के गुणांक का मान केवल 1 रह जाता है। इससे x, y का एक मान प्राप्त हो जाता है। यह ध्यान देने योग्य है कि प्राचीन विधि में भाग तथा वल्ली आदि की संक्रिया से यही $\frac{q}{p}$ प्राप्त किया गया है तथा ऊर्ध्वांक, अधरांक के रूप में ये ही x, y के मान प्राप्त किये गए हैं। अत: प्राचीन संक्रियाओं के उद्देश्य का रहस्य अन्तत: इन विधियों में अन्तर्निहित है।

इन विधियों से y तथा x के एक मान निर्धारित होने पर एक समान निश्चित दूरी पर यह मान बार-बार दुहराया जाता है। पूर्वोक्त रैखिक समीकरण—

$$\overset{A}{15x} - \overset{B}{17y} = \overset{C}{5}$$

यहाँ x = 6 से 17 अथवा इस 17 के किसी भी संख्या से गुणित की दूरी पर x के अन्य अन्य मान तथा y = 5 से 15 या किसी से भी गुणित की तदनुरूप दूरी पर y के अन्यान्य मान प्राप्त होते हैं। अथवा यों कहें कि x से युक्त B अथवा Bt (t = कोई भी संख्या) तथा y से युक्त A अथवा At क्रमश: x, y के अनन्त मान प्रदान करते हैं। अत:—

$$15 \times \{40 + 17 \times (-2)\} - 17 \times \{35 + 15 \times (-2)\}$$
$$= 15 \times 6 - 17 \times 5 = 90 - 85 = 5$$
$$15 \times \{40 + 17 \times (-1)\} - 17 \times \{35 + 15 \times (-1)\}$$
$$= 15 \times 23 - 17 \times 20 = 345 - 340 = 5$$
$$15 \times (40 + 17 \times 0) - 17 \times (35 + 15 \times 0)$$
$$= 15 \times 40 - 17 \times 35 = 600 - 595 = 5$$
$$15 \times (40 + 17 \times 1) - 17 \times (35 + 15 \times 1)$$
$$= 15 \times 57 - 17 \times 50 = 855 - 850 = 5$$
$$15 \times (40 + 17 \times 2) - 17 \times (35 + 15 \times 2)$$
$$= 15 \times 74 - 17 \times 65 = 1110 - 1105 = 5$$

इस प्रकार x तथा y के अनेकानेक हल हैं। जिन्हें इस सारिणी में अंकित किया जा सकता है।

x	6	23	40	57	74	समान दूरी→ 17
y	5	20	35	50	65	समान दूरी→ 15

x, y के ये मान B तथा A के साथ −२ से आगे अन्य ऋणात्मक संख्याओं से भी गुणित करके 17 तथा 15 की समान दूरी बनाने वाली क्रमश: ह्रासमान ऋणात्मक संख्याओं से भी प्राप्त किये जा सकते हैं। अत: यह सारणी भी प्राप्त की जा सकती है—

x	y
−11	−10
−28	−25
6	5
23	20
40	35
57	50
74	65

अत: $15 \times (-11) - 17 \times (-10) = (-165) - (-170) = 5$

$15 \times (-28) - 17 \times (-25) = (-420) - (-425) = 5$

यह स्थिति इस ग्राफ द्वारा सर्वथा स्पष्ट है—

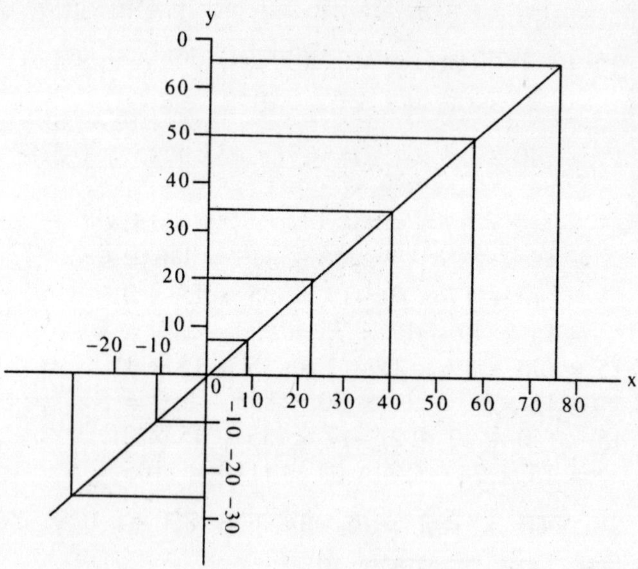

इससे प्रकट है कि ऋण अथवा धन संख्याओं के बीच पड़ने वाला कोई भी बिन्दु x तथा y के मान को सन्तुष्ट करता है। इन बिन्दुओं को मिलाने से एक सीधी रेखा प्राप्त होती है। अत: यह रैखिक समीकरण है। इस रेखा को आगे बढ़ाने से ऋण तथा धन दोनों ओर अनन्त बिन्दु प्राप्त किये जा सकते हैं। अत: इन समीकरणों में x तथा y के अनन्त मान प्राप्त किये जा सकते हैं।

इस विवेचना की पृष्ठभूमि में हम x तथा y के मान को ज्ञात करने के लिये यह सूत्र प्राप्त करते हैं—

$$\mathbf{x = qC + Bt \quad , \quad y = pC + At}$$

यहाँ पर t = 0, 1, 2, 3 किसी भी धन या ऋण अनिश्चित संख्या को प्रकट करती है। अत: t के साथ B तथा A का गुणन करते हुए क्रमश: x तथा y के अनन्त मान प्राप्त किये जा सकते हैं। यह सूत्र भास्कराचार्य के उपरिलिखित नियम के सर्वथा समकक्ष है।

अथवा उपरिलिखित विधि से x तथा y के 40 तथा 35 का एक कुलक (set) प्राप्त करके इन्हें क्रमश: α तथा β चिह्न प्रदान करके यह सूत्र प्राप्त करते हैं—

$$\mathbf{x = \alpha + Bt \quad , \quad y = \beta + At}$$

यहाँ α तथा β ये चिह्न x तथा y के किसी निश्चित मान के द्योतक हैं।

इस प्रकार के अनिश्चित समीकरणों को 'प्रयत्न तथा भूल' (Trial and error) की विधि से एक सारणी बना कर आसानी से उत्तरित किया जा सकता है। जैसे $\frac{17y + 5}{15} = x$ इस पूर्वोक्त समीकरण में y को क्रमश: 1, 2, 3, 4 मानते हुए x का यह मान प्राप्त करते हैं—

y	1	2	3	4	5
x	$\frac{22}{15}$	$\frac{39}{15}$	$\frac{56}{15}$	$\frac{73}{15}$	$\frac{90}{15} = 6$

स्पष्टत: y को 5 मानने पर x का मान पूर्णांक 6 प्राप्त होता है। किसी एक मान का कुलक (set) प्राप्त हो जाने पर उपरिलिखित सूत्र के अनुसार अनेकानेक मान आसानी से प्राप्त किये जा सकते हैं।

डायफेंटस की विधि

पाश्चात्य गणितज्ञ डायोफैंटस (Diophantus) ने इस प्रकार के समीकरणों में x तथा y का मान ज्ञात करने के लिये एक अन्य ही विधि अपनाई हैं। म.म. पं. सुधाकर द्विवेदी ने इस विधि के सहारे भास्कराचार्य के नियम की उपपत्ति देने का प्रयास किया है[1]। यहाँ उस विधि के अनुसार प्रस्तुत प्रश्न को हल किया जा रहा है—

कुट्टक अनुसार समीकरण→ $\frac{17y + 5}{15} = x$

डायोफैंटस के अनुसार समीकरण→ $15x - 17y = 5$

दोनों पक्षों को 17 से भाग देने पर→

$$\frac{15x}{17} - y = \frac{5}{17} \Rightarrow \frac{15x - 5}{17} = y$$

दोनों पक्षों को 9 से गुणित करने पर→

$$\frac{135x - 45}{17} = 9y$$

$$\Rightarrow 8x - \frac{x}{17} - 3 + \frac{6}{17} = 8x - 3 - \frac{x - 6}{17} = 9y$$

यहाँ 8x, 3 तथा 9y इन पूर्णांक संख्याओं की उपस्थिति में यह सिद्ध है कि $\frac{x - 6}{17}$ भी अवश्य ही पूर्णांक है, तभी सर्वसमिका बनना सम्भव है। अत: यह 0,1,2,3 आदि कुछ भी हो सकता है। यदि इसे t से सम्बोधित करें तो—

$$\Rightarrow \frac{x - 6}{17} = t \ , \Rightarrow x = 17t + 6$$

---

1. भास्करीय बीजगणित कुट्टकाध्याय श्लोक 1 में उल्लिखित वासना टीका।

यदि $t = 0$ तो $x = 6$

$t = 1$ तो $x = 23$

$t = 2$ तो $x = 40$

x का मान 6 मानने पर$\rightarrow 15 \times 6 - 17y = 5 = 90 - 17y = 5$

$$\Rightarrow 17y = 90 - 5 = 85 \Rightarrow y = \frac{85}{17} = 5$$

दोनों पक्षों को 15 से भाग देकर भी यही परिणाम प्राप्त करते हैं—

$$x - \frac{17y}{15} = \frac{5}{15}, \Rightarrow \frac{17y + 5}{15} = x$$

इस प्रकार कुट्टक का आकार प्राप्त कर लेते हैं।

दोनों पक्षों को 7 से गुणित करने पर$\rightarrow$

$$\frac{119y + 35}{15} = 7x$$

$$\Rightarrow 8y - \frac{y}{15} + 2 + \frac{5}{15} = 8y + 2 - \frac{y - 5}{15} = 7x$$

$$\Rightarrow \frac{y - 5}{15} = t, \ y = 15t + 5$$

यदि $t = 0$ तो $y = 5$, यदि $t = 1$ तो $y = 20$, $t = 2$ तो $y = 35$

इस प्रकार ι से गुणित करके x, y के अनन्त मान प्राप्त किये जा सकते हैं।

कुट्टक तथा डायफेंटस विधि की तुलना

कुट्टक में वल्ली निर्माण के उपाय से निकटतम संगत परिमेय संख्या $\frac{q}{p}$ प्राप्त करके एक अन्य समीकरण के सृजन द्वारा ऐसे समीकरण को प्राप्त करते हैं जिसका मान 0 होता है। इस प्रकार समीकरण-निकाय की उपस्थिति में ऊर्ध्वांक, अधरांक के रूप में पहले x, y का एक निश्चित मान प्राप्त किया

जाता है। अनन्तर उसमें Bt तथा At को जोड़ते हुए अनन्त मान ज्ञात करते हैं।

डायफेंटस विधि में क्रमशः समीकरण का उपयोग करते हुए ऐसे समीकरण अंग को प्राप्त करते हैं, जिसका मान 0,1,2 आदि कुछ भी हो सकता है। इससे x, y का न्यूनतम धनात्मक मान तथा उसमें Bt तथा At जोड़ते हुए अनन्त मान ज्ञात कर लिये जाते हैं।

उपरिलिखित उदाहरण में दोनों की तुलना करते हैं—

प्राचीन भारतीय विधि	डायफेंटस विधि
$\frac{17y + 5}{15} = x \Rightarrow 15x - 17y = 5$	$15x - 17y = 5 \Rightarrow \frac{17y + 5}{15} = x$
सृजित समीकरण → $7x - 8y = 0$	अतः समीकरणांग → $\frac{y - 5}{15} = 0, 1, 2$ आदि कोई भी
अतः $x = 40, y = 35$ एक निश्चित मान अब 35 के साथ 15×0 या 15×1 या 15×-1 या 15×2 या 15×-2 आदि कुछ भी जोड़ते हुए y के अनन्त मान	अतः $x = 17t + 6, y = 15t + 5$ अब 5 के साथ 15×0 या 15×1 या 15×2 या 15×3 या 15×4 आदि कुछ भी जोड़ते हुए y के अनन्त मान

इस तुलना से प्रकट है कि प्राचीन भारतीय विधि सर्वथा मौलिक एवं डायफेंटस से विलक्षण है। भारतीय विधि में समीकरण-निकाय के उपयोग द्वारा एक निश्चित मान प्राप्त करने की संक्रिया अन्तर्निहित है। इस निश्चित मान के आधार पर अनेक अनिश्चित मानों के प्राप्त करने का सूत्र भी यहाँ स्पष्ट वर्णित किया गया है।

इस प्रसंग का एक अन्य उदाहरण इस प्रकार प्रस्तुत है—

द्वितीय उदाहरण

यदि कुट्टक विधि में पटु हो तो वह गुणक (y) *बताओ, जिससे* 100 *को गुणा करके उस गुणन फल में* 90 *जोड़ या घटा कर* 63 *से भाग देने पर निश्शेष (पूर्णांक* x) *बचता है*[1]।

1. शतं हतं येन युतं नवत्या विवर्जितं वा विहतं त्रिषष्ट्या।
निरग्रकं स्याद् वद मे गुणं तं स्पष्टं पटीयान् यदि कुट्टकेऽसि।।
(भास्करीय बीजगणित, पृ. 105, लीलावती, पृ. 353)

प्रश्नानुसार समीकरण—

$$\frac{\overset{B}{100y} + \overset{C}{90}}{\overset{A}{63}} = x$$

यहाँ भी पूर्वोक्त प्रकार से वल्ली बनाते हैं—

$$
\begin{array}{l}
63)\ 100\ (1^{a} \\
\quad \underline{63} \\
\quad 37)\ 63\ (1^{b} \\
\qquad \underline{37} \\
\qquad 26)\ 37\ (1^{c} \\
\qquad\quad \underline{26} \\
\qquad\quad 11)\ 26\ (2^{d} \\
\qquad\qquad \underline{22} \\
\qquad\qquad 4)\ 11\ (2^{e} \\
\qquad\qquad\quad \underline{8} \\
\qquad\qquad\quad 3)\ 4\ (1^{f} \\
\qquad\qquad\qquad \underline{3} \\
\qquad\qquad\qquad 1
\end{array}
$$

पूर्व गुणनफल		वल्ली या भागफल		पूर्व गुणक			
↑1530	×	1	+	900	=	2430	उर्ध्वांक (x) लब्धि
900	×	1	+	630	=	1530	अधरांक (y) गुणक
630	×	1	+	270	=	900	
270	×	2	+	९0	=	630	
90	×	2	+	९0	=	270	
90	×	1	+	0	=	90	

क्षेप (C) → 90

ऊर्ध्वांक तथा अधरांक ही क्रमशः x तथा y का एक मान है। न्यूनतम धनात्मक मान प्राप्त करने के लिये 2430 ÷ 100 (B)। शेष 30 ही लब्धि (x) है। अधरांक (y) को हर (A) से भाग देने पर 1530 ÷ 63। शेष 18 ही गुणक (y) होगा।

वैज्ञानिक व्याख्या—

यहाँ $\frac{100}{63}$ इस $\frac{B}{A}$ का $\frac{q}{p}$ $\frac{27}{17}$ है।

क्योंकि— $\left.\begin{array}{l} 63 \times 27 = 1701 \\ 100 \times 17 = 1700 \end{array}\right\} 1701 - 1700 = 1$

पूर्वोक्त वल्ली से भी क्षेप (C) को छोड़ देने पर यही $\frac{q}{p}$ प्राप्त करते हैं—

$17 \times 1 + 10 = 27$ ऊर्ध्वांक

$10 \times 1 + 7 = 17$ अधरांक

$7 \times 1 + 3 = 10$

$3 \times 2 + 1 = 7$

$1 \times 2 + 1 = 3$

$1 + 0 = 1$

अब qC = x तथा pC = y इस पूर्वोक्त नियम के अनुसार—

$27 \times 90 = 2430$ (x), $17 \times 90 = 1530$ (y)

स्पष्टतः यही पूर्वोक्त उर्ध्वांक तथा अधरांक है। इसका न्यूनतम पूर्णांक मान प्राप्त करने के लिये पूर्वोक्त सूत्रानुसार—

$$x = 2430 + 100\,(-24) \Rightarrow 2430 - 2400 = 30$$

$$y = 1530 + 63\,(-24) \Rightarrow 1530 - 1512 = 18$$

डायफैंटस के अनुसार हल—

$$63x - 100y = 90 \Rightarrow \frac{100y + 90}{63} = x$$

दोनों पक्षों को 17 से गुणित करने पर→ $\frac{1700y + 1530}{63} = 17x$

$$\Rightarrow 27y - \frac{y}{63} + 24 + \frac{18}{63} = 27y + 24 - \frac{y - 18}{63} = 17x$$

$$\Rightarrow \frac{y - 18}{63} = 27y + 24 - 17x$$

$$\Rightarrow \frac{y - 18}{63} = t,\ y = 63t + 18,$$

यदि $t = 0$ तो $y = 18$, यदि $t = 1$ तो $y = 81$

व्याख्याकारों ने इस प्रश्न को अनेक आकारों में परिवर्तित करके हल किया है। एक प्रकार के अनुसार अंश को 10 से अपवर्तन देकर यह समीकरण प्राप्त करते हैं—

$\frac{10y \pm 9}{63} = x$ दृढ़ भाज्य 10, हार 63, दृढ़ क्षेप 9

यहाँ हार भाज्य से बड़ा है। अतः हार A को भाज्य B से भाग देते हुए वल्ली बनाते हैं—

```
10) 63 (6a
    60
    ---
     3) 10 (3b
         9
        ---
         1
```

वल्ली

0

6a $171 \times 0 + 27 = 27$ ऊर्ध्व स्थित अंक x

3b $27 \times 6 + 9 = 171$ अधर स्थित अंक y

9c $9 \times 3 + 0 = 27$

0

अब पूर्वोक्त विधि अनुसार उर्ध्वांक को भाज्य (B) से तथा अधरांक को हर (A) से भाग देते हैं—

```
10) 27 (2          63) 171 (2
    20                 126
    ——                 ———
     7 शेष              45 शेष
```

प्रस्तुत उदाहरण में 7 तथा 45 क्रमशः धनक्षेपीय समीकरण के लब्धि, गुणक नहीं है। इसका कारण यह बताया गया है कि यहाँ लब्धियाँ विषम संख्यक है। इस स्थिति में धनक्षेपीय समीकरण में x, y का न्यूनतम मान प्राप्त करने के लिये अतिरिक्त नियम बताया गया है—

धनक्षेपीय समीकरण के लिये प्राचीन अतिरिक्त नियम—

एवं तदैवात्र यदा समास्ताः स्युर्लब्धयश्चेद्विषमास्तदानीम्।
यदागतौ लब्धिगुणौ विशोध्यौ स्वतक्षणात् शेषमितौ च तौ स्तः।।

(भास्करीय बीजगणित, कुट्टकाध्याय, श्लोक 5 पृ. 98)

अर्थात् पूर्वोक्त विधि तभी समुचित है, जब लब्धियाँ सम हों। इनकी विषम संख्या होने पर पूर्वोक्त शेष संख्याओं को क्रमशः दृढ़ भाज्य तथा दृढ़ हार से घटाने पर क्रमशः वास्तविक लब्धि गुणक होते हैं।

अतः $10 - 7 = 3$ लब्धि, $63 - 45 = 18$ गुणक

इस उदाहरण में अंश को 10 से अपवर्तित किया गया है। अतः लब्धि (x) स्वभावतः पूर्वोक्त उदाहरण की लब्धि का $\frac{1}{10}$ है। यदि मूल भाज्य की लब्धि ज्ञात करना चाहें तो इसे 10 से गुणित करके 30 प्राप्त कर सकते हैं। इस स्वाभाविक नियम को भास्कराचार्य ने निरूपित किया है[1]।

---

1. भवति कुट्टकविधेर्युतिभाज्ययोः समपवर्तितयोरथवा गुणः।
   भवति यो युतिभाजकयोः पुनः स च भवेदपवर्तनसंगुणः।।
   (भास्करीय बीजगणित, कुट्टकाध्याय, श्लोक 6, पृ. 99)

वैज्ञानिक व्याख्या

पूर्वोक्त व्याख्या में कुछ कुट्टक समीकरणों के सूत्र कहे हैं। पूर्वोक्त परिस्थिति में अर्थात् जहाँ $Aq - Bp = 1$ है, वहाँ उन्हीं संख्याओं वाले ऋणक्षेपीय समीकरण के लिये $\frac{B}{A} \frac{-q}{-p}$ से नवीन $\frac{q}{p}$ प्राप्त किया जाता है, इस प्रकार नवीन $qC = x$ तथा नवीन $pC = y$ होता है। जैसे पूर्वोक्त उदाहरण में संख्याओं को उसी प्रकार ऋणक्षेपीय बनाने पर—

$$\frac{17y - 5}{15} = x$$

उपरिलिखित संक्रिया करने पर→ $\frac{17}{15} \frac{-8}{-7} = \frac{9}{8}$ ← नवीन $\frac{q}{p}$

इस प्रकार→ $x = 9 \times 5 = 45,\ y = 8 \times 5 = 40$ एक मान

न्यूनतम मान प्राप्ति हेतु→ $x = 45 + (17 \times -2) = 11,$

$$y = 40 + (15 \times -2) = 10$$

साथ ही जहाँ $Aq - Bp = -1$ है वहाँ धनक्षेपीय समीकरण के x, y के मान के लिये उसी प्रकार नवीन $\frac{q}{p}$ प्राप्त करना होगा। इस प्रकार—

$Aq - Bp = 1$ होने पर ऋणक्षेपीय समीकरण में
$Aq - Bp = -1$ होने पर धनक्षेपीय समीकरण में } $\frac{B}{A} \frac{-q}{-p} =$ नवीन $\frac{q}{p}$

इस स्थिति में x, y के मान के लिये यह विशिष्ट सूत्र प्राप्त होता है—

$$(B - q)\ C + (\pm Bt) = x$$
$$(A - p)\ C + (\pm At) = y$$

प्रस्तुत उदाहरण में इन सूत्रों को समन्वित करने के लिये पूर्वोक्त नियम से प्रथम $\frac{q}{p}$ प्राप्त करते हैं। यहाँ अंश (B) छोटा तथा हर (A) बड़ा होने से पूर्वोक्त रीति से $\frac{b}{ab + 1}$ सूत्र लागू होगा। इस प्रकार—

$$\frac{B}{A} = \frac{10}{63} \text{ का } \frac{q}{p} = \frac{3}{19}$$

यह सही है। क्योंकि $Aq - Bp = \pm 1$ सूत्र अनुसार—

$$(63 \times 3) - (10 \times 19) = 189 - 190 = -1$$

इस स्थिति में इससे पहले उल्लिखित सूत्र के द्वारा इस $\frac{q}{p}$ से ऋणक्षेपीय समीकरण का हल प्राप्त होगा। अतः—

$$x = 3 \times 9 = 27, \ y = 19 \times 9 = 171 \text{ एक मान}$$

प्राचीन वल्ली निर्माण पद्धति से भी यही मान प्राप्त किया गया है।

न्यूनतम मान—

$$x = 27 + (10 \times -2) = 7, \ y = 171 + (63 \times -2) = 45$$

इस $\frac{q}{p}$ के द्वारा एक अन्य समीकरण का सृजन किया जा सकता है, जिसका मान 0 हो। इस प्रकार—

$$63x - 10y = -9$$
$$19x - 3y = 0$$

इस समीकरण निकाय के प्राप्त होने पर पूर्वोक्त गुणांकों को बराबर करने की विधि से उपपत्तिपूर्वक x, y का मान प्राप्त हो जाता है।

डायफैंटस की विधि से भी प्रकट है कि यहाँ $\frac{q}{p}$ के $p = 19$ से सभी पक्षों को गुणित करने पर qc को y के एक मान के रूप में प्राप्त करते हैं—

$$\frac{10y - 9}{63} = x \Rightarrow \frac{190y - 171}{63} = 19x$$

$$\Rightarrow 3y + \frac{y}{63} - 2 - \frac{45}{63} \Rightarrow 3y - 2 + \frac{y - 45}{63} = 19x,$$

$$\Rightarrow \frac{y - 45}{63} = 19x - 3y + 2$$

$$\Rightarrow \frac{y - 45}{63} = t, \Rightarrow y = 63t + 45$$

यहाँ $63 \times 2 + 45 = 171$ यह y का एक मान है।

प्रस्तुत उदाहरण में धनक्षेपीय समीकरण का हल प्राप्त करने के लिये प्रस्तुत सूत्र का उपयोग होगा। इस प्रकार—

$\frac{10}{63} - \frac{3}{19} = \frac{7}{44} \leftarrow$ नवीन $\frac{q}{p}$, यह $\frac{B}{A}$ से 1 अंश अधिक है—

$$(63 \times 7) - (10 \times 44) = 441 - 440 = 1$$

इस नवीन $\frac{q}{p}$ के आधार पर—

$x = 7 \times 9 = 63$ लब्धि का एक मान,

$y = 44 \times 9 = 396$ गुणक का एक मान

न्यूनतम मान$\rightarrow$

$x = 63 + (10 \times -6) = 3,\ y = 396 + (63 \times -6) = 18$

इस नवीन $\frac{q}{p}$ के द्वारा एक अन्य समीकरण का सृजन कर सकते हैं जिसका मान 0 हो—

$$63x - 10y = 9$$

$$44x - 7y = 0$$

इस समीकरण-निकाय के हल से उपपत्तिपूर्वक x, y का पूर्वोक्त एक मान प्राप्त हो जाता है।

डायफैंटस की विधि से धनक्षेपीय समीकरण का मान प्राप्त करते हैं—

$$\frac{10y + 9}{63} = x$$

दोनों पक्षों को 44 से गुणित करने पर→ $\frac{440y + 396}{63} = 44x$

$$\Rightarrow 7y - \frac{y}{63} + 6 + \frac{18}{63} = 7y + 6 - \frac{y - 18}{63} = 44x$$

$$\Rightarrow \frac{y - 18}{63} = t,\ y = 63t + 18$$

यदि $t = 0$ तो $y = 18$, $t = 1$ तो $y = 81$,

यदि $t = 6$ तो $y = 18 + 63 \times 6 = 396$

इस प्रकार x तथा y के क्रमशः 63 तथा 396 मान प्राप्त कर लेने पर इनके साथ क्रमशः Bt तथा At को जोड़ते हुए यह सारणी प्राप्त करते हैं—

लब्धि x	गुणक y
$63 + 10 \times (-1) = 53$	$396 + 63 \times (-1) = 333$
$63 + 10 \times (-2) = 43$	$396 + 63 \times (-2) = 270$
$63 + 10 \times (-3) = 33$	$396 + 63 \times (-3) = 207$
$63 + 10 \times (-4) = 23$	$396 + 63 \times (-4) = 144$
$63 + 10 \times (-5) = 13$	$396 + 63 \times (-5) = 81$
$63 + 10 \times (-6) = 03$	$396 + 63 \times (-6) = 18$

प्रयत्न तथा भूल विधि से यह मान आसानी से प्राप्त है—

y	1	2	3	4	5	6	7	8	9
x	$\frac{19}{63}$	$\frac{29}{63}$	$\frac{39}{63}$	$\frac{49}{63}$	$\frac{59}{63}$	$\frac{69}{63}$	$\frac{79}{63}$	$\frac{89}{63}$	$\frac{99}{63}$
y	10	11	12	13	14	15	16	17	18
x	$\frac{109}{63}$	$\frac{119}{63}$	$\frac{129}{63}$	$\frac{139}{63}$	$\frac{149}{63}$	$\frac{159}{63}$	$\frac{169}{63}$	$\frac{179}{63}$	$\frac{189}{63} = 3$

ऋणक्षेपीय कुट्टक की प्राचीन पद्धति

प्राचीन गणित में ऋणक्षेपीय समीकरण का धनक्षेपीय हल प्राप्त करने के पश्चात् उसके आधार पर निम्न नियम से ऋणक्षेपीय हल प्राप्त किया जाता था—

योगजे तक्षणाच्छुद्धे गुणाप्ती स्तो वियोगजे।
धनभाज्योद्भवे तद्वत् भवेतामृणभाज्यजे।।

(भास्करीय बीजगणित, श्लोक 7, पृ. 100)

अर्थात् धनक्षेप से प्राप्त गुणक (y) और लब्धि (x) को अपने-अपने तक्षण या क्रमशः हार (A) तथा भाज्य (B) में से घटाने पर ऋणक्षेपीय गुणक तथा लब्धि प्राप्त होते हैं।

पूर्वोक्त प्रश्न को ऋणक्षेपीय समीकरण के रूप में उदाहरण प्राप्त किया गया है—

$$\frac{10y - 9}{63} = x$$

इसे पूर्वोक्त प्राचीन नियम से हल करते हैं। इससे पूर्व धनात्मक क्षेप में लब्धि (x) 3 तथा गुणक (y) 18 प्राप्त किये गए हैं। इस प्रश्न में—

हार से गुणक को घटाने पर→ 63 − 18 = 45 गुणक y

भाज्य से लब्धि को घटाने पर→ 10 − 3 = 7 लब्धि x

वैज्ञानिक व्याख्या

ऋणक्षेपीय कुट्टक को नवीन व्याख्या के अनुसार ऊपर हल किया जा चुका है। तुलना के लिये दोनों प्रकारों का क्रमशः एक साथ निरूपण करते हैं—

प्राचीन पद्धति	नवीन व्याख्या
1. धनक्षेपीय तथा ऋणक्षेपीय समीकरणों के हल के लिये पहले वल्ली बनाकर ऊर्ध्वांक, अधरांक प्राप्त करते हैं। प्रस्तुत उदाहरणों में उर्ध्वांक = 27, अधरांक = 171 हैं।	1. वे ऋणक्षेपीय समीकरण जहाँ $Aq - Bp = -1$ तथा वे धनक्षेपीय जहाँ $Aq - Bp = 1$ है, वहाँ $x = qC, y = pC$ से अथवा ऊर्ध्वांक, अधरांक से x, y का एक मान प्राप्त हो जाता है। जैसे प्रस्तुत उदाहरण में x = 27, y = 171।

2. धनक्षेपीय समीकरणों में x, y के अनेक मान प्राप्त करने के लिये लब्धि को भाज्य से तथा गुणक को भाजक से भाग देकर दोनों का शेष प्राप्त करते हैं। प्राचीन ग्रन्थों में यह नहीं कहा है कि ऋणक्षेपीय समीकरणों में भी जहाँ $Aq - Bp = -1$ है वहाँ यह विधि उपयोगी है। अपितु उसके लिये आगे नं. 4 का अलग नियम बताया है।	2. उपरिलिखित दोनों प्रकार के समीकरणों के लिये $qC + (\pm Bt) = x$ तथा $pC + (\pm At) = y$ के द्वारा x, y का न्यूनतम मान प्राप्त कर लेते हैं। अत: प्रस्तुत उदाहरण में ऋणक्षेपीय समीकरण का न्यूनतम मान→ $x = 7$, $y = 45$।
3. वल्ली विषम होने से भाज्य तथा भाजक में से क्रमश: लब्धि तथा गुणक को घटाते हैं। इस प्रकार धनक्षेपीय समीकरण के x, y का न्यूनतम मान प्राप्त करते हैं। जैसे प्रस्तुत उदाहरण में नं 1 विधि से ऊर्ध्वांक (x) 27, अधरांक (y) 171 प्राप्त करके नं. 2 विधि से प्राप्त 7, 45 इस न्यूनतम लब्धि, गुणक के आधार पर उन धनक्षेपीय समीकरणों के लिये जहाँ $Aq - Bp = -1$ हो, वहाँ इस नं. 3 विधि से वास्तविक न्यूनतम लब्धि, गुणक 3, 18 प्राप्त करते हैं।	3. वे धनक्षेपीय समीकरण जहाँ $Aq - Bp = -1$ है तथा ऋणक्षेपीय जहाँ $Aq - Bp = 1$ है वहाँ नवीन $\frac{q}{p}$ प्राप्त करके नवीन $qC + (\pm Bt)$ द्वारा x का तथा नवीन $pC + (\pm At)$ द्वारा y का पहले एक निश्चित मान तथा पश्चात् न्यूनतम मान प्राप्त कर लेते हैं। जैसे प्रस्तुत उदाहरण में धनक्षेपीय समीकरण में नवीन $\frac{q}{p}$ द्वारा एक निश्चित मान $x = 63$, $y = 396$ प्राप्त करके न्यूनतम वास्तविक मान 3, 18 प्राप्त करते हैं।
4. हर (A) में से गुणक (y) को घटाकर y का तथा भाज्य (B) में से लब्धि (x) को घटाकर ऋणक्षेपीय समीकरण के x का न्यूनतम मान प्राप्त करते हैं। जैसे यहाँ 7 तथा 45 हैं।	4. सभी ऋणक्षेपीय समीकरण जहाँ $Aq - Bp = -1$ है वहाँ नं. 2 की विधि से x, y का न्यूनतम मान प्राप्त होता है। अत: प्राचीन विधि से पहले धनक्षेपीय समीकरण का न्यूनतम मान ज्ञात करना पुन: नई विधि से उसे बदल कर ऋणक्षेपीय समीकरण का न्यूनतम मान ज्ञात करना, इसकी आवश्यकता नहीं। जैसे प्रस्तुत उदाहरण में ऋणक्षेपीय समीकरण में $x = 27$, $y = 171$ अत: नं. 2 की विधि से न्यूनतम मान $x = 7$, $y = 45$।

ऋणात्मक भाज्य हार संख्याओं के उदाहरण

इस प्रसंग में ऐसे उदाहरण प्रस्तुत किये गए हैं, जिनमें भाज्य तथा हार में कोई संख्या ऋणात्मक होती है।

प्रथम प्रकार का उदाहरण

हे गणक, उस गुणक राशि y *को बताओ, जिसे ऋणात्मक* 60 *से गुणा कर* 3 *जोड़ते या घटाते हैं, तो नि:शेष अर्थात् पूर्णांक में लब्धि* (x) *प्राप्त होता है। उस नि:शेष राशि* (x) *को भी अलग से बताओ*[1]?

प्रश्नानुसार समीकरण→ $\frac{-60y \pm 3}{13} = x$

यहाँ पूर्वोक्त प्राचीन प्रक्रिया के अनुसार 69 ऊर्ध्वांक तथा 15 अधरांक प्राप्त होते हैं। यहाँ लब्धियाँ विषम हैं। अत: 'लब्धयश्चेद्विषमास्तदानीम्....' श्लोक 5 के अनुसार धनभाज्य धनक्षेप की स्थिति में 69 को 60 से भाग देने पर शेष 9 को भाज्य 60 में से घटाने पर 51 लब्धि तथा 15 को हर 13 से भाग देने पर शेष 2 को 13 से घटाने पर 11 गुणक होंगे। साथ ही ऋण भाज्य ऋणक्षेप में –51 लब्धि तथा पूर्वोक्त 11 गुणक होंगे।

पर धन भाज्य ऋण क्षेप की स्थिति में 'योगजे तक्षणाच्छुद्धे....' इस श्लोक 7 के अनुसार 60 – 51 = 9 तथा 13 – 11 = 2 अर्थात् 69 में 60 से भाग देने पर जो शेष है वही लब्धि तथा 15 को 13 से भाग देने पर जो शेष है वही गुणक का एक मान होता है। साथ ही ऋणभाज्य धनक्षेप की स्थिति में –9 लब्धि तथा 2 गुणक प्राप्त होते हैं।

---

1. यद् गुणा क्षयगषष्टिरन्विता वर्जिता च यदि वा त्रिभिस्तत:।
   स्यात् त्रयोदशहृता निरग्रका तं गुणं गणक मे पृथक् वद।।
   (भास्करीय बीजगणित, कुट्टकाध्याय, उदा. 3, पृ. 108)

   तुलनीय— यद् गुणा गणक षष्टिरन्विता वर्जिता च दशभि: षडुत्तरै:।
   स्यात् त्रयोदशहृता निरग्रका तं गुणं कथय मे पृथक् पृथक्।।

   इस श्लोक से $\frac{60y + 16}{13} = x$ आकार का समीकरण प्राप्त होता है।

इसे चार्ट में इस प्रकार प्रस्तुत करते हैं—

धनभाज्य धनक्षेप

51 लब्धि (x), 11 गुणक (y)

अत: $\frac{60 \times 11 + 3}{13} = \frac{663}{13} = 51$

ऋणभाज्य ऋणक्षेप

–51 लब्धि (x), 11 गुणक (y)

अत: $\frac{-60 \times 11 - 3}{13} = \frac{-663}{13} = -51$

धनभाज्य ऋणक्षेप

9 लब्धि (x), 2 गुणक (y),

अत: $\frac{60 \times 2 - 3}{13} = \frac{117}{13} = 9$

ऋणभाज्य धनक्षेप

–9 लब्धि (x), 2 गुणक (y)

अत: $\frac{-60 \times 2 + 3}{13} = \frac{-117}{13} = -9$

वैज्ञानिक व्याख्या

यहाँ $\frac{B}{A}$ $\frac{60}{13}$ का $\frac{q}{p}$ $\frac{23}{5}$ है। क्योंकि—

$(13 \times 23) - (60 \times 5) \Rightarrow 299 - 300 = -1 \leftarrow$ ऋणात्मक शेष। धनात्मक शेष प्राप्त करने के लिये—

$\frac{60 - 23}{13 - 5} = \frac{37}{8}$ नवीन $\frac{q}{p}$। यहाँ—

$(13 \times 37) - (60 \times 8) \Rightarrow 481 - 480 = 1 \leftarrow$ धनात्मक शेष

पूर्वोक्त विवरण अनुसार धनभाज्य धनक्षेपीय समीकरण में धनात्मक शेष वाला नवीन $\frac{q}{p}$ मान्य है। अत: ऐसे $qC = x, pC = y$ के अनुसार—

$37 \times 3 = 111$ लब्धि (x) का एक मान

$8 \times 3 = 24$ गुणक (y) का एक मान

इस दशा में पूर्वसूत्रानुसार—

$111 + \{60 \times (-1)\} = 51$ पूर्वोक्त लब्धि (x)

$24 + \{13 \times (-1)\} = 11$ पूर्वोक्त गुणक (y)

धनभाज्य ऋणक्षेपीय समीकरण में ऋणात्मक शेष वाला $\frac{q}{p}$ मान्य है।

अत: ऐसे qC = x, pC = y के अनुसार—

$23 \times 3 = 69$ ऋणक्षेपीय लब्धि (x) का एक मान (ऊर्ध्वांक)
$5 \times 3 = 15$ ऋणक्षेपीय गुणक (y) का एक मान (अधरांक)

अत: पूर्वानुसार—

$69 + \{60 \times (-1)\} = 9$ पूर्वोक्त लब्धि (x)
$15 + \{13 \times (-1)\} = 2$ पूर्वोक्त गुणक (y)

ऋणभाज्य धनक्षेप तथा ऋणभाज्य ऋण क्षेप में पूर्वोक्त नियम विपरीत क्रम में लागू होता है। इस प्रकार उससे ऐसे x, y का पूर्वोक्त मान प्राप्त कर लिया जाता है। यहाँ धन, ऋण संख्याओं के गुणन तथा भजनफल के ऋणात्मक होने के कारण ऋणात्मक गुणक प्राप्त होता है।

ऋणात्मक हार का उदाहरण

वह कौन सी राशि है, जिसे 18 से गुणा करके 10 जोड़ने या घटाने से तथा ऋणात्मक 11 से भाग देने पर शुद्ध पूर्णांक भागफल प्रदान करती है[1]।

प्रश्नानुसार समीकरण→ $\frac{18y \pm 10}{-11} = x$

यहाँ 50 या 30 क्रमश: ऊर्ध्वांक तथा अधरांक हैं। ऊर्ध्वांक 50 को 18 से भाग देने पर शेष 14 लब्धि है तथा 30 को 11 से भाग देने पर शेष 8 गुणक है। ये लब्धि गुणक धन शेष की स्थिति में है। ऋणक्षेप की स्थिति में पूर्व नियमानुसार $18 - 14 = 4$ लब्धि तथा $11 - 8 = 3$ गुणक होंगे।

यहाँ प्रश्न में हार 11 को ऋणात्मक कहा गया है। भास्करीय बीजगणित में धनर्णषड्विधम्, श्लोक 2, पृ. 10 में 'क्षयो भागहरेऽपि

1. अष्टादशहता केन दशाढ्या वा दशोनिता:।
शुद्धं भागं प्रयच्छन्ति क्षयगैकदशोद्धृता:।।
(भास्करीय बीजगणित, कुट्टकाध्याय, उदा. नं. 10, पृ. 112)

चैवं निरुक्तम्' में कहा है कि भाज्य तथा भाजक में से एक धनात्मक तथा एक ऋणात्मक होने पर भागफल ऋणात्मक होता है। यहाँ हर (A) ऋणात्मक होने से लब्धि (x) ऋणात्मक होगी। इस प्रकार यहाँ धनक्षेप तथा ऋणक्षेप दोनों स्थितियों में पूर्वप्रोक्त गुणक (y) धनात्मक तथा लब्धि (x) ऋणात्मक होगी। अत:—

$$\frac{18 \times 8 + 10}{-11} = \frac{154}{-11} = -14 \quad \text{तथा—}$$

$$\frac{18 \times 3 - 11}{-11} = \frac{44}{-11} = -4$$

वैज्ञानिक व्याख्या

$\frac{18}{11}$ का $\frac{q}{p} \rightarrow \frac{5}{3}$ (I) क्योंकि $(11 \times 5) - (18 \times 3) = 55 - 54 = 1$ धनात्मक शेष।

$\frac{18 - 5}{11 - 3} = \frac{13}{8} \leftarrow$ नवीन $\frac{q}{p}$ (II) क्योंकि $(11 \times 13) - (18 \times 8)$ $= 143 - 144 = -1$ ऋणात्मक शेष।

पूर्वोक्त नियमानुसार प्रथम $\frac{q}{p}$ का उपयोग करते हुए धनक्षेपीय समीकरण में—

$$\left.\begin{array}{l} 5 \times 10 = 50 \ \ x \\ 3 \times 10 = 50 \ \ y \end{array}\right\}$$ यही प्राचीन व्याख्या में क्रमश: ऊर्ध्वांक तथा अधरांक है।

तथा $$\left.\begin{array}{l} 50 + \{18 \times (-2)\} = 14 \ \ x \\ 30 + \{11 \times (-2)\} = 08 \ \ y \end{array}\right\}$$ न्यूनतम मान।

ऋणक्षेपीय समीकरण में—

$$13 \times 10 = 130 \ \ x$$
$$8 \times 10 = 80 \ \ y$$

तथा
$$\left.\begin{aligned} 130 + \{18 \times (-7)\} &= 4\,x \\ 80 + \{11 \times (-7)\} &= 3\,y \end{aligned}\right\}$$ x, y का न्यूनतम मान।

इस उदाहरण के समीकरण में हर (A) के ऋणात्मक होने से उपरलिखित दोनों लब्धियाँ (x) ऋणात्मक होंगी; क्योंकि भास्कराचार्य प्रोक्त गणित के सार्वभौम नियम के अनुसार भाज्य तथा भाजक में से एक के धनात्मक, अन्य के ऋणात्मक होने पर भागफल ऋणात्मक ही होता है। यहाँ भाजक के ऋणात्मक होने से (x) ऋणात्मक होगा।

पर यदि इन समीकरणों में गुणक (y) का मान ऋणात्मक प्राप्त कर लें तो इस सार्वभौम नियम के अनुसार (x) धनात्मक होगा। जैसे धनक्षेपीय समीकरण में $30 + \{11 \times (-3)\} = -3$ यह भी (y) का एक मान है तथा ऋणक्षेपीय समीकरण में $80 + \{11 \times (-8)\} = -8$ यह भी (y) का एक मान है। इस दशा में समीकरण में (x) धनात्मक होगा। जैसे—

$$\frac{18 \times (-3) + 10}{-11} = \frac{-44}{-11} = 4$$ तथा

$$\frac{18 \times (-8) - 10}{-11} = \frac{-154}{-11} = 14$$

अन्य उदाहरण

वह कौन सी राशि है, जिससे 5 को गुणित करने पर तथा उसमें 23 जोड़ने या घटाने पर तथा अन्त में 3 से भाग देने पर निःशेष पूर्णांक संख्या प्राप्त होती है[1]।

प्रश्नानुसार समीकरण→ $\frac{5y \pm 23}{3} = x$

यहाँ वल्ली सम है तथा पूर्व नियमानुसार ऊर्ध्वांक 46 तथा अधरांक 23 है। इस 23 में हर 3 से भाग देने पर भागफल 7 तथा 2 शेष है।

---

1. येन संगुणिताः पञ्च त्रयोविंशतिसंयुताः।
वर्जिता वा त्रिभिर्भक्ताः निरग्रा स्युः स को गुणः।।
(भास्करीय बीजगणित, कुट्टक, श्लोक 11, पृ. 112 तथा लीलावती, पृ. 340)

46 में 5 से भाग देने पर भागफल 9 तथा शेष 1 प्राप्त होता है। यहाँ भास्कराचार्य का एक नियम इस प्रकार है—

गुणलब्ध्योः समं ग्राह्यं धीमता तक्षणे फलम्।

(भा.बी.ज. कुट्टक, श्लोक 8, पृ. 100)

गुणक (y) का हर (A) से तथा लब्धि (x) का भाज्य (B) से तक्षण या भाग की स्थिति में समान भागफल के आधार पर जो शेष प्राप्त हो उसे ही न्यूनतम धनात्मक पूर्णांक गुणक तथा लब्धि समझना चाहिये।

प्रस्तुत उदाहरण में $23 \div 3$ में भागफल 7 के आधार पर 2 शेष (y) है। अतः $46 \div 5$ में भी 7 भागफल के आधार पर जो शेष प्राप्त हो उसे लब्धि (x) समझना चाहिये। इस प्रकार धनक्षेपीय समीकरण में गुणक (y) का मान 2 तथा लब्धि (x) का मान 11 प्राप्त होता है।

ऋणक्षेपीय गुणक तथा लब्धि प्राप्त करने के लिये इन्हें क्रमशः हार तथा भाज्य में से घटाते हैं। अतः $3 - 2 = 1$ तथा $5 - 11 = -6$ ये ऋणक्षेपीय गुणक तथा लब्धि सिद्ध होते हैं। इसके साथ ही द्विगुणित हार तथा भाज्य को क्रमशः इस गुणक तथा लब्धि के साथ जोड़ने पर $2 \times 3 + 1 = 7$ तथा $2 \times 5 + (-6) = 4$ ये क्रमशः दोनों धनात्मक गुणक तथा लब्धि सिद्ध होते हैं।

वैज्ञानिक व्याख्या

प्रस्तुत उदाहरण में $\frac{q}{p}$ बनाने के नियम $\frac{ab+1}{b}$ के अनुसार—

धनक्षेपीय समीकरण के लिये $\frac{q}{p} \to \frac{2}{1}$

ऋणक्षेपीय समीकरण के लिये $\frac{q}{p} \to \frac{3}{2}$

अतः धनक्षेपीय समीकरण में $qC = x, pC = y$ के अनुसार $x = 46$ तथा $y = 23$ है। स्पष्टतः यही प्राचीन व्याख्या का क्रमशः ऊर्ध्वांक तथा अधरांक है।

पूर्वोक्त सूत्र के अनुसार धनक्षेपीय समीकरण के x, y का अन्य मान प्राप्त करने के लिये—

$$46 + \{5 \times (-7)\} = 11$$ x का न्यूनतम पूर्णांक मान

$$23 + \{3 \times (-7)\} = 2$$ y का न्यूनतम पूर्णांक मान

इन मानों को प्राप्त करने के लिये Bt तथा At में t का मान –7 है। दोनों उदाहरणों में इसी –7 से गुणित करना पड़ा है। पूर्वोक्त सूत्र के अनुसार ऐसा गुणन सर्वथा तर्कसंगत है। प्राचीन व्याख्या में भास्कराचार्य के नियम के अनुसार जो भाग करके शेष प्राप्त करने का विधान किया गया है, वह वास्तव में इस प्रकार का गुणन ही है। इससे यह स्पष्ट होता है कि पूर्वोक्त व्याख्या में 7 से अधिक भागफल प्राप्ति की स्थिति में भी आखिर क्यों 7 को ही भागफल मानते हुए शेष को लब्धि (x) का एक मान बताया है।

ऋणक्षेपीय समीकरण में पूर्व नियमानुसार $x = 69$ तथा $y = 46$ है। इसका अन्य मान प्राप्त करने के लिये—

$$69 + \{5 \times (-13)\} = 4$$ x का न्यूनतम पूर्णांक मान

$$46 + \{3 \times (-13)\} = 7$$ y का न्यूनतम पूर्णांक मान

प्राचीन व्याख्या में भी इसे इसी नियम से प्राप्त किया गया है। इसका अन्य नियम भी सर्वथा तर्कसंगत है।

गणितसार संग्रह में इस प्रसंग का एक रोचक प्रश्न इस प्रकार है—

हर ढेर में कितने केले

प्रत्येक किसी निश्चित संख्या वाले 63 समूह वाले केले तथा 7 केले मिल कर 23 आदमियों में बराबर-बराबर बँट जाते हैं। बताओ ऐसे कितने केलों वाले समूह थे तथा प्रत्येक आदमी को कितने 2 केले मिले[1]*?*

---

1. राशिस्त्रिषष्टिः कदलीफलानां सम्पीड्य संक्षिप्य च सप्तभिस्तैः।
चान्यैस्त्रयोविंशतिभिर्विशुद्धा राशेस्त्वमेकस्य वद प्रमाणम्॥
(गणित-सार-संग्रह, वल्लिका-कुट्टीकार, श्लोक 117)

प्रश्नानुसार समीकरण$\rightarrow$ $\frac{63y + 7}{23} = x$ 63 भाज्य, 7 क्षेप, 23 हार

यहाँ प्राचीन विधि अनुसार वल्ली बनाने पर 77 ऊर्ध्वांक तथा 28 अधरांक प्राप्त होता है। यही x तथा y का एक मान है। पुनः इसे पूर्व नियमानुसार तष्टित करने पर—

77 ÷ 63 स्थिति में शेष 14 ← लब्धि (x) न्यूनतम धनात्मक मान।

28 ÷ 23 स्थिति में शेष 5 ← गुणक (y) न्यूनतम धनात्मक मान।

नवीन विधि के अनुसार—

$\frac{B}{A}\ \frac{63}{23}$ का $\frac{q}{p} \rightarrow \frac{11}{4}$

क्योंकि $(23 \times 11) - (63 \times 4) = 253 - 252 = 1$

अतः— $qC = 11 \times 7 = 77$ (x)

तथा— $pC = 4 \times 7 = 28$ (y)

यदि यहाँ $t = -1$ हो तो पूर्व सूत्रानुसार—

$77 - 63 = 14$ (x)

$28 - 23 = 05$ (y)

प्रश्न का सरल तथा रोचक आकार यह है कि खरीददार के पास केवल 5-5 तथा बेचने वाले के पास केवल 2-2 रु. वाले नोटों की स्थिति में खरीददार किस प्रकार 7 केलों के बदले में 7 रु. चुका सकता है।

यहाँ समीकरण$\rightarrow$ $5x - 2y = 7$ या $\frac{2y + 7}{5} = x$

इसका $\frac{q}{p} \rightarrow \frac{1}{2}$ अतः $y = 2 \times 7 = 14, x = 1 \times 7 = 7$

अब $14 - 5 \times 2 = 4 = y, 7 - 2 \times 2 = 3 = x$

यह सही है कि सिद्धान्ततः इसके अनेक हल हो सकते हैं। पर व्यवहार में इस प्रथम हल से ही कार्य पूर्ण हो जायेगा।

दो से अधिक चर वाले अनिश्चित समीकरण

प्राचीन गणित में दो से अधिक चर वाले समीकरणों को भी हल किया गया है। इसकी ऱीति कुट्टक से भिन्न है। ऐसे प्रश्नों को हल करने के लिये महावीराचार्य ने यह नियम बताया है—

वाञ्छाभक्तं रूपं स उपान्त्यगुणः सरूपसंयुक्तः।
शेषाणां गुणकारः सैकोऽन्त्यः करणमेतत् स्यात्।।

(गणितसारसंग्रह, मिश्रक व्यवहार, श्लोक 259)

अर्थात् प्रारम्भ में यथेच्छ 1 संख्या के युगल स्वीकार करें। उपान्त्य को 1 से तथा शेष को 2 से गुणा करें। अन्तिम संख्या के साथ 1 जोड़ें। यह करण या क्रम आगे बढ़ाने पर अन्त में अभीष्ट उत्तर प्राप्त होता है।

इस प्रसंग का एक रोचक प्रश्न इस प्रकार है—

किसके पास कितना धन

मार्ग में यात्रा करने वाले 3 व्यापारियों में से बड़े व्यापारी ने बीच वाले व्यापारी के पास जितना था, उतना ही उसे और दे दिया। बीच वाले व्यापारी ने सबसे छोटे वाले व्यापारी के पास जितना था, उतना ही और दे दिया। ऐसा करने पर सब व्यापारियों के पास समान धन हो गया। बताओ उन सब व्यापारियों के पास कितना धन था तथा कितने धन से वे लोग समान धन वाले हो गये[1]?

यहाँ व्यापारियों का धन ज्ञात करने के लिये पूर्वोक्त नियमानुसार संक्रियाएँ करते हैं—

अभीष्ट 1 संख्या का युगल→ 1,1

---

1. वैश्यात्मजास्त्रयस्ते मार्गगता ज्येष्ठमध्यमकनिष्ठाः।
स्वधने ज्येष्ठो मध्यमधनमात्रं मध्यमाय ददौ।।
स तु मध्यमो जघन्यधनमात्रं यच्छति स्मास्य।
समधनिका स्युस्तेषां हस्तगतं ब्रूहि सन्चिन्त्य।।

(गणितसार-संग्रह, मिश्रक-व्यवहार, श्लोक 260, 261)

उपान्त्य (penultimate) को 1 तथा अन्य को 2 से गुणा→ 1,2

अन्तिम में 1 जोड़ कर वही संख्या आगे बढ़ाते हैं→ 1,3,3

उपान्त को 1 तथा अन्य को दो से गुणा→ 2,3,6

अन्त में 1 जोड़ते हैं→ 2,3,7

यही क्रमश: छोटे, मझले तथा बड़े व्यापारी के धन हैं। जाँचें—

बड़े व्यापारी (a) द्वारा मझले व्यापारी (b) को उतना ही धन देने पर बड़े व्यापारी के पास शेष धन→ $7 - 3 = 4$

मझले व्यापारी (b) द्वारा छोटे व्यापारी को उतना ही धन देने पर शेष धन→ $6 - 2 = 4$

छोटे व्यापारी (c) के पास वर्तमान धन→ $2 \times 2 = 4$

प्राचीन गणित का यह नियम किसी निश्चित सिद्धान्त पर आधारित नहीं है। अत: उक्त ग्रन्थ में अलग-अलग उदाहरणों के लिये नियम को अनेकश: बदला गया है।

गणित की नवीन विधि के अनुसार प्रथम प्रश्न को बीजगणित की भाषा में लिखते हैं—

$a - b = x$ कोई समान संख्या

$2b - c = x$ कोई समान संख्या

$2c = x$ कोई समान संख्या

समीकरण में 3 अज्ञात राशियाँ हैं। इन तीनों का मान समान अज्ञात राशि है। इसलिये तीनों समीकरणों के प्रथम पक्ष भी आपस में समान मान रखते हैं। अत: इनकी क्रमश: तुलना करते हैं—

प्रथम, द्वितीय समीकरण की तुलना करने पर→

$$a - b = 2b - c \therefore a = 3b - c$$

द्वितीय, तृतीय समीकरण की तुलना करने पर→

$$2b - c = 2c \rightarrow 2b = 3c \rightarrow b = 3,\ c = 2$$

इन मानों को a के मान में प्रतिस्थापित करने पर→

$$a = (3 \times 3) - 2 = 7$$

क्योंकि x कोई भी समान संख्या है। अत: a, b, c का कोई भी समानुपाती मान x के मान को सन्तुष्ट करता है।

अथवा पूर्वोक्त समीकरण में x को सम्मिलित करते हुए भी a, b, c का मान प्राप्त कर सकते हैं—

$$a = x + b, \quad b = \frac{x + c}{2}, \quad c = \frac{x}{2}$$

इन तीनों समीकरणों में x समान मान वाली 1, 2, 3 आदि कोई भी संख्या हो सकती है। अत: तदनुसार a, b के मान भी अनिश्चित होंगे। अत: ये अनिश्चित समीकरण के उदाहरण हैं। इस प्रकार तीनों समीकरणों में x का कोई भी एक मान द्वारा a, b, c का मान प्राप्त कर सकते हैं। जैसे यदि x = 1 है तो—

जाँचें—

$$a = 1 + \frac{3}{4} = \frac{7}{4} \qquad \frac{7}{4} - \frac{3}{4} = 1$$

$$b = \frac{3}{2} \times \frac{1}{2} = \frac{3}{4} \qquad \frac{3}{2} - \frac{1}{2} = 1$$

$$c = \frac{1}{2} \qquad \frac{1}{2} + \frac{1}{2} = 1$$

यहाँ a, b का मान 4 से विभक्त है। इससे यह प्रकट है कि यदि x का मान 4 हो तो इनका मान पूर्णांक में 7, 3 प्राप्त होगा तथा c का मान $\frac{4}{2} = 2$ सिद्ध होगा।

इससे कुछ बड़ा एक प्रश्न इस प्रकार है—

5 *व्यापारियों में से प्रत्येक ने अपने से बड़े से उतना धन प्राप्त किया, जितना उन प्रत्येक से छोटे के पास था। ऐसा करने से सबके*

पास समान धन हो गया। बताओ, उन व्यापारियों के पास प्रारम्भ में कितना धन था तथा कितने धन से वे लोग समान धन वाले हो गये[1]?

इसे हल करने के लिये पूर्व प्राप्त संख्याओं को उसी क्रम से आगे बढ़ाना होगा। अत: उन संख्याओं के आगे वही संक्रियाएँ करते हैं—

पूर्वोक्त संख्याओं के अन्त में वही संख्या लिखते हैं→ 2,3,7,7

उपान्त को 1 तथा अन्य को 2 से गुणा→ 4,6,7,14

अन्त में 1 जोड़ कर वही संख्या दुहराते हैं→ 4,6,7,15,15

उपान्त को 1 तथा अन्य को 2 से गुणा→ 8,12,14,15,30

अन्त में 1 जोड़ते हैं→ 8,12,14,15,31

यही क्रमश: उन व्यापारियों का धन है।

जाँचें—

$31 \rightarrow a$	$a - b \rightarrow 31 - 15 = 16$
$15 \rightarrow b$	$2b - c \rightarrow 30 - 14 = 16$
$14 \rightarrow c$	$2c - d \rightarrow 28 - 12 = 16$
$12 \rightarrow d$	$2d - f \rightarrow 24 - 08 = 16$
$8 \rightarrow f$	$2f \rightarrow 8 \times 8 = 16$

नवीन विधि के अनुसार यह देखा जाता है कि पाँचों समीकरणों के मान आपस में समतुल्य हैं। अत: उनकी परस्पर तुलना करके a, b आदि का मान प्राप्त करते हैं—

$$a - b = 2b - c \Rightarrow a = 3b - c$$

$$2b - c = 2c - d \Rightarrow b = \frac{3c - d}{2}$$

---

1. वैश्यात्मजाश्च पञ्च ज्येष्ठादनुज: स्वकीयधनमात्रम्।
लेभे सर्वेऽप्येवं समवित्ता: किं नु हस्तगतम्।।
(गणितसार-संग्रह, मिश्रक-व्यवहार, श्लोक 262)

$$2c - d = 2d - f \Rightarrow c = \frac{3d - f}{2}$$

$$2d - f = 2f \Rightarrow 2d = 3f \Rightarrow d = 3, f = 2 \text{ एक मान}$$

क्योंकि d, f आदि का कोई भी समानुपाती मान x के मान को सन्तुष्ट करेगा। अत: $d = 3 \times 4 = 12$, $f = 2 \times 4 = 8$ अन्य मान। इस d तथा f के मान को अन्यों में प्रतिस्थापित करने पर—

$$c = \frac{36 - 8}{2} = 14$$

$$b = \frac{42 - 12}{2} = 15$$

$$a = 45 - 14 = 31$$

इस प्रसंग में उस ग्रन्थ का एक रोचक प्रश्न इस प्रकार है—

पोटली में कितना धन

दो राहगीरों ने रास्ते में पड़ी हुई एक पोटली देखी। उनमें से एक ने कहा कि यदि मुझे इस पोटली का आधा मिल जाय तो मेरे पास तुमसे दुगुना धन हो जावेगा। दूसरे ने कहा कि यदि मुझे पोटली का दो तिहाई मिल जाय तो मैं तुमसे तिगुना हो जाऊँगा। बताओ उन दोनों के पास कितना धन था तथा पोटली में कितना धन था[1]?

इसे हल करने के लिये उस ग्रन्थ में जो नियम बताया है, उसे बीजगणित की भाषा में प्रकट करते हैं—

$$x = \left\{\frac{a + mb}{n + 1} + \frac{a + mc}{q + 1} + \frac{a + md}{r + 1} + \ldots\ldots(s - 2)a\right\} \div (m + 1)$$

---

1. द्वाभ्यां पथि पथिकाभ्यां पोट्टलकं दृष्टमाह तत्रैक:।
अस्यार्धं सम्प्राप्य द्विगुणधनोऽहं भविष्यामि।।
अपरस्त्र्यंशद्वितयं त्रिगुणधनस्त्वत्करस्थधनात्।
मत्करधनेन सहितं हस्तगतं किं च पोट्टलकम्।। (गणितसार-संग्रह)

$$y = \left\{\frac{b + na}{m + 1} + \frac{b + nc}{q + 1} + \frac{b + nd}{r + 1} + ...(s - 2)a\right\} \div (n + 1)$$

यहाँ x, y व्यापारियों के हाथ में धन का सूचक है। a, b, c, d अंश के धन को m, n, q, r गुणित धन को तथा s इस प्रक्रिया में लगे मनुष्यों की संख्या को सूचित करता है। प्रस्तुत उदाहरण में अधिक अंशगत धन न होने से प्रथम उपभेद ही क्रियाशील है। जैसे यहाँ $a = \frac{1}{2}$, $b = \frac{2}{3}$, $m = 2, n = 3$ है। अत:—

$$x = \left(\frac{\frac{1}{2} + 2 \times \frac{2}{3}}{3 + 1}\right) \div (2 + 1) = \frac{11}{72},$$

$$y = \left(\frac{\frac{2}{3} + 3 \times \frac{1}{2}}{2 + 1}\right) \div (3 + 1) = \frac{13}{72}$$

यह x तथा y भिन्न संख्या में प्राप्त एक मान है; क्योंकि इस समीकरण का मान अनिश्चित है, अत: इसमें से हर संख्या को हटा कर पूर्णांक में 11 तथा 13 भी क्रमश: x, y का मान हो सकता है। पुन: प्रतिस्थापन विधि से पोटली का धन 30 प्राप्त होता है।

समीक़रण की सामान्य विधि से इसका हल सम्भव है—

प्रथम के पास धऩ = x, द्वितीय के पास = y, पोटली का धन = z

प्रथम आलाप के अनुसार	द्वितीय आलाप के अनुसार
$x + \frac{z}{2} = 2y$	$y + \frac{2}{3}z = 3x$
$\Rightarrow \frac{x}{2} + \frac{z}{4} = y$ अथवा $\Rightarrow 2y - \frac{z}{2} = x$	$\Rightarrow 3x - \frac{2}{3}z = y$ अथवा $\frac{y}{3} + \frac{2}{9}z = x$

y तथा x के दो समीकरणों का मान समान है, अतः इनकी तुलना करने पर—

$$\frac{x}{2} + \frac{z}{4} = 3x - \frac{2}{3}z$$

$$\Rightarrow \frac{z}{4} + \frac{2}{3}z = 3x - \frac{x}{2}$$

$$\Rightarrow \frac{11z}{12} = 3x - \frac{x}{2}$$

$$\Rightarrow 11z = 36x - \frac{12x}{2} = 30x$$

$$\Rightarrow z = 30,\ x = 11$$

अथवा—

$$\frac{y}{3} + \frac{2}{9}z = 2y - \frac{z}{2}$$

$$\Rightarrow \frac{2}{9}z + \frac{z}{2} = 2y - \frac{y}{3}$$

$$\Rightarrow \frac{4z + 9z}{18} = \frac{13z}{18} = 2y - \frac{y}{3}$$

$$\Rightarrow 13z = 36y - \frac{18y}{3} = 30y$$

$$\Rightarrow z = 30,\ y = 13$$

अनिश्चित समीकरण का उदाहरण होने से इन मानों को किसी भी एक निश्चित संख्या से गुणित करके इनके अनन्त मान प्राप्त कर सकते हैं।

भास्कराचार्य ने अपनी 'बीज गणित' में अनेक वर्ण समीकरण के अन्तर्गत 4 चर वाले 4 समीकरणों का भी उल्लेख किया है। पर उनमें से किसी का मान नहीं बताया है। केवल यह संकेत दिया है कि उन चारों का मान कोई समान संख्या है। अतः ऐसे प्रश्न भी अनिश्चित समीकरण के उदाहरण बनते हैं। उल्लेख्य है कि 'कुट्टक' नाम वाले अनिश्चित समीकरणों में दो चर या अज्ञात राशि तथा एक समीकरण होता है। प्रस्तुत उदाहरणों में दो से अधिक अज्ञात राशि होने से यह 'कुट्टक' के अन्तर्गत तो नहीं है, पर किसी भी समीकरण के मान का उल्लेख न होने से अनिश्चित समीकरण अवश्य है। इस प्रसंग में वर्णित निश्चित समीकरण वाले उदाहरण का उल्लेख सप्तम अध्याय में किया गया है। उल्लिखित रीति वाले अनिश्चित समीकरण का उदाहरण इस प्रकार है—

पशुओं का कितना मूल्य

चार व्यापारियों के पास क्रमशः 5, *(गुण)* 3, *(अंग)* 6, *(मंगल)* 8, *घोड़े हैं। क्रमशः* 2, *(मुनि)* 7, *श्रुति* 3, *(क्षिति)* 1 *ऊँट है।* 8, 2 *(भू)* 1,

(पावक) 3, *खच्चर हैं। (मुनि)* 7, *(मही)* 1, *(नेत्र)* 2, *(इन्दु)* 1 *बैल हैं। ये सभी अगर समान धन वाले हैं तो प्रत्येक का अलग-अलग मूल्य बताओ*[1]।

प्रश्न के हल के लिये पहले इन्हें बीजगणित की भाषा में 4 समीकरण बनाते हैं। पुनः इनकी परस्पर तुलना करते हुए अन्त में 2 समीकरण प्राप्त करते हैं। पुनः इन दोनों की तुलना से दोनों का प्रतिस्थापन विधि से अन्यों का भी अनिश्चित समान मान प्राप्त करते हैं।

इस प्रकार प्राचीन गणित में अनिश्चित समीकरण का विस्तार से उल्लेख प्राप्त है।

●

---

1. अश्वा पञ्चगुणांगमंगलमिता येषां चतुर्णां धना-
न्युष्ट्राश्च द्विमुनि-श्रुतिक्षितिमिता अष्टद्विभूपावका।
तेषामश्वतरा वृषा मुनिमहीनेत्रेन्दुसंख्या क्रमात्
सर्वे तुल्यधनाश्च ते वद सपद्यश्वादिमौल्यानि मे।।
(भास्करीय बीजगणित, अनेक-वर्ण-समीकरण उदा. 3, पृ. 269)

दशम अध्याय

श्रेढ़ी-व्यवहार

यह भारतीय गणित की अत्यन्त प्राचीन शाखा है। इसके लिये विशेष शब्द तथा इसके उदाहरण वेदों में प्राप्त हैं। ऋग्वेद में एक गणितीय वर्णन के प्रसंग में 'श्रेणी' शब्द अनुक्रम के द्योतन के लिये प्रयुक्त हुआ है[1]। इसका प्राकृत रूप 'श्रेढ़ी' है जिससे हिन्दी आदि में 'सीढ़ी' शब्द विकसित हुआ है। जैन ग्रन्थों में यह प्राकृत रूप स्वीकृत हुआ तथा इसके प्रभाव से यह गणित-शास्त्र में सर्वमान्य हो गया।

गणित की इस शाखा में समान दूरी वाली संख्याओं के साथ गणितीय संक्रियाएँ की जाती हैं। समान दूरी वाली संख्याएँ किसी निश्चित संख्या के साथ क्रमिक संख्याओं के योग अथवा गुणन द्वारा प्राप्त की जाती है। प्रथम को समान्तर श्रेढ़ी तथा अन्य को गुणोत्तर श्रेढ़ी कहा जाता है। यजुर्वेद में विषम संख्याओं की समान्तर श्रेढ़ी 1,3,5,7 आदि का तथा इसी प्रकार सम संख्याओं की श्रेढ़ी 4,8,12,16 आदि का भी उल्लेख प्राप्त है[2]। पञ्चविंश ब्राह्मण में 12,14,48,96 आदि गुणोत्तर श्रेढ़ी का वर्णन है। इन संख्याओं पर अनेक संक्रियाओं का क्रमशः वर्णन इस प्रकार है—

---

1. चत्वारिंशद् दशरथस्य शोणा सहस्रस्याग्रे श्रेणिं नयन्ति।
मदच्युतः कृशनावतो अत्यान् कक्षीवन्त उदमृक्षन्त पज्राः।। (ऋग्वेद 1.126.4)

2. एका च मे तिस्रश्च मे तिस्रश्च मे पञ्च च मे पञ्च च मे सप्त च मे।
(यजुर्वेद 18.24)

चतस्रश्च मे अष्टौ च मेऽष्टौ च मे द्वादश च मे द्वादश च मे षोडश च मे।
(यजुर्वेद 18.25)

संकलित या अंकयुति

इसके अन्तर्गत 1 तथा उसमें क्रमशः 1 जोड़ने पर प्राप्त संख्याओं के योग का नियम बताया है। इसके लिये सर्वप्रथम श्रीधराचार्य का सूत्र इस प्रकार है—

सैकपदाहतपददलमेकादिचयेन भवति संकलितम्।

(त्रिशतिका, पृ. 23)

अर्थात् 1 सहित अन्तिम पद या संख्या (n) को अन्तिम संख्या से गुणित करे तथा उसका दल या द्विभाग करें। इससे 1 तथा उसके साथ क्रमशः 1 को जोड़ने से प्राप्त संख्याओं का संकलित या जोड़ प्राप्त होता है।

इस नियम को भास्कराचार्य ने इन शब्दों में प्रकट किया है—

सैकपदघ्नपदार्धमथैकाद्यंकयुतिः किल संकलिताख्या।

(लीलावती, श्रेढ़ी-व्यवहार, श्लोक 1, पृ. 144)

अर्थात् 1 से जुड़कर बनने वाली क्रमिक संख्याओं के योग के लिये उस श्रेढ़ी के अन्तिम पद (n) में एक जोड़ कर पद के आधे से गुणा करना चाहिये। इसे संकलित कहते हैं।

इस विवरण से इसके लिये यह सूत्र प्राप्त होता है—

$$\mathbf{1 + 2 + 3 + \ldots\ldots + \text{अन्तिम पद } (n) = \frac{n\,(n+1)}{2}}$$

इस नियम के अनुसार 1 से 10 तक संख्याओं का जोड़ इस प्रकार होगा। यहाँ अन्तिम पद (n) 10 है।

$$1 + 2 + 3 + \ldots\ldots\ldots + 10 = \frac{10\,(10+1)}{2} = 55$$

इस नियम का कारण आसानी से जाना जा सकता है। यहाँ 10 + 1 = 11, 9 + 2 = 11 इस प्रकार पूर्व तथा उत्तरवर्ती संख्याओं के जोड़ से 11 के 5 जोड़े बनते हैं। अतः 11 × 5 ही इन संख्याओं का योग होगा। प्रस्तुत सूत्र में अन्ततः यही कार्य किया गया है।

इस विषय में आधुनिक युग के महान् गणितज्ञ फ्रेडरिक गौस (Karl Friedrich Gauss) की कहानी बहुत प्रसिद्ध है। उन्होंने छात्र जीवन में अध्यापक द्वारा इस प्रकार का प्रश्न पूछते ही इन जोड़ों की परिकल्पना द्वारा इस सूत्र की उद्भावना करते हुए इसे हल कर लिया था। कौन जानता है कि इनसे लगभग 1200 वर्ष पूर्व श्रीधराचार्य को भी ऐसे ही किसी समय इसकी उद्भावना हुई हो!

वैसे यह सूत्र आगे उल्लिखित 'सर्वधन' के सामान्य सूत्र का ही एक संक्षिप्त रूप है। इसमें आदि संख्या (a) 1, अन्तिम संख्या (n) तथा प्रत्येक स्तर में सार्व अन्तर (d) 1 है। अत: उस अग्रिम सामान्य सूत्र के अनुसार यह इस प्रकार लेख्य होगा—

$$1 + 2 + 3 + ... + n = \frac{n}{2}\{2 \times 1 + (n - 1) \times 1\}$$

$$\Rightarrow \frac{n}{2}(2 + n - 1) \Rightarrow \frac{n(n + 1)}{2}$$

इस प्रकार सामान्य सूत्र से यह पुन: प्राप्त हो जाता है। इससे अनेक रोचक परिणाम प्राप्त होते हैं। (I) श्रीधराचार्य के वर्ग के एक सूत्र का एक नियम यह है कि 1 से लेकर क्रमिक धनात्मक विषम संख्याओं का जोड़ उन पदों की गणना का वर्ग होता है[1]। इससे यह सूत्र प्राप्त है—

1 से क्रमिक विषम संख्याओं का योग = पदों की संख्या^{2} या n^2

उदाहरणत: 1 + 3 + 5 + 7 + 9 में 5 पद हैं। अत: इनका योग 5^2 या 25 है[2]। यह नियम भी सर्वधन के आगे उल्लिखित सामान्य सूत्र से गतार्थ है। यहाँ आदि संख्या (a) 1 तथा वृद्धि का अनुपात (d) 2 है। इसे उस सूत्र से समन्वित करने पर—

$$1 + 3 + 5 + ... + n = \frac{n}{2}\{2 + (n - 1) \times 2\}$$

---

1. रूपादिद्विचयपदसमासो वा। (त्रिशतिका, सूत्र 11, पृ. 33)
2. यह नियम 'एका च मे तिस्रश्च मे तिस्रश्च मे पञ्च च मे पञ्च च मे.....' आदि यजुर्वेद 18.24 मन्त्र में संकेतित हुआ है।

$$\Rightarrow \frac{n}{2}(2 + 2n - 2) \Rightarrow \frac{n}{2} \times 2n = n^2$$

(II) अन्य रोचक तथ्य यह है कि 1 से आगे 1 से युक्त क्रमिक संख्याओं के जोड़ के द्विगुणित में से अन्तिम पद घटाने पर अवश्य ही अन्तिम पद की वर्ग संख्या प्राप्त होती है। जैसे—

$$2(1 + 2 + 3 + ... + 10) - 10 = 10^2$$

यह नियम पूर्वोक्त सूत्र के समीकरण से स्पष्ट है—

$$\frac{n(n+1)}{2} = 1 + 2..... + n, \Rightarrow n(n+1) = 2(1 + 2..... + n)$$

$$n^2 + n = 2(1 + 2..... + n), \Rightarrow n^2 = 2(1 + 2..... + n) - n$$

इससे यह रोचक श्रेढ़ी प्राप्त होती है—

$$1 + 2 + 1 = 2^2 = 4$$
$$1 + 2 + 3 + 2 + 1 = 3^2 = 9$$
$$1 + 2 + 3 + 4 + 3 + 2 + 1 = 4^2 = 16$$

(III) इस समीकरण का एक अन्य रोचक परिणाम यह है कि 2 से लेकर क्रमिक सम संख्याओं का योगफल अवश्य ही उन 1 से युक्त पदों के साथ उन पदों का गुणनफल होता है। यह इससे स्पष्ट है—

$$1 + 2 + 3..... + n = \frac{n(n+1)}{2}$$

$$2 + 4 + 6..... + n = n(n+1)$$

सम संख्याएँ अवश्य ही पूर्वोक्त संख्याओं की द्विगुणित हैं। अतः इनमें यह सूत्र कार्यशील होता है।

संकलितैक्य
(Aggregate of Addition)

गणित के प्राचीन विद्वानों ने प्रसंगवश ऐसी संख्याओं के योग के नियम भी बताए हैं ज़ो सीधे तौर पर समान्तर श्रेढ़ी के अन्तर्गत नहीं आते। अपितु उनके पद (n) समान्तर श्रेढ़ी का योग होते हैं। महान्

गणितज्ञ आर्यभट ने ऐसे योग को 'चितिघन' नाम दिया है। इसका यह आकार होता है—

$$1 + (1 + 2) + (1 + 2 + 3) + (1 + 2 + 3 + 4).....+ n$$

इसमें चिति या क्रमिक संख्याओं के योग का योग होने से इसका यह नाम सार्थक है। उनके अनुसार इसका सूत्र इस प्रकार है—

एकोत्तराद्युपचितेर्गच्छाद्येकोत्तरत्रि-संवर्गः।
षड्भक्तस्स चितिघनस्सैकपदघनो विमूलो वा॥

(आर्यभटीय, गणितपाद, श्लोक 21)

अर्थात् ऐसी तीन राशियाँ बनावें, जिनमें सर्वप्रथम केवल गच्छ (n) दूसरी एकोत्तर गच्छादि अर्थात् गच्छ (n) तथा 1, तीसरी एकोत्तरादि गच्छादि अर्थात् गच्छ (n) तथा 2 संख्या उपचित या सहित हो। इनका आपस में संवर्ग या गुणन करके 6 से भाग दें तो चितिघन या ऐसा योग प्राप्त होता है। अथवा 1 से युक्त गच्छ वाले पद का घन करें तथा उसमें से उस 1 से युक्त गच्छ को घटाने से भी यह होता है। इससे हमें यह सूत्र प्राप्त होता है—

1 आदि के संकलित का योग या चितिघन $= \dfrac{n\ (n + 1)\ (n + 2)}{6}$

अथवा $\dfrac{(n + 1)^3 - (n + 1)}{6}$

दूसरा सूत्र पहले का ही विस्तार है। क्योंकि—

$$\frac{n\ (n + 1)\ (n + 2)}{6} = \frac{(n + 1)\ (n + 1)\ (n + 1) - (n + 1)}{6}$$

$$= \frac{(n + 1)^3 - (n + 1)}{6}$$

गणितज्ञ ब्रह्मगुप्त ने इसे इस प्रकार निरूपित किया है—

तद्द्वियुतगच्छगणितं त्रिहृतं संकलित-संकलितम्।

(ब्रह्मस्फुट-सिद्धान्त, श्लोक 19)

अर्थात् उस संकलित को दो से युक्त गच्छ या पद (n) से गुणा करके 3 से भाग दें तो संकलित-संकलित या संकलित का योग प्राप्त होता है।

भास्कराचार्य ने ठीक इसी तथ्य को इन शब्दों में प्रकट किया है—

स द्वियुतेन पदेन विनिघ्नी स्यात् त्रिहृता खलु संकलितैक्यम्।

(लीलावती, श्रेढ़ी-व्यवहार, पृ. 144)

इससे यह सूत्र प्राप्त होता है—

$$\text{संकलितैक्य या चितिघन} = \frac{\text{संकलित } (n + 2)}{3}$$

उदाहरणत:→ 1,2,3,4 के संकलित क्रमश: 1,3,6,10

इनके संकलितैक्य क्रमश:→ 1,4,10,20

आर्यभट तथा भास्कराचार्य के सूत्र मूलत: एक ही है। दोनों सूत्रों में उन संख्याओं का जोड़ निकाला गया है, जिनका अन्तिम पद $\frac{1}{2}n\ (n + 1)$ होता है। इस प्रकार—

जिनका अन्तिम पद $\frac{1}{2}n\ (n + 1)$ है, उन क्रमिक पदों का योग $= \frac{n\ (n + 1)}{2} \times \frac{n + 2}{3}$

अत: आर्यभट का नियम→ $\frac{n\ (n + 1)\ (n + 2)}{6}$

आर्यभट का यह सूत्र वस्तुत: $\frac{n\ (n^2 + 3n + 2)}{6}$ का गुणनखण्डन है। इसे इस प्रकार प्राप्त करते हैं—

$$\Sigma_1 + \Sigma_2 \ldots.. + \Sigma_n = \frac{1^2 + 2^2 + 3^2 \ldots.. + n^2}{2} + \frac{1 + 2 + 3 \ldots.. + n}{2}$$

अग्रिम वर्ग संकलित तथा पूर्वोक्त संकलित के सूत्रानुसार→

$$\frac{\frac{n(n+1)}{2}(2n+1)}{6}+\frac{n(n+1)}{4}$$

$\Rightarrow 24(\Sigma_1+\Sigma_2.....+\Sigma_n) = 2n(n+1)(2n+1)+6n(n+1)$

$\Rightarrow 4n^3+4n^2+2n^2+2n+6n^2+6n$

$\Rightarrow 4n^3+12n^2+8n$

इस प्रकार पूर्वोक्त संख्या का 24 गुणित प्राप्त$\Rightarrow 4n(n^2+3n+2)$

गुणनखण्डन के नियमानुसार$\Rightarrow 4n(n+1)(n+2)$

अतः आर्यभट का सूत्र $\rightarrow \Sigma_1+\Sigma_2.....\Sigma_n = \frac{n(n+1)(n+2)}{6}$

इस प्रकार महाविद्वान् आर्यभट ने कुछ निश्चित संख्याओं के योग के लिये गुणनखण्डन से प्राप्त सूत्र दिया है। इससे प्रकट है कि वे गुणनखण्डन विधि से परिचित थे।

क्रमिक संख्याओं के गुणनफलों का योग

महाविद्वान् आर्यभट ने संचय (Combination) विधि से प्राप्त क्रमिक संख्याओं के असमान गुणनफल प्रदान करने वाले जोड़ों के गुणनफल के योग का प्रकार भी बताया है। इसे उन्होंने 'गुणकार संवर्ग' नाम प्रदान किया है। इनका यह आकार प्राप्त होता है—

$1\times2+1\times3+1\times4+2\times3+2\times4+3\times4.....+n$

इसके लिये उनका सूत्र इस प्रकार है—

सम्पर्कस्य हि वर्गाद् विशोधयेदेव वर्गसम्पर्कम्।
यत्तस्य भवत्यर्धं विद्याद् गुणकारसंवर्गम्।।

(आर्यभटीय, गणितपाद, श्लोक 23)

अर्थात् क्रमिक संख्याओं के योग के वर्ग में से उन्हीं क्रमिक संख्याओं के वर्ग के योग को घटावे। उसका आधा करने से 'गुणकार

संवर्ग' या क्रमिक संख्याओं के जोड़ों के गुणनफल का योग प्राप्त होता है। इससे हमें यह सूत्र प्राप्त होता है—

गुणकार संवर्ग या—$\Sigma ab + \Sigma ac + \Sigma bc + \ldots + \Sigma an$

$$= \frac{(a + b + c \ldots n)^2 - (a^2 + b^2 + c^2 \ldots n^2)}{2}$$

उदाहरणत:—1 से 4 तक उपरिलिखित आकार का गुणकार संवर्ग—

$$= \frac{(1 + 2 + 3 + 4)^2 - (1^2 + 2^2 + 3^2 + 4^2)}{2}$$

$$\Rightarrow 2 + 3 + 4 + 6 + 8 + 12 \Rightarrow \frac{10^2 - 30}{2} = 35$$

इससे हमें क्रमिक संख्याओं के द्विपद, त्रिपद आदि के वर्ग के लिये यह सर्वसमिका प्राप्त होती है—

$$(a + b + c \ldots n)^2$$
$$= 2 (\Sigma ab + \Sigma ac + \Sigma bc + \ldots \Sigma an) + (a^2 + b^2 + c^2 \ldots n^2)$$

यह क्रमिक किसी भी संख्या के लिये लागू है। उदाहरणत:—

$$(4 + 5 + 6 + 7)^2$$
$$= 2 (4 \times 5 + 4 \times 6 + 4 \times 7 + 5 \times 6 + 5 \times 7 + 6 \times 7) + 4^2 + 5^2 + 6^2 + 7^2$$
$$\Rightarrow 2 (20 + 24 + 28 + 30 + 35 + 42) + 16 + 25 + 36 + 49$$
$$\Rightarrow 2 \times 179 + 126 = 484$$

इस प्रकार—

$$(a + b + c)^2 = a^2 + b^2 + c^2 + 2ab + 2ac + 2bc$$

स्पष्टत: महान् गणितज्ञ आर्यभट के इस व्यापक नियम के अनुसार द्विपद के वर्ग के लिये यह प्रसिद्ध सर्वसमिका प्राप्त होती है—

$$(a + b)^2 = a^2 + b^2 + 2ab$$

एक आदि अंकों का वर्गयोग
(Sum of Squares)

इसके अन्तर्गत 1 से क्रमिक समान्तर श्रेढ़ी के पदों के वर्ग का योग निरूपित होता है। इस श्रेढ़ी का यह आकार प्राप्त होता है—

$1 + 2 \times 2 + 3 \times 3 + 4 \times 4.....n^2$

आर्यभट ने इसे वर्गचितिघन नाम देते हुए इसका नियम इस प्रकार बताया है—

सैकसगच्छपदानां क्रमात् त्रिसंवर्गितस्य षष्ठोऽशः।
वर्गचितिंघनः स भवेत्...............॥

(आर्यभटीय, गणितपाद, श्लोक 22)

अर्थात् ऐसी 3 राशियाँ जिनमें क्रमशः पहले केवल गच्छ पद (n), पश्चात् 1 सहित गच्छ (n), पश्चात् 1 से युक्त गच्छ सहित गच्छ या द्विगुणित गच्छ हो, इन्हें आपस में गुणित करके 6 से भाग देने पर वर्ग-चितिघन प्राप्त होता है। इस प्रकार—

$$1 \text{ आदि अंकों का वर्गयोग} = \frac{n\ (n + 1)}{2} \times \frac{2n + 1}{3}$$

$$\text{अतः आर्यभट का नियम} = \frac{n\ (n + 1)\ (2n + 1)}{6}$$

आचार्य ब्रह्मगुप्त ने इसे वर्ग-संकलित नाम देते हुए यह सूत्र प्रस्तुत किया है—

द्विगुणपदसैकगुणितं तत् त्रिहृतं भवति वर्गसंकलितम्।

अर्थात् 1 से युक्त द्विगुण पद को संकलित से गुणित तथा 3 से विभाजित करने पर वर्ग-संकलित होता है।

भास्कराचार्य ने ठीक इसी नियम को इन शब्दों में प्रकट किया है—

द्विघ्नपदं कुयुतं त्रिविभक्तं संकलितेन हतं कृतियोगः।

(लीलावती, श्रेढ़ी-व्यवहार, श्लोक 2, पृ. 148)

इस प्रकार—

एक आदि अंकों का वर्गयोग $= \frac{\text{संकलित या S} \quad (2n + 1)}{3}$

उदाहरणत:—

$$1^2 + 2^2 + 3^2 + 4^2 + ... + 10^2$$

$$= \frac{55 \times 21}{3} = 55 \times 7 = 385$$

यहाँ देखा जा सकता है कि भास्कराचार्य तथा आर्यभट के सूत्र में मूलत: कोई अन्तर नहीं है।

इस नियम को प्रस्तुत सर्वसमिका द्वारा सिद्ध करते हैं। यह 'गणित की भाषा' नामक अध्याय में प्राप्त समिका का ही एक अन्य रूप है—

$$n^3 = 3 (1^2 + 2^2 + 3^2 + 4^2 + ... + n^2)$$
$$-3 (1 + 2 + 3 + 4 + ... + n)$$
$$+ (1 + 1 + 1 + 1 + ... + n)$$

$$\Rightarrow n^3 = 3\sum n^2 - 3 \frac{n (n + 1)}{2} + n$$

$$\Rightarrow 3\sum n^2 = n^3 + \frac{3n (n + 1)}{2} - n$$

$$= \frac{n}{2} (2n^2 + 3n + 3 - 2)$$

$$= \frac{n}{2} (2n^2 + 3n + 1) = \frac{n}{2} (2n^2 + 2n + n + 1)$$

$$= \frac{n}{2} \{2n (n + 1) + (n + 1)\} = \frac{n (n + 1) (2n + 1)}{2}$$

$$\Rightarrow \sum n^2 = \frac{n (n + 1) (2n + 1)}{6}$$

अथवा संकलितैक्य की पूर्वोक्त 2 सर्वसमिकाओं की तुलना से भी वर्गयोग का यह सूत्र प्राप्त करते हैं—

$$\Sigma_1 + \Sigma_2 \ldots\ldots \Sigma n = \frac{\text{संकलित } (n+2)}{3} \text{ समतुल्य है } \rightarrow \frac{\text{वर्गयोग} + \text{संकलित}}{2}$$

$$\Rightarrow \text{वर्गयोग} + \text{संकलित} = \frac{2 \text{ संकलित } (n+2)}{3}$$

$$\Rightarrow \text{वर्गयोग} = \frac{2 \text{ संकलित } (n+2)}{3} - \text{संकलित}$$

$$\Rightarrow \frac{2 \text{ सं. } n + 4\text{सं. } -3 \text{ सं}}{3} = \frac{2 \text{ सं. } n + \text{सं.}}{3}$$

$$\Rightarrow \text{वर्गयोग} = \frac{\text{सं. } (2n+1)}{3}$$

$$= \frac{n(n+1)}{2} \times \frac{(2n+1)}{3} = \frac{n(n+1)(2n+1)}{6}$$

एक आदि अंकों का घनयोग
(Sum of the Cubes)

गणितज्ञ आर्यभट ने घनयोग को घनचितिघन नाम देते हुए यह नियम प्रस्तुत किया है—

.....चितिवर्गो घनचितिघनश्च। (आर्यभटीय, गणितपाद, श्लोक 22)

अर्थात् एक आदि संख्याओं की चिति या संकलित का वर्ग ही उन संख्याओं का घन चितिघन या घनयोग होता है।

इस नियम को ब्रह्मगुप्त ने इस प्रकार प्रकट किया है—

घन-संकलितं तत्कृतिरेषां समगोलकैश्चितयः।

(ब्राह्मस्फुट-सिद्धान्त, श्लोक 20)

अर्थात् चिति या संकलित अपने समगोलक या वर्ग के द्वारा जिस रूप को धारण करें, वही उन संख्याओं का घनसंकलित या घनयोग होता है।

ठीक इसी प्रकार का नियम भास्कराचार्य ने प्रकट किया है—

संकलितस्य कृतेः सममेकाद्यंकघनैक्यमुदीरितमाद्यैः।

(लीलावती, श्रेढ़ी-व्यवहार, श्लोक 2, पृ. 148)

यहाँ उन्होंने 'उदीरितमाद्यैः' कहते हुए प्राचीन प्रेरणा को स्वीकार किया है। इनसे हमें यह सूत्र प्राप्त होता है—

$$\text{एक आदि अंकों का घनयोग} = \left\{\frac{n\ (n+1)}{2}\right\}^2$$

उदाहरणतः—

$$1^3 + 2^3 + 3^3 + \ldots\ldots + 10^3 = \left\{\frac{10\ (10+1)}{2}\right\}^2 = 55^2 = 3025$$

इस सूत्र के उपपन्न होने का कारण यह है कि हम इन घन संख्याओं के योग को द्विपद के वर्ग के गुणनफल के रूप में प्रकट कर सकते हैं। यह प्रस्तुत सर्वसमिका पर संक्रिया द्वारा स्पष्ट है—

$$\begin{aligned} n^4 = {} & 4\ (1^3 + 2^3 + 3^3 + 4^3 + \ldots\ldots + n^3) \\ & -6\ (1^2 + 2^2 + 3^2 + 4^2 + \ldots\ldots + n^2) \\ & +4\ (1 + 2 + 3 + 4 + \ldots\ldots + n) \\ & -(1 + 1 + 1 + 1 + \ldots\ldots + n) \end{aligned}$$

$$= n^4 = 4\sum n^3 - 6\ \frac{n\ (n+1)\ (2n+1)}{6} + 4\ \frac{n\ (n+1)}{2} - n$$

$$\Rightarrow 4\sum n^3 = n^4 + \frac{6n\ (n+1)\ (2n+1)}{6} - \frac{4n\ (n+1)}{2} + n$$

$$\Rightarrow n^4 + n(n+1)(2n+1) - 2n(n+1) + n$$
$$\Rightarrow n^4 + (n+1)(2n^2 + n - 2n) + n$$
$$\Rightarrow n^4 + (n+1)(2n^2 - n) + n$$
$$\Rightarrow n^4 + 2n^3 - n^2 + 2n^2 - n + n$$
$$\Rightarrow n^4 + 2n^3 + n^2$$
$$\Rightarrow (n^2)^2 + n^2 + 2 \times n^2 \times n \Rightarrow (n^2 + n)^2$$
$$\sum n^3 = \frac{(n^2 + n)^2}{4} = \left\{\frac{n(n+1)}{2}\right\}^2$$

समान्तर श्रेढ़ी (Arithmetic Progression) के सामान्य सूत्र

इस प्रकरण में उन क्रमिक संख्याओं के सामान्य नियमों का विवेचन किया जाता है, जिनकी प्रत्येक संख्या पिछली संख्या से समान अन्तर अथवा दूरी बनाए रखती है। इस सारिणि की किसी भी संख्या में उस स्थिर दूरी को बनाने वाली संख्या (common difference) को जोड़ कर अगली संख्या तथा उसे घटाकर पिछली संख्या प्राप्त की जा सकती है।

इसके लिये प्रथम कुछ पारिभाषिक शब्दों का वर्णन करते हैं—

पारिभाषिक शब्द	हिन्दी अर्थ	इंग्लिश अर्थ	प्रतीक चिह्न
1. आदि-धन	पहला धन अथवा संख्या	First term	a
2. अन्त्य-धन	अन्तिम धन या संख्या	Last term	ℓ
3. मध्य-धन	मध्य का धन या संख्या	Middle term	m
4. सर्वधन या श्रेढ़ीफल या गणित	सम्पूर्ण धन या संख्या	Sum of the terms	s
5. चय, प्रचय या उत्तर या गुणक	सरणि की संख्याओं के बीच स्थिर दूरी बनाने वाली संख्या	Common difference	d
6. गच्छ या पद	संख्याओं की गणना	Number of terms	n

अन्त्य-धन

समान्तर श्रेढ़ी के अन्त्य-धन को जानने के लिये सर्वप्रथम आर्यभट का सूत्र इस प्रकार है—

इष्टं व्येकं दलितं सपूर्वम् उत्तरगुणम्।

(आर्यभटीय, गणितपाद, श्लोक 19)

अर्थात् इष्ट या पदों की संख्या में 1 कम करके उत्तर अर्थात् चय (d) से गुणा की गई तथा पूर्व या आदि-धन (a) से युक्त की गई संख्या अन्त्य-धन (ℓ) होती है।

इसे ब्रह्मगुप्त ने इस प्रकार कहा है—

पदमेकहीनम् उत्तरगुणितं संयुक्तमादिनाऽन्त्यधनम्।

(ब्राह्मस्फुट-सिद्धान्त 12.17)

अर्थात् 1 से घटा हुआ पद (n) चय (d) से गुणित तथा आदि-धन (a) से संयुक्त होने पर अन्त्य-धन होता है।

श्रीधर, महावीर तथा भास्कराचार्य ने इसी नियम को अपने-अपने शब्दों में प्रकट किया है। भास्कराचार्य ने आदि-धन के लिये मुख का प्रयोग किया है[1]।

इन सभी श्लोकों के अनुसार हमें अन्त्य-धन के लिये यह सूत्र प्राप्त होता है—

अन्त्य-धन— $(\ell) = a + (n - 1) d$

इसके लिये लीलावती के प्रस्तुत उदाहरण में अन्त्यधन इस प्रकार है—

15 दिन में कितना दान

हे मित्र, कोई दाता ब्राह्मणों को पहले दिन 4 द्रम्म देकर प्रतिदिन 5 बढ़ा कर देने को प्रवृत्त हुआ तो 1 पक्ष या 15 में उसने कितना दिया, शीघ्र बताओ[2]?

---

1. व्येकपदघ्नचयो मुखयुक् स्यादन्त्यधनम्। (लीलावती, श्रेढ़ी-व्यवहार, श्लोक 3)
2. आद्ये दिने द्रम्मचतुष्टयं यो दत्त्वा द्विजेभ्योऽनुदिनं प्रवृत्तः।
   दातुं सखे पञ्च चयेन पक्षे द्रम्मा वद द्राक् कति तेन दत्ताः॥
   (लीलावती, श्रेढ़ी-व्यवहार, उदा. श्लोक 1)

यहाँ सूत्रानुसार—15वें दिन का दान→ $4 + (14 \times 5) = 74$ द्रम्म
7वें दिन का दान→ $4 + (6 \times 5) = 34$ द्रम्म

यहाँ अन्त्य-धन का सूत्र इस क्रम के सर्वथा अनुरूप है—

प्रथम दिन	द्वितीय दिन	तृतीय दिन	चतुर्थ दिन	पञ्चम दिन	षष्ठ दिन	सप्तम दिन
a	(a + d)	(a + 2d)	(a + 3d)	(a + 4d)	(a + 5d)	(a + 6d)
4	4 + 5 = 9	4 + 2 × 5	4 + 3 × 5	4 + 4 × 5	4 + 5 × 5	4 + 6 × 5

उपरिलिखित सूत्र में ठीक यही संक्रिया की गई है। अतः सूत्र इस विवरण के अनुरूप है।

सर्वधन (S)

इसके लिये सर्वप्रथम आर्यभट ने यह सूत्र प्रदान किया है—

आद्यन्तं पदार्धहतम्। (आर्यभटीय, गणितपाद, श्लोक 19)

अर्थात् आदि-धन तथा अन्त्य-धन के योग को पद (n) के अर्धभाग से गुणित करने पर सर्वधन प्राप्त होता है।

इससे हमें यह सूत्र प्राप्त होता है—

$$\textbf{सर्वधन} = \frac{\mathbf{n}}{\mathbf{2}} (\mathbf{a} + \ell)$$

श्रीधराचार्य ने मध्य-धन के आधार पर सूत्र विकसित किया है[1]। महावीर ने आर्यभट के सूत्र को विस्तृत करते हुए कहा है—

एक-विहीनो गच्छः प्रचयगुणो द्विगुणितादिसंयुक्तः।
गच्छाभ्यस्ततो द्विहृतः प्रभवेत् सर्वत्र संकलितम्।।

(गणितसार-संग्रह, संकलित-परिकर्म, श्लोक 62)

अर्थात् 1 कम गच्छ (n) प्रचय (d) से गुणित हो तथा द्विगुणित आदि-धन से संयुक्त हो। इससे प्राप्त संख्या गच्छ (n) से गुणित हो तथा वह अन्त

---

1. गच्छगुणं जायते गणितम्। (त्रिशतिका, श्लोक 39)
इसके अनुसार सर्वधन = पद × मध्य-धन।

में 2 से विभक्त की गई हो तो उससे संकलित या सर्वधन (s) प्राप्त होता है। इससे यह सूत्र प्राप्त है—

$$\text{सर्वधन} \quad (s) = \frac{n}{2}\left\{2a + (n-1)\,d\right\}$$

महावीर का यह सूत्र आधुनिक गणित में ठीक इसी रूप में प्रचलित है। यह सूत्र आर्यभट से अभिन्न है। इसमें आर्यभट के अन्त्य-धन (ℓ) को विस्तृत करके लिखा गया है। इस प्रकार—

$$15 \text{ दिन में प्राप्त कुल धन } (s) = \frac{15\,(4+74)}{2} = \frac{1170}{2} = 585$$

$$7 \text{ दिन में प्राप्त कुल धन } (s) = \frac{7\,(4+34)}{2} = \frac{266}{2} = 133$$

इस सूत्र की उपपत्ति के लिये इस सर्वधन (s) को दो प्रकार की सारिणी द्वारा प्रकट करते हैं। प्रथम के अनुसार आदिधन (a) तथा आगे क्रमशः वर्धमान मूल्य वाले $a + (n-1)\,d$ का योग सर्वधन है। द्वितीय विपरीत क्रम के अनुसार अन्त्यधन (ℓ) तथा आगे क्रमशः ह्रासमान मूल्य वाले $\ell - (n-1)\,d$ का योग ही सर्वधन है। इनके प्रत्येक पद पर दोनों मूल्यों का योग समान रूप से $a + \ell$ के समतुल्य होता है। अतः प्रत्येक योग को $a + \ell$ कहा जा सकता है। यह सम्पूर्ण पदों की संख्या से गुणित होकर द्विगुणित सर्वधन को प्रकट करता है। अतः इसका आधा सर्वधन सिद्ध होता है। सारिणी इस प्रकार है—

$$\text{सर्वधन} \quad (s) = (4 + 9 + 14 + 19 + 24 + 29 + 34) = 133$$

$$\text{अथवा सर्वधन} \quad (s) = (34 + 29 + 24 + 19 + 14 + 9 + 4) = 133$$

$$\therefore 2S = (\overline{\underline{38}} + \overline{\underline{38}} + \overline{\underline{38}} + \overline{\underline{38}} + \overline{\underline{38}} + \overline{\underline{38}} + \overline{\underline{38}}) = \overline{\underline{266}}$$

यहाँ $a + \ell$ यह $4 + 34 = 38$ है। यह पद (n) अर्थात् 7 से गुणित होकर 2S अर्थात् 266 को प्रकट करता है। अतः सर्वधन इसका $\frac{1}{2}$ है।

इस प्रकार सर्वधन उस आयत के क्षेत्रफल का आधा सिद्ध होता है, जिसकी भुजाएँ क्रमशः $a + \ell$ तथा n के समकक्ष हों। इसे इस चित्र से प्रकट करते हैं—

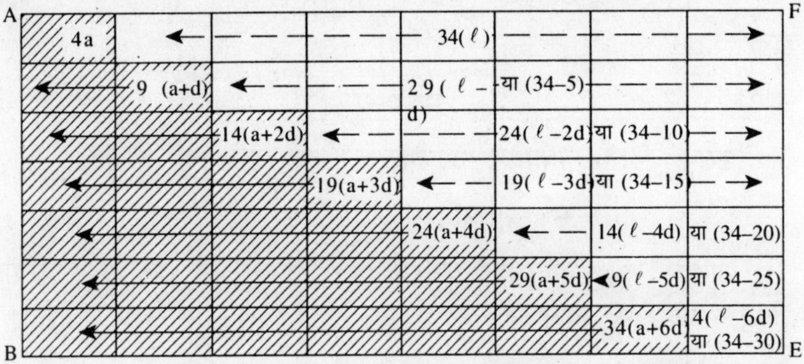

इस आयत की AF भुजा प्रत्येक पद (n) में उपलब्ध $a + \ell$ के समकक्ष हैं। इसकी AB भुजा कुल पदों (n) के समतुल्य है। इन दोनों भुजाओं को गुणित करने पर अथवा यहाँ $a + \ell$ गुणित n करने पर ABEF आयत का क्षेत्रफल प्राप्त होता है। पर सर्वधन केवल वक्र रेखांकित है, जो कि इस आयत के क्षेत्रफल का आधा है। इससे सिद्ध है कि समान्तर श्रेढ़ी का सर्वधन $a + \ell$ गुणित n का $\frac{1}{2}$ होता है।

याची को प्रथम दिन तथा अन्तिम दिन प्राप्त धन क्रमशः उसकी प्राप्ति की निम्नतम तथा अधिकतम सीमाएँ हैं। इनके योग का आधा उसे प्रतिदिन मिलने वाली औसत प्राप्ति या मध्यधन कही जा सकती है। जैसे ऊपर के उदाहरण में 7 दिन के बीच 19 द्रम्म या 15 दिन के बीच 39 द्रम्म उसकी प्रतिदिन औसत प्राप्ति है। अतः $7 \times 19 = 133$ या 15 गुणित 39 अर्थात् 585 द्रम्म उसका सर्वधन होगा।

श्रीधराचार्य से प्रेरणा प्राप्त करके भास्कराचार्य ने सर्वधन की इस परिभाषा को इस प्रकार कहा है—

मध्यधनं पदसंगुणितं तत् सर्वधनं गणितं च तदुक्तम्।

(लीलावती, श्रेढ़ी-व्यवहार, श्लोक 3)

अर्थात् मध्य-धन को पद से संगुणित करने पर सर्वधन प्राप्त होता है।

मध्य-धन

इसके लिये सर्वप्रथम आर्यभट ने यह परिभाषा दी है—

समुखमध्यम्—आर्यभटीय, गणितपाद, श्लोक 19

अर्थात् मुख या आदि-धन से युक्त अन्त्य-धन का मध्य अर्थात् आधा मध्य-धन होता है।

इसे स्पष्ट करते हुए ब्रह्मगुप्त ने यह सूत्र दिया है—

आदियुतान्त्यधनार्धं मध्यधनम्।

अर्थात् आदि-धन (a) से संयुक्त अन्त्य-धन (ℓ) का आधा मध्य-धन होता है।

इनसे प्रेरणा प्राप्त करके भास्कराचार्य ने इसे अपने शब्दों में प्रकट किया है[1]।

इसके अनुसार मध्य-धन के लिये यह सूत्र प्राप्त होता है—

मध्य-धन $\frac{a + \ell}{2}$ अथवा $\frac{2a + (n - 1)d}{2}$

प्राचीन ग्रन्थों में सर्वधन के अनेक रोचक उदाहरण दिये गये हैं। एक इस प्रकार है—

1000 शहरों में कितने फूल चढ़ाए

ओ बाहुबली, अगर तुम गणित समुद्र को पार करने की क्षमता रखते हो तो बताओ कि किसी ने 1000 *शहरों में* 4 *फूलों से प्रारम्भ*

1. मुखयुग्दलितं तत् मध्यधनम्। (लीलावती, श्रेढ़ी-व्यवहार)

करके क्रमशः 8-8 फूलों को बढ़ाते हुए पूजा की तो कुल कितने फूलों का उपयोग किया[1]?

पूर्वोक्त सूत्र के अनुसार इसका उत्तर 4000000 है।

आदि-धन (a)—इसे प्राप्त करने के लिये महावीर ने यह श्लोक प्रस्तुत किया है—

प्रभवो गच्छाप्तधनं विगतैकपदार्धगुणितचयहीनम्।

(गणितसार-संग्रह, श्लोक 74)

अर्थात् आप्त-धन या सर्वधन (s) गच्छ (n) से विभक्त हो तथा उसमें से 1 कम गच्छ का आधा गुणित चय (d) को घटाया गया हो तो प्रभव या आदि धन प्राप्त होता है। इससे यह सूत्र प्राप्त होता है—

$$\text{आदि-धन} \quad (a) = \frac{s}{n} - \frac{(n-1)d}{2}$$

यह सूत्र मध्य-धन की सर्वसमिका पर समीकरण की संक्रिया द्वारा आसानी से प्राप्त है—

$$\frac{2a + (n-1)d}{2} = \frac{s}{n} \Rightarrow 2a + (n-1)\,d = \frac{2s}{n}$$

$$\Rightarrow 2a = \frac{2s}{n} - (n-1)\,d \quad \Rightarrow a = \frac{s}{n} - \frac{(n-1)d}{2}$$

$$\text{उदाहरण} \rightarrow \frac{585}{15} - 35 = 39 - 35 = 4$$

भास्कराचार्य ने भी महावीर के अनुसार इसी रीति से मध्य-धन के द्वारा आदि-धन प्राप्त किया है[2]। यदि अन्त्य-धन ज्ञात हो तो उसके द्वारा प्राप्त करना अधिक आसान है।

---

1. द्विकृतिर्मुखं चयोऽष्टौ नगरसहस्रे समर्चितं गणितम्।
गणिताब्धिसमुत्तरणे बाहुबलिन् त्वं समाचक्ष्व।। (गणितसार-संग्रह, श्लोक 68)

2. गच्छहृते गणिते वदनं स्यात् व्येकपदघ्नचयार्धविहीने।
(लीलावती, श्रेढ़ी-व्यवहार, श्लोक 4)

$$a + (n - 1)\, d = \ell \;\Rightarrow a = \ell - (n - 1)\, d$$

इसके लिये उनका एक उदाहरण इस प्रकार है—

कितना आदि-धन

हे नन्दन जहाँ सर्वधन 105, *गच्छ* (n) 7, *तथा चय* (d) 3 *है, वहाँ आदि-धन बताओ*[1]।

यहाँ पूर्वोक्त सूत्रानुसार आदि-धन $= \frac{105}{7} - \frac{6 \times 3}{2} = 15 - 9 = 6$

अथवा प्रस्तुत विधि से इसका आदि-धन तथा अन्त्य-धन दोनों ज्ञात किया जा सकता है—

आदि-धन $(a) + (6 \times 3) =$ अन्त्य-धन (ℓ)

$$\therefore a - \ell = -18$$

$\frac{7}{2} \times$ आदि-धन $(a) +$ अन्त्य-धन $(\ell) = 105$

$$\therefore a + \ell = \frac{105 \times 2}{7} = 30$$

संक्रमण विधि के अनुसार—

$$\Rightarrow 2a = 30 + (-18) = 12\ ,\ 2\ell = 30 - (-18) = 48$$

$$\Rightarrow a = \frac{12}{2} = 6\ , \qquad \ell = \frac{48}{2} = 24$$

चय (d)—महावीराचार्य ने इसे ज्ञात करने के लिये यह श्लोक प्रस्तुत किया है—

द्विहतं संकलितधनं गच्छहृतं द्विगुणितादिना रहितम्।
विगतैकपदविभक्तं प्रचयस्स्यादिति विजानीहि॥

(गणितसार-संग्रह, श्लोक 75)

---

1. पञ्चाधिकं शतं श्रेढ़ीफलं सप्त पदं किल।
चयं त्रयं वयं विद्मो वदनं वद नन्दन॥ (लीलावती, श्रेढ़ी-व्यवहार, उदा. 1)

अर्थात् द्विगुणित संकलित धन (s) को गच्छ (n) से भाग देवें। उसमें से द्विगुणित आदि-धन को घटावें। पश्चात् 1 कम पद (n) से विभाजित करें। इससे प्रचय (d) का ज्ञान होता है। भास्कराचार्य ने स्वल्प परिवर्तन के साथ इसे अपने शब्दों में प्रकट किया है[1]। इनसे हमें यह सूत्र प्राप्त होता है—

चय $(d) = \dfrac{\dfrac{2s}{n} - 2a}{n - 1}$

भास्कराचार्य के अनुसार → चय $(d) = \dfrac{2\left(\dfrac{s}{n} - a\right)}{n - 1}$

यह सूत्र मध्य-धन की पूर्वोक्त सर्वसमिका पर समीकरण के सामान्य नियमों से प्राप्त है—

$$2a + (n - 1)\, d = \frac{2s}{n} \Rightarrow d = \frac{\dfrac{2s}{n} - 2a}{n - 1}$$

इसके लिये भास्कराचार्य का एक उदाहरण इस प्रकार है—

प्रतिदिन कितनी वृद्धि से शत्रुनगर पहुँचा

हे बुद्धिमन्, कोई राजा पहले दिन 2 योजन चला। उसके पश्चात् वह प्रतिदिन कितने योजन की वृद्धि से चला कि 7 रात में 80 योजन पर स्थित शत्रुनगरी में शत्रु के हाथियों का अपहरण करने के लिये पहुंच गया[2]?

यहाँ आदि-धन (a) 2 है, गच्छ (n) 7 तथा सर्वधन (s) 80 है।

यहाँ प्रस्तुत सूत्रानुसार → चय—

$$(d) = \left(\frac{2 \times 80}{7} - 4\right)\frac{1}{6} = \frac{132}{7} \times \frac{1}{6} = \frac{132}{42} = \frac{22}{7}$$

---

1. गच्छहृतं धनमादिविहीनं व्येकपदार्धहृतं च चयः स्यात्।
(लीलावती, श्रेढ़ी-व्यवहार, श्लोक 4)

2. प्रथममगमदह्ना योजनं यो जनेशस्तदनु ननु कयाऽसौ ब्रूहि यातोऽध्ववृद्ध्या।
अरिकरिहरणार्थं योजनानामशीत्या रिपुनगरमवाप्तः सप्तरात्रेण धीमन्।
(वही, उदा. श्लोक 1)

गच्छ या पद (n) को ज्ञात करने का नियम

महान् गणितज्ञ आर्यभट ने गच्छ (n) को ज्ञात करने के लिये यह श्लोक प्रस्तुत किया है—

गच्छोऽष्टोत्तरगणितात्[1] द्विगुणाद्युत्तरविशेषवर्गयुतात्।
मूलं द्विगुणाद्यूनं स्वोत्तरभाजितं सरूपार्धम्।।

(आर्यभटीय, गणितपाद, श्लोक 20)

उत्तर अर्थात् चय (d) तथा गणित अर्थात् सर्वधन (s) को 8 से गुणित करके उसमें द्विगुणित आदि-धन (a) में से उत्तर (d) को घटाकर प्राप्त विशेष संख्या के वर्ग को जोड़े। पुनः उस योगफल का वर्गमूल निकालें। इस वर्गमूल से द्विगुणित आदि-धन को घटाकर उत्तर (d) से भाग दें। पुनः भजनफल में सरूप 1 को जोड़कर प्राप्त योगफल को आधा करने से गच्छ प्राप्त होता है।

इससे हमें गच्छ (n) के लिये यह सूत्र प्राप्त होता है—

$$n = \frac{1}{2}\left\{\frac{\sqrt{(2a - d)^2 + 8sd} - 2a}{d} + 1\right\}$$

द्विघात समीकरण को हल करने हेतु विश्व के गणितज्ञ विद्वानों के लिये महान् गणितज्ञ आर्यभट की यह स्वर्णिम देन है। समान्तर श्रेढ़ी से बनने वाले सर्वधन (s) के समीकरण को द्विघात समीकरण में रूपान्तरित कर देने पर ही यह सूत्र लागू हो पाता है। इस प्रकार यह सूत्र मूलतः द्विघात समीकरण को हल करता है। आगे के विद्वानों प्रमुखतः श्रीधराचार्य ने इसे परिष्कृत करके व्यापक स्वरूप प्रदान किया।

---

1. 'गणित' सर्वधन के लिये पारिभाषिक शब्द है। देखें—'सर्वधनं गणितं च तदुक्तम्' (लीलावती, श्रेढ़ी व्यवहार, श्लोक 3)! इस तथ्य की अनदेखी करके डॉ. ब.ल. उपाध्याय आदि विद्वानों ने आर्यभटीय मूल के श्लोक में 'गुणित' पाठ कर दिया है। पर इस दशा में यह बता पाना सम्भव नहीं है कि उनकी ही व्याख्या में 'सर्वधन' को किस प्रकार सम्मिलित कर लिया गया।

आर्यभट से प्रेरणा प्राप्त करके ब्रह्मगुप्त ने गच्छ (n) को प्राप्त करने का नियम कुछ परिष्कृत रूप में इस प्रकार प्रस्तुत किया है—

उत्तरहीनद्विगुणादिशेषवर्गं धनोत्तराष्टवधे।
प्रक्षिप्य पदं शेषोनं द्विगुणोत्तरहृतं गच्छ:।।

(ब्राह्मस्फुट-सिद्धान्त, श्लोक 18)

अर्थात् द्विगुणित आदि-धन से हीन जो उत्तर या चय (d), उस संख्या के वर्ग को अष्टगुणित धन या सर्वधन (s) तथा उत्तर (d) के गुणनफल के साथ जोड़े तथा पश्चात् इसका वर्गमूल करे। उसके पश्चात् पूर्वोक्त अर्थात् उत्तरहीन द्विगुणादि या (2a – d) को पुन: प्रक्षिप्त करके उसे ऊन करे या घटाए। अनन्तर द्विगुणित चय (d) से भाग देने पर गच्छ (n) प्राप्त होता है।

श्रीधराचार्य ने भी इस प्रकार का सूत्र अपने शब्दों में प्रस्तुत किया है[1]। इन दोनों से हमें यह सूत्र प्राप्त होता है—

$$n = \frac{\sqrt{(2a - d)^2 + 8sd} - (2a - d)}{2d}$$

इसके लिये श्रीधराचार्य द्वारा प्रस्तुत उदाहरण को थोड़ा बदल कर इसका गच्छ (n) ज्ञात करने के लिये इस प्रकार प्रस्तुत करते हैं—

प्रथम दिन घोड़े को 20 हरड़ दी गई। उसके पश्चात् क्रमश: 5-5 बढ़ा कर देते हुए कुल 245 हरड़ कितने दिन में प्रदान की गई[2]*?*

यहाँ आदि-धन (a) 20, चय (d) 5, सर्वधन (s) 245।

ऊपर कहा गया है कि इसके उदाहरण अन्तत: द्विघात-समीकरण में पर्यवसित हो जाते हैं। इसे क्रमश: सर्वधन के पूर्वोक्त सूत्र के क्रम से सिद्ध करते हैं—

---

1. अष्टोत्तरहतफलतो द्विगुणादिप्रचयविवरकृतियुक्तात्।
मूलं द्विगुणमुखोनं सचयं द्विचयोद्धृतं गच्छ:।। (त्रिशतिका, श्लोक 41)
2. मूल उदाहरण इस प्रकार है—
प्रथमेऽह्नि हरीतक्या दीयेताश्वस्य विंशतिर्यस्य।
पञ्चकचयेन दत्ता: कति ता दिनसप्तकेन स्यु:।। (त्रिशतिका, उदा. 73)

सूत्र	उदाहरण
$\frac{n}{2}\{2a + (n - 1)d\} = s$	$\frac{n}{2}\{40 + (n - 1)5\} = 245$
$\Rightarrow n\{2a + (n - 1)d\} = 2s$	$\Rightarrow n\{40 + (n - 1)5\} = 490$
$\Rightarrow n\{2a + nd - d\} = 2s$	$\Rightarrow n(40 + 5n - 5) = 490$
$\Rightarrow 2an + n^2d - nd = 2s$	$\Rightarrow 40n + 5n^2 - 5n = 490$
	वर्ग-समीकरण का आकार—
$\Rightarrow dn^2 + (2a - d)n = 2s$	$\Rightarrow 5n^2 + 35n = 490$

अब सूत्र को प्रयुक्त करने पर—

$$n = \frac{\sqrt{35^2 + 8 \times 245 \times 5} - 35}{2 \times 5} \Rightarrow \frac{\sqrt{1225 + 9800} - 35}{10}$$

$$\Rightarrow \frac{105 - 35}{10} = 7$$

इस सूत्र की उपपत्ति के लिये उपरिलिखित वर्ग-समीकरण पर क्रमशः समीकरण की संक्रियाएँ करते हैं—

$$dn^2 + (2a - d)n = 2s \Rightarrow dn^2 + 2an - dn = 2s$$

दोनों पक्षों को 4d से गुणित करने पर—

$\Rightarrow 4n^2d^2 + 8a\,nd - 4nd^2 = 8sd$	$100n^2 + 800n - 100n = 9800$
$\Rightarrow (2nd)^2 + 4nd(2a - d) = 8sd$	$(10n)^2 + 20n \times 35 = 9800$
$\Rightarrow (2nd)^2 + 4nd(2a - d) + (2a - d)^2 = 8sd + (2a - d)^2$	$(10n)^2 + 2 \times 10n \times 35 + 35^2 = 9800 + 35^2$
$\Rightarrow (2nd + 2a - d)^2 = 8sd + (2a - d)^2$	$(10n + 35)^2 = 9800 + 35^2 = 11025$
$\Rightarrow 2nd + 2a - d = \sqrt{8sd + (2a - d)^2}$	$10n + 35 = \sqrt{9800 + 35^2} = 105$
$n = \frac{\sqrt{8sd + (2a - d)^2} - (2a - d)}{2d}$	$n = \frac{\sqrt{9800 + 35^2} - 35}{10} = 7$

इस प्रकार हमने पुनः वही सूत्र प्राप्त कर लिया है, जिसका आर्यभट, श्रीधर ने उल्लेख किया है। नीलकण्ठ सोमसुत्वन् ने अपने आर्यभटीय भाष्य में इसकी रेखागणितीय उपपत्ति भी प्रदान की है।

यह सूत्र प्रचलित सामान्य सूत्र का संक्षिप्त रूप है। इस सूत्र को द्विघात समीकरण वाले अध्याय में सिद्ध किया जा चुका है। श्रीधराचार्य ने प्राचीन प्रेरणा के अनुसार त्रिशतिका में ठीक इसी सूत्र को प्रस्तुत किया है। पर उनका श्रेय इस तथ्य में निहित है कि उन्होंने संकलित समीकरण से बनने वाले इस संक्षिप्त सूत्र के आधार पर अन्य ग्रन्थ में व्यापक सूत्र की भी उद्भावना की है, जो कि आज भी ठीक इसी रूप में प्रचलित है। इसे द्विघात समीकरण वाले अध्याय में विस्तार से वर्णित किया जा चुका है।

भास्कराचार्य ने एक अलग समीकरण के आधार पर किंचित् भिन्न सूत्र प्रस्तुत किया है। उनका एक उदाहरण इस प्रकार है—

360 द्रम्म कितने दिनों में

किसी दाता ने ब्राह्मणों को पहले दिन 3 द्रम्म देकर प्रतिदिन 2 द्रम्म बढ़ा कर देने को प्रवृत्त हुआ तो तो उसने 360 द्रम्म कितने दिन में दिये[1]?

यहाँ आदि-धन (a) 3, चय (d) 2 तथा सर्वधन (s) 360 है।

इसके सूत्र के लिये उनका श्लोक इस प्रकार है—

श्रेढ़ीफलादुत्तरलोचनघ्नाच्चयार्धवक्त्रान्तरवर्गयुक्तात्।
मूलं मुखोनं चयखण्डयुक्तं चयोद्धृतं गच्छमुदाहरन्ति।।

(लीलावती, श्रेढ़ी-व्यवहार, श्लोक 5)

अर्थात् श्रेढ़ीफल या सर्वधन (s) को उत्तर या चय (d) तथा लोचन अर्थात् 2 से गुणा करें। पुनः आदि-धन में से चय के आधे को घटाकर उसके वर्ग को पिछले गुणनफल में जोड़कर उसका वर्गमूल प्राप्त करें।

---

1. द्रम्मत्रयं यः प्रथमेऽह्नि दत्त्वा दातुं प्रवृत्तो द्विचयेन तेन।
शतत्रयं षष्ट्यधिकं द्विजेभ्यो दत्तं कियद्भिर्दिवसैर्वदाशु।।
(लीलावती, श्रेढ़ी-व्यवहार, श्लोक , पृ. 56)

पुनः आदि-धन से घटाए हुए चय के आधे को उसी वर्गमूल में जोड़ दें। पुनः चय से भाग देने पर गच्छ (n) प्राप्त होता है।

इससे हमें यह सूत्र प्राप्त होता है—

$$n = \frac{\sqrt{2sd + \left(a - \frac{d}{2}\right)^2} - \left(a - \frac{d}{2}\right)}{d}$$

यह सूत्र भी प्रश्न को अपनी रीति से द्विघात समीकरण का आकार देने पर प्राप्त होता है। जैसे—भास्कराचार्य के सूत्र के लिये द्विघात समीकरण का आकार—

सूत्र	उदाहरण
$n\{2a + (n-1)d\} = 2s$	$n\{6 + (n-1)2\} = 2 \times 360$
$\Rightarrow 2an + dn^2 - dn = 2s$	$\Rightarrow 6n + 2n^2 - 2n = 2 \times 360$
$\Rightarrow 2a\,nd + d^2n^2 - d^2n = 2sd$	$\Rightarrow 12n + 2^2n^2 - 2^2n = 2 \times 360 \times 2$
$\Rightarrow (dn)^2 + dn(2a - d) = 2sd$	$(2n)^2 + 2n(6 - 2) = 2 \times 360 \times 2$
$\frac{b}{2}$ को प्राप्त करने हेतु—	
$\Rightarrow (dn)^2 + 2dn\left(a - \frac{d}{2}\right) = 2sd$	$\Rightarrow (2n)^2 + 2 \times 2n \times \left(3 - \frac{2}{2}\right) = 2 \times 360 \times 2$

समीकरण के इस आकार में सूत्र को समन्वित करने पर—

$$n = \frac{\sqrt{2 \times 360 \times 2 + \left(3 - \frac{2}{2}\right)^2} - \left(3 - \frac{2}{2}\right)}{2}$$

$$\Rightarrow \frac{\sqrt{1440 + 4} - 2}{2} \Rightarrow \frac{38 - 2}{2} = 18$$

इस सूत्र को उपपत्ति के साथ इस प्रकार सिद्ध करते हैं—

$(dn)^2 + 2dn\left(a - \frac{d}{2}\right) + \left(a - \frac{d}{2}\right)^2$	$(2n)^2 + 2 \times 2n \times \left(3 - \frac{2}{2}\right) + \left(3 - \frac{2}{2}\right)^2$
$= 2sd + \left(a - \frac{d}{2}\right)^2$	$= 1440 + 4$
$\Rightarrow \left(dn + a - \frac{d}{2}\right)^2 = 2sd + \left(a - \frac{d}{2}\right)^2$	$\Rightarrow \left(2n + 3 - \frac{2}{2}\right)^2 = 1440 + 4$
$\Rightarrow dn + a - \frac{d}{2} = \sqrt{2sd + \left(a - \frac{d}{2}\right)^2}$	$\Rightarrow 2n + 3 - \frac{2}{2} = \sqrt{1440 + 4}$
$\Rightarrow dn = \sqrt{2sd + \left(a - \frac{d}{2}\right)^2} - \left(a - \frac{d}{2}\right)$	$\Rightarrow 2n = \sqrt{1440 + 4} - 2$
$n = \dfrac{\sqrt{2sd + \left(a - \frac{d}{2}\right)^2} - \left(a - \frac{d}{2}\right)}{d}$	$n = \dfrac{\sqrt{1440 + 4} - 2}{2} = 18$

इस प्रकार हमने ठीक वही सूत्र पुन: प्राप्त कर लिया है, जिसका ऊपर उल्लेख किया गया है। यहाँ भास्कराचार्य ने श्रीधर के अनुसार सभी पक्षों को 4d से नहीं अपितु केवल d से गुणित किया है, इसलिये दोनों सूत्रों में किंचित् भिन्नता उपलब्ध हुई है।

गुणोत्तर श्रेढ़ी
(Geometric Progression)

इसके अन्तर्गत उन क्रमिक संख्याओं पर गणितीय संक्रियाओं का विवेचन किया जाता है, जो आनुपातिक दृष्टि से परस्पर तुलनीय होती हैं अथवा जिन संख्याओं की सरणि की प्रत्येक संख्या किसी एक निश्चित संख्या से गुणित होकर सरणि की अगली संख्या प्रदान करती है या

किसी एक निश्चित संख्या से विभाजित होकर सरणि की पिछली संख्या प्रदान करती हैं[1]। जैसे—

2 4 8 16 32

भास्कराचार्य ने इन्हें गुणोत्तर श्रेढ़ी नाम प्रदान किया है; क्योंकि इस श्रेढ़ी में प्राप्त संख्याएँ किसी भी एक स्थिर संख्या से गुणित होकर अगली संख्या बनाती हैं। अत:—

	3	6	12	24	48
		= 2 × 3	= (2 × 6)	= (2 × 12)	= (2 × 24)
अथवा		= 3 × 2	= 3 × 2 × 2	= 3 × 2 × 4	= 3 × 2 × 8

आचार्य ब्रह्मगुप्त ने इस श्रेढ़ी के अन्त्य-धन (ℓ) तथा सर्वधन (s) प्राप्त करने का यह नियम बताया है—

तद् गुणसंकलितान्त्यधनं विगतैक्यपदस्य गुणधनं भवति।
तद् गुणगणं मुखोनं व्येकोत्तरभाजितं सारम्।।

(ब्राह्मस्फुट सिद्धान्त)

अर्थात् गुणक (r) को 1 कम पद (n) से घात देकर आदि-धन से गुणित करने पर अन्त्य-धन (ℓ) प्राप्त होता है। इसे गुणधन कहते हैं। यदि वह अन्त्य-धन गुणक (r) से गुणित होने के पश्चात् मुख या आदि-धन (a) से घटाया गया हो तथा 1 कम उत्तर (r) से विभाजित किया गया हो तो सर्वधन प्राप्त होता है।

इससे हमें अन्त्य-धन तथा सर्वधन के लिये यह सूत्र प्राप्त होता है—

गुणोत्तर श्रेढ़ी का अन्त्य-धन (ℓ) $= ar^{n-1}$

गुणोत्तर श्रेढ़ी का सर्वधन (s) $= \dfrac{(ar^{n-1} \times r) - a}{r - 1}$

इस समीकरण के नियम से यह परिणाम प्राप्त है कि—

$$a + ar + ar^2 + ... + ar^{n-1} = \frac{ar^n - a}{r - 1}$$

1. गुणोत्तरे गणितम्। (लीलावती, श्रेढ़ी-व्यवहार, श्लोक 7, पृ. 156)

इसके लिये भास्कराचार्य का एक उदाहरण इस प्रकार है—

30 दिनों में कितना दान

किसी दाता ने पहले दिन 2 वराटक किसी याचक को देकर प्रतिदिन द्विगुणित करके देने की प्रतिज्ञा की तो 30 दिनों में उसने कितने निष्कों का दान दिया[1]।

यहाँ आदि-धन (a) 2, प्रतिदिन स्थिर गुणक संख्या (r) 2, पद (n) 30।

वह दाता इस क्रम से दान देता है—

	प्रथम दिन	द्वितीय दिन	तृतीय दिन	चतुर्थ दिन	पञ्चम दिन	'छठे दिन
	2	4	8	16	32	64
गणितीय भाषा में	a	ar	ar^2	ar^3	ar^4	ar^5
प्रस्तुत उदाहरण में	2	2×2	2×2^2	2×2^3	2×2^4	2×2^5

सारणी से स्पष्ट है कि प्रतिदिन r का घातांक दिन की संख्या से 1 कम होता है तथा वह आदि-धन से गुणित होता है। अत: अन्त्य-धन के उपरिलिखित सूत्र में ठीक यही विवरीत किया गया है।

श्रीधराचार्य ने इसी सूत्र को अपनाते हुए घात करने की सरल विधि बनाने का प्रयास किया है—

विषमे पदे निरेके गुणं समेऽर्धीकृते कृतिं न्यस्य।
क्रमशो रूपस्योत्क्रमशो गुणकृतिफलमादिना गुणयेत्।।
प्राग्वत् फलमाद्यूनं निरेकगुणभाजितं भवेद् गणितम्।।

(पाटी गणित, श्रेढ़ी-व्यवहार, श्लोक 94, 95)

अर्थात् इस श्रेढ़ी में (घात बनाने के लिये) पद (n) की विषम संख्या होने पर 1 कम करके 'गुणक' की विधि करें। पश्चात् सम संख्या प्राप्त होने पर पद के आधे की 'कृति' या वर्ग करें। यह विधि क्रमश: नीचे से ऊपर

---

1. पूर्वं वराटकयुगं येन द्विगुणोत्तरं प्रतिज्ञातम्।
प्रत्यहमर्थिजनाय स मासे निष्कान् ददाति कति।।

(लीलावती, श्रेढ़ी-व्यवहार, उदा. 1, पृ. 157)

उल्टी रीति से करना चाहिये। इस प्रकार सभी पदों का घात पूरा हो जाने पर इस घात के फल को आदि-धन से गुणा करे। इसका पूर्ववत् गुणनफल प्राप्त करके इसमें से आदि-धन को घटावे। पुनः 1 कम गच्छ से भाग देवें तो 'गणित' या सर्वधन प्राप्त होता है[1]।

यहाँ सूत्र की अन्विति के लिये बड़े-बड़े घात बनाना आसान काम नहीं है। अतः श्रीधर के अनुसार इसे 2 प्रकार की विधियों से पूर्ण किया गया है। दिनों की संख्या विषम होने पर पद (n) से 1 कम घातांक वाली संख्या का 'अनुपात बनाने वाली स्थिर संख्या' (r) से गुणन करना चाहिये। इसे 'गुणक' कहा गया है। दिनों की संख्या सम होने पर उस पद के आधे घातांक वाली संख्या का उसी के साथ वर्ग करना चाहिये। अर्थात् वर्ग का वर्ग करना चाहिये। इससे एक ही बार में वर्ग गुणित संख्या प्राप्त हो जाती है।

पूर्वोक्त उदाहरण में 2^{30} प्राप्त करने के लिये इस विधि को इस प्रकार प्रस्तुत करते हैं—

1	2	3	4	5
विविध दिनों में 2 के विविध घात	**दिन की संख्या विषम होने पर गच्छ (n) से 1 कम घातांक वाली संख्या का r से गुणन**	**दिन की संख्या सम होने पर गच्छ (n) से आधे घातांक वाली संख्या का उसी से वर्ग**	**2 तथा 3 कालम की संक्रियाओं का नाम**	**प्राप्त परिणाम संख्याओं में**
30वाँ दिन→ 2^{30}	—	$(2^{15})^2 = 2^{15} \times 2^{15}$	15 वर्ग (15 घातांक का वर्ग)	$32768 \times 32768 = 1073741824$

1. विवरण श्रीधराचार्य के इस उदाहरण पर आधारित है—
एको लभते त्रीणि द्विगुणं द्विगुणं ततः परे पुरुषाः।
पञ्चैव लप्स्यन्ते कियद्धनं कथ्यतामाशु।। (पाटी गणित, श्रेढ़ी-व्यवहार, श्लोक 10)
इसके द्वारा प्रस्तुत उदाहरण $3 + 3 \times 2 + 3 \times 2^2 + 3 \times 2^3 + 3 \times 2^4$ के लिये सूत्रानुसार $3 \times 2^5 - 3 = 93$ सर्वधन प्राप्त है।

15वाँ दिन→ 2^{15}	$2^{14} \times 2$	—	14 गुणक (14 घातांक का r से गुणन)	$16384 \times 2 = 32768$
14वाँ दिन→ 2^{14}	—	$(2^7)^2 = 2^7 \times 2^7$	7 वर्ग (7 घातांक का वर्ग)	$128 \times 128 = 16384$
7वाँ दिन→ 2^7	$2^6 \times 2$	—	6 गुणक (6 घातांक का r से गुणन)	$64 \times 2 = 128$
छठा दिन→ 2^6	—	$(2^3)^2 = 2^3 \times 2^3$	3 वर्ग (3 घातांक का वर्ग)	$8 \times 8 = 64$
तीसरा दिन→ 2^3	$2^2 \times 2$	—	2 गुणक (2 घातांक का r से गुणन)	$4 \times 2 = 8$
दूसरा दिन→ 2^2	—	$(2^1)^2 = 2^2$	1 वर्ग (1 घातांक का वर्ग)	$2 \times 2 = 4$
पहला दिन→ 2	2	—	0 गुणक	2

घात की विधि और सरल बनाने के लिये क्रमशः गुणन तथा वर्ग दोनों को अपनाने की आवश्यकता नहीं। अपितु सुविधानुसार वर्ग का वर्ग करके अभीष्ट फल प्राप्त कर सकते हैं। जैसे—$2^{30} = (2^6)^5$ अथवा $(2^{10})^3$ भी है। अतः 64^5 या 1024^3 से भी यह कार्य और अधिक आसानी से कर सकते हैं।

भास्कराचार्य ने अपने श्लोक में घात को सरल बनाने के लिये ठीक श्रीधराचार्य की विधि का उपयोग किया है[1]। पर सर्वधन के लिये उनसे परिष्कृत सूत्र प्राप्त किया है—

व्येकं व्येकगुणोद्धृतमादिगुणं स्याद् गुणोत्तरे गणितम्।

(लीलावती, श्रेढ़ी-व्यवहार, श्लोक 7)

---

1. विषमे गच्छे व्येके गुणकः स्थाप्यः समर्धिते वर्गः।
गच्छक्षयान्तमन्त्यात् व्यस्तं गुणवर्गजं फलं यत् तत्॥
(लीलावती, श्रेढ़ी-व्यवहार, श्लोक 6, पृ. 156)

अर्थात् (r की n वीं घात) 1 संख्या से कम की गई हो तथा आदि-धन से गुणित की गई हो। पश्चात् 1 कम गुणक (r) से विभाजित की गई हो तो उससे गुणोत्तर श्रेढ़ी का गणित या सर्वधन प्राप्त होता है। यह पिछले सूत्र के परिष्कार से प्राप्त है—

श्रीधराचार्य→ गुणोत्तर श्रेढ़ी का सर्वधन $= \frac{ar^n - a}{r - 1}$

भास्कराचार्य→ गुणोत्तर श्रेढ़ी का सर्वधन $= \frac{a\ (r^n - 1)}{r - 1}$

आधुनिक गणित में भास्कराचार्य के इस सूत्र को ठीक इसी रूप में अपना लिया गया है।

उपर्युक्त उदाहरण को भास्कराचार्य के अनुसार हल करते हैं—

$= 2\ (2^{30} - 1)$

$\Rightarrow 2\ (1073741824 - 1)$

$\Rightarrow 2147483646$

इस सूत्र की उपपत्ति के लिये गुणोत्तर श्रेढ़ी के सर्वधन के लिये क्रम—

उपपत्ति	**श्रीधराचार्य का उदाहरण**
$s = a + ar + ar^2 + ar^3 .....+ ar^{n-1}$	$s = 3 + 6 + 12 + 24 = 45$
$rs = ar + ar^2 + ar^3 .....+ ar^{n-1} + ar^n$	$rs = 6 + 12 + 24 + 48 = 90$
	अथवा
	$4 + 4 \times 3 + 4 \times 3^2 + 4 \times 3^3$ की स्थिति में–
	$s = 4 + 12 + 36 + 108 = 160$
$rs = ar^n + s - a$	$rs = 12 + 36 + 108 + 324 = 480$
$rs - s = ar^n - a$	$480 - 160 = 324 - 4 = 320$
$s\ (r - 1) = a\ (r^n - 1)$	$160 \times 2 = 4\ (3^4 - 1) = 320$
$\Rightarrow s = \frac{a\ (r^n - 1)}{r - 1}$	$s = \frac{320}{2} = 160$

गणित के भारतीय विद्वान् गुणोत्तर श्रेढ़ी के इस सूत्र के द्वारा छोटी सी संख्या से प्रारम्भ करके शीघ्र ही अकल्पनीय रूप से बढ़ती हुई

बृहदाकार दैत्य संख्याओं से भली भाँति परिचित थे। इससे वे लोगों को अचरज में डाल देते थे।

एक रोचक कहानी

शतरंज का आविष्कार निश्चित रूप से भारत में हुआ था। इसके लिये संस्कृत में 'चतुरंग' शब्द है; क्योंकि इसमें चारों ओर किसी भी पंक्ति में 8-8 वर्गाकार खाने होते हैं। इस प्रकार इसमें कुल 8^2 अथवा 64 खाने होते हैं। इसका फारसी रूपान्तर शतरंज हुआ है।

कहते हैं कि एक बार शतरंज का एक मँजा हुआ खिलाड़ी फारस देश में गया तथा अपने इस खेल को दिखाया। वहाँ का राजा इस खेल से इतना प्रसन्न हुआ कि उसने इसके पुरस्कारस्वरूप यथेच्छ रूप से कुछ भी माँग लेने को कहा।

वह खिलाड़ी, जो कि गणितज्ञ भी था, उसने शतरंज के पहले खाने के लिये गेहूँ का 1 दाना, दूसरे के लिये 2, तीसरे के लिये 4, इस प्रकार द्विगुणोत्तर क्रम से शतरंज के कुल 64 खानों के लिये दानों की माँग की।

राजा ने दानों की इस याचना को 'क्षुद्र माँग' समझा तथा अपनी भव्यता की तुलना में इसे अपमानित करने वाला दान माना। फिर भी खिलाड़ी की प्रार्थना के अनुरूप उसने इतने दाने प्रदान करने के लिये मुनीम को आदेशित कर दिया।

मुनीम भी पहले तो इस 'क्षुद्र माँग' की विराटता का अन्दाज नहीं लगा पाया। बाद में वह समझ सका कि उस खिलाड़ी ने यहाँ भी बहुत बड़ा खेल खेला है। हिसाब लगाने के पश्चात् उसने राजा को बताया कि महाराज! विशाल दान देना आप जैसे महाराज के भी बस की बात नहीं है।

गुणोत्तर श्रेढ़ी के उपरिलिखित सूत्र से जाना जा सकता है कि उसका दान कितना बड़ा था—

$$1 + 2 + 2^2 + 2^3 + \ldots\ldots + 2^{64} = \frac{1\left(2^{64} - 1\right)}{2 - 1} = 2^{64} - 1$$

यहाँ 2 की 64वीं घात आसानी से प्राप्त करने के लिये इसे इस रूप में व्यक्त करते हैं—

$$2^{10} \times 2^{10} \times 2^{10} \times 2^{10} \times 2^{10} \times 2^{10} \times 2^{4}$$

इस प्रकार गुणोत्तर श्रेढ़ी का सूत्र इस प्रकार अन्वित होता है—

$$S = 1024 \times 1024 \times 1024 \times 1024 \times 1024 \times 1024 \times 16 - 1$$

इससे जो भारी भरकम संख्या प्राप्त होती है, वह इस प्रकार है—

1 8 4 4 6 7 4 4 0 7 3 7 0 9 5 5 1 6 1 5

यह संख्या भारतीय इकाई दहाई आदि की सबसे बड़ी संख्या 'शंख' से भी अधिक है। एक अनुमान के अनुसार दानों की यह विशाल संख्या लगभग 12,000 घन किलोमीटर स्थान घेरेगी! इससे समूचे फारस देश को दानों की 7 सेंटीमीटर मोटी परत से ढका जा सकता है!!

आधुनिक युग में अनेक कार्यों के लिये गुणोत्तर श्रेढ़ी के गणन की बहुत आवश्यकता होती है। विख्यात अर्थशास्त्री माल्थस ने लिखा था कि विश्व के खाद्य पदार्थ समान्तर श्रेढ़ी के क्रम से बढ़ते हैं। पर कीट, पतंगे, मक्खी, मच्छर आदि का प्रजनन गुणोत्तर श्रेढ़ी के क्रम से होता है। यदि मृत्यु के लिये अनेक विषम परिस्थितियाँ बाधक न हों तो गुणोत्तर श्रेढ़ी से प्रजनन करने वाली टिड्डियाँ कितने समय में कितने बार पृथ्वी को ढक सकती हैं, इसे इस सूत्र से जाना जा सकता है।

●

एकादश अध्याय

अंकपाश या क्रमचय तथा संचय

गणित की इस विधा के अन्तर्गत अंकों के विविध क्रमों अथवा उनके प्रकारों की संगणना की जाती है। भास्कराचार्य ने कहा है कि इस विधा में प्रमुखतः गुणा, भाग, वर्ग, घन आदि की किसी विधि का प्रयोग नहीं किया जाता। फिर भी गणित के अभिमानी दुष्ट बच्चों का इस विधा में अवश्य अभिमान चूर हो जाता है[1]।

इसके बीज अति प्राचीन गणित से प्राप्त होते हैं। प्रमुखतः जैन गणितज्ञों का यह प्रिय विषय था। स्थानांग सूत्र (350 ई.पू.) में इसका नाम 'भंग' बताया है। तथा भगवती सूत्र (300 ई.पू.) में इन अंकों के विविध गुटों को एक संयोग, द्विक संयोग आदि नाम दिये गए हैं। शीलांक सूरि ने इसे 'विकल्प' कहा है तथा क्रमचय के लिये सूत्र प्रदान किया है—

एकाद्या गच्छपर्यन्ता परस्परसमाहताः।
राशयस्तद्धि विज्ञेयं विकल्पगणिते फलम्।।

(अनुयोग-द्वार 5.28 की टीका में उद्धृत)

अर्थात् 1 से लेकर गच्छ (n) तक परस्पर गुणन करने से प्राप्त राशियाँ विकल्प-गणित का फल होती हैं। स्पष्टतः यह क्रमचय की गणना का प्रसिद्ध सूत्र है। भास्कराचार्य ने इसे इस प्रकार प्रकट किया है—

स्थानान्तमेकादिचयांकघातः संख्याविभेदा नियतैः स्युरंकैः।

(लीलावती, अंकपाश, श्लोक 1)

---

1. न गुणो न हरो न कृतिर्न घनः पृष्टस्तथापि दुष्टानाम्।
गर्वितगणकबटूनां स्यात् पातोऽवश्यमंकपाशेऽस्मिन्।। (लीलावती, अंकपाश)

अर्थात् एक आदि अंकों का स्थान (n) पर्यन्त परस्पर गुणन करने से 'संख्या-विभेद' अर्थात् क्रमचयों की गणना प्राप्त होती है। इससे हमें आधुनिक गणित के लिये यह सूत्र प्राप्त होता है—

$${}^{n}p_{n} = \underline{\lfloor n} \text{ या } n!$$

इसके लिये उनका एक उदाहरण इस प्रकार है—

विष्णु के कितने मूर्तिभेद

हरि के समान विष्णु के 4 हाथों में गदा, चक्र, कमल और शंख को परस्पर बदल कर एक दूसरे हाथ में रखने से कुल कितने मूर्तिभेद बनते हैं[1]*?*

सूत्र का प्रयोग करते हुए इसका भेद प्राप्त करना आसान है—

$$1 \times 2 \times 3 \times 4 = 24$$

इस क्रम में विष्णु के इन 4 अस्त्रों को 6-6 क्रम में कुल 4 प्रकार से रखा जा सकता है। अस्त्रों को a, b, c, d नाम देते हुए इन्हें इस रीति से प्रकट करते हैं—

प्रथम प्रकार	तृतीय प्रकार
a, b, c, d	c, a, b, d
a, b, d, c	c, a, d, b
a, c, b, d	c, b, a, d
a, c, d, b	c, b, d, a
a, d, b, c	c, d, a, b
a, d, c, b	c, d, b, a

द्वितीय प्रकार	चतुर्थ प्रकार
b, a, c, d	d, a, b, c
b, a, d, c	d, a, c, b
b, c, a, d	d, b, a, c
b, c, d, a	d, b, c, a
b, d, a, c	d, c, a, b
b, d, c, a	d, c, b, a

1. अन्योन्यहस्तकलितैः कति मूर्तिभेदाः शम्भोर्हरेरिव गदारिसरोजशखैः।
(लीलावती, अंकपाश, उदा. 1)

यहाँ 6-6 के क्रम को 4 प्रकार से प्रकट किया गया है। अतः स्पष्टतः $4 \times 6 = 24$ प्रकार सिद्ध होते हैं। 6 का गुणनखण्डन $1 \times 2 \times 3$ है। अतः इसे इस प्रकार लिख सकते हैं—

$1 \times 2 \times 3 \times 4 = 24$

इस प्रकार पुनः सूत्र का आकार प्राप्त कर लिया गया है। विविध परिस्थितियों के क्रमचयों की संख्या अलग-अलग हो सकती है। यह देखा जा सकता है कि कुछ निश्चित वस्तुओं (n) को विविध खाली स्थानों (r) में कितने प्रकार से तथा कितने क्रम से भर सकते हैं। पूर्वोक्त चार्ट में 4 वस्तुओं को 4-4 स्थानों में 6-6 क्रम में 4 प्रकार से भरा गया है। इन्हें अलग-अलग स्थानों में भरने पर अलग-अलग परिणाम प्राप्त करते हैं। उदाहरणतः 4 वस्तुओं को क्रमशः 1-1 स्थानों में भरने पर—

a, b, c, d कुल क्रमचय $\rightarrow$ 4

अतः ${}^4p_1 = 4$ सूत्र$\rightarrow$ ${}^np_1 = n$

4 वस्तुओं को 2-2 स्थानों में भरने पर—

ab, ac, ad, ba, ca, da, bc, bd, cb, db, cd, dc = कुल 12

अतः ${}^4p_2 = 12$, सूत्र$\rightarrow$ ${}^np_2 = n\ (n-1)$ अतः $4 \times 3 = 12$

4 वस्तुओं को 3-3 स्थानों में भरने पर—

abc, acb, bac, bca, cab, cba; abd, adb, bad, bda, dab, dba acd, adc, cad, cda, dac, dca; bcd, bdc, cbd, cdb, dbc, dcb $\rightarrow$ कुल 24 क्रमचय

अतः ${}^4p_3 = 24$, सूत्र$\rightarrow$ ${}^np_3 = n\ (n-1)\ (n-2)$

प्रस्तुत उदाहरण— $4 \times 3 \times 2 = 24$

4 वस्तुओं को 4 स्थानों में भरने का विवरण ऊपर दिया जा चुका है। अतः उसके लिये सूत्र--

सूत्र$\rightarrow$ ${}^np_4 = n\ (n-1)\ (n-2)\ (n-3)$

इससे हम यह सारणी प्राप्त करते हैं—

$^4p_1 = 4, \quad ^4p_2 = 4 \times 3$

$^4p_3 = 4 \times 3 \times 2, \quad ^4p_4 = 4 \times 3 \times 2 \times 1$

इसमें यह देखा जा सकता है कि जितने खाली स्थानं (r) होते हैं, उतने ही कुल क्रमचयों के गुणनखण्डन प्राप्त होते हैं। अतः इसका व्यापक सूत्र—

$$^np_r = n\,(n-1)\,(n-2).....r \text{ गुणनखण्डन तक}$$

$$\Rightarrow {}^np_r = \frac{\lfloor n}{\lfloor n-r} \text{ या } \frac{n!}{(n-r)!}$$

लीलावती में संख्याओं के क्रमचय से जितने प्रकार प्राप्त होते हैं, उनके योग के नियम भी बताए हैं। नियम इस प्रकार है—

भक्तोऽङ्कमित्याङ्कसमासनिघ्नः स्थानेषु युक्तो मितिसंयुतिः स्यात्।

(लीलावती, अंकपाश, श्लोक 1)

अर्थात् क्रमचय वाले अंकों के योग को 'संख्याविभेद' या अंकों के गुणनफल से गुणित करे। पुनः स्थानांक संख्या से भाग देकर भागफल को क्रमशः एक-एक संख्या बढ़ा कर लिख कर योग करने से सभी संख्या भेद ज्ञात होते हैं।

उदाहरणतः 3 अंकों से बनने वाली 398 संख्या के निम्न 6 क्रमचय तथा उनका योग इस प्रकार होगा—

	398
	389
कुल 6 क्रमचय	938
	983
	839
	893
इनका योग→	4440

लीलावती के अनुसार इन संक्रियाओं द्वारा यह योग प्राप्त करते हैं—

एक आदि अंकों का गुणन या n $= 1 \times 2 \times 3 = 6$ ←'संख्याविभेद'

क्रमचय वाले अंकों का योग $= 3 + 9 + 8 = 20$

योगफल का गुणन फल से गुणन $= 20 \times 6 = 120$

प्रत्येक स्थानों पर कुल अंकों (n) से भाग $= 120 \div 3 = 40$

एक-एक संख्या बढ़ाकर लिखकर योग = 40
 40
 40

क्रमचय से प्राप्त सभी संख्याओं का योग→ 4440

इसकी उपपत्ति के लिये इस हल को इस प्रकार प्रस्तुत करते हैं—

(I) क्रमचयों की संख्या $1 \times 2 \times 3 = 6$

(II) अंकों (n) की संख्या 3

(III) 3 स्थानों में 3 अंक 6 बार उपलब्ध हैं। अतः एक-एक स्थान में इन अंकों की उपलब्धता $\frac{6}{3} = 2$ बार

(IV) क्रमचय वाले अंकों का कुल मूल्य $3 + 9 + 8 = 20$

(V) प्रत्येक स्थान पर यह मूल्य 2-2 बार उपलब्ध है। अतः प्रत्येक स्थान का मान तथा उसका द्विगुणित मूल्य

$40 = 2 \times 20 \times 100 = 4000$

$40 = 2 \times 20 \times 10 = 400$

$40 = 2 \times 20 \times 1 = 40$

कुल योग 4440

$\Rightarrow 2 \times 20\ (100 + 10 + 1) = 4440$

इस प्रकार हमें प्राचीन पद्धति अनुसार यह सूत्र प्राप्त होता है—

(अंक $= n$, अंकों का योग $= d$)

क्रमचय से प्राप्त संख्याओं का योग—

$$\frac{\underline{|n}}{n}\left(d + 10d + 100d ...... + 10^{n-1}d\right)$$

$$\Rightarrow \frac{\underline{|n}}{n} \times \textbf{अंको का योग} \left(10^{n-1} + ... + 10 + 1\right)$$

इससे आधुनिक गणित के लिये यह सूत्र प्राप्त होता है—

क्रमचय से प्राप्त संख्याओं का योग—

$$\frac{(n-1)!(10^n - 1) \text{ (सभी अंकों का योग)}}{9}$$

प्रस्तुत उदाहरण में→ $\dfrac{2 \times 999 \times 20}{9} = 4440$

लीलावती के अन्य उदाहरणों में विशाल संख्याओं वाले क्रमचय प्राप्त किये गए हैं—

शंकर जी के 10 हाथों में कितने क्रमचय

शंकर जी के दसों हाथों में पाश, अंकुश, सर्प, डमरू, कपाल, त्रिशूल, खट्वांग, शक्ति, शर और धनुष को परस्पर बदल कर रखने से इनके कितने मूर्तिभेद होंगे[1]?

स्पष्टत: पूर्वोक्त नियमानुसार—

$1 \times 2 \times 3 \times 4 \times 5 \times 6 \times 7 \times 8 \times 9 \times 10 = 3628800$

यह विराट् संख्या प्राप्त करते हैं।

केवल 10 हाथों की वस्तुओं से क्रमचयों की इतनी विशाल संख्या कल्पनातीत है। आज लघुगणक तथा परिकलक आदि की सहायता से यह परिणाम प्राप्त करना आसान हो गया है।

---

1. पाशांकुशाहिडमरूककपालशूलैः। खट्वांगशक्तिशरचापयुतैर्भवन्ति॥
(लीलावती, अंकपाश, उदा. 1)

संचय
(Combination)

क्रम की अपेक्षा किये बिना कुछ वस्तुओं (n) को विविध गुटों वाले खाली स्थानों (r) में भरने से अधिकतम जितने प्रकार के समूह (set) प्राप्त करते हैं, वे संचय के भेद होते हैं।

क्रमचय तथा संचय में भेद

क्रमचय के अन्तर्गत कुछ वस्तुओं (n) को एक समय में अलग-अलग गुटों वाले खाली स्थान (r) में अलग-अलग घटकों को भरने से निर्मित होने वाले प्रकार भेद तथां उन प्रत्येक के क्रम बदलने से बनने वाले क्रमभेद की भी गणना की जाती है। पर संचय में केवल नवीन घटकों के आगमन से बनने वाले प्रकार भेद की ही गणना की जाती है, क्रमभेद की नहीं। पिछले पृष्ठों में शंकर जी के 4 अस्त्रों को 4-4 स्थानों में रखने से बनने वाले चारों प्रकार भेद अन्ततः क्रमभेद से ही निर्मित हैं। चारों के 6-6 उपभेद भी क्रमभेद से बने हैं। अतः $4 \times 6 = 24$ क्रमचय के उदाहरण हैं। पर 4 स्थानों में 4 शस्त्रों को रखने पर संचय का केवल एक उपभेद—

$$^4c_4 = abcd = 1$$

पर 4 स्थानों में 3-3 अस्त्रों को बदल-बदल कर रखने पर 4 प्रकार-भेद ऐसे प्राप्त होते हैं, जिनके प्रत्येक में अन्य की अपेक्षा कोई न कोई नया घटक है। अतः इस दशा में संचय के 4 भेद—

$$^4c_3 = abc, abd, acd, bcd = 4$$

इसी प्रकार 4 स्थानों वाले डब्बे में केवल 2-2 अस्त्रों को रखने पर उन्हें 6 प्रकार से भरा जा सकता है—

$$^4c_2 = ab, ac, ad, bc, bd, cd = 6$$

$$^4c_1 = a, b, c, d = 4$$

सामान्यतः ऐसे पदार्थ, जिनके संयुक्त होने पर भी तिल-तण्डुल के समान विभेद बना रहता है, उनमें क्रमचय जाना जा सकता है। पर वे पदार्थ जो मिलकर मृत्पिण्ड के समान क्रमभेद-जनित विभेद खो बैठते हैं, उनमें 'संचय' उपयोगी होता है।

अनेक शास्त्रों में ऐसे पदार्थों के संचय की गणना की गई है। जैसे रसना से ग्रहण किये जाने वाले 6 प्रकार के रस माने गए हैं। इनमें 2,3,4 आदि रसों को मिलाने से संचय के भेदों का वर्णन वैद्यक शास्त्र में किया गया है। चरक में कहा है कि 2 रसों को मिलाने से 15 भेद, 3 को मिलाने से 20 तथा 4 को मिलाने से संचय के 15 भेद बनते हैं। इस प्रकार कुल मिलाकर 63 भेद सिद्ध होते हैं[1]।

वैद्यकशास्त्र से प्रेरणा प्राप्त करके सर्वप्रथम श्रीधराचार्य ने संचय-गणित के विस्तृत नियम बताए हैं—

एकाद्युत्तरविधिना रसविन्यासे विलोमतो गुणयेत्।
पूर्वेण परं क्रमशो रूपादिचयैर्हरैर्विभजेत्।।

(पाटी गणित, श्लोक 62)

अर्थात् चिति या संचय-गणित के लिये रसों को क्रमशः एक आदि स्थानों में रखते हुए विभिन्न प्रकार जानने के लिये एकादि को क्रमशः विलोम या विपरीत क्रम में रखते हुए परस्पर गुणित करें। पुनः एकादि से क्रमशः पर-संख्याएँ रखते हुए विभक्त करें।

इसके लिये चरक में वर्णित 6 रसों का उदाहरण इस प्रकार दिया गया है—

6 रसों के मेल से कितने भेद

हे मित्र, कटु, तिक्त, कषाय, अम्ल, लवण तथा मधुर इन 6 रसों को 1,2,3 आदि के मेल से रसोइया क्रमशः कितने प्रकार का व्यञ्जन बना सकता है, बताओ[2]?

---

1. यानि पञ्चदशैतानि द्रव्याणि द्विरसानि तु।
त्रिरसानि यथासंख्यं द्रव्याण्युक्तानि विंशतिः।
वक्ष्यन्ते तु चतुष्केण द्रव्याणि दश पञ्च च।
इति त्रिषष्टिर्द्रव्याणां निर्दिष्टा रससंख्यया।। (चरक, सूत्र-स्थान, 26वाँ अध्याय)

2. कटुतिक्तकषायाम्ललवणमधुरैः सखे रसैः षड्भिः।
विदधाति सूपकारो व्यञ्जनमाचक्ष्व कति भेदम्।। (पाटीगणित, उदा. श्लोक 95)

यहाँ उपरिलिखित सूत्र का प्रयोग करने पर—

$$^6c_1 = \frac{6}{1} = 6 \qquad \text{अत: सूत्र} \rightarrow \frac{n}{r}$$

विवरण→ a, b, c, d, e, f

कटु तिक्त कषाय अम्ल लवण मधुर

$$^6c_2 = \frac{6 \times 5}{1 \times 2} = 15 \qquad \text{सूत्र} \rightarrow \frac{n(n-1)}{r(r-1)}$$

6 रसों को 2 के मेल से रखने पर विवरण→

ab, ac, ad, ae, af; bc, bd, be, bf; cd, ce, cf; de, df; ef

$$^6c_3 = \frac{6 \times 5 \times 4}{1 \times 2 \times 3} = 20, \quad \text{सूत्र} \rightarrow \frac{n(n-1)(n-2)}{r(r-1)(r-2)}$$

विवरण→ abc, abd, abe, abf, acd, ace, acf, ade, adf, aef; bcd, bce, bcf, bde, bdf, bef; cde, cdf, cef; def

$$^6c_4 = \frac{6 \times 5 \times 4 \times 3}{1 \times 2 \times 3 \times 4} = 15, \quad \text{सूत्र} \rightarrow \frac{n(n-1)(n-2)(n-3)}{r(r-1)(r-2)(r-3)}$$

विवरण→ abcd, abce, abcf, abde, abdf, abef, acde, acdf, acef, adef; bcde, bcdf, bcef, bdef; cdef

$$^6c_5 = \frac{6 \times 5 \times 4 \times 3 \times 2}{1 \times 2 \times 3 \times 4 \times 5} = 6$$

$$\text{सूत्र} \rightarrow \frac{n(n-1)(n-2)(n-3)(n-4)}{r(r-1)(r-2)(r-3)(r-4)}$$

विवरण→ abcde, abcdf, abcef, abdef, acdef, bcdef

$$^6c_6 = \frac{6 \times 5 \times 4 \times 3 \times 2 \times 1}{1 \times 2 \times 3 \times 4 \times 5 \times 6} = 1$$

$$\text{सूत्र}\rightarrow \frac{n\ (n-1)\ (n-2)\ (n-3)\ (n-4)\ (n-5)}{r\ (r-1)\ (r-2)\ (r-3)\ (r-4)\ (r-5)}$$

विवरण→ abcdef

इन सभी सूत्रों के आधार पर इसका व्यापक सूत्र इस प्रकार है—

$$^{n}c_{r} = \frac{n\ (n-1)\ (n-2).....r \text{ गुणनखण्डन तक}}{r\ (r-1)\ (r-2).....r \text{ गुणनखण्डन तक}}$$

$$\Rightarrow {}^{n}c_{r} = \frac{\lfloor n}{\lfloor r \lfloor n-r} \text{ या } \frac{n!}{r!\ n-r!}$$

इस सूत्र की उपपत्ति के लिये यह देखा जा सकता है कि किसी भी संचय को $\lfloor r$ से गुणित करने पर क्रमचय प्राप्त होता है। जैसे—

$$^{n}p_{r} = \frac{\lfloor n}{\lfloor n-r},\ {}^{n}c_{r} = \frac{\lfloor n}{\lfloor r \lfloor n-r} \quad \text{अतः} \quad {}^{n}p_{r} = \frac{\lfloor n}{\lfloor r \lfloor n-r} \times \lfloor r \Rightarrow \frac{\lfloor n}{\lfloor n-r}$$

$$^{4}p_{3} = 4 \times 3 \times 2 = 24,\ {}^{4}c_{3} = \frac{4 \times 3 \times 2}{3 \times 2} = 4 \quad \text{अतः} \quad {}^{4}p_{3} = \frac{24 \times 6}{6} = 24$$

$$\text{इस प्रकार} \quad {}^{n}c_{r} \times \lfloor r = \frac{\lfloor n}{\lfloor n-r} \Rightarrow {}^{n}c_{r} = \frac{\lfloor n}{\lfloor r \lfloor n-r}$$

56 प्रकार के व्यंजन

इस विवरण से जाना जा सकता है कि वैद्यकशास्त्र में निर्मित तथा लोक में प्रसिद्ध 56 प्रकार के व्यंजन इस संचय-भेद की विधि द्वारा प्राप्त होते हैं। पूर्वोक्त 63 प्रकार के विवरण में से $^{6}c_{1}$ तथा $^{6}c_{6}$ को छोड़ा जा सकता है। क्योंकि केवल 1-1 रस से तथा छहों रसों के मेल से कोई व्यंजन नहीं बनता। अतः 63 – 7 = 56 प्रकार व्यवहार में सिद्ध होते हैं।

इस प्रसंग में रंगों के मेल से भी बनने वाले अनेकानेक संचय-भेद की भी गणना की जा सकती है।

भास्कराचार्य ने मिश्रक व्यवहार के अन्तर्गत छन्दों की चिति या संचय की गणना के लिये जो नियम बताए हैं[1] वे पूर्वोक्त पाटी-गणित के नियमों के सर्वथा समकक्ष हैं। उन्होंने विभिन्न चरणों वाले छन्दों में गुरु-लघु मात्रा भेद से जो विभेद बताए हैं, वे सभी संचय (combination) के ही भेद हैं। उनमें क्रमचय (permutation) बन नहीं सकता क्योंकि उनमें विविध स्थानों के बीच r की विविधता विजातीय अलग-अलग वस्तुओं के कारण नहीं, अपितु उनके भरे जाने वाले अलग-अलग स्थानों के कारण है। इन समान जातीय वस्तुओं का क्रम बदलने से इनमें क्रम के बदलाव जनित कोई परिवर्तन नहीं आता। अतः उनके उदाहरण संचय के ही हैं।

ऐसे प्रश्नों में संचय का नियम लागू होता है। उदाहरणतः यदि प्रश्न हो कि 4 दिनों (a,b,c,d) के बीच धूप तथा बदली को कितने प्रकार से रखा जा सकता है। यहाँ प्रथम उपभेद में 4 दिनों (n) के मध्य धूप$_1$ को अलग-अलग एक-एक स्थानों (r) में रखते हुए $^4c_1$ के अनुसार अधिकतम 4 उपभेद प्राप्त करते हैं। द्वितीय उपभेद में $^4c_2$ द्वारा $\frac{4 \times 3}{2 \times 1}$ अनुसार धूप$_1$, धूप$_2$ के अधिकतम 6 उपभेद। इसमें धूप$_3$ को भी मिलाकर 3-3 स्थानों में रखने पर 4 उपभेद। धूप$_4$ को भी मिलाकर चारों को चारों स्थानों में रखकर 1 उपभेद तथा धूप को 0 स्थान में रख कर 1 उपभेद प्राप्त करते हैं। इस प्रकार यहाँ संचय के सूत्र का उपयोग करते हुए कुल $1 + 4 + 6 + 4 + 1 = 16$ उपभेद अथवा 2^4 उपभेद प्राप्त होते हैं।

भास्कराचार्य द्वारा प्रस्तुत 'संचय' का सम्पूर्ण उदाहरण इस प्रकार है—

---

1. एकाद्येकोत्तरा अंका व्यस्ता भाज्या क्रमस्थितैः।
पर: पूर्वेण संगुण्यस्तत्परस्तेन तेन च।।
एकादित्र्यादिभेदाः स्युरिदं साधारणं स्मृतम्।
छन्दश्चित्युत्तरे छन्दस्युपयोगोऽस्य तद्विदाम्।।
(लीलावती, मिश्रक-व्यवहार, श्लोक 20-21)

विविध चरणों में गुरु, लघु द्वारा कितने विभेद

हे मित्र! गायत्री के प्रत्येक चरण में गुरु, लघु की अलग-अलग संख्याओं को रखने पर कुल कितने विभेद होंगे। साथ ही उन स्थानों में गुरु की अलग-अलग संख्याओं द्वारा अलग-अलग कितने विभेद होंगे[1]?

यह उदाहरण पूर्वोक्त 6 रसों वाले संचय के उदाहरण के समतुल्य है। अन्तर केवल यह है कि पूर्वोक्त में कटु, तिक्त आदि 6 रसों को 1,2,3 आदि स्थानों में रखते हुए 'भेद-संख्या' प्राप्त करना है। वहाँ रसों की संख्या नियत तथा स्थान-संख्या अनियत होने से रस n तथा स्थान r हैं। पर प्रस्तुत उदाहरण में प्रश्न यह है कि कुल 6 स्थानों के मध्य $गुरु_1$, $गुरु_2$, $गुरु_3$ आदि को क्रमशः कितने प्रकार से भरा जा सकता है। यहाँ प्रश्नानुसार स्थान नियत होने से वह n है तथा गुरु मात्राएँ r हैं। दोनों ही उदाहरणों में संचय का सूत्र समान रूप से अन्वित होता है। पर उनका चित्र भिन्न-भिन्न प्रकार का होगा। जैसे—

6 रसों को केवल 1 स्थान वाले डिब्बे में रखने पर—

a	b	c	d	e	f
कटु	तिक्त	कषाय	अम्ल	लवण	मधुर

6 स्थान वाले डिब्बे में केवल 1 गुरु को रखने पर

a	b	c	d	e	f
गुरु	ल.	ल.	ल.	ल.	ल.
ल.	गुरु	ल.	ल.	ल.	ल.
ल.	ल.	गुरु	ल.	ल.	ल.
ल.	ल.	ल.	गुरु	ल.	ल.
ल.	ल.	ल.	ल.	गुरु	ल.
ल.	ल.	ल.	ल.	ल.	गुरु

→ 6 प्रकार

1. प्रस्तारे मित्र गायत्र्याः स्युः पादे व्यक्तयः कति।
एकादिगुरवश्चाशु कति कत्युच्यतां पृथक्॥
(लीलावती, मिश्रक-व्यवहार, श्लोक उदा. 1)

पूर्वोक्त धूप तथा बदली वाला प्रश्न ठीक इसी कोटि का है। इस प्रकार 6 स्थान वाले डिब्बे में गुरु के

1 बार रहने पर चार्ट के अनुसार	6	उपभेद
6 स्थान वाले डिब्बे में गुरु के 2 बार रहने पर $^6c_2$ के सूत्रानुसार	15	
गुरु के 3 बार रहने पर $^6c_3$ के सूत्रानुसार	20	
गुरु के 4 बार रहने पर $^6c_4$ के सूत्रानुसार	15	
गुरु के 5 बार रहने पर $^6c_5$ के सूत्रानुसार	6	
गुरु के 6 बार रहने पर $^6c_6$ के सूत्रानुसार	1	
	63	
गुरु के 0 बार रहने पर	1	
संचय के विभेदों की कुल संख्या	64	

विभेदों की यह कुल संख्या 2 का nवाँ घात सिद्ध होती है। अतः 4 स्थान वाले चरण में गुरु, लघु के भेद की अथवा 4 दिन के बीच धूप और बदली के विभेदों की कुल संख्या $2^4 = 16$, 5 स्थान वाले में $2^5 = 32$ तथा 6 स्थान वाले में यह कुल संख्या $2^6 = 64$ प्राप्त होती है। इस प्रकार एक सप्ताह के मध्य धूप और बदली के भेदों की अधिकतम संख्या $2^7 = 128$ होगी। इसके पश्चात् पिछले भेदों में से कोई न कोई भेद अवश्य दुहराया जावेगा।

क्रमचय के पूर्वोक्त उदाहरणों में संचय की अपेक्षा अकल्पनीय रूप से बड़ी संख्या प्राप्त होती है। जैसे—

$^6p_6 = \underline{|6}$ या ....$6! = 6 \times 5 \times 4 \times 3 \times 2 \times 1 = 720$

पर संचय के योग में→ $^6c_0 + {}^6c_1 + {}^6c_2 + {}^6c_3 + {}^6c_4 + {}^6c_5 + {}^6c_6$

$= 2 \times 2 \times 2 \times 2 \times 2 \times 2 = 64$

प्राचीन गणित में संचय के इन विभेदों को 'मेरु-प्रस्तार' के चित्र द्वारा प्रदर्शित करने की परम्परा रही है—

	1									
	1	1								
$^2c_0 + {}^2c_1 + {}^2c_2$	1	2	1							योग $\rightarrow 2^2 = 4$
$^3c_0 + {}^3c_1 + \ldots + {}^3c_3$	1	3	3	1						योग $\rightarrow 2^3 = 8$
$^4c_0 + {}^4c_1 + \ldots + {}^4c_4$	1	4	6	4	1					योग $\rightarrow 2^4 = 16$
$^5c_0 + {}^5c_1 + \ldots + {}^5c_5$	1	5	10	10	5	1				योग $\rightarrow 2^5 = 32$
$^6c_0 + {}^6c_1 + \ldots + {}^6c_6$	1	6	15	20	15	6	1			योग $\rightarrow 2^6 = 64$
$^7c_0 + {}^7c_1 + \ldots + {}^7c_7$	1	7	21	35	35	21	7	1		योग $\rightarrow 2^7 = 128$
$^8c_0 + {}^8c_1 + \ldots + {}^8c_8$	1	8	28	56	70	56	28	8	1	योग $\rightarrow 2^8 = 256$

मेरु प्रस्तार की कुछ गणितीय विशेषताएँ इस प्रकार हैं—

1. इस प्रस्तार की प्रत्येक संख्या अपने से ठीक ऊपर वाली दाईं, बाईं संख्या का योग होती है।

2. इस प्रस्तार से प्रकट है कि संचय के विभेदों का योग 2 का nवाँ घात बनता है। यदि इस 2 संख्या को द्विपद के रूप में व्यक्त किया जाय तो इसकी प्रत्येक घात का प्रसार (expansion) प्रस्तार के क्रम से प्राप्त होता है। जैसे—

$$(1 + 1)^2 = 1^2 + 2 \times 1 \times 1 + 1^2 = 1 + 2 + 1$$

$$(1 + 1)^3 = 1^3 + 3 \times 1^2 \times 1 + 3 \times 1 \times 1^2 + 1^3$$
$$= 1 + 3 + 3 + 1$$

$$(1 + 1)^4 = 1^4 + 4 \times 1^3 \times 1 + 6 \times 1^2 \times 1^2 + 4 \times 1 \times 1^3 + 1^4$$
$$= 1 + 4 + 6 + 4 + 1 \text{ इत्यादि}$$

3. चर संख्या वाले द्विपद के किसी घात के गुणनफल में प्रस्तार की संख्याएँ उनका (coefficient) सिद्ध होती है। जैसे—

$$(x + y)^5 = x^5 + 5x^4y + 10x^3y^2 + 10x^2y^3 + 5xy^4 + y^5$$

यहाँ गुणक, प्रस्तार के अनुसार—1,5,10,10,5,1 होता है।

स्पष्टत: यह मेरु प्रस्तार द्विपद के घात के सूत्र (binomial theorem) को प्राप्त करने में सहायक है।

4. सर्वप्रथम आर्यभट ने 1 से क्रमिक संख्याओं के योग के वर्ग $(a + b + c.....+ n)^2$ के सूत्र के लिये ${}^nc_2$ के नियम का उपयोग किया। उन्होंने गुणकार संवर्ग के अन्तर्गत[1] यह ध्वनित किया कि—

$$(a + b + c.....+ n)^2 =$$

$$= 2\left(\frac{\lfloor n}{2 \times \lfloor n-2} \text{ नियम से प्राप्त युग्मों के गुणनफल का योग} + (a^2 + b^2 + c^2 .... + n^2)\right)$$

---

1. विस्तार के लिये देखें—श्रेढ़ी-व्यवहार अध्याय का पृ. 219।

इस प्रकार—

$$(1 + 2 + 3 + 4)^2 =$$
$$= 2(1 \times 2 + 1 \times 3 + 1 \times 4 + 2 \times 3 + 2 \times 4 + 3 \times 4)$$
$$+ 1^2 + 2^2 + 3^2 + 4^2$$

यहाँ कोष्ठक के अन्तर्गत ${}^4c_2$ के लिये उक्त नियमानुसार $\frac{4 \times 3}{2} = 6$ युग्म प्राप्त किये गए हैं। इस प्रकार—

$$\Rightarrow 2 \times 35 + 30 = 100$$

●

रेखा-गणित खण्ड

द्वादश अध्याय

शुल्व-गणित या रेखा-गणित

विश्व के इतिहास में रेखा-गणित का अभ्युदय तब से हुआ, जब मानव ने दैशिक विस्तार में फैली आकृतियों में विभेद करना प्रारम्भ किया। वास्तव में विविध वस्तुओं का अलग-अलग नामकरण उनकी रेखागणितीय आकृतियों से बनी अलग-अलग पहचान पर अवलम्बित था। इस तथ्य का अनुभव करते हुए आगे चलकर दर्शनशास्त्र में न्याय-सूत्रकार ने किसी जाति की पहचान बनने वाले रैखिक आकार के लिये अलग से 'आकृति' यह पारिभाषिक नाम प्रदान किया तथा इसे अलग पदार्थ के रूप में परिगणित किया[1]।

मानव ने रैखिक आकृतियों के माध्यम से दूर-दूर तक फैले सुदीर्घ पदार्थों के विस्तार को समझने का उपक्रम किया। हर्ष तथा विस्मय के अतिरेक में उसने नभोमण्डल में सुदूर टिमटिमाते तारों, धरती में दूर-दूर तक फैले पहाड़ों, इनमें फैले विशाल घने ऊँचे वृक्षों को कौतुकपूर्ण रैखिक विस्तार के रूप में अनुभव किया। उसने इन विविध आकृतियों का अनुकरण करते हुए इन्हें चित्रित करने के उपक्रम में उन-उन प्रकार की रेखाओं की रचना करना प्रारम्भ किया। इसके लिये धरती की मिट्टी को किसी नुकीली वस्तु से खोद कर या कुरेद कर लकीरें बनाना पर्याप्त था। उस समय अपने इस मौलिक अर्थ में 'रेखा' शब्द का अभ्युदय हुआ। संस्कृत में प्रायः र तथा ल में अभेद होने के कारण 'रेखा' तथा 'लेखा' शब्द इस अर्थ में प्रचलित हुए। बौधायन शुल्ब सूत्र में लेखा के आलेखन का निर्देश ऐसी रेखा की ओर

---

1. व्यक्त्याकृतिजातयस्तु पदार्थः, आकृतिर्जातिलिंगाख्या।

(न्याय, सूत्र 2.2.67 तथा 69)

संकेत करता है[1]। महर्षि पाणिनि ने 'आलेखन' शब्द का प्रयोग पशुओं द्वारा मिट्टी कुरेदने से बनने वाली रेखा के लिये किया[2]। संस्कृत में 'अभिलेख' शब्द का प्रयोग इस प्रकार के लेखन (inscription) के लिये होता रहा है। आगे चलकर अच्छे उपकरणों से रेखाओं द्वारा आकृतियों का निर्माण किया गया। उपकरण चाहे जो भी हों, विश्व में जो भी आकृतियाँ निर्मित हुईं, वे अन्ततः रेखा या लेखा के आलेखन का कमाल है। धीरे-धीरे आलेखन में प्रगति हुई। इन रेखाओं के मापन तथा इनसे बनने वाली आकृतियों के निर्माण के नियम बनाए गए। इस प्रकार क्रमशः 'रेखा-गणित' का शास्त्र के रूप में विकास हुआ। इस समूचे शब्द का स्पष्ट प्रयोग काफी बाद में 1702 ई. में सम्राट् जगन्नाथ के 'रेखा-गणित' नामक ग्रन्थ के रूप में प्राप्त होता है।

प्राचीनतम नाम रज्जु-गणित या शुल्व गणित

प्राचीनकाल में इन रेखाओं के निर्माण के लिये सबसे बढ़िया उपकरण बना-रज्जु अथवा रस्सी। इतिहास के किसी युग में इसकी लोकप्रियता कम नहीं हुई। इसके द्वारा किसी भी प्रकार की रेखा का मापन सम्भव है। बौद्ध युग में रज्जु द्वारा भूमि-मापन करने वाले अधिकारी के लिये 'रज्जुक' यह सम्मानित शब्द प्रचलित हुआ था। आधुनिक युग में भी कोई कारीगर अनेक नवीन उपकरणों के मध्य इस रज्जु को विशेष स्थान देता है। वह इससे 'टेप' के रूप में भूमि के विस्तार को नापता है, 'साहुल' के रूप में गुरुत्व-केन्द्र का पता लगाता है। तनी हुई डोरी के प्रयोग से सरल रेखा में ईंटों की चुनाई करता है। वह इससे किसी भूभाग के समतल या level का परिज्ञान कर लेता है।

व्युत्पत्तिशास्त्र के महान् आचार्य यास्क इस 'रज्जु' शब्द को सृज् धातु से निष्पन्न मानते हैं। उनके अनुसार यह सर्ज् > रस्ज् > रज्ज् तथा रज्जु के क्रम से निष्पन्न हुआ है[3]। इसके लिये इस धातु का प्रयोग

1. लेखामालिख्य। तस्या मध्ये शंकुं निहन्यात्। (बौधायन शुल्ब सूत्र 1.22-23)
2. अपाच्चतुष्पाच्छकुनिष्वालेखने। (अष्टाध्यायी सूत्र 6.1.142)
3. अथाप्याद्यन्तविपर्ययो भवति, स्तोका रज्जुः...। (निरुक्त 2.2)

बहुत सुसंगत है। इस अकेले उपकरण ने 'रज्जु-गणित' नामक एक शास्त्र का सृजन किया है। रज्जु अर्थ में एक अन्य प्राकृत शब्द के आधार पर शुल्ब गणित का प्रयोग भी पर्याप्त प्रचलित हुआ। वैदिक तथा जैन बौद्ध विद्वानों ने भी समान रूप से इस जन-सामान्य शब्द को स्वीकार करते हुए इसे शास्त्र का रूप दिया। लगभग ई.पू. 500 में बौधायन, कात्यायन आदि महाविद्वानों ने 'शुल्ब-सूत्र' के रूप में अपने-अपने शास्त्रों की रचना की। लगभग इसी समय विरचित जैन ग्रन्थ स्थानांग सूत्र में गणित की विशिष्ट शाखाओं के अन्तर्गत 'रज्जु-कर्म' के लिये अलग स्थान दिया[1]। आपस्तम्ब गृह्य-सूत्र आदि में भी 'रज्जु-क्रिया' के द्वारा इसका उल्लेख किया गया। इस प्रकार स्पष्ट है कि यह शास्त्र शुल्ब-गणित, रज्जु-गणित या रेखा-गणित के रूप में अति प्राचीन काल से पर्याप्त प्रसिद्धि प्राप्त करने लगा था।

इस शास्त्र के ये नाम इसके कार्य तथा उपकरण को भली प्रकार प्रकट करते हैं। ये इस शास्त्र के उद्भव तथा विकास की प्राचीन परम्परा से हमें जोड़ते हैं। सभी पारिभाषिक शब्दों के साथ ऐसा ही होता है। इंग्लिश में इस शास्त्र के लिये प्रयुक्त 'Geometry' शब्द मूलतः भूमि-मापन अर्थ को प्रकट करता है। क्योंकि यह Geo = भूमि तथा meter = नापना इन दो शब्दों के सम्मिलन से निर्मित है। इससे यह ज्ञात होता है कि वहाँ इस शास्त्र के विकास की मूल प्रेरणा 'भूमि-मापन' से प्राप्त हुई थी।

आजकल इस शास्त्र के अपने प्राचीन नामों को छोड़कर इस इंग्लिश नाम के आधार पर बनावटी संस्कृतिक रूप 'ज्यामिति' के प्रयोग की चाल है। प्राचीन रेखागणित में 'ज्या' एक पारिभाषिक शब्द है, जो कि अनेकानेक प्रकार की रेखाओं में से केवल एक विशिष्ट प्रकार की रेखा को संसूचित करता है। 'ज्यामिति' शब्द इस रेखा के मापन का वाचक होकर रेखाओं के इस विशाल शास्त्र को केवल इस छोटी-सी रेखा में संसीमित कर देता है। हमें यह अधिकार कैसे प्राप्त है कि इंग्लिश के तद्भव रूप को अपनाने के

---

1. परिकम्मं ववहारो रज्जु रासी क्लासवन्ने य।
जावन्तावति वग्गो घनो ततह वग्गवग्गो विकप्पोत।। (स्थानांग-सूत्र, 747)

फेर में किसी शास्त्र के विशाल स्वरूप को काँट-छाँट कर विकृत करें। स्पष्टत: इसके लिये प्राचीन रेखा-गणित नाम ही श्रेयस्कर है।

रैखिक-विस्तार को नापने के मात्रक

इस रेखा-गणित के अति सामान्य उपकरण-रस्सी को नापने के मात्रक भी ऐसे बने जो सर्वसामान्य के लिये सुलभ थे। ग्रन्थ के प्रथम खण्ड के द्वितीय अध्याय में प्रकट किया गया है कि अंकों के विकास में हाथ की उँगलियाँ मुख्य प्रेरक बनी थीं। रैखिक विस्तार को नापने के लिये भी उँगलियों का सहारा लिया गया। इससे बने मात्रक के लिये 'अंगुल' का प्रयोग आज भी प्रचलित है। यह शब्द ठीक इसी रूप में आज से लगभग पौने 3 हजार वर्ष पूर्व पाणिनि द्वारा अनुशासित है। उनका मानना है कि लकड़ी के विस्तार को नापने के लिये मात्रक के रूप में अंगुलि के स्थान पर 'अंगुल' का प्रयोग होता है[1]। इससे लकड़ी के मापन के लिये इस शब्द के विशेष प्रयोग की सूचना मिलती है। कौटिल्य अर्थशास्त्र आदि में 8 यवोदर का 1 अंगुल बताया है[2]। इस प्रकार पौन इंच का 1 यवोदर तथा 6 इंच का 1 अंगुल माना जाता था।

इससे बड़े विस्तार को मापने के लिये मानक मात्रक के रूप में 'हस्त' या 'हाथ' प्रचलित रहा है। श्रीधर तथा भास्कराचार्य आदि ने 24 अंगुल का 1 हस्त बताया है[3]। 2 हस्त का 1 गज माना जाता था।

शुल्ब सूत्रों से ज्ञात होता है कि एक कदम से दूसरे कदम के बीच की दूरी 'पद' नामक मात्रक द्वारा नापी जाती थी। बौधायन शु.सू. के अनुसार यह 15 अंगुल होता था। इस प्रकार 2 पदों का 'प्रक्रम' नामक मात्रक 30 अंगुल का होता था[4]। विदेशों में भी पैर के आधार पर यह मात्रक प्रचलित हुआ था। इसीलिये मूलत: पैर अर्थ का वाचक (foot) शब्द मात्रक अर्थ में भी प्रयुक्त होता है।

---

1. अंगुलेर्दारुणि पा.सू. 5.4.114। उदा. द्व्यंगुलं दारु।
2. कौटिल्य अर्थशास्त्र 2.20।
3. हस्तोऽङ्गुलविंशत्या चतुरन्वितया......त्रिशतिका श्लोक 7।
4. पदं पञ्चदश, बौ.शु.सू. 3.9। द्विपदः प्रक्रमः, बौधायन शुल्ब सूत्र 1.15।

महावैयाकरण पाणिनि ने बताया है कि पुरुष अथवा हाथी ऊँचाई के मात्रक बनते रहे हैं[1]। बौधायन शुल्ब सूत्र में बताया है कि यज्ञाग्नि या यज्ञवेदि का विस्तार खड़ी भुजा वाले या 'ऊर्ध्वबाहु पुरुष' के मानक मात्रक द्वारा नापा जाता था[2]। यह निश्चित रूप से 5 अरत्नि या 120 अंगुल का होता था।

कभी-कभी विस्तार के पैमाने निश्चित दूरी वाले स्थान के वाचक भी बनते रहे हैं। ग्रीस देश में लगभग 185 मीटर दूरी का एक पैमाना (stadion) माना गया। यह दूरी पैदल दौड़ या रथ-दौड़ की प्रतिस्पर्धाओं के लिये समुपयुक्त मानी गई। अतः इतनी दूरी वाले खेल के मैदानों का निर्माण होने लगा। बाद में चल कर इस आधार पर सभी बढ़िया खेल के मैदानों के लिये (stadium) शब्द प्रयुक्त हुआ, जो कि आज भी खूब प्रचलित है।

रेखा-गणित का विकास

उपरिलिखित सामान्य उपकरणों तथा सर्वजन सुलभ मात्रकों के सहयोग से जैन, बौद्ध तथा वैदिक परम्परा के विद्वानों ने रेखा-गणित के विकास का उपक्रम किया। उन्हें सामने फैले प्राकृतिक पदार्थों की विशालता, विचित्रता ने बहुत प्रभावित किया। अतः उन्होंने रेखाओं के माध्यम से कभी तो विविध आकृतियों को प्राकृतिक पदार्थों में तो कभी प्राकृतिक पदार्थों को स्वकल्पित रैखिक चित्रों में आरोपित करने का प्रयत्न किया। पहले प्रयत्न के क्रम में विशाल नभोमण्डल में फैली अपरिमित तारका-राशि को मेष, वृष आदि आकृतियों के रूप में पहचाना तथा इस प्रकार 12 राशियों के रूप में इन्हें विभाजित किया।

द्वितीय प्रकार के प्रयत्न के परिणामस्वरूप ये पदार्थ रेखाचित्रों के रूप में अनुकृत किये गए। लोगों के सामने जंगलों में दूर-दूर तक फैले प्रस्तर-खण्डों के विविध आकार, व्योम में मानों नक्षत्रों से बातें करने वाले अत्युच्च पर्वतों के विविध रूप उन्हें उनको चित्रों में बसा लेने के लिये बाध्य करते थे।

1. पुरुषहस्तिभ्यामण् च (पा.सू. 5.1.38) उदा. पुरुषमात्रम्। हस्तिमात्रम्।
2. अथाग्निं विमिमीते। यावान् पुरुष ऊर्ध्वबाहुस्तावदन्तराले वेणोश्छिद्रे करोति, बौ.शु.सू. 3.13 तथा पञ्चारत्निः पुरुषः, वही 1.19।

चित्रों तथा वेदियों में त्रिभुज तथा चतुर्भुज

प्राचीनकाल में वेदों, ब्राह्मणों-ग्रन्थों आदि के निर्देशानुसार यज्ञ मानव-जीवन का श्रेष्ठतम कृत्य था। उसमें मानों विश्व के सम्पूर्ण रूप, समस्त संक्रियाएँ समाहित थीं। इस भावना से प्रेरित होकर आजीवन आगम और निगम का पारायण करने वाले विद्वानों ने प्राकृतिक पदार्थ के रैखिक आकार को यज्ञवेदि के कैनवस पर उतारने का उपक्रम किया। बड़े-बड़े यज्ञों में अनेक प्रकार की यज्ञाग्नियों के बीच आहवनीय कुण्ड को वर्गाकार स्वरूप प्रदान किया। उनके मापन के अनेक नियम निर्धारित किये।

उन विद्वानों को सामने खड़े पर्वत के स्वरूप को देखकर समलम्ब चतुर्भुज का आकार प्रदान करने की इच्छा हुई। जैन विद्वानों ने सुमेरु पर्वत के बीच विविध द्वीपों या 'वर्ष' को चित्रित करते समय तथा वैदिक विद्वानों ने 'सोमयाग' के लिये 'महावेदि' आदि के निर्माण द्वारा इस मनोभावना को साकार रूप प्रदान किया।

शुल्ब सूत्रों आदि में इस वेदि की विस्तृत विधि बताई गई है। इनमें विविध सोमयागों के लिये इस वेदि का परिमाण तथा मानक वेदि के साथ अनुपात के स्पष्ट नियम खोजे गए हैं। अलग-अलग यागों में इन वेदियों को क्षेत्रफल तथा तदनुसार इनकी भुजाओं का परिमाप बदल जाता था। जैसे 'अश्वमेध' नामक सोमयाग की वेदि क्षेत्रफल में महावेदि से दुगुनी तथा स्वयं महावेदि सौत्रामणि याग की वेदि से तिगुनी होनी चाहिये। आपस्तम्ब शुल्ब सूत्र आदि में इस द्विगुणित या त्रिगुणित क्षेत्रफल वाली वेदि के लिये द्विस्तावा, त्रिस्तावा वेदि जैसे पारिभाषिक शब्दों का प्रयोग किया है[1]। इसके लिये इनकी भुजाओं को द्विकरणी, त्रिकरणी गुणित बनाने का निर्देश दिया है। महावैयाकरण पाणिनि ने भी इन विशिष्ट नामों की इसी रूप में स्वीकृति प्रदान की है[2]। इन अलग-अलग विस्तार वाली वेदियों के लिये बताए गए

---

1. द्विस्तावा वेदिर्भवतीत्यश्वमेधे विज्ञायते—आपस्तम्ब शू.सू. 2.5.31।
2. द्विस्तावा त्रिस्तावा वेदिः—अष्टाध्यायी सूत्र 5.4.84। यावती प्रकृतौ वेदिस्ततो द्विगुणा त्रिगुणा वा कस्याञ्चिद् विकृतौ तत्रेदं निपातनम्। उक्त सूत्र पर काशिका।

क्षेत्रफल समलम्ब चतुर्भुज के क्षेत्रफल के सूत्र से प्राप्त परिणाम के ठीक अनुरूप सिद्ध होते हैं[1]।

सोमयाग में दीक्षित गणित के विद्वानों ने महावेदि के इन चतुर्भुजों में अथवा किसी आयत में विकर्ण खींच कर त्रिभुजों की रचना की। इस समकोण त्रिभुज के कर्ण को उन्होंने 'अक्ष्णया रज्जु' कहा। ऋग्वेद में इसका प्रयोग करते हुए 'अक्ष्णयाध्रुक्' कहा गया है[2]। इसका अर्थ 'टेढ़ी रीति से' या मौलिक रूप से 'टेढ़ी आँखों से द्रोह करने वाला' यह है। त्रिभुज में इस रेखा के तिरछी होने के कारण यह नाम प्रदान किया गया। बाद में चलकर इसके लिये आँख के स्थान पर कान अर्थ वाला 'कर्ण' शब्द लोकप्रिय हुआ। क्योंकि यास्क के अनुसार इसकी रचना के समय मानों खुरच कर इसका दरवाजा बनाया जाता है[3]। इसे खोलने पर अन्दर तिरछी रेखा में छिद्र दिखाई देता है। इस समानता से यहाँ इस रेखा को 'कर्ण' कहा जाने लगा, जो आज भी लोकप्रिय है।

लगभग ई.पू. 500 में विरचित बौधायन शुल्ब सूत्र में ऐसे किसी समकोण त्रिभुज में 'कर्ण' की परिमाप का नियम बताया गया है। यह नियम निश्चय ही पाइथोगोरस के क़ाफी पूर्व यज्ञीय रेखा-गणित की पद्धति या भाषा में आविष्कृत हुआ था। इसमें ऐसे त्रिभुज के अनेक त्रिक (triplets) का भी वर्णन है, जिनमें से प्रत्येक उनके नियमों के अनुकूल है। इन त्रिकों के प्राप्त करने के नियम तथा उनके सहसम्बन्ध का भी उन ग्रन्थों में विवरण प्राप्त होता है। विस्तार के लिये इस ग्रन्थ के अगले अध्याय द्रष्टव्य हैं।

शुल्ब सूत्रों में पशु, पक्षियों के अनुकरण पर भी अनेक प्रकार की वेदियों का विधान है। वेद में सूर्य को बढ़िया उड़ने वाले विशाल

---

1. अष्टाविंशत्यूनं पदसहस्रं महावेदिः—आप. शु.सू. 2.5.20 के अनुसार महावेदि का 972 वर्ग पद क्षेत्रफल इसके लिये निर्दिष्ट परिमाप वाली भुजाओं से बनने वाले समलम्ब चतुर्भुज के क्षेत्रफल के ठीक अनुरूप है।
2. अपो न वां सुनोत्यक्ष्णयाध्रुक्—ऋ. 1.122.9 यहाँ 'अक्ष्णया' शब्द 'अक्ष्णा' की तृतीया विभक्ति के स्थान पर अ.सू. 7.1.39 की वार्तिक के अनुसार अयार् आदेश द्वारा निर्मित है।
3. कर्णः कृन्ततेर्निकृत्तद्वारो भवति—निरुक्त 1.9।

पक्षी के रूप में मानते हुए 'दिव्य सुपर्ण' जैसे शब्दों का प्रयोग किया गया[1]। अन्य मन्त्रों में समुद्र में वर्तमान तथा सम्पूर्ण विश्व को दृष्टि प्रदान करने वाली अग्नि को भी 'सुपर्ण' कहा गया[2]। इन धारणाओं से यज्ञाग्नि की विविध वेदियों को भी बढ़िया पक्षी का आकार देने की प्रेरणा प्राप्त हुई। इसके अंगों के निर्माण के लिये विविध प्रकार के त्रिभुज, चतुर्भुज की रचना आवश्यक होती थी। इनका अलग-अलग क्षेत्रफ़ल नियत एवं आनुपातिक होता था।

आपस्तम्ब शुल्ब सूत्र आदि में स्वर्ग की कामना वाले यजमान के लिये श्येन या बाज के आकार की वेदि के चयन का विस्तार से उल्लेख है[3]। यह बाज के खुले हुए पंख तथा फैली हुई पूँछ के आकार की होती है। इसके लिये अनेक आकार की ईंटों का प्रयोग होता था। मानक ईंटें वर्गाकार 24×24 अंगुल की होती थीं। इन्हें 'पञ्चभागीय' कहते थे। क्योंकि मानक पुरुष की ऊँचाई 120 अंगुल का पाँचवाँ भाग होती थीं। इस व्याख्या के अनुसार 'पञ्चदशभागीय' अर्थात् 15वें भाग वाली ईंटें 8×8 के आकार की होती थीं। अध्यर्ध ईंटें मानक ईंटों का डेढ़ गुना अर्थात् 36×24 अंगुल की होती थीं। इनकी मुटाई घुटने का $\frac{1}{5}$ अर्थात् 6 अंगुल 13 तिल होती थी। (34 तिल का 1 अंगुल)

पहली बार इस यज्ञ की दीक्षा लेने वाले यजमान के लिये घुटने तक ऊँची वेदि बनानी होती थी। इसके लिये 200-200 ईंटों की 5 परत अर्थात् कुल 1000 ईंटों की जरूरत होती थी। दूसरी बार वाले यजमान के लिये नाभि तक ऊँची, 10 परत वाली, कुल 2000 ईंटों से वेदि बनती थी। तीसरी बार वाले के लिये मुख तक ऊँची, 15 परत वाली 3000 ईंटों से इसे बनाया जाता था।

---

1. दिव्यं सुपर्णं वायसं बृहन्तमपां गर्भं दर्शतमोषधीनाम्। (ऋ. 1.164.52)
2. एक सुपर्णः स समुद्रमाविवेश स इदं विश्वं भुवनं विचष्टे। (ऋ. 10.114.4)
3. श्येनचितं चिन्वीत सुवर्गकाम इति विज्ञायते—आप.शु.सू. 5.15.1।

दर्शपौर्णमास की वेदि को स्त्री के आकार का बनाने का विधान है। पूर्व दिशा की ओर चौड़ाई में पतली पर आगे पश्चिम की ओर क्रमशः विस्तृत चौड़ाई धारण करती हुई श्रोणि वाली तथा क्रमशः नीचे की ओर दबी हुई वेदि बनाने का विधान है। स्पष्टतः इन सब वेदियों के लिये अच्छा रेखा-गणितीय ज्ञान अपेक्षित था।

वृत्ताकार, अण्डाकार तथा गोला

मानव को वृत्ताकार की प्रेरणा प्रतिदिन दृश्यमान सूर्य, चन्द्र से प्राप्त हुई। प्रातःकाल विशाल नभोमण्डल में सूर्यदेव का हिरण्मय बिम्ब, उनका किरणों रूपी उठी हुई भुजाओं द्वारा दिया गया आशीर्वाद[1]— ये सभी मानव के लिये सुखमिश्रित आश्चर्य का विषय रहे हैं।

वेद में वृत्त तथा अण्डाकार में स्पष्ट विभेद अथवा उनके लिये अलग-अलग स्पष्ट शब्द उपलब्ध नहीं हैं। वेद के कुछ मन्त्रों में सूर्य को वृत्त (circle) तथा कुछ में इसे ही अण्डाकार माना प्रतीत होता है। एक मन्त्र में वृत्त की चक्र से उपमा देते हुए इसे (circle) अर्थ में स्वीकार किया है[2]। एक अन्य सुन्दर मन्त्र में कहा है कि 7 रंगों वाली किरणों रूपी 7 घोड़े इस एक चक्र वाले सूर्य को खींच कर दूर ले जाते हैं—

सप्त युञ्जन्ति रथमेकचक्रमश्वो वहति सप्तनामा।

यहाँ सूर्य को एक चक्र वाला कहते हुए इसे उसके समान वृत्ताकार माना है।

अन्य मन्त्र में इस अदिति के पुत्र सूर्य को विशाल अण्ड से उत्पन्न मानते हुए इसे 'मार्ताण्ड' नाम प्रदान किया है[3]। आगे चलकर यह 'मार्तण्ड' नाम से पर्याप्त प्रसिद्ध हुआ। छान्दोग्य उपनिषद् आदि में इसे स्पष्ट करते हुए

---

1. उदस्य बाहू शिशिरा बृहन्ता हिरण्यया दिवो अन्ताँ अनष्टाम्। (ऋ. 7.45.2)
2. चक्रं न वृत्तं व्यतीरवीविपत्। (ऋ. 1.155.6)
3. देवां उप प्रैत् सप्तभिः परा मार्ताण्डमास्यत्। (ऋ. 10.72.8)
   तस्यै व्यृद्धमाण्डमजायत (तै.सं. 6.5.6.1)।

बताया कि प्रजापति का अतिविशाल हिरण्मय अण्ड के दो विभागों में विभक्त होने पर एक भाग द्युलोक या 'मार्तण्ड' रूप में निर्मित हुआ[1]।

प्राचीन काल में 'मण्डल' या 'परिमण्डल' शब्द का भी दोनों आकारों के लिये प्रयोग का संकेत मिलता है। शुल्ब-सूत्रों में वर्ग को वृत्त बनाने की विधि के सन्दर्भ में अनेक बार वृत्त अर्थ में मण्डल का प्रयोग किया है[2]। शतपथ ब्राह्मण में सामान्य दृष्टि से चपटी दिखने वाली पृथिवी को वृत्त बताने के लिये परिमण्डल शब्द का प्रयोग किया है[3]। पर इसी ब्राह्मण में अन्य प्रसंग में जल के अण्डाकार पात्र के लिये 'उदकमण्डल' नाम दिया है[4]। इसे ही आगे चलकर संक्षिप्त रूप से 'कमण्डल' शब्द द्वारा सम्बोधित किया जाता रहा है।

सर्वप्रथम जैन ग्रन्थों में इन आकारों के लिये अलग-अलग शब्द प्रदान करने का संकेत मिलता है। लगभग 500 ई.पू. में विरचित सूर्यप्रज्ञप्ति में 'चक्रवाल' अर्थात् सामान्य वृत्ताकार के दो प्रकार बताने हेतु 'समचक्रवाल' तथा 'विषमचक्रवाल' ये दो भेद किये गए हैं। इसमें समचक्रवाल को (Circle) तथा विषमचक्रवाल को (ellipse) या अण्डाकार रूप में अनूदित किया गया है।

इसी प्रकार वहाँ वृत्त अर्थ में मण्डल का प्रयोग है। इससे अण्डाकार को पृथक् करने के लिये भगवती सूत्र (लगभग 300 ई.पू.) में परिमण्डल' शब्द है। इसका एक भेद 'घन-परिमण्डल' है। इसका अनुवाद (elliptic cylinder) के रूप में किया गया है। इसी प्रकार इस आकार को वृत्त से विशिष्ट करने हेतु 'दीर्घवृत्त' या 'आयतवृत्त' शब्द प्रचलित किये गए। यह बहुत सार्थक शब्द है। क्योंकि वृत्त को एक ओर थोड़ा बड़ा करने पर यह आकार प्राप्त होता है। इसका प्रयोग पीतवत्थु टीका में प्राप्त है।

---

1. तन्निरभिद्यत, ते अण्डकपाले रजतं सुवर्णं चाभवताम्। तद्यद्रजतं सेयं पृथिवी, यत्सुवर्णं सा द्यौः—छान्दोग्य उपनिषद् 3.19।
2. आपस्तम्ब शुल्ब सूत्र 3.2-4 आदि।
3. परिमण्डल उ वा अयं पृथिवीलोकः। (शतपथ ब्राह्मण 7.1.1.37)
4. उदस्थालीं वैवोदकमण्डलुं वाऽऽदाय......श.ब्रा. 12.4.1.5।

वृत्त की परिधि, व्यास उसके क्षेत्रफल आदि का प्राचीनतम निरूपण भी जैन ग्रन्थों में प्राप्त होता है। लगभग 150 ई.पू. में विरचित उमास्वाति के तत्त्वार्थाधिगमभाष्य में वृत्त का सामान्य क्षेत्रफल प्राप्त करने के लिये सूत्र उपलब्ध होते हैं।

यज्ञ ग्रन्थों में भी वृत्ताकार गार्हपत्याग्नि तथा अर्धचन्द्राकार दक्षिणाग्नि कुण्ड निर्माण के निर्देश प्राप्त होते हैं। शुल्ब सूत्रों में इनके निर्माण के लिये अनेक स्पष्ट नियम उपलब्ध हैं।

रेखा-गणित के इतिहास में गोल आकार (sphere) की अवधारणा इससे कुछ परवर्ती प्रतीत होती है। वैसे 300 ई.पू. में विरचित भगवती सूत्र में प्राप्त 'घनवृत्त' शब्द का 'गोला' अर्थ में अनुवाद किया गया है। पर इसकी विशेषताओं का कोई स्पष्ट विवरण उपलब्ध नहीं है।

इसके लिये स्पष्ट बहुप्रचलित शब्द 'गोल' अपेक्षाकृत काफी नवीन है। वैदिक संहिता, ब्राह्मण, आरण्यक में इसका प्रयोग उपलब्ध नहीं है। भाषा वैज्ञानिकों के अनुसार यह मूलतः दक्षिण भारत की द्रविड़ भाषाओं से आयातित शब्द है[1]।

बाद में चलकर वराहमिहिर ने पृथिवी के लिये 'महीगोल' का प्रयोग करते हुए इसकी गोलाकारता का सुन्दर निरूपण किया है—

सर्वत्रैव महीगोले स्वस्थान-परिस्थितिम्।
मन्यन्ते खे यतो गोलस्तस्य क्वोर्ध्वं क्वाप्यधः।।

अर्थात् इस भूगोल पर सब जगह लोग अपने ही स्थान को ऊपर स्थित मानते हैं। पर पृथिवी के गोल होने से उन्हें ऊपर या नीचे कुछ भी नहीं कहा जा सकता।

गणित के महान् विद्वान् आर्यभट ने अपने ग्रन्थ आर्यभटीय, गोलपाद 3.22 में 'गोल-काष्ठ के निरूपण के अन्तर्गत शाश्वत चलित्र के निर्माण का प्रयास किया। मध्ययुग में विश्व के अनेक देशों में

1. तेलगू-गुड्डुसु, कन्नड-गुडसु (कोई गोल चीज)—संस्कृत भाषा टी. बरो, पृ. 462।

ऐसे चलित्र के लिये अपार परिश्रम किया गया। पर इसमें सफलता नहीं मिली। आधुनिक विज्ञान के 'ऊर्जा संरक्षण' सिद्धान्त से आज हम जानते हैं कि कोई भी चलित्र वायु आदि अवरोध की उपस्थिति में किसी बाहरी बल को लगाए बिना शाश्वत गतिशील नहीं रह सकता।

आर्यभट ने उक्त ग्रन्थ के गणितपाद श्लोक 7 में गोले के आयतन का सूत्र बताया है। पर वह उतना शुद्ध नहीं बन पाया है। वास्तव में भारतीय रेखागणित के इतिहास में गोले के आयतन का शुद्ध सूत्र बताने का श्रेय गणित के महान् विद्वान् श्रीधराचार्य को प्राप्त है।

गणित के इस विकास का क्रमिक तथा विस्तृत निरूपण अगले अध्यायों में किया जावेगा।

●

त्रयोदश अध्याय

चतुरश्र या चतुर्भुज

रेखा-गणित की एक विशिष्ट आकृति का नाम चतुर्भुज है। इसके लिये प्राचीनतम काल में 'चतुरश्रि' या 'चतुरश्र' का प्रयोग किया जाता रहा है। ऋग्वेद में त्रिरश्रि, चतुरश्रि जैसे शब्दों का उल्लेख है[1]। वहाँ 'अश्रि' शब्द सामान्यतः पर्व अथवा 'मोड़' अर्थ में प्रयुक्त हुआ है। आगे चलकर 'चतुरश्र' शब्द ऐसे चतुर्भुज के लिये व्यवहृत हुआ जिसका प्रत्येक कोण एक समकोण हो। सामान्य संस्कृत में यह चतुर्भुज के एक विशिष्ट प्रकार—'वर्ग' (square) को द्योतित करने लगा। इस विशेष अर्थ को सूचित करने के लिये 'चतुरश्रि' के स्थान पर 'चतुरश्र' इस विशेष शब्द का प्रयोग किया जाने लगा। महावैयाकरण पाणिनि ने इसके लिये अपनी स्वीकृति प्रदान की है।

इस प्रकार के 'चतुरस्र' के चारों ओर से व्यवस्थित तथा सन्तुलित होने के कारण दर्शन-ग्रन्थों में 'सर्वथा सही' या 'ठीक-ठीक' अर्थ में इसका पर्याप्त प्रयोग देखने को मिलता है। जनभाषा में भी इससे निष्पन्न 'चौरस' शब्द इसी अर्थ में देखा जाता है।

गणित की भाषा में 'अश्रि' शब्द कोण अर्थ में प्रयुक्त होता है। इस अर्थ के साथ 'चतुरश्र' के प्रयोग से वर्ग तथा आयत में घालमेल की सम्भावना बनी रहती थी। अतः शुल्ब सूत्रों में विशेषणों के साथ समचतुरस्र का प्रयोग 'वर्ग' के लिये तथा 'दीर्घचतुरस्र' या 'आयतचतुरस्र' का आयत के लिये सावधानीपूर्वक अलग-अलग प्रयोग किया गया है[2]। इसमें वर्ग की दो

---

1. त्रिरश्रिं हन्ति चतुरश्रिरुग्रो। (ऋ. 1.152.2)
   वृषा वृषंधि चतुरश्रिरस्यन्। (ऋ. 4.22.2)
2. दीर्घचतुरस्रं समचतुरस्रं चिकीर्षन्....बौधायन शुल्ब सूत्र, 1.54।

भुजाओं को लम्बा कर दिया जाता है। अतः इसके लिये यह नाम सार्थक है। आधुनिक गणित में इसका एकदेश 'आयत' शब्द इंग्लिश के (rectangle) अर्थ में प्रचलित हो गया है।

शुल्ब सूत्र के इन्हीं सूत्रों में आयत को वर्ग बनाने के विशिष्ट प्रकार बताए गए हैं। यहाँ आयत की चौड़ी भुजा को 'तिर्यङ्मानी' तथा लम्बी भुजा को 'पार्श्वमानी' इन विशिष्ट शब्दों से सम्बोधित किया है[1]। भुजाओं की अन्य विशेषताओं को प्रकट करने के लिये 'पृष्ठ्या' आदि अनेक नाम उपलब्ध हैं।

आयत तथा वर्ग का क्षेत्रफल

शुल्ब सूत्रों में 'रज्जु-समास' के अन्तर्गत इसकी विधि बताई है। एक वचन इस प्रकार है—

यावत् प्रमाणा रज्जुर्भवति तावन्तस्तावन्तो वर्गा भवन्ति, तान् समस्येत्। (कात्यायन शुल्ब-सूत्र 3.7)

अर्थात् आयत की (तिर्यङ्मानी (B), पार्श्वमानी (L) भुजाएँ जितने प्रमाण की रेखा वाली हों, उनसे तदनुसार उतने-उतने मानक वर्ग बनते हैं, उन्हें जोड़ देवे। इससे आयत का क्षेत्रफल प्राप्त होता है[2]।

इस विधि के अनुसार किसी भी आयत में रेखाएँ खींच कर एक वर्ग पद (या आधुनिक 1 सेमी^{2}) के मानक मात्रक प्राप्त करें। उन्हें जोड़ने से वे जितने प्राप्त हों, उतने वर्ग पद उस आयत का क्षेत्रफल होगा। आधुनिक गणित में भी इसी आधार पर चित्र बनाकर इसके क्षेत्रफल को समझाया जाता है। इस विधि से यह स्पष्ट होता है कि उदाहरणार्थ 24 पद^2 का अर्थ वह आयत है जिसमें 1 पद^2 वाले 24 मानक वर्गों का समूह अवस्थित हो। इस प्रकार सूत्रकार के अनुसार इस आयत में 24 मानक वर्ग बनते हैं।

इस नियम को आपस्तम्ब शुल्ब सूत्र में इस प्रकार प्रकट किया है कि किसी आयत या वर्ग में लम्बाई, चौड़ाई वाली रेखाएँ जितने

1. दीर्घचतुरस्रस्याक्ष्णया रज्जुः पार्श्वमानी तिर्यङ्मानी च......बौ.शु.सू. 1.48।
2. यावत् प्रमाणा रज्जुस्तावतस्तावतो वर्गान् करोति। (आपस्तम्ब शुल्ब सूत्र 3.13)

प्रमाण की हों, (उन्हें आपस में गुणित करके) उतने वर्ग मात्रक क्षेत्रफल प्राप्त करें।

इसके लिये वहाँ वर्ग चतुर्भुज के उदाहरण दिये गए हैं। तदनुसार 2 पद प्रमाण वाली वर्ग की भुजाओं से 4 पद^2 तथा 3 पद प्रमाण वाली भुजाएँ होने पर उस वर्ग का क्षेत्रफल 9 पद^2 प्राप्त होता है[1]। यह 9 पद^2 आधुनिक 9 फुट^2 के सर्वथा समकक्ष है। आगे इस प्रसंग में भिन्न संख्या प्रमाण वाली भुजाओं से बनने वाले वर्ग के क्षेत्रफल के उदाहरण दिये हैं। तदनुसार $1\frac{1}{2}$ पुरुष प्रमाण वाली भुजाओं से निर्मित वर्ग का क्षेत्रफल $2\frac{1}{4}$ तथा $2\frac{1}{2}$ पुरुष वाले का $6\frac{1}{4}$ क्षेत्रफल होगा[2]। यह समुचित है—

$$1.5 \times 1.5 = 2.25 \text{ तथा } 2.5 \times 2.5 = 6.25$$

किसी बड़े आयत या वर्ग के घटक (unit) के क्षेत्रफल को जानने के लिये भी हम यही गुणन की संक्रिया करते हैं। इस संक्रिया से किसी भिन्नात्मक संख्या के भिन्नात्मक संख्यावें हिस्से को जानना चाहते हैं। स्पष्टतः प्राप्त परिणाम दोनों भिन्नात्मक संख्याओं से छोटा होता है। शुल्ब सूत्र में इस तथ्य का अनुभव करते हुए इस प्रकार प्रकट किया गया है—

यावत् प्रमाणा रज्जुर्भवतीति विवृद्धेर्ह्रासो भवति।

(कात्यायन शुल्ब-सूत्र 3.12)

अर्थात् पूर्वोक्त यावत् प्रमाणा रज्जुर्भवति (का.शु.सू. 3.7) इस नियम से भुजा-प्रमाण की वृद्धि के अनुसार क्षेत्रफल बढ़ने के साथ उस उसके किसी घटक का क्षेत्रफल उसी प्रमाण से घटता है। अतः $\frac{1}{3}$ पद लम्बी तथा इतनी ही चौड़ी भुजा वाले घटक का क्षेत्रफल $\frac{1}{9}$ वर्ग पद तथा $\frac{1}{4}$ पद वाली वैसी ही भुजाओं वाले घटक का क्षेत्रफल सम्पूर्ण का $\frac{1}{16}$ वर्ग पद होगा[3]।

1. द्वाभ्यां चत्वारि। त्रिभिर्नव। (आप.शु.सू. 3.11-12)
2. अध्यर्धपुरुषा रज्जुर्द्वौ सपादौ करोति। अर्धतृतीयपुरुषा षट् सपादान्। (आप.शु.सू. 3.15-16)
3. तृतीयेन नवमोंशः। चतुर्थेन षोडशी कला। (कात्या.शु.सू. 3.9)

इसी प्रकार $\frac{1}{2}$ पद लम्बी तथा $\frac{1}{2}$ पद चौड़ी प्रमाण वाली भुजाओं से $\frac{1}{4}$ पद^2 क्षेत्रफल प्राप्त होता है[1]। क्योंकि—

अर्धस्य द्विप्रमाणायाः पादपूरणत्वात्—आपस्तम्बशुल्ब-सूत्र 3.2।

किसी बड़े क्षेत्रफल के दूसरे हिस्से के आधे से पाद या $\frac{1}{4}$ की पूर्ति होती है। यह इस चित्र से स्पष्ट है—

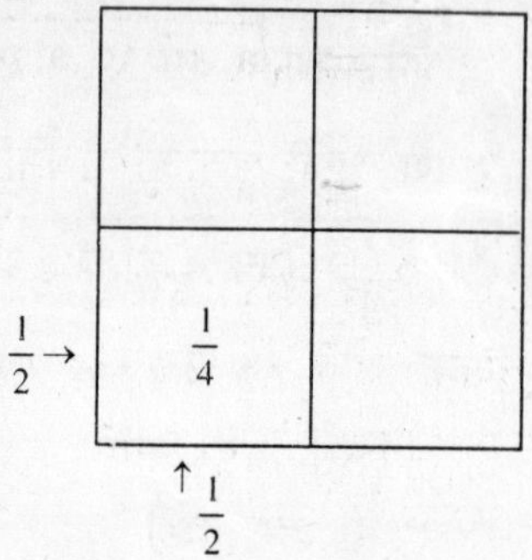

शुल्ब सूत्रों में यह भी बताया गया है कि किसी वर्ग के क्षेत्रफल को दुगुना करने के लिये भुजाओं का प्रमाण कितना होना चाहिये। इस निरूपण के अन्तर्गत किसी प्रमाण वाली भुजाओं के वर्ग पर बनने वाला विकर्ण, उस वर्ग का क्षेत्रफल तथा उस विकर्ण प्रमाण वाली भुजाओं से निर्मित वर्ग के क्षेत्रफल के बीच बढ़िया सम्बन्ध स्थापित किया गया है। सूत्र इस प्रकार है—

समचतुरस्रस्याक्ष्णया रज्जुर्द्विस्तावतीं भूमिं करोति।

(बौधायन शुल्ब-सूत्र 1.45)

अर्थात् किसी संख्या (a) प्रमाण वाली भुजाओं से बने समचतुरस्र अर्थात् वर्ग पर खींची गई अक्ष्णया रज्जु अर्थात् विकर्ण (diagonal) के प्रमाण की भुजाओं से निर्मित वर्ग a प्रमाण वाली भुजाओं से निर्मित क्षेत्रफल से द्विस्तावती भूमि या द्विगुणित क्षेत्रफल प्राप्त करता है।

आगे कहा गया है कि उस विकर्ण का मान भुजा का प्रमाण (a) गुणित द्विकरणी अर्थात् 2 का वर्गमूल होता है[2]।

---

1. अर्धप्रमाणेन पादप्रमाणं विधीयते। (आप.शु.सू. 3.20)
2. समस्य द्विकरणी। (आप.शु.सू. 1.12)
   अर्थात् सम प्रमाण वाली भुजाओं से निर्मित वर्ग की अक्ष्णया रज्जु भुजाओं के प्रमाण (a) गुणित द्विकरणी होती है।

इससे यह समीकरण प्राप्त करते हैं—

किसी भी संख्या (a) प्रमाण वाली भुजाओं से बनने वाले वर्ग का विकर्ण $= a\sqrt{2}$

यह तथ्य कर्ण के सामान्य सूत्र से सिद्ध है—

a^2 का विकर्ण $= \sqrt{a^2 + a^2}$

$$\Rightarrow \sqrt{a \times a + a \times a} \Rightarrow \sqrt{a\ (a + a)} \Rightarrow \sqrt{a \times 2a}$$

$$\Rightarrow \sqrt{a \times a \times 2} \Rightarrow a\sqrt{2}$$

अब यदि इस विकर्ण के प्रमाण की भुजाओं द्वारा वर्ग निर्मित किया जावे तो उसका क्षेत्रफल पिछले a से निर्मित भुजाओं के क्षेत्रफल से दुगुना होगा। अत: समीकरण—

$$\left(a\sqrt{2}\right)^2 = a^2 \times 2$$

इस प्रकार इस सूत्र से निम्न सम्बन्ध प्राप्त होते हैं—

a^2 की अक्ष्णया रज्जु या विकर्ण $= a\sqrt{2}$

$\left(a\sqrt{2}\right)^2 = a^2$ से द्विस्तावती भूमि या द्विगुणित क्षेत्रफल अथवा $a^2 \times 2$

इस प्रमेय को यूक्लिड (Euclid) ने अपने महान् ग्रन्थ (Elements) के 1.47 में इस प्रकार लिखा है—*किसी वर्ग के कर्ण पर पर जो वर्ग बनाया जाता है, वह उस वर्ग से दूना होता है।*

इसे चित्र से प्रकट करते हैं—

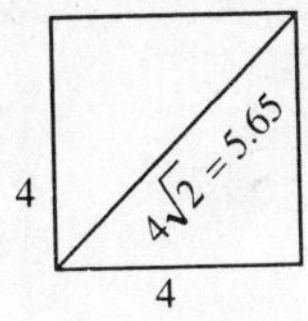

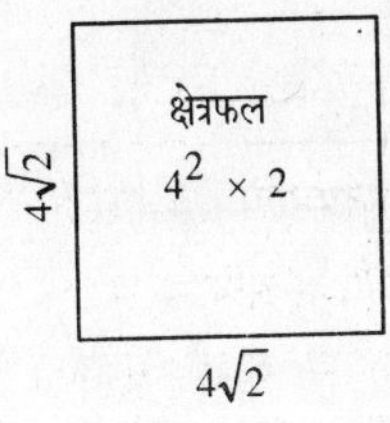

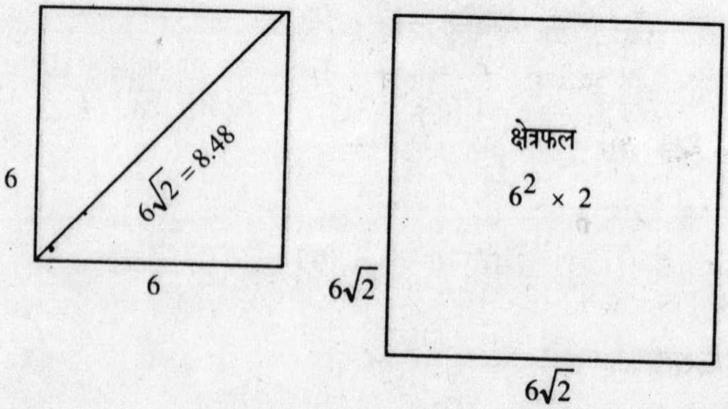

इस क्रम को आगे बढ़ाते हुए कहा गया है कि a गुणित त्रिकरणी, चतुष्करणी आदि भुजाओं से a^2 का क्रमशः त्रिगुणित, चतुर्गुणित क्षेत्रफल प्राप्त होता है। इस दृष्टि से इसके त्रिकरणी आदि नाम भी सार्थक हैं। इस प्रकार—

$$\left(a\sqrt{3}\right)^2 = a^2 \times 3\ ,\ \left(a\sqrt{4}\right)^2 = a^2 \times 4$$

अतः व्यापक सूत्र→ $\left(a\sqrt{n}\right)^2 = a^2 \times n$

इसे रेखा चित्र से प्रकट करते हैं—

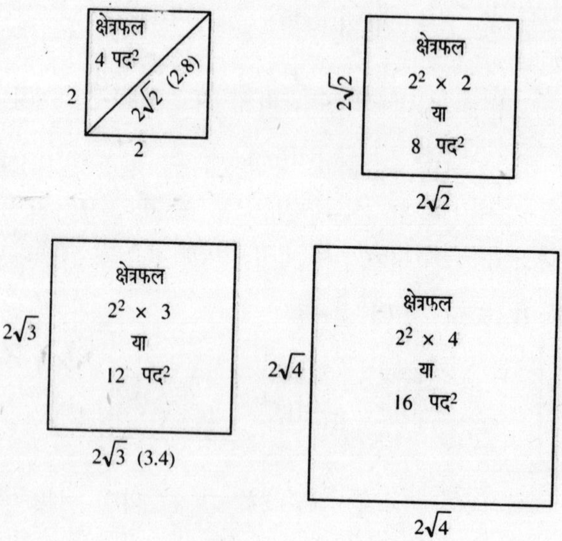

आयत की भी दोनों भुजाओं a तथा b के द्विकरणी या त्रिकरणी से गुणित करने पर क्रमशः द्विगुणित, त्रिगुणित क्षेत्रफल प्राप्त करते हैं। अतः आयत का भी सामान्य सूत्र—

आयत का क्षेत्रफल $= a\sqrt{n} \times b\sqrt{n} = a \times b \times n$

अब क्योंकि भाग की संक्रिया गुणन का विलोम है। अतः समान a भुजाएँ त्रिकरणी, चतुष्करणी आदि से विभक्त होकर a^2 के तृतीय या चतुर्थ क्षेत्रफल को प्रदान करेगी। जैसे—

$$\left(\frac{a}{\sqrt{2}}\right)^2 = \frac{a^2}{2}, \left(\frac{a}{\sqrt{3}}\right)^2 = \frac{a^2}{3}$$

उदाहरणतः $\rightarrow \left(\frac{2}{\sqrt{3}}\right)^2 = \frac{2^2}{3} = \frac{4}{3}$

इस प्रकार आगे उद्धृत सूत्र के अनुसार तृतीय करणी की व्याख्या हो गई।

इस तथ्य को इस प्रकार भी प्रकट कर सकते हैं—

(I) (II)

$$\left(\frac{a}{\sqrt{3}}\right)^2 = \left(\frac{a\sqrt{3}}{3}\right)^2 = \frac{a^2 \times 3}{9}$$

इस प्रकार a से गुणित त्रिकरणी समान भुजाएँ 3 से विभक्त होने पर $a^2 \times 3$ के नवें अंश वाला क्षेत्रफल प्रदान करती हैं।

इस तथ्य को सूत्र में इस प्रकार कहा है—

तृतीयकरण्येतेन व्याख्याता। नवमस्तु भूमेर्भागो भवति।

(बौधा. शु.सू. 1.47)

अर्थात् त्रिकरणी के विलोम के रूप में तृतीय करणी की व्याख्या हो गई। इस स्थिति में क्षेत्रफल का नवाँ भाग प्राप्त होता है।

आयत में विकर्ण खींचने पर उसके विकर्ण तथा क्षेत्रफल के बढ़ते प्रमाण का भी इस प्रसंग में उल्लेख किया गया है। एक सूत्र इस प्रकार है—

प्रमाणं तिर्यक्। द्विकरण्यायामः।

तस्याक्ष्णया रज्जुस्त्रिकरणी[1]। (बौधायन शुल्ब-सूत्र 1.46)

अर्थात् किसी आयत की तिर्यङ्मानी (चौड़ी) भुजा एक निश्चित प्रमाण (a) होने पर तथा आयाम या लम्बी भुजा a गुणित द्विकरणी या दो का वर्गमूल होने पर उसकी अक्ष्णया रज्जु या विकर्ण त्रिकरणी होगा। इसे प्रस्तुत चित्र से स्पष्ट करते हैं—

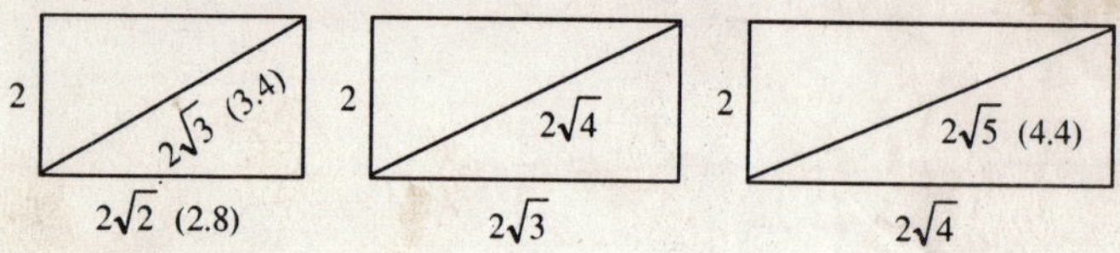

विकर्ण का यह प्रमाण उसके सामान्य सूत्र के सर्वथा अनुरूप है। प्रस्तुत उदाहरणों में क्रमशः—

$$\sqrt{2^2 + \left(2\sqrt{2}\right)^2} \Rightarrow \sqrt{2^2 + \left\{2^2 \times \left(\sqrt{2}\right)^2\right\}}$$

$$\Rightarrow \sqrt{\left(2\sqrt{3}\right)^2} \Rightarrow 2\sqrt{3}$$

इन आयतों के विकर्ण पर बनाए वर्ग का क्षेत्रफल पूर्वोक्त नियमानुसार $2^2 \times 3$. $2^2 \times 4$ इत्यादि होगा।

शुल्ब सूत्रकारों के पश्चात् भी गणित के विद्वानों ने वर्ग तथा आयत के क्षेत्रफल का यही नियम बताया है। महागणितज्ञ आर्यभट का एक श्लोक इस प्रकार है—

वर्गः समचतुरश्रः फलं च सदृशद्वयस्य संवर्गः।

(आर्यभटीय, गणितपाद, श्लोक 3)

---

1. तुल. आपस्तम्ब शुल्ब सूत्र 2.6-7।

अर्थात् समचतुष्कोण को वर्ग कहते हैं। इसका क्षेत्रफल समान राशियों का गुणनफल होता है।

एकतोऽणिमत् या समलम्ब चतुर्भुज

शुल्ब सूत्रों में चतुर्भुज के अन्य प्रकार के रूप में 'एकतोऽणिमत् चतुरस्र' का उल्लेख किया है[1]। यह समलम्ब चतुर्भुज (trapazium) है। इस चतुर्भुज की सम्मुख भुजाओं के समान्तर होने के साथ-साथ इनमें से एक की लम्बाई अन्य की अपेक्षा छोटी होती है। अतः इसका एकतोऽणिमत् नाम सार्थक है।

प्रस्तुत सूत्र ग्रन्थों में वर्ग या आयत को समलम्ब चुतर्भुज बनाने का यह प्रकार बताया है—

चतुरस्रमेकतोऽणिमच्चिकीर्षन् करणीं तिर्यङ्मानीं कृत्वा शेषमक्ष्णया विभज्य विपर्यस्येतरत्रोपदध्यात्। (बौधायन शु. 1.2.55)

अर्थात् वर्ग या आयत को एकतोऽणिमत् (trapazium) बनाने के लिये उसकी तिर्यङ्मानी या आसन्न भुजा के समीप करणी या एक अन्य भुजा बना कर उसके मध्यवर्ती स्थान को अक्षन् या विकर्ण से विभाजित करके एक भाग को उलट कर दूसरी भुजा के साथ जोड़ देवे।

इसे इस चित्र से प्रकट करते हैं—

प्रस्तुत चित्र में ABCD एक आयत है। इसमें A' B' एक करणी खींची गई है। इन भुजाओं में एक विकर्ण A' C प्राप्त किया गया है। इससे निर्मित A' BC को उलट कर दूसरी भुजा AD के साथ जोड़ दिया गया है। इस प्रकार AA' CC' यह समलम्ब चतुर्भुज प्राप्त कर लिया गया है।

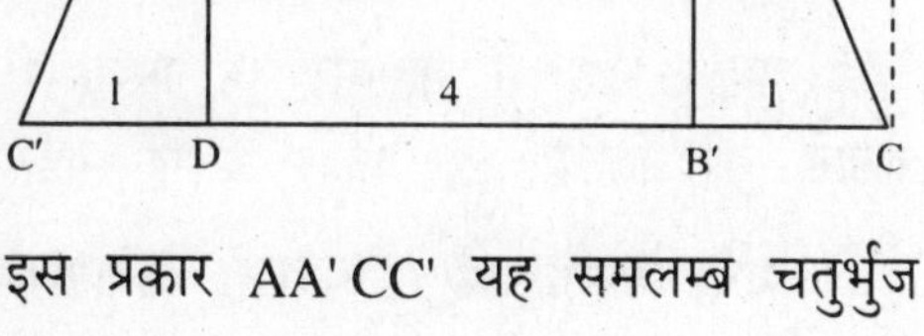

1. चतुरस्रमेकतोऽणिमच्चिकीर्षन्.....बौधायन शुल्ब सूत्र 2.55।

शतपथ ब्राह्मण में वर्ग से समलम्ब चतुर्भुज बनाने का एक अन्य सुन्दर प्रकार बताया है। वचन इस प्रकार है—

चतुर्विंशत्यंगुलिभिर्मिमीते। चतुर्विंशत्यक्षरा वै गायत्री, गायत्रोऽग्नि-र्यावानग्निर्यावत्यस्य मात्रा तावतैवैनं तान्मिमीते। स चतुरंगुलमेव उभयतोऽन्तरत उपसमूहति, तावद् व्यूहति। तन्राहैवातिरेचयति नो कनीयः करोति। (शतपथ ब्राह्मण)

अर्थात् 24 अंगुल से नाप करता है। क्योंकि 24 अक्षर की गायत्री होती है। अग्नि ही गायत्री है। अतः अग्नि की मात्रा उतनी ही है, जितनी गायत्री की। उससे ही नापता है। इस वर्ग की भुजा के दोनों ओर 4 अंगुल बढ़ाता है, उतना ही सम्मुख भुजा में से घटा देता है। इससे वह (इसके क्षेत्रफल को) न अधिक बढ़ाता है, न कम करता है। (इससे समलम्ब चतुर्भुज बनता है)।

इसे इस चित्र से प्रकट करते हैं—

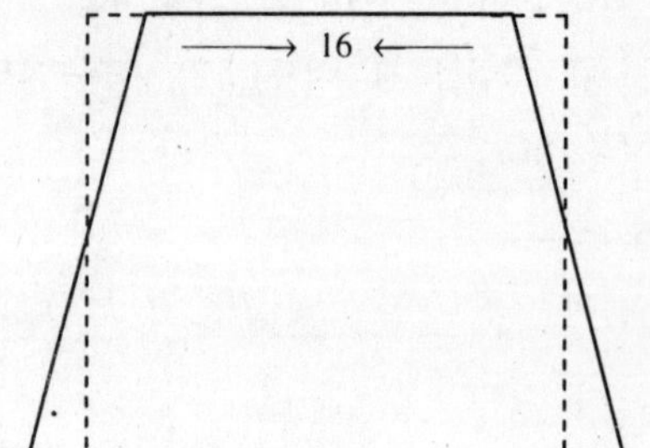

वर्ग का क्षेत्रफल—

$24 \times 24 = 576$ अंगुल^2

समलम्ब चतुर्भुज का क्षेत्रफल—

$\frac{1}{2}(32 + 16) \times 24 = 576$ अंगुल^2

शुल्ब सूत्रों में महावेदि के प्रसंग में समलम्ब चतुर्भुज को आयत बनाने की विधि इस प्रकार बताई गई है—

दक्षिणस्मादंसाद् द्वादशसु दक्षिणस्यां श्रोण्यां निपातयेत्। छेदं विपर्यस्य उत्तरत उपदध्यात्। सा दीर्घा चतुरस्रा।

(आपस्तम्ब शुल्ब-सूत्र 5.21-43)

अर्थात् (पृष्ठ्या से) आगे दक्षिण की ओर 12 पद में दक्षिण कोने से एक लम्ब (perpendicular) खींचे। इससे बनी त्रिभुज आकृति को उलट कर उत्तर की ओर जोड़ देवे। यही दीर्घ चतुरस्र या आयत है।

इसे इस चित्र से प्रकट करते हैं—

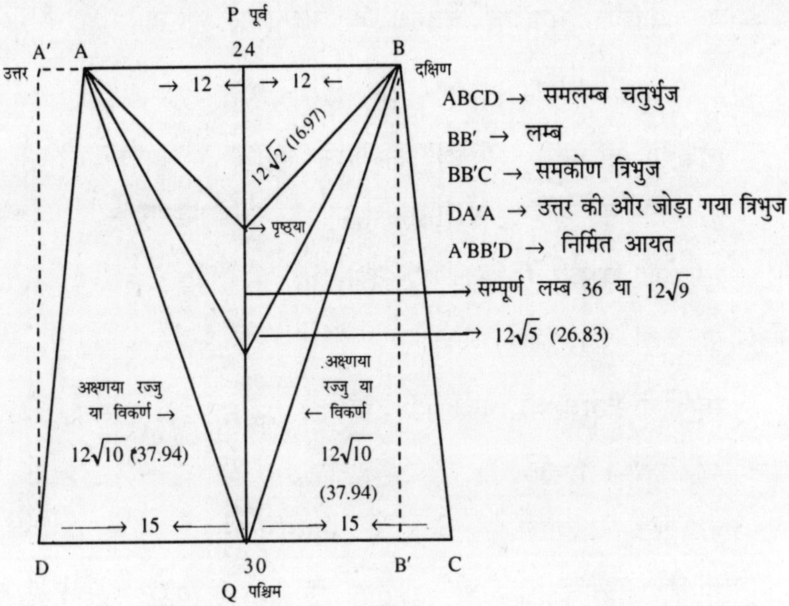

यह सोमयाग की मानक वेदि सौमिकी का चित्र है। इसे महावेदि कहा जाता है। सोमयाग की विकृतियागों के लिये अन्य वेदियाँ इसके आधार पर या इसके अनुपात में ही छोटी या बड़ी बनाई जाती हैं। इसकी भुजाओं का परिमाप स्पष्ट अंकित है। पश्चात् = पश्चिम या पीछे की भुजा 30 पद या प्रक्रम, पुरस्ताद् = पूर्व या वेदि के आगे की भुजा 24 पद या प्रक्रम तथा 36 पद या प्रक्रम का पृष्ठ्या या लम्ब प्राची या पूर्व दिशा से पश्चिम की ओर स्थापित किया जाता है[1]।

1. त्रिंशत्पदानि प्रक्रमा वा पश्चात्तिरश्ची भवति। षट्त्रिंशत् प्राची चतुर्विंशतिः पुरस्तात्तिरश्चीति सौमिक्या वेदेर्विज्ञायते। (आपस्तम्ब शुल्ब-सूत्र 5.1-2)

भुजाओं के इस प्रमाण से निर्मित समलम्ब चतुर्भुज आकार की महावेदि का क्षेत्रफल 972 पद^2 या प्रक्रम^2 बताया है—

अष्टाविंशत्यूनं पदसहस्रं महावेदिः। (आप.शु.सू. 5.20)

अर्थात् महावेदि का प्रमाण $1000 - 28 = 972$ वर्ग पद होता है।

यह क्षेत्रफल समलम्ब चुतर्भुज के सूत्रानुसार सर्वथा सही है—

$$36 \times \frac{1}{2}(24 + 30) = 18 \times 54 = 972$$

चित्र में उल्लिखित विकर्ण का मान पूर्णांक में प्राप्त नहीं है।

पृ. 269 में वर्णित बौ.शु.सू. 1.46 के नियमानुसार—

समकोण त्रिभुज की भुजा 12 तथा $36\ (36 = 12 \times 3 = 12\sqrt{9})$ होने पर कर्ण $\rightarrow 12\sqrt{10}$।

समकोण त्रिभुज की भुजा 12 तथा $24\ (24 = 12 \times 2 = 12\sqrt{4})$ होने पर कर्ण $\rightarrow 12\sqrt{5}$।

पृ. 265 के बौ.शु.सू. 1.45 के नियमानुसार—

समकोण त्रिभुज की भुजा 12 तथा 12 होने पर कर्ण $\rightarrow 12\sqrt{2}$।

इस महावेदि के आधार की अर्ध भुजा 15, लम्ब 36 होने पर कर्ण की लम्बाई 39 होती है। इसे आप शु.सू. 5.3 में असाक्षात् रूप से कहा है। एक सूत्र में इस त्रिक के $\frac{1}{3}$ से बनने वाले त्रिक (triplet) का स्पष्ट उल्लेख किया गया है—

द्वादशिकापञ्चिकयोस्त्रयोदशिकाऽक्ष्णया रज्जुः।

(आपस्तम्ब शुल्ब सूत्र 5.12)

अर्थात् भुजाओं का प्रमाण क्रमशः 12 तथा 5 होने पर 13 प्रमाण की अक्ष्णया रज्जु या कर्ण प्राप्त होता है।

इस वेदि के क्षेत्रफल को द्विगुणित आदि करने का वही नियम है जिसका वर्ग के प्रसंग में उल्लेख किया गया है। भुजाओं तथा शीर्षलम्ब के प्रमाण को द्विकरणी या त्रिकरणी से गुणित करने पर क्रमशः द्विगुणित तथा त्रिगुणित क्षेत्रफल प्राप्त होता है। समलम्ब चतुर्भुज के क्षेत्रफल के सूत्र में भुजाओं (कु + मुख) तथा लम्ब को $\sqrt{n}$ गुणित करने पर उसका क्षेत्रफल n गुणित सिद्ध होता है—

समलम्ब चतुर्भुज का n गुणित क्षेत्रफल =

$$\text{लम्ब}\ \sqrt{n} \times \frac{1}{2}\ (\text{कु}.\sqrt{n} + \text{मुख}\sqrt{n})$$

$$\Rightarrow \text{लम्ब}\ \sqrt{n} \times \frac{1}{2}\ (\text{कु} + \text{मुख}) \times \sqrt{n}$$

$$\Rightarrow \text{लम्ब} \times \frac{1}{2}\ (\text{कु} + \text{मुख}) \times n$$

इस प्रकार प्रस्तुत वेदि की भुजाओं को द्विकरणी से गुणित करने पर अवश्य ही द्विगुणित क्षेत्रफल प्राप्त होगा—

$$36\sqrt{2} \times \frac{1}{2}\left(24\sqrt{2} + 30\ \sqrt{2}\right) \Rightarrow 36\ \sqrt{2} \times \frac{1}{2} \times 54\sqrt{2}$$

$$\Rightarrow \frac{36 \times 54}{2} \times 2 \Rightarrow 36 \times 54 \Rightarrow 1944\ \text{पद}^2\ \text{या}\ \text{प्रक्रम}^2$$

इस क्षेत्रफल वाली वेदि को द्विस्तावा वेदि कहते हैं—

द्विस्तावा वेदिर्भवतीत्यश्वमेधे विज्ञायते। (आप.शु.सू. 5.31)

अर्थात् अश्वमेध की द्विस्तावा वेदि होती है।

शतपथ ब्राह्मण में इस वेदि को 14 गुनी बनाने का विधान है, जिसमें 101 यज्ञाग्निकुण्ड समा सके[1]। स्पष्टतः यह उपरिलिखित सूत्र द्वारा ही सम्भव है। इस प्रकार यह आविष्कार सूत्र युग से भी पहले हो चुका था।

---

1. सा यावत्येषा सप्तविधस्य वेदिस्तावतीं चतुर्दश कृत्वा एकशतविधस्य वेदिं विमिमीते।
(शतपथ ब्राह्मण 10.2.3.7)

वेदि को आनुपातिक रूप से लघूकृत करने के लिये भी पूर्वोक्त रीति का उपयोग है। सौत्रामणिकी वेदि पूर्वोक्त सौमिकी वेदि के तृतीय देश में या $\frac{1}{3}$ क्षेत्रफल में निर्मित की जाती है[1]। अन्य सूत्र में कहा है कि इसका क्षेत्रफल 324 वर्ग पद होता है—

त्रीणि चतुर्विंशानि पदशतानि सौत्रामणिकी वेदिः—आप.शु.सू. 5.30।

स्पष्टतः यह पूर्वोक्त महावेदि का एक तिहाई या $\frac{972}{3}$ है।

इसके लिये पूर्वोक्त नियमानुसार भुजाओं के प्रमाण का तृतीय करणी या $\frac{1}{\sqrt{3}}$ प्राप्त होगा। इसे प्राप्त करते हुए समलम्ब चतुर्भुज का सूत्र अन्वित करने पर वही परिणाम प्राप्त करते हैं—

$$\frac{36}{\sqrt{3}} \times \frac{1}{2} \times \left(\frac{24 + 30}{\sqrt{3}}\right) \Rightarrow \frac{36 \times 54}{3 \times 2} = 324 \text{ पद}^2 \text{ या प्रक्रम}^2$$

भुजाओं के इस प्रमाण को निम्न रूप में भी रख सकते हैं—

$$\frac{36}{\sqrt{3}} = 12\sqrt{3}\ ,\ \frac{24}{\sqrt{3}} = 8\sqrt{3}\ ,\ \frac{30}{\sqrt{3}} = 10\sqrt{3}$$

अतः भुजाओं का यह प्रमाण मानते हुए गणना का निर्देश दिया है—

अष्टिका दशिकेति तिर्यङ्मान्यौ। द्वादशिका पृष्ठ्या।

(आप.शु.सू. 5.28-29)

अर्थात् 8 तथा 10 गुणित त्रिकरणी सम्मुख भुजाओं का तथा 12 गुणित त्रिकरणी पृष्ठ्या या मध्य में खींचे गए लम्ब का प्रमाण होने पर सौत्रामणिकी वेदि के लिये महावेदि का $\frac{1}{3}$ क्षेत्रफल अथवा महावेदि के क्षेत्रफल के 9वें भाग का त्रिगुणित क्षेत्रफल प्राप्त होता है[2]।

1. सौमिक्या वेदेर्वितृतीयदेशे यजेतेति सौत्रामण्या वेदेर्विज्ञायते। (आप.शु.सू. 5.25)
2. तुल. कात्यायन शुल्ब सूत्र 2.15-18।

शुल्ब सूत्रों में समलम्ब चतुर्भुज का क्षेत्रफल प्राप्त करने के लिये सूत्र स्पष्ट रूप से अंकित नहीं है। पर वहाँ अनेक आकार की वेदियों के जो क्षेत्रफल बताए गए हैं, वे सर्वथा सही हैं इससे स्पष्ट है कि वे इसके क्षेत्रफल प्राप्त करने की विधि का विकास कर चुके थे। सम्भवत: समलम्ब चतुर्भुज के सभी सम्भावित त्रिभुजों के क्षेत्रफल को जोड़ कर इसे प्राप्त किया जाता था।

शुल्ब सूत्रों में कहा है कि किसी भी वर्ग या आयत में विकर्ण खींच कर दो समकोण त्रिभुज प्राप्त किये जा सकते हैं[1]। इस प्रकार स्पष्टत: यह त्रिभुज उस आयत का $\frac{1}{2}$ होगा। अत: आयत के क्षेत्रफल के सूत्र को आधा करने से ऐसे त्रिभुज का सूत्र प्राप्त है—

$$\text{समकोण त्रिभुज का क्षेत्रफल} = \frac{1}{2}\ \text{आधार भुजा} \times \text{ऊँचाई}$$

आलोच्य महावेदि में A तथा B पर लम्ब खींच कर दो त्रिभुज तथा शेष आयत पर विकर्ण खींच कर भी दो त्रिभुज प्राप्त करते हैं। इन सबमें क्षेत्रफल का सूत्र अन्वित करके उन्हें जोड़ने पर यह स्थिति प्राप्त करते हैं—

$$36\left(\frac{3}{2}+\frac{3}{2}+\frac{24}{2}+\frac{24}{2}\right) = 36 \times 27 = 972\ \text{पद}^2\ \text{या}\ \text{प्रक्रम}^2$$

स्पष्टत: यह समलम्ब चतुर्भुज के प्रचलित सूत्र के अनुरूप है—

$$36\left(\frac{30+24}{2}\right) = 36 \times 27 = 972\ \text{पद}^2\ \text{या}\ \text{प्रक्रम}^2$$

महान् गणितज्ञ आर्यभट ने सर्वप्रथम समलम्ब चतुर्भुज के क्षेत्रफल का सूत्र स्पष्ट शब्दों में अंकित किया है, जो आधुनिक गणित में उसी रूप में प्रचलित है। उनका श्लोक इस प्रकार है—

आयामगुणे पार्श्वे तद्योगहृते स्वपातरेखे ते।
विस्तरयोगार्धगुणे क्षेत्रफलमायामे।।

(आर्यभटीय, गणितपाद, श्लोक 8)

1. चतुरस्त्रम् उभयत: प्रउगं चिकीर्षन्..... (बौधायन शुल्ब-सूत्र 2.57)

अर्थात् पार्श्व या समानान्तर भुजाएँ आयाम या लम्ब से गुणित हों तथा उन भुजाओं के योग से विभाजित हों तो उनकी अपनी-अपनी पातरेखा का प्रमाण ज्ञात होता है। साथ ही विस्तर या चौड़ाई वाली उन भुजाओं के योग के आधे को आयाम या लम्ब से गुणित करने पर उसका क्षेत्रफल ज्ञात होता है।

इसे स्पष्ट करने के लिये महावेदि के उपरिलिखित चित्र के $\frac{1}{9}$ भाग को प्रस्तुत करते हैं।

यहाँ पातरेखा अर्थात् लम्ब वही है, जिसे शुल्ब सूत्रों में पृष्ठ्या कहा है। यह DB तथा AC विकर्णों द्वारा एक निश्चित स्थान पर प्रतिच्छेदित (intersect) की जाती है। प्रस्तुत सूत्र से इस प्रतिच्छेद-बिन्दु से ऊपर तथा नीचे वाली पातरेखा का अलग-अलग प्रमाण ज्ञात करते हैं—

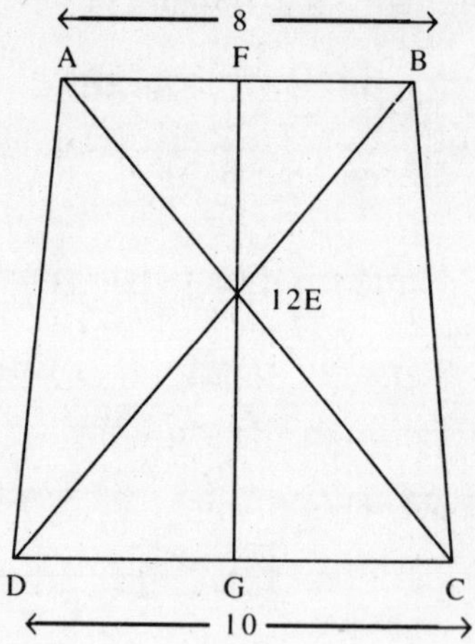

सूत्र	उदाहरण
$EF = \frac{AB \times FG}{AB + DC}$	$EF = \frac{8 \times 12}{18} = \frac{96}{18} = 5.333.....$
$EG = \frac{DC \times FG}{AB + DC}$	$EG = \frac{10 \times 12}{18} = \frac{120}{18} = 6.666.....$

अत: FG या पातरेखा = दोनों का योग→ 12

श्लोक के द्वितीयार्ध के अनुसार समलम्ब चतुर्भुज के क्षेत्रफल का सूत्र तथा उदाहरण में समन्वय इस प्रकार है—

$$\text{समलम्ब चतुर्भुज क्षेत्रफल} = \frac{AB + DC}{2} \times FG$$

उदाहरण—

$$\frac{8 + 10}{2} \times 12 = \frac{216}{2} = 108 \text{ पद}^2$$

स्पष्टत: महावेदि के 9वें भाग के इस चित्र का क्षेत्रफल महावेदि के 972 पद^2 के क्षेत्रफल का $\frac{1}{9}$ है।

श्रीधराचार्य ने भी आर्यभट से प्रेरणा प्राप्त करके उसी प्रकार का सूत्र प्रदान किया है। उनका श्लोक इस प्रकार है—

चतुरस्रेष्वन्येषु च लम्बगुणं कुमुखयोगार्धम्।

(त्रिशतिका श्लोक 42)

अर्थात् अन्य चतुष्कोणीय चतुर्भुज अर्थात् समलम्ब चतुर्भुज में समलम्ब के आधार वाली कु तथा मुख नामक दोनों सम्मुख भुजाओं के योग के आधे को शीर्ष लम्ब से गुणित करने पर उनका क्षेत्रफल प्राप्त होता है। यहाँ अन्य चतुर्भुज से आशय समलम्ब चतुर्भुज से ही है; क्योंकि आगे इसी प्रकार के उदाहरण दिये गए हैं। इसकी उपपत्ति के प्रसंग में इस चतुर्भुज को 'ऋजु-वदन-बाहु' अर्थात् सम्मुख भुजा से समानान्तर भुजा वाला चतुर्भुज नाम दिया है[1]।

उस श्लोक में इस सूत्र को सिद्ध करने के लिये उसी विधि का उपयोग किया है, जिसका शुल्ब-सूत्र के प्रसंग में उल्लेख किया है। इस चतुर्भुज से दो त्रिभुज तथा एक आयत प्राप्त करके उनके क्षेत्रफलों को जोड़ कर ठीक समलम्ब चतुर्भुज के सूत्र के क्षेत्रफल को प्राप्त किया गया है।

श्रीधराचार्य ने समलम्ब चतुर्भुज की एक रेखागणितीय आकृति द्वारा श्रेढ़ी-व्यवहार से सम्बन्धित एक सूत्र की उपपत्ति प्रदान की है। उस प्रसंग में यह माना गया है कि एक निश्चित संख्या (a) से प्रारम्भ करके किसी समान या स्थिर अन्तर (c.d.) के द्वारा वृद्धि करते हुए अन्तिम दिन (n) एक निश्चित बढ़ी हुई संख्या (ℓ) प्राप्त होती है। यदि ये

---

1. ऋजुवदनचतुर्बाहौ मुखोनभूमिर्धरा भवेत् त्र्यस्रे। (त्रिशतिका, श्लोक 49)

परिस्थितियाँ ज्ञात हों तो प्रारम्भ से अन्तिम दिन तक की संख्याओं की संख्याओं के योग का सूत्र यह होगा—

समानान्तर श्रेणी का सर्वधन या Sum of A.P. $= \frac{n}{2}(a + \ell)$

उदाहरणतः, प्रथम दिन घोड़े को 20 हरड़ दी गई। उसके पश्चात् प्रतिदिन क्रमशः 5 – 5 हरड़ बढ़ाते हुए 7वें दिन कुल 50 हरड़ दी गईं तो सात दिनों में कुल कितनी हरड़ प्रदान की गईं[1]।

इस सूत्र तथा उदाहरण को रेखागणितीय विधि से हल करते हुए यह कहा गया है—

श्रेढ़ीक्षेत्रे तु फलं भूमुखयोगार्धलम्बहतिः।

(पाटीगणित, श्लोक 85)

अर्थात् (इस उदाहरण को रेखागणितीय आकार देने पर) आधार भुजा तथा सम्मुख भुजा के योग के आधे को शीर्षलम्ब से गुणन करने पर श्रेढ़ी-क्षेत्र (A.P.) का फल या सर्वधन (S) प्राप्त होता है।

इसके लिये पाटी गणित के व्याख्याकार ने इस उदाहरण को शराव का यह रूप देकर समलम्ब चतुर्भुज बनाने की सलाह दी है—

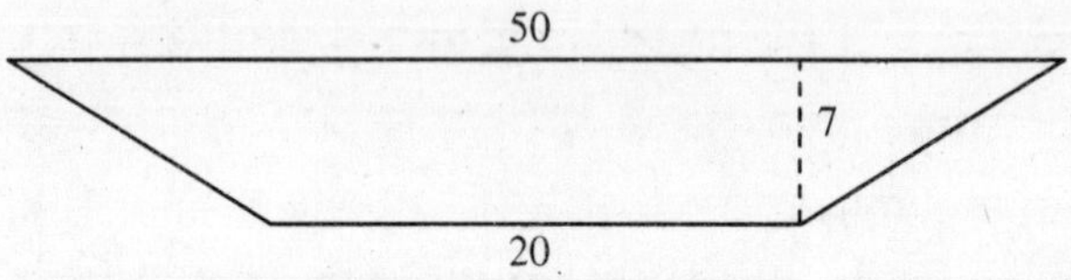

पूर्वोक्त उदाहरण को इस चतुर्भुज (trapazium) का आकार प्रदान किया जा सकता है। यह प्राचीन शराव (सकोरा) या इसे थोड़ा बड़ा करने पर गमले का आकार धारण करता है। यहाँ समलम्ब चतुर्भुज के क्षेत्रफल के सूत्र से ठीक वही परिणाम प्राप्त करते हैं, जो श्रेढ़ी-फल के सूत्र से करते हैं—

---

1. प्रथमेऽह्नि हरीतक्या दीयेताश्वस्य विंशतिर्यस्य।
   पञ्चकचयेन दत्ताः कति ता दिनसप्तकेन स्युः॥ (त्रिशतिका उदा. श्लोक 73)

$$7\left(\frac{50 + 20}{2}\right) = 7 \times 35 = 245$$

महावीराचार्य ने समलम्ब चतुर्भुज का द्वि समचतुरश्र तथा त्रिसमचतुरश्र नाम दिया है[1]। उन्होंने पूर्व आचार्यों का अनुसरण करते हुए इसके क्षेत्रफल के सूत्र को अपने शब्दों में इस प्रकार प्रकट किया है—

अथवा मुखतलयुतिदलमवलम्बगुणं न विषमचतुरश्रे।

(गणितसारसंग्रह क्षेत्रगणित-व्यवहार 7.50)

अर्थात् आधार भुजा तथा सम्मुख भुजा के योग के दल या आधे को अवलम्ब से गुणित करने पर इसका सूक्ष्म या सर्वथा सही क्षेत्रफल प्राप्त होता है। यह सूत्र विषमलम्ब चतुर्भुज में लागू नहीं होता। उन्होंने इसके कुछ उदाहरण भी दिये हैं।

भास्कराचार्य ने सर्वप्रथम (Trapazium) के लिये समान लम्ब चतुर्भुज नाम प्रदान किया है[2]। आगे गणित में यही नाम लोकप्रिय हुआ है। उन्होंने इसके क्षेत्रफल का सूत्र अपने शब्दों में पूर्वाचार्यों के समान प्रस्तुत किया है[3]।

इसके लिये उन्होंने एक सुन्दर उदाहरण दिया है, जिससे उनके महाकवित्व का भी परिज्ञान होता है—

समलम्ब चतुर्भुज क्षेत्र का गणित

क्षेत्रस्य यस्य वदनं मदनारितुल्यं
विश्वंभरा द्विगुणितेन मुखेन तुल्या।
बाहू त्रयोदश नख-प्रमितौ च लम्बः
सूर्योन्मितश्च गणितं वद तत्र किं स्यात्।

अर्थात् जिस क्षेत्र की वदन या सम्मुख भुजा 11 है, विश्वम्भरा या आधार भुजा द्विगुणित या 22 है तथा शेष आसन्न भुजाएँ क्रमशः

1. गणितसार संग्रह, क्षेत्रगणित-व्यवहार 7.5।
2. समानलम्बस्य चतुर्भुजस्य मुखोनभूमिं परिकल्प्य भूमिम्। (लीलावती)
3. चतुर्भुजेऽन्यत्र समानलम्बे लम्बेन निघ्नं कुमुखैक्यखण्डम्। (लीलावती)

13 तथा 20 हैं, साथ ही लम्ब सूर्योन्मित या 12 हैं, उनका गणित या क्षेत्रफल बताओ।

विवरण अनुसार इसका चित्र इस प्रकार है—

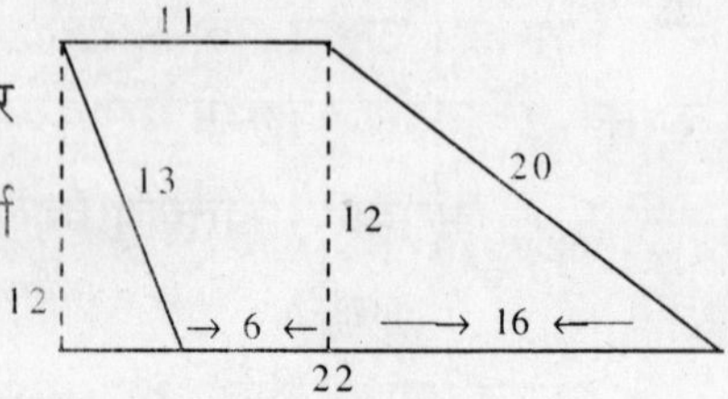

इसका क्षेत्रफल पूर्वोक्त सूत्रानुसार

$\frac{1}{2}(11 + 22) \times 12 = 198$ वर्ग अंगुल प्राप्त होता है।

विषम चतुरश्र या विषम लम्ब चतुर्भुज

भारत के महान् गणितज्ञ आचार्य ब्रह्मगुप्त ने सर्वप्रथम विषमलम्ब चतुर्भुज (scalene quadrilateral) के क्षेत्रफल का सूत्र देने का प्रयास किया है—

भुजयोगार्धचतुष्टयभुजोनघातात् पदं सूक्ष्मम्।

(ब्राह्मस्फुट-सिद्धान्त 12.21)

अर्थात् चतुर्भुज के चारों भुजाओं के योग के आधे (semi-perimeter) से प्रत्येक भुजा को न्यून या घटाने पर प्राप्त संख्याओं का घात या परस्पर गुणन करके उनका पद या वर्गमूल करने से चतुर्भुज का सूक्ष्म क्षेत्रफल प्राप्त होता है।

यहाँ भुजयोगार्ध = S तथा चतुर्भुज की चारों भुजाओं को क्रमश: a,b,c,d मानने पर यह सूत्र प्राप्त होता है—

विषम लम्ब चतुर्भुज का क्षेत्रफल—

$$\sqrt{(S - a)(S - b)(S - c)(S - d)}$$

ब्रह्मगुप्त के इस सूत्र में कुछ न्यूनता अथवा अस्पष्टता रह गई है। प्रथम तो यह कि उन्होंने विषमलम्ब चतुर्भुज के किसी भी आकार के प्रति केवल भुजाओं के प्रमाण के आधार पर एक ही क्षेत्रफल बताया है। जबकि स्थिति यह है कि एक ही प्रमाण की 4 भुजाओं से अनेक

प्रकार के चतुर्भुज बनाए जा सकते हैं, जिनका क्षेत्रफल भी भिन्न-भिन्न होगा। अतः आधुनिक गणित में मान्य है कि समान प्रमाण की भुजाओं से अद्वितीय चतुर्भुज प्राप्त करने के लिये उन चारों भुजाओं के अलावा विकर्ण का ज्ञान भी अनिवार्य होता है।

भारतीय विद्वानों ने शीघ्र ही इस न्यूनता का अनुभव कर लिया था। उन्होंने विकर्ण का उल्लेख किये बिना केवल चतुर्भुज की 4 भुजाओं के प्रमाण के आधार पर चतुर्भुज का निश्चित क्षेत्रफल पूछने वाले के प्रति बड़े कठोर शब्दों का प्रयोग किया है।

आर्यभट द्वितीय ने कहा है कि जो गणितज्ञ किसी चतुर्भुज में विकर्ण के जाने बिना ही लम्ब अथवा क्षेत्रफल को जानना चाहता है, वह मूर्ख अथवा पिशाच है[1]। इसी प्रकार भास्कराचार्य ने भी कहा कि चतुर्भुज में लम्ब अथवा विकर्ण का निर्देश किये बिना उसका क्षेत्रफल अनियत होता है। फिर भी यदि कोई इस दशा में निश्चित क्षेत्रफल को पूछता है वह पूछने वाला पिशाच तथा उसका जवाब देने वाला उससे भी बड़ा पिशाच होता है[2]। लगता है उस समय गणित के क्षेत्र में चतुर्भुज के विकर्ण के बिना चतुर्भुज के आकार की अनियतता की ओर लोगों का ध्यान कम जाता था। अतः वे निश्चित आकार की सूचना के बिना ही क्षेत्रफल के प्रति प्रश्न कर बैठते थे। इसके निवारण के लिये इन विद्वानों को इतने कठोर शब्दों का प्रयोग करना पड़ा।

ब्रह्मगुप्त के उपरलिखित सूत्र की दूसरी न्यूनता यह बताई जाती है कि जिन चतुर्भुजों में विकर्ण का उल्लेख कर दिया गया है, ऐसे सभी चतुर्भुज के प्रति भी यह सूत्र कार्यशील नहीं है। अपितु चक्रीय चतुर्भुज (Cyclic quadrilateral) या वृत्तान्तर्गत चतुर्भुज के प्रति ही सत्य

---

1. कर्णज्ञानेन विना चतुरश्रे लम्बकं फलं यद्वा।
   वक्तुं वाञ्छति गणको योऽसौ मूर्ख पिशाचो वा।। (महासिद्धान्त 14.70)

2. लम्बयोः कर्णयोर्वैकमनिर्दिश्यापरः कथं।
   पृच्छत्यनियतत्वे नियतं चापि तत्फलम्।
   स पृच्छकः पिशाचो वा वक्ता वा नितरां ततः। (लीलावती)

है। जिस चतुर्भुज के सभी शीर्ष वृत्त की परिधि को स्पर्श करते हों तथा जिनकी सम्मुख कोणों के किसी भी युग्म का योग 180^0 हो वह चक्रीय चतुर्भुज कहा जाता है।

गणित के अनेक विद्वानों ने ब्रह्मगुप्त के सूत्र की इस न्यूनता का उल्लेख किया है। प्रसिद्ध इतिहासकार Dr. D.E. Smith ने कहा है कि ब्रह्मगुप्त तथा महावीर दोनों ने इस सूत्र को प्रस्तुत किया है, पर किसी ने यह अनुभव नहीं किया कि यह केवल चक्रीय चतुर्भुज के प्रति कार्यशील होता है[1]।

इस विषय में हमारा यह कहना है कि इसे 'सूत्र की न्यूनता' की अपेक्षा 'सूत्र की अस्पष्टता' कहना अधिक समीचीन है। इस प्रसंग में ही ब्रह्मगुप्त ने चतुर्भुज का विकर्ण प्राप्त करने के लिये एक सूत्र दिया है। वह सूत्र सभी चतुर्भुजों के लिये न तो उपादेय है न उचित; क्योंकि चतुर्भुज के आकार के अनियत होने से अनेक विकर्ण बन सकते हैं, पुनः सूत्र से एक विकर्ण प्राप्त करने का औचित्य नहीं है। इस प्रकार स्पष्टतः ब्रह्मगुप्त के विकर्ण का सूत्र चक्रीय के लिये ही सही तथा उपादेय है[2]। इस तथ्य के अतीव स्पष्ट होने से ब्रह्मगुप्त ने इसका उल्लेख नहीं किया है। उनके विकर्ण के सूत्र का सम्पूर्ण आशय यह है कि निश्चित भुजाओं के प्रमाण वाले चक्रीय चतुर्भुज के लिये इस सूत्र से अद्वितीय विकर्ण प्राप्त होता है। इस सूत्र को उपरिलिखित सूत्र से जोड़ने पर यह आशय निकलता है कि जिस चतुर्भुज में विकर्ण के प्रस्तुत सूत्र से अद्वितीय विकर्ण प्राप्त होता है उस चक्रीय चतुर्भुज में प्रस्तुत सूत्र से समुचित क्षेत्रफल प्राप्त होता है।

आगे चलकर इन दोनों को जोड़ कर ऐसी ही व्याख्या प्रस्तुत की गई है। लीलावती में ब्रह्मगुप्त के उद्धरण श्लोक 'कर्णाश्रितभुजघातैक्यम्'

1. In the way of similarity both ब्रह्मगुप्त and महावीराचार्य given the formula for the area of quadrilateral but neither one observes that it holds good only for a cyclic figure—Introduction on G.S.S. by D.E. Smith.
2. These formulas also are correct only for cyclic quadrilaterals—footnote by Rangacharya on G.S.S., p. 199.

की व्याख्या करते हुए 15वीं शताब्दी के परमेश्वर का यह वचन बहुत महत्त्वपूर्ण है—

यस्मिन् चतुर्भुजे एवं प्रकल्पितं कर्णद्वयं भवति तत्र सर्वदोर्युतिदलमित्यादिना आनीतं क्षेत्रफलं स्फुटं भवति। एतत् क्षेत्रफलान्न्यूनमेव कर्णान्तरकृतक्षेत्रफलानि भवन्ति।

अर्थात् जिस चतुर्भुज में प्रस्तुत सूत्र से इस प्रकार निश्चित विकर्णों की रचना की जाती है, उसी के लिये प्रस्तुत चतुर्भुज के क्षेत्रफल का सूत्र सही होता है। अन्य विकर्णों वाले चतुर्भुज का क्षेत्रफल इस सूत्र से बताए गए क्षेत्रफल से कम होता है।

यह सम्भव नहीं लगता कि विकर्ण का प्रस्तुत सूत्र चक्रीय में ही लगता है, इसका ब्रह्मगुप्त को ज्ञान न रहा हो। इसे सिद्ध करने के लिये पहले ब्रह्मगुप्त के चतुर्भुज के विकर्ण का सूत्र प्रस्तुत करते हैं—

कर्णाश्रितभुजघातैक्यमुभयथाऽन्योन्यभाजितं गुणयेत्।
योगेन भुजप्रतिभुजवधयोः कर्णौ पदे विषमे।।

(ब्राह्मस्फुट-सिद्धान्त 12.28)

अर्थात् विकर्ण पर आश्रित आसन्न भुजाओं के प्रथम युग्म के घात या गुणनफल को द्वितीय युग्म के गुणनफल के साथ ऐक्य या जोड़े। साथ ही भुज प्रतिभुज या सम्मुख भुजाओं के प्रथम युग्म के गुणनफल तथा द्वितीय युग्म के गुणनफल को जोड़े। इन दोनों योगफलों का परस्पर गुणन करें। इस परिणाम को द्वितीय प्रकार की आसन्न भुजाओं के गुणित युग्मों को आपस में जोड़ने पर प्राप्त योगफल से भाग देवें। इसका पद या वर्गमूल प्राप्त करें। इससे विषम चतुर्भुज का विकर्ण प्राप्त होता है।

द्वितीय स्थिति में द्वितीय आसन्न भुजाओं के अन्तिम योगफल को अन्य योगफल के साथ गुणित करने पर अन्तिम गुणनफल को प्रथम आसन्न भुजाओं के अन्तिम योगफल से भाग देने पर तथा पश्चात् वर्गमूल प्राप्त करने पर दूसरे विकर्ण का मान प्राप्त होता है।

चक्रीय चतुर्भुज के विकर्ण को प्राप्त करने का यह महत्त्वपूर्ण सूत्र है। इसे आगे चलकर यूरोप में 1619 ई. में W. Snell द्वारा पुनः अविष्कृत किया गया[1]।

इस सूत्र को बीज गणितीय भाषा में इस प्रकार लिखा जा सकता है—

चक्रीय चतुर्भुज का प्रथम विकर्ण→

$$x = \sqrt{\frac{(ab + cd)(ac + bd)}{ad + bc}}$$

चक्रीय चतुर्भुज का द्वितीय विकर्ण→

$$y = \sqrt{\frac{(ad + bc)(ac + bd)}{ab + cd}}$$

ब्रह्मगुप्त का यह सूत्र वास्तव में दो प्रमेयों का सम्मिलित रूप है। प्रथम वह है, जिसे आज टॉलेमी प्रमेय के नाम से जाना जाता है—

$$ac + bd = xy$$

द्वितीय प्रमेय से हम विकर्णों की यह विशेषता ज्ञात करते हैं—

$$\frac{ab + cd}{ad + bc} = \frac{x}{y}, \quad \frac{ad + bc}{ab + cd} = \frac{y}{x}$$

इन्हें मिलाने पर स्वाभाविक परिणाम यह है कि—

$$\frac{(ab + cd)(ac + bd)}{ad + bc} = xy \times \frac{x}{y} \Rightarrow x^2$$

इससे सिद्ध होता है कि ब्रह्मगुप्त टॉलेमी प्रमेय से भी भली भाँति परिचित थे। G.R. Kaye ने अन्य प्रमाणों से यह भी सिद्ध किया है कि यह प्रमेय सबसे पहले भारत में सिद्ध किया गया था[2]। यह आसानी से जाना जा सकता है कि दोनों अन्तर्गत प्रमेय चक्रीय में सही सिद्ध होते हैं। अतः सम्मिलित प्रमेय भी उसमें कार्यशील होगा।

1. History of Mathematics, D.E. Smith, Vol. II, p. 286.
2. Indian Mathematics, G.R. Kaye, p. 22.

यह सच है कि इस व्याख्या की अस्पष्टता के कारण पश्चाद्वर्ती विद्वानों ने चतुर्भुज के उपरिलिखित सूत्र को सभी में लागू मान लिया। ब्रह्म गुप्त के परवर्ती श्रीधराचार्य ने पाटी-गणित में कहा है कि यह सूत्र वर्ग-चतुर्भुज तथा सभी विषम लम्ब चतुर्भुज में भी समान रूप से लागू होता है[1]। पर यह ध्यान देने योग्य है कि उन्होंने त्रिशतिका में चतुर्भुज के इस सूत्र को अपने शब्दों में प्रस्तुत करने के पश्चात्[2] सावधानीपूर्वक ऐसा चित्र दिया है जिसमें चक्रीय चतुर्भुज के लिये सुसंगत विकर्ण की परिमाप ठीक बैठती है। यद्यपि यह सही है कि उन्होंने स्वयं विकर्ण की परिमाप का उल्लेख नहीं किया है। उनका यह उदाहरण इस प्रकार है—

पञ्च कृतिर्यस्य मुखं षष्टिर्भूमिर्भुजौ त्रयोदशकरौ।
त्रिचतुर्गुणौ यथाक्रममृजुनि सखे तस्य किं गणितम्।।

(त्रिशतिका, उदा. श्लोक 80)

अर्थात् जिस चतुर्भुज की सम्मुख भुजा 5 का वर्ग अर्थात् 25, आधार 60 तथा पार्श्व भुजाएँ क्रमशः $13 \times 3 = 39$ तथा $13 \times 4 = 52$ हैं, उसका क्षेत्रफल क्या होगा।

इस प्रमाण के अनुसार यह चित्र प्राप्त करते हैं—

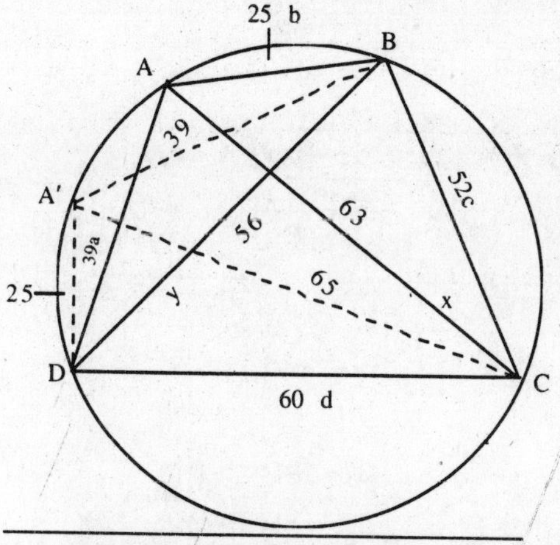

∠ ADC तथा ∠ ABC सम्मुख कोणों के युग्म का योग— $74^0 + 106^0 = 180^0$ अतः चक्रीय चतुर्भुज। ∠ A' DC तथा ∠ A' BC का योग $90^0 + 90^0 = 180$। इस पर बने दोनों त्रिभुजों का बिन्द्वंकित कर्ण → 65।

1. सदृशासमलम्बानामसदृशलम्बे विषमबाहौ। (पाटीगणित, क्षेत्र-व्यवहार, श्लोक 11)।
2. भुजयुतिदलं चतुर्धा भुजहीनं तद् वधात् पदं गणितम्।
चतुरस्रे त्र्यस्रे वा क्षेत्रे....त्रिशतिका श्लोक 43।

यहाँ पूर्वोक्त सूत्र को समन्वित करने पर—

भुजयुतिदल या $S = \frac{1}{2}(25 + 52 + 60 + 39) = 88$

चतुर्भुज का क्षेत्रफल

$$= \sqrt{(88 - 25)(88 - 52)(88 - 60)(88 - 39)}$$

$$\Rightarrow \sqrt{63 \times 36 \times 28 \times 49} \Rightarrow \sqrt{3111696} \Rightarrow 1764 \text{ अंगुल}^2$$

ब्रह्मगुप्त के सूत्र द्वारा इसके विकर्ण प्राप्त करते हैं—

$$\sqrt{\frac{(39 \times 25 + 60 \times 52)(39 \times 52 + 60 \times 25)}{52 \times 25 + 39 \times 60}}$$

$$\Rightarrow \sqrt{\frac{(975 + 3120)(2028 + 1500)}{1300 + 2340}} \Rightarrow \sqrt{\frac{4095 \times 3528}{3640}}$$

$$\Rightarrow \sqrt{\frac{14447160}{3640}} = \sqrt{3969} \Rightarrow 63 \text{ विकर्ण AC}$$

द्वितीय विकर्ण ज्ञात करने के लिये—

$$\sqrt{\frac{(52 \times 25 + 39 \times 60)(39 \times 52 + 60 \times 25)}{39 \times 25 + 60 \times 52}}$$

$$\Rightarrow \sqrt{\frac{(1300 + 2340)(2028 + 1500)}{975 + 3120}} \Rightarrow \sqrt{\frac{3640 \times 3528}{4095}}$$

$$\Rightarrow \sqrt{\frac{12841920}{4095}} \Rightarrow \sqrt{3136} = 56 \text{ विकर्ण BD}$$

अन्तर्गत प्रमेयों को अलग-अलग रख कर उन्हें सम्मिलित करने से भी हम यही परिमाण प्राप्त करते हैं—

$$39 \times 52 + 60 \times 25 = 2028 + 1500 = 63 \times 56 = 3528$$

ब्रह्मगुप्त प्रमेय का यह एकांश ही टॉलेमी प्रमेय के नाम से प्रसिद्ध है।

$$\frac{39 \times 25 + 60 \times 52}{52 \times 25 + 39 \times 60} \Rightarrow \frac{975 + 3120}{1300 + 2340}$$

$$\Rightarrow \frac{4095}{3640} = \frac{63}{56} \Rightarrow 1.125$$

$$\therefore \frac{(39 \times 25 + 60 \times 52)\,(39 \times 52 + 60 \times 25)}{52 \times 25 + 39 \times 60}$$

$$= 63 \times 56 \times \frac{63}{56} = 63^2$$

इन विकर्णों द्वारा दो त्रिभुज प्राप्त करके त्रिभुज के क्षेत्रफल के सूत्र द्वारा अलग-अलग क्षेत्रफलों के योग से भी हम चतुर्भुज के क्षेत्रफल का यही परिणाम प्राप्त करते हैं।

महावीराचार्य ने भी विषम लम्ब चतुर्भुज के क्षेत्रफल के प्रस्तुत सूत्र को अपने शब्दों में प्रकट किया है। उन्होंने कहा है कि इससे सूक्ष्म या सही क्षेत्रफल प्राप्त होता है[1]। उन्होंने इस सूत्र के तत्काल पश्चात् (ग.सा.सं. 7.51-53) त्रिभुज से सम्बन्धित उदाहरण दिये हैं, चतुर्भुज के नहीं। उन्होंने इसके पश्चात् इस चतुर्भुज के विकर्ण का सूत्र अपने शब्दों में दिया है[2], जो ब्रह्मगुप्त के पूर्वोक्त सूत्र के ठीक समतुल्य है।

भास्कराचार्य ने भी चतुर्भुज के इसी क्षेत्रफल को अपने शब्दों में प्रस्तुत किया है। उन्होंने यह मान लिया है कि इससे अस्फुट अथवा

---

1. भुजयुत्यर्धचतुष्कात् भुजहीनात् घातितात् पदं सूक्ष्मम्।
(गणितसार-संग्रह क्षेत्रगणित-व्यवहार 7.50)

2. क्षितिहतविपरीतभुजौ मुखगुणभुजमिश्रितौ गुणच्छेदौ।
छेदगुणौ प्रतिभुजयोः संवर्गयुतेः पदं कर्णौ।।
(गणितसार-संग्रह, क्षेत्रगणित-व्यवहार 7.54)

लगभग परिणाम प्राप्त होता है[1]। पर इससे कहाँ स्फुट या कहाँ अस्फुट फल प्राप्त होता है, ऐसी किसी सीमा का उल्लेख नहीं किया है पर उन्होंने जो उदाहरण दिया है, वह चक्रीय चतुर्भुज का ही है।

भास्कराचार्य का एक उदाहरण वही है, जिसका श्रीधराचार्य के प्रसंग में अभी उल्लेख किया गया है। उन्होंने स्वयं कहा है कि पूर्व आचार्यों ने विषम लम्ब चतुर्भुज का यह उदाहरण दिया है[2]। उनका अन्य उदाहरण इस प्रकार है—

पञ्चाशदेकसहितं वदनं यदीयं
भूः पञ्चसप्ततिमिता प्रमितोऽष्टषष्ट्या।
सव्यो भुजो द्विगुणविंशति-संमितोऽन्यः
तस्मिन्फलं श्रवणलम्बमिती प्रचक्ष्व॥

अर्थात् जिस चतुर्भुज की मुख या ऊपर की भुजा 51 आधार भुजा 75, एक पार्श्व भुजा 68 तथा दूसरी 40 है, उसका क्षेत्रफल, कर्ण तथा लम्ब का मान बताओ।

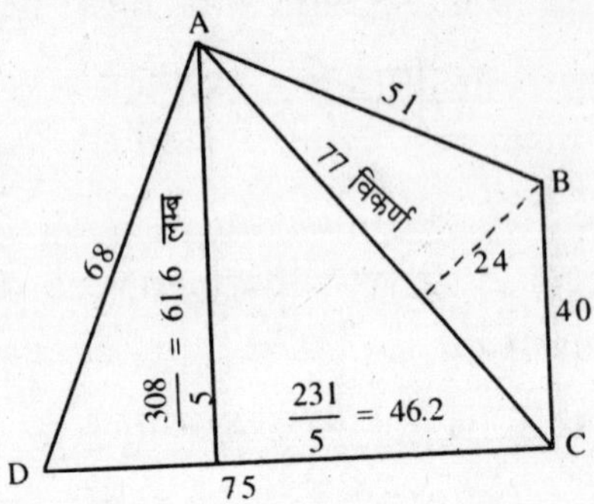

यहाँ सम्मुख कोणों के युग्म का योग $68^0 + 112^0 = 180^0$ है। अतः चक्रीय चतुर्भुज होने से प्राचीन चतुर्भुज के क्षेत्रफल का सूत्र सही रूप में लागू है—

$$\sqrt{49 \times 77 \times 42 \times 66} = \sqrt{10458756} = 3234$$

1. सर्वदोर्युतिदलं चतुःस्थितं बाहुभिर्विरहितं च तद्वधात्। मूलमस्फुटफलं चतुर्भुजे....। (लीलावती)

2. द्विपञ्चाशन्मितव्येकचत्वारिंशन्मितौ भुजौ।
मुखं तु पञ्चविंशत्या तुल्यं षष्ट्या मही किल॥
अतुल्यलम्बकं क्षेत्रमिदं पूर्वैरुदाहृतम्। (लीलावती)

भास्कराचार्य ने इस सूत्र से क्षेत्रफल के अस्फुट प्राप्त होने के सन्देह के कारण इसका प्रयोग नहीं किया है। अपितु लम्ब या कर्ण के माध्यम से ज्ञात करने का उपक्रम किया है। आगे के सूत्र में उन्होंने स्वयं कहा है कि कर्ण के द्वारा लम्ब का या लम्ब के द्वारा कर्ण का ज्ञान सम्भव है[1]। प्रस्तुत उदाहरण में कर्ण के सूत्र के द्वारा व्याख्याकारों ने बताया है कि यहाँ कर्ण का मान 77 है। ब्रह्मगुप्त के उपरिलिखित प्रमेय से चतुर्भुज के विकर्ण के रूप में यह मान ज्ञात करना सम्भव है।

इस विकर्ण द्वारा दो त्रिभुजों के क्षेत्रफल के योग के उपाय से चतुर्भुज का वही क्षेत्रफल प्राप्त करते हैं—

$$75 \times \frac{308}{5} \times \frac{1}{2} = 2310 \text{ , } 77 \times \frac{24}{2} = 924$$

$$2310 + 924 = 3234$$

भास्कराचार्य ने पूर्वोक्त सूत्र की व्यापकता से असन्तुष्ट होकर इसी विधि को श्रेयस्कर माना है—

त्र्यस्रे तु कर्णोभयतः स्थिते ये तयोः फलैक्यं फलमत्र नूनम्।

(लीलावती, क्षेत्र-व्यवहार, सूत्र श्लोक 29)

अर्थात् विषम चतुर्भुज में विकर्ण के दोनों ओर अवस्थित त्रिभुजों के क्षेत्रफल के योग से चतुर्भुज का क्षेत्रफल होता है। गणित में आज भी यही विधि प्रचलित है।

भास्कराचार्य ने इस चतुर्भुज का विकर्ण प्राप्त करने के लिये लीलावती में ब्रह्मगुप्त के पूर्वलिखित सूत्र को अविकल रूप से उद्धृत किया है[2]। पर आगे साथ ही यह भी कहा है कि हमारे आसान प्रकार से इसे प्राप्त करने पर पूर्व आचार्यों ने न जाने क्यों इतना कठिन प्रकार बताया है। उनके द्वारा बताया गया आसान प्रकार यों है—

अभीष्टजात्यद्वयबाहुकोटयः परस्परं कर्णहता भुजा इति।
चतुर्भुजं यद्विषमं प्रकल्पितं श्रुती तु तत्र त्रिभुजद्वयात् ततः॥

1. ज्ञातेऽवलम्बे श्रवणः श्रुतौ तु लम्बः फलं स्यान्नियतं तु तत्र। (लीलावती)
2. लीलावती, क्षेत्र-व्यवहार, सूत्र श्लोक 31 से आगे।

बाह्वोर्वधः कोटिवधेन युक् स्यादेका श्रुतिः कोटिभुजावधैक्यम्।
अन्या लघौ सत्यपि साधनेऽस्मिन् पूर्वैः कृतं यद् गुरु तन्न विद्मः।।

(लीलावती, क्षेत्र-व्यवहार, सूत्र श्लोक 32-33)

अर्थात् इच्छानुसार कोई दो जात्य त्रिभुज बनाकर उनमें एक के कर्ण से दूसरे के भुज, कोटि को तथा दूसरे कर्ण से प्रथम को गुणा करने से दोनों त्रिभुजों से विषम लम्ब चतुर्भुज की चारों भुजाएँ प्राप्त होती हैं। दोनों त्रिभुजों की आधार भुजाओं का वध या गुणनफल को दोनों त्रिभुजों की कोटियों के गुणनफल के साथ जोड़ने पर प्रथम श्रुति या कर्ण प्राप्त होता है। साथ ही प्रथम त्रिभुज की कोटि को द्वितीय त्रिभुज की आधार भुजा से गुणन तथा द्वितीय त्रिभुज की कोटि को प्रथम त्रिभुज की आधार भुजा के गुणनफल को जोड़ने से द्वितीय कर्ण प्राप्त होता है। इस आसानी से कर्ण का ज्ञान होने पर भी हम नहीं जानते कि पूर्व आचार्यों ने क्यों गुरु मार्ग का अवलम्ब किया है।

प्रस्तुत नियम को श्रीधराचार्य के पूर्वलिखित उदाहरण में समन्वित करते हैं। पूर्व पृष्ठ 286 के लिये Δ 4,3,5 के तथा Δ 12,5,13 के दो समकोण त्रिभुज बनाते हैं।

पुनः सूत्र के अनुसार कर्ण या चतुर्भुज के विकर्ण—

दोनों त्रिभुजों के भुज का गुणनफल→ $3 \times 5 =$ 15

दोनों त्रिभुजों की कोटि का गुणनफल→ $4 \times 12 =$ 48

63 विषमलम्ब चतुर्भुज का प्रथम कर्ण

द्वितीय त्रिभुज की कोटि 4 का प्रथम त्रिभुज के भुज 5 से गुणनफल→ $4 \times 5 =$ 20

द्वितीय त्रिभुज के भुज 3 का प्रथम त्रिभुज की कोटि 12 से गुणनफल→ $3 \times 12 =$ 36

56 चतुर्भुज का द्वितीय कर्ण

प्रस्तुत नियम की उपपत्ति

भास्कराचार्य का यह नियम ब्रह्मगुप्त के पूर्वोक्त विकर्ण के सूत्र के माध्यम से ही प्राप्त किया जा सकता है। ब्रह्मगुप्त का वह सूत्र पूर्व विवरणानुसार गणित के दो प्रमेय या सिद्धान्तों को प्रकट करता है। अत: भास्कराचार्य द्वारा उसे कठिन बताकर महत्त्वहीन बनाना उचित प्रतीत नहीं होता।

प्रस्तुत नियम की उपपत्ति के लिये ब्रह्मगुप्त सूत्र के पूर्वलिखित द्वितीय प्रमेय की एक अन्य विशेषता का उल्लेख करते हैं—

$$ab + cd = AC(x) \times A'C \quad \text{अत:} \quad x = \frac{ab + cd}{A'C}$$

$$ad + bc = BD(y) \times A'C \quad \text{अत:} \quad y = \frac{ad + bc}{A'C}$$

इसे इस प्रकार प्रकट करते हैं—

चतुर्भुज की आसन्न भुजाओं के गुणनफल का योग = चक्रीय चतुर्भुज का विकर्ण × किसी एक भुजा पर बने समकोण त्रिभुज का कर्ण

$$\text{चक्रीय चतुर्भुज का विकर्ण} = \frac{\text{चतुर्भुज की आसन्न भुजाओं के गुणनफल का योग}}{\text{किसी एक भुजा पर बने समकोण त्रिभुज का कर्ण}}$$

उदाहरण—

$$39 \times 25 + 52 \times 60 = 63\ (x) \times 65 \Rightarrow \frac{4095}{65} = 63(x)$$

तथा—

$$39 \times 60 + 52 \times 25 = 56\ (y) \times 65 \Rightarrow \frac{3640}{65} = 56(y)$$

इस तार्किक रीति से प्रकट होने वाले तथ्य को भास्कराचार्य ने दो छोटे त्रिभुजों के माध्यम से इस प्रकार किया है—

$$\frac{39}{13} \times \frac{25}{5} + \frac{52}{13} \times \frac{60}{5} = \frac{975}{65} + \frac{3120}{65} = \frac{4095}{65} = 63$$

अथवा $3 \times 5 + 4 \times 12 = 15 + 48 = 63$ प्रथम विकर्ण (x)

$$\frac{52}{13} \times \frac{25}{5} + \frac{39}{13} \times \frac{60}{5} = \frac{1300}{65} + \frac{2340}{65} = \frac{3640}{65} = 56$$

अथवा $4 \times 5 + 3 \times 12 = 20 + 36 = 56$ द्वितीय विकर्ण (y)

इसके लिये भास्कराचार्य ने कहा है कि कोई भी अभीष्ट दो जात्य त्रिभुज प्राप्त करें। पर यह वास्तव में ठीक नहीं है[1]। नियम के समन्वय के लिये प्रस्तुत चतुर्भुज की समान प्रमाण की भुजाओं से निर्मित समकोण त्रिभुजों के एक ही कर्ण से विभाज्य दो कर्ण वाले दो समकोण त्रिभुजों की समानुपाती भुजाओं वाले दो छोटे त्रिभुजों को प्राप्त करना आवश्यक होता है। इसका नियम इस प्रकार है—

चतुर्भुज की सबसे बड़ी तथा सबसे छोटी भुजाओं के प्रमाण को प्राप्त करें। इनको क्रमशः किन्हीं एक संख्या से विभाजित करें। प्राप्त भागफल छोटे त्रिभुज का आधार तथा लम्ब है। जैसे यहाँ—

$\frac{25}{5} = 5$, $\frac{60}{5} = 12$, 5 तथा 12 प्रथम त्रिभुज का आधार तथा लम्ब। इस प्रकार समानुपाती भुजा— $60 : 25 :: 12 : 5$

इस प्रथम त्रिभुज का कर्ण ज्ञात करके उससे चतुर्भुज की अन्य शेष भुजाओं के प्रमाण को विभाजित करें। जैसे—

$\frac{39}{13} = 3$, $\frac{52}{13} = 4$, 3 तथा 4 द्वितीय त्रिभुज का आधार तथा लम्ब। अतः समानुपाती भुजा— $52 : 39 :: 4 : 3$

इस प्रकार से समानुपातिक त्रिभुज प्राप्त करते हैं—

---

1. We cannot choose two right triangles in an arbitrary manner—A commentry on Lilavati, by K.S. Patwardhan, p. 140.

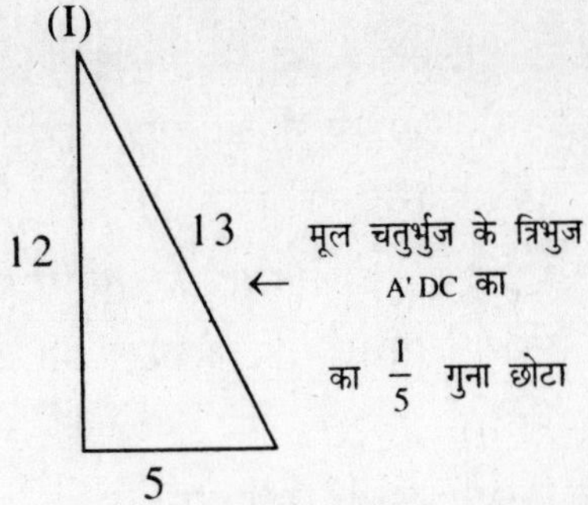

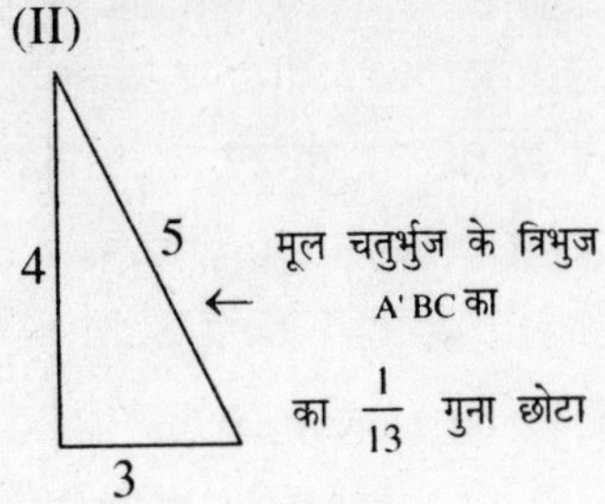

यहाँ छोटे त्रिभुज के कर्ण के रूप में प्राप्त 5, 13 इन सार्वभाजक संख्याओं से विभाजित होकर छोटे त्रिभुज के आधार तथा लम्ब के रूप में बड़े त्रिभुज की समानुपाती संख्याएँ प्राप्त होती हैं। चतुर्भुज के $\frac{39 \times 25}{65}$ आदि का परिणाम छोटे त्रिभुज के इन आधार आदि संख्याओं 3×5 जैसे गुणनफल के समकक्ष होता है। इस प्रकार भास्कराचार्य ने इन छोटे त्रिभुजों की कोटि, भुज के गुणनफल के योग द्वारा चतुर्भुज की आसन्न भुजाओं के गुणनफल के योग से 65 गुना कम मान प्राप्त कर लिया है, जो अन्ततः ब्रह्मगुप्त की विधि के अनुरूप है।

इस सम्पूर्ण विवेचना से प्रकट है कि ब्रह्मगुप्त ने न केवल टॉलमी प्रमेय के नाम से प्रसिद्ध विषम लम्ब चतुर्भुज के चक्रीय बनने हेतु विकर्णों (x,y) के गुणनफल का समीकरण ज्ञात किया है, अपितु $\frac{x}{y}$ का भी समीकरण विकसित किया है। साथ ही उन्होंने यह भी बताया है कि आसन्न भुजाओं के गुणनफल का योग किस एक संख्या से विभाजित होकर x, y बनता है। विकर्णों के इन प्रमाणों के जानने की यह सम्पूर्ण प्रक्रिया चक्रीय चतुर्भुज बनाने के लिये ही है। इससे यह प्रकट होता है कि वे विशेष प्रकार के चतुर्भुज के प्रति सावधान थे। चतुर्भुज के क्षेत्रफल के पूर्वोक्त सूत्र को इस विशेष चक्रीय चतुर्भुज के सन्दर्भ में ही देखा जाना चाहिये।

यह उल्लेख बहुत महत्त्वपूर्ण है कि इस विधि से प्राप्त समकोण त्रिभुज के आधार पर बना विकर्ण ही चक्रीय चतुर्भुज पर खींचे गए वृत्त का व्यास

बनता है। इस विकर्ण का मध्य-बिन्दु ही व्यास का केन्द्रबिन्दु है। इस केन्द्रबिन्दु के आधार पर चक्रीय चतुर्भुज के चारों शीर्ष का स्पर्श करते हुए वृत्त खींचा जा सकता है जैसाकि पृ. 17 के चित्र से प्रकट है।

आगे नारायण पण्डित ने इस समद्विभाजक विकर्ण को तृतीय कर्ण कहा है। उन्होंने इसके आधार पर चक्रीय चतुर्भुज का क्षेत्रफल भी ज्ञात किया है—

द्विगुणव्यासविभक्ते त्रिकर्णघातेऽथवा गणितम्।

(गणित कौमुदी, श्लोक 52)

अर्थात् चतुर्भुज के 3 कर्णों (चतुर्भुज के 2 विकर्ण + इस पर बने 'पर' नामक 1 कर्ण) से गुणित होने पर तथा द्विगुणित व्यास (समकोण त्रिभुज के आधार पर बने विकर्ण) से विभक्त होने पर इस चतुर्भुज का गणित या क्षेत्रफल प्राप्त होता है। चतुर्भुज की आसन्न भुजा के एक युग्म को अदल बदल कर रखने से 'पर' नामक विकर्ण प्राप्त होता है[1]। इससे हमें यह सूत्र प्राप्त होता है—

$$\text{चक्रीय चतुर्भुज का क्षेत्रफल} = \frac{\text{विकर्ण-I} \times \text{विकर्ण-II} \times \text{पर नामक कर्ण}}{2 \times \text{व्यास}}$$

$$\text{अथवा} = \frac{AC \cdot BD \cdot A'C}{2D} \quad \text{या} \quad \frac{\text{विकर्ण-I} \times \text{विकर्ण-II} \times \text{पर नामक विकर्ण}}{2 \times \text{व्यास}}$$

अत: पूर्वोक्त उदाहरण का क्षेत्रफल—

$$= \frac{63 \times 56 \times 65}{130} = \frac{229320}{130} = 1764 \text{ अंगुल}^2$$

$$\text{अत: सरल रीति से} \rightarrow \frac{63 \times 56}{2} = \frac{3528}{2} = 1764 \text{ अंगुल}^2$$

---

1. सर्वचतुर्बाहूनां मुखस्य परिवर्तने यदा विहिते।
कर्णस्तदा तृतीय: पर इति कर्णत्रयं भवति।। (गणित कौमुदी, श्लोक 48)

इस उदाहरण में 65 तथा 56 प्रमाण के विकर्ण प्राप्त करने पर 63 प्रमाण का 'पर' नामक तृतीय विकर्ण प्राप्त होगा। इस स्थिति में भी इस सूत्र से यही क्षेत्रफल प्राप्त होगा।

इस विवेचना का निष्कर्ष यह है कि पूर्वोक्त ब्रह्मगुप्त प्रमेय से हमें महत्त्वपूर्ण प्रमेय प्राप्त होते हैं—

(I) सम्मुख भुजाओं के युग्म के गुणनफल का योग = दोनों विकर्णों का गुणनफल। जैसे—

$$39 \times 52 + 25 \times 60 = 63 \times 56 = 3528$$

इसे ही आजकल टॉलेमी प्रमेय कहते हैं।

(II) आसन्न भुजाओं के युग्म के गुणनफल का योग = चक्रीय चतुर्भुज का एक विकर्ण गुणित किसी एक भुजा पर बने समकोण त्रिभुज का कर्ण। जैसे—

$$39 \times 25 + 52 \times 60 = 63 \times 65 = 4095$$

$$39 \times 60 + 52 \times 25 = 56 \times 65 = 3640$$

(III) $\dfrac{\text{आसन्न भुजाओं के प्रथम या द्वितीय युग्म के गुणनफल का योग}}{\text{सम कोण त्रिभुज के आधार पर बना कर्ण}}$ = प्रथम या द्वितीय चक्रीय चतुर्भुज का विकर्ण

उदाहरणत:— $\dfrac{4095}{65} = 63,\ \dfrac{3640}{65} = 56$

(IV) $\dfrac{\text{आसन्न भुजाओं के प्रथम युग्म के गुणनफल का योग}}{\text{आसन्न भुजाओं के द्वितीय युग्म के गुणनफल का योग}} = \dfrac{\text{प्रथम विकर्ण (x)}}{\text{द्वितीय विकर्ण (y)}}$

उदाहरणत:— $\dfrac{4095}{3640} = \dfrac{63}{56}$

इन समीकरणों को सिद्ध करने से ब्रह्मगुप्त प्रमेय आज भी बहुत महत्त्वपूर्ण है।

●

चतुर्दश अध्याय

समकोण त्रिभुज की संरचना

रेखा गणित के इतिहास में त्रिभुज के लिये सबसे प्राचीन शब्द 'प्रउग' है। यह शब्द मूलत: रथ के आगे वर्तमान बैल के जुए का द्योतक है। क्योंकि यह 'प्रयुग' शब्द के यकारलोप होकर विकसित है। युग का प्रयोग इस अर्थ में खूब होता रहा है। इंग्लिश में भी यह (yoke) के रूप में इसी अर्थ में प्रचलित है। अत: इसका मूल अर्थ प्रकृष्ट युग अथवा जुआ है। ऋग्वेद में सोने के पत्तर से मढ़े हुए युग वाले बढ़िया रथ का वर्णन प्राप्त हुआ है[1]।

इस प्रकार के 'युग' लम्बे आयताकार निर्मित होते थे। आगे चलकर शुल्ब सूत्रों में एक विशेष विधा से किसी आयत को त्रिभुज बनाने पर उसके लिये विशेष रूप से 'प्रउग' का प्रयोग प्रचलित हुआ। इस विधा का विवरण आगे है। इस आकार की वेदि निर्माण होने से उसके लिये 'प्रउगचित्' का प्रयोग भी प्राप्त है।

यह शब्द आगे दीर्घजीवी नहीं रह सका। संस्कृत में स्वर के तत्काल पश्चात् स्वर के प्रयोग की परम्परा नहीं रही है। पाणिनि तथा कात्यायन ने कुछ सीमित स्थानों में ऐसे प्रयोगों की अनुमति दी है[2]। इस प्रवृत्ति के अनुसार प्रउग, तितउ जैसे वैदिक शब्द आगे स्थायी नहीं रह सके।

इसके स्थान पर त्र्यश्रि, त्रिरश्रि जैसे शब्दों का पर्याप्त प्रचलन रहा है। पिछले अध्यायों में इसके उदाहरण दिये गये हैं। पर संस्कृत में 'अश्र'

1. वि जनाञ्छ्यावाः शितिपादो अख्यन् रथं हिरण्यप्रउगं वहन्तः। (ऋग्वेद 1.35.5)
2. एचोऽप्रगृह्यस्यादूराद्धूते पूर्वस्यार्धस्यादुत्तरस्येदितौ।
(पा.अष्टा. 8.2.107 तथा इस पर वार्तिक)

कोई स्वतन्त्र शब्द नहीं है। पाणिनि ने केवल चतुर् पूर्वपद में होने पर समासान्त चतुरश्र शब्द की स्वीकृति प्रदान की है[1]। अत: बाद में 'त्र्यश्र' जैसे शब्द इस चतुरश्र के सादृश्य पर निर्मित हुए हैं। इसका अर्थ सामान्यत: त्रिकोण या त्रिभुज के रूप में किया जाता रहा है।

शुल्ब सूत्रों में आयत को 'प्रउग' या 'उभयत: प्रउग' बनाने का जो प्रकार बताया है, वह समकोण त्रिभुज से सम्बन्धित है। इसके लिये एक वचन यह है—

चतरस्त्रमुभयत: प्रउगं चिकीर्षन् यावच्चिकीर्षेत् द्विस्तावती भूमिं दीर्घचतुरस्त्रां कृत्वा पूर्वस्या: करण्या मध्ये शंकुं निहन्यात्। तस्मिन् पाशौ प्रतिमुच्य दक्षिणोत्तरयोर्मध्यदेशयोर्निपातयेत्। बहि:स्पन्द्यमपच्छिन्द्यात्। एतेनापरं प्रउगं व्याख्यातम्। (बौधायन शुल्ब सूत्र 2.57)

अर्थात् यदि चतुरस्त्र या वर्ग के दोनों ओर प्रउग या त्रिभुज बनाना चाहें तो वेदि के द्विगुणित क्षेत्रफल को आयत का रूप देकर उसके पूर्व रेखा के बीच में एक शंकु या कील गाड़ दे। पश्चात् दक्षिण तथा उत्तर दिशा से मध्य में (शंकु वाले स्थान तक) रज्जु या रेखा फैलावे। इससे दो प्रउग तैयार होते हैं। इससे यह चित्र प्राप्त होता है—

यहाँ प्रस्तुत आयत के लम्ब EF के दोनों ओर उभयत: प्रउग या दो-दो समकोण त्रिभुज प्राप्त किये गए हैं। ये उत्तर दक्षिण दिशा में E शंकु को स्पर्श करने वाले विकर्ण द्वारा तैयार किये गए हैं।

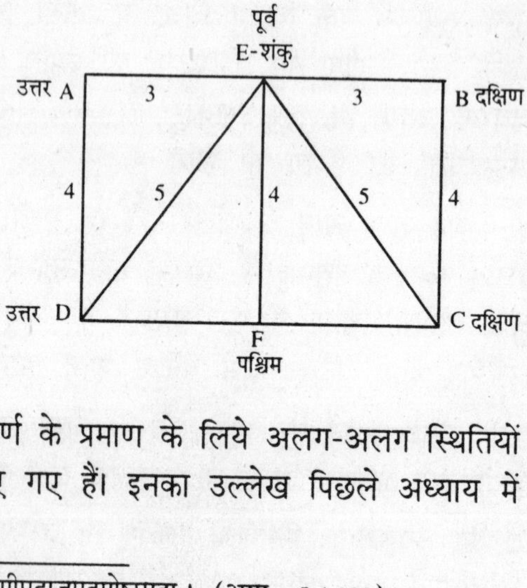

शुल्ब सूत्रों में इस विकर्ण के प्रमाण के लिये अलग-अलग स्थितियों में अलग-अलग नियम बताए गए हैं। इनका उल्लेख पिछले अध्याय में किया जा चुका है।

1. सुप्रातसुश्वसुदिवशारिकुक्षचतुरश्रैणीपदाजपदप्रोष्ठपदा:। (अष्टा. 5.4.120)

इस प्रकार विकर्ण के प्रमाण को जानने के लिये अनेक बार द्विकरणी या 2 संख्या के वर्गमूल को जानने की आवश्यकता होती है। पर $\sqrt{2}$ का मान निकालना आसान नहीं है; क्योंकि इससे अपरिमेय या असान्त संख्या प्राप्त होती है। शुल्ब सूत्र के विद्वानों ने अपनी अद्‌भुत रीति से कई दाशमिक स्थानों तक शुद्ध मान प्राप्त किया है। इसके लिये सूत्र इस प्रकार है—

प्रमाणं तृतीयेन वर्धयेत् तच्च चतुर्थेनात्मचतुस्त्रिंशोनेन।

(बौधायन शु.सू. 2.61)

अर्थात् $\sqrt{2}$ का मान प्राप्त करने के लिये 1 के साथ उसके तीसरे भाग को जोड़े। उसके साथ उसके भी चौथे भाग को तथा उसमें से उसके 34वें भाग को घटावें। इस प्रकार हमें यह मान प्राप्त होता है—

$$\sqrt{2} = 1 + \frac{1}{3} + \frac{1}{3 \times 4} - \frac{1}{3 \times 4 \times 34}$$

$$\Rightarrow \frac{17}{12} - \frac{1}{408} = \frac{577}{408} = 1.41421$$

आधुनिक गणित में इसका मान इस सीमा तक यही माना जाता है। **यह कितना सुखद है कि आज से कम से कम 2500 वर्ष पूर्व निकाला गया $\sqrt{2}$ का मान इस सीमा तक सर्वथा समतुल्य है!!**

शुल्ब सूत्रकारों ने विकर्ण को 'सविशेष' यह पारिभाषिक नाम दिया है—

सविशेषः (बौधा.शु.सू. 2.62)।

यह नाम इसलिये है; क्योंकि इस विकर्ण में भुजा के प्रमाण के अतिरिक्त 'विशेष' भी सम्मिलित होता है। इस प्रकार समीकरण की पद्धति से विकर्ण तथा विशेष को इस प्रकार निरूपित करेंगे—

1 × 1 वर्ग का विकर्ण = भुजा का प्रमाण + विशेष

∴ इसका विशेष = विकर्ण − भुजा का प्रमाण

उदाहरणतः विकर्ण $\sqrt{2} = 1 + 0.41421$

विशेष $= \sqrt{2} - 1 = 0.41421$

समकोण त्रिभुज के कर्ण के प्रमाण का सामान्य सूत्र प्राप्त करने के लिये इनका एक प्रमुख सहसम्बन्ध इस प्रकार है—

दीर्घचतुरस्रस्याक्ष्णया रज्जुः पार्श्वमानी तिर्यङ्मानी च यत्पृथग्भूते कुरुतस्तदुभयं करोति[१]। (बौधा.शु.सू. 1.48)

अर्थात् दीर्घचतुरस्र या आयत की पार्श्वमानी तथा तिर्यङ्मानी नामक भुजाएँ जितना अलग-अलग वर्ग प्रमाण बनाती हैं, उन पर खींची गई अक्ष्णया रज्जु या विकर्ण उनके योगफल जितना वर्ग क्षेत्रफल बनाता है। इसे चित्र द्वारा प्रकट करते हैं—

यदि आयत की भुजाएँ 3 × 4 हैं तो—

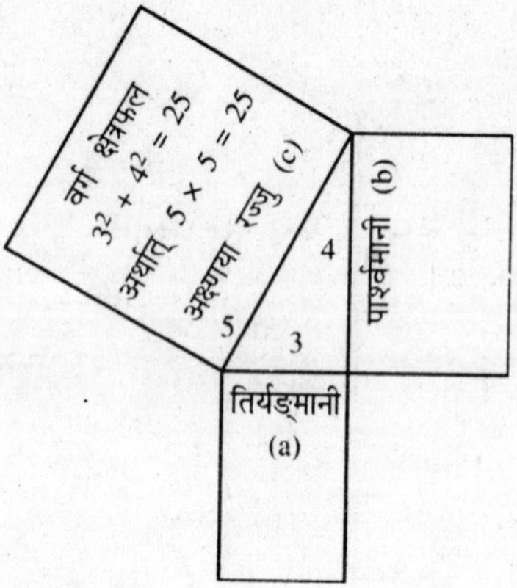

इस प्रकार सिद्ध है कि—

आयत की भुजा a, b पर खींचे गए विकर्ण पर बना
वर्ग क्षेत्रफल $= a^2 + b^2$

∴ इस वर्ग की एक भुजा या आयत का विकर्ण $= \sqrt{a^2 + b^2}$

1. तुलनीय आपस्तम्ब शु.सू. 1.9 तथा कात्यायन शु.सू. 2.11।

क्योंकि यही भुजा समकोण त्रिभुज Δabc का कर्ण भी है। अत:—

समकोण त्रिभुज का कर्ण $= \sqrt{a^2 + b^2}$

शुल्ब सूत्र की इस विधि से हम कर्ण के प्रमाण के लिये वही सूत्र प्राप्त कर लेते हैं, जिसे पाइथोगोरस का बताया जाता है। पाइथोगोरस के आधार पर यूक्लिड ने (Elements) ग्रन्थ के 1.47 पर यह प्रमेय प्रस्तुत किया है—

'एक आयत के कर्ण पर निर्मित वर्ग उस आयत की दो असमान बाहुओं के वर्ग के बराबर होता है'[1]।

यह प्रमेय पाइथोगोरस से भी पूर्व शुल्ब-सूत्र के उपरिलिखित नियम से सर्वथा तुलनीय है।

शुल्ब-सूत्रों में समकोण त्रिभुज की दोनों भुजाओं तथा कर्ण इन त्रिक (triplet) की कतिपय विशेषताओं का भी उल्लेख किया है। उनका एक सूत्र इस प्रकार है—

यावत् प्रमाणानि समचतुरस्राण्येकीकर्तुं चिकीर्षेदेकोनानि तानि भवन्ति, तिर्यग् द्विगुणान्येकत एकाधिकानि। त्र्यस्रिर्भवति तस्येषुस्तत् करोति। (कात्या.शु.सू. 6.7)

इस सूत्र का डॉ. बी.बी. दत्त द्वारा प्रस्तुत अर्थ सूत्र के शब्दों के अनुरूप प्रतीत नहीं होता। स्वयं उन्होंने भी माना है कि इसकी व्याख्या आसान नहीं है। अत: अधिकतम सम्भव आशय को इस प्रकार प्रकट करते हैं—

(I) किसी भी प्रमाण (n) वाली भुजा (a) से निर्मित समचतुरश्र या वर्ग हो, उसे अन्य $\left(\frac{n^2-1}{2}\right)$ प्रमाण की भुजा (b) वाले वर्ग के साथ

---

1. Square of the hypotenuse is equal to the squares of the other two sides of a rectangular triangle.

एकीकृत करने या जोड़ने पर भुजा (b) का प्रमाण नवनिर्मित वर्ग की भुजा (c) से 1 कम होता है।

(II) एक वर्ग की तिर्यङ्मानी या पार्श्व भुजा (a) के प्रमाण को द्विगुणित करके वर्ग बनाकर अन्य द्विगुणित भुजा (b) वाले वर्ग के साथ जोड़ने पर निर्मित भुजा (c) का प्रमाण पिछले वर्ग की भुजा (b) से एक से एक अधिक अर्थात् 2 अधिक होता है।

(III) इन विशेषताओं से युक्त भुजाओं से बनने वाला त्र्यस्रि या त्रिभुज भी इन्हीं विशेषताओं वाला होता है। इन पर निर्मित इषु या कर्ण इस त्रिभुज को बनाता है।

इन स्थितियों को चित्र से स्पष्ट करते हैं। प्रथम अनुसार—

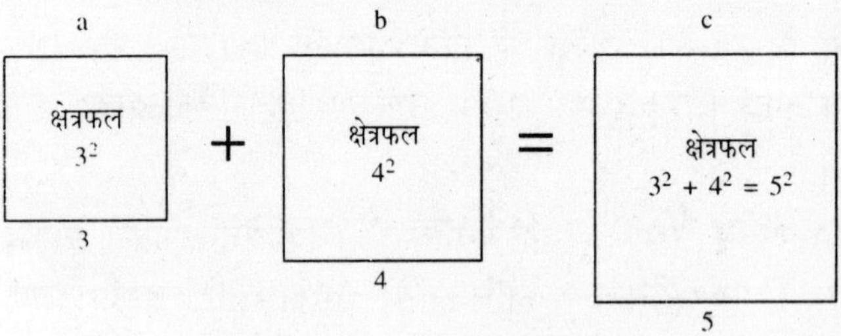

यहाँ b की भुजा प्रमाण C की भुजा से 1 कम है।

इससे हमें कुछ निश्चित वर्गों के योगफल एवं उनकी भुजाओं के मध्य तथा समकोण त्रिभुज की भुजाओं के बीच यह सहसम्बन्ध प्राप्त होता है—

$$\text{वर्गों का योगफल} \rightarrow n^2 + \left(\frac{n^2 - 1}{2}\right)^2 = \left(\frac{n^2 + 1}{2}\right)^2$$

n = कोई इष्ट संख्या। c वर्ग की भुजा से b वर्ग की भुजा 1 कम

$$\text{समकोण त्रिभुज की भुजाएँ} \rightarrow \underset{\downarrow}{\overset{a}{}} n \,,\ \overset{b = (c-1)}{\underset{\downarrow}{}}\frac{n^2 - 1}{2} \,,\ \overset{c}{\underset{\downarrow}{}}\frac{n^2 + 1}{2}$$

शुल्ब सूत्रों में इस सहसम्बन्ध का अनुसरण करते हुए समकोण त्रिभुज के ऐसे अनेक त्रिक (triplet) के उदाहरण दिये हैं, जिसमें b का प्रमाण c से 1 कम हो। जैसे—

3, 4, 5 (टिप्पणी नं. 1)

5, 12, 13 (टिप्पणी नं. 2)

7, 24, 25 (टिप्पणी नं. 3)

सूत्र की द्वितीय स्थिति के अनुसार वर्ग की भुजाओं को द्विगुणित करके दो वर्गों को जोड़ने से प्राप्त नवनिर्मित वर्ग की भुजा (c) से पिछले वर्ग की भुजा (b) का प्रमाण 2 कम होता है। अतः पूर्व चित्र को द्विगुणित करने पर—

(a) (b) (c)

6×6 से निर्मित वर्ग $+ 8 \times 8$ से निर्मित वर्ग $= 10 \times 10$ से निर्मित वर्ग

यहाँ c की भुजा से b की भुजा का प्रमाण 2 कम है। ऐसी ही स्थिति समकोण त्रिभुज की भुजाओं की भी है। अतः हमें वर्गों के योगफल एवं उनकी भुजाओं के मध्य तथा साथ ही समकोण त्रिभुज की भुजाओं के बीच यह सहसम्बन्ध प्राप्त होता है—

वर्गों का योगफल $\rightarrow (2n)^2 + (n^2 - 1)^2 = (n^2 + 1)^2$

n = कोई इष्ट संख्या। c वर्ग की भुजा से b वर्ग की भुजा 2 कम

a b = (c – 2) c

↓ ↓ ↓

समकोण त्रिभुज की भुजाएँ $\rightarrow 2n\ ,\ n^2 - 1\ ,\ n^2 + 1$

शुल्ब सूत्रों में इन सहसम्बन्धों का अनुसरण करते हुए भी अनेक त्रिकों के उदाहरण दिये गए हैं। जैसे—

---

1. त्रिकचतुष्कयोः पञ्चिकाऽक्ष्णया रज्जुः। (आपस्तम्ब शु.सू. 5.9)
2. द्वादशिकापञ्चिकयोस्त्रयोदशिकाऽक्ष्णया रज्जुः। (वही 5.12)
3. सप्तिक-चतुर्विंशिकयोः.....बौधायन शु.सू. 1.49।

4, 3, 5	उद्धरण पूर्वोक्त
8, 15, 17	(टिप्पणी नं. 1)
12, 35, 37	(टिप्पणी नं. 2)

शुल्ब-सूत्रकारों को यह भी परिज्ञात था कि इन त्रिकों के प्रत्येक घटक को द्विगुणित या त्रिगुणित करने पर भी इसी प्रकार के त्रिक प्राप्त किये जा सकते हैं। द्विगुणित करने पर पहली स्थिति के त्रिकों में b से c 2 अधिक तथा द्वितीय स्थिति में 4 अधिक होगा। आपस्तम्ब शुल्ब सूत्र में कहा है कि 5, 12, 13 इस त्रिक को द्विगुणित करने पर सौमिकी की श्रोणी तथा 3, 4, 5 को त्रिगुणित तथा चतुर्गुणित करने पर क्रमशः उसकी अंस तथा श्रोणी निर्मित होती है[3]। इस प्रकार—

		a b c	
5, 12, 13	का द्विरभ्यस्त	10, 24, 26	b से c 2 अधिक
3, 4, 5	का त्रिरभ्यस्त	9, 12, 15	b से c 3 अधिक
3, 4, 5	का चतुरभ्यस्त	12, 16, 20	b से c 4 अधिक

इस प्रकार स्पष्ट है कि इन त्रिकों को चाहे किसी भी संख्या से गुणित करके चाहे जितने त्रिक बनाए जा सकते हैं।

समकोण त्रिभुज के कर्ण के प्रमाण को बताने वाले इस प्रमेय को आज 'पाइथोगोरस प्रमेय' के नाम से जाना जाता है। यह 540 B.C. में जन्में ग्रीस के महान् दार्शनिक तथा गणितज्ञ पाइथोगोरस (Pythagoras) के नाम पर है। कोई भी स्वदेशी या विदेशी विद्वान् शुल्ब सूत्रों को 5वीं शताब्दी ई. पूर्व से कम नहीं स्वीकार करता। A.B. Keith बौधायन शुल्ब सूत्र को 5वीं सदी B.C. का मानते हैं। Buhler इसे पाणिनि से कम से कम 150-

---

1. पञ्चदशिकाऽष्टिकयोः सप्तदशिकाऽक्ष्णाया रज्जुः। आप.शु.सू. 5.15)
2. द्वादशिका पञ्चत्रिंशिकयोस्सप्तत्रिंशिकाऽक्ष्णया रज्जुः। (वही 5.17)
3. द्विरभ्यस्ताभिश्श्रोणी। (आप.शु.सू. 5.14)
   ताभिस्त्रिभिरभ्यस्ताभिरंसौ, चतुरभ्यस्ताभिश्श्रोणी। (आप.शु.सू. 5.10-11)

200 वर्ष पूर्व का कहते हैं। स्पष्टत: इस समय तक शुल्ब सूत्रों द्वारा समकोण त्रिभुज प्रमेय का आविष्कार करते हुए इनकी अनेक विशेषताओं का अध्ययन कर लिया गया था। अत: इसे शुल्ब-प्रमेय कहना समुचित है। इस प्रकार थीबो जैसे महान् विद्वानों की यह धारणा सही है कि पाइथोगोरस ने इस नियम को भारत से सीखा था[1]।

इस प्रमेय के विकास में हम सर्वथा भारतीय पद्धति का अनुप्रवेश पाते हैं। शुल्ब-सूत्रों में यह प्रमेय पाइथोगोरस प्रमेय की पद्धति से नहीं लिखा गया है। अपितु यज्ञवेदियों के निर्माण के क्रम में वर्ग या आयत में खींचे गए विकर्ण की विशेषता को प्रकट हुए कहा गया है। त्रिभुज के त्रिकों की विशेषताओं के द्वारा हम इनके सह-सम्बन्ध का पता लगाते हैं। हमारा कहना यह नहीं है कि शुल्ब-सूत्रों ने इस सह-सम्बन्ध को स्पष्ट रीति से वर्णित किया है। भारत में सर्वप्रथम महावीराचार्य को यह श्रेय प्राप्त है। पर इसे जाने बिना उपर्युक्त विशेषताओं का निरूपण असम्भव है। अत: यह मानना श्रेयस्कर है कि शुल्ब-सूत्रों के निरूपण में प्रस्तुत प्रमेय की उपपत्ति, त्रिकों के सह-सम्बन्ध का विशिष्ट नियम आदि अन्तर्निहित है।

शुल्ब-सूत्रों के पश्चात् महान् गणितज्ञ आर्यभट के ग्रन्थ में इस शुल्ब-प्रमेय को अत्यन्त स्पष्ट रीति से वर्णित पाते हैं—

यश्चैवं भुजावर्ग: कोटीवर्गश्च कर्णवर्ग: स:।

(आर्यभटीय, गणितपाद, श्लोक 17)

अर्थात् (समकोण त्रिभुज में) भुजा (आधार या base) तथा कोटि (लम्ब या perpendicular) के वर्ग का योग ही कर्ण का वर्ग होता है। इस प्रकार—

$$\text{कर्ण}^2 = \text{भुजा}^2 + \text{कोटि}^2$$

इसके पश्चात् महान् गणितज्ञ ब्रह्मगुप्त ने इस सम्पूर्ण प्रमेय को सर्वथा स्पष्ट रूप प्रदान किया—

1. ......but it was known in India, centuries before and Phythogoras undoubtedly learned this rule from India. Baudhayan Sulba Sutra, edited by G. Thibaut.

कर्णकृतेः कोटिकृतिर्विशोध्य मूलं भुजो, भुजस्य कृतिम्।
प्रोह्य पदं कोटिः, कोटिबाहुकृतियुतिपदं कर्णः॥

(ब्राह्मस्फुट-सिद्धान्त 12.24)

अर्थात् कर्ण के वर्ग से कोटि के वर्ग को घटाकर उसका वर्गमूल करने से भुज, कर्ण के वर्ग से भुज की कृति या वर्ग को घटाकर पद या वर्गमूल प्राप्त करने से कोटि तथा कोटि तथा बाहु या भुजा के वर्ग के योग का वर्गमूल ही उसका कर्ण होता है। इस प्रकार—

$\sqrt{\text{कर्ण}^2 - \text{कोटि}^2} = \text{भुज}$	$\sqrt{5^2 - 4^2} = 3$
$\sqrt{\text{कर्ण}^2 - \text{भुज}^2} = \text{कोटि}$	$\sqrt{5^2 - 3^2} = 4$
$\sqrt{\text{कोटि}^2 + \text{भुज}^2} = \text{कर्ण}$	$\sqrt{4^2 + 3^2} = 5$

समीकरण के उपाय से इनकी उपपत्ति आसानी से सम्भव है।

श्रीधराचार्य ने ब्रह्मगुप्त की भाषा तथा भाव का अनुसरण करते हुए त्रिभुज की भुजाओं के प्रमाण के लिये यह श्लोक प्रस्तुत किया है—

भुजकोट्योः कृतिहीनात् पृथक् पृथक् कर्णवर्गतो मूले।
कोटिभुजौ, तत्कृत्योर्युतितो मूलं प्रजायते कर्णः॥

(त्रिशतिका श्लोक 51)

अर्थात् कर्ण के वर्ग से भुज अर्थात् आधार को अथवा कोटि अर्थात् लम्ब की कृति या वर्ग को कम करके उसका वर्गमूल लेने पर क्रमशः कोटि तथा भुज प्राप्त होते हैं। भुज और कोटि के वर्ग के योगफल का वर्गमूल कर्ण उत्पन्न करता है।

आगे महावीराचार्य ने जन्य व्यवहार के अन्तर्गत त्रिभुज के इस सूत्र के स्थान पर समकोण त्रिभुज के त्रिकों के लिये एक बढ़िया लक्षण प्रदान किया है। पिछले पृष्ठों में दिखाया गया है कि शुल्ब सूत्रों ने इन त्रिकों की कुछ विशेषताओं का उल्लेख किया है। ब्रह्मगुप्त ने इन त्रिक संख्याओं

को प्राप्त करने के प्रकार का उल्लेख किया है[1]। इनसे प्रेरणा प्राप्त करके सूत्र प्रदान करने का श्रेय महावीर को प्राप्त है। डॉ. दत्त का मानना है कि भारतीय गणित के ज्ञात इतिहास में महावीर ने सबसे पहले इन त्रिकों को जानने का प्रकार बताया है। महावीर ने इसे पारिभाषिक नाम 'जन्य संक्रिया' प्रदान किया है; क्योंकि इससे त्रिभुज की भुजाओं के परिमाण जनित या उत्पन्न होते हैं। महावीर ने इन संख्याओं को बीज कहा है जिन्हें हम a, b जैसा कोई भी नाम दे सकते हैं। इस उपाय से समकोण त्रिभुज बनाना सम्भव है[2]। महावीर का इसके लिये श्लोक इस प्रकार है—

वर्गविशेषः कोटिस्संवर्गो द्विगुणितो भवेद् बाहुः।
वर्गसमासः कर्णश्चायतचतुरश्रजन्यस्य।।

(गणितसारसंग्रह, क्षेत्रगणित-व्यवहार, श्लोक $90\frac{1}{2}$)

अर्थात् बीज या इष्ट संख्याओं के वर्ग के साथ विशेष या व्यवकलन = घटाना संक्रिया से कोटि या लम्ब, उनके गुणन को द्विगुणित करने पर बाहु या आधार तथा उनके वर्ग का समास या जोड़ करने पर आयत चतुरश्र पर खींचे गए विकर्ण तथा इस प्रकार निर्मित त्रिभुज के कर्ण का परिज्ञान होता है।

इससे हमें समकोण त्रिभुज के त्रिक के लिये ये सूत्र प्राप्त होते हैं—

$a^2 - b^2 =$ कोटि या लम्ब, $2ab =$ भुज या आधार, $a^2 + b^2 =$ कर्ण

शुल्ब सूत्र के पूर्वोक्त त्रिकों के उदाहरण इस नियम से आसानी से समन्वित होते हैं—

	लम्ब	भुज	कर्ण
a = 2, b = 1 मानने पर→	3,	4,	5
a = 3, b = 2 मानने पर→	5,	12,	13
a = 4, b = 3 मानने पर→	7,	24,	25

1. The so called जन्य operation is akin the work found in Brahma Gupta.
(D.E. Smith, Introduction of G.S.S., page 22)

2. From this, it is evident that the 'bijas' are numbers with the aid of the product and the squares whereof, as forming the measures of the sides, a rightangled triangled may be construted.
(Footnote on G.S.S. by Rangacharya, page 209)

इस त्रिक की एक प्रमुख विशेषता यह है कि इसके कर्ण और भुज के जोड़ और घटाव क्रमशः $a + b$ तथा $a - b$ के वर्ग बनते हैं। क्योंकि—

$a^2 + b^2 + 2ab$ = कर्ण + भुज

$\Rightarrow (a+b)^2$ = कर्ण + भुज । उदाहरणतः $(4 + 3)^2 = 25 + 24$

तथा—

$a^2 + b^2 - 2ab$ = कर्ण − भुज

$\Rightarrow (a - b)^2$ = कर्ण − भुज । उदाहरणतः $(4 - 3)^2 = 25 - 24$

महावीराचार्य ने त्रिक के इस सूत्र के समकक्ष एक अन्य सूत्र भी प्रस्तुत किया है। श्लोक इस प्रकार है—

बीजयुतिवियुतिघातः कोटिस्तद् वर्गयोश्च संक्रमणे।
बाहुश्रुती भवेतां जन्यविधौ करणमेतदपि।।

(ग.सा.सं., श्लोक $93\frac{1}{2}$)

अर्थात् बीज या इष्ट संख्याओं (a, b) के परस्पर जोड़ तथा घटाव का गुणनफल ही कोटि है। इन्हीं जोड़, घटाव के वर्ग के साथ संक्रमण विधि से प्राप्त फल ही बाहु, श्रुति या भुज तथा कर्ण होते हैं। यह नियम भी जन्य विधि द्वारा समकोण त्रिभुज के त्रिक बनाने में करण या साधन बनता है।

प्राचीन गणित में 'संक्रमण' एक पारिभाषिक शब्द है। इस संक्रमण विधि से उन अज्ञात a, b संख्याओं का पता लगाया जाता है, जिनका जोड़ तथा घटाव क्रमशः m तथा n होते हैं। इस प्रकार—

यदि $a + b = m$ तथा $a - b = n$ तो

a, b ज्ञात करने की विधि $\rightarrow a = \dfrac{m+n}{2}$, $b = \dfrac{m-n}{2}$

इस प्रकार त्रिक प्राप्त करने के लिये यह नियम उपलब्ध होता है—

$(a + b)(a - b)$ = कोटि,

$$\frac{(a+b)^2 - (a-b)^2}{2} = \text{भुज},$$

$$\frac{(a+b)^2 + (a-b)^2}{2} = \text{कर्ण}$$

यह नियम प्रथम सूत्र से प्राप्त नियम के समकक्ष है। गणित के नियमों से इसकी समकक्षता प्रमाणित होती है। जैसे—

प्रथम सूत्र में कोटि के नियम को द्वितीय सूत्र में गुणनखण्ड के रूप में प्राप्त किया गया है। इस प्रकार—

$$a^2 - b^2 = (a+b)(a-b) \text{ अथवा कोटि } = m \times n$$

साथ ही प्रथम सूत्र के भुज, कर्ण के नियम पर संक्रमण विधि के उपयोग से समकक्ष द्वितीय सूत्र का नियम सिद्ध होता है। यथा पूर्व पृष्ठ में अंकित सूत्र से प्राप्त—

$$(a+b)^2 = (\text{कर्ण} + \text{भुज}),\ (a-b)^2 = (\text{कर्ण} - \text{भुज})$$

$$\Rightarrow (a+b)^2 + (a-b)^2 = (\text{कर्ण} + \text{भुज}) + (\text{कर्ण} - \text{भुज})$$

$$\Rightarrow (a+b)^2 + (a-b)^2 = 2 \text{ कर्ण}$$

$$\Rightarrow \frac{(a+b)^2 + (a-b)^2}{2} = \text{कर्ण अथवा } \frac{m^2 + n^2}{2} = \text{कर्ण}$$

इसके साथ ही—

$$(a+b)^2 - (a-b)^2 = (\text{कर्ण} + \text{भुज}) - (\text{कर्ण} - \text{भुज})$$

$$\Rightarrow \frac{(a+b)^2 - (a-b)^2}{2} = \text{भुज अथवा } \frac{m^2 - n^2}{2} = \text{भुज}$$

इस प्रकार महावीराचार्य ने यहाँ समकोण त्रिभुज के त्रिक के लिये दो सूत्र के साथ गणित के 3 प्रसिद्ध गुणनफल, संक्रमण की विधि तथा कर्ण, भुज के वर्ग बनने की विशेषताओं को भी द्योतित किया है।

उन्होंने इससे सम्बन्धित अनेक उदाहरण भी प्रदान किये हैं। एक प्रश्न में पूछा है कि 3 तथा 5 इन बीज (a, b) होने पर त्रिभुज के जन्य क्षेत्र के लिये कोटि, भुज तथा कर्ण की क्या-क्या संख्याएँ प्राप्त होंगी[1]। स्पष्टत: उपरिलिखित नियमानुसार त्रिक—

16, 30, 34

विवेचना का परिणाम

इस सम्पूर्ण विवेचन से हमें समकोण त्रिभुज के इन त्रिकों के लिये निम्न समीकरण, सहसम्बन्ध एवं सूत्र प्राप्त होते हैं—

(I) $a^2 - b^2 = (a + b)(a - b)$ कोटि। → श्लोक $90\frac{1}{2}$ तथा $93\frac{1}{2}$

(II) $(a + b)^2 =$ कर्ण + भुज अत: कर्ण + भुज पूर्ण वर्ग

(III) $(a - b)^2 =$ कर्ण – भुज अत: कर्ण – भुज पूर्ण वर्ग

(IV) $2ab = \frac{(a + b)^2 - (a - b)^2}{2} =$ भुज

(V) $a^2 + b^2 = \frac{(a + b)^2 + (a - b)^2}{2} =$ कर्ण

प्रस्तुत विवेचना से यह भी ज्ञात होता है कि संक्रमित संख्याओं तथा संक्रमण संख्याओं में परस्पर सह-सम्बन्ध है। किन्हीं दो संख्याओं (a, b) के जोड़, घटाव की विधि से निर्मित m, n संक्रमित संख्याएँ हैं। इन पर $\frac{m + n}{2}$, $\frac{m - n}{2}$ इस संक्रमण विधि से निर्मित (a, b) संक्रमण संख्याएँ हैं। अत: पूर्वोक्त उदाहरण में—

$5 = a, 3 = b$ तथा $8 = m, 2 = n$

---

1. त्रिकपञ्चकबीजाभ्यां जन्यक्षेत्रं सखे समुत्थाप्य।
कोटिभुजाश्रुतिसंख्या: कथय विचिन्त्याशु गणिततत्त्वज्ञ।। (ग.सा.सं., श्लोक $90\frac{1}{2}$)

महावीर ने सम्बन्धित प्रश्नों के हल के लिये संक्रमण विधि का भरपूर उपयोग किया है। इसकी सहायता से किसी त्रिक के बीज a, b को इस नियम से जाना जा सकता है—

कोटिच्छेदावाप्त्योस्संक्रमणे बाहुदलफलच्छेदौ।
बीजे श्रुतीष्टकृत्योर्योगार्धमूले ते।। (ग.सा.सं. $95\frac{1}{2}$)

अर्थात् (I) कोटि को किसी एक ही संख्या से भाग देने पर प्राप्त भाजक और भागफल के बीच संक्रमण विधि से कोटि के बीज बनते हैं। (II) बाहु या भुज के आधे को किसी से भाग देने पर भाजक और भागफल के बीज प्राप्त होते हैं। (III) साथ ही ये बीज → श्रुति या कर्ण के साथ इष्ट कोटि के जोड़ तथा घटाव के आधे का वर्गमूल होते हैं।

इससे हमें त्रिक के किसी घटक के बीज (a, b) जानने के लिये ये सूत्र प्राप्त होते हैं—

(I) कोटि $= a^2 - b^2 = (a + b)(a - b)$ अथवा $m \times n$

अत: कोटि का a, b = कोटि के गुणनखण्डन m, n पर संक्रमण

यदि $m = P_1 + P_2$, $n = P_1 - P_2$ तो $a = P_1$, $b = P_2$

(II) इसी प्रकार—

$$\text{भुज} = 2ab \text{ अत: } \frac{\text{भुज}}{2} = a \times b \text{ अथवा } = P$$

$$\text{अत: कोटि का } a, b = \frac{\text{भुज}}{2} \text{ अथवा } P \text{ का गुणनखण्डन}$$

दोनों सूत्रों से प्राप्त a, b का मान एक ही है। अत: सिद्ध है कि इनका आपसी सहसम्बन्ध इस प्रकार है—

कोटि के गुणनखण्डन $m \times n$ का संक्रमण $= \frac{\text{भुज}}{2}$ या (P) का गुणनखण्डन

उदाहरणत:—

5×1 का संक्रमण $3, 2 = \frac{12}{2}$ का गुणनखण्डन 3×2

इस नियम के आधार पर किसी त्रिक के a, b जानने का एक उदाहरण दिया गया है, जो कि पूर्वोक्त उदाहरण का विलोम है।

किसी त्रिभुज क्षेत्र की 16 *प्रमाण कोटि तथा* 30 *प्रमाण बाहु या भुज है। इनका बीज क्या होगा? इस त्रिभुज की श्रुति या कर्ण* 34 *प्रमाण है*[1]। यहाँ पूर्वोक्त नियमानुसार—

कोटि 16 का गुणनखण्डन $= 2 \times 8$,

इसका संक्रमण→ $\dfrac{8+2}{2} = 5$, $\dfrac{8-2}{2} = 3$

$\dfrac{\text{भुज}}{2} \rightarrow \dfrac{30}{2}$ का गुणनखण्डन→ 5×3

यहाँ यह ध्यान देने योग्य है कि किसी संख्या के अनेक गुणनखण्डन हो सकते हैं। अत: अलग-अलग गुणनखण्डनों के आधार पर अलग-अलग त्रिक प्राप्त होगा। पर किसी एक त्रिक में किसी घटक का जो a, b है, वही उस त्रिक के अन्य घटक का भी होगा। जैसे प्रस्तुत उदाहरण में अलग-अलग गुणनखण्डनों से अलग-अलग त्रिक प्राप्त होते हैं—

(I) $\dfrac{\text{भुज}}{2}$ के 15×1 गुणनखण्डन या

a, b होने पर त्रिक→ 224 30 226

(II) $\dfrac{\text{भुज}}{2}$ के 5×3 गुणनखण्डन या

a, b होने पर त्रिक→ 16 30 34

(III) कोटि के गुणनखण्डन $(m \times n)$ 8×2 होने पर संक्रमण से वही 5, 3 a, b होने से वही त्रिक→ 16 30 34

(IV) कोटि के गुणनखण्डन $(m \times n)$ 16×1 पर संक्रमण से 8.5, 7.5 a, b होने पर त्रिक→ 127.5, 16, 128.5

---

1. कस्यापि क्षेत्रस्य च षोडश कोटिश्च बीजे के।
त्रिंशदथवान्यबाहुर्बीजे के ते श्रुतिश्चतुस्त्रिंशत्॥ (ग.सा.सं., श्लोक $96\frac{1}{2}$)

(III) सूत्र में कर्ण के परिज्ञान से बीज को जानने की यह विधि बताई है—

$$\text{बीज } (a, b) = \sqrt{\frac{\text{कर्ण} \pm \text{इष्ट कोटि}}{2}}$$

प्रस्तुत उदाहरण में—

$$\sqrt{\frac{34 \pm 16}{2}} = \sqrt{\frac{50}{2}} = 5 \text{ तथा } \sqrt{\frac{18}{2}} = 3$$

इस नियम को ऊपर सिद्ध किया जा चुका है; क्योंकि पूर्व सूत्र अनुसार—

$$a^2 + b^2 = \text{कर्ण तथा } a^2 - b^2 = \text{कोटि}$$

अत: इस पर संक्रमण से उपरिलिखित सूत्र प्राप्त है। इससे यह भी ज्ञात होता है कि इस विधि से प्राप्त कर्ण तथा कोटि का जोड़ या घटाव 2 से विभाजित होने पर अवश्य ही वर्ग संख्या बनती है।

महावीर ने अन्य श्लोक में त्रिभुज की केवल 1 भुजा का प्रमाण जानकर संक्रमण द्वारा भुजा को जानने की विधि इस प्रकार बताई है—

कोटिकृतेश्छेदाप्त्योस्संक्रमणे श्रुतिभुजौ भुजकृतेर्वा।
अथवा श्रुतीष्टकृत्योरन्तरपदमिष्टमपि च कोटिभुजे॥

(ग.सा.सं. $97\frac{1}{2}$)

अर्थात् (I) कोटि की कृति या वर्ग के छेद आप्ति या भाजक और भागफल अर्थात् गुणनखण्डन के बीच संक्रमण विधि से कर्ण तथा भुज प्राप्त होते हैं। (II) इसी प्रकार भुज के वर्ग के एक निश्चित भाजक और भागफल पर संक्रमण से कर्ण तथा कोटि ज्ञात होते हैं अथवा (III) कर्ण के वर्ग से किसी इष्ट संख्या (भुज) के वर्ग को घटा कर प्राप्त संख्या का वर्गमूल कोटि तथा इसी प्रकार कर्ण के वर्ग से इष्ट संख्या (कोटि) के वर्ग को घटा कर प्राप्त संख्या का वर्गमूल भुज बनती है।

इस सूत्र से इन त्रिकों के बीच यह सह-सम्बन्ध प्राप्त होता है—

(I) कोटि के वर्ग के गुणनखण्डन (m^2, n^2) का संक्रमण = कर्ण तथा भुज

(II) भुज के वर्ग के गुणनखण्डन $(2a^2, 2b^2)$ का संक्रमण = कर्ण तथा कोटि

(III) (कर्ण के वर्ग – भुज का वर्ग) का वर्गमूल = कोटि।

(I) प्रथम सूत्र से कोटि के वर्ग के गुणनखण्डन का संक्रमण—

$$\frac{1}{2}\left\{\frac{(a^2 - b^2)^2}{(a - b)^2} \pm (a - b)^2\right\}$$

$$\Rightarrow \frac{1}{2}\left\{\frac{(a + b)^2 \ (a - b)^2}{(a - b)^2} \pm (a - b)^2\right\} = \text{कर्ण या भुज}$$

यहाँ महावीर की इस भाग की संक्रिया से $(a + b)^2$ प्राप्त होता है, जो m^2 के समकक्ष है तथा $(a - b)^2 = n$ है। अत: इनके अनुसार कोटि^{2} के गुणनखण्डन m^2 तथा n^2 पर संक्रमण से कर्ण या भुज ज्ञात होता है। इसे इस प्रकार सिद्ध करते हैं—

$$\text{कोटि}^2 = (a + b)^2 \times (a - b)^2 \ \text{अथवा} \ m^2 \times n^2$$

अब पूर्व पृष्ठ 308 के अनुसार यह इसके समकक्ष है—

$$\text{कर्ण} + \text{भुज} = (a + b)^2 \ \text{अथवा} \ m^2$$

$$\text{कर्ण} - \text{भुज} = (a - b)^2 \ \text{अथवा} \ n^2$$

अत: पृ. 309 अनुसार संक्रमण विधि से हल करने पर—

$$\text{कर्ण अथवा भुज} = \frac{(a + b)^2 \pm (a - b)^2}{2}$$

$$\text{अथवा} \ \frac{m^2 \pm n^2}{2}$$

इस प्रकार हमने महावीर के सूत्र को पुन: प्राप्त कर लिया है, जिसका उन्होंने अपनी रीति से उल्लेख किया है।

महावीर के इस सूत्र को समीकरण-गणित के द्वारा कर्ण तथा भुज के सूत्र के समकक्ष सिद्ध करते हैं—

$$\frac{1}{2}\left\{\frac{(a^2 - b^2)^2}{(a - b)^2} \pm (a - b)^2\right\}$$

$$\Rightarrow \frac{1}{2}\left\{\left(\frac{(a + b)(a - b)}{a - b}\right)^2 \pm (a - b)^2\right\}$$

$$\Rightarrow \frac{(a + b)^2 \pm (a - b)^2}{2}$$

$$\Rightarrow \frac{a^2 + b^2 + 2ab + a^2 + b^2 - 2ab}{2}$$

अथवा $\dfrac{a^2 + b^2 + 2ab - a^2 - b^2 + 2ab}{2}$

$$\Rightarrow \frac{2a^2 + 2b^2}{2} \text{ अथवा } \frac{4ab}{2}$$

$\Rightarrow a^2 + b^2 =$ कर्ण, $2ab =$ भुज

(II) महावीर के दूसरे सूत्र को इस प्रकार प्रकट करते हैं—

$$\frac{1}{2}\left\{\frac{(2ab)^2}{2b^2}\right\} \pm 2b^2 = \text{ कर्ण या कोटि}$$

यहाँ भुज^2 का गुणनखण्डन $2a^2$ तथा $2b^2$ है; क्योंकि इसे $2b^2$ से भाग देने पर $2a^2$ प्राप्त होता है—

$$\Rightarrow \frac{(2ab)^2}{2b^2} = a \times 2a = 2a^2$$

अत: भुज^2 का गुणनखण्डन $\rightarrow 2a^2 \times 2b^2$

इस पर संक्रमण$\rightarrow$ $\dfrac{2a^2 \pm 2b^2}{2} =$ कर्ण या कोटि

महावीर का यह संक्रमण गणित इसलिये है; क्योंकि—

$a^2 + b^2 + a^2 - b^2$ कर्ण + कोटि $\Rightarrow 2a^2 =$ कर्ण + कोटि

$a^2 + b^2 - a^2 + b^2$ कर्ण − कोटि $\Rightarrow 2b^2 =$ कर्ण − कोटि

अत: कर्ण + कोटि + कर्ण − कोटि $= 2a^2 + 2b^2$

2कर्ण $= 2a^2 + 2b^2$

$$\text{कर्ण} = \frac{2a^2 + 2b^2}{2}$$

इस उपाय से हमने पुन: महावीर के संक्रमण सूत्र को प्राप्त कर लिया है।

(III) महावीर के तीसरे सूत्र को इस प्रकार प्रस्तुत करते हैं—

$$\sqrt{(a^2 + b^2)^2 - (2ab)^2} = \text{कोटि}$$

यह सूत्र इस प्रसिद्ध सूत्र के समकक्ष है—

$$\sqrt{\text{कर्ण}^2 - \text{भुज}^2} = \text{कोटि}$$

सम्पूर्ण विवेचना का परिणाम

(I) कोटि का गुणनखण्डन m, n है। इस m, n पर संक्रमण विधि से a, b प्राप्त होता है। महावीर ने इस a, b के आधार पर सूत्र विकसित किये हैं—

$a^2 - b^2$ कोटि या लम्ब, 2ab भुज या आधार $a^2 + b^2$ कर्ण

उपरिलिखित सूत्रों पर समीकरण द्वारा ये सूत्र प्राप्त होते हैं—

$$(a + b)(a - b) = \text{कोटि},$$

$$\frac{(a + b)^2 - (a - b)^2}{2} = \text{भुज},$$

$$\frac{(a + b)^2 + (a - b)^2}{2} = \text{कर्ण}$$

(II) क्योंकि $a + b = m$ तथा $a - b = n$ है। अत: इन सूत्रों को इस प्रकार भी प्रकट कर सकते हैं—

$$m \times n = \text{कोटि}, \quad \frac{m^2 - n^2}{2} = \text{भुज}, \quad \frac{m^2 + n^2}{2} = \text{कर्ण}$$

(III) कोटि^{2} का गुणनखण्डन m^2, n^2 है। महावीर ने $\frac{\text{कोटि}^2}{n^2}$ इस भाग द्वारा m^2 को प्राप्त किया है। यह सिद्ध है कि कर्ण + भुज = m^2 तथा कर्ण − भुज = n^2 होता है। अत: इस पर संक्रमण से पुन: कर्ण, भुज का मान ज्ञात होता है।

(IV) महावीर ने श्लोक $97\frac{1}{2}$ के दूसरे सूत्र से यह भी बताया है कि भुज^2 का गुणनखण्डन $2a^2$ तथा $2b^2$ होता है। कर्ण, कोटि के जोड़, घटाव से यह $2a^2$ तथा $2b^2$ प्राप्त होता है। इसलिये इस पर संक्रमण विधि से कर्ण, कोटि का मान ज्ञात होता है।

पूर्वोक्त सूत्र को समन्वित करने हेतु एक उदाहरण इस प्रकार है—

किसी समकोण त्रिभुज की कोटि का प्रमाण 11, *अन्य की भुजा* 60 *तथा किसी अन्य का कर्ण* 61 *है। इनमें से किसी एक के ज्ञात होने पर अन्य अनुक्त को मुझे बताओ*[1]।

यहाँ प्रथम पूर्वोक्त विधि से 11 का a, b ज्ञात करते हैं—

11 का गुणनखण्डन या। m, n → क्रमश: 11, 1

इस पर संक्रमण विधि से $a, b = \frac{11 \pm 1}{2} = 6, 5$

भुज 60 होने पर भी यही a, b है→ $\frac{60}{2}$ का गुणनखण्डन 6, 5

1. कस्यापि कोटिरेकादश बाहुष्षष्टिरन्यस्य।
श्रुतिरेकषष्टिरन्यस्यानुक्तान्यत्र मे कथय।। (ग.सा.सं., $98\frac{1}{2}$)

(I) $\dfrac{11^2 \pm 1}{2} = 61$ या 60 कर्ण या भुज

(II) $\dfrac{1}{2}\left\{\dfrac{60^2}{50} \pm 50\right\} = \dfrac{72 \pm 50}{2} = 61$ या 11 कर्ण या कोटि

(III) $\sqrt{(36 + 25)^2 - 60^2} \Rightarrow \sqrt{3721 - 3600}$

$\Rightarrow \sqrt{121} = 11$ कोटि

त्रिक का परस्पर सह-सम्बन्ध

त्रिक की संक्रमण-संख्याओं या महावीर के शब्दों में बीज-संख्याओं तथा गुणनखण्डन की संख्याओं के आधार पर त्रिक में चक्रवत् सह-सम्बन्ध प्राप्त होता है। उदाहरण त्रिक—

कोटि-A	भुजा-B	कर्ण-C
91	60	109

a = 10, b = 3, m = 13, n = 7

(I) महावीर की जन्य संक्रिया के आधार पर—

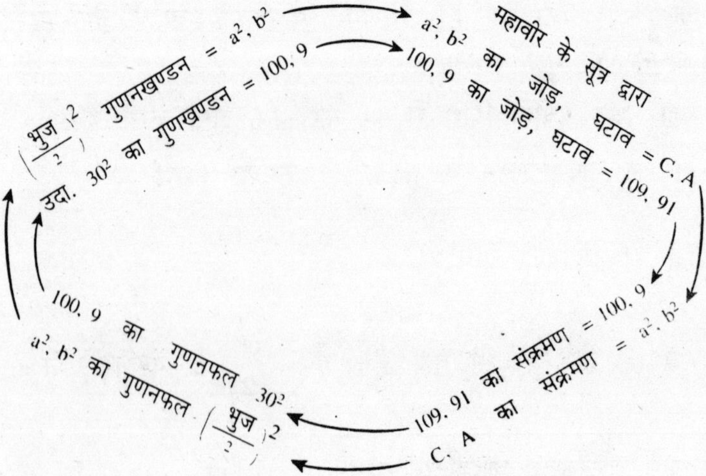

(II) गणितसार संग्रह $97\frac{1}{2}$ के द्वितीय सूत्र के समीकरण के आधार पर—

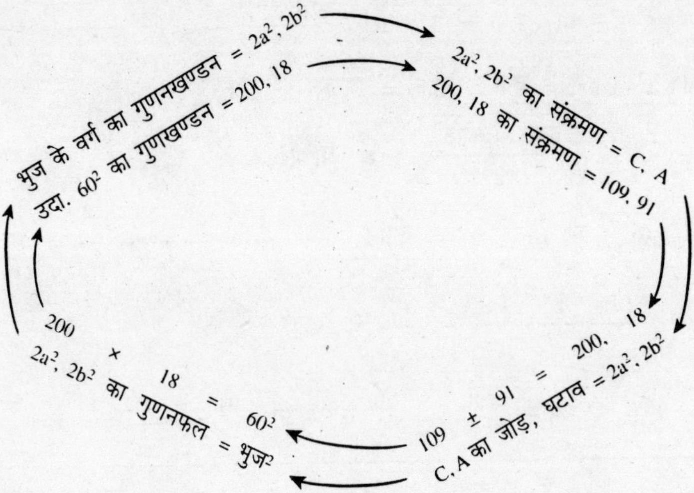

(III) ब्रह्मगुप्त तथा गणितसार संग्रह $97\frac{1}{2}$ के प्रथम सूत्र के आधार पर—

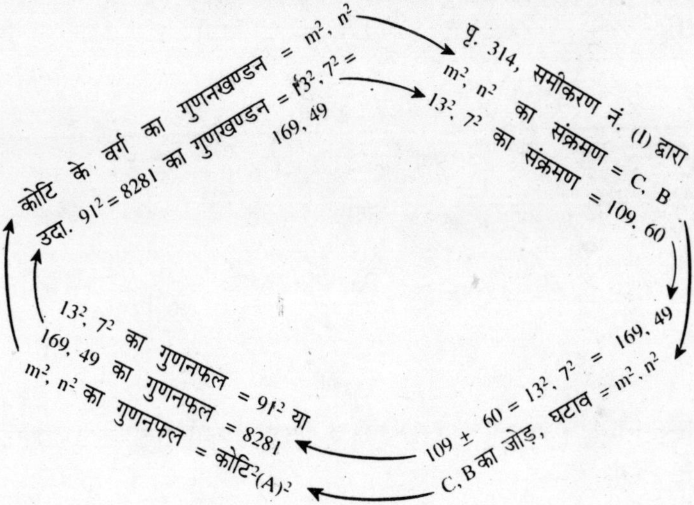

सूत्रों की समकक्षता या विकास-क्रम

प्रस्तुत चित्र से सूत्रों का यह क्रम प्रकट होता है—

$$a + b = m, \quad a - b = n \mid \quad \frac{m+n}{2} = a, \quad \frac{m-n}{2} = b \mid$$

(I) $a^2 - b^2 =$ कोटि, $2ab =$ भुज, $a^2 + b^2 =$ कर्ण

$$\Rightarrow \sqrt{\frac{\text{कर्ण} \pm \text{कोटि}}{2}} = a \text{ या } b$$

(II) $(a + b)(a - b) =$ कोटि, $\frac{(a+b)^2 - (a-b)^2}{2} =$ भुज,

$$\frac{(a+b)^2 + (a-b)^2}{2} = \text{कर्ण}$$

$$\Rightarrow m \times n = \text{कोटि}, \quad \frac{m^2 - n^2}{2} = \text{भुज}, \quad \frac{m^2 + n^2}{2} = \text{कर्ण}$$

$(a + b)^2 = m^2 =$ कर्ण + भुज, $(a - b)^2 = n^2 =$ कर्ण − भुज

$m^2 \times n^2 =$ कोटि^{2} = (कर्ण + भुज) (कर्ण − भुज)

$\Rightarrow m^2 =$ कर्ण + भुज, $n^2 =$ कर्ण − भुज,

(III) $\frac{m^2 - n^2}{2} =$ भुज, $\frac{m^2 + n^2}{2} =$ कर्ण

$\Rightarrow m^2 \times n^2 =$ कोटि^{2} = कर्ण^2 − भुज^2

$2a^2 \times 2b^2 =$ भुज^2 = (कर्ण + कोटि) (कर्ण − कोटि)

$\Rightarrow 2a^2 =$ कर्ण + कोटि, $2b^2 =$ कर्ण − कोटि,

(IV) $\frac{2a^2 - 2b^2}{2} =$ कोटि, $\frac{2a^2 + 2b^2}{2} =$ कर्ण

$\Rightarrow 2a^2 \times 2b^2 =$ भुज^2 = कर्ण^2 − कोटि^{2}

भास्कराचार्य ने त्रिभुज के इस त्रिक के लिये सम्पूर्ण सूत्र को इन शब्दों में प्रस्तुत किया है—

तत्कृत्योर्योगपदं कर्णो दोः कर्णवर्गयोर्विवरात्।
मूलं कोटिः कोटिश्रुतिकृत्योरन्तरात् पदं बाहुः।।

(लीलावती, क्षेत्र-व्यवहार, श्लोक 2)

अर्थात् भुज और कोटि की कृति या वर्ग के योग का पद या वर्गमूल कर्ण है। कर्ण के वर्ग से दोः अर्थात् भुज के वर्ग को घटा कर उसका वर्गमूल लेने से कोटि प्राप्त होती है। कर्ण के वर्ग से कोटि के वर्ग को घटाकर वर्गमूल से भुज प्राप्त होता है।

त्रिभुज के सूत्र की उपपत्ति

समीकरण की विधि से इनकी प्राप्ति को ब्रह्मगुप्त के प्रसंग में पृ. 306 में निरूपित किया जा चुका है। भास्करीय बीजगणित में इसे रूढ़ गणित कहा गया है[1]। इससे प्रकट है कि उनसे बहुत पहले से यह सिद्धान्त विस्तृत रूप से विद्वानों में चर्चित रहा था। उसी सूत्र में इस प्रसिद्ध सूत्र की उपपत्ति भी पूछी गई है। स्पष्टतः इसकी रेखागणितीय उपपत्ति भी जान ली गई थी। इसके टीकाकार गणेश ने इसे विस्तृत रूप से निरूपित किया है। इसे वर्ग तथा उसके अन्तर्गत त्रिभुज के साथ इस चित्र द्वारा प्रकट करते हैं—

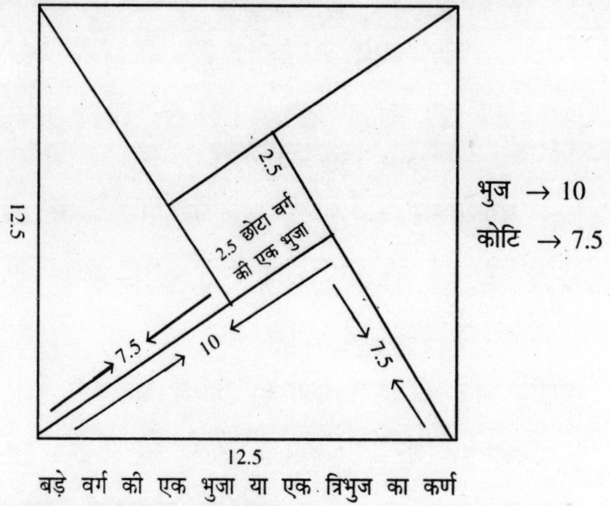

बड़े वर्ग की एक भुजा या एक त्रिभुज का कर्ण

1. उपपत्तिश्च रूढस्य गणितस्यास्य कथ्यताम्।
(भास्करीय बीजगणित, अव्यक्तवर्गादि-समीकरण, उदा. श्लोक, 13)

भास्कराचार्य ने इसकी उपपत्ति को इन शब्दों में प्रस्तुत किया है—

दो: कोट्यन्तरवर्गेण द्विघ्नो घात: समन्वित:।
वर्गयोगसम: स स्याद् द्वयोरव्यक्तयोर्यथा।।

(भास्करीय बीजगणित अव्यक्तवर्गादि-समीकरण, श्लोक 15)

अर्थात् दो अव्यक्त वर्गों (a^2, b^2) के समान भुज और कोटि के अन्तर के वर्ग के साथ द्विगुणित भुज, कोटि के गुणनफल का योग भुज और कोटि के वर्ग के योग के बराबर होता है।

प्रस्तुत चित्र के अनुसार श्लोक के सूत्र को समन्वित करते हैं—

छोटे वर्ग का क्षेत्रफल $= (\text{भुज} - \text{कोटि})^2$

$$(10 - 7.5)^2 = (2.5)^2 = 6.25$$

एक त्रिभुज का क्षेत्रफल $= \frac{1}{2}$ भुज $\times$ कोटि

$$\frac{1}{2}\ (10 \times 7.5)$$

$\therefore$ चारों त्रिभुजों का क्षेत्रफल $= 2$ भुज $\times$ कोटि

$$2 \times 10 \times 7.5 = 150$$

बड़ा वर्ग इनसे ही निर्मित है।

$\therefore$ बड़े वर्ग का क्षेत्रफल $= (\text{भुज} - \text{कोटि})^2 + 2$ भुज $\times$ कोटि

$$6.25 + 150 = 156.25$$

वर्गयोगसम $\Rightarrow$ $\text{भुज}^2 + \text{कोटि}^2 \quad 100 + 56.25 = 156.25$

बड़े वर्ग की एक भुजा $= \sqrt{\text{भुज}^2 + \text{कोटि}^2}$

$$\sqrt{156.25} = 12.5$$

क्योंकि वर्ग की एक भुजा ही त्रिभुज का कर्ण है,

अत: कर्ण $= \sqrt{\text{भुज}^2 + \text{कोटि}^2} \qquad = 12.5$

भास्कराचार्य ने पूर्ववर्ती महावीर का अनुसरण करते हुए त्रिभुज के त्रिक प्राप्त करने का सूत्र इन शब्दों में प्रस्तुत किया है—

इष्टयोराहतिर्द्विनिघ्नी कोटिर्वर्गान्तरं भुजः।
कृतियोगस्तयोरेवं कर्णश्चाकरणीगतः।।

(लीलावती, क्षेत्र-व्यवहार, श्लोक 8)

अर्थात् किन्हीं भी दो इष्ट संख्याओं को परस्पर गुणित करके 2 से गुणित करने पर कोटि, इन दोनों संख्याओं के वर्ग का अन्तर भुज तथा इनके वर्ग का योग कर्ण होता है। इस रीति से प्राप्त कर्ण अकरणीगत या पूर्णांक में प्राप्त होता है। इस प्रकार त्रिक यों होंगे—

(I) $a^2 - b^2 =$ भुज, $2ab =$ कोटि, $a^2 + b^2 =$ कर्ण

यहाँ महावीर द्वारा उल्लिखित $a^2 - b^2 =$ कोटि के स्थान पर $a^2 - b^2 =$ भुज कहा गया है। इससे परिणाम में कोई अन्तर नहीं पड़ता। इस सूत्र में कहा है कि इस नियम से पूर्णांक में कर्ण प्राप्त होता है। इसका कारण यह है कि इस सूत्र अनुसार भुज और कोटि के वर्ग का योग अवश्य ही पूर्ण वर्ग होता है। इसे सिद्ध करते हैं—

$$(a^2 - b^2)^2 + (2ab)^2$$
$$\Rightarrow a^4 + b^4 - 2a^2b^2 + (2ab)^2$$
$$\Rightarrow a^4 + b^4 + 2a^2b^2 = (a^2 + b^2)^2$$

भास्कराचार्य ने त्रिभुज के इस सूत्र के पश्चात् अनेक स्थितियों से सम्बन्धित प्रश्नों को हल किया है। इसके लिये इस अतिप्रसिद्ध समीकरण की बहुत आवश्यकता होती है, जिसके लिये श्लोक इस प्रकार है—

.........तयोर्योगान्तराहतिः।
वर्गान्तरं भवेदेवं ज्ञेयं सर्वत्र धीमता।।

(लीलावती, क्षेत्र-व्यवहार, श्लोक 3,4)

अर्थात् किन्हीं दो अभीष्ट राशियों का योग तथा उनका ही अन्तर से प्राप्त संख्याओं की आहति या गुणनफल = उन दोनों राशियों के वर्ग के अन्तर के समतुल्य होता है। इससे यह प्रसिद्ध सूत्र होता है—

$$a^2 - b^2 = (a + b)\ (a - b)$$

भास्करीय बीजगणित के 'नवांकुर' टीकाकार कृष्ण दैवज्ञ ने इसकी मनोरंजक रेखागणितीय उपपत्ति प्रदान की है। इसे ग्रन्थ के तृतीय अध्याय में वर्णित क्रिया जा चुका है।

लीलावती में इस सूत्र तथा संक्रमण के सूत्र के आधार पर त्रिभुज से सम्बन्धित अनेक मनोरंजक प्रश्न हल किये गए हैं। उनके अलग-अलग नियम बताए गए हैं। पर वे अन्ततः इन दोनों सूत्र तथा समीकरण की प्रक्रिया से समाहित हैं। कुछ सूत्र इस प्रकार हैं—

(I) **कर्ण, कोटि का योग तथा भुज ज्ञात होने पर कर्ण, कोटि का मान।** इसके लिये नियम इस प्रकार है—

वंशाग्रमूलान्तरभूमिवर्गो वंशोद्धृतस्तेन पृथग्युतोनौ।
वंशौ तदर्धे भवतः क्रमेण वंशस्य खण्डे श्रुतिकोटिरूपे।।

(लीलावती, क्षेत्र-व्यवहार, श्लोक 9)

अर्थात् वंश के अग्र तथा उसके मूल के बीच की भूमि अर्थात् भुज के वर्ग को वंश अर्थात् कर्ण + कोटि से भाग देकर उस भागफल को (उसी कर्ण + कोटि के साथ) क्रमशः जोड़ें तथा घटावें। इसका आधा उस वंश का कर्ण तथा कोटि रूप में अलग-अलग मान होते हैं। सूत्रानुसार नियम इस प्रकार है—

$$\frac{1}{2}\left\{\left(\text{कर्ण} + \text{कोटि}\right) \pm \frac{\text{भुज}^2}{\left(\text{कर्ण} + \text{कोटि}\right)}\right\} = \text{कर्ण या कोटि}$$

सूत्र की उपपत्ति इस प्रकार है—

पिछले सूत्रानुसार→ $\text{कर्ण}^2 - \text{कोटि}^2 = \text{भुज}^2$

पृ. 320 के नियमानुसार→ $(\text{कर्ण} + \text{कोटि})(\text{कर्ण} - \text{कोटि}) = \text{भुज}^2$

$$\therefore \text{कर्ण} - \text{कोटि} = \frac{\text{भुज}^2}{\text{कर्ण} + \text{कोटि}} \text{ या } = \frac{\text{कर्ण}^2 - \text{कोटि}^2}{\text{कर्ण} + \text{कोटि}}$$

इस प्रकार कर्ण – कोटि परिज्ञात हो जाता है तथा उदाहरण में वंश के रूप में कर्ण + कोटि का स्पष्ट उल्लेख है। अतः संक्रमण विधि का प्रयोग करने पर उपरिलिखित सूत्र अनायास प्राप्त हो जाता है। इसका एक रोचक उदाहरण इस प्रकार है।

बाँस कितनी ऊँचाई से टूटा

किसी समतल धरती पर 32 हाथ ऊँचा एक बाँस खड़ा था। वायुवेग से उसके बीच का एक हिस्सा टूट गया। इससे उसका अग्रभाग उसकी जड़ से 16 हाथ की दूरी पर धरती पर लगा। तो बताओ बाँस कितनी ऊँचाई से टूटा[1]। यहाँ सूत्रानुसार—

कर्ण कोटि का योग = 32, भुज = 16

कर्ण^2 – कोटि^{2} अर्थात् भुज^2 = 16^2 = 256

(कर्ण + कोटि) (कर्ण – कोटि) = 256

$\therefore$ कर्ण – कोटि $= \frac{256}{32} = 8$

संक्रमण से→

कर्ण $= \frac{32+8}{2}$ या $\frac{1}{2}\left\{32 + \frac{256}{32}\right\} = 20$

कोटि $= \frac{32-8}{2}$ या $\frac{1}{2}\left\{32 - \frac{256}{32}\right\} = 12$

भास्करीय बीज गणित में इस प्रश्न को बीजगणितीय समीकरण विधि से भी हल किया गया है। यहाँ भुज = 16, कोटि = x, कर्ण = 32 – x है। अत: समीकरण तथा उसका परिणाम इस प्रकार है—

$$16^2 + x^2 = (32 - x)^2 \Rightarrow 32^2 - 64x + x^2$$

$\therefore$ $16^2 = 32^2 - 64x$ अथवा $256 = 1024 - 64x$

$\therefore$ $64x = 1024 - 256 = 768,$

$\therefore$ $x = \frac{768}{64} = 12$ कोटि

तथा 32 – 12 = 20 कर्ण

---

1. यदि समभुवि वेणुर्द्वित्रिपाणि–प्रमाणो गणक पवनवेगादेकदेशे स भग्नः।
भुवि नृपमितहस्तेष्वंग लग्नं तदग्रं कथय कतिषु मूलादेष भग्नः करेषु॥
(लीलावती, क्षेत्र-व्यवहार, उदा. श्लोक 1)

महावीर ने इस सूत्र को लम्बे उपाय से प्राप्त करने का प्रयास किया है। उनके अनुसार—

ज्येष्ठस्तम्भस्य कृतेर्ह्रस्वावनिवर्गयुतिमपोह्यार्धम्।
स्तम्भविशेषेण हृतं लब्धं भग्नोन्नतिर्भवति।।

(ग.सा.सं., क्षेत्र-व्यवहार, श्लोक $196\frac{1}{2}$)

अर्थात् ज्येष्ठ स्तम्भ (n) (अज्ञात कर्ण + अज्ञात कोटि तथा ज्ञात कोटि) के वर्ग से छोटे स्तम्भ (ज्ञात कोटि (b)) तथा अवनि या आधार (c) के वर्ग के योग को घटाकर आधे को स्तम्भविशेष (ज्येष्ठ स्तम्भ – ज्ञात कोटि (n – b)) से भाग देने पर टूटे वृक्ष (p) का मान ज्ञात होता है। इससे हमें यह सूत्र प्राप्त होता है—

$$\text{ज्ञात कोटि + अज्ञात कोटि } (p) = \frac{n^2 - (b^2 + c^2)}{2\ (n - b)}$$

इसका उदाहरण इस प्रकार है—

छोटा स्तम्भ (b) 5 हाथ लम्बा तथा बड़ा स्तम्भ (a) 23 हाथ लम्बा है। ज्येष्ठ स्तम्भ के ऊपर का एक भाग 12 हाथ आगे स्थित छोटे स्तम्भ के ऊपर गिर पड़ा। बड़े स्तम्भ का कितना प्रमाण टूटा।

इसे चित्र से इस प्रकार प्रदर्शित करते हैं—

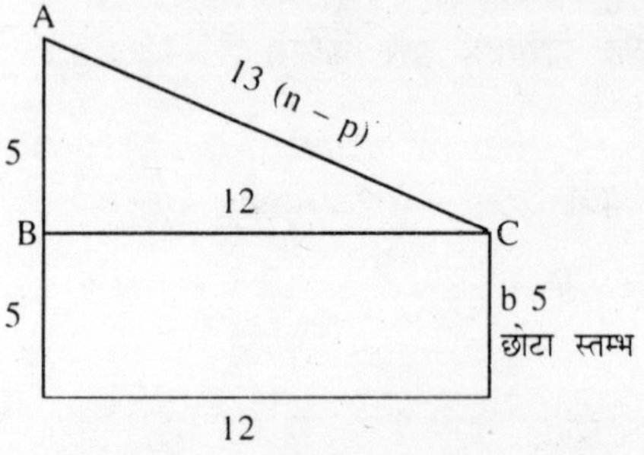

a = अज्ञात कर्ण + अज्ञात कोटि
b = 5 छोटा स्तम्भ या ज्ञात कोटि
c = 12 अवनि या आधार अर्थात् भुज
p = 5 + 5 ज्ञात तथा अज्ञात कोटि
n = 23 ज्येष्ठ स्तम्भ = अज्ञात कर्ण + अज्ञात कोटि + ज्ञात कोटि
कर्ण = a – p या 23 – 10 = 13

यहाँ सूत्र को समन्वित करने पर—

$$P = \frac{23^2 - (5^2 + 12^2)}{2\ (23 - 5)}$$

$$\Rightarrow \frac{529 - 169}{36} = \frac{360}{36} = 10 \text{ ज्ञात + अज्ञात कोटि}$$

यहाँ यह ध्यान देने योग्य है कि समकोण त्रिभुज ΔABC है। आगे की भुजा उसका अंग नहीं है तथा उसका प्रमाण ज्ञात है। अत: इस ज्ञात कोटि को सूत्र से पता लगाने की आवश्यकता नहीं। इस प्रकार पूर्वोक्त सूत्र को अन्वित करने के लिये ज्येष्ठ स्तम्भ की कुल ऊँचाई 23 हाथ में से ज्ञात ऊँचाई 5 को घटा देते हैं। इस प्रकार—

$$\text{ज्येष्ठ स्तम्भ की अज्ञात कर्ण + कोटि} = 23 - 5 = 18$$

$$\text{कर्ण - कोटि} = \frac{12^2}{18} = \frac{144}{18} = 8$$

$$\text{अत: कर्ण} = \frac{18 + 8}{2} = 13, \text{ कोटि} = \frac{18 - 8}{2} = 5$$

दोनों विधियों की समकक्षता दिखाने के लिये विधियों के सम्पूर्ण आकार को इस प्रकार प्रदर्शित करते हैं—

महावीर के अनुसार	पूर्वोक्त सामान्य सूत्र के अनुसार
$\frac{18^2 + 5^2 + 2 \times 18 \times 5 - 5^2 - 144}{2 \times 18}$	
$\Rightarrow \frac{18^2 + 2 \times 18 \times 5 - 144}{2 \times 18} = 10$	$\frac{18 \times 18 - 144}{2 \times 18} + 5 = 10$
$\Rightarrow \frac{324 - 144 + 180}{2 \times 18} = 10$	$\Rightarrow \frac{324 - 144}{2 \times 18} + 5 = 10$
→ ज्ञात तथा अज्ञात कोटि (P)	→ ज्ञात तथा अज्ञात कोटि (P)

(II) **कर्ण, भुज का योग तथा कोटि ज्ञात होने पर कर्ण, भुज** का मान—इसके लिये नियम इस प्रकार है—

स्तम्भस्य वर्गोऽहिबिलान्तरेण भक्तः फलं व्यालविलान्तरालात्।
शोध्यं तदर्धप्रमितैः करैः स्याद् विलाग्रतो व्यालकलापियोगः॥

(लीलावती, क्षेत्र-व्यवहार, श्लोक 10)

अर्थात् स्तम्भ या कोटि के वर्ग में सर्प और बिल की दूरी अर्थात् भुज और कर्ण के योग से भाग देकर भागफल को उसी सर्प बिल की दूरी (भुज-कर्ण-योग) से घटा कर आधा करने से बिल से सर्प और मयूर के योगस्थान पर्यन्त अर्थात् भुज का मान प्राप्त होता है। पूर्वोक्त भागफल को पूर्वोक्त भुज-कर्ण-योग में जोड़ने पर आधा करने से कर्ण का मान ज्ञात होता है।

इससे हमें यह सूत्र प्राप्त होता है—

$$\frac{1}{2}\left\{\left(\text{कर्ण} + \text{भुज}\right) \pm \frac{\text{कोटि}^2}{\left(\text{कर्ण} + \text{भुज}\right)}\right\} = \text{कर्ण या भुज}$$

इसकी उपपत्ति पूर्वानुसार है। एक रोचक उदाहरण इस प्रकार है—

किसी 9 हाथ ऊँचे खम्भे के जड़ में एक बिल है तथा उसके ऊपर एक मोर बैठा है। उस खम्भा के जड़ से 27 हाथ की दूरी से किसी सर्प को आते देख कर मोर ने कर्ण मार्ग से गिर कर उसे पकड़ लिया। दोनों की चाल अगर समान हो तो बिल से कितने हाथ की दूरी पर उनका योग हुआ, जल्दी बताओ[1]।

यहाँ प्रश्नानुसार 27 – कर्ण = भुज

अत: कर्ण + भुज = 27, कोटि = 9

अत: नियमानुसार→ $\text{कर्ण} - \text{भुज} = \frac{9^2}{27} = \frac{81}{27} = 3$

संक्रमण अनुसार→ $= \frac{27 \pm 3}{2} = 15$ कर्ण तथा 12 भुज

1. अस्ति स्तम्भतले बिलं तदुपरि क्रीडाशिखण्डी स्थित:।
स्तम्भे हस्तनवोच्छ्रिते त्रिगुणितस्तम्भप्रमाणान्तरे
दृष्ट्वाऽहिं बिलमाव्रजन्तमपतत् तिर्यक् स तस्योपरि
क्षिप्रं ब्रूहि तयोर्बिलात् कति करै: साम्येन गत्योर्युति:॥
(लीलावती, क्षेत्र-व्यवहार, उदा. 1)

पूर्वोक्त समीकरण के नियमानुसार भी यह सिद्ध है। यहाँ कोटि = 9, भुज = x, कर्ण = 27 – x है। अत: समीकरण—

$$81 + x^2 = (27 - x)^2$$

$$\Rightarrow 81 + x^2 = 27^2 - 2 \times 27x + x^2$$

$$\Rightarrow 54x = 729 - 81$$

$$\therefore 54x = 648, \quad x = \frac{648}{54} = 12 \text{ भुज}$$

इसी प्रकार कर्ण, कोटि का अन्तर तथा भुज ज्ञात होने पर भास्कराचार्य ने अलग सूत्र बताएँ हैं। ये सभी एक ही संक्रमण विधि तथा पूर्वोक्त समीकरण से सिद्ध हैं[1]। इसका एक रोचक उदाहरण यह है—

चक्रवाक और क्रौञ्च पक्षियों से शोभित जल वाले किसी तालाब में जल से ऊपर 1 बित्ता या $\frac{1}{2}$ हाथ कमल की कली हवा के झोंके से धीरे-धीरे चलकर 2 हाथ पर डूब गई तो जल्दी जल का प्रमाण बताओ[2]। यहाँ प्रश्नानुसार—

$$\text{कर्ण} - \text{कोटि} = \frac{1}{2}, \text{ भुज} = 2,$$

$$\therefore \text{कर्ण}^2 - \text{कोटि}^2 = \text{भुज}^2 = 4$$

$$\therefore \text{कर्ण} + \text{कोटि} = 4 \times 2 = 8,$$

$$\text{कर्ण} = \frac{1}{2}\left(8 + \frac{1}{2}\right) = \frac{17}{4},$$

---

1. लीलावती, क्षेत्रव्यवहार, श्लोक 11, 12।
2. चक्रक्रौञ्चाकुलितसलिले क्वापि दृष्टं तडागे
तोयादूर्ध्वं कमलकलिकाग्रं वितस्तिप्रमाणम्।
मन्दं मन्दं चलितमनिलेनाहतं हस्तयुग्मे
तस्मिन् मग्नं गणक कथय क्षिप्रमम्भ:-प्रमाणम्।। (लीलावती, क्षेत्र-व्यवहार)

$$\text{कोटि} = \frac{1}{2}\left(8 - \frac{1}{2}\right) = \frac{15}{4}$$

(III) **कर्ण कोटि एकदेश का योग तथा भुज ज्ञात होने पर कोटि कर्ण का मान**—इसके लिये नियम इस प्रकार है—

द्विनिघ्नतालोच्छ्रितिसंयुतं यत् सरोऽन्तरं तेन विभाजितायाः।
तालोच्छ्रितेस्तालसरोऽन्तरघ्न्या उड्डीनमानं खलु लभ्यते तत्॥

(लीलावती, क्षेत्र-व्यवहार, श्लोक 13)

सरोऽन्तर अर्थात् वृक्ष और तालाब की दूरी से संयुक्त जो द्विगुणित तालोच्छ्रिति या वृक्ष की ऊँचाई उससे ताल सरोऽन्तर से गुणित जो ताल वृक्ष की ऊँचाई उसमें भाग देने पर उड्डीनमान प्राप्त होता है।

इसके अनुसार हमें यह सूत्र प्राप्त होता है—

$$\frac{\text{(कोट्येकदेश) (a) या वृक्ष की ऊँचाई} \times \text{(भुज) (b) या तालसरोऽन्तर}}{2 \times \text{कोट्येकदेश या वृक्ष की ऊँचाई (2a)} + \text{(भुज) (b) या तालसरोऽन्तर}} = \text{उड्डीन मान}$$

एक रोचक उदाहरण इस प्रकार है—

एक बन्दर 100 *हाथ ऊँचे पेड़ से उतर कर* 200 *हाथ की दूरी पर स्थित तालाब में गया। दूसरा बन्दर वृक्ष से कुछ ऊँचा उछल कर कर्ण मार्ग से तालाब को गया। यदि उन दोनों की चाल (तथा इस प्रकार दूरी) बराबर हो तो उसका उड्डीन मान अर्थात् उसके ऊपर उछलने के प्रमाण को यदि गणित में परिश्रम किये हो तो शीघ्र बताओ*[1]। यहाँ प्रश्नानुसार—

---

1. वृक्षाद्धस्तशतोच्छ्रयाच्छतयुगे वापीं कपिः कोऽप्यगा-
दुत्तीर्याथ परो द्रुतं श्रुतिपथेनोड्डीय किञ्चिद् द्रुमात्।
जातैवं समता तयोर्यदि गतावुड्डीनमानं कियद्
विद्वंश्चेत् सुपरिश्रमोऽस्ति गणिते क्षिप्रं तदाऽऽचक्ष्व मे॥

(लीलावती, क्षेत्र-व्यवहार, उदा., पृ. 198)

कोट्येकदेश (a) + भुज (b) = कर्ण + उड्डीनमान (x)

100 + 200 = कर्ण + x

$\therefore$ 2a + b = कोट्येकदेश (a) + कर्ण + x = कर्ण + कोटि

$2 \times 100 + 200 = 400 \rightarrow$ कर्ण + कोटि

भुज² (b^2) = कर्ण² – कोटि² = (कर्ण + कोटि) (कर्ण – कोटि)

$\Rightarrow$ कर्ण – कोटि $= \dfrac{\text{भुज}^2\ (b^2)}{\text{कर्ण + कोटि}\ (2a + b)}$

$$\frac{200^2}{400} \Rightarrow \frac{40000}{400} = 100 \rightarrow \text{कर्ण – कोटि}$$

संक्रमण अनुसार—

$$\text{कर्ण तथा कोटि} = \frac{400 \pm 100}{2} = 250 \text{ तथा } 150$$

भास्कराचार्य ने इस सामान्य रीति से कर्ण, कोटि का मान ज्ञात होने पर बीजगणितीय समीकरण से प्राप्त सूत्र द्वारा x का मान ज्ञात किया है। समीकरण इस प्रकार है—

$$\text{उड्डीन मान } (x) = \frac{1}{2}\left(2a + b - \frac{b^2}{2a + b}\right) - a$$

$$\Rightarrow \frac{1}{2}\left\{\frac{(2a + b)^2 - b^2}{2a + b}\right\} - a$$

$$\Rightarrow \frac{1}{2}\left\{\frac{4a^2 + 4ab}{2a - b}\right\} - a$$

$$\Rightarrow \frac{2a^2 + 2ab - a\ (2a + b)}{2a + b}$$

$$\Rightarrow \frac{2a^2 + 2ab - 2a^2 - ba}{2a + b} \Rightarrow x = \frac{ab}{2a + b}$$

$$\Rightarrow \text{बन्दर की उछाल } (x) = \frac{20000}{400} = 50$$

इस प्रकार हमने ठीक वही सूत्र प्राप्त कर लिया है, जिसका भास्कराचार्य ने उल्लेख किया है।

भास्कराचार्य से बहुत पूर्व से इस प्रकार के रोचक प्रश्न काफी प्रसिद्ध रहे हैं। ब्रह्मगुप्त ने एक प्रश्न प्रस्तुत किया है कि 12 हाथ ऊँची एक पहाड़ी की चोटी पर दो साधु रहते हैं। एक को वायु में उड़ने की सिद्धि प्राप्त है। वह उस चोटी से ऊपर उड़कर फिर कर्ण मार्ग से पास के नगर में उतर जाता है। दूसरा पहाड़ी से नीचे उतर कर पैदल 48 हाथ दूर उसी नगर तक जाता है। दोनों की यात्रा की दूरियाँ समान है। बताओ कि साधु शिखर से कितना ऊपर उड़ता है तथा वहाँ से नगर की कितनी दूरी है।

ब्रह्मगुप्त ने इसे पूर्वोक्त सूत्र के अनुसार सिद्ध किया है—

$$\text{उड्डीनमान } x = \frac{12 \times 48}{24 + 48} = \frac{576}{72} = 8,$$

$$\text{अतः कोटि} = 12 + 8 = 20$$

$$\therefore \text{कर्ण} = \sqrt{20^2 + 48^2} = 52$$

महावीर ने इसी प्रकार के प्रश्न में पर्वत की ऊँचाई 6 योजन तथा शिखरमूल से नगर की दूरी 12 योजन बताई है[1]। इसके लिये उन्होंने भी पूर्वोक्त सूत्र का उपयोग किया है। अतः—

---

1. षड्योजनोर्ध्वशिखरिणि यतीश्वरौ तिष्ठतस्तत्र।
एकोऽङ्घ्रिचर्ययागात् तत्राप्याकाशचर्यापरः॥
श्रुतिवशमुत्पत्य पुरं गिरिशिखरान्मूलमवरुह्यान्यः।
सगतिकौ संजातौ नगरव्यासः किमुत्पतितम्॥
(गणितसार-संग्रह, क्षेत्रगणित-व्यवहार, श्लोक 199-200$\frac{1}{2}$)

$$\text{तपस्वी की उछाल } x = \frac{6 \times 12}{12 + 12} = \frac{72}{24} = 3,$$

$$\text{कर्ण} = \sqrt{9^2 + 12^2} = 15$$

भास्कराचार्य ने भास्करीय बीजगणित में कोटि का मान प्राप्त किये बिना समीकरण विधि से x का मान प्राप्त किया है[1]। प्रश्नानुसार—

$$100 + x = \text{कोटि},\ 200 = \text{भुज},\ 300 - x = \text{कर्ण}$$

$$200^2 + (x + 100)^2 = (300 - x)^2$$

$$\Rightarrow 40000 + x^2 + 200x + 10000 = 90000 - 600x + x^2$$

$$\Rightarrow 200x + 600x = 90{,}000 - 50{,}000$$

$$\Rightarrow 800x = 90000 - 50000 = 40000$$

$$x = \frac{40000}{800} = 50$$

भास्कराचार्य ने यह भी बताया है कि दो राशियों (a, b) की युति अर्थात् जोड़ का वर्ग तथा उनका चतुर्गुणित उन राशियों (a, b) के गुणन के साथ अंन्तर या घटाव यह → उन दोनों राशियों के अन्तर के वर्ग के समान होता है[2]। इससे यह समीकरण प्राप्त है—

$$(a - b)^2 = (a + b)^2 - 4ab$$

यह समीकरण की सामान्य प्रक्रिया से अनायास प्राप्त है—

$$(a - b)^2 \Rightarrow a^2 - 2ab + b^2 \Rightarrow a^2 + 2ab + b^2 - 4ab$$

$$\Rightarrow (a + b)^2 - 4ab$$

इस प्रकार के समीकरण के आधार पर उन्होंने अन्य प्रकार के उदाहरणों के लिये भी समीकरण विकसित किये हैं। एक उदाहरण इस प्रकार है—

---

1. भास्करीय बीजगणित, एकवर्णसमीकरण, उदा. श्लोक 24, पृ. 206)
2. चतुर्गुणस्य घातस्य युतिवर्गस्य चान्तरम्।
   राश्यन्तरकृतेस्तुल्यं द्वयोरव्यक्तयोर्यथा।
   (भास्करीय बीजगणित, अव्यक्तवर्गादि-समीकरण, श्लोक 17)

जिन भुज, कोटि, कर्ण का योग 40 है तथा भुज, कोटि का गुणनफल 120 है तो भुज, कोटि, कर्ण का अलग-अलग मान बताओ[1]। यहाँ प्रश्नानुसार—

$$\text{भुज} + \text{कोटि} + \text{कर्ण} = 40, \; \text{भुज} \times \text{कोटि} = 120$$

$$\because \; \text{भुज}^2 + \text{कोटि}^2 = \text{कर्ण}^2$$

$$\therefore (\text{भुज} + \text{कोटि})^2 - \text{कर्ण}^2 = 2 \times \text{भुज} \times \text{कोटि} = 240$$

$$\Rightarrow (\text{भुज} + \text{कोटि} + \text{कर्ण})(\text{भुज} + \text{कोटि} - \text{कर्ण}) = 240$$

$$\Rightarrow \text{भुज} + \text{कोटि} - \text{कर्ण} = \frac{240}{40} = 6$$

$$\text{संक्रमण विधि से} \rightarrow \frac{40 \pm 6}{2} = 23 \; \text{भुज} + \text{कोटि}, \; 17 \; \text{कर्ण}$$

अब पूर्वोक्त 'चर्तुर्गुणस्य घातस्य' सूत्र के समीकरण $(a + b)^2 - 4ab = (a - b)^2$ को अन्वित करने पर—

$$23^2 - (4 \times 120) = 529 - 480 = 49 \leftarrow (a - b)^2$$

$$\Rightarrow \sqrt{49} = 7 \leftarrow \text{भुज} - \text{कोटि}$$

इस पर संक्रमण विधि से—

$$\frac{23 \pm 7}{2} = 15 \; \text{तथा} \; 8 \; \text{क्रमशः भुज तथा कोटि}$$

भास्करीय बीज गणित में इस प्रकार के अन्य अनेक उदाहरणों में भुज, कोटि, कर्ण के अलग-अलग मान प्राप्त किये गए हैं।

●

1. चत्वारिंशद्युतिर्येषां दोः कोटिश्रवसां वद।
भुजकोटिवधो येषु शतं विंशतिसंयुतम्॥
(भास्करीय बीजगणित, अव्यक्तवर्गादि-समीकरण, श्लोक 18)

पञ्चदश अध्याय

त्रिभुज के प्रकार तथा क्षेत्रफल

शुल्ब सूत्रों में उनकी आवश्यकतानुसार समकोण त्रिभुज का ही विस्तृत निरूपण किया गया है। इसके अन्य सभी प्रकारों का क्रमिक विशद वर्णन सर्वप्रथम महागणितज्ञ ब्रह्मगुप्त के ग्रन्थ में प्राप्त होता है। उन्होंने प्रस्तुत अध्याय के अग्रिम उद्धरणों में द्विसम तथा विषम त्रिभुज का उल्लेख किया है। महावीर ने इनसे प्रेरणा प्राप्त करके त्रिभुज के 'सम' या समबाहु (equilateral triangle) 'द्विसम' या समद्विबाहु (isosceles triangle) तथा 'विषम' या 'विषमबाहु' (scalene triangle) ये 3 भेद गिनाए हैं[1]।

ब्रह्मगुप्त ने समकोण त्रिभुज के आधार पर 'समद्विबाहु भुज' की संरचना का यह प्रकार बताया है—

> कृतियुतिरसदृशराश्योर्बाहुर्घातो द्विसंगुणो लम्बः।
> कृत्यन्तरमसदृशयोर्द्विगुणं द्विसमत्रिभुजभूमिः।।

(ब्राह्मस्फुट-सिद्धान्त 12.33)

अर्थात् दो असमान राशियों के वर्ग का योग (इस त्रिभुज की) बाहु या कर्ण है। ये असमान राशि दो से गुणित होने पर इसकी लम्ब या कोटि है। इन दोनों असमान राशियों के वर्ग के अन्तर को द्विगुणित कर देने पर इस त्रिभुज की भूमि या आधार प्राप्त होता है।

प्रस्तुत नियम में प्रकटतः समकोण त्रिभुज के सूत्र द्वारा समान प्रमाण वाली भुजाओं तथा समान क्षेत्रफल वाले दो त्रिभुजों को एक साथ रखकर 'समद्विबाहु' प्राप्त किया गया है। यहाँ a, b के रूप में यथेच्छ कोई दो

---

1. त्रिभुजं त्रिधा विभिन्नम्.....गणितसार-संग्रह, क्षेत्रगणित-व्यवहार, श्लोक 4; त्रिभुजं तु समं द्विसमं विषमम्.....वही श्लोक 5।

असमान बीज संख्या मानकर पूर्व नियमानुसार $a^2 + b^2$ को कर्ण, 2ab को कोटि तथा $a^2 - b^2$ के द्विगुणित को समद्विबाहु का आधार कहा है। इसे चित्र द्वारा प्रदर्शित करते हैं—

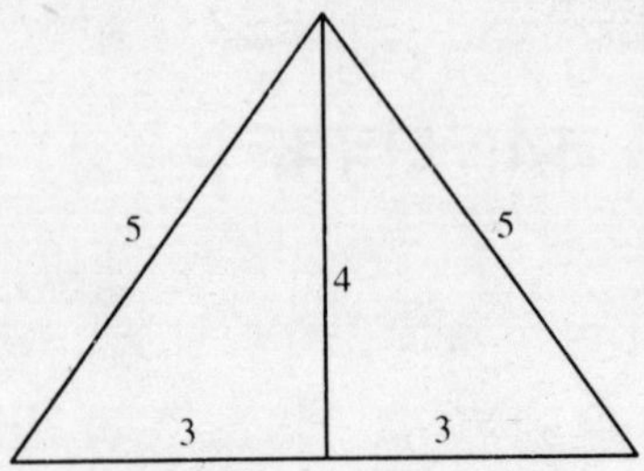

यथेच्छ असमान बीज संख्या $a = 2, b = 1$

अत:—

$2^2 + 1^2 = 5$ दोनों अलग-अलग पार्श्व भुजाएँ कर्ण

$2 \times 2 \times 1 = 4$ कोटि

$2 \times 2^2 - 1^2 = 6$ समद्विबाहु का आधार

इसके पश्चात् विषमबाहु त्रिभुज की संरचना का यह उपाय बताया गया है—

इष्टद्वयेन भक्तो द्विधेष्टवर्ग: फलेष्टयोगार्धे।
विषमत्रिभुजस्य भुजाविष्टोनफलार्धयोगो भू:।।

(ब्राह्मस्फुट-सिद्धान्त 12.34)

अर्थात् किन्हीं यथेच्छ संख्या के वर्ग (A^2) को अलग-अलग दो यथेच्छ संख्याओं (n^2) से विभाजित करें। इसके भागफल को उन्हीं इष्ट संख्याओं (n^2) के साथ जोड़ कर आधा करने से विषमत्रिभुज की पार्श्व भुजाएँ (समकोण त्रिभुज का कर्ण) प्राप्त होती है। साथ ही उसी भागफल से उन्हीं इष्ट संख्याओं को घटा कर आधा करने से प्राप्त फलों को जोड़ देने से विषम त्रिभुज की सम्पूर्ण भू या आधार प्राप्त होता है।

यहाँ पूर्व अध्याय में वर्णित विधि के अनुसार कोटि^{2} (A^2) पर विभाजन की संक्रिया के माध्यम से उसके m^2 तथा n^2 के रूप में गुणनखण्डन प्राप्त करके उस पर संक्रमण विधि से कर्ण, भुज प्राप्त किये गए हैं। कोटि^{2} के m^2, n^2 के रूप में अलग-अलग गुणनखण्डन द्वारा अलग-अलग प्रमाण के कर्ण, भुज प्राप्त किये जा सकते हैं। इन्हें मिलाने पर विषमबाहु निर्मित होता है। इसे चित्र द्वारा प्रदर्शित करते हैं—

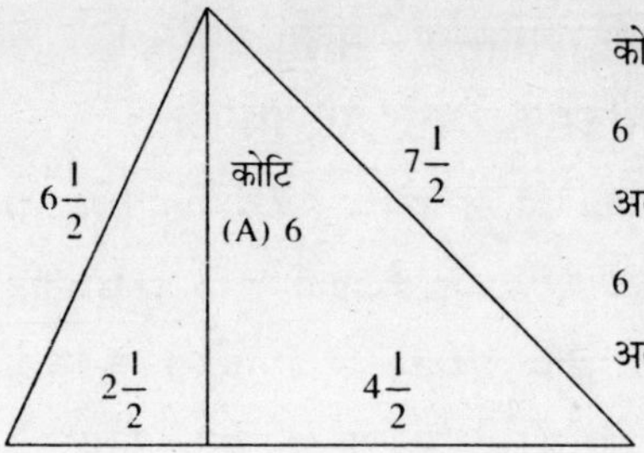

कोटि (A) = 6, अत: $A^2 = 36$

6 का $m \times n = 3 \times 2 = 6$

अत: $m^2 \times n^2 = 9 \times 4 = 36$

6 का दूसरा $m \times n = 3.4641016 \times 1.7320508$

अत: $m^2 \times n^2 = 12 \times 3 = 36$

इन अलग-अलग m^2, n^2 से $\frac{m^2 \pm n^2}{2}$ सूत्र का प्रयोग करते हुए अलग-अलग कर्ण तथा भुज प्राप्त करते हैं—

कोटि² के m^2 (कर्ण + भुज) = 9 तथा n^2 (कर्ण − भुज) = 4 होने पर—

$$\frac{1}{2}\left(\frac{36}{4} + 4\right) = \frac{9+4}{2} = \frac{13}{2} \text{ या } 6\frac{1}{2} \text{ कर्ण}$$

$m^2 = 12$ तथा $n^2 = 3$ होने पर—

$$\text{तथा } \frac{1}{2}\left(\frac{36}{3} + 3\right) = \frac{12+3}{2} = \frac{15}{2} \text{ या } 7\frac{1}{2} \text{ कर्ण}$$

साथ ही—

$$\frac{1}{2}\left(\frac{36}{4} - 4\right) = \frac{9-4}{2} = \frac{5}{2} \text{ भुज}$$

$$\text{तथा } \frac{1}{2}\left(\frac{36}{3} - 3\right) = \frac{12-3}{2} = \frac{9}{2} \text{ भुज}$$

इस प्रकार $\frac{5}{2} + \frac{9}{2} = 7$ कुल भूमि

महावीर ने आयत चतुर्भुज के द्वारा इनका निर्माण किया है। उन्होंने 'समद्विबाहु त्रिभुज' की संरचना इस प्रकार प्रस्तुत की है—

कर्णे भुजद्वयं स्याद् बाहुर्द्विगुणीकृतो भवेद् भूमिः।
कोटिरवलम्बकोऽयं द्विसमत्रिभुजे धनं गणितम्।।

(ग.सा.सं., क्षेत्रगणित-व्यवहार, श्लोक $108\frac{1}{2}$)

अर्थात् (समान दो आयत चतुर्भुज के) दो विकर्ण इस द्विसमबाहु त्रिभुज की दो पार्श्व भुजाएँ बनती हैं। कोटि इसका लम्ब होता है तथा एक आयत की दुगुनी बाहु इस त्रिभुज की भूमि या आधार होता है।

उन्होंने इसका एक उदाहरण इस प्रकार बताया है—

हे गणितज्ञ, आयत की 3 *तथा* 5 *बीज* (a, b) *प्रमाण वाली भुजाओं से बनने वाले द्विसमत्रिभुज की दोनों पार्श्ववर्ती भुजाएँ, भूमि या आधार तथा अवलम्बक का प्रमाण शीघ्र बताओ*[1]?

विवरण के अनुसार इसका चित्र प्रस्तुत करते हैं—

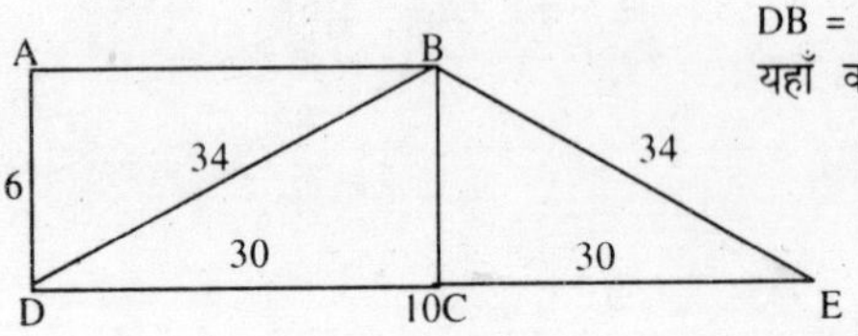

DB = BE, 2DC = DE

यहाँ कोटि, भुज, कर्ण के पूर्व सूत्रानुसार—

$5^2 - 3^2 = 25 - 9 = 16$ कोटि

$2 \times 5 \times 3 = 30$ भुज

$25 + 9 = 34$ कर्ण

इस स्थिति में सहज ही यहाँ समद्विबाहु त्रिभुज प्राप्त है। विषमबाहु त्रिभुज का यह प्रकार बताया गया है—

जन्यभुजार्धं छित्त्वा केनापिच्छेदलब्धजं चाभ्याम्।
कोटियुतिर्भूः कर्णौ भुजौ भुजा लम्बका विषमे।।

(गणितसारसंग्रह, क्षेत्रगणति व्यवहार, श्लोक 110)

अर्थात् किसी निश्चित जन्य बीज प्रमाण वाले आयत को प्राप्त करने के पश्चात् आयत की भुजा को किसी भी यथेच्छ संख्या से भाग देकर उस लब्धि की भुजा वाला दूसरा आयत प्राप्त करे। इस दूसरे आयत की कोटि

---

1. त्रिकपञ्चकबीजोत्थद्विसमत्रिभुजस्य गणक बाहू द्वौ।
भूमिमवलम्बकं च प्रगणय्याचक्ष्व मे शीघ्रम्।।

(गणितसार-संग्रह, क्षेत्रगणित-व्यवहार, श्लोक $109\frac{1}{2}$)

या लम्ब को दूसरे आयत के साथ जोड़ने पर विषम बाहु त्रिभुज की भू या आधार प्राप्त होगा। उन आयतों के दोनों विकर्ण त्रिभुज की पार्श्व भुजाएँ (कर्ण) होंगी। प्रथम आयत का भुज या आधार इस विषम बाहु त्रिभुज का लम्ब होगा।

इसका एक उदाहरण इस प्रकार है—

2 बीज प्रमाण चौड़े तथा ३ बीज प्रमाण लम्बे आयत तथा उसकी आधी चौड़ी भुजा वाले प्रमाण से अन्य आयत प्राप्त करने पर निर्मित विषमबाहु त्रिभुज की पार्श्व भुजाएँ, भूमि या आधार तथा लम्ब का प्रमाण बताओ।

इस स्थिति को चित्र द्वारा प्रदर्शित करते हैं—

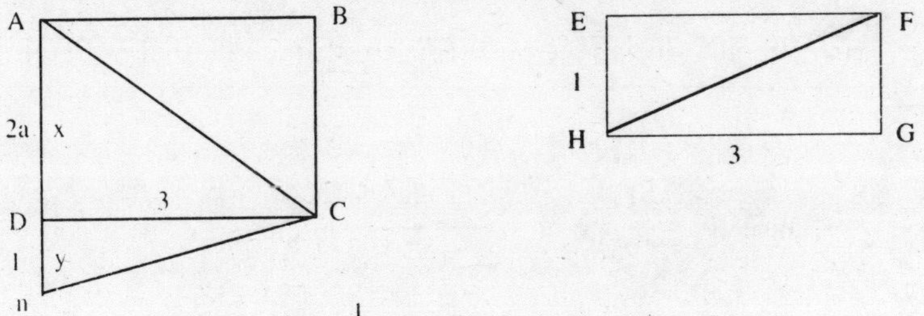

$DC = HG \rightarrow 3, \ \frac{1}{2} AD = EH \rightarrow 1, \ nc = HF$

अत: इस पर निर्मित त्रिभुज ACn

An (भूमि) $= AD + EH \rightarrow 3, \ nC = HF, \ AC \# HF, \ DC$ (लम्ब) $= HG \rightarrow 3$

यहाँ दोनों आयतों के विकर्ण समान परिमाण के नहीं है। अत: इनके द्वारा बनने वाले समकोण त्रिभुज के दोनों कर्ण परस्पर असमान है। इसलिये इन्हें मिलाकर बनने वाला एक त्रिभुज विषम बाहु है।

इस प्रकार के विषमबाहु त्रिभुज की दोनों पार्श्वभुजाएँ तथा भू या आधार ज्ञात होने पर उसकी आबाधा ज्ञात करने की विधि बताई गई है। आबाधा एक परिभाषिक शब्द है। विषम बाहु त्रिभुज में शीर्ष लम्ब (altitude) से विभक्त आधार ही आबाधा (segments of the base) है। ब्रह्मगुप्त ने इसे प्राप्त करने के लिये यह विधि बताई है—

भुजकृत्यन्तरहृतहीनयुता भूर्द्विभाजिताबाधे।
स्वबाधावर्गोनात् भुजवर्गान्मूलमवलम्बः।।

(ब्रा.स्फु.सि. 12.22)

अर्थात् विषमबाहु त्रिभुज की दोनों पार्श्व भुजाओं की कृति या वर्ग के अन्तर को भू या आधार से हृत या विभाजित करें। उसमें उसी आधार को जोड़ें या घटावें। पुनः दो से विभाजित करने पर आबाधा प्राप्त होती है।

पार्श्व भुजाओं के वर्ग से क्रमशः आबाधा के वर्ग को घटा कर उसका वर्गमूल करने से शीर्षलम्ब प्राप्त होता है।

यहाँ आबाधा प्राप्त करने के लिये संक्रमण का सूत्र तथा शीर्षलम्ब के लिये समकोण त्रिभुज के कोटि के सूत्र का उपयोग किया गया है।

इससे यह सूत्र प्राप्त है। $a =$ आधार, b तथा c को पार्श्वभुजाएँ मानने पर—

$$\text{आबाधा} = \frac{1}{2}\left(a \pm \frac{c^2 - b^2}{a}\right),$$

$$\text{लम्ब} = \sqrt{c^2 - x^2}\ , \text{ अथवा लम्ब} = \sqrt{b^2 - y^2}$$

श्रीधराचार्य ने इसे आबाधा नाम दिया है[1]। उन्होंने इसका सूत्र नहीं दिया है।

महावीर ने भी ब्रह्मगुप्त का अनुसरण करते हुए ठीक यही सूत्र प्राप्त किया है—

भुजकृत्यन्तरभूहृतभूसंक्रमणं त्रिबाहुकाबाधे।
तद्भुजवर्गान्तरपदमवलम्बकमाहुराचार्याः।।

(गणितसार-संग्रह, क्षेत्रगणित-व्यवहार, श्लोक 49)

---

1. त्रिशतिका सूत्र 50, पृ. 131।

इसका अर्थ ठीक पूर्वोक्त है। यहाँ महावीर ने 'ऐसा आचार्यों ने कहा है' यह कहते हुए ब्रह्मगुप्त के श्रेय को स्वीकार किया है।

भास्कराचार्य ने भी लगभग ऐसा ही सूत्र प्रदान किया है—

त्रिभुजे भुजयोर्योगस्तदन्तरगुणो भुवा हृतो लब्ध्या।
द्विष्ठा भूरूनयुता दलिताऽऽबाधे तयोः स्याताम्।।
स्वाबाधाभुजकृत्योरन्तरमूलं प्रजायते लम्बः।।

(लीलावती, क्षेत्र-व्यवहार, श्लोक 18)

अर्थात् त्रिभुज में दो पार्श्व भुजाओं के योग को उन्हीं दोनों के अन्तर से गुणित करके भू या आधार से विभाजित करके लब्धि को उसी आधार से क्रमशः जोड़ तथा घटा कर आधा करने से आबाधाएँ प्राप्त होती हैं।

उस आबाधा के वर्ग को अपनी पार्श्व भुजा के वर्ग से घटा कर वर्गमूल करने से लम्ब प्राप्त होता है। इससे हमें आबाधा के लिये यह सूत्र प्राप्त होता है—

$$\text{आबाधा} = \frac{1}{2}\left(a \pm \frac{(c + b)\ (c - b)}{a}\right)$$

स्पष्टतः यह सूत्र गुणनफल की प्रसिद्ध तृतीय सर्वसमिका के द्वारा पूर्वोक्त सूत्र के सर्वथा समतुल्य है।

इनके द्वारा प्रस्तुत एक उदाहरण इस प्रकार है—

जिस त्रिभुज की मही या आधार (a) 14 *तथा पार्श्व भुजाएँ* (c *तथा* b) *क्रमशः* 13 *तथा तिथितुल्य अर्थात्* 15 *हैं, उसका लम्ब, आबाधा तथा समकोष्ठ रूप क्षेत्रफल के प्रमाण को शीघ्र बताओ*[1]? इसका चित्र इस प्रकार है—

---

1. क्षेत्रे मही मनुमिता त्रिभुजे भुजौ तु यत्र त्रयोदशतिथिप्रमितौ च यस्य।
तत्रावलम्बकमथो कथयावबाधे क्षिप्रं तथा च समकोष्ठमिति फलाख्याम्।।
(लीलावती, क्षेत्र-व्यवहार, श्लोक उदा. 1)

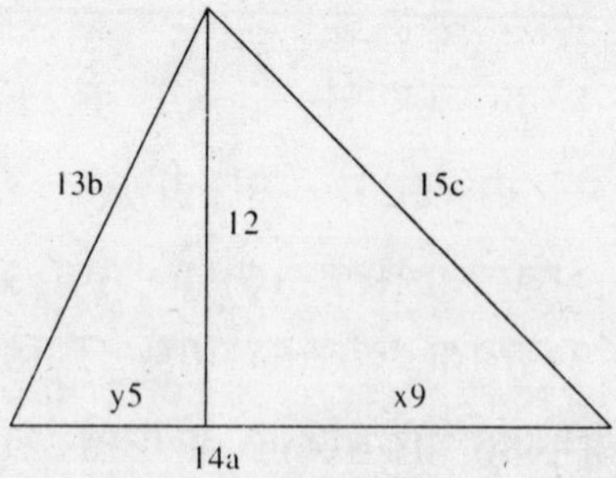

यहाँ सूत्रानुसार—

$$\frac{1}{2}\left\{14 \pm \frac{(15+13)\ (15-13)}{14}\right\} \Rightarrow \frac{1}{2}\left\{14 \pm \frac{(28 \times 2)}{14}\right\}$$

$\Rightarrow x = 9,\ y = 5$

प्रस्तुत सूत्र या ब्रह्मगुप्त के सूत्र की उपपत्ति इस प्रकार है—

$c^2 - x^2 = b^2 - y^2$ ←क्योंकि लम्ब का मान एक ही है।

$\Rightarrow c^2 - b^2 = x^2 - y^2$ $\qquad 225 - 169 = 81 - 25$

$\Rightarrow c^2 - b^2 = (x + y)\ (x - y)$

$\Rightarrow x - y = \frac{c^2 - b^2}{a}$ या $\frac{c^2 - b^2}{x + y}$ $\qquad x - y = \frac{225 - 169}{14} = \frac{56}{14} = 4$

$\Rightarrow (x + y) \pm (x - y) = a \pm \frac{c^2 - b^2}{a}$

$\Rightarrow x$ तथा $y = \frac{1}{2}\left(a \pm \frac{c^2 - b^2}{a}\right)$ $\qquad x$ तथा $y = \frac{14 \pm 4}{2} = 9$ तथा 5

इस प्रकार पुनः ब्रह्मगुप्त का सूत्र प्राप्त कर लिया गया है।

त्रिभुज का क्षेत्रफल

इसके लिये सर्वप्रथम आर्यभट ने एक सर्वमान्य सूत्र इस प्रकार प्रस्तुत किया है—

त्रिभुजस्य फलं शरीरं समदलकोटी भुजार्धसंवर्गः।

(आर्यभटीय, गणितपाद, श्लोक 6)

अर्थात् कोटि या लम्ब का भुज या आधार के आधे के साथ गुणनफल ही त्रिभुज का का शरीर या क्षेत्रफल होता है।

यहाँ 'समदलकोटि' शब्द के अर्थ के प्रति व्याख्याकारों में मतभेद है। 15वीं शताब्दी के नीलकण्ठ ने अपने आर्यभटीय भाष्य में 'सम' का अर्थ बराबर (equal) मानते हुए इसका यह अर्थ किया है कि वह लम्ब जो त्रिभुज को बराबर भागों में विभाजित कर दे। स्पष्टतः यह स्थिति समद्विबाहु त्रिभुज में प्राप्त होती है। अतः F.A. Cajori ने अपने ग्रन्थ में माना कि आर्यभट का सूत्र केवल समद्विबाहु त्रिभुज में ही लागू है। प्रसिद्ध इतिहासकार D.E. Smith ने भी कहा कि आर्यभट का सूत्र केवल समद्विबाहु त्रिभुज के लिये ही होने से प्रकट है कि उसने अपने गणितीय सूत्रों को अधूरे रूप में प्रस्तुत किया है[1]।

परन्तु नीलकण्ठ से बहुत पहले लगभग 574 ई. के भास्कर प्रथम ने अपनी आर्यभटीय-व्याख्या में सम का अर्थ सामान्य (common) मानते हुए यह अर्थ माना कि वह समकोण लम्ब जो कि इसके दो समकोण त्रिभुजों के लिये सामान्य होते हुए इन्हें आपस में विभाजित करता है[2]। स्पष्टतः इस अर्थ को मानने पर आर्यभट का सूत्र सभी त्रिभुजों के लिये संगत होता है; क्योंकि विषम बाहु में भी यह समकोण का लम्ब इसके दो समकोण त्रिभुजों को विभाजित करने में सक्षम होता है। भास्कर प्रथम की व्याख्या अधिक प्राचीन होने से अधिक प्रामाणिक है[3] तथा इसके आलोक में Smith जैसे विद्वानों को इस आक्षेप का अधिकार नहीं कि आर्यभट ने अधूरे सूत्र प्रस्तुत किये हैं।

---

1. The History of Mathematics—D.E. Smith, Part I, p. 156.
2. Bhaskar I and Parameshwar take the word to mean अवलम्बक, the perpendicular side common to the two triangles formed by the altitude—Geometry in Ancient and Medieval India, p. 118.
3. Bhaskar, being much nearer to Aryabhata in time, his opinion should be considered weightier, Ibid, p. 118.

इससे हमें सभी त्रिभुजों में अन्वयनीय यह सामान्य सूत्र प्राप्त होता है—

त्रिभुज का क्षेत्रफल $= \frac{1}{2}$ भुज या आधार $\times$ कोटि या लम्ब

ब्रह्मगुप्त तथा भास्कराचार्य ने अपने पूर्वोक्त सूत्र द्वारा इसी समदलकोटि या 90^0 वाले लम्ब को प्राप्त करने का उपक्रम किया है; क्योंकि उनके सूत्रानुसार यहाँ कोटि या लम्ब $= \sqrt{c^2 - x^2}$ है तथा साथ ही यही लम्ब $= \sqrt{b^2 - y^2}$ भी है। इस विशेषता वाला लम्ब दोनों समकोण त्रिभुज को विभाजित करता है। अतः विषमबाहु त्रिभुज में भी समदलकोटि की विशेषता वर्तमान है।

युक्तिभाषा पृ. 223 में इस प्रसिद्ध सूत्र की उपपत्ति प्रदान की है। इसके लिये पूर्वोक्त विषमबाहु त्रिभुज के चित्र को इस रूप में प्रस्तुत करते हैं—

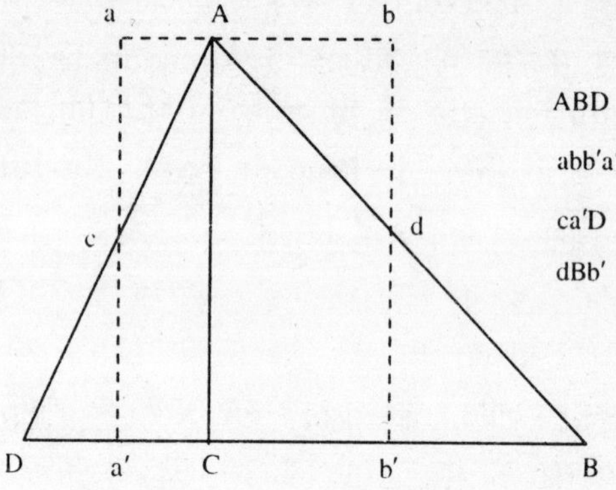

ABD → विषमबाहु त्रिभुज

abb′a′ → रेखांकित आयत

ca′D = aAC

dBb′ = Abd

प्रस्तुत ABD विषमबाहु त्रिभुज में AC लम्ब द्वारा DC तथा BC आबाधा प्राप्त की गई हैं। इन दोनों आबाधाओं का मध्यबिन्दु क्रमशः a′ तथा b′ हैं। इन पर बिन्दु अंकित रेखा खींचकर abb′a′ आयत प्राप्त किया गया है। इस रेखा से ऐसे त्रिभुजों का निर्माण हुआ है, जिसमें ca′D = aAC तथा dBb′ = Abd हो गए हैं। इस प्रकार नवनिर्मित आयत तथा ABD त्रिभुज का क्षेत्रफल बराबर हो गया है। इस दशा में—

$$\because \text{ प्रस्तुत आयत } = \frac{1}{2} DB \times AC$$

$$\therefore ABD \text{ त्रिभुज } = \frac{1}{2} DB \times AC$$

इस प्रकार सिद्ध है कि त्रिभुज का क्षेत्रफल $= \frac{1}{2}$ आधार $\times$ लम्ब

ब्रह्मगुप्त, महावीर तथा भास्कराचार्य ने इन त्रिभुजों में उक्त विधि से आबाधा तथा शीर्ष लम्ब ज्ञात कर प्रस्तुत सूत्र से इसका क्षेत्रफल प्राप्त किया है। पर श्रीधराचार्य ने अग्रिम पंक्तियों में लिखित एक अन्य सूत्र द्वारा त्रिभुज का क्षेत्रफल ज्ञात करने के उपरान्त इस प्रकार शीर्ष लम्ब प्राप्त किया है—

त्र्यस्रस्य फलं द्विगुणं भूभक्तं मध्यलम्बको भवति।

(त्रिशतिका, श्लोक 50)

अर्थात् त्रिभुज के क्षेत्रफल को द्विगुणित करके उसे भू या आधार से विभाजित करने पर मध्यलम्ब का मान ज्ञात होता है। यह विधि ब्रह्मगुप्त के पूर्वोक्त क्षेत्रफल के सूत्र तथा त्रिशतिका के भी **'कुदलं च लम्बहतम्'** सूत्र पर समीकरण से प्राप्त है—

$$\text{त्रिभुज का क्षेत्रफल} = \frac{\text{आधार}}{2} \times \text{शीर्षलम्ब}$$

$$\text{शीर्षलम्ब} = \frac{2 \times \text{क्षेत्रफल}}{\text{आधार}}$$

इस प्रसंग में ब्रह्मगुप्त ने ऐसे सूत्र का भी वर्णन किया है, जिसे उन्होंने त्रिभुज तथा चतुर्भुज के क्षेत्रफल के लिये समान रूप से अन्वित होने वाला बताया है। चतुर्भुज के प्रसंग में इसका वर्णन किया जा चुका है। त्रिभुज में सूत्र के समन्वय हेतु उन्होंने त्रिभुज को ऐसा चतुर्भुज माना है, जिसमें भुजा $D = 0$ होता है। ऐसी दशा में उनका यह पूर्वोक्त सूत्र त्रिभुज में भी लागू है—

भुजयोगार्धचतुष्टय-भुजोनघातात् पदं सूक्ष्मम्।

इसका अर्थ पूर्वोक्त है। इससे सूत्रानुसार त्रिभुज के क्षेत्रफल के लिये $\sqrt{(S-a)\ (S-b)\ (S-c)\ (S-0)}$ यह नियम प्राप्त करते हैं। इससे यह सूत्र विकसित होता है—

$$\text{त्रिभुज का क्षेत्रफल} = \sqrt{S\ (S-a)\ (S-b)\ (S-c)}$$

इस प्रकार यह सूत्र चतुर्भुज के माध्यम से प्राप्त हुआ है। इससे प्रमाणित होता है कि भारतीय गणित में इसे पहले चक्रीय चतुर्भुज के लिये प्राप्त किया गया तथा बाद में $D = 0$ मानते हुए त्रिभुज के लिये भी विकसित किया गया। चतुर्भुज वाले अध्याय में इसे विस्तार से निरूपित किया जा चुका है कि ब्रह्मगुप्त स्पष्टत: उल्लेख न करते हुए भी यह आभास अवश्य रखते थे कि यह सूत्र चक्रीय में ही लागू होता है। सभी त्रिभुजों के चक्रीय होने से इसी सूत्र को सभी त्रिभुजों के लिये भी समन्वित किया गया।

यह माना जाता है कि यह सूत्र सर्वप्रथम 100 ई.पू. के यूनानी गणितज्ञ हीरोन (Heron) द्वारा सर्वेक्षण कार्यों के मध्य प्राप्त किया गया। अत: इस सूत्र को Heron's formula कहा जाता है। इसे ध्यान में रखते हुए G.R. Kaye प्रभृति विद्वानों का मानना है कि ब्रह्मगुप्त का चतुर्भुज के क्षेत्रफल का सूत्र हीरोन के सूत्र का विस्तार मात्र है[1]। पर यहाँ यह ध्यान देने योग्य है कि ब्रह्मगुप्त ने त्रिभुज के आधार पर चतुर्भुज का सूत्र नहीं, प्रत्युत चक्रीय चतुर्भुज के सूत्र का विस्तार करते हुए इस त्रिभुज के सूत्र को प्राप्त किया है। उपरिलिखित विवरण से ब्रह्मगुप्त की मौलिकता सिद्ध होती है। Dr. T.A. सरस्वती अम्मा आदि विद्वानों ने ऐसा ही माना है[2]।

पूर्वोक्त 342 पृष्ठ के त्रिभुज में इस सूत्र को अन्वित करके भी वही परिणाम प्राप्त करते हैं—

---

1. The source of Hindu Mathematics—G.R. Kaye g. R.A.S. 1910, p. 753.
2. Geometry in Ancient and Medieval India, p. 118.

a = 14, b = 13, c = 15, s = 21 (भुजयोगार्ध-चतुष्टय या semi perimeter)।

$$\sqrt{21 \times 7 \times 8 \times 6} = \sqrt{7056} = 84$$

ब्रह्मगुप्त ने इसकी उपपत्ति नहीं दी है। पर आगे चलकर 15वीं शताब्दी की युक्तिभाषा आदि में इसे प्रस्तुत किया गया है।

षोडश अध्याय

वृत्त की संरचना तथा क्षेत्रफल

रेखा गणित के विकास के इतिहास में मानव ने वृत्ताकार के रूप में सर्वप्रथम चक्र का आविष्कार किया। उसे इस आकार की प्रेरणा प्रतिदिन दृश्यमान नयनाभिराम सूर्य, चन्द्र आदि से प्राप्त हुई। यह आकार गतिशीलता के प्रवर्धन में सहायक है, यह उसका अपना मौलिक अनुभव था। उसके चारों ओर तेज से तेज भागने वाले प्राणी भी इस आकार के नहीं थे। फिर भी मानव ने अपनी भौतिक वैज्ञानिक मनीषा से यह जान लिया कि वृत्ताकार को अपनी गति के लिये घर्षण बल का न्यूनतम प्रतिरोध करना पड़ता है। वृत्त के प्रत्येक बिन्दु पर पड़ने वाली अद्वितीय स्पर्श रेखा घर्षण बल से बचने के लिये हर क्षण नई-नई स्पर्श-रेखा प्राप्त कर लेती है। अतएव वृत्ताकार का चक्र कम बल से भी तेज भागने में सक्षम होता है।

इस विशेषता का अनुभव करते हुए वेद में इसे 'चक्र' तथा इसकी क्रिया के लिये 'वर्वर्ति' नाम प्रदान किया गया। संस्कृत के एक नियम के अनुसार तीव्रता से गतिशीलता को प्रकट करने के लिये धातु (root) को द्विर्वचन कर दिया जाता है। उपरिलिखित दोनों शब्द इसी प्रकार के हैं। इनका प्रयोग करते हुए वेद के सुन्दर मन्त्र में कहा है कि द्युलोक के चारों ओर 12 अरे वाला तीव्र गति से भागने वाला चक्र कभी बूढ़ा होने वाला नहीं है—

द्वादशारं न हि तज्जराय वर्वर्ति चक्रं परि द्यामृतस्य।

(ऋग्वेद, 1.164.11)

शुल्ब सूत्रों में वृत्ताकार यज्ञाग्नियों के निर्माण के लिये आयत से वृत्त तथा वृत्त से आयत में बदलने के लिये अनेक विस्तृत नियम बताए

गए हैं[1]। इस प्रसंग में वृत्त के अंगों के लिये अनेक प्राचीनतम शब्द प्राप्त होते हैं। उदाहरणत:—

विष्कम्भ = व्यास (बौधा.शु.सू. 1.112)

परिणाह = परिधि (बौधा.शु.सू. 1.113)

मध्य = केन्द्र (बौधा.शु.सू. 1.22)

प्रधि = वृत्त-खण्ड (बौधा.शु.सू. 27.184)

पाई का मान : शुल्ब सूत्र, आर्यभट तथा आर्किमिडीज़

शुल्ब-सूत्रों में वृत्त-संरचना के लिये अनेक नियम निर्धारित किये गए। उनके अनेक विवरणों से π के अनेक प्राय: समतुल्य मान ध्वनित होते हैं। शुल्ब-सूत्र के पूर्वोक्त उद्धरण से $\pi = 3.004$ का अनुमान लगाया गया है। मानव शुल्ब सूत्र से यह मान 3.1604 द्योतित हुआ है। अन्यत्र विवरणों में $\pi = 3$ इस स्थूल मान का स्पष्ट उल्लेख प्राप्त होता है[2]। सूर्य प्रज्ञप्ति आदि प्राचीनतम जैन ग्रन्थों में व्यास तथा परिधि का अनुपात $1 : \sqrt{10}$ निर्धारित किया गया है।

प्रसिद्ध विद्वान् आर्किमिडीज़ (Archimedes 287-212 B.C.) ने इसका मान $\frac{22}{7}$ तथा $\frac{223}{71}$ के अर्थात् 3.1428 तथा 3.1408 के मध्य स्वीकृत किया।

पर देश विदेश के पूर्ववर्ती विद्वानों तथा गणित की लम्बी परवर्ती परम्परा के मध्य सबसे सुनिश्चित तथा चार स्थानों तक सर्वथा शुद्ध मान को निर्धारित करने का श्रेय गणित के महाविद्वान् आर्यभट को प्राप्त है—

---

1. मण्डलं चतुरस्रं चिकीर्षन् विष्कम्भं पञ्चदश भागान् कृत्वा द्वावुद्धरेत्। त्रयोदशावशिष्यन्ते। (आपस्तम्ब शुल्ब-सूत्र 3.6-7)
2. यूपावटा: पदविष्कम्भा:। त्रिपदपरिणाहानि यूपोपराणि। (बा.शु.सू. 4.112-13) अर्थात् यूप या खूँटे का व्यास 1 पद होने पर उसकी परिधि ३ पद होती है। इस प्रकार स्पष्ट $\pi = 3$ प्रकट होता है।

चतुरधिकं शतमष्टगुणं द्वाषष्टिस्तथा सहस्राणाम्।
अयुतद्वयविष्कम्भस्यासन्नो वृत्त-परिणाहः।।

(आर्यभटीय, गणितपाद, श्लोक 10)

अर्थात् अयुतद्वय या 20000 प्रमाण व्यास वाले वृत्त की परिणाह या परिधि 1000 में 62 गुणित में 104 में 8 से गुणित संख्या को जोड़ने से प्राप्त संख्या आसन्न होती है। इस प्रकार यह संख्या—

$$(1000 \times 62) + (104 \times 8) \Rightarrow 62000 + 832 \Rightarrow 62832$$

इस प्रकार $\frac{\text{परिधि}}{\text{व्यास}}$ के रूप में इसका मान—

$$\pi = \frac{62832}{20000} = 3.1416$$

आर्यभट ऐसे पहले गणितज्ञ थे जिन्होंने आधुनिक गणित के लिये चार स्थानों तक π का शुद्ध मान प्रदान किया। इस मान को भी उन्होंने आसन्न या समीप कहा है; क्योंकि वे जानते थे कि कभी भी सान्त दाशमिक संख्या प्राप्त न हो पाने के कारण इसका कभी भी पूर्ण मान प्राप्त नहीं किया जा सकता। भाष्यकारों ने इसकी और अधिक विस्तृत रूप में व्याख्या की है।

पर आगे के अनेक विद्वानों ने अपनी सुविधा के लिये प्राचीन काल से लोकप्रिय $\sqrt{10}$ को ही π का मान स्वीकार किया है। श्रीधर ने अपने परिधि के निरूपण के प्रसंग में इसे निरूपित किया है—

वृत्तव्यासस्य कृतेर्मूलं परिधिर्भवति दशगुणायाः।

(त्रिशतिका, क्षेत्रव्यवहार, श्लोक 45)

अर्थात् वृत्त के व्यास की कृति या वर्ग के 10 से गुणित का वर्गमूल परिधि होती है। इससे यह परिणाम निकलता है कि—

$$\text{परिधि} = \sqrt{10 \times \text{व्यास}^2}$$

$$\text{अतः } \frac{\text{परिधि}}{\text{व्यास}} = \sqrt{10} \text{ या } \pi$$

अन्य प्रसंगों में इन्होंने π का स्थूल मान → 3 मान कर भी गणनाएँ की हैं।

महावीर ने भी ठीक इसी प्रकार परिधि का निरूपण करते हुए π का उपरिलिखित मान बताया है—

वृत्तक्षेत्रव्यासो दशपदगुणितो भवेत् परिक्षेपः।

(गणितसारसंग्रह, क्षेत्र-व्यवहार, श्लोक 60)

अर्थात् वृत्ताकार क्षेत्र के व्यास को 10 के वर्गमूल से गुणित करने पर उसकी परिधि प्राप्त होती है। इससे π का मान पूर्वोक्त तथा परिधि $= \sqrt{10} \times$ व्यास सिद्ध होती है।

अन्य प्रसंग में 'त्रिगुणीकृतविष्कम्भः परिधिः' (ग.सा.सं., श्लोक 19) के द्वारा व्यास के तिगुने को स्थूल परिधि बताते हुए स्थूल रूप से $\pi = 3$ भी स्वीकार किया है।

आर्यभट के पश्चात् सर्वप्रथम भास्कराचार्य ने उनके मान के विवरण को संक्षिप्त करके इस रूप में प्रस्तुत किया—

व्यासे भनन्दाग्निहते विभक्ते खबाणसूर्यैः परिधिः स सूक्ष्मः।

अर्थात् 1250 से विभक्त 3927 संख्या को व्यास से गुणित करने पर उस व्यास की सूक्ष्म परिधि पाप्त होती है। इससे प्राप्त π का मान आर्यभट के विवरण का ही संक्षिप्त रूप है—

$$\pi = \frac{62832 \div 16}{20000 \div 16} = \frac{3927}{1250} = 3.1416$$

उन्होंने अगले चरण में इसका स्थूल मान इस प्रकार प्रकट किया—

द्वाविंशतिघ्ने विहृतेऽथ शैलैः स्थूलोऽथवा स्याद् व्यवहारयोग्यः।

(लीलावती, क्षेत्रव्यवहार, श्लोक 40)

अर्थात् 7 से विभाजित 22 को व्यास से गुणा करने पर उस परिधि का स्थूल मान प्राप्त होता है। इससे प्राप्त $\pi = \frac{22}{7}$ यह मान आर्किमिडीज़ की अधिकतम सीमा के रूप में आधुनिक गणित में भी पर्याप्त प्रचलित है।

वृत्त की जीवा

आर्यभट ने वृत्त की जीवा (Chord) के लिये 'ज्या' शब्द का प्रयोग किया है। इस शब्द का मूल अर्थ धनुष की डोरी है। किसी वृत्त के चाप के दो बिन्दुओं को मिलाने वाली सीधी रेखा के इस डोरी के समान परिलक्षित होने से इसका यह नाम दिया गया है। इस शब्द का प्रयोग करते हुए उन्होंने इसकी एक यह विशेषता बताई है—

परिधेः षड्भागज्या विष्ककम्भार्धेन सा तुल्या।

(आर्यभटीय, गणितपाद, श्लोक 9)

अर्थात् परिधि पर खींची गई जीवाओं का छठाँ हिस्सा उस वृत्त के विष्कम्भ या व्यास के आधे अर्थात् त्रिज्या के समतुल्य होता है। इसके अनुसार किसी वृत्त की सम्पूर्ण परिधि पर समान प्रमाण की 6 जीवाएँ खींची जायँ अथवा उस पर समान प्रमाण की भुजाओं से षड्भुज (hexagon) की रचना की जावे तो उसकी जीवा या षड्भुज की एक भुजा $\frac{\text{व्यास}}{2}$ या त्रिज्या के समतुल्य होगी।

आर्यभटीय के भाष्यकार नीलकण्ठ सोमसुत्वन् ने इसकी उपपत्ति प्रस्तुत की है। इसके लिये इसका एक चित्र प्रदर्शित करते हैं—

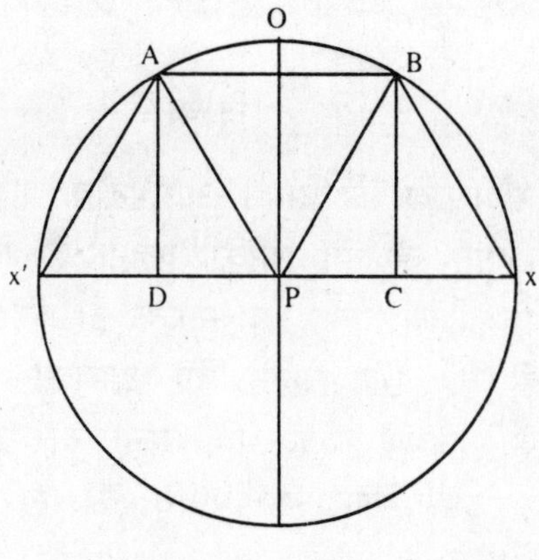

Px' या $\frac{\text{व्यास}}{2} = Ax'$ जीवा

Px या $\frac{\text{व्यास}}{2} = Bx$ जीवा

DC या $\frac{\text{व्यास}}{2} = AB$ जीवा

इस प्रकार—

सम्पूर्ण परिधि पर जीवाएँ $= 6 \times \frac{\text{व्यास}}{2}$

$\therefore \frac{\text{व्यास}}{2}$ या त्रिज्या $= 1$ जीवा

यहाँ Ax' तथा Bx ऐसी जीवाएँ खींची गईं हैं, जिससे $Px' = Ax'$ तथा $Px = Bx$ हो। साथ ही इनसे बने समद्विबाहु त्रिभुज के एक लम्ब बिन्दु

D से दूसरे लम्ब बिन्दु की C दूरी अवश्य ही $\frac{\text{व्यास}}{2}$ है। अत: DC = AB भी $\frac{\text{व्यास}}{2}$ है। इस प्रकार वृत्तार्ध 3 तथा सम्पूर्ण वृत्त $\frac{\text{व्यास}}{2}$ आकार की 6 जीवाओं द्वारा ढका जाता है। अत: प्रत्येक जीवा त्रिज्या के आकार की है।

वृत्त का क्षेत्रफल : आर्यभट तथा भास्कराचार्य

वृत्त के क्षेत्रफल जानने के लिये प्राचीनकाल से प्रयत्न किये जाते रहे हैं। विद्वानों का विचार है कि जैन ग्रन्थ सूर्यप्रज्ञप्ति के श्लोक 184 से वृत्त का क्षेत्रफल द्योतित होता है। पर इसके स्पष्ट निरूपण का श्रेय आर्यभट को प्राप्त है। उनका एक श्लोक इस प्रकार है—

समपरिणाहस्यार्धं विष्कम्भार्धहतमेव वृत्तफलम्।

(आर्यभटीय, गणितपाद, श्लोक 7)

अर्थात् वृत्त के विष्कम्भ या व्यास के आधे को उसी के परिणाह या परिधि के आधे से गुणित करने पर वृत्त का क्षेत्रफल प्राप्त होता है। इस प्रकार आर्यभट के अनुसार—

$$\text{वृत्त का क्षेत्रफल} = \frac{\text{परिधि}}{2} \times \frac{\text{व्यास}}{2} \Rightarrow \pi \times \text{त्रिज्या} \times \text{त्रिज्या}$$

$$\Rightarrow \pi \times (\text{त्रिज्या})^2$$

15वीं शताब्दी के नीलकण्ठ सोमसुत्वन् ने अपने आर्यभटीय भाष्य में इसकी उपपत्ति भली प्रकार प्रदर्शित की है। उनका कहना है कि किसी वृत्त को सूच्याकार क्षेत्र में विभाजित किया जा सकता है। किसी वृत्ताकार कागज को व्यास में मुड़ी हुई रेखा बनाते हुए आसानी से ऐसे खण्डों में बाँटा जा सकता है, जिसका एक भाग सूची या सुई की नोक के आकार का हो तथा दूसरा गोलाकार परिधि का खण्ड हो। इससे यह चित्र प्राप्त करते हैं—

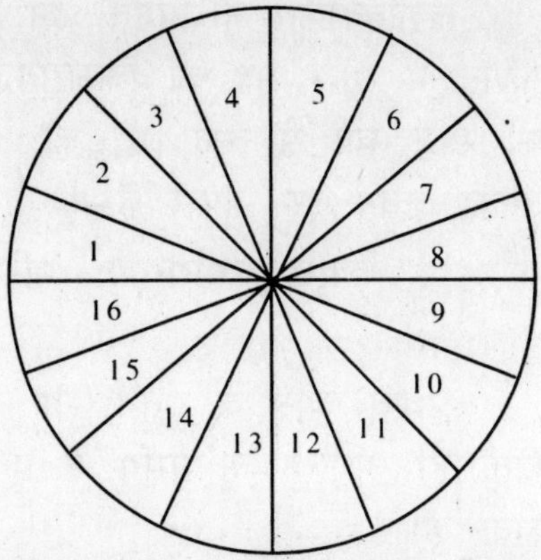

इस वृत्त को रेखाओं के अनुदिश करने पर 16 अग्र सूच्याकार खण्ड प्राप्त होते हैं। इसके प्रत्येक सूची खण्ड को दूसरे सूची खण्ड से मिलाने पर एक सन्निकट आयत तैयार होता है, जिसकी चौड़ाई = त्रिज्या तथा लम्बाई = $\frac{1}{2}$ परिधि अथवा $\pi \times$ त्रिज्या होती है; क्योंकि खण्डों की संख्या क्रमशः बढ़ाने पर यह आकृति आयत के निकट तथा निकटतर होती जाती है। अतः यह वृत्त ऐसे आयत के तथा इसका क्षेत्रफल इस आयत के क्षेत्रफल के समतुल्य सिद्ध होता है।

श्रीधराचार्य ने वृत्त के क्षेत्रफल को अपनी अलग रीति से प्रस्तुत किया है—

व्यासार्धवर्गवर्गात् क्षेत्रफलं दशगुणान्मूलम्।

(त्रिशतिका, श्लोक 45)

अर्थात् व्यास के आधे के वर्ग के वर्ग को दश गुणित करके उसका वर्गमूल करने से वृत्त का क्षेत्रफल प्राप्त होता है। इसके अनुसार—

$$\text{वृत्त का क्षेत्रफल} = \sqrt{10\left(\frac{\text{व्यास}}{2}\right)^4}$$

$$\Rightarrow \sqrt{10} \times \frac{\text{व्यास} \times \text{व्यास}}{4}$$

इससे अनेक प्रकार के परिणाम प्राप्त होते हैं—

$$\Rightarrow \text{(I)}\ \frac{\text{परिधि} \times \text{व्यास}}{4} \quad \text{अथवा (II)}\ \sqrt{10} \times \frac{\text{व्यास}^2}{4}$$

$$\text{अथवा (III)}\ \pi \times \text{त्रिज्या}^2$$

त्रिशतिकाकार ने स्पष्टतः इन परिणामों को नहीं कहा है। आधुनिक गणित में (III) सूत्र को विकसित किया गया है। महावीर ने (I) सूत्र को स्पष्ट रूप से तथा (II) को असाक्षात् रूप से विनिर्दिष्ट किया है। उनका वचन इस प्रकार है—

व्यासचतुर्भागगुणः परिधिः फलमर्धमर्धे तत्।

(ग.सा.सं., श्लोक 60)

अर्थात् व्यास के चतुर्थ भाग से गुणित परिधि ही वृत्त का क्षेत्रफल होती है। अर्धवृत्त के प्रसंग में पूर्वोक्त सूत्र का आधा उसका क्षेत्रफल होता है।

महावीर ने द्वितीय सूत्र पर आधारित वृत्त के क्षेत्रफल द्वारा व्यास का परिमाण प्राप्त किया है—

गणितं चतुरभ्यस्तं दशपदभक्तं पदे भवेद् व्यासः।

(ग.सा.सं., क्षेत्रगणित व्यवहार, 7.163)

अर्थात् वृत्त का गणित या क्षेत्रफल यदि 4 से गुणित हो तथा 10 के वर्गमूल से विभाजित हो तो उस सम्पूर्ण का पद या वर्गमूल उस वृत्त का व्यास होता है। व्यास के इस सूत्र को पूर्वोक्त वृत्त के क्षेत्रफल के (II) सूत्र के समीकरण द्वारा प्राप्त करते हैं—

$$\text{वृत्त का क्षेत्रफल} = \sqrt{10} \times \frac{\text{व्यास}^2}{4}$$

$$\therefore \text{व्यास} = \sqrt{\frac{\text{वृत्त का क्षेत्रफल} \times 4}{\sqrt{10}}}$$

भास्कराचार्य ने दोनों प्रकार के सूत्रों का स्पष्ट रीति से वर्णन किया है। प्रथम सूत्र के लिये यह वचन है—

वृत्तक्षेत्रे परिधिगुणितव्यासपादः फलं तत्।

अर्थात् परिधि से गुणित व्यास का चतुर्थ अंश वृत्त का क्षेत्रफल होता है।

द्वितीय सूत्र का वर्णन इस प्रकार किया गया है—

व्यासस्य वर्गे भनवाग्निनिघ्ने सूक्ष्मं फलं पञ्चसहस्रभक्ते।
रुद्राहते शक्रहृतेऽथवा स्यात् स्थूलं फलं तद् व्यवहारयोग्यम्।।

(लीलावती, क्षेत्रव्यवहार, श्लोक 42)

अर्थात् व्यास का वर्ग 3927 से गुणित होने पर तथा 5000 से विभाजित होने पर वृत्त का सूक्ष्म क्षेत्रफल होता है। साथ ही व्यास का वर्ग रुद्र या 11 से गुणित होकर शक्र या 14 से विभाजित होने पर सामान्य कार्य के योग्य स्थूल फल प्राप्त होता है।

ये दोनों फल π के पूर्वोक्त सूक्ष्म तथा सामान्य मान के आधार पर हैं—

$$\text{वृत्त का क्षेत्रफल} = \frac{3927}{1250} \times \frac{\text{व्यास}^2}{4} \Rightarrow \frac{3927 \times \text{व्यास}^2}{5000}$$

$$\frac{3927 \div 357}{5000 \div 357} = \frac{11}{14.005}$$

अंश में प्राप्त अंक की उपेक्षा करने पर→

$$\text{वृत्त का क्षेत्रफल} = \frac{11 \times \text{व्यास}^2}{14}$$

सभी आकर-ग्रन्थों में इसके अनेक उदाहरण दिये हैं, जो उक्त नियमानुसार आसानी से साध्य हैं।

रेखा-गणित के विद्वानों के लिये वृत्त-खण्ड की विविध आकृतियाँ भी अध्ययन का विषय रही हैं। विश्व में मानव-मात्र के लिये सुलभ ऐसी आकृतियाँ चन्द्रमा की कलाएँ रही हैं। पूर्णिमा का चन्द्र पूर्ण वृत्ताकार तथा इसकी कलाएँ खण्डित वृत्त के आकार की बनती हैं। इसके सादृश्य पर सभी ऐसी वस्तुओं के लिये क्रमशः सकल तथा विकल का प्रयोग प्रारम्भ हुआ। यज्ञग्रन्थों में इस आकार की आकृतियाँ भी प्रचलित हुई। अर्ध-चन्द्र सदृश अर्धवृत्त-खण्ड आकार की 'दक्षिणाग्नि' बनाने का विधान किया गया है।

वृत्त-खण्ड को धनुष के विभिन्न अंगों से सम्बोधित करना लोकप्रिय रहा है। अत: वृत्त की परिधि-खण्ड को धनुष (arc) तथा वृत्त के किसी बिन्दु से उसके ही किसी अन्य बिन्दु का स्पर्श करने वाली रेखा के धनुष की डोरी के समान होने से उसे ज्या अथवा जीवा नाम दिया गया। साथ ही जीवा के मध्यबिन्दु को प्रतिच्छेदित करते हुए वृत्त के किसी बिन्दु को स्पर्श करने वाली रेखा के बाण के समान होने से उसे शर, इषु जैसे पर्याय शब्दों से सम्बोधित किया गया।

ईसा पूर्व द्वितीय शताब्दी के जैन विद्वान् उमास्वाति ने जम्बूद्वीपसमास तथा तत्त्वार्थाधिगमभाष्य में तथा इससे भी पूर्व अनेक जैन विद्वानों ने परिधि का परिमाप तथा इसके सादृश्य पर परिधि-खण्ड का स्थूल परिमाप इस प्रकार प्रकट किया—

$$\text{परिधि खण्ड या धनुष (arc)} = \sqrt{6\ \text{लम्ब}^2 + \text{जीवा}^2}$$

यह सूत्र परिधि तथा परिध्यर्ध के माध्यम से प्राप्त किया गया है; क्योंकि उनके अनुसार—

$$\text{परिधि} = \sqrt{10 \times \text{व्यास}^2} \quad \text{या} \quad \sqrt{10 \times (2\ \text{त्रिज्या})^2}$$

$$\therefore \text{परिध्यर्ध} = \sqrt{10 \times \text{त्रिज्या}^2}$$

$$\Rightarrow \sqrt{6\ \text{त्रिज्या}^2 + 4\ \text{त्रिज्या}^2} \qquad \Rightarrow \sqrt{6\ \text{त्रिज्या}^2 + \text{व्यास}^2}$$

इस परिध्यर्ध में व्यास वृत्त की सबसे बड़ी जीवा भी है। साथ ही वृत्त के केन्द्र बिन्दु से खींचा गया लम्ब एक त्रिज्या है। अत: यहाँ व्यास के स्थान पर जीवा तथा त्रिज्या के स्थान पर लम्ब का उल्लेख करते हुए परिध्यर्थ का परिमाप $\sqrt{6\ \text{लम्ब}^2 + \text{जीवा}^2}$ भी कहा जा सकता है। इस अनुपात का सामान्यीकरण करते हुए जैन-ग्रन्थों में प्रत्येक परिधि खण्ड के लिये इस सूत्र को स्वीकृत कर लिया है।

आगे चलकर जैन गणितज्ञ महावीर ने इन जैन-ग्रन्थों का अनुसरण करते हुए इनके परिमाप को वैसा ही स्वीकार किया—

शरवर्गः षड्गुणितो ज्यावर्गसमन्वितस्तु यस्तस्य।
मूलं धनुर्गुणेषु प्रसाधने तत्र विपरीतम्।।

(गणितसार-संग्रह, क्षेत्रगणित-व्यवहार, श्लोक $63\frac{1}{2}$)

अर्थात् 6 से गुणित शर या लम्ब के वर्ग से यदि जीवा का वर्ग संयुक्त हो तथा उसका वर्गमूल हो तो उससे धनु (arc) का परिमाप प्राप्त होता है। शर = लम्ब तथा जीवा का परिमाप प्राप्त करने के लिये इससे उल्टी विधि अपनाना चाहिये। इस प्रकार—

$$\text{चाप या धनुष} = 6\sqrt{\text{लम्ब}^2 + \text{जीवा}^2}$$

$$\text{शर या लम्ब} = \sqrt{\frac{\text{चाप}^2 - \text{जीवा}^2}{6}}$$

$$\text{जीवा} = \sqrt{\text{चाप}^2 - 6\ \text{लम्ब}^2}$$

महावीर ने इसे सूक्ष्म गणित के अन्तर्गत लिखा है। पर वास्तव में इससे चाप का स्थूल परिमाप प्राप्त होता है तथा इसके आधार पर विकसित होने से शर तथा जीवा का मान भी स्थूल गणित है।

गणित के महान् विद्वान् आर्यभट ने भी चाप का मान बताया है। उनके प्रस्तुत सूत्र के अनुसार इससे प्रायिक मान प्राप्त होता है—

सत्र्यंशादिषुवर्गात् ज्यावर्गाढ्यात् पदं धनुः प्रायः।

(आर्यभटीय, गणितपाद श्लोक 17 पर व्याख्या)

अर्थात् इषु या लम्ब के वर्ग के 1 सहित तीसरा भाग को अर्धज्या (sine chord) के वर्ग से आढ्य या संयुक्त करके उनका पद या वर्गमूल करने से धनुः या चाप का प्रायः स्थूल मान प्राप्त होता है। इससे यह सूत्र प्राप्त है—

$$\text{चाप या धनुष} = \sqrt{\left(1+\frac{1}{3}\right)\text{लम्ब}^2 + \text{अर्धज्या}^2}$$

भास्कराचार्य ने भी एक बड़े सूत्र से चाप का मान निकालने का प्रयास किया है[1]। पर उससे भी स्थूल मान या पूर्ण सही के समीप मान प्राप्त होता है। वस्तुतः आलोचनीय परिधि-खण्ड सम्पूर्ण परिधि का कितना हिस्सा है, इसे जाने बिना उसका सही मान प्राप्त नहीं किया जा सकता है। इसलिये आधुनिक गणित में परिधि $\times \frac{\text{त्रिज्या खण्ड का कोण}}{360^0}$ इस सूत्र द्वारा चाप का माप निर्धारित किया जाता है।

प्रतिच्छेदित करने वाली जीवाओं के सह सम्बन्ध : आर्यभट तथा यूक्लिड

शर, जीवा तथा व्यास में से किन्हीं दो के परिज्ञान के आधार पर तीसरे का सर्वथा सही परिमाप प्राप्त करने के लिये प्राचीन विद्वानों ने आर्यभट के एक बढ़िया समीकरण से बहुमूल्य सहयोग प्राप्त किया है। उनका श्लोक इस प्रकार है—

वृत्ते शर-संवर्गो अर्धज्यावर्गः स खलु धनुषोः।

(आर्यभटीय, गणितपाद, श्लोक 17)

अर्थात् किसी वृत्त में लघु शर तथा बृहत् शर का गुणनफल = चाप की जीवा के आधे के वर्ग के बराबर होता है। इससे यह समीकरण प्राप्त होता है—

$$\text{शर} \times (\text{व्यास} - \text{शर}) = \left(\frac{\text{जीवा}}{2}\right)^2$$

---

1. व्यासाब्धिघातयुतमौर्विकया विभक्तो जीवाङ्घ्रिपञ्चगुणितः परिधेस्तु वर्गः।
लब्धोनितात् परिधिवर्गचतुर्थभागादाप्ते पदे वृतिदलात् पतिते धनुः स्यात्।
(लीलावती, क्षेत्र-व्यवहार, श्लोक 49)

इसे लीलावती के एक उदाहरण[1] के चित्र द्वारा प्रकट करते हैं—

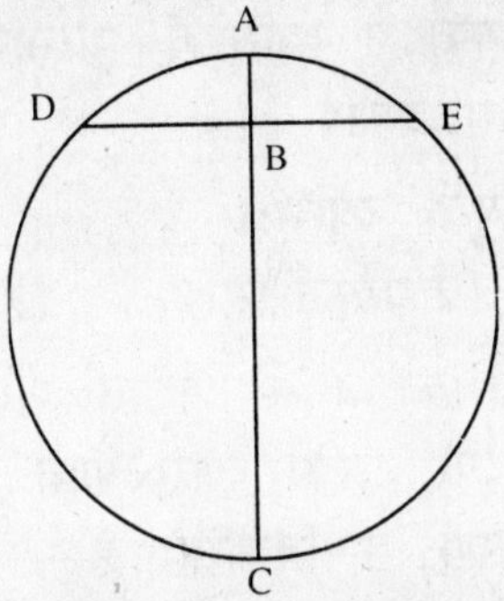

AC → व्यास = 10

DE → जीवा = 6

AB → शर = 1

BC → शरोन व्यास 9

प्रस्तुत चित्र में व्यास का परिमाप 10 है। इसे DE जीवा द्वारा प्रतिच्छेदित किया गया है। इससे प्रतिच्छिन्न होकर क्रमशः 1 तथा 9 परिमाण के विभाजित शर प्राप्त होते हैं। व्यास से विभक्त होकर अर्धजीवा 3 है। यहाँ सूत्र द्वारा—

$$9 \times 1 = \left(\frac{6}{2}\right)^2$$

यह रेखा-गणित का महत्त्वपूर्ण प्रमेय है। इसे यूक्लिड ने अपने ग्रन्थ Elements के III.35 में इस प्रकार प्रकट किया है—

'यदि किसी वृत्त की दो जीवाएँ परस्पर एक दूसरे को काटती हों तो एक के अन्तः खण्डों का परस्पर गुणनफल दूसरी के अन्तःखण्डों के गुणनफल के समतुल्य होता है'। इससे यह परिणाम प्राप्त होता है—

यूक्लिड के अनुसार→ $AB \times BC = DB \times BE$

आर्यभट के अनुसार→ $AB \times BC = (DB)^2$

दोनों उल्लेखों के परिणाम समान हैं।

---

1. दशविस्तृतिवृत्तान्तर्यत्र ज्या षणमिता सखे।
तत्रेषुं वद बाणाज्ज्यां ज्याबाणाभ्यां च विस्तृतिम्॥
(लीलावती, क्षेत्र-व्यवहार, श्लोक उदा. 1)

आर्यभट के समीकरण पर ब्रह्मगुप्त के सूत्र

इसके आधार पर आगे चलकर ब्रह्मगुप्त ने व्यास के परिमाप के लिये सूत्र प्राप्त किया। उनका श्लोक इस प्रकार है।

ज्या-वर्गश्चतुराहतशरभक्तः शरयुतो व्यासः।

(ब्राह्मस्फुट-सिद्धान्त 12.41)

अर्थात् किसी वृत्त में जीवा के वर्ग को 4 से गुणित शर से विभाजित करके उसी शर से संयुक्त करने पर उसका व्यास प्राप्त होता है। यह पूर्वोल्लिखित आर्यभट के समीकरण से विकसित है—

$$\text{शर} \times (\text{व्यास} - \text{शर}) = \frac{\text{जीवा}^2}{4}$$

$$\therefore \text{ ब्रह्मगुप्त का सूत्र} \rightarrow \text{ व्यास} = \frac{\text{जीवा}^2}{4 \times \text{शर}} + \text{शर}$$

$$\text{पूर्वोक्त उदाहरण में व्यास} \rightarrow 10 = \frac{36}{4 \times 1} + 1$$

ब्रह्मगुप्त ने इसी श्लोक में व्यास के सूत्र पर समीकरण से जीवा का परिमाप इस प्रकार बताया है—

वृत्ते शरोनगुणितात् व्यासाच्चतुराहतात् पदं जीवा।

(वही 12.41)

अर्थात् वृत्त में शरोन व्यास से शर को गुणित तथा उसे 4 से गुणित करके वर्गमूल करने पर जीवा प्राप्त होती है। यह समीकरण से प्राप्त है—

$$\text{व्यास} = \frac{\text{जीवा}^2}{4 \times \text{शर}} + \text{शर},$$

$$\text{अतः जीवा} = \sqrt{4 \times \text{शर } (\text{व्यास} - \text{शर})}$$

पूर्वोक्त उदाहरण में जीवा $\rightarrow \sqrt{4 \times 1\ (10 - 1)} = 6$ से हम यही परिणाम प्राप्त करते हैं।

भास्कराचार्य ने ब्रह्मगुप्त के समीकरण का ठीक उसी प्रकार अनुसरण करते हुए यह परिणाम प्राप्त किया है—

जीवार्धवर्गे शरभक्तयुक्ते व्यासप्रमाणं प्रवदन्ति वृत्ते।

(लीलावती, क्षेत्रव्यवहार, श्लोक 43)

अर्थात् वृत्त में जीवा के आधे के वर्ग को शर से विभाजित करके भागफल में शर को जोड़ने से उसका व्यास प्राप्त होता है। इस प्रकार—

$$\text{व्यास} = \frac{\left(\frac{\text{जीवा}}{2}\right)^2}{\text{शर}} + \text{शर}$$

यह सूत्र मूलतः पूर्वोक्त के समतुल्य है। इस पर समीकरण द्वारा इसके अनुरूप जीवा का परिमाप यह बताया गया है।

व्यासाच्छरोनाच्छरसंगुणाच्च मूलं द्विनिघ्नं भवतीह जीवा।

(वही, श्लोक 43)

अर्थात् शरोन व्यास को शर से गुणा करके उसके वर्गमूल को द्विगुणित करने पर जीवा प्राप्त होती है। इस प्रकार—

$$\text{जीवा} = 2\sqrt{\text{शर (व्यास − शर)}}$$

भास्कराचार्य ने शर के सूत्र को इस प्रकार विकसित किया है—

ज्या-व्यासयोगान्तरघातमूलं व्यासस्तदूनो दलितः शरः स्यात्।

(वही, श्लोक 42)

अर्थात् जीवा के व्यास के साथ योग और अन्तर के गुणनफल के वर्गमूल को व्यास में से घटाकर आधा करने से शर का प्रमाण प्राप्त होता है। इस प्रकार—

$$\text{शर} = \frac{\text{व्यास} - \sqrt{\text{(व्यास + ज्या) (व्यास − ज्या)}}}{2}$$

लीलावती के 16वीं शताब्दी के टीकाकार सूर्यदास ने इस सूत्र की उपपत्ति इस प्रकार बताई है। इसके लिये यह चित्र प्रस्तुत करते हैं।

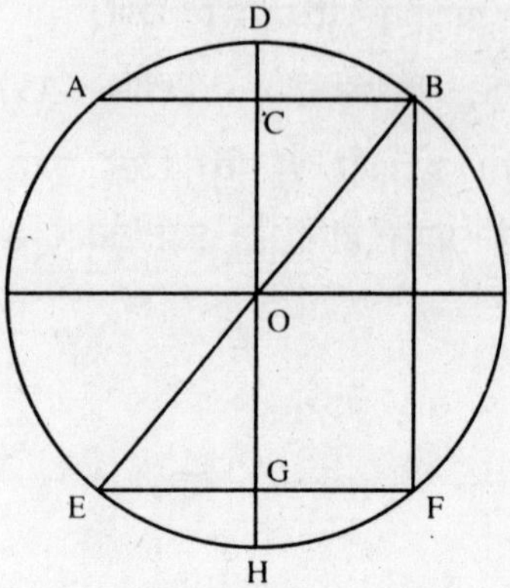

DH व्यास = 10

AB = EF जीवा = 6

या DH→ व्यास = CG + 2CD या 8 + 2 × 1

यहाँ चित्रानुसार तथा समीकरण अनुसार—

$$CD\rightarrow \text{शर} = \frac{DH - CG}{2} \Rightarrow \frac{DH - BF}{2}$$

क्योंकि BE व्यास कर्ण भी है, अतः $BF = \sqrt{BE^2 - EF^2}$ इसलिये इस समीकरण को इस प्रकार भी लिख सकते हैं—

$$\text{शर} = \frac{DH - \sqrt{BE^2 - EF^2}}{2} \Rightarrow \frac{DH - \sqrt{DH^2 - AB^2}}{2}$$

$$\text{अथवा} \Rightarrow \frac{\text{व्यास} - \sqrt{\text{व्यास}^2 - \text{जीवा}^2}}{2}$$

$$\Rightarrow \frac{\text{व्यास} - \sqrt{(\text{व्यास} + \text{जीवा})\ (\text{व्यास} - \text{जीवा})}}{2}$$

प्रस्तुत उदाहरण में शर $= \frac{10 - \sqrt{100 - 36}}{2} = 1$ प्राप्त है।

वृत्त-खण्ड का क्षेत्रफल

रेखा-गणित में वृत्त-खण्ड का क्षेत्रफल प्राप्त करने के लिये भी प्राचीनकाल से प्रयास किये जाते रहे हैं। जैन विद्वान् जिनभद्राग्नि के ग्रन्थ बृहत्क्षेत्रसमास में इसके लिये यह सूत्र दिया है—

$$\text{वृत्तखण्ड का क्षेत्रफल} = \sqrt{10} \times \frac{\text{जीवा} \times \text{शर}}{4}$$

जैन परम्परा का अनुसरण करते हुए जैन विद्वान् महावीर ने भी इसके लिये यह श्लोक प्रस्तुत किया है—

इषुपादगुणश्च गुणो दशपदगुणितश्च भवति गणितफलम्।

(गणितसार-संग्रह, क्षेत्रगणित-व्यवहार, श्लोक $100\frac{1}{2}$)

अर्थात् इषु या शर (arrow) के चतुर्थ पाद या भाग को गुण या जीवा (chord) से गुणित करने पर तथा पुनः 10 के पद या वर्गमूल से गुणित करने पर वृत्तखण्ड का क्षेत्रफल प्राप्त होता है। इस श्लोक के ऊपर कहे गए वचन[1] से स्पष्ट है कि यह धनुराकार या वृत्तखण्ड का सूक्ष्मफल प्राप्त करने के लिये सूत्र है। यह सूत्र ठीक वही है, जिसका ऊपर उल्लेख किया गया है। यह सूत्र मूलतः अर्धवृत्त के क्षेत्रफल के लिये है। इसे इस प्रकार सिद्ध करते हैं—

पूर्व अनुसार वृत्त का क्षेत्रफल→

$$\sqrt{10} \times \frac{\text{व्यास} \times \text{व्यास}}{4} \Rightarrow \sqrt{10} \times \frac{2\ \text{त्रिज्या} \times \text{त्रिज्या}}{2}$$

$$\Rightarrow \sqrt{10} \times \frac{2\ \text{त्रिज्या}^2}{2}$$

---

1. यवाकारक्षेत्रस्य च धनुराकारक्षेत्रस्य च सूक्ष्मफलानयनसूत्रम्।

(ग.सा.सं., श्लोक $60\frac{1}{2}$ के ऊपर)

अत: अर्धवृत्त का क्षेत्रफल→

$\sqrt{10} \times \frac{\text{व्यास} \times \text{त्रिज्या}}{2 \times 2}$ यह महावीर के पूर्वोक्त सूत्र के अनुरूप है।

$\Rightarrow \sqrt{10} \times \frac{2\ \text{त्रिज्या}^2}{4}$ अथवा $\pi \times \frac{\text{त्रिज्या}^2}{2}$

इस अर्धवृत्त में व्यास जीवा भी है; क्योंकि व्यास वृत्त की सबसे बड़ी जीवा होती है। साथ ही इस पर खींची गई त्रिज्या शर भी है। अत: अर्धवृत्त के क्षेत्रफल के सन्दर्भ में सूत्र में व्यास तथा त्रिज्या के स्थान पर क्रमश: जीवा तथा शर को रखने पर भी ठीक वही क्षेत्रफल प्राप्त होता है। महावीर ने परम्परानुसार इस सूत्र का सामान्यीकरण करते हुए प्रत्येक वृत्त-खण्ड के जीवा और शर के प्रति यही सूत्र विकसित किया है। यद्यपि गणितज्ञों को भली-भाँति ज्ञात था कि अर्धवृत्त में जीवा तथा शर का $1 : \frac{1}{2}$ अनुपात अन्य वृत्तखण्डों में लागू नहीं है। फिर भी उन्होंने इसे सूक्ष्म-फल प्रदान करने वाला सूत्र कहा है। गणित की सम्पूर्ण भारतीय परम्परा ने अलग-अलग शब्दों में इसका ही अनुसरण किया है। वस्तुत: त्रिज्या खण्ड का कोण नाप कर त्रिज्या-खण्ड के क्षेत्रफल के माध्यम से ही वृत्त-खण्ड का सूक्ष्म क्षेत्रफल प्राप्त करना सम्भव है। आधुनिक गणित में ऐसा ही किया जाता है।

श्रीधराचार्य ने भी अन्य रीति से प्राचीनकाल से चले आ रहे उपाय का ही अवलम्बन किया है। उनके द्वारा प्रस्तुत श्लोक इस प्रकार है—

जीवाशरैक्यदलहतशरस्य वर्गं दशाहतं नवभि:।
विभजेदवाप्तमूलं प्रजायते कार्मुकस्य फलम्।।

(त्रिशतिका, श्लोक 47)

अर्थात् जीवा तथा शर को जोड़कर उसके आधे से शर को गुणित करके उसके वर्ग को 10 से गुणित करे तथा 9 से विभाजित करे। पुन: उसका वर्गमूल प्राप्त करे। इससे कार्मुक या वृत्त खण्ड का क्षेत्रफल प्राप्त होता है।

इस नियम से हमें यह सूत्र प्राप्त होता है—

$$\text{वृत्त खण्ड का क्षेत्रफल} = \sqrt{\frac{10}{9}\left\{\frac{\text{शर (जीवा + शर)}}{2}\right\}^2}$$

$$\text{अथवा सरल करने पर} \Rightarrow \frac{\sqrt{10}}{3} \times \frac{\text{शर (जीवा + शर)}}{2}$$

यहाँ भी वृत्त के क्षेत्रफल द्वारा अपनी रीति से अर्ध-वृत्त का क्षेत्रफल प्राप्त करके उसके सामान्यीकरण द्वारा प्रस्तुत सूत्र को विकसित किया गया है। क्योंकि—

वृत्त का क्षेत्रफल→

$$\sqrt{10} \times \frac{\text{व्यास}^2}{4} \Rightarrow \sqrt{10} \times \frac{4\ \text{त्रिज्या}^2}{4}$$

$$\Rightarrow \sqrt{10} \times \frac{\text{त्रिज्या (व्यास + त्रिज्या + त्रिज्या)}}{4}$$

$$\Rightarrow \sqrt{10} \times \frac{\text{त्रिज्या (व्यास + त्रिज्या)}}{3}$$

अर्धवृत्त का क्षेत्रफल→

$$\sqrt{10} \times \frac{\text{त्रिज्या (व्यास + त्रिज्या)}}{3 \times 2}$$

$$\Rightarrow \sqrt{10} \times \frac{3\ \text{त्रिज्या}^2}{6} \Rightarrow \pi \times \frac{\text{त्रिज्या}^2}{2}$$

यहाँ भी त्रिज्या को शर तथा व्यास को जीवा मानकर सामान्यीकरण करते हुए प्रत्येक वृत्त-खण्ड के लिये इस सूत्र को अन्वित किया गया है।

श्रीधर ने इसका एक उदाहरण इस प्रकार दिया है—

3 हाथ बाण या लम्ब वाले तथा 13 हाथ जीवा वाले चाप या धनुष के आकार वाले क्षेत्र का क्या फल होगा[1]? यहाँ श्रीधर सूत्रानुसार—

वृत्त-खण्ड का क्षेत्रफल—

$$= \frac{\sqrt{10}}{3} \times \frac{3\ (13 + 3)}{2} \Rightarrow \sqrt{10} \times 8 = 25.29$$

आधुनिक विधि से इसका क्षेत्रफल प्राप्त करने के लिये इसका चित्र प्रस्तुत करते हैं—

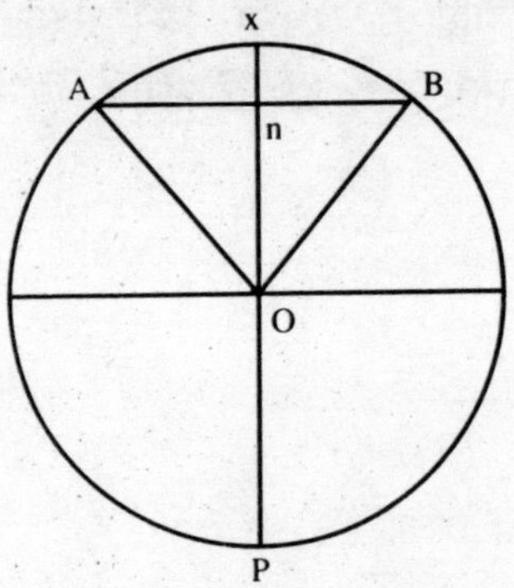

AB → जीवा = 13

xn → शर = 3

ब्रह्मगुप्त के सूत्र द्वारा प्राप्त—

xP → व्यास = 17

AO तथा BO त्रिज्या या त्रिभुज का कर्ण = 8.5

nO → त्रिभुज का लम्ब = 5.5

त्रिज्या-खण्ड के क्षेत्रफल के लिये वृत्त का व्यास का त्रिज्या को जानना आवश्यक है। प्रस्तुत सूत्र में इसका उल्लेख नहीं है। अतः पृ. 361 में उल्लिखित ब्रह्मगुप्त के सूत्र द्वारा पहले इसे प्राप्त करते हैं—

$$\text{व्यास} = \frac{13^2}{4 \times 3} + 3 = 17.083 \quad \text{अतः त्रिज्या} = 8.5416.......$$

यही त्रिज्या इसमें बनने वाले त्रिभुज का कर्ण भी है। अतः शुल्व सूत्र या पाइथोगोरीय सूत्र द्वारा भी इसका यही परिमाप प्राप्त करते हैं—

$$\text{त्रिभुज का कर्ण} = \sqrt{(6.5)^2 + (5.5416)^2} \Rightarrow \sqrt{42.25 + 30.710067}$$

---

1. चापाकृतिनि क्षेत्रे त्रिहस्तबाणे त्रयोदशकरज्ये।
   किं भवति फलं विद्वन् गणयित्वा कथय यदि वेत्सि।।
   (त्रिशतिका, उदा. श्लोक 86)

$$\Rightarrow \sqrt{72.960067} \Rightarrow 8.5416.....$$

यहाँ त्रिज्या-खण्ड का कोण सामान्यत: 98^0 मानने पर तथा श्रीधर के अनुसार π का मान सामान्यत: $\frac{31}{10}$ प्राप्त करने पर तथा त्रिज्या को सामान्यत: 8.5 मानने पर—

त्रिज्या-खण्ड OAxB का क्षेत्रफल $= \frac{98^0}{360^0} \times \frac{31}{10} \times (8.5)^2$

$\Rightarrow \cdot 8438..... \times 72.25 \Rightarrow 60.9705.....$ वर्ग हस्त

त्रिभुज का लम्ब $= 8.5 - 3$ (शर) $= 5.5$

त्रिभुज का क्षेत्रफल $= \frac{13}{2} \times 5.5 \Rightarrow \frac{71.5}{2} \Rightarrow 35.75$ वर्ग हस्त

वृत्त-खण्ड का क्षेत्रफल $= 60.9705 - 35.75 \Rightarrow 25.22$ या $22 \frac{22}{100}$ वर्ग हस्त

उक्त माप मानने पर यह श्रीधर द्वारा प्राप्त परिणाम के समीपतम है।

त्रिभुज अन्तर्गत वृत्त—महावीर ने त्रिभुज के अन्तर्गत वृत्त के व्यास आदि प्राप्त करने के लिये पहली बार सूत्र प्रदान किये है—

परिधेः पादेन भजेदनायतक्षेत्र-सूक्ष्मगणितं तत्।
क्षेत्राभ्यन्तरवृत्ते विष्कम्भोऽयं विनिर्दिष्टः॥

(गणितसार-संग्रह, क्षेत्रगणित-व्यवहार, श्लोक $223\frac{1}{2}$)

अर्थात् आयताकार से भिन्न त्रिभुज आदि आकार के सूक्ष्म या सर्वथा सही क्षेत्रफल को त्रिभुज की तीनों भुजाओं के योग (perimeter) के चतुर्थ अंश से विभाजित करने से उस त्रिभुज के अन्तर्गत वर्तमान वृत्त का विष्कम्भ या व्यास का परिमाण प्राप्त होता है।

इससे हमें यह सूत्र प्राप्त होता है—

$$\text{त्रिभुजान्तर्गत वृत्त का व्यास} = \text{त्रिभुज का क्षेत्रफल} \times \frac{4}{\text{भुजाओं का योग}}$$

इसके उदाहरण तथा उपपत्ति के लिये चित्र प्रस्तुत करते हैं—

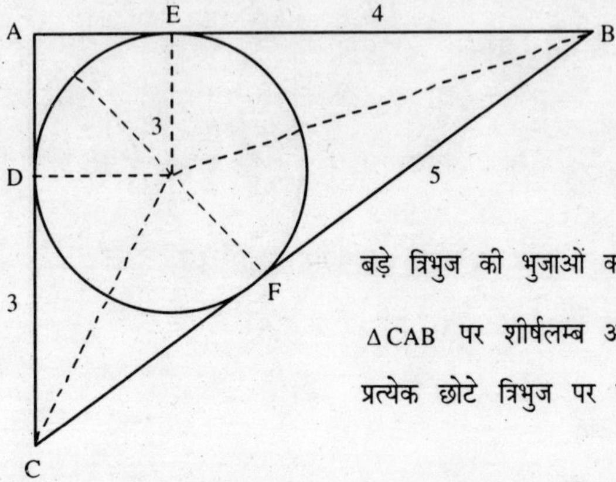

बड़े त्रिभुज की भुजाओं का योग $\rightarrow 3 + 4 + 5 = 12$

Δ CAB पर शीर्षलम्ब अथवा $\rightarrow$ 2.4 अथवा $\frac{12}{5}$

प्रत्येक छोटे त्रिभुज पर लम्ब या त्रिज्या $\rightarrow$ 1

$$\text{यहाँ बड़े त्रिभुज का क्षेत्रफल} \rightarrow \frac{5}{2} \times \frac{12}{5} = 6 \text{ वर्ग हस्त}$$

$$\text{अतः सूत्रानुसार वृत्त का व्यास} = \frac{6 \times 4}{12} = 2$$

इसकी उपपत्ति के लिये बड़े त्रिभुज के अन्तर्गत 3 छोटे त्रिभुज प्राप्त किये गए हैं। इन तीनों का सम्मिलित क्षेत्रफल ही बड़े त्रिभुज का क्षेत्रफल है। साथ ही इन छोटे त्रिभुज का शीर्षलम्ब वृत्त का $\frac{\text{व्यास}}{2}$ अथवा त्रिज्या भी है। अतएव—

$$\text{प्रत्येक छोटे त्रिभुज का क्षेत्रफल} = \frac{\text{आधार भुज}}{2} \times \frac{\text{व्यास}}{2}$$

तीनों त्रिभुज तथा इस प्रकार बड़े त्रिभुज का क्षेत्रफल

$$= \frac{\text{भुजाओं का योग}}{2} \times \frac{\text{व्यास}}{2} \qquad \frac{12}{2} \times \frac{2}{2} = 6 \text{ वर्ग हस्त}$$

व्यास = बड़े त्रिभुज का क्षेत्रफल × $\frac{4}{\text{भुजाओं का योग}}$

इस प्रकार हमने पुनः वही सूत्र प्राप्त कर लिया है, जिसका ऊपर उल्लेख किया गया है।

वृत्त विषयक रोचक नियम—महावीर ने वृत्त से सम्बन्धित अनेक रोचक नियम उपस्थापित किये हैं। एक श्लोक के अनुसार एक वृत्त के चारों ओर समान व्यास वाले वृत्त रखे जावें तथा इस प्रकार उसके चारों ओर वृत्त की अन्य पंक्तियाँ बनाई जावें। इस दशा में सबसे बाहरी पंक्ति के वृत्तों की संख्या तथा वृत्त का व्यास जानकर वृत्तों की कुल संख्या ज्ञात करने के लिये सूत्र को प्रस्तुत करने वाला श्लोक इस प्रकार है—

शरपरिधित्रिकमिलनं वर्गितमेतत् पुनस्त्रिभिस्सहितम्।
द्वादशहृतेऽपि लब्धं शरसंख्या स्यात् कलापकाविष्टा।।

(ग.सा.सं., मिश्रकव्यवहार, श्लोक 288)

परिधि बनाने वाले (अर्थात् सबसे बाहरी कक्षा में वर्तमान) बाणों वाले समान वृत्ताकार तरकसों की संख्या के साथ 3 को जोड़ें। इसका वर्ग करें। पुनः इसके साथ 3 को जोड़े। पुनः 12 संख्या से भाग देने पर कलापक या वृत्ताकार तूणीर या तरकसों की तथा इस प्रकार उसमें रखे बाणों की संख्या ज्ञात होती है।

इससे हमें यह सूत्र प्राप्त होता है—

वृत्त के चारों ओर रखे गए समानाकार वृत्तों की कुल संख्या

$$= \frac{(\text{परिधि या बाहरी कक्षा के वृत्तों की संख्या} + 3)^2 + 3}{12}$$

यह सूत्र रेखागणित के इस स्वयंसिद्ध प्रमेय पर अवलम्बित है कि एक वृत्त की परिधि या वृत्तों की किसी कक्षा के सभी ओर एक दूसरे के बिन्दुओं का स्पर्श करते हुए समानाकार केवल 6 वृत्त रखे जा सकते हैं। इस प्रकार बाहरी कक्षा तथा मध्यवर्ती वृत्तों के केन्द्र-बिन्दुओं का स्पर्श करते हुए केवल 6 समबाहु त्रिभुज किये जा सकते हैं। इस स्थिति को इस चित्र से प्रदर्शित करते हैं—

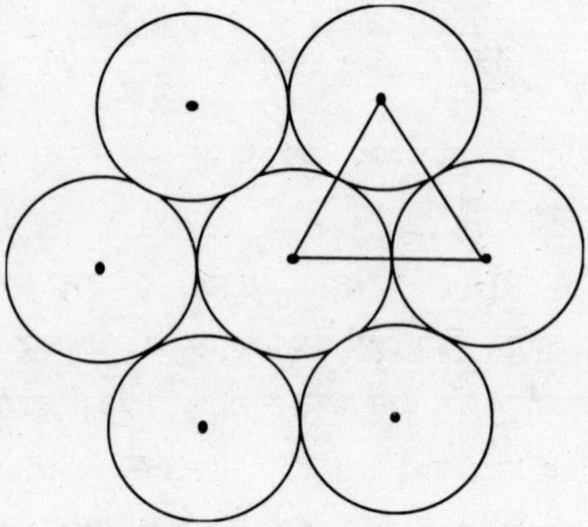

इसके लिये उनके द्वारा प्रस्तुत एक उदाहरण इस प्रकार है—

वृत्ताकार तूणीर या तरकसों की परिधि या बाहरी कक्षा में 18 *तूणीर में रखे गए बाण हैं। गणितज्ञ, यदि तुमने विचित्र कुट्टीकार में परिश्रम किया है तो बताओ कि कुल कितने तूणीरों में बाण रखे गए हैं*[1]? यहाँ पूर्व सूत्रानुसार—

वृत्तों की कुल संख्या $= \frac{(18 + 3)^2 + 3}{12} \Rightarrow \frac{444}{12} = 37$

इसकी उपपत्ति के लिये यह उल्लेख आवश्यक है कि यह पूर्वोक्त श्रेढ़ी-व्यवहार का उदाहरण है। यहाँ ऊपर उल्लिखित नियम अनुसार चय या प्रचय (d) = 6 है। इस प्रकार यहाँ 1 + 1d + 2d + 3d.........+ nd को अथवा 1 + (d =) 6 (1 + 2 + 3...... + n) के क्रम से गणना की गई है। (1 + 2 + 3.......+ n) का सूत्र उस प्रसंग में कहा जा चुका है। प्रस्तुत सन्दर्भ में यह इस प्रकार होगा—

$$1 + 6\ (1 + 2 + 3....... + n) = 1 + 6 \times \frac{n\ (n + 1)}{2}$$

$$\Rightarrow 1 + 3 \times n\ (n + 1)$$

इस सूत्र के अनुसार वृत्तों की बाहरी कक्षा वाली nth संख्या जानकर कुल वृत्त संख्या को ज्ञात किया जा सकता है। प्रस्तुत उदाहरण

1. परिधिशरा अष्टादश तूणीरस्था शराः के स्युः।
गणितज्ञ यदि विचित्रे कुट्टीकारे श्रमोऽस्ति ते कथय।।
(ग.सा.सं. मिश्रकव्यवहार, श्लोक 289)

में सबसे बाहरी कक्षा में 18 तरकस होने से वे $\frac{18}{6} = 3$ सरी nth कक्षा में अवस्थित है। अत: सूत्रानुसार—

वृत्तों की कुल संख्या $= 1 + 6 \times \frac{3\ (3 + 1)}{2} = 37$ या

$$1 + 3 \times 3\ (3 + 1) = 37$$

यहाँ महावीर ने अन्त्यधन (ℓ) के आधार पर सूत्र को विकसित किया है। प्रस्तुत प्रसंग में $6n = \ell$ है। अत: $\frac{\ell}{6} = n$ है। अत: उपरिलिखित सूत्र में n के स्थान पर $\frac{\ell}{6}$ को प्रतिस्थापित करके भी सूत्र बनाया जा सकता है। महावीर ने यही किया है। इस प्रकार इसे इस प्रकार प्रस्तुत कर सकते हैं—

वृत्तों की कुल संख्या $= 1 + 3\ n\ (n + 1)$

$$\Rightarrow 1 + \frac{3\ell}{6}\left(\frac{\ell}{6} + 1\right) \Rightarrow 1 + \frac{3\ell^2}{36} + \frac{3\ell}{6}$$

$$\Rightarrow 1 + \frac{\ell^2}{12} + \frac{\ell}{2} \Rightarrow \frac{12 + \ell^2 + 6\ell}{12}$$

$$\Rightarrow \frac{\ell^2 + 3^2 + 2 \times 3\ell + 3}{12}$$

$$\Rightarrow \frac{(\ell + 3)^2 + 3}{12}$$

अथवा $\frac{(\text{अन्त्यधन } (\ell) \text{ या बाहरी कक्षा के वृत्तों की संख्या} + 3)^2 + 3}{12}$

इस प्रकार हमने पुन: वही सूत्र प्राप्त कर लिया है, जिसका महावीर ने उल्लेख किया है।

वृत्त अन्तर्गत बहुभुज

भास्कराचार्य ने 120000 प्रमाण व्यास वाले विशाल वृत्त पर बनने वाले अनेक प्रकार के बहुभुजों की भुजाओं के प्रमाण बताए हैं। उनका श्लोक इस प्रकार है—

त्रिद्व्यंकाग्निनभश्चन्द्रैस्त्रिबाणाष्टयुगाष्टभिः।
वेदाग्निबाणखाश्वैश्च खखाभ्राभ्ररसैः क्रमात्॥

बाणेषु नखबाणैश्च द्विद्विनन्देषुसागरैः।
कुरामदशवेदैश्च वृत्तव्यासे समाहते॥

खखखाभ्रार्कसंभक्ते लभ्यन्ते क्रमशो भुजाः।
वृत्तान्तस्त्र्यस्रपूर्वाणां नवास्रान्तं पृथक् पृथक्॥

(लीलावती, क्षेत्रव्यवहार, श्लोक)

अर्थात् वृत्त के अन्तर्गत त्रिभुज से लेकर नवभुज तक की भुजाओं के प्रमाण को जानने के लिये वृत्त के व्यास को क्रम से 103923, 84853, 70534, 60000, 52055, 45922, 41031 इन संख्याओं से क्रमशः गुणा करके प्रत्येक में 120000 से भाग देना चाहिये।

लीलावती के टीकाकार 'गणेश' ने अपनी 'बुद्धि-विलासिनी' टीका के अन्तर्गत वृत्तान्तर्गत त्रिभुज, चतुर्भुज, अष्टभुज की भुजाओं के प्रमाण के लिये उपपत्ति प्रस्तुत की है।

इनमें त्रिभुज की उपपत्ति के लिये यह चित्र प्रस्तुत करते हैं—

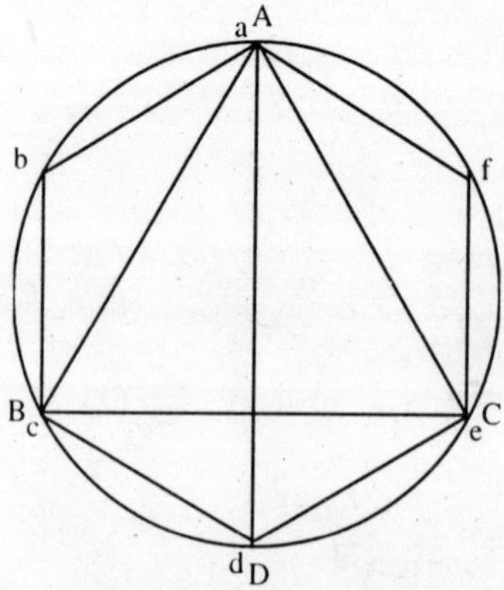

ABC → समद्विबाहु त्रिभुज

AD → व्यास तथा acd समकोण त्रिभुज का कर्ण

acd समकोण त्रिभुज

cd समकोण त्रिभुज की एक भुजा

ac → समकोण त्रिभुज का लम्ब तथा ABC त्रिभुज की एक भुजा

इस चित्र में ABC त्रिभुज की भुजाओं का प्रमाण ज्ञात करना है। इसमें षड्भुज भी बनाए गए हैं। इस अध्याय के पृष्ठ 352 में यह सिद्ध किया गया है कि किसी भी वृत्त के अन्तर्गत षड्भुज की एक भुजा व्यास का $\frac{1}{2}$ या

त्रिज्या के समकक्ष होती है। इस चित्र में एक भुजा cd तथा AD व्यास तथा ac की सहायता से समकोण त्रिभुज बनाया जा सकता है। इस त्रिभुज में cd षड्भुज की एक भुजा AD व्यास उस त्रिभुज का कर्ण तथा ac भुजा समद्विबाहु त्रिभुज की भी एक भुजा बनेगी। इस स्थिति में AD व्यास के प्रमाण के आधार पर पूर्वोक्त आर्यभट के नियम से षड्भुज की एक भुजा cd का प्रमाण तथा इन दोनों के आधार पर त्रिभुज के सामान्य नियम से उस ac का प्रमाण ज्ञात होता है जो समद्विबाहु त्रिभुज की एक भुजा भी है। अतः सूत्र—

वृत्तान्तर्गत समद्विबाहु त्रिभुज की एक (ac) भुजा

$$= \sqrt{(\text{वृत्त का व्यास})^2 - (\text{वृत्त के षड्भुज की एक भुजा})^2}$$

भास्कराचार्य अनुसार 120000 प्रमाण व्यास वाले वृत्त अन्तर्गत त्रिभुज की ac भजा =

$$\sqrt{120000^2 - 60000^2} \Rightarrow \sqrt{14400000000 - 3600000000}$$

$$\Rightarrow \sqrt{10800000000} \Rightarrow 103923$$

(दशमलव संख्या को छोड़कर)

इस प्रमाण के ज्ञात होने पर 2000 प्रमाण व्यास वाले वृत्त के अन्तर्गत समद्विबाहु त्रिभुज की भुजा को अनुपात विधि द्वारा आसानी से जाना जा सकता है[1]। उनका अनुपात यह होगा—

$$120000 : 103923 :: 2000 : \times$$

अनुपात के सामान्य सूत्रानुसार—

2000 प्रमाण व्यास वाले वृत्त के अन्तर्गत समद्विबाहु

त्रिभुज की एक (ac) भुजा $= \dfrac{2000 \times 103923}{120000} = 1732.05$

---

1. सहस्रद्वितयव्यासं यत् वृत्तं तस्य मध्यतः।
समत्र्यस्रादिकानां मे भुजान् वद पृथक् पृथक्।।
(लीलावती, क्षेत्रव्यवहार,

इस सामान्य अनुपात को भास्कराचार्य द्वारा इतनी बड़ी संख्या के माध्यम से सिद्ध करने की कोई आवश्यकता नहीं थी, पर यह प्राचीन गणित की परम्परा का अंग बना प्रतीत होता है। वराहमिहिर ने सूर्य-सिद्धान्त में सामान्य अनुपात से ज्ञेय प्रश्नों को बहुत बड़ी संख्याओं के माध्यम से हल किया है।

प्रस्तुत प्रसंग में व्यास का प्रमाण 2 या 12 मानने पर समद्विबाहु त्रिभुज की ac भुजा क्रमशः $\sqrt{3} = 1.732$ तथा $\sqrt{108} = 10.392$ होगी। इन सभी से वही अचर अनुपात प्राप्त होता है—

$$\frac{103923}{120000} = \frac{1.732}{2} = \frac{10.392}{12} = .866$$

षड्भुज की प्रत्येक भुजा उस वृत्त के व्यास की $\frac{1}{2}$ होती है, इसे आर्यभटीय भाष्यकार ने पहले ही सिद्ध कर दिया है। अतएव भास्कराचार्य ने भी प्रस्तुत प्रसंग में 120000 प्रमाण व्यास वाले वृत्त में षड्भुज की एक भुजा 60000 बताई है।

वृत्तान्तर्गत चतुर्भुज, अष्टभुज की भुजा के प्रमाण की उपपत्ति के लिये इस चित्र को प्रस्तुत करते हैं—

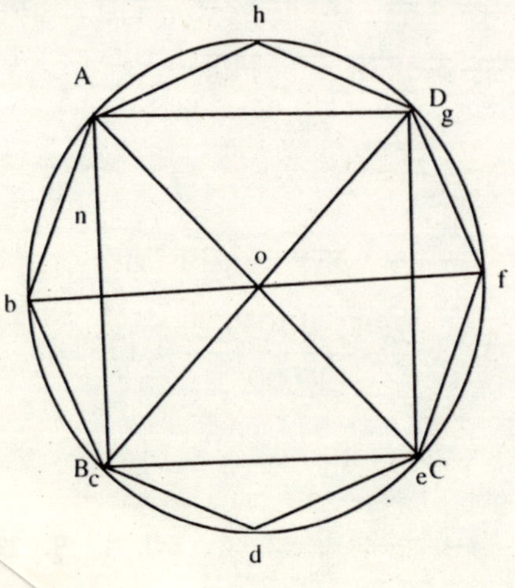

ABCD → वर्ग चतुर्भुज
BD → व्यास
Bo तथा oA → त्रिज्या
AB → चतुर्भुज की एक भुजा
तथा ABo समकोण त्रिभुज का कर्ण

प्रस्तुत चित्र में वृत्त के अन्तर्गत चतुर्भुज की एक भुजा AB को ABO समकोण त्रिभुज का कर्ण भी कह सकते हैं। इस त्रिभुज की अन्य भुजाएँ समान परिमाप वाली वृत्त की त्रिज्याएँ हैं। भास्कराचार्य द्वारा प्रस्तुत 120000 प्रमाण व्यास की स्थिति में त्रिज्या = 60000।

अतः इस त्रिभुज का कर्ण अथवा इस चतुर्भुज की एक भुजा का प्रमाण→

$$\sqrt{60000^2 + 60000^2} = \sqrt{7200000000} \Rightarrow 84853$$

(दाशमिक अंक को छोड़कर)

भास्कराचार्य ने यही प्रमाण मानते हुए 2000 व्यास वाले वृत्त के लिये अनुपात-विधि का प्रयोग किया है।

उपरिलिखित चित्र में ही वृत्तान्तर्गत अष्टभुज की एक भुजा का प्रमाण प्राप्त करने के लिये abn समकोण त्रिभुज का ab भुजा कर्ण बन सकती है। चतुर्भुज की एक भुजा का $\frac{1}{2}$ अर्थात् an इस त्रिभुज का लम्ब तथा त्रिज्या में से चतुर्भुज की एक भुजा का $\frac{1}{2}$ घटाने पर प्राप्त संख्या आधार बनती है। अतः त्रिभुज के नियमानुसार अष्टभुज की एक भुजा (जो कि कर्ण भी है) इस समकोण त्रिभुज के कर्ण प्रमाण वाली होगी। उदाहरणतः चतुर्भुज का पूर्वोक्त प्रमाण मानने पर—

अष्टभुज की एक भुजा =

$$= \sqrt{(\text{चतुर्भुज की एक भुजा का } \tfrac{1}{2})^2 + (\text{त्रिज्या} - \text{चतुर्भुज की एक भुजा का } \tfrac{1}{2})^2}$$

भास्कराचार्य द्वारा वृत्त का व्यास 120000 मान की स्थिति में—

अष्टभुज की एक भुजा—

$$= \sqrt{(42426.5)^2 + (60000 - 42426.5)^2}$$

$$\Rightarrow \sqrt{1800007902 + 308827902}$$

$$\Rightarrow \sqrt{2108835804} = 45922$$

भास्कराचार्य ने यही प्रमाण मानते हुए 2000 प्रमाण वाले व्यास के लिये अनुपात विधि का प्रयोग किया है।

सूर्यदास द्वारा वृत्तान्तर्गत पञ्चभुज, सप्तभुज, नवभुज के लिये कही गई उपपत्तियाँ उतनी सटीक नहीं है। पर सभी के प्रमाण आधुनिक सारिणियों द्वारा प्रस्तुत प्रमाण से अत्यधिक समीपता रखते हैं। उदाहरणार्थ व्यास का प्रमाण 1 मानने पर—

आधुनिक विधि	**भास्कराचार्य द्वारा प्रोक्त परिणाम**
वृत्तान्तर्गत समबाहु त्रिभुज की एक भुजा $= 2r \text{ sine } 60^0$	
$\Rightarrow 2r \frac{\sqrt{3}}{2} = 2r \frac{1.7320508}{2}$	$\frac{103923}{120000}$
$\Rightarrow 2r \times .8660254$	$\Rightarrow .866025$
चतुर्भुज की एक भुजा $= 2r \sin \frac{\pi}{4}$	$\frac{84853}{120000}$
$\Rightarrow 2r \frac{\sqrt{2}}{2} \Rightarrow 2r \times .7071067$	$\Rightarrow .7071083$
पञ्चभुज की एक भुजा $= 2r \sin 36^0$	$\frac{70534}{120000}$
$\Rightarrow 2r \times .5877853$	$\Rightarrow .587783$
षड्भुज की एक भुजा त्रिज्या के सर्वथा समतुल्य है।	
सप्तभुज की एक भुजा $= 2r \sin (25^0\ 42'\ 51'')$	$\frac{52055}{120000}$
= लगभग $\Rightarrow 2r \times .4338819$	$\Rightarrow .4337916$
अष्टभुज की एक भुजा $= 2r \sin 22 \frac{1^0}{2}$	$\frac{45922}{120000}$
$\Rightarrow 2r \times .3826834$	$\Rightarrow .382683$
नवभुज की एक भुजा $= 2r \sin 20^0$	$\frac{41031}{120000}$
$\Rightarrow 2r \times .3420201$	$\Rightarrow .341925$

सिद्धान्तशिरोमणि, सूर्य सिद्धान्त आदि में इन तथा अन्य नियमों का उपयोग करते हुए वृत्त के अन्तर्गत 24 जीवाओं के प्रमाण भी निरूपित किये गए हैं।

सप्तदश अध्याय

गोले की संरचना, उसका आयतन तथा पृष्ठीय क्षेत्रफल

भारतीय वाङ्मय में वृत्त की अपेक्षा गोलाकार के संकेत उतने प्राचीन नहीं प्रतीत होते। वेदों में सूर्य, चन्द्रादि के निरूपण उनकी वृत्ताकारता को द्योतित करते हैं। वहाँ सूर्य को चक्र से उपमित करना प्रिय रहा है। इसके कुछ उदाहरण इस खण्ड के प्रथम अध्याय में दिये गए हैं। इस विषय का एक अन्य रोचक मन्त्र इस प्रकार है—

द्वादशारं न हि तज्जराय वर्वर्ति चक्रं परि द्यामृतस्य।

(ऋग्वेद 1.164.11)

अर्थात् द्युलोक के चारों ओर कभी बूढ़ा न होने वाला 12 अरों वाला विशाल चक्र निरन्तर भ्रमण कर रहा है।

सूर्य तथा समय के लिये यह रूपक अलंकार में सुन्दरतम वर्णन है। यहाँ स्पष्टत: सूर्य ही विशाल वृत्ताकार चक्र के रूप में प्रतिष्ठित है। वैदिक वाङ्मय के अन्य विवरण इसे वृत्ताकार मानकर ही कहे गए प्रतीत होते हैं। एक विवरण में कहा है कि सूर्य न तो कभी उदय होता है, न अस्त। जब लोग इसे अस्त मानते हैं, वहाँ वस्तुत: सूर्य दिन के अन्त में जाकर अपने को उलट देता है। इस प्रकार नीचे रात कर देता है तथा ऊपर द्युलोक में प्रकाश कर देता है[1]। यह विवरण लगभग ऐसा है जैसे किसी वृत्ताकार तवे के ऊपर आग रखी हो तथा नीचे अँधेरा हो।

---

1. स वा एष न कदाचनास्तमेति, नोदेति। तं यदस्तमेतीति मन्यन्ते, अह्न एव तदन्तमित्वाथात्मानं विपर्यस्यते। रात्रिमेवावस्तात् कुरुते, अह्नः परस्तात्....अथ यदेनं

वृत्त से विभेद को प्रकट करने के लिये अद्यतन युग में प्रचलित 'गोल' शब्द भी अपेक्षाकृत काफी नया है। भाषा-वैज्ञानिकों के अनुसार यह मूलतः दक्षिण भारत की भाषाओं से आयातित शब्द है। इसके पश्चात् सूर्य, चन्द्र तथा पृथिवी की भी गोलाकारता का स्पष्ट वर्णन सूर्य-सिद्धान्त आदि में उपलब्ध होता है। वास्तव में अपनी धुरी पर निरन्तर घूमने वाली वस्तु अनिवार्य रूप से गोल होती है। उसकी वर्तुल गति अवश्य ही उसे गोलाकार स्वरूप प्रदान करती है। इस प्रकार ये दोनों अन्योन्य सिद्ध है।

यह उल्लेख बहुत रोचक है कि महान् वैज्ञानिक आर्यभट ने सर्वप्रथम उदाहरण-सहित पृथिवी के अपनी धुरी पर भ्रमण के प्रतिपादन[1] के साथ-साथ उसके लिये भूगोल का प्रयोग किया है[2]। इससे प्रकट है कि उन्हें इन दोनों के अन्योन्य सिद्ध होने का आभास था। परवर्ती भारतीय वैज्ञानिकों ने 'भूगोल' के सिद्धान्त को मान्य किया, पर अनेक शंकाओं के कारण बहुत समय तक भूभ्रमण को मान्य नहीं कर सके।

भौतिकी के अन्य सिद्धान्त के अनुसार गोल वस्तु का एक अच्छा उदाहरण पानी की बूँदे हैं। पानी अपने अणुओं के संसंजक बल के क्षीण होने से अपने भार के कारण प्रत्येक आधार के आकार को धारण कर लेता है, पर निर्भारता की दशा में उसका गोल स्वरूप होता है। मेघ से नीचे गिरती हुई बूँदें भौतिकी के नियमानुसार अपना भार खो देती हैं। अतः वे उस समय अपने स्वाभाविक गोलाकार रूप को धारण करती हैं।

महान् गणितज्ञ आर्यभट ने सर्वप्रथम गोले के आयतन का सूत्र प्रदान करने का उपक्रम भी किया है। दुर्भाग्यवश वह गणितीय दृष्टि से उतना सटीक नहीं बन पाया है। उनका श्लोक इस प्रकार है—

प्रातरुदेतीति मन्यन्ते, रात्रेरेव तदन्तमित्वा अथात्मानं विपर्यस्यतेऽहरेवावस्तात् कुरुते रात्रिं परस्तात् स वा एष न कदाचन विम्लोचति।

(एतरेय ब्राह्मण, 14.6; तुल.गोपथ ब्रा., उत्तरार्ध 4.10)

1. अनुलोमगतिर्नौस्थः पश्यत्यचलं विलोमगं यद्वत्।
अचलानि भानि तद्वत् समपश्चिमगानि लंकायाम्।।

(आर्यभटीय, गोलपाद, श्लोक 9)

2. मृज्जलशिखिवायुमयो भूगोलः सर्वतो वृत्तः। (वही, श्लोक 6)

समपरिणाहस्यार्धं विष्कम्भार्धहतमेव वृत्तफलम्।
तन्निजमूलेन हतं घनगोलफलं निरवशेषम्।।

(आर्यभटीय, गणितपाद)

अर्थात् परिणाह या परिधि के आधे को विष्कम्भ या व्यास के आधे से गुणित करने पर वृत्त का क्षेत्रफल प्राप्त होता है। इसे इसके वर्गमूल से गुणित करने पर घनगोल का फल या उसका आयतन प्राप्त होता है। इससे यह सूत्र प्राप्त होता है—

$$\text{गोले का आयतन} = \frac{\text{परिधि} \times \text{व्यास}}{4} \times \sqrt{\frac{\text{परिधि} \times \text{व्यास}}{4}}$$

$$\Rightarrow \frac{\pi \times \text{व्यास}^2}{4} \times \sqrt{\frac{\pi \times \text{व्यास}^2}{4}} \Rightarrow \frac{\pi^{3/2} \times \text{व्यास}^3}{8}$$

आर्यभटीय के भाष्यकार नीलकण्ठ सोमसुत्वन् ने इस सूत्र को घन के आयतन के सूत्र के सादृश्य के आधार पर विकसित बताया है। उनका कहना है कि वर्ग के क्षेत्रफल को उसके वर्गमूल से गुणित करने पर घनफल या घन का आयतन प्राप्त होता है। अत: वृत्त के क्षेत्रफल को उसके वर्गमूल से गुणित करने पर अवश्य ही गोले का आयतन प्राप्त होगा[1]। इस प्रकार—

$$\text{घन का आयतन} = \text{वर्ग का क्षेत्रफल} \times \sqrt{\text{वर्ग का क्षेत्रफल}}$$

अत: इसी प्रकार—

$$\text{गोले का आयतन} = \text{वृत्त का क्षेत्रफल} \times \sqrt{\text{वृत्त का क्षेत्रफल}}$$

खेद है कि यह परिकल्पना अत्यन्त मनोहारी होकर भी गोले के आयतन का समुचित सूत्र नहीं बन सकी है। आगे चलकर ब्रह्मगुप्त ने इसकी कठिनाइयों का अनुभव करते हुए इसका कोई वर्णन नहीं किया है।

---

1. अस्मिन् फले मूलिते पुनस्तन्निर्मितचतुरश्रबाहुः स्यात्। एवं वृत्तक्षेत्रेण समचतुरश्रं सम्पादनीयम्। एवं घनगोलस्य समद्वादशाश्रत्वमापन्नस्यापि तच्चतुरश्रत्वमापन्नस्यापि तच्चतुरश्रबाहुतुल्य एव द्वादश बाहवः। (उक्त श्लोक पर आर्यभटीय भाष्य)

गोले के आयतन का सर्वप्रथम सही सूत्र प्रदान करने का श्रेय गणित के महाविद्वान् श्रीधराचार्य को प्राप्त है। उन्होंने इसे वृत्त के क्षेत्रफल के आधार पर नहीं, अपितु गोले के पृष्ठीय क्षेत्रफल के आधार पर विकसित किया है। उनका श्लोक इस प्रकार है—

गोलव्यासघनार्धं स्वाष्टादशभागसंयुतं गणितम्।

(त्रिशतिका सूत्र श्लोक 56)

अर्थात् गोल पिण्ड के व्यास के घन के आधे को 'स्व' अर्थात् उसके ही 18वें भाग से संयुक्त करने पर गोले का घनफल या आयतन प्राप्त होता है। इस प्रकार—

$$\text{गोल पिण्ड का आयतन} = \frac{\text{व्यास}^3}{2} + \frac{\text{व्यास}^3}{2 \times 18}$$

$$\Rightarrow \left(\frac{1}{2} + \frac{1}{36}\right) \text{व्यास}^3 \Rightarrow \frac{19}{36} \times \text{व्यास}^3$$

π का मान $\sqrt{10} = \frac{19}{6} = 3.16$ का अलग उल्लेख करने पर—

$$\text{गोले का आयतन} \rightarrow \frac{3.16 \times \text{व्यास}^3}{6} \Rightarrow \frac{1}{6} \times 3.16 \times 8 \ \text{त्रिज्या}^3$$

$$\Rightarrow \frac{4}{3} \times 3.16 \times \text{त्रिज्या}^3$$

अतः आधुनिक सूत्रानुसार $\rightarrow \frac{4}{3} \pi$ त्रिज्या^{3}

इससे प्रेरणा प्राप्त करते हुए महावीर ने गोले का स्थूल तथा सूक्ष्म दोनों प्रकार का फल प्रदान किया है। उनका श्लोक इस प्रकार है—

व्यासार्धघनार्धगुणा नवगोल-व्यावहारिकं फलम्।
तद् दशमांशं नवगुणमशेषसूक्ष्मफलं भवति।।

(गणितसार संग्रह $8.28\frac{1}{2}$)

अर्थात् 9 संख्या को व्यास के आधे अर्थात् त्रिज्या के घन के आधे से गुणित करने पर गोले का व्यावहारिक फल या सामान्य आयतन प्राप्त होता है। इस परिमाण के 10वें हिस्से को 9 से गुणित करने पर गोले का सूक्ष्म या सर्वथा परिशुद्ध आयतन प्राप्त होता है। इसके अनुसार यह सूत्र प्राप्त होता है—

गोले का व्यावहारिक आयतन $= \frac{9}{2}\left(\frac{\text{व्यास}}{2}\right)^3$

π का स्थूल मान 3 मानने पर $\rightarrow \frac{3}{2} \times 3 \times$ त्रिज्या^{3}

गोले का सर्वथा परिशुद्ध आयतन $= \frac{9}{10} \times \frac{9}{2}\left(\frac{\text{व्यास}}{2}\right)^3$

π का सूक्ष्म मान $\sqrt{10} = 3.1$ मानने पर $\Rightarrow (1.3 \times 3.1)$ त्रिज्या^{3}

अतः आधुनिक सूत्रानुसार $\rightarrow \frac{4}{3}\pi$ त्रिज्या^{3}

भास्कराचार्य ने स्पष्टतः गोले के पृष्ठीय क्षेत्रफल के आधार पर गोले का आयतन प्राप्त किया है। उनका श्लोक इस प्रकार हैं—

वृत्तक्षेत्रे परिधिगुणित-व्यासपादः फलं तत्
क्षुण्णं वेदैरुपरि परितः कन्दुकस्येव जालम्।
गोलस्यैवं तदपि च फलं पृष्ठजं व्यासनिघ्नम्
षड्भिर्भक्तं भवति नियतं गोलगर्भे घनाख्यम्।।

(लीलावती, क्षेत्रव्यवहार, श्लोक 41)

अर्थात् व्यास के चतुर्थ अंश को परिधि से गुणित करने पर वृत्त का क्षेत्रफल प्राप्त होता है। इसे वेद या 4 से गुणित करने पर कन्दुक के समान गोल वस्तु के ऊपर का या पृष्ठ का क्षेत्रफल ज्ञात होता है। इस गोलीय पृष्ठफल का व्यास से गुणा करके 6 से भाग देने पर गोले का घनफल या उसका आयतन ज्ञात होता है[1]। इस प्रकार—

---

1. तुलनीय—गोल-पृष्ठफलस्य व्यासगुणितस्य षडंशो घनफलं स्यात्।
(सिद्धान्तशिरोमणि, भुवनकोश, श्लोक 61 पर वासना टीका)

$$\text{वृत्त का क्षेत्रफल} = \frac{\text{परिधि} \times \text{व्यास}}{4}$$

अत: आधुनिक सूत्र $\rightarrow \pi \times$ त्रिज्या^{2}

गोले का पृष्ठीय क्षेत्रफल = परिधि × व्यास

अत: आधुनिक सूत्र $\rightarrow 4\pi \times$ त्रिज्या^{2}

$$\text{गोले का आयतन} = \frac{\text{गोले का पृष्ठीय क्षेत्रफल} \times \text{व्यास}}{6}$$

$$\text{अत: आधुनिक सूत्र} \rightarrow \frac{4\pi \times \text{त्रिज्या}^3}{3}$$

वृत्त के क्षेत्रफल के सूत्र की अन्य उपपत्ति

आगे चलकर भास्कराचार्य के इन सूत्रों की अनेक उपपत्तियाँ प्रस्तुत की गईं हैं। वृत्त के क्षेत्रफल की उपपत्ति पिछले अध्याय में दी जा चुकी है। बाद में लीलावती के टीकाकार गणेश ने एक अन्य प्रकार से इसे सिद्ध किया है। सूर्य-सिद्धान्त आदि के अनुसार उनका मानना है कि किसी वृत्त की परिधि के 96वें अंश परिमाण की जीवा परिधि के एक बिन्दु से दूसरे बिन्दु तक खींची जाय। यह जीवा 'वृत्तस्य षण्णवत्यंशो दण्डवत् परिगृह्यते' इस शाकल्य वचन के अनुसार परिध्यंश के लगभग समतुल्य है। अत: इस जीवा को आधार बना कर केन्द्र बिन्दु तक खींची गई दो रेखाओं से सूची-खण्ड सदृश एक त्रिभुज प्राप्त होता है। स्पष्टत: ऐसा वृत्त इस प्रकार के 96 त्रिभुजों से निर्मित होगा। इन त्रिभुजों का कुल आधार वृत्त की परिधि के समतुल्य है तथा प्रत्येक लम्ब त्रिज्या के अनुरूप है। ऐसे 96 त्रिभुजों का कुल क्षेत्रफल वृत्त के क्षेत्रफल के समतुल्य होता है।

उदाहरण के लिये 21600 कला वाली परिधि को प्राप्त करते हैं। यहाँ पर—

21600 कला परिधि पर प्रत्येक 225 कला आधार वाले कुल 96 त्रिभुजों का क्षेत्रफल→

$$96 \times \frac{225}{2} \times 3438 = 37130400$$

यह परिणाम वृत्त के क्षेत्रफल के पूर्वोक्त सूत्र के अनुरूप है—

$$\frac{21600 \times 6876}{4.} = 37130400$$

यहाँ इस प्रकार के त्रिभुजों के क्षेत्रफल के साथ वृत्त के क्षेत्रफल के सूत्र की समतुल्यता बनाने के लिये त्रिभुज के आधार या वृत्त की जीवा से बनने वाले लघु वृत्तखण्ड के क्षेत्रफल को नगण्य मानकर छोड़ दिया गया है। साथ ही वृत्त के क्षेत्रफल के सूत्र के उदाहरण में भी 6876 व्यास होने पर सूक्ष्मता की उपेक्षा करते हुए परिधि को 21600 मान लिया है। इससे स्पष्ट है कि इन त्रिभुजों के क्षेत्रफल से वृत्त के क्षेत्रफल की समतुल्यता लगभग या प्रायिक सिद्ध होती है। हम देखते हैं कि क्रमशः त्रिभुज के इससे भी छोटे आधार की परिकल्पना करने पर यह दूरी क्रमशः कम होती है। सर्वथा परिशुद्ध वृत्त का क्षेत्रफल प्राप्त करने पर त्रिभुज का आधार विलुप्त हो जाता है। इस प्रकार ये त्रिभुज केवल उस दिशा को प्रदान करने में सक्षम हैं जिनका परिणाम अन्ततः वृत्त के क्षेत्रफल के रूप में होता है।

गोले के पृष्ठीय क्षेत्रफल के सूत्र की उपपत्ति

भास्कराचार्य ने वृत्त के पृष्ठीय क्षेत्रफल के सूत्र की उपपत्ति सिद्धान्तशिरोमणि में प्रदान की है[1]। इसके लिये उन्होंने आँवले की फाँक के समान गोले की फाँकों या वप्रकों की परिकल्पना की है। किसी गोले का गोलार्ध ऐसे त्रिभुज के समकक्ष वप्रकार्धों से निर्मित माना जा सकता है, जिसका आधार परिध्यंश हो तथा लम्ब उसे गोले की त्रिज्या हो। इस प्रकार के दुगुने वप्रकार्धों से गोलार्ध का तथा चौगुने वप्रकार्धों से सम्पूर्ण गोले का पृष्ठफल निर्मित होगा।

यह सामान्य अनुभव का विषय है कि r त्रिज्या वाले वृत्त पर किसी रस्सी को सर्पिल आकार में लपेटने पर जितनी लम्बाई प्रयुक्त होती है, उससे

---

1. एतत् वप्रफलं तत् स्याद् गोलव्याससमं यतः।
परिधि-व्यासघातोऽतो गोलपृष्ठफलं स्मृतम्॥
(सिद्धान्तशिरोमणि, भुवनकोश, श्लोक 61, पृ. 364)

दुगुनी लम्बाई उसी r त्रिज्या वाले गोलार्ध को लपेटने में व्यय होती है। अत: पूर्व पृष्ठ में वर्णित उदाहरण में यदि वृत्त को ढकने के लिये 96 त्रिभुज प्रयुक्त होते हैं, तो उसी त्रिज्या वाले गोलार्ध को ढकने के लिये उसी त्रिभुज के प्रमाण वाले दुगुने वप्रकार्ध तथा गोले को ढकने के लिये चौगुने वप्रकार्ध प्रयुक्त होंगे।

सूची-खण्ड सदृश त्रिभुजों से बने वाले क्षेत्रफल को वृत्त के क्षेत्रफल के सूत्र के समकक्ष सिद्ध किया जा चुका है। अत: उसी प्रकार के चौगुने वप्रकार्धों से बनने वाले गोले का पृष्ठीय क्षेत्रफल अवश्य ही उस वृत्त के क्षेत्रफल का चौगुना होगा।

अत: गोले का पृष्ठीय क्षेत्रफल $\Rightarrow$ परिधि $\times$ व्यास

अथवा $2 \pi r \times 2r$

सूर्य सिद्धान्त में भी प्रत्येक 225 कला की दूरी पर परिधि चतुर्थांश में 24 ज्यापिण्ड तथा इस प्रकार सम्पूर्ण परिधि में 96 ज्या कल्पित की है। उन्होंने ये ज्यापिण्ड किसी वृत्त में खींचे हैं। भास्कराचार्य की विशेषता यह है कि उन्होंने पृथ्वी गोले में वप्रकों के समान देशान्तर रेखाओं को खींचने का उपक्रम किया है। इनसे निर्मित गोले के विषय में भास्कराचार्य का यह भी कहना है कि यदि कोई गोला $\frac{21600}{225} = 96$ कला परिधि वाला हो तो उसका व्यास $\frac{6876}{225} = 30$ कला होगा। ऐसे छोटे गोले में यदि परिधि तुल्य 96 वप्रक प्राप्त किया जावे तो सम्पूर्ण गोले का पृष्ठीय क्षेत्रफल $96 \times 30.54 = 2931.84$ होगा। यह विवरण उपरिलिखित सूत्र के समतुल्य है।

गोले के आयतन के सूत्र की उपपत्ति

भास्कराचार्य ने इसी प्रसंग में गोले के आयतन की भी उपपत्ति प्रदान की है। इसके लिये उन्होंने ऐसे गोले की परिकल्पना की है, जिसके पृष्ठीय क्षेत्रफल का प्रत्येक घटक 1 कला^{2} परिमाण का वृत्ताकार

होगा। उन सम्पूर्ण को मिलाने से उस गोले का पृष्ठीय क्षेत्रफल तैयार होगा[1]। इस पृष्ठभूमि में उनकी उपपत्ति इस प्रकार है—

पृष्ठफलसंख्यानि रूपबाहूनि व्यासार्धतुल्यवेधानि सूचीखातानि गोलपृष्ठे प्रकल्प्यानि सूच्यग्राणां गोलगर्भे सन्निपातः। एवं सूचीफलानां योगो घनफलमित्युपपन्नम्। (सिद्धान्तशिरोमणि, भुवनकोश, श्लोक 61 पर वासना पृ. 364)

अर्थात् गोले का जितना पृष्ठीय क्षेत्रफल हो उतनी संख्या वाले सूचीखात या शंकु बनाना चाहिये। उसकी ऊँचाई व्यासार्ध तुल्य हो तथा सूच्यग्र गोलगर्भ या गोले के केन्द्रबिन्दु में अवस्थित हो। इनका सूचीफल या शंकु के आयतन का योग ही घनफल या गोले का आयतन होगा।

इस परिकल्पना के अनुसार गोले में ऐसे लम्ब वृत्तीय शंकु प्राप्त करते हैं, जिनमें से प्रत्येक के वृत्ताकार तल का क्षेत्रफल 1 कला^{2} होता है तथा इस प्रकार वह सम्पूर्ण पृष्ठीय क्षेत्रफल का एक घटक होता है तथा जिसकी ऊँचाई गोले की त्रिज्या जितनी होती है तथा जिसका सूच्यग्र या नोकदार भाग गोले के केन्द्र बिन्दु को स्पर्श करता है। इस स्थिति में शंकु के आयतन के सूत्रानुसार—

$$\text{गोले के एक शंकु का आयतन} = \frac{1^2 \times \text{गोले की त्रिज्या}}{3}$$

क्योंकि सम्पूर्ण गोला उतने शंकुओं से मिलकर बनता है, जितने उसके पृष्ठीय क्षेत्रफल के घटक हैं। अतः—

$$\text{गोले का आयतन} = \frac{\text{गोले का पृष्ठीय क्षेत्रफल} \times \text{त्रिज्या}}{3}$$

इस प्रकार $21600 \times 6876 = 148521600$ कला^{2} पृष्ठीय क्षेत्रफल वाला गोला उतने ही शंकुओं से निर्मित है। अतः भास्कराचार्य के क्रम के अनुसार ऐसे गोले का आयतन—

1. एकवप्रके क्षेत्रफलं व्याससमम् 30.33। यत एतावानेव षण्णवतिपरिधेर्गोलस्य व्यासः स्यात् 30.33। परिधितुल्यकाश्च वप्रका इति परिधि व्सासघातो गोलपृष्ठ-फलमित्युपपत्रम्। (सिद्धान्त शिरोमणि, भुवनकोश, श्लोक 61, पृ. 369)

$$\frac{1^2 \times 3438}{3} \times 148521600$$

गोले के पृष्ठीय क्षेत्रफल का सूत्र ऊपर लिखा जा चुका है। अतः उस आधार पर—

$$\text{गोले का आयतन} = \frac{\text{परिधि} \times \text{व्यास} \times \text{त्रिज्या}}{3}$$

$$\text{अथवा} \quad \frac{2\pi r \times 2r \times r}{3} \Rightarrow \frac{4\pi r^3}{3}$$

आगे चल कर 17वीं शती में केपलर ने इस रीति से गोले के आयतन को परिज्ञात करने में सफलता प्राप्त की थी[1]।

इस प्रकार भास्कराचार्य ने गोले के आयतन का सर्वथा समुचित सूत्र उद्घाटित किया है। इसके तुरन्त पश्चात् उन्होंने आर्यभट की पद्धति अनुसार यह लिख दिया है—

यत् पुनः क्षेत्रफलमूलेन क्षेत्रफलं गुणितं घनफलं स्यात्।

(सि.शि. भुवनकोश, श्लोक 61 पर वासना)

अर्थात् गोले के वृत्तीय क्षेत्रफल को इस क्षेत्रफल के वर्गमूल से गुणित करने पर गोले का घनफल या आयतन प्राप्त होता है।

अभी ऊपर आर्यभट के इस सूत्र को अपूर्ण सिद्ध किया जा चुका है। अतः यहाँ इसी प्रकार का भास्कराचार्य का कथन भी समुचित नहीं है। इस पर म.म.प. बापूदेव शास्त्री जी की यह टिप्पणी समुचित है कि—'इदं स्वचतुर्थांशोनं वास्तवासन्नं भवति'। अर्थात् इस विधि से प्राप्त घनफल में से उसका $\frac{1}{4}$ कम करने पर समुचित घनफल होता है। यह वास्तविकता के समीप पहुँचने का प्रयास है। उदाहरणतः 8 व्यास वाले गोले का सही आयतन—

1. The History of the Calculus. (Carl B. Boyer, p. 108)

$$\frac{25.14 \times 8 \times 4}{3} = 268.16$$

आर्यभट के अनुसार आयतन—

$$\frac{25.14 \times 8}{4} \times \sqrt{\frac{25.14 \times 8}{4}} = 356.52$$

म.म. बापूदेव शास्त्री की टिप्पणी अनुसार— $356 - 88 = 268$

वास्तव में यह बिना उपपत्ति के ही आर्यभट के आयतन के सूत्र को सही करने का एक प्रयास है।

श्रीधराचार्य ने वृत्त, त्रिभुज, चतुर्भुज के क्षेत्रफल के आधार पर पिण्ड के घनफल का सामान्य सूत्र प्रस्तुत किया है। इससे लम्ब वृत्तीय बेलन के आयतन का सूत्र भी परिज्ञात हो जाता है। उनका श्लोक इस प्रकार है—

प्राग्वत् क्षेत्रस्य फलं वृत्तत्र्यस्रादिदृषदि पिण्डघ्नम्।
घनगणितमतो दृषदः फलं भवेत् पूर्वकरणेन।।

(त्रिशतिका सूत्र, श्लोक 57)

अर्थात् वृत्त, त्र्यस्र या त्रिभुज आदि का क्षेत्रफल पूर्वोक्त के समान होता है। इस क्षेत्रफल में पिण्ड की ऊँचाई से गुणन करने पर दृषत् या प्रस्तर-पिण्ड का घन गणित या उसका आयतन प्राप्त होता है। इस प्रकार—

लम्ब वृत्तीय बेलन का आयतन = वृत्त का क्षेत्रफल × ऊँचाई

लम्ब वृत्तीय शंकु का आयतन

श्रीधर ने राशि व्यवहार के अन्तर्गत लम्बवृत्तीय शंकु (right circular cone) के आयतन का सूत्र भी प्राप्त किया है। उन्होंने इस शंकु के आकार के लिये धरती पर पड़ी हुई धान्यराशि को प्रतिमान माना है। ऐसी राशि सामान्यतया तल पर वृत्ताकार तथा इससे ऊपर सूच्याकार होती जाती है। अतः इस प्रकार के शंकु के लिये श्लोक इस प्रकार है—

समभुवि विकीर्णराशेः परिधिषडंशस्य यो भवेद् वर्गः।
सोऽभ्युदयहतो गणितं घनहस्तेऽवस्थितिः खार्याः।।

(त्रिशतिका सूत्र श्लोक 61)

अर्थात् समतल पर फैलाई गई धान्य की राशि की परिधि के छठे अंश का जो वर्ग हो, उसे ऊँचाई से गुणित करने पर घनहस्त या उस शंकु आकृति का आयतन प्राप्त होता है।

इस प्रकार शंकु का घनफल या आयतन $= \left(\frac{\text{परिधि}}{6}\right)^2 \times$ ऊँचाई

यह सूत्र $\pi = 3$ तथा इस प्रकार परिधि $= 3 \times$ व्यास मानकर विकसित किया गया है। इससे यह परिणाम प्राप्त होता है—

$$\text{शंकु का आयतन} = \left(\frac{\text{परिधि}}{6}\right)^2 \times \text{ऊँचाई}$$

$$\Rightarrow \frac{\text{परिधि}^2}{36} \times \text{ऊँचाई} \Rightarrow \frac{\text{परिधि} \times 3\ \text{व्यास}}{36} \times \text{ऊँचाई}$$

$$\Rightarrow \frac{\text{परिधि} \times \text{व्यास}}{3 \times 4} \times \text{ऊँचाई}$$

इससे पूर्व वृत्त का क्षेत्रफल $= \frac{\text{परिधि} \times \text{व्यास}}{4}$ कहा जा चुका है। अतः इस आधार पर—

$$\text{शंकु का आयतन} = \frac{1}{3} \times \text{वृत्त का क्षेत्रफल} \times \text{ऊँचाई}$$

अथवा $\frac{1}{3} \pi r^2 h$

यह गणितशास्त्र में प्रसिद्ध सूत्र प्राप्त करते हैं।

इस सूत्र को इस रूप में श्रीधर से भी पूर्व ब्रह्मगुप्त ने इस प्रकार प्रस्तुत किया था—

क्षेत्रफलं वेधगुणं समखातफलं त्रिभिः सूच्याः।

(ब्रा.स्फु.सि. 12.44)

अर्थात् वृत्त के क्षेत्रफल को वेध या गहराई से गुणित करके 3 से विभक्त करने पर सूचीखात या शंकु या घनफल या आयतन प्राप्त होता है।

भास्कराचार्य ने लम्ब वृत्तीय बेलन (right circular cylinder) के आयतन के आधार पर सूत्र प्राप्त किया है। उन्होंने पहले वृत्त के क्षेत्रफल के माध्यम से प्रस्तुत श्लोक से लम्ब वृत्तीय बेलन के आयतन का सूत्र प्राप्त किया है—

क्षेत्रफलं सममेवं वेधहतं घनफलं स्पष्टम्।

(लीलावती, खातव्यवहार, श्लोक 2)

अर्थात् (वृत्त के) क्षेत्रफल को वेध या ऊँचाई से गुणित करने पर (वृत्तीय बेलन का) घनफल या आयतन प्राप्त होता है। पुनः सूची खात या शंकु के लिये श्लोक इस प्रकार है—

समखातफलत्र्यंशः सूचीखाते फलं भवति।

(लीलावती, खात व्यवहार, श्लोक 3)

समखात के घनफल का $\frac{1}{3}$ सूची खात का घनफल होता है। इस प्रकार—

लम्ब वृत्तीय बेलन का आयतन = वृत्त का क्षेत्रफल × ऊँचाई

या $= \pi r^2h$

सूचीखात या शंकु या आयतन $= \frac{1}{3} \times$ लम्ब वृत्तीय बेलन का आयतन।

अपूर्ण शंकु का आयतन

शंकु का एक वृत्ताकार समतल सिरा होता है तथा वह क्रमशः सूच्याकार को धारण करता है। पर ऐसा कूप जो ऊपर वृत्ताकार है तथा क्रमशः तिरछी गहराई (slant depth) को धारण करते हुए सूच्याकार

बनने को अग्रसर होकर भी अन्ततः छोटे तलज वृत्त का रूप धारण कर लेता है, वह अपूर्ण शंकु का उदाहरण है।

श्रीधर ने ऐसे कूप का आयतन प्राप्त करने के लिये यह सूत्र प्रस्तुत किया है—

मुखतलतद्योगानां वर्गैक्यकृतेः पदं दशगुणायाः।
वेधगुणं चतुरन्वितविंशतिभक्तं फलं कूपे।।

(त्रिशतिका सूत्र, श्लोक 54)

अर्थात् मुख के व्यास का वर्ग, तल के व्यास का वर्ग तथा इन दोनों के व्यास का वर्ग—इन्हें परस्पर संयुक्त करके इनका वर्ग प्राप्त करें तथा 10 से गुणित करें। इस सम्पूर्ण का वर्गमूल प्राप्त करें। इसे इसकी ऊँचाई से गुणित करें तथा 24 से विभाजित करें। इससे ऐसे कूप का घनफल या आयतन प्राप्त होता है।

इन संक्रियाओं से हमें यह सूत्र प्राप्त होता है—

अपूर्ण शंकु का आयतन—

$$= \frac{\text{ऊँचाई}}{24} \sqrt{10 \left\{ \text{व्यास}_1^2 + \text{व्यास}_2^2 + (\text{व्यास}_1 + \text{व्यास}_2)^2 \right\}^2}$$

$$\Rightarrow \sqrt{10} \times \frac{\text{ऊँचाई}}{24} \sqrt{\left\{ \text{व्यास}_1^2 + \text{व्यास}_2^2 + (\text{व्यास}_1 + \text{व्यास}_2)^2 \right\}^2}$$

इसे इस प्रकार भी लिख सकते हैं—

$$\frac{\text{ऊँचाई}}{6} \left\{ \frac{\left(\sqrt{10} \times \text{व्यास}_1^2\right)}{4} + \frac{\left(\sqrt{10} \times \text{व्यास}_2^2\right)}{4} + \frac{\left(\sqrt{10}\ (\text{व्यास}_1 + \text{व्यास}_2\right)^2}{4} \right\}$$

इस सूत्र के कोष्ठक के प्रत्येक उपबन्ध 'वृत्त के क्षेत्रफल' के समकक्ष हैं। अत: इस सूत्र को इस प्रकार भी लिख सकते हैं—

विषमखात कूप या अपूर्ण शंकु का आयतन

$$= \frac{\text{ऊँचाई (मुखज क्षेत्रफल + तलज क्षेत्रफल + युतिज क्षेत्रफल)}}{6}$$

अपूर्ण पिरामिड का आयतन

भास्कराचार्य ने समान परिस्थिति के कारण इस सूत्र का उपयोग विषमखात घनाभ के आयतन (volume of frustrum of a pyramid) को जानने के लिये किया है। क्रमश: तिरछी गहराई लेते हुए ऊपर के आयत से कम परिमाण के आयताकार तल को धारण करने वाली वापी या गमला अथवा यज्ञकुण्ड आदि इसके उदाहरण हैं। इसके लिये भास्कराचार्य का सूत्र इस प्रकार है—

मुखजतलजतद्युतिक्षेत्रफलैक्यं हृतं षड्भिः।
क्षेत्रफलं सममेवं वेधहतं घनफलं स्पष्टम्।।

(लीलावती खातव्यवहार, श्लोक 2.3)

अर्थात् मुखज, तलज तथा युतिज अर्थात् मुख और तल की क्रमश: लम्बाई, चौड़ाई को जोड़ने से प्राप्त परिमाण का क्षेत्रफल, इन तीनों के ऐक्य या योग को 6 से भाग देने पर सम क्षेत्रफल होता है। इन्हें वेध या गहराई से गुणित करने पर विषमखात का स्पष्ट घनफल या आयतन प्राप्त होता है।

इस प्रकार भास्कराचार्य ने पूर्व पृष्ठ में प्राप्त सूत्र का उपयोग इस अपूर्ण पिरामिड के आयतन को ज्ञात करने के लिये किया है।

श्रीधर तथा भास्कराचार्य द्वारा विषमखात के सूत्र के लिये इनके 3 प्रकार के क्षेत्रफलों को जोड़कर 6 से भाग करने का उद्देश्य इनका औसत क्षेत्रफल प्राप्त करना है। भास्कराचार्य ने 'क्षेत्रफलं सममेवम्' कह कर यही ध्येय प्रकट किया है। इस प्रकार इनका केवल औसत मान प्राप्त किया जा सकता है, सर्वथा सही परिमाण नहीं।

अतः आधुनिक गणित में अपूर्ण शंकु या घनाभ के निर्दिष्ट परिमाण पर समीकरण द्वारा पूर्ण शंकु की ऊँचाई तथा उस पर सूत्र द्वारा पूर्ण शंकु या पिरामिड के आयतन को प्राप्त किया जाता है। पुनः उसमें से वह ऊँचाई तथा उससे प्राप्त आयतन को घटा दिया जाता है, जो उस शंकु का हिस्सा नहीं बन सकी है। इससे सर्वथा शुद्ध मान प्राप्त किया जा सकता है।

●

सन्दर्भ-ग्रन्थ-सूची

1. ऋग्वेद मूल, स्वाध्याय मण्डल, पारडी।
2. ऋग्वेद सायण-भाष्य, वैदिक संशोधन मण्डल, पुणे।
3. काठक संहिता, आनन्दाश्रम संस्करण।
4. यजुर्वेद संहिता, स्वाध्याय मण्डल, पारडी।
5. तैत्तिरीय संहिता, आनन्दाश्रम संस्करण।
6. अथर्ववेद संहिता, स्वाध्याय मण्डल, पारडी।
7. ऐतरेय ब्राह्मण, आनन्दाश्रम संस्करण।
8. शतपथ ब्राह्मण, पं. गंगा प्रसाद उपाध्याय कृत 'रत्नदीपिका' हिन्दी व्याख्या सहित, प्राचीन वैज्ञानिक अध्ययन अनुसन्धान संस्थान, नई दिल्ली, 1967।
9. गोपथ ब्राह्मण, सम्पादित—पाणिनि कन्या महाविद्यालय, वाराणसी।
10. पञ्चविंश ब्राह्मण, आनन्दाश्रम संस्करण।
11. बृहदारण्यक उपनिषद्, शांकरभाष्य सहित, गीता प्रेस, गोरखपुर।
12. छान्दोग्य उपनिषद्, शांकरभाष्य सहित, गीता प्रेस, गोरखपुर।
13. वेदांग ज्योतिष, लगध विरचित, इंडियन नेशनल साइंस एकेडमी, नई दिल्ली, 1985।
14. बौधायन शुल्वसूत्र, सम्पादित—डा. सत्यप्रकाश, इलाहाबाद, 1979।
15. The Sulba Sutra of Baudhayan with Sulba Dipika, edited by G. Thibaut, Banaras, 1877।

16. आपस्तम्ब शुल्वसूत्र, सम्पादित—डा. सत्यप्रकाश, इलाहाबाद, 1979।

17. कात्यायन शुल्बसूत्र, सम्पादित—डा. सत्यप्रकाश, इलाहाबाद, 1979।

18. आर्यभटीय मूल, सम्पादित—डा. ब.ल. उपाध्याय, नई दिल्ली, 1971।

19. आर्यभटीय भाष्य, नीलकण्ठ सोमसुत्वन्, सम्पादित—साम्बशिव शास्त्री, 1930।

20. सूर्य सिद्धान्त, व्याख्याकार—स्व. महावीर प्रसाद श्रीवास्तव, रत्नकुमारी स्वाध्याय संस्थान, इलाहाबाद, 1987।

21. ब्राह्मस्फुट सिद्धान्त, डा. सत्यप्रकाश कृत इंग्लिश व्याख्या तथा विस्तृत भूमिका सहित।

22. पाटी गणित, श्रीधराचार्य, edited and translated by Dr. K.S. Shukla, Lucknow University, Lucknow, 1959।

23. त्रिशतिका, श्रीधराच्चर्य, व्याख्याकार—डा. सुद्युम्न आचार्य, राष्ट्रिय संस्कृत संस्थान, नई दिल्ली, 2004।

24. गणितसार संग्रह, महावीराचार्य, edited with English translation by Rangachárya, Madras, 1912।

25. Notes on G.S.S. by Rangacharya, Madras, 1912।

26. महासिद्धान्त, आर्यभट द्वितीय, सम्पाादित—म.म.पं. सुधाकर द्विवेदी, बनारस, 1910।

27. लीलावती-भास्कराचार्य, व्याख्याकार—लषणलाल झा, चौखम्बा विद्या भवन, वाराणसी, 1961।

28. लीलावती, गणेश कृत, बुद्धिविलासिनी टीका सहित, आनन्दाश्रम संस्कृत ग्रन्थावली, पुणे, 1937।

29. लीलावती, translated by H.T. Colebrooke with notes by Haranchandra Banarjee, किताब महल, इलाहाबाद, 1967।

30. लीलावती, traslated by K.S. Patwardhan, Motilal Banarasidas, New Delhi, 2001।

31. भास्करीय बीजगणित, वासना व्याख्या सहित, कृष्णदास अकादमी, वाराणसी, 1997।

32. सिद्धान्त शिरोमणि, भास्कराचार्य, स्वोपज्ञ वासना व्याख्या सहित, सम्पूर्णानन्द संस्कृत विश्वविद्यालय, वाराणसी, 1998।

33. युक्तिभाषा, त्रिचूर, 1952।

34. गणित कौमुदी, नारायण पण्डित, सम्पादित—पद्माकर द्विवेदी, बनारस।

35. गणित तिलक, श्रीपति, सिंहतिलक सूरि कृत टीका सहित।

36. प्राचीन भारतीय गणित, डा. ब.ल. उपाध्याय, विज्ञान भारती, नई दिल्ली, 1971।

37. गणित का इतिहास, डा. ब्रजमोहन, हिन्दी समिति, सूचना विभाग, लखनऊ, 1965।

38. भारतीय ज्योतिष का इतिहास, डा. गोरखप्रसाद D.Sc. हिन्दी समिति, लखनऊ, 1974।

39. मध्यकालीन भारतीय संस्कृति, गौरीशंकर हीराचन्द ओझा, हिन्दुस्तानी एकेडमी, इलाहाबाद, 1951।

40. वैज्ञानिक विकास की भारतीय परम्परा, डा. सत्यप्रकाश D.Sc. बिहार राष्ट्रभाषा परिषद्, पटना, 1954।

41. हिन्दू गणित शास्त्र का इतिहास, B.B. Datta and Singh (मूल इंग्लिश ग्रन्थ का हिन्दी रूपान्तर)।

42. Indian Mathematics, G.R. Kaye, Calcutta, 1915.

43. History of Mathematics, D.E. Smith, Ginn & Co., Boston, 1925.

44. Introductary Article on G.S.S. by D.E. Smith, Madras, 1912.

45. Miscellaneous Essays, H.T. Colebrooke.

46. The Science of the Sulba, B.B. Datta, Uneversity of Calcutta, 1932.

47. History of Calculus, C.B. Bower, Dover, 1959.

48. Geometry in Ancient and Medieval India, Dr. T.A. Saraswati Amma, Motilal Banarasidas, New Delhi, 1999.

49. Physics for Every One, L.D. Landau, Mir Publishers, Moscow.

50. Scientific Encyclopedia, U.S.A.

51. Oxford English Dictionary, Oxford University Press, New Delhi, 1982.

52. The Etymologies of Yaska, Siddheswar Verma, V.V.R.I. Hoshiarpur, 1953.

53. वैज्ञानिक विश्वकोश, नागरी प्रचारिणी सभा, वाराणसी।

54. सरस गणित, या.इ.पेरेलमान, मीर प्रकाशन गृह, मॉस्को, 1982।

55. तारे मनुष्य और परमाणु, हींज हैबर, यूरेशिया पब्लिशिंग हाउस, नई दिल्ली, 1965।

56. निघण्टु, महर्षि यास्क, खेमराज श्रीकृष्णदास, मुम्बई, 1925।

57. निरुक्त, महर्षि यास्क, दुर्गाचार्य व्याख्या सहित, खेमराज श्रीकृष्णदास, मुम्बई, 1925।

58. निघण्टु-निर्वचनम्, देवराजयज्वा, सम्पादित—आचार्य विजयपाल विद्यावारिधि तथा डा. सुद्युम्न आचार्य, रामलाल कूपर ट्रस्ट, सोनीपत, (हरियाणा)।

59. अमरकोश, सुधा व्याख्या सहित, सम्पादित—पं. शिवदत्त शर्मा।